鬼吹灯

⑧ 巫峡棺山

CANDLE IN THE TOMB

天下霸唱 著

湖南文艺出版社
HUNAN LITERATURE AND ART PUBLISHING HOUSE

引子 / 1

第一章　地仙村古墓 / 5

第二章　潜逃者 / 11

第三章　云深不知处 / 17

第四章　小镇里的秘密 / 22

第五章　黑匣子 / 27

第六章　五尺道 / 33

第七章　从地图上抹掉的区域 / 39

第八章　青溪防空洞 / 45

第九章　空袭警报 / 52

第十章　棺材峡 / 58

第十一章　深山屠宰场 / 64

第十二章　无头之王 / 69

第十三章　死者身份不明 / 75

第十四章　看不见的天险 / 82

第十五章　吓魂桥 / 88

第十六章　金甲茅仙 / 94

第十七章　暂时停止接触 / 101

第十八章　尸有不朽者 / 108

第十九章　隐士之棺 / 114

第二十章　巴山猿狖 / 121

第二十一章　写在烟盒纸上的留言 / 127

第二十二章　九宫螭虎锁 / 132
第二十三章　神笔 / 137
第二十四章　地中有山 / 142
第二十五章　画门 / 148
第二十六章　十八乱葬 / 154
第二十七章　尸虫 / 161
第二十八章　恶魔 / 168
第二十九章　鬼音 / 174
第三十章　肚仙 / 181
第三十一章　行尸走肉 / 187
第三十二章　空亡 / 194
第三十三章　武侯藏兵图 / 201
第三十四章　妖术 / 208
第三十五章　难以置信 / 214
第三十六章　烧饼歌 / 221
第三十七章　观山盗骨图 / 227

第三十八章　九死惊陵甲 / 233
第三十九章　死亡不期而至 / 241
第四十章　天地无门 / 249
第四十一章　炮神庙 / 256
第四十二章　紧急出口 / 263
第四十三章　噩兆 / 270
第四十四章　棺山相宅图 / 277
第四十五章　奇遇 / 284
第四十六章　盘古神脉 / 292
第四十七章　忌火 / 299
第四十八章　隐藏在古画中的幽灵 / 306
第四十九章　秉烛夜行 / 311
第五十章　棂星门 / 317
第五十一章　告祭碑 / 323
第五十二章　万分之一 / 328
第五十三章　捆仙绳 / 334
第五十四章　焚烧 / 340
第五十五章　怪物 / 346
第五十六章　在劫难逃 / 353

第五十七章　启示 / 360

第五十八章　移动的大山 / 367

第五十九章　超自然现象 / 374

第六十章　悬棺 / 380

第六十一章　龙视 / 387

第六十二章　天怒 / 394

第六十三章　沉默的朋友 / 400

第六十四章　千年长生草 / 407

第六十五章　金点 / 413

第六十六章　鬼帽子 / 419

第六十七章　账簿 / 424

第六十八章　金盆洗手 / 430

第六十九章　物极必反 / 437

第七十章　起源 / 442

后记 / 448

天下第一奇书——风水残卷《十六字阴阳风水秘术》，是清代摸金校尉所创，其中囊括了风水阴阳之术。《十六字阴阳风水秘术》虽然名为"十六字"，可更确切地说应该是十六卷，每卷以周天古卦中的一个字为代表，共计十六字，所以称为"十六字"。

这十六字分别是：天、地、人、鬼、神、佛、魔、畜、慑、镇、遁、物、化、阴、阳、空。这部主要记载阴阳风水学的古籍，可谓无所不包，不仅有风水术和阴阳术，更因为它是由摸金校尉中的高手所著，所以里面还涵盖了大量各朝各代古墓形制、结构、布局的描述，以及摸金校尉们在倒斗之时遇到过的各种疑难艰险。

可以说《十六字阴阳风水秘术》是一部货真价实的"摸金倒斗指南"，不过这本书只是残本，阴阳术的部分并没有流传下来，仅有风水术的十六字，十六字风水分别对应的内容如下。

天：这一部分主要是星学，也就是在风水术中占很大比重的天星风水。地分吉凶，星有善恶，看风水寻龙脉讲的就是上观天星、下审地脉。

地：风水术的主体是相形度地，大道龙行自有真，星峰磊落是龙身，通过解读大地上山川河流的走向形势，判断龙脉的来去止伏，观取"龙、砂、穴、水"，这就是地字篇的内容。

人：风水有阴阳宅之说，阴宅是墓地，是为死者准备的，而阳宅是活人的居所，对于阳宅的选择，一样也有极深的风水理论，又称"八宅明镜"之术。

鬼：顾名思义，幽冥之说为鬼。这一篇主要是讲解古墓主人的情况，例如尸首和棺椁的摆放，殉葬者与陪葬品的位置，长明灯、长生烛的象征性等，凡是墓中与死者有直接关联的，多在此卷之中。

神：自古以来，渴望死后成仙并沉迷此道之人不可胜数，尸解成仙的事情在风水中多有记载，同形势理气息息相关。如何在神仙穴中尸解羽化是这一篇的主要内容，不过就如同"屠龙之术"，大多数情况下，"神仙穴中羽化眠"只是一套不切实际的空虚理论而已。

佛：风水理论体系庞大繁杂，摸金校尉所擅长的风水秘术，都是以《易经》为总纲，属于道家一脉，而其余的宗教也都有各自的风水理论，当然也许在那些宗教中并不称其为风水，但是其本质都是一样的，"佛"字一卷记载的是禅宗风水。

魔：吉星之下无不吉，凶星之下凶所存，况是凶龙不入穴，只是闲行引身过。"魔"字篇中的内容，主说地脉天星之恶兆，使人远避地劫天祸，这是专门讲风水中凶恶征兆的一篇。

畜：圣人有云，禽兽之流，不可以与之为伍。山川地貌都是大自然鬼斧神工所致，有些奇山异石，自然造化生成百兽形态，这在风水中也大有名堂。举个例子来说，比如山体似牛，便有卧牛、眠牛、耕牛、屠牛、望月牛之分，姿态形势不同，吉凶各异。这一篇主要说的是风水形成的畜形。

慑：分金定穴的精要内容，此术古称"观盘辨局之术"，不需要罗盘和金针的配合，便可精准无误地确认风水中的龙、砂、穴、水、向，是寻找古墓方位最重要的环节。

镇：风水一道，其中最忌"煞"形，"镇"字卷主要记载着如何镇煞、避煞，不过"镇"字篇中，讲得最多的反而是"避"，而非"镇"，也不失为明哲保身之道。

遁：古墓中的机关布局。殉葬沟的位置，可以通过地面封土、明楼之类的结构，推算出古墓地宫的轮廓方位等细节。最主要的当然是讲解机关埋伏，有很深的易理蕴藏在里面，如不精通五行生克的变化，也难以窥得其中门径。

物：古有天气地运、天运地气之说，地运有推移，而天气从之；天运有旋转，而地气应之，自然环境的变化，导致风水形势的改变，在山川之中的一切灵性之物，会由于风水善恶的巨大转变而产生异变，如果清浊阴阳混淆，将产生一些非常可怕的事物，不合常理者，谓之妖。"物"字篇是描述因为风水而产生的妖异现象。

化：化者乃变化之化，地师们眼中最艰难的改风水，小者改门户，大者变格局。古风水一道中，不主张人为"改动"风水形势。宇宙有大关合，山川有真性情，其气其运，安可妄动？"化"字卷是被摸金校尉视为禁忌的一卷，但面对一些通过改变格局营造风水宝地的古墓，"化"字卷便是它的克星。

阴：看得到的为阳，世人不见之形为阴。何谓不见之形？一座山、一条河的地形，所蕴含的气与运，以及这种气与运呈现出的势态，都是用肉眼看不到的精神气质。"阴"字卷是讲"势"的一卷。

阳：此阴阳非阴阳术之阴阳，而是单纯从风水角度来说的阴阳，实际上就是"形势"，看得到的为阳，看不到的为阴。在风水一道中，什么是看得到的？一座山、一条河呈现出的地形，便是看得到的。"阳"字卷是讲"形"的一卷。

空：大象无形，大音希声，风水秘术的最高境界，没有任何一个字的一篇，循序渐进研习到最后，大道已证，自然能领悟"空"之卷"造化之内，天人合一"的究极奥妙所在。

摸金秘术，自古相传，几番起落沉浮，到得今时今日，又如何施展作为？请看本书。

第一章
地仙村古墓

话说古墓中所藏珍异宝货，多有"未名之物"，也就是没有记载不知来历的古时秘器重宝，本不该是人间所见的，一旦流入民间，教凡夫俗子见了，怎能不动贪念？即便不肯倒卖了取利，也必是想借此机会，博些浮空的虚名出来，可见"名利"二字，实是害人不浅。

我下南洋从海眼里打捞出的青铜古镜，正是一面世间罕有的"周天卦镜"，本以为会由陈教授将古镜上交国家收藏，却没想到，最后竟被一心要暗中做出一番大成就的孙教授骗了去，倘若不是被我在博物馆中捡到工作记录本，至今还被他蒙在鼓里。

我和Shirley杨、胖子三人，当即拿着笔记本上门兴师问罪。孙教授被我抓到了把柄，苦求我们千万别把他"私下里藏了文物在家暗中研究"之事检举揭发出去。这事非同小可，他本来就得罪过不少人，万一被上级领导或者哪个同事知道了，绝对是身败名裂的弥天罪过。

我虽然恼他私藏青铜古镜，却并不真想撕破了脸让他下不来台，所以点到为止，告诉孙教授，既然他已经有了悔意，现在只要按我说的去做，咱们的政策就是既往不咎，以后我们就当不知道这事。

我和胖子提出的条件，一是让孙学武写检查。现在虽然不流行"狠斗私字一闪念"了，可把所犯错误落实到书面上，还是很有必要的。万一这老头将来不认账了，拿出按了手印白纸黑字的检查书来，就能把他移交有关部门处理。检查内容完全按我的意思，我念一句他写一句，名为"检查"，实为"口供"。

随后还要将古镜古符完璧归赵，都还给陈教授，不管怎么说，献宝的功劳也轮不到孙教授。但此事乃是后话，眼下我们得先借此物一用，得让孙教授带我们去找藏有丹鼎天书的地仙村古墓。

那位精通观山指迷妖术的明代地仙，虽然把自己的坟墓藏得极深，但以盗墓古法"问"字诀，使用海气凝聚不散的青铜卦镜，却有几分机会可以占验出地仙村的风水脉络，然后我们这伙摸金校尉便能进去倒斗，取了千年尸丹回来。至于地仙村古墓中有无野史上记载的"尸丹"，暂时还不能确定，但我既然知道了这个消息，为了救回多铃的性命，就不能置之不理。

孙教授听闻这个要求，当即连连摇头说："此事比登天还难。人油蜡烛、青铜卦镜如今都在眼前，那支人油蜡烛，是打捞队从海眼里带回来的，不过不是由真正的人油人脂提炼而成，而是使用南海黑鳞鲛人的油脂制成，可以长明不灭，风吹不熄，凑合着能用。一龙一鱼的青铜卦符也有了，用两枚古符可以推演出半幅卦象，但并不知道两枚古符有何玄机，解不开无眼铜符的暗示，根本没办法使用。另外最关键的是没有时间了，古镜保存不了多久了。"

Shirley杨自从到了孙教授家，始终未发一言，此刻听得奇怪，不禁问道："何出此言？为什么要说没有时间了？"

我也拍了拍孙教授的肩膀，警告他说："别看您是九爷，可对于稽古之道我们也不是棒槌，您要是信口开河，别怪我们不给九爷您留面子。"

孙教授说："什么九爷不九爷的，这话就不要提了吧，我当初受过刺激，听这话心里难受啊，而且事到如今，我还瞒你们什么？你们自己看看，这面用归墟龙火铸造的青铜古镜，保存不了几个月了。"说话间，便翻过镜面让我们去看。

那古镜背面的火漆都已被拆掉了,古纹斑驳的镜背就在面前。我和Shirley杨、胖子三人先入为主,潜意识里还将此镜视为秦王照骨镜,看到镜背,就下意识地想要躲开,免得被此镜照透了身体,沾染上南海僵人的阴晦尸气。

　　但见到镜背并无异状,才想起这是面青铜卦镜,与千年镇尸的秦王照骨镜无关。凑过去仔细一看,才明白孙教授言下之意。

　　原来归墟古镜最特殊之处乃是由阴火淬炼,南海海眼中的海气,氤氲于铜质之内,万年不散,使得铜色犹如老翠。但此镜流落世间几千年,它在沉入海底前的最后一位"收藏者",或者说是"文物贩子",根本不懂如何妥善存放这件稀世古物,可能是担心铜镜中的海气消散,竟用火漆封了镜背,不料是弄巧成拙。火漆与归墟青铜产生了化学反应,镜背的铜性几乎被蚀尽了,现在青铜古镜中所剩的生气仅如游丝,铜色都已经变了,大概过不了太久,卦镜便会彻底失去铜性,沦为一件寻常的青铜器。

　　我知孙教授不是扯谎,只是见寻找地仙村古墓的设想落空,不免有些失望,正想再问问有没有别的途径,这时胖子却说:"一早起来到现在,只吃了两套煎饼,要是过了饭点,肚子就该提意见了。孙老九甭说别的废话了,赶紧带上钱,咱们兵发正阳居开吃去也。"

　　孙教授哪儿敢不从,好在刚发了工资和奖金,加上补贴和上课赚的外快,全部原封不动地带上,把我们带到赫赫有名的正阳居。这个国营饭店专做满汉大菜,我和胖子慕名已久,心想这都是孙教授欠我们的,不吃白不吃,自然毫不客气。但一问才知道,原来想吃满汉全席还得提前预订,只好点了若干道大菜,摆了满满一大桌子。

　　孙教授脸上硬挤着笑,也不知他是心疼钱包,还是担心东窗事发,总之表情非常不自然,他先给胖子满上一杯酒,赔笑道:"请……请……"

　　胖子十分满意,举起酒杯来,"吱儿"的一声,一口嘬干了杯中茅台,咧着嘴笑道:"孙教授啊,甭看你是九爷,认识字比胖爷多,可胖爷我一看就知道你是不会喝酒的主儿。瞧见没?刚我喝的这个叫虎抿,长见识了吧?赶紧给胖爷再满上,让胖爷再给你表演个最拿手的鲸吞。"

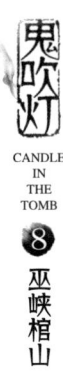

我估计孙教授此时把胖子鲸吞了的心都有，但他受制于人，只好忍气吞声地给胖子又是斟酒又是夹菜。我看在眼里，忍不住有些好笑，心想这才算出了气，思量着也要耍他一耍，却见一旁的 Shirley 杨秀眉微蹙地望着我，眼神中有些埋怨之意，显然认为我和胖子的举动有些过头了。这位孙教授虽算不上德高望重，但毕竟也是一位有身份的学者，已经道歉赔过罪了，怎么好如此对待他。

我不以为意，心想："孙教授这厮如此可恶，要不这么折腾折腾他，以后他未必能吸取教训，不把他批倒批臭已经算便宜他了。"可我也不忍让 Shirley 杨觉得为难，只好闷头吃喝，不和胖子一起寻开心了。

这时孙教授又给 Shirley 杨倒了杯酒，叹道："一念之差，我是一念之差啊！请杨小姐回去之后，千万别跟老陈提这件事，否则我这辈子再没脸去见他了……"

Shirley 杨安慰他道："您放心吧，我发誓只字不提，也不让老胡他们说，古镜就由您亲手还给陈教授好了。"

孙教授就盼着她这句话，犹如接了一纸九重大赦，喜道："如此最好，如此最好……"

我听到此处，抬头看见孙教授双眼闪烁，除了劫后余生般的欣喜光芒之外，还藏有一丝很微妙的神色，虽是稍纵即逝，却逃不过我的眼睛。我心念一闪，当即就把筷子放下，插口道："不行，青铜古镜和调查大明观山太保的笔记本，以及那份检讨书，都得先放我这儿存着。我要先研究研究还有没有别的途径找到地仙村古墓，这是人命关天的事情，由不得别人。"

孙教授脸上的笑容僵住了，看了看我，又看了看 Shirley 杨，看孙教授的表情，好像是在问："你们两位，一个说还，一个又说不还，到底谁说了算？"

我不再理睬孙教授，转头和胖子干了一杯，侃些个饭桌上的段子。Shirley 杨见状，只好无奈地对孙教授耸了耸肩，说了声"Sorry"。

孙教授这才知道 Shirley 杨原来是做不了主的，便又来给我敬酒，央求道："胡同志啊，你不看僧面看佛面呀。当初你们在陕西，找我打听了许多紧要之事，我当时可是知无不言、言无不尽哪，好歹也算帮过你们一场，就让我亲自把铜镜还给老陈吧。"

我也很诚恳地告诉孙教授："孙九爷，要不是你在陕西帮过我，这回绝对轻饶不了你。你私自窝藏我们打捞回来的国宝，知不知道这是拿人命换回来的东西？此事我可以不追究了，但我不是开玩笑，我确实计划要拿这些东西入川寻找地仙村古墓，在此之前，无论如何都不能重新交到你手里。不过你要是不放心，也可以选择同我合作，只要你肯出力，帮我找到这座古墓博物馆，里面收藏的周天卦图，你尽管拿去研究，到时候反动学术权威的头衔非你莫属。"

孙教授听罢沉默半响，抓起酒瓶来"咕咚咚"灌了几口，不多时，酒意上头，已涨紫了脸膛。他盯着我压低了声音说："胡八一，你小子这是逼着我带你们去盗墓啊！"

我笑道："孙九爷您终于开窍了，不过您还看不出来吗？我们可都是老实孩子，只是想去实地考察一下地仙村古墓的传说是真是假。另外你偷着研究民间的盗墓手段，难道就没有非分之想？"

孙教授苦着脸说："地仙村是明代盗墓者观山太保所造，藏在深山里边，我研究民间盗墓秘术，动机和你们一样，只是想找到方法证实它的存在，可没想过要去盗墓。"

我心想"酒后吐真言"，趁着孙教授喝多了，我得赶紧问他一个实底，就问他观山太保、封王坟、地仙村、丹鼎异器、机关埋伏这些传说，都是否可信。

孙教授说，当年流寇入川，几十万人也没将地仙村挖出来，现在根本就没人相信它的存在了。他费尽心血收集了许多资料，越来越多证据都显示，四川确实有地仙墓，墓中藏纳了许多各代古墓的棺椁冥器，但此事却得不到其他人的认可。某位权威人士指责说——这类民间传说极不可信，是源于"缺乏知识、迷信、痴心妄想"而产生的原始奇思怪论，简直是难以形容的幼稚想象，谁相信谁就是彻头彻尾的神经病。

我们听这话说得可真够损的，想不到孙教授竟被扣了这么多帽子，不

禁也替他叫着撞天的屈。世上之事，向来是"说无易、说有难"，是一种很普遍的从众心理，坚持守旧心理和唯科学元素论，必然会缺乏面对新事物新观念的勇气。我心生同情，就劝他再喝几杯，世事岂能尽如人意，好在还能一醉解千愁。

不料孙教授量浅，才刚灌了几口白酒，酒入愁肠，整个人已然是东倒西歪，胖子只好半拖半架着，带他出去呕吐。我望着他脚步踉跄的背影轻轻叹了口气，对Shirley杨说："孙教授也是个怀才不遇的，他这多半辈子恐怕都是活得郁郁不快……"

Shirley杨忽然想起一事，帮我倒了杯酒，问道："对了，你们为什么称孙教授为九爷？他排行第九吗？"

我说那倒不是，他排行第几我不知道，其实"九爷"是种戏谑的称呼，因为以前在"文化大革命"的时候，我们管知识分子叫作"臭老九"。这是从"官、吏、僧、道、医、工、猎、民、儒、丐"的排名而来，因为"儒"排第九，曾经有人引用《智取威虎山》中的台词说"老九不能走[①]"，意思是不能把知识分子都赶走，所以当时才推广普及了"老九"这种说法。不过这些观念早已被时代淘汰了，我和胖子刚才称孙教授为"九爷"，不过是同他开个玩笑而已。

说话间孙九爷已经吐完了，又被胖子架回来重新坐下。他已醉如烂泥，连神志都有些恍惚，坐在席间迷迷糊糊的，也不知他脑中在想什么，竟鬼使神差般莫名其妙地嘟囔起来："好个大王，有身无首；娘子不来，群山不开；烧柴起锅，煮了肝肺；凿井伐盐，问鬼讨钱；鸟道纵横，百步九回；欲访地仙，先找乌……"

---

① 《智取威虎山》中的土匪头子座山雕手下有八大金刚，打入土匪内部卧底的杨子荣被排到了第九的位置上，故称"老九"。座山雕挽留杨子荣的时候曾经大呼："老九不能走。"

第二章
潜逃者

我听孙九爷口中所言半文半白，像是古诗，又像是顺口溜，而且内容离奇，一时间难解其意，直听到"欲访地仙"四字，心中方才醒悟："多半是寻找地仙村古墓入口的暗示！"

这时胖子在旁说道："这孙老九，不会喝就别喝，你能有胖爷这酒量吗？你瞧喝多了就开始念《三字经》了，这都什么乱七八糟的……"

我赶紧把胖子的嘴按上，支起耳朵去听孙教授酒醉后的"胡言乱语"，可他说完"欲访地仙，先找乌……"就再没了下文，伏在桌上昏睡不醒，口中再也不说什么了。

我心痒难忍，恨不得把孙教授的嘴掰开，让他从头到尾一字不漏地再说一遍，关键是那句："想找地仙墓封王坟要先找到黑什么？"开头的几句我没仔细听，现在想想，好像是："什么好娘子给大王煮下水？"

Shirley 杨有过耳不忘的本事，她说："不是什么好娘子煮下水，孙教授刚才说的应该是——好个大王，有身无首；娘子不来，群山不开；烧柴起锅，煮了肝肺；凿井伐盐，问鬼讨钱；鸟道纵横，百步九回；欲访地仙，先找乌……"

我赶紧把这几句话记到笔记本上，看来孙九爷还有些关于地仙村古墓的资料藏在肚子里，他情绪激动多喝了二两，这才无意间吐露出来，他这几句不囫囵的话中究竟有什么哑谜，我们根本无法理解。

Shirley 杨说："'好个大王，有身无首……'？想来'王'字无头，正是个'土'字，会不会是个藏字谜，暗示着地仙村古墓中的秘密？'娘子不来，群山不开'，这句又是藏的什么字？应该不是字谜，后面几句都拆不出字来。"

我此时也是丈二和尚摸不着头脑了："有身无首的大王？谁是无头之王？开山娘子又是谁？这第一句都想不明白，后面的暗示自然没有了头绪。"

胖子说："待胖爷去找杯凉水来，把孙九爷喷醒了，再严加拷问。如果不肯说实话，咱就得给他上手段了，什么辣椒水、老虎凳之类的狠招，都往他身上招呼，大刑伺候。"

我摇头说："咱们这儿不是渣滓洞白公馆，孙教授也不是被捕的革命者，怎么能对他用刑？我看今天就别折腾他了。一会儿咱们吃完饭，就把他带回家，等他清醒了再问也不迟，谅他也不敢有所隐瞒。"

随后我们三人满腹疑问地吃了饭，由 Shirley 杨付了钱，带着孙教授回到我住的地方。在院门口，孙教授迷迷糊糊地问我："嗯？这是哪里？别让我去农场，我不是右派，不是叛徒，我没杀过人……"

我安慰他道："放心放心，不会武装押送你去劳改农场，您看这是到我家了，这地方叫右安门啊，被打成右派也不要紧，不管是哪国的右派，只要住到这右安门……一发安稳了。"我心中却疑惑更深，心想：孙教授杀过人？他杀了谁？他脾气虽然不好，却不像是能杀人的主儿，杀人不是宰鸡，那可不是谁都有胆子下手的。

胖子不耐烦等孙教授酒醒，到家后便去潘家园练摊儿了。下午的时候，我和 Shirley 杨见孙教授清醒了，就给他倒了杯热茶，我把房门关上，搬了把椅子坐到他面前，单刀直入地说："九爷，实不相瞒，您刚才喝高了，把当年杀人和当叛徒的事都说出来了，可是以我的眼光来看，说您爱慕虚名不假，但要说您是杀人犯，打死我也不肯信，我估计您一定是被冤枉了，不妨把这些事的来龙去脉，给我们讲讲。"

我又拍着胸口保证，这件事只要是我能帮上忙的，赴汤蹈火，在所不辞，肯定想方设法还他一个清白；万一力所不及，今天听他说的话，我和Shirley杨都烂在肚子里，也不会向外人吐露只言片语。

孙教授自知酒后失言，但看我和Shirley杨神色诚恳，只好把他在"文化大革命"时期遭遇的事情说了出来，也不到竟然也与那地仙村古墓有着千丝万缕的联系。孙教授想找地仙村古墓，其中八成的原因是与他当年在劳改农场的经历有关。

"文化大革命"的时候，孙学武受到冲击，由于人缘不好遭到诬陷，刚开始被人指控有生活作风问题，后来不知哪个小人出首，给他扣了顶"革命叛徒"的帽子，公审大会的时候哪儿由得他自己辩解，眼看被五花大绑拉到刑场要就地正法了，幸好他的老同学陈久仁，也就是陈教授挺身做证，证明孙学武觉悟很低，根本就没参加过革命，所以谈不上是叛徒，这才让他逃过了一劫。

后来孙学武和陈久仁这对难兄难弟都被下放到陕西的果园沟，进行劳动改造。果园沟其实根本没有果园，而是一处开采石头的采石场。陈久仁一介文士，抡大锤凿石头的活哪儿受得了，没出半个月身体就垮了，幸亏家里托了关系，开了个胃里长瘤的医院证明，把他接回北京治病，这才没死在农场里。

但孙学武就没人管了，他孤家寡人，老婆早就死了，没儿没女，又没路子，只得在农场里一天接一天地苦熬。好在他身体素质比较好，新中国成立前干过农活，从事如此沉重的体力劳动，短时间内还能顶得住，但是精神压力太大了，前途渺茫，不知道将来会怎么样。而且这些劳改人员还要互相检举揭发，你不揭发别人，别人也得想方设法来揭发你，那日子简直就不是人过的。

孙学武在农场里认识了一个人，这人在抗美援朝的时候还是个团长，姓封，也不知道他是什么原因被送来下放劳动。由于跟孙学武总搭伴劳动，

有些同病相怜，两人彼此之间还算比较谈得来。有一天封团长偷着跟孙学武说："老孙，这种人不人鬼不鬼的日子，我实在是熬不住了，想了好几天，如今想好了，打算跑。我看你也快不行了，你干脆跟我一起跑吧！"

孙学武大吃一惊，问封团长道："跑？你不要脑袋了？再说这农场虽然戒备不严，但毕竟是在大巴山脉人烟稀少的深山里，就算跑出去了，之后呢？之后又往哪儿躲？被抓回来还能有好吗？"

封团长似乎很有自信，他说："过了山就算入川了，我老家就在四川，与其困在这儿等死，我还不如冒险穿过大山，只要回到老家，那就是鱼入大海、鸟上青天了。"

原来这位封团长祖上是明代的地方豪族，曾做过观山太保，也就是盗墓的。观山太保在四川很早以前的一座古墓里挖出了龙骨天书，参悟玄机后，得了大道，就此成仙。他在所盗古墓的地宫中，造了一座地仙村，作为百年后藏身之所。据说谁找到这座地仙村，拜过地仙观山太保，谁就能长生不死，从此不吃不喝，连人间烟火都不沾了。

可这地仙村古墓藏得太深，无迹可寻，从明亡至今，都没有任何人能找到，不过当年地仙给封家后人留下几句暗语："好个大王，有身无首；娘子不来，群山不开；烧柴起锅，煮了肝肺；凿井伐盐，问鬼讨钱；鸟道纵横，百步九回；欲访地仙，先找乌羊……"

在这个古谜中，藏有地仙村入口的重要秘密，除了封家人，从不肯说与外人知道，当时封团长只对孙教授说了一小半，劝他跟自己一同跑回四川，躲入地仙墓中避难。别看封团长当过兵打过仗，可他对于祖宗传下来的这些虚无缥缈之事，格外迷信。正是这个原因，他才被下放到此。如今他受不了凿山采石的这份罪了，就想潜逃回老家，能不能成了仙长生不死还难说，但总算有一个投奔的去处，反正如今里外都是个死，万一封王坟中真有天书，那就跟着祖宗成仙去喽！

孙教授当时听了，就觉得这位封团长肯定是脑子有问题，可能不堪重负，精神崩溃了，怎么什么都敢说？这年头就冲刚才那番话，枪毙他十回都不嫌多。

14

于是孙教授表明了态度，坚决不肯跟他同去，说："要去你自己去吧，你放心，我绝不会背后告密。"

封团长冷笑道："常言说得好，莫将心腹事，吐口对人言。我既然跟老孙你说了潜逃计划，就算你不揭发，恐怕我逃了之后，你也脱不开干系。这么着吧，我就帮你一把。"

孙教授大惊："你想怎样？"话音未落，后脑勺就吃了一镐把，当即昏了过去，等醒来后早已不见了封团长的踪影。

封团长失踪之事，在劳改农场中闹得沸沸扬扬。搜山的人找遍了方圆百里，连封团长的一根头发都没找到，他也不可能插上翅膀飞了。这时有人揭发说最后看见孙教授和他在一起。孙教授当时就被提审，可孙教授也知道这事绝对不能说，否则必然越究越深，就算想说实话也没法说，难道照实说封团长去地仙村古墓求仙去了？谁能信？只好一口咬定可能是跑了，其他的一概推说不知道，后脑勺有伤为证，自己也是受害者。

此事虽不了了之，但人言可畏，有人就开始怀疑大概是孙教授和封团长有私仇，暗中把封团长杀害了，不知道把尸体埋到什么地方了。这种说法虽然没被官方认可，但在私底下广为传播，人人都把他看成杀人犯，直到粉碎了"四人帮"，他对这件事还是解释不清。

孙教授也不清楚封团长有没有逃回四川，而且封团长后来被平反了，就算他当初在深山中躲藏起来，如今也可以挺直腰杆出来了，可还是不见他露面。这个人就如同人间蒸发了，这么多年来，始终是活不见人，死不见尸，所以有关他"早已被敌特孙教授害死，藏尸荒山"的谣言就更令人深信不疑了，只不过暂时没有证据，谁都拿孙教授没办法。

封团长失踪的谜团，在日后就成了孙教授的一块心病。他后来在工作中接触到有关地仙村古墓的种种传说和记载，便格外留心，一是想从中找到周天古卦，使自己的研究成果能有所突破；另外也是想找找那位失踪了十年的封团长，洗刷当初蒙受的不白之冤。

可孙教授也知道，封团长出逃之后，很可能已经在山里喂了野兽，或者掉入哪处山涧里摔死了，逃到四川的可能性微乎其微，即便找到地仙村

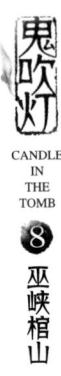

古墓,也未必能从墓中找到此人。不过孙教授隐隐有种唯心的预感:"封团长这个人,很不一般,搞不好他真能找到古墓入口,而且现在还活在世上。"

我听罢孙九爷的讲述,脑中一转,已有了些主意:"地仙村的谜语咱们一时半会儿解不开,而且青铜卦镜最多只能再使用一两次,不到关键时刻,还不能轻易用它占验地脉风水,但我看这位封团长,却是寻找古墓的重要线索。关于明代地仙的传说,大多扑朔迷离,向来只说是在四川,却没个大致的区域,甚至不知是巴地还是蜀地,是川东还是川西,不得要领,万难寻找。但是只要能打听出封团长老家是哪个县哪个镇的,咱们就亲自过去顺藤摸瓜、见机行事,想找出墓道入口,料也不难。"

孙教授一时还下不了决心,但是他答应我们先设法打听封团长的老家在哪儿。可隔了十多年,好多地方早已物是人非,果园沟农场也早就不存在,连封团长的部队番号都不知道,想打听到确切的消息并不容易,此事需要经过一些特殊渠道,就算立刻去办,也不是一两天就能有结果的。

我只好先把青铜古镜妥善收藏起来,耐下性子苦等,而从香港传来消息,多铃的病情正在一天天加重,已经有多处尸斑开始出现高度腐烂的迹象。我极是心焦,和 Shirley 杨、胖子三人摩拳擦掌,只等孙教授的消息,便可入川搜山剔泽,不料孙九爷如石沉大海,始终没有消息。

第三章
云深不知处

　　Shirley杨见不能再耽误了,便托明叔将多铃送到美国治疗,费了好一番周折,才将她体内的尸毒稳定住。西方有位学者,研究南洋巫术多年,他认为"降头"是很古老的巫术,也可以说是一种深度催眠术,通过特殊的媒介,使活人接受暗示,相信自己已经死亡,身体便会逐渐开始腐烂。

　　姑且不说他的观点正确与否,当代科学虽然发达,西方科学却只研究物理运动,忽视人的精神与意识层面,缺少对直觉、灵感、超感官知觉等非正常状态心理学的研究,对于南洋降头这种违背物理常识的邪术,使用深度催眠治疗也完全无能为力。

　　所以我们只能求助于最古老的方式,把多铃安置在医疗设施先进的医院中,并请移居美国的泰裔降头师为她拔降;另一方面广泛搜集地仙村古墓的消息。我琢磨着也不能在一棵树上吊死,又调查是否还有其他古冢内藏有真丹,可古尸体内结出丹鼎,实是罕见难寻,打听来打听去,皆无着落。

　　光阴似箭,日月如梭,冬去春来,又是小半年的光景,迟迟等不到孙九爷的调查结果。转眼到了夏天,正好是陈教授做寿,我也带着Shirley杨、胖子、大金牙、古猜、明叔等人回国为他拜寿,顺便探探孙九爷那边的进

展如何。

当天陈教授家中高朋满座,免不了迎来送往的一番热闹,我估计孙九爷和陈教授是老交情,按礼数应该过来,可一直等到寿宴开始,也没见他出现。

陈教授德高望重,亲戚朋友众多,光是他教过的学生就来了一批又一批,虽是热闹,场面却显得有些混乱,陈教授的房子虽大,也招待不了这么多人。

我和胖子、大金牙这一伙人,与那些学院派的人完全不熟,而且我们几人去美国闯荡了几个月,自认为见过了世面,都不是俗人了,更不愿意去理会那些国内的知识分子,也无心去结识他们。乐得自己清静,围在最里面的一张桌子喝酒,着三不着两地胡侃。

胖子最近自我感觉格外良好,不时笑话那些客人的穿戴土里土气:"这都什么年头了,还穿大岛茂西服?洋不洋土不土的,真给咱中国人跌份儿。"

明叔说:"有没有搞错啊肥仔,人家穿起来,最起码显得文质彬彬嘛,你以前穿衣服的品位还不如他们,其实现在你的……"

胖子闻听此言,差点把酒瓶子直接拍到明叔头上。大金牙赶紧劝道:"别看明叔你是香港人,可眼光就是不行。香港让清政府割让给英国之前,不就是海边打鱼的渔村吗?渔民穿什么咱又不是没见过,再说您老祖上不也是内地的散盗吗?可胖爷是什么人啊,人是高干的底子,将门出身,甭管穿什么,那一身派头真是谁都比不了,单穿条裤头,都显得倍儿深沉。"

胖子骂道:"老金你他妈夸我呢还是损我呢,穿大裤衩子还深沉得起来吗?"

我插口道:"大金牙还真不是胡说八道,胖子你没看过思想者的雕塑吗?那哥们儿不也光着腚吗?全世界你都找不出来比他再深沉的人了,也就你王胖子在澡堂子里打盹儿时的气质,能跟这哥们儿有一比。"

明叔抱怨道:"你们这班衰仔,篡改历史的水平比日本仔还要厉害……"

众人正胡言乱语,这时Shirley杨扶着陈教授到我们这桌来叙旧,我们都赶紧站起身来。一看几个月没见,陈教授似乎又添了几条皱纹,我就劝陈教授说："不行您就歇了吧，革命自有后来人，都这岁数了，也该在家享几天清福了。"

陈教授笑道："都坐都坐……还不到退下来的时候，我这把老骨头还有余热可以发挥。你们不远万里来看我这糟老头子，太让我高兴了，今天一定要多喝几杯。小胡、小胖，你们到了美国生活得还习惯吗？"

胖子说："习惯是习惯，就是替他们着急，这帮大老美啊就是傻实在。上次我们去一家中国饭馆吃饭，看一大老黑来吃东西，吃出一鱼丸来，一嚼还挺弹牙，伸着拇指他就喊'OK'呀，不过他哪儿懂吃的是什么啊，就找人打听这玩意儿是什么，结果问明白了大老黑就傻了，大惊小怪，他说他做梦也想不到鱼也有睾丸。都傻到这份儿上了，您说我能不替他们着急吗？"

陈教授被胖子说得一愣，只听胖子又说："其实往深处想想，也不是他们的错。我这人唯一的优点就是太爱学习，到国外闲着没事喜欢研究当地历史，看看西方新兴资本主义是如何取得成功的，他们怎么能这么有钱呢？不研究不要紧，这一研究吓我一跳，敢情倒退二百年，他们也都是过去开荒的呀。"胖子说得口滑，又想接着侃他对非洲的看法。

我见苗头不对，赶紧制止说："王胖子，你这种言论带有种族歧视倾向，回国了说说不要紧，在美国可千万别提，再说亚非拉美都是同一阵营，你爹年轻时候还要过饭呢，你才刚吃饱了几年，怎么能忘本歧视非洲的阶级弟兄呢？"我和胖子与大金牙等人，当即就种族问题与西方资本主义兴衰问题，开始了激烈的讨论，光图嘴上侃得痛快，竟把陈教授晾在了一旁。Shirley 杨对陈教授说："您别生气，他们这些人到了一起，永远说不出什么正经话来。"

陈教授宽容地微笑道："话不能这么说，你看他们讨论的问题，还是……还是……还是很有深度的嘛。"

Shirley 杨对我使了个眼色，我自知失礼了，赶紧脱出战团，留下胖子舌战大金牙与明叔，我拽着古猜，和 Shirley 杨、陈教授一起走到院子里。

陈教授家是独门独院，闹中取静，显得格外清幽。陈教授摸了摸古猜

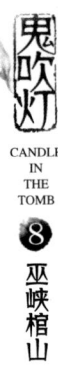

的头，他也替多铃着急，又问我今后如何打算。

我没敢将孙学武的事情对陈教授说，只说眼下已经有了些转机，让他不用为此担心。

陈教授对我说："只要我能帮上忙的，你们尽管开口。刚才一直没来得及问，你今后在美国有什么打算？"

我说："这段时间没顾得上仔细想今后的事，将来可能还是做老本行，在美国收购点古玩什么的，上次在南海捞了许多青头，到了美国一估价，数目大得让人眼晕。不过我在部队里过惯了简朴的生活，现在觉得要这么多钱也没用，家中就算有豪宅广厦，晚上也不过只睡一张床，即便家中有金山银山，一顿也只不过吃一碗饭。

"所以，我希望用这笔钱设立一个基金，只要是战争孤儿，不管是世界上哪个国家哪个民族的，我都愿意资助他们到一个远离战火的国家中生活、学习。"

陈教授不住点头称赞："当初没看错人，真是替你感到由衷地高兴。Shirley 杨父母都不在了，我就把她当作亲生女儿一样看待，今后把她托付给你，老头子我可以放心了。再唠叨一句，婚事该抓紧办了，不能再拖了。"

我连声称是，却不耐烦说这些家长里短，正准备把话头绕到孙九爷身上，向陈教授打听一下他最近的动向，就见孙学武提了盒寿桃自门外匆匆进来。陈教授上前拖住他的手："姗姗来迟，要罚酒三杯。"不由分说，便将他拽进了客厅。

我和 Shirley 杨对望了一眼，心想正点子总算露面了。刚才孙教授见了我们，脸上神色不定，也不知事情是否有了眉目，只好等会儿拽住他问个清楚。

直到晚上九点多钟，前来给陈教授贺寿的客人才陆续散去，留下满屋子杯盘狼藉。我让胖子和大金牙等人帮着送客收拾，我则找个空子，把孙学武拽进陈教授的书房。

我迫不及待地问道："九爷，封团长老家在哪儿打听到了没有？怎么拖了这么久？"

孙教授愁眉不展："我也急啊，可有资料能查的，只有封团长参军时留在部队的籍贯和地址，后来好不容易找到了他的档案，却始终查不到他祖籍所在。"

我这才明白，看来此事果真不易。明末流寇入川，以及清末战乱，导致流民迁移，造成四川、湖南、湖北等地产生了大量移民，所以留在档案中的籍贯地址并非封团长好几代以前的祖籍，如果找不到他至亲至熟的人，恐怕没人能知道详情。

我心里凉了半截，又问孙教授："那么说是没指望找到了？"

孙教授说："我多方打探，直到今天中午刚有了些头绪，不过……"说着拿出一本刚刚买到的中国地图册来，翻开来指给我看，"只在此山中，云深不知处。"

我仔细看了看他所指的位置，原来是长江三峡一带的巫山。自古都说巫山朝云暮雨，神女峰朦胧缥缈，远古时是巫咸的封地和陵墓所在，故称"巫山"，沿用至今。此地常年云遮雾罩，云雾把山脉走势都遮住了，所以摸金校尉的"望"字诀派不上用场，具体位置还要更确切一些才好。我问孙教授："巫山属中龙支脉，在青乌风水中向来有群龙无首之说，最是让人不可捉摸。此山也在受巫楚文化影响的范围之内，有许多古老的风俗传说。现在虽已查知封团长的祖籍在巫山县，可这片区域的范围仍然太大了，难道就没调查到具体是在什么镇什么村？您也不要跟我拽文说什么云深不知处，他老家的镇子总要有个地名才是。"

孙教授颇感为难地说："我倒是打听着了镇名，叫青溪镇。可这地图很详尽了，巫山县里大大小小每一处都有，却偏偏找不到名为青溪镇的地方，所以才说'只在此山中，云深不知处'。"

第四章
小镇里的秘密

我听孙九爷说巫山县的地图中没有青溪镇，也觉得有些迷惑，是不是消息来源不准确？又或许是历史沿革变迁，古时的地名没有沿用下来，所以新近出版的地图中没有标注？此镇既是明代还存在于世，必然是个古镇，荒废遗弃了也该有遗址可寻才对，不可能连块瓦片都没剩下。仔细查查地方志，说不定能找到线索。

孙教授点头赞同："当初我骗老陈请你们去南海打捞古镜的责任在我，我想了许久，决定要跟你们同去，有什么计划？"

我想了想说："九爷你总算是想开了。青溪古镇之事，可以到了巫山县再打听，咱们不能再耽误了，明天就出发，人不宜多，知道的人越少越好，等会儿咱们合计一下。"

我从书房里出来，看外边的宾客已散得七七八八了，陈教授喝得大醉，早被人扶回卧室休息了。我把Shirley杨和胖子唤进书房，反锁了门，密谋去巫山"实地考察"的计划。陈教授家的书房里，一柜柜的尽是书，自然有不少地方志一类的文史资料。孙九爷翻箱倒柜地找了几部大砖头一样的书籍，查阅巫山县的历史沿革，却没发现有什么"无头大王"的记载，看来封团长提及的暗示，并不容易找到答案。

我对孙教授说："巫山有没有无头之王我不清楚，但据说清朝雍正皇帝遭到刺杀，被吕四娘割了头去，所以雍正下葬的时候，接了一颗金头，这倒是有身无首了。可他是皇帝，要说是王，岂不是给他降级了？再说年代和地理位置也不吻合。"

孙九爷说："此乃野史传说，不足为信。巫楚文化时期，也曾有一位无头将军，但他也不是王侯。古代枭首之刑十分普遍，乱世之中，有许多王侯将相，甚至皇帝，最后都落得身首分离，要一一细数起来，恐怕永远找不到头绪，所以咱们的目光，还是应该集中在巴蜀之地。"

众人商量了许久，都想不出巫山附近有哪个"无头之王"。Shirley 杨说："恐怕此王非王，当地的传说还是要到了巫山县之后再打听，才能得到证实。既然明天就出发入川，理应先制订周密的计划才是。"

孙九爷说："是不是得想办法开个介绍信什么的？到地方上住宿行走也都方便，要开介绍信至少需要再等一个月。"

我说："用不着开介绍信，不过有介绍信确实方便，干脆我自己写一张，让大金牙找个刻印的师傅，连夜刻个萝卜章盖上就行了。"

孙九爷咋舌不已："还是你有种，介绍信也敢自己开？"

胖子嘿嘿一笑，说："这年头认戳不认人，带套萝卜章有备无患。孙老九你是不知道，潘家园就有不少专门靠刻萝卜章为生的手艺人。"

Shirley 杨却不知介绍信的用处，问我要带什么装备，巫山的自然地理环境如何。我对 Shirley 杨说："巫山我从来没去过，但我以前在部队的时候，曾有几个重庆籍的战友。据他们说，巫山是川东门户，县城里坡多台阶多，整体地形概括起来，是七山一地两分水，无尽长江滚滚流。山中多云多雨，咱们以前留在北京的工具装备都不多了，但我看应该足够用了。这回虽然也是入山，但当地比不得新疆沙漠，炸药枪支一律不能携带，除去摸金校尉的工具，只带急救药品、工兵铲、照明、通信器材，以及简易的登山设备就足够了。"

胖子说："带了枪才如虎添翼，手里没家伙，胆子都不壮。我估计那

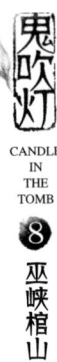

伙观山太保也不是什么省油的灯，多半是老练的贼精、杀人的强盗，再多带些炸药才有备无患。"

我告诉他说："最近这些年，铁道公路上都盘查得极紧，不允许携带易燃易爆物品。再者来说，所有关于地仙村古墓的传说，多是形容神秘诡异之处，却不曾说它恐怖危险，我看最多不过是有些年久失灵的机括销器儿。咱是进山考察，又不是去打仗，想来那座藏在巫山里的地仙墓，不过是明代一个大地主的坟墓，它主要是藏得隐秘，不可能如同帝陵一般坚固巨大，所以没必要带着大炮去打蚊子，这回主要得依靠咱们摸金的手段。"

孙九爷插口说："好你个胡八一，经验如此老到，句句都教你说在点子上了，还敢说你不会盗墓的手艺？不过要想找到地仙村古墓，还非得有你这等人才做得。"

我说："在破解古代符号和谜文方面，您孙九爷是元良，可说到搜山寻龙，您却是外行人。不过至于那套什么'好个大王，有身无首……欲访地仙，先找乌羊'的寻仙词，还得指望您想办法破解，到时候咱们双管齐下，不愁做不成此事。"

我话虽如此说，心中却并未作乐观估计，也许最后不得不面临一无所获的结果。地仙村的传说极是神秘，多为正史所不载，唯一比较可信的一段记载是清代川人所著的一本笔记《巴蜀杂录》，其中提到："明末清初之时，流寇入川，大举盗掘古墓，欲求取地仙墓中丹鼎天书。""丹鼎"是个很特殊的词，是古尸内丹的学名，要不是我实在想不出别的招了，也不会仅凭着只言片语的记载，就动念去四川寻找地仙村古墓。另外明末流寇挖山穴地的传说也并非发生在巫山地区，不过《巴蜀杂录》并非野闻荒谈，书中真实地记载了四川许多的风物逸事，还是比较可信的。

这时胖子想起还有个重要的问题没有讨论，当即站起来说："刚才老胡说得挺好，但思想工作方面谈得还不够，本司令再给大伙儿补充几句。都是凭手艺吃饭的，面对南海疍民们声泪俱下的哭诉和求援，咱们摸金校尉决不能袖手旁观。听你们说，那观山太保是个通天大盗，他在巫山古墓里藏的金珠宝玉肯定堆积如山。我看咱们探险队，应该本着不能贪污浪费的原则'升棺发财'，到时候该归堆儿的归堆儿，该打包的打包……"

孙教授立即反对："绝对不行，只把周天卦图的龙骨纹拓下来即可，别的一律不动。我重申一遍，我不是为了发财。"

胖子说："你这不是自欺欺人吗？争名就比逐利高尚了？"我拦住胖子说："为人处世，各有各的道，强求不得。别的事情我就不管了，反正古尸金丹我必须给它抠出来。现在争论这个还为时尚早，等找到巫山古墓再相机行事便了。"

商议完毕，我们四人便各自整顿收拾，第二天一早动身出发。少不了有路乘车、遇水登舟，那些饥餐渴饮、舟车劳顿之苦也不在话下。

巫山县正是长江三峡中巫峡的一段，长江的滔滔巨流以气吞山岳之势，劈开崇山峻岭向东而去，这段峡区分为瞿塘峡、巫峡、西陵峡三段，峡与峡之间有宽谷相连，全长将近两百公里。

瞿塘峡以雄伟险峻著称，西陵峡则是滩多水急，其名由来，也可追溯到汉代，就同阮陵、武陵这些地名一样，都是由于埋有古冢或藏有悬棺而得名。但现在早已找不到丘陇陵墓的遗址，更没人能说得清这些以"陵"为名之地埋葬的都是哪些古人。

巫峡则是以幽深秀丽为特征，山脉绵延，云腾雾障。巫山县通着盘山公路，可以乘长途客车进县城。山路蜿蜒崎岖，偏巧当天雾浓，汽车行驶得格外缓慢。周围浓绿染透的密林，以及怪石凸起的山坡，在云雾缭绕中若隐若现，教人难以一睹群峰秀色。

没走一半路程，司机就把车停了，估计他是嫌在雾中开不起来，怕出事故，想等到云雾散开的时候再走。当时中国的汽车还少，有驾驶证的人更少，所以会开车的人备受尊敬，谁要是认识个会开车的人，在旁人面前就会觉得脸上有光。这种风气在山区更重，模样好条件好的姑娘，都愿意嫁给开车的。嫁了司机的既美气又神气，没嫁成的整天眼泪汪汪。司机牛气也大，说一不二，他不想走的时候，绝没乘客敢去催他，要是司机一高兴喝上几两，下午再睡上一觉才肯开车也不是不可能。每天只有这一趟车，想不坐都不行，我们入乡随俗，也只好在路边的一个小镇上吃饭休息，顺

便打探青溪镇和无头之王的消息。

这个小得不能再小的镇子依山而建,建筑多是红白两色,大多是新中国成立前就有的老房子。我们在镇口找了个当地的小吃铺整晌午饭。老板是个秃脑壳,呆里呆气,按他们当地话来说就是"瓜兮兮的",见有人来吃饭就咧着嘴笑,也不懂得招呼客人,但你要吃什么他就能给你做什么,手艺还算要得。

我吃了两碗包面①,肚子里有了底,一路饱受颠簸的脑壳也清醒了许多,便对 Shirley 杨和孙九爷使了个眼色,让他们继续吃饭,我去套些舌漏出来。我当下起身走过去,给那秃头老板递了根烟,借机搭个话头:"老板,脑壳好亮哟,看来一定是吉星高照。"

秃脑壳老板闻言大喜,问我是从哪里来的。我说:"我们是从北京来此地考察历史古迹的,跟你打听个地方看你晓不晓得。"

秃脑壳老板点头道:"要得,不知你是要打听啥子地方?"

我问他:"知道不知道巫山青溪镇在哪儿?还有这附近在古代有没有什么大王被砍掉了脑壳的传说?"

秃脑壳老板摇头道:"没得听说过,哪里有啥子大王被砍掉脑壳?新中国成立前老百姓被土匪军阀砍掉脑壳的倒是很多,那时候我还是个半大的娃儿,听老人们讲,街口的木桩就是斩首用的……"

我一听这小吃店的老板果然是"瓜包气",问他还不如不问,便想再问旁人,转头看看四周,一眼瞥见街角一个上着半边门板的老铺子,看门面是卖杂货的。

可奇怪的是,店铺门前用麻绳吊着一个小棺材般的木头匣子,匣身走了许多道大漆,都是漆成黑色,看起来年代久远,漆皮剥落风化,单看那木料成色,便知是紫檀,必定是有些来历的古物,而且形状非比寻常。我越看越奇,想不到在这毫不起眼的偏僻小镇中竟有此物,被我撞见,也算是我们摸金校尉的造化。

---

① 包面,即馄饨,巫山地区的方言。

第五章
黑匣子

  我把目光落在店铺门前悬挂的黑匣子上多时，看得准了，心中有了数，料想不会走眼，便转头去问秃脑壳老板："再跟您打听个事，街上那间杂货店是国营的还是个体的？"

  秃脑壳老板一边在灶上忙活着，一边抬头看了一眼我说的那间铺子，答道："那个是个体的，老掌柜叫作李树国，是保定府的外来户。打烂仗的老巴子，只晓得冲壳子，根本不懂做生意，没得啥子正经货色，你想买啥子东西，不如沿街走下去，有国营商店哦。"

  我一听杂货店老板是保定府人士，那就更不会错了，谢过了秃脑壳，回到Shirley杨等人身边坐下。Shirley杨问我："怎样？打听到什么消息了？"

  我说："这里的人都不知道没脑壳的大王，不过却另有些意外的发现……"说着我用手一指街角的杂货店，让众人去看店门前悬挂的黑匣子。

  胖子奇道："是棺材铺啊，老胡你要给谁买棺材？"

  孙九爷说："那肯定不是棺材模型，常年在农村乡下走动，没见过民间有这样的棺材铺，再说哪儿有杂货店卖棺材的，不知道门口挂个木匣子有什么讲究，莫非是吃饱了撑的？"

　　Shirley 杨的外祖父，是民国年间名动一时的搬山道人，江湖绿林中的门道无不熟知，所以 Shirley 杨虽是在海外长大，却通晓江湖上的山经暗语。别看身为教授的孙九爷和胖子不明所以，她却已瞧出些许端倪，对我说："这木头箱子上全是窟窿，像是养蜂人的蜂箱一般，恐怕店中掌柜是蜂窝山里的来头。"

　　孙九爷听得纳闷："蜂窝山？养蜜蜂的？不能够啊。你们瞧那些窟窿，大小不一，深浅不同，毫无规则可言，可能都是用刀子戳出来的，这可能是当地的某种风俗。你们先不要武断，咱们有必要尊重当地群众的民间风俗。"

　　我说："孙教授您在这方面真不是一般的外行，我都懒得跟您抬杠。咱也别光说了，干脆进去买些东西，看看此店里面是不是藏着位蜂窝山的老元良。"

　　胖子其实也是一窍不通，但仍然不懂装懂，对孙九爷说："露怯了吧？不懂别瞎说，别以为是个什么专家，就能在一切领域说三道四。专家教授也不是万事通，以后多跟胖爷我学着点吧，进去带你开开眼。"说完紧扒了两口饭，拎起背包，跟我们一同来到那间老铺门前。

　　铺中有一老一少两人。老的七八十岁，头发胡子都花白了，手里握着俩铁球，躺在竹椅上昏昏沉沉地半睡半醒，想来此人就是姓李的老掌柜；另有一个二十出头的年轻姑娘，长得眉清目秀十分水灵，扎了两条辫子垂在胸前，从上到下透着干净利落，一看就是本地的川妹子，不像与那老掌柜有什么血缘关系，可能是店里的售货员。她见我们进了店，立刻忙着招呼，问我想买什么东西。

　　我左右看了看，店内摆设虽然古旧，但各处打扫得一尘不染，有个老旧的木头柜台，也不知用了多少年头了，磨得油光锃亮，柜上最显眼的是一大排的玻璃罐子，里面装的都是五颜六色的南糖，还有当地一些土产。货架上的各色货物，一律码放得整整齐齐。

　　我知道蜂窝山也是七十二行里的手艺人，这种店铺在明面上和暗地里，做的完全是两种生意，不过陌生人直接进来，店主人绝不会跟你做真正的买卖。我寻思着要先找个由头，正好进山盗墓需要用些杂物，出来得匆忙尚未采办，便对那姑娘说："妹儿，我们要买蜡烛，还要上好的白纸、线绳、火柴，糖块也来二斤。"

那姑娘听得明白，当下将我要的事物，按数量一件件取出来。我身边的胖子替我补充说："我说妹妹，蜡烛也要上好的，不是名牌的我们可不要。"

那姑娘以为胖子拿她寻开心，有几分生气地说："你算坛子作怪哟？有哪个是买蜡烛还要看牌子的？"

这时老掌柜把眼睁开条缝，搓着手中铁球对那姑娘说："幺妹儿，这一干人都是外来的贵客，不得无礼。"

我见老掌柜醒了，心想那幺妹儿年纪轻轻，不像是蜂窝山里的，而老掌柜虽然年迈，却不昏庸，出言不俗，说不定正是蜂窝山中的大行家，当下问道："老掌柜，我打算跟您这儿淘换几件行货，不知可有现成的？"

老掌柜不动声色地说："行货件件都摆在柜上了，客人想要什么尽管问幺妹儿去买。"

我心想老掌柜这是存心跟我装傻啊，有心用暗语切口跟他说出本意，但我只是曾听我祖父胡国华讲过一些，大多是倒斗的切口，对通用的"山经唇典"却不太熟悉，虽会几句，可总也说不囫囵，一时找不到合适的说辞，可又不能犯忌直接问，以免被对方视为外行，赶紧对 Shirley 杨使了个眼色，让她出面相谈。Shirley 杨点头会意，上前似有意似无意地对老掌柜说："途经高山抬头看，山上一面金字牌；金字牌后银字牌，排排都是蜂字头。"

老掌柜闻言猛地睁开眼睛，上上下下打量了一番 Shirley 杨，似乎不相信这番话能从她口中说出来，还以为听错了，当下动起"山经"来问道："一面镜子两山照，照出金风吹满面；不知哪路过蜂山，识得金银蜂字牌？"

Shirley 杨想也不想，便脱口回答："风里鹞子随山转，打马加鞭赶路程；队伍不齐休见怪，礼貌荒疏勿挂怀。"

那老掌柜神色更是诧异，又问："山上山下？所为何来？"

Shirley 杨道："不上不下，想请蜂匦。"

老掌柜捋着胡子微微点首，但可能还是有些不太放心，继续追问："蜂

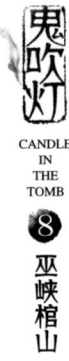

爷好见,蜂匣难请,不知请去了有哪般作为?"

Shirley 杨不肯轻易泄露行踪,只推说道:"茶留名山客,门迎五湖宾。皆是山中人,何必问苗根。"

只见老掌柜一拍大腿,从竹椅上站起身来,赞道:"言之有理,这几十年来,都未曾听过有人说得恁般敞亮。幺妹儿,快把贵客们往里屋请。"

Shirley 杨和老掌柜的一番对答,我还能听懂个大概的意思,胖子和孙九爷则是如堕五里雾中,根本不知何所云。胖子是左耳听了右耳冒,对此倒也不走脑子,只有孙教授听呆了,怔在当场,等我们都进里屋了,才听他在后边自言自语道:"都是蘑菇溜哪路的黑话呀!"

我们随老掌柜和幺妹儿进了里屋,他这铺子后面是二层木楼,都是日常起居的地方,但没把我们领到客厅,而是将我们带到了地下室。

地下室就如同一个手工作坊,里边光砂轮子就有四五个,墙边摆着的尽是袖箭、飞镖、甩手钉、飞虎爪一类的暗器。各种器械五花八门,见过的、没见过的什么都有,有些东西我们连名字都叫不上来,更不知如何使用。

孙教授从后拽住我,问这到底是怎么回事。店铺门口挂的木匣子是什么?什么是蜂窝山?怎么说了几句黑话,就把我们领这儿来了。

我说:"九爷,您可真该好好学习了,我估计您自打挂了个教授的虚衔,就不知道天高地厚了吧?人不学习要变修,所以才要活到老学到老嘛,一天不学问题多,两天不学走下坡,三天不学没法活,长此以往如何得了?"

孙教授说:"快别开玩笑了,我也不想吃老本,可这些门道我上哪儿学去?他们这葫芦里究竟卖的是什么药?"

我只好给他简单解释了一番。自古以来,多有些犯禁的勾当,所以各行各业都有自己行内的暗语,也就是现在所谓的行话,可是隔行如隔山,为了便于广泛沟通,七十二行中产生了一套通用的大切口,叫作山经。

蜂窝山是专门制作各种销器儿的工匠。不过暗器这些东西,是从古代就被明令禁止的,比管制刀具还要危险,从来没人明目张胆地开个铺子销售,都是暗中交易。店铺门前挂个黑木匣子,上面全是窟窿眼儿,那都是试暗器时候射出来的,挂在门前,懂行的明眼人一看就知道这铺子里有暗器出售，进去之后用行话一说，便可以交易购买了。要是不懂行的，一是看不出门道，二来即便出再多的钱，也没人肯卖给你真东西。

我给孙教授讲解了一通，又过去同老掌柜攀谈起来。原来李掌柜祖籍河北保定府，保定府是有名的武术之乡，李掌柜家中代代都是蜂窝山里的巧手匠人，专制各种绝巧的器械。"七七事变"之后，日本发动了全面侵华战争，李掌柜逃难入川，隐姓埋名，化了个假名，开间老铺贩卖杂货，实际仍是想做他的老行当。可是新中国成立后这些手艺和山经都渐渐失传了，在暗器上已经有几十年没开过张发过市。至今仍把木匣子挂在门前，完全是出于"见鞍思马、睹物思人"的怀旧之举，想不到竟然还能有客人识得"蜂"字招牌，好在当年的家伙式都还留着。

我们这队人此次入川，除了工兵铲之外，身边再没带任何利器，就连伞兵刀也没敢带，空着双拳进巫山深处寻找古墓，手中不免有些单薄，可巧在这小镇中见到"蜂"字招牌，自然要买些称手的器械。我们挑了几样，这年头袖箭飞镖早已经没人会使了，只是要找些带刃的利器防身。

老掌柜这里有峨眉刺，短小锋利，都是精钢打造，而且便于携带，于是每人选了一柄藏在身上。胖子又看中唯一的一把连珠快弩，这东西射程比不得步枪，但一匣四十二枚丧门弩皆为连发快箭，击发出去足以射透几十步内的盔甲，也只有蜂窝山里的能工巧匠才能制作如此犀利的器械。

胖子问道："老掌柜，您这儿的家伙真是太齐全了，我眼都挑花了，不知哪件是镇山的宝贝？拿出来让我们见识见识也好。"

老掌柜哈哈一笑，说道："要说什么镇山之宝，实不敢当，不过确实有件极精巧的器械，乃是老朽平生得意之作，长年累月地留在此间生锈，不该是它应有的归宿，只是不知你们对它感不感兴趣。得嘞，先瞧瞧再说吧，诸位英雄，请上眼了……"说着话揭开一口躺箱，里面有件东西，用锦缎密密地裹了数层，等他翻开锦缎，我和胖子、Shirley 杨同时惊呼一声："金刚伞！"

金刚伞乃是摸金校尉的护身器械，当年无苦寺了尘长老曾经传下一柄，又由 Shirley 杨从美国带回来，不过在我们去云南盗发献王墓的时候，将它失落了。此伞的材料和制作工艺都是秘密，失传已久，想再找人打造一柄都不可能，想不到李掌柜竟然造过这么一件，我有个念头在脑中一闪："难不成老掌柜也做过摸金校尉？"

我忙问根由，原来老掌柜在民国的时候名声在外，黑白两道中，没人不知道保定府的"销器儿李"，曾多有五湖四海的客人专程过来，向他定做些稀奇古怪之物。许多年前有个打算盘的商人，特意来定做金刚伞，并且留下图谱和合金比例的秘方。不过等老掌柜把金刚伞造好了，那客商却是"黄鹤一去无影踪"，再没回来取伞，到如今隔了这么多年，料来那人也早已不在人世了。

我将金刚伞拿在手中，反复看了又看，手感材质都与先前那柄一般无二。有此物带在身边，纵然是刀山火海，也敢走个来回。不由得一阵狂喜，当下也不去讨价还价，就按老掌柜开出的价钱，如数付了钱钞。

我见李掌柜也是老江湖了，说不定能从他口中探听一些消息，便向他询问青溪镇的地点所在，古代有没有一个被砍掉头的大王。

老掌柜说："看诸位不惜重金购买这些锐利器械，又都是识货的行家，此番到巫山地面来，肯定不是做些小可的举动，而且如此不吝金钱，眉宇间又多有焦虑之色，想必也不是为图财的勾当，要是老朽没看错的话，多半是救急救难之事。同是江湖中人，按理自然该当鼎力相助，可老朽也是客居此地，几十年来老病缠身，平日里极少出门，对当地风物不甚了解，恐怕帮不上忙了。"

我客气道："老掌柜的心意我们都领受了，再去找别人打听就是。"说罢就想带着众人告辞。

老掌柜道："且慢，话还没说完。老朽身边只有幺妹儿这一个干孙女，她家祖籍是青溪，何不让她来说给你们知道。"说着招呼幺妹儿过来，让她来讲青溪镇的事情。

幺妹儿不知我们想做什么，奇道："青溪镇？都没了十多年喽！路上悬吊吊的，根本去不得，你们还找它做啥子？"

第六章
五尺道

我听老掌柜说幺妹儿祖籍在青溪镇，心道："总算是有了着落。"连忙细问端的。原来在巫山山脉中，有一个很古老的镇子，名为巫镇，此乃官家的地名，当地无人不知、无人不晓。

只是据传该地为巫咸丘冢所在，所以该镇中人避讳"巫"字，皆称本镇为"青溪"，外人多不了解此情。山中有矿脉资源，极是富饶，后曾多遭兵火，而且山里的资源日益枯竭，人口逐渐流失，越来越荒芜。

二十世纪六七十年代，全国上下"备战备荒"，为了贯彻实施"防空、防毒、防核"的三防工作，在原本的矿坑中改建战备防空洞和仓库。在一九七一年前后，就把青溪镇附近居民迁移至周边几个县。但当地矿井众多，地壳破坏较为严重，防空洞修一段塌一段，施工进展很不顺利。不过随着时事变迁，防空洞修了一半便停工荒废，整个古镇随着时光的流逝，早已成了被遗忘的无人地带。

幺妹儿虽是青溪人，却并不姓封，也不知古时有无头之王的传说。青溪百姓举镇迁移之时，她随家搬到此地，父母都在"文化大革命"中去世，剩她一个，被老掌柜收留下来。

幺妹儿十一岁离家，青溪镇的事物多半都还记得。她说去青溪镇有三条路：一是水路，如今正值盛夏，江河水流暴涨，湍急危险，难以成行；道路年久失修，多处出现滑坡，也无法通过；只有一段古栈道还算完好。栈道为秦时修建，宽仅五尺，故名"五尺道"，经古栈道绕山进去，要大费周折。

我当即把地图展开，请幺妹儿指画方位路线，最好能把青溪镇矿坑、防空洞的具体位置详细加以说明。

这时老掌柜说："还看什么地图？就让幺妹儿引着你们去青溪好了，将来有机会，你把她带出山去，让她见些世面，学些真本领也好。"

我没想到老掌柜肯让幺妹儿为探险队做向导，我虽求之不得，另一方面却唯恐她会出危险。我们进巫山寻找古冢，只为救人而来。我和Shirley杨、胖子这三人是不消说了，孙九爷在"文化大革命"时也是接受过真正考验的人，而幺妹儿如何吃得住风险？她再有个三长两短，我岂不是拆了东墙补西墙？

我正要谢绝，却听老掌柜道："我家这幺妹儿为人伶俐，胆子又大，跟我学艺多年，尽得销器儿传授，又是山里长大的孩子，翻山越岭不在话下，肯定能帮到你们些许。"

幺妹儿不肯答应，她对老掌柜说："要不得，你一把年纪了，我去了谁个来照顾干爷吃饭喝茶？"

老掌柜道："傻孩子，干爷今年八十多岁了，还有几天好活？你花一般的好时候，怎好留在山里虚度日月，难道你将来愿意嫁给那个掂大勺的秃脑壳吗？干爷我虽然年纪大了，眼光却还在，看他们这一干鹞子哥精神气质最是有仁有义，都是要做大事的人物，你只管跟他们去闯世界好了，发大财、赚大钱，到时候要是干爷还没死，你再来接干爷跟你出去享福。"

老掌柜执意让幺妹儿引着我们进山，又托付我将来带她到城里做事。我和Shirley杨稍做商量，觉得有个当地人引路再好不过，不让她在前面冒险便是，于是就应了下来，权且认作我的师妹，其实我也搞不清楚这辈分是从哪儿论出来的。

这时孙教授从外屋进来说："刚才我出去看了一下，车子好像要开了，咱们得抓紧时间上路。"

山里的司机都是不肯等人的，我们只好裹了些要用的杂货，匆匆作别了蜂窝山老掌柜，五个人各拎背包紧赶慢赶地出了杂货铺，跳上已经发动的汽车。车身在不断颠簸摇晃中，一路驶出了山中小镇。

我坐在后排座位上，看了看手中的金刚伞，心道真是好一场奇遇，但愿借此兆头，顺顺当当地找到地仙村古墓。念及此处，我当即就问幺妹儿，在青溪镇附近是否有啥子地仙的传说。

幺妹儿说："老家一带有封王坟里埋着地仙的说法。不过老百姓都说地仙是妖仙，那坟墓就是妖仙坟，因为地仙会妖法，最会迷人心窍，他说进了古墓就能长生不老，骗了许多人去给他活活陪葬。不过这都是早年间的传说，现在谁也不晓得妖仙坟之事是真是假了，但青溪镇确实有姓封的。"

我想再多打听一些事情，却见幺妹儿有些舍不得老掌柜，依依不舍地望着车窗外边，便安慰她说："我比你现在小好几岁的时候，就已经离开家，高喊着'广阔天地，大有作为'的口号，千里万里地出去锻炼了，这胖子就是当年跟我一块去的。"

胖子听我提起当年的峥嵘岁月，也来劲了："那时候真是恰同学少年，满脑子都是敢笑黄巢不丈夫啊。妹妹你二十出头了，还跟老掌柜撒娇？可胖爷我当年才十八岁，就独自在晚上到山里看场，碰上鬼了，叫天天不应，叫地地不灵，没咒念，只好硬着头皮死撑……"

幺妹儿毕竟是年轻心性，极是好奇，听胖子说遇到过鬼，便忍不住向我们打听是怎么一回事。我有心要试试幺妹儿胆量，如果她连听个鬼故事都胆战，我还不如快把她送回去，便对她说："这事我听过，是我参军之后，胖子在东北山区的遭遇，说出来真让人头皮发麻，反正咱坐在车上也是闲着，就让胖子给你们讲讲。"

Shirley 杨和孙教授也觉得好奇，都在旁静静听着，只听胖子清了清嗓子，便抡圆了开侃。

地点在大哈喇子公社团山营子生产小队的屯子外边，时间是一九七〇年，也是夏天的一个夜晚。山里的仲夏之夜应该很凉爽，可那天晚上也不知怎么了，可能是要有大雷雨，闷热得出奇，天上一颗星星也没有。

就在那天，王胖子和另一个知青被指派到山上看场，就是守着开在半山坡上的几亩地。那里种的都是苞米，山里的野猪最喜欢啃这玩意儿，它啃得多，糟蹋得更多，苞米地被它一拱就是一条胡同，所以到晚上得有人守着，听见动静就出来敲脸盆驱赶野猪。

当晚另外一个知青临时有事，王胖子只好一个人上山看场。他白天套了只兔子，出门时又从屯子里顺了一水壶土烧酒，乐得自己吃喝。他就在田间地头收拾了兔子，嘴里哼哼着样板戏《红灯记》选段，等把野兔从里到外烤透了，啃一口兔子肉，喝一口土烧酒，心情飘飘然，觉得山里的小日子还挺滋润，只可惜最近没野猪出来闹事，找不到借口放两枪过过瘾。

正得意间，轰隆隆一声雷响，黄豆大的雨点就掉下来了，胖子赶紧夹着酒壶拎着啃了一半的兔子逃回草棚躲雨。不料棚子里到处漏雨，根本没法待。他一琢磨，苞米地那头有间磨坊，荒废好多年了，何不到那边避避？

这间极为简陋的磨坊从新中国成立前就有了，却已经有好多年没人进去过，不知是什么原因。王胖子哪儿管那许多，抬脚踹开木门，里面黑灯瞎火，满是塌灰，但总好过在外边被浇成落汤鸡。他把剩下的土烧酒全灌进肚子，四仰八叉地倒在木箱子上就睡，不多时便已鼾声如雷。

胖子这一觉睡得很香，也不知睡到了什么时候，半截被雷声惊醒，隐约觉得这天怎么始终不亮，翻了个身又要接着睡。

这时就听耳朵边有个女人在哭，王胖子是大胆的人，而且没什么心肺，只顾着睡，谁知耳畔的哭声越来越近，感觉都快钻进脑袋里了，他迷迷糊糊地骂道："哭他妈什么哭！"

被他这一骂，那女人的悲哭之声顿时没了，胖子却根本没去想是怎么回事，仍是接着闷头大睡。过了一会儿，就听耳边有个女人说："你别压我的鞋，别压我的鞋，你压我的鞋我就要你的命……"

这句话清清楚楚，胖子半睡半醒间仍是听得格外真切，禁不住全身上下起了一片鸡皮疙瘩，腾地坐起身来。饶是他胆大包天，也已出了一身冷汗，再看磨坊中哪儿有什么女人，门外艳阳高照，天色大亮了。

胖子心觉有异，骂了几句，起身一看，原来在身下木板上，端端正正地摆放着一双女式棉鞋，鞋头还绣了两朵娇艳欲滴的红牡丹。胖子抹了抹头上的冷汗，心中发起狠来，自言自语道："这家伙，来真格的了。"抄起两只鞋来扔在地上，狠狠踩了几脚，随后扬长而去。

回屯子后他对人们吹起此事，大伙儿都说十几年前，有个小媳妇在那间磨坊里上吊了，临死时穿着一双新棉鞋，当时连鞋一起埋坟里了，苞米地边上的磨坊也没人再去，怎么可能在昨天夜里被胖子见到那双鞋？岂不撞鬼了？有好事的人又跑去磨坊看了，也没见有什么鞋子，都说是胖子偷喝土烧酒喝晕了头。胖子也稀里糊涂地没当正经事，隔了这么多年，也没见有鬼魂前来索命。不过到今天回想起来，夜宿深山，压着女鬼的鞋子睡了一夜，也确实觉得有些毛骨悚然，天知道那天晚上是撞到哪门子邪了。

这段经历确实是胖子插队时遇到的真实之事，不过此时他在汽车上侃将出来，自是存心卖弄，不肯原事原说，不免要添油加醋，增加了许多耸人听闻的骇人桥段。

但是幺妹儿胆子大，根本唬不住她，只是觉得有几分刺激新奇，并不理会有多么可怕，还取笑胖子瓜包气，扯耙子讲个吓人的故事都讲不生动。

我暗中点头："这丫头，果然有个能做些艰险之事的胆量。"我正想打听地仙村古墓附近的风物传说，便借机说幺妹儿胆量真是不凡，在老家是不是总听鬼故事，不妨也给我们讲些来听。

幺妹儿说青溪镇历史很古老，开了几百年巫盐矿。巫盐是一种特殊的地质盐，可以加工成食用盐。古时盐税极重，私采盐是要掉脑壳的，民间大多都是偷着挖掘开采，以此谋取暴利，所以青溪镇一带的大小矿井有千百处，到清代前后就差不多开采尽了，山中再也找不到新的盐脉，加上后来大举修筑防空洞，使得山里遍地都是窟窿。天然的、人工的、半人工的各种洞穴山窟纵横交错，相互累积叠压，有的地方深可数十里，外来之人寸步难行。挖得深了难免会见到许多稀奇古怪的东西，所以各种各样的传说都有。她曾经常到矿洞矿坑里去玩，反正那时候不太懂事，也不觉得恐怖。

我听得这些情形，不禁暗地里叫苦，眼见这最后一点指望，都要抛进东洋大海里去了。青溪的各种工程把大山都快挖透了，却始终没人发现地仙村古墓，不知观山太保究竟使了什么无迹遮天的手段。也可能封王坟只是一个子虚乌有的传说，根本就不存在于世上。

不过幺妹儿说的话中，提到了穴地采盐之事，巫盐已是消失的资源了，如今不复得见。我以前做工兵的时候，都不曾听说过山里还可以挖出盐来，但此事却有些符合地仙古谜中的"凿井伐盐，问鬼讨钱"之语。

想到这些，我便以"好个大王，有身无首；娘子不来，群山不开；烧柴起锅，煮了肝肺；凿井伐盐，问鬼讨钱；鸟道纵横，百步九回；欲访地仙，先找乌羊……"之语相询，问幺妹儿是否知道这些话中藏着什么秘密。

幺妹儿茫然不解，她从没听说过封家秘传的这段的寻仙暗示，不知话里打的是啥子哑谜，但要说到"凿井伐盐，问鬼讨钱"，必定是指青溪古镇，再不会错的。旧时称采巫盐矿的矿坑为盐井，只是本乡本土的叫法，外地人大多不曾听说。

巫盐地井皆为地方豪族占据，穷人只得做苦力、窑奴。巫盐矿内常有沼气，地底又会随时涌出地下水，矿工窑奴们下井作业，每每要担许多风险，常有大批窑奴屈死在井下，故此当地民谚才说"凿井伐盐，问鬼讨钱"。

我见终于有了一些头绪，可只此一段，仍是难解全意，估计要想洞悉地仙村的谜团，仍是要先破解第一句"好个大王，有身无首"，按部就班地逐步推测。青溪镇旧时居民早已分散各地，想再多找几个人打探都不可能。那些古老的传说，也肯定要比明代的坟墓更加久远，如今的人未必还能知道。我脑中思绪杂乱，正没理会处，只见车窗外云开雾散之处，远远地显出一座苍郁挺拔的山峰，瑰丽奇俏，清幽朦胧，不觉看得入了神。

孙教授在旁也赞叹道："这就是望霞峰。传说当年天下洪水肆虐，大禹带领民众治水，所作所为乃是改换乾坤的举动，少不得有鬼神之力相助，所以神女下凡，站在此地为船只导航，年深日久化为山峰，故此也称神女峰。"他突然想到了些什么，以口问心、自说自话道，"'娘子不来，群山不开'，这段谜文中所说的开山娘子，难道是指神女峰？"

第七章
从地图上抹掉的区域

此时云雾渐合，又将朦胧的山峰遮住，孙九爷在车上仍是出神不已，反复念叨着："群山不开……百步九回……"直如痴了一般。

我曾多次看过孙教授的笔记，知道他是研究解密古代符号的年头久了，对谜文暗示之类格外执着，所以脑筋反而有些僵化，常常会钻死胡同。此时我见他又将神女峰与地仙坟联系起来，便对他说："神女峰这个传说太古老了，几乎是发生在神话时代，而且大禹更不是无首之王；神话传说中刑天舞干戚，刑天氏倒是无头的，将肚皮做脸了，但刑天氏既不是王，其事迹也不是在巫峡一带。我看'娘子不来，群山不开'这句言语，并不像是与这些神话有关，可能在巫山山脉中，另有与之对应的传说。"

Shirley 杨也说应该把注意力集中在青溪古镇附近，如果封团长那段关于地仙村入口的启示不假，地仙村古墓十有八九是在有盐井的地方。虽然以往没有人找到，但咱们有几个有利的条件：首先地仙留给封家后人的谜文，至少已经知道了一半；另外还有个撒手锏，也就是可以占验龙脉生气的青铜古镜，关键时刻，可以用它得到一些提示。

我下意识地摸了摸背包中的归墟卦镜，对众人说："我前些时候请我师兄张赢川帮忙研究卦符的用法，亏得他是占验推算的高手，晓得许多阴阳之道，加上参详南海疍人的卦数古咒，终于有了些眉目。但古镜中的海气已快消散尽了，恐怕最多能用一次，而且没有十足把握能看懂呈现出的半幅卦象，不到万不得已之时，绝不能轻易使用。发丘摸金、搬山卸岭留下许多盗墓寻龙的古术，我就不信望闻问切四法，还对付不了一介地主矿头的观山指迷。"

孙九爷不以为然："你们还是年轻，缺乏经验。你道地仙村古墓是举手可得、易如拾芥？我通过史料推测，安葬明太祖朱元璋的明孝陵，正是由观山太保选址设计，那位地仙正是接了他祖上传下的名头，连观山金牌都是御赐之物，所以观山指迷绝不是浪得虚名，应该是传统文化中的精髓。"

我对孙教授所言也是不以为然："如此论起来，摸金符却是观山腰牌的祖宗了？曹公墓就是摸金校尉造的，那才真叫羚羊挂角——无迹可寻，岂是明孝陵那种桌面上的布局可比？"

孙教授道："胡八一，你信口开河呀！摸金校尉造曹操墓这是你顺口编的吧？哪段史书上写着了？这不是对待历史应有的正确态度，我拒绝同你讨论。"

我对孙教授说道："试看古往今来，有多少大事不入正史？史书历来都是官家做的，还不是官家想怎样写就怎样写？真正的机密之事，写史之辈又从何得知？还不只是把那些悬案谜史，在白纸上留下几行言语模糊的黑字，让后人自己去琢磨，说是青史，却多有混沌不清的内容。"

我又告诉孙教授，曹操墓是藏在天地未开时留下的一片鸿蒙之气中，看似无，实则有。下葬时，要事先找到蛇女一条，刮鳞放血杀在墓中，只留其油脂带出墓室，随后封了墓道，此后再无人能从外界看到此墓形状。祭祀之时，要把蛇女油脂做灯点燃，才能够往山间红光闪现之处祭拜。等若干年后，那碗灯油用尽，神仙也找不到此墓所在。这都是古代摸金校尉的神通手段，所以千万不要小看古代人的智慧和技术。咱们在巫山里寻找地仙古冢，也绝不能想得太轻松了。

孙教授只是不信，他的原则是"书上哪怕有一个字，也能相信，一个字都没有记载的,则坚决不信",极为固执。我们一路争论不休,胖子则是呼呼大睡,谁也没注意汽车开了多久,半路上幺妹儿突然招呼司机停车。

我还以为到站了,赶紧把胖子叫醒。众人鱼贯下车,站住了一看,只见四周云雾缥缈中群山茫茫,正是前不着村后不着店的地方,就问幺妹儿这是哪儿。

幺妹儿说:"不是说过了吗,你们哪个不记得了?要走五尺道才能到青溪,从这山上下去,就上五尺道喽。"

我望了望载我们来的那辆汽车,早已开得不见影了。本想到县城落了脚再行动,但计划赶不上变化,如今只好从这儿直接进山了。幺妹儿长这么大,也只走过一次,天晓得要走多久才到。

我们五人沿着山间羊肠小道,绕山而走,不久便找到了古栈道的遗迹。那是一座峭壁插在半空,石板和木材搭成的五尺道悬在其上。这段古道是先秦时期,为向山外运送巫盐而筑。秦时工程非同等闲,长城、秦淮河、古栈道、秦陵、阿房宫等,其中的艰难奇绝和规模之巨,都令今人难以想象。

我们踏上五尺道,穿行在云雾幽深的峡谷之间,有如踏云而行,每一步下去,落脚处的石板都摇摇晃晃,有些地方石条石板都塌落了,仅有几根颤悠悠的木头凌空搭住。胖子见连幺妹儿都走得轻松自在,抵死不肯失了面子,只好硬着头皮向前,他抓住我的背包一步一挪地跟在后边。

众人谁也不敢大意,都提心吊胆地贴壁而行,哪儿敢向四周去看。有时不得不停下脚来稍事喘歇,放眼看去,满目都是上悬下削的崇山峻岭,脚下急流奔腾,势若狮吼雷鸣,看下方的山间都是云雾,仅闻得水声势大,却不见激流翻滚的情形。

五尺古道可能也不算太长,但我们就觉得这条栈道像是走不到头,越往深山里走,周遭的景色越奇,明明见到苍崖封锁无路可进,等行到峰回路转,却见云开处别有洞天,蒸郁不散的湿气借山势冉冉升腾,化作浮云细雨。有的地方是乌云滚滚,有的地方又是茫茫白露,云雾遮绕之处,都似乎是虚幻之境。古道也随之变得更加艰险,海拔落差已接近千米,谁也不敢再去分神欣赏那些缥缈朦胧的云烟变幻。

好不容易挨到尽头，众人已是个个手脚发麻，在山上就地坐下休息了许久，仍是觉得心神恍惚，都难以想象自己是怎么一步步坚持过来的，一想起回去的时候肯定还要再走一趟，不免从骨子里感到发怵。

幺妹儿指着山坡下边对我说："鹧子哥快看，下面就是你们要找的青溪镇了。你看镇里房屋还在，说不定我家以前的房子都还没塌。"

此时雨云刚散，血红的残阳挂在天边，远山暮色浓重，天地山川便如同一幅朦胧的画卷。我连忙打起精神，趁着天色还没全黑，拿望远镜看了看山下的地形，只见有很大一片古朴的民居建筑，错落有致地分布在山腰处，街道多有石阶贯通。由于古镇早已荒废了，镇中灯火人烟皆无，似乎周围连只野猫野鼠都没剩下，完全是一派鸦雀无声的死寂，连地图上都已没这地方了。

再看古镇周围，地表多遭破坏，无法观看风水形势，如果地仙村古墓藏在附近，我实在难以想象观山指迷是如何寻龙相地的。见天色已晚，众人在一番长途跋涉之下，都已是又饥又累，要有什么行动也得明天再说了，于是我取出狼眼手电筒来，调整好光圈，照着脚下道路，带头下山，要到镇中寻个地方过夜。

一行人走到山脚时，天已黑透了，幺妹儿让我找了根长树枝探路。原来从这里过去，路上都是坟坑，有挺大一片坟地，棺材都被迁祖坟的时候迁到别处去了，留下的空土坑里，长满了杂草，草高地陷，如果不用棍子像探地雷似的探着路走，这黑灯瞎火的晚上，肯定会有人陷进坟坑崴了脚。

我只好以树枝一步一戳，其余四人都跟在我身后。杂草丛中多有蚊虫，手电筒的光束更是吸引了许多飞蛾螟蛉，不停地朝人脸上扑过来，一边走路还要一边挥手驱赶。我也忍不住直皱眉头，青溪古镇的地形和环境，远比预想中的复杂许多，那死城一般的镇上不知会有些什么。

众人深一脚浅一脚地穿过坟茔，虽然身体裸露处都涂抹了防蚊药水，可仍不知被那些神风敢死队一般的海蚊子吸了多少血去。又绕过几处干涸的池塘，终于进了古镇。只见青溪镇一幢幢古老无人的建筑，皆是门户洞开，大部分连门板都卸掉了，里面的家具也搬了一空，只留下空壳房屋和满墙的语录，在夜幕中如同一片片高大漆黑的鬼影。盛夏时炎威正炽，一丝风也没有，入夜后的空气更加潮湿闷热，使人倍感压抑不安。

孙教授说："亏得咱们这是一队人，要是独自一个，谁敢在此过夜？要尽快找间房子落脚才是，否则在外被蚊虫叮咬一整夜，金刚罗汉也承受不住。"

我说："既然没带帐篷，肯定是要找间废弃的民宅过夜，不过天上星月无光，后半夜多半会有雷雨，您瞧这些房子都已年久失修，随时都可能房倒屋塌，心急不得，必须选个坚固可靠些的才安稳。"

胖子举着狼眼手电筒，站在当街往四周扫了几下："我看都差不多，天已大黑了，去哪儿找什么安稳之处？干脆碰碰运气算了，横下心来胡乱住进去，房子不塌就算是咱的造化。"

我不赞成胖子撞大运的做法，运气应该留到关键时刻再赌，怎能时时刻刻都指望拿它来搏？于是想带着大伙儿继续顺街道往里走。这时 Shirley 杨问幺妹儿："镇子里有没有公安局、医院一类的地方？或者说……哪里的房屋最大最豪华？"

幺妹儿仔细回忆了一下说："要说公安局和医院就是没得，以前的供销社、招待所、卫生院也都不像个样，房子都很古旧简陋，现在肯定不能住人。要说最大最豪华的宅子，肯定要数封家宅了，那是老大一片房子，比龙王庙还要大，不过都说里边不干净，是凶宅，老早以前就没人居住了。封家宅也是老名，后来的几代主人都不姓封，宅前的青石牌楼和石狮子，已有几百年历史了。"

我一听原来现在还有观山太保当年的阳宅，自然是要去看看，就让幺妹儿带路。她离家久了，也记不太清路，好在还能想起来封家宅是在整个古镇的中央。摸索着走过去，就到了一幢乌瓦白壁的楼前，有一对很大的石狮子拱卫在门口，正是那座古宅。

老宅大部分都被拆除了，不复当年旧貌，剩余的部分规模要比旧时小了很多，除了门前的石狮子之外，只有这幢楼和一道峥嵘巍峨的青石牌坊，是清代以前保留下来的古老建筑。

我见这楼檐柱重彩虽然都已脱落，但砖木之料和构造之严密，远远好于普通民居。作为一处年深日久的老宅，却远比镇上其他后造的房屋坚固，只是不知封家凶宅晚上是否太平。

此时天空开始下起雨来，众人都累得很了，也都不再犹豫，当即决定就在此间过夜，各自打着手电筒穿门入内。我刚一进去就是一怔，在手电筒晃动的光束照射下，见到厅内摆着许多令人意想不到的东西，我心中纳罕，房前屋后怎的会有如此多奇形怪状的石狮子？突然间一道长长的闪电如蛟龙惊空，霎时间照得厅内厅外雪一般亮，从窗户和后门中，可以看到后院里也堆满了奇异的石兽。

第八章
青溪防空洞

我们借着电闪雷鸣之际,看到封家宅的孤楼里面,尽是奇形怪状的石兽,心中多是疑惑。我走上前,用手电筒照了又照,见那石兽面目凶恶狰狞,体态圆滚,与门前的石狮子有几分相似,但并无威武气质,只能让人感到邪恶可憎。我从没见过这样的石狮子,怎么如此丑陋狰狞?

Shirley 杨说:"这些石兽不像是镇宅的狮子,倒似是陵区的守墓石雕。"

孙九爷也戴上老花镜看了半天:"肯定不是石狮子,鬃毛如剑,耳朵大得出奇,鼻孔朝天,要我看……是乌羊。欲访地仙,先找乌羊,乌羊、乌鬼就是猪啊!我一直想不明白地仙村古墓和乌羊有什么关系,本来还想着要找肉联厂打听一下,原来世上竟有这种石雕乌羊。"

幺妹儿是本地人,可她从没见过这些东西,我只好问孙九爷:"乌羊石兽是古时图腾还是镇陵的石像?"孙教授说:"不好判断,乌羊形态都被鬼怪化了,风格很是诡异,我从没见有哪个陵区以此物镇墓,也不像是神道图腾。"说完就掏出笔记本来又写又画,把石兽的每一处细节都描绘下来,以作为寻找地仙村古墓的重要参考。

我想不出乌羊石兽怎会摆在封家宅里,青溪镇世事几经变迁,教人无

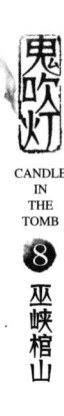

从推测，既然没有头绪，只好不费那脑筋乱猜了。为节省电池，就和胖子点了几支蜡烛照亮，在楼中找个干燥的地方搭个火灶，先烧些热水，好教众人吃些东西休息，看这古镇地势复杂，明天是有的忙活了。

我又在楼中上下走了一遍，将每间房子都看遍了，见二楼一间房内有木桌木椅，都是近代的简陋家具，桌上墙上挂了许多图纸。仔细一看，图纸都是隧道矿坑的结构，详细标记着工程进度。我以前做过工程兵，懂得看图，一看这些图纸，便赫然醒悟，原来青溪镇修筑防空洞的时候，封家宅就是施工指挥部，后来国际形势改观，工程随即废弃无效，连这些图纸都没在撤离时带走。

而那些乌羊石兽身上除了一层灰尘，还带有地下泥土的痕迹，显然都不曾被人清理过，应该是施工队从地下挖掘出来的，还没来得及处理，就因为工程中断被抛在了指挥所。

说不定乌羊石兽出土的区域就离地仙村古墓不远了，我赶紧把图纸都卷起来带到楼下，把这个发现告诉众人。这时胖子煮熟了我们携带的真空通心粉，众人早已饿了多时，当下边吃边研究防空洞的地图。

幺妹儿问胖子这是什么食品，潮乎乎的，简直太难吃了。胖子说："这可是美国货呀妹子，不过这味道嘛……确实惨了点。绝不是胖爷手艺潮，主要是美国通心粉就是这种东西，据说如果哪个美国人要想慢性自杀，他就天天吃这个。"

我却不管味道怎样，能填饱肚子就成，三口两口就迅速解决了。看了看时间才晚上九点钟，虽觉有些疲惫，但还是强打精神仔细翻看一张张地图，把有可能用到的几张单独取出来，决定明天先去地下防空洞里探上一探。

Shirley 杨问我有什么计划，我把地图展开，指点上面的图标，跟她说了说我的构想："青溪防空洞，是深挖洞、广积粮时期的历史产物，我估计当初在此地建造大规模防空洞，应该是与这里地下矿井矿洞众多有关，从图纸上来看也是如此。施工队将半天然半人工的洞窟加以改造贯通，使之成为纵横相连的战备设施，不过图中也标出了已有多处塌方淹水，工程进行得很不顺利。"

我用排除法，将不可能挖出古迹遗址的几个区域圈了起来。"青溪附近所有的山都被挖空了，盐井矿道和改筑为防空洞之类的地方，包括这古镇的地下也是空的，都不可能有地仙村古墓，应该把目光集中在'真空区域'。"

Shirley 杨是点头会意的人，当即领悟了我的意思，说道："很有道理，真空区域是不是所谓的矿脉盲区？乌羊石兽最后的出土位置，必定是工程隧道与矿道不重合的区域。"

我说："没错，战备防空洞施工之前，附近的山川地形都被彻底勘察过了，省去了咱们许多周折，既然又知道'欲访地仙，先找乌羊'这一重要暗示，首选的目标，自然是最有可能挖掘出乌羊石兽的地点。所有的矿道，都是依巫盐矿脉的走势开掘，所以极不规则。

"从图纸上分析，只有青溪战备防空洞最西边的一段，是根据需要全新开通的，完全没有利用原有的矿道，而且根据图纸上的标注显示，西端的地下隧道尚未完工，这说明这段地区的工程一直进行到了最后，至于实际情况和下一步如何行动，咱们还要实地看看才能掌握。"

Shirley 杨又多了几分信心："不怕线索乱如麻，只怕一丝线索也没有。既然已经找到了一些头绪，咱们抽丝剥茧，终究能找到地仙村古墓。"

孙教授在旁听了半天，赞同地说："还是胡八一这老兵油子有经验，刚到青溪就抓住了工作重点。当年跟我一起被押在劳改农场的封团长，也是打了好多年仗的人，大概就是因为太能打仗，都被部队里的首长们给惯坏了，根本不是服人管的性格。那人很牛气，也够神气，他说他以前在朝鲜打仗时，天天都坐缴获来的美式吉普，吃美国罐头，有一回美军飞机穿房檐查户口，炸弹扔到他眼前都没伤到他一根毫毛。这种人哪里能够老老实实地在采石场啃窝头？所以才铁了心要逃回老家。以前我总觉得他不可能活着跑到此地，现在想想，你们这些真正经过战火考验的人，确实是有过人之处，也不知道封团长他……"说到最后，又满腹忧虑地陷入了沉思。

我劝道："孙九爷别多想了，有人怀疑你谋杀了潜逃后失踪多年的封团长，却是死无对证的事，其实只有想害你的小人才会这么判断，他们就不想想，凭您九爷的本事，就算暗中下手，恐怕也奈何不得那位封团长。那位爷可是跟美军作过战的志愿军团级指挥员。所以组织上没定你的罪也是有道理的，这事有点脑子的人都能想明白，只不过没给你正式澄清而已。

"我想只要封团长当年真能逃到这里，他就多半躲进了地仙村古墓，不管现在是死是活，都会被咱们找到，你这宗冤案到时候就能有个了断。"

既已有了初步的行动计划，再无挂虑，众人分派了守夜的顺序，便先后听着外边沙沙的雨声昏昏入睡，一夜无话。次日早上仍是阴雨绵绵，青溪镇遍地都是土坑、泥沟。加上雨后山路泥泞无法行走，我们只好决定就由后院的地道下去，前往西侧的战备防空洞。

据说这条地道本是暗道，因为封家宅在新中国成立前，多是地主矿主的居所，当时社会局势不稳定，军阀土匪横行，采巫盐的矿主又多是黄金巨万之富，而且皆是双手沾满了矿奴的鲜血，为了防备不测，除了在宅中阴养一批"死士"，作为看家护院的家丁，还特意留藏暗道，以便遭遇意外时能够迅速逃脱。

不过当初留下的各条暗道，几乎都在修筑人防设施时被破坏了，隐秘的入口暴露在外，内部也成为大型防空洞的一部分。所谓防空洞并非只为给老百姓躲避空袭轰炸，最低限度也具有"三防"作用。当年帝国主义亡我中华之心不死，动不动就叫嚣要对中国进行"外科手术式战略轰炸"，为了积极备战防御，全国上下才大规模进行"深挖洞、广积粮"。这种地下设施的很大一个作用，就是隐蔽储存大批战备物资，上至导弹、飞机，下至粮食、被服，都可以纳入其中，完全是按照战时要求设计建造的，规模很是不小。

青溪古镇地下的这片区域，都是相连的圆拱形仓库，都是在以前的矿井中修筑而成。浅灰色的水泥墙，给人一种十分肃穆冷酷的观感，水泥脱落的地方，还可以看到原本矿道的岩层，局部范围内的渗水十分严重。

虽然防空洞内每隔十几米就有一盏照明灯，但线路都受了潮，简易发电设备也早都损坏，无法再使用，只能用狼眼手电筒照明。凭借地图和指南针提供的方向前进,这段地下通道并不难走,而且在通道交叉路口处,还有明显的指示。

在地下通道中一路向西,防空洞内部的潮湿气息渐浓。走到半路,遇到一段塌方的洞窟,无法再按照原定路线前行,我拿出地图看了一看,也只有从侧面的岔路绕过去,当下退回十字通道处。看地图上的标示,如果走左侧的通道下去,将是一条原始矿道,已离开了防空洞的范围,入口处设有栅栏,挂着一块木牌。

我举起手电筒一照,木牌上似乎有字迹,但被泥污盖住了,胖子上前用手抹了几抹,红色的字迹当即显露出来。胖子一字字念道:"前方塌方——危险!老胡,看来这边是矿井的巷道,可能有塌方的危险,肯定不太好走,咱们还是走右边绕过去比较好。"

Shirley 杨举着手电筒照了照右侧通道:"右边墙上也有字,'敢于斗争、敢于胜利……'那是什么意思?"

我抬头看了看右边水泥墙上的标语,真是格外熟悉,笑道:"你肯定看不明白,这叫'最高指示'。地图上表示右侧是条备用通道,比较狭窄简陋,但已经完工了。同志们,我看咱走到此地也没的挑了,只好从有标语的这边进去。"

胖子说:"得了,听胡司令的准没错,走着……"说罢大摇大摆地当先走了进去。我担心胖子走得太快脱了队,赶紧招呼其余三人,跟着他快步向前。右侧通道的渗水更为严重,也可能是和下了一夜的大雨有关,两侧虽有排水管口,但地上的积水仍是没到脚面,水泥墙下边都生满了绿苔。

黑绿色的墙根里铺了满满一层蜗牛,白花花的十分显眼,往里走蜗牛更多,有活的,也有死亡后留下的空壳,一脚踩下去,就会传出"咔吧咔吧"的壳体碎裂声。

幺妹儿虽然胆大,此时脚底踩着稀烂一团的蜗牛尸体,也难免觉得有些恶心:"以前哪儿有啷个多蜗牛?它们都是从啥子地方冒出来的?"

我转头对她说:"这地方渗水太多,苔痕厚了才引来蜗牛,你只要别想它就不觉得恶心了,跟紧了我,千万别掉队……"我还没嘱咐完她,就

49

听前边有人"哎哟"一声摔倒在地。孙九爷被遍地的蜗牛滑了个四脚朝天,两手都被碎壳扎破了。

我赶紧伸手将他搀了起来,看他没摔断筋骨才略微放心。在这狭窄潮湿的通道中无法歇息,便让他再咬牙坚持坚持。好在孙九爷是吃过大苦受过大罪的人,跌得身上淤青了也不以为意,咬咬牙还能继续往前走。

我见这队伍中有老有小,真摔断了胳膊腿也不是闹着玩的,就让么妹儿和Shirley杨扶着一瘸一拐的孙教授,我和胖子在前一边走,一边用工兵铲铲开地上的大片蜗牛,给他们清理道路。

如此走了一段,终于走过了这片铺满蜗牛的通道,推开一道铁门,里面豁然开阔起来,头顶有一道道山外的亮光漏下,雨已经停了,有一阵阵阴凉清爽的气息扑面而来,众人长出了一口气。此处是备用通道尽头的一片连接部,很快就可以抵达西侧防空洞,这一大片区域贯穿整座山腹,以前矿井密布,如今内部都是钢筋水泥。

我看孙九爷疼得龇牙咧嘴,两手血淋淋的,就说先歇会儿再走,给他包扎一下手上的伤口。

孙教授把背包放下,找块干燥的地方坐了,由Shirley杨拿出急救包给他清理伤口。孙教授叹道:"不服老不行了,倒退十年,摔这一下算得了什么?想当初在果园沟劳改农场……"

我坐下来的时候,见孙九爷又摆老资格,大事做不来,小事做不好,正想取笑他几句,抬眼间却见他和Shirley杨身后站着个人影。那黑影蹲在地上,正偷偷伸手去捏粘在孙教授背上的蜗牛,捏到一个就送进嘴里吃了,那团黑影无声无息,Shirley杨和孙教授竟然都未发觉。

我心中一惊,把么妹儿拽到身后,叫了声"有情况",立刻跳起身来,工兵铲早已抄在了手中,胖子也是反应奇快,抬手就将连珠快弩急射而出,两枚前端是透甲钢锥的短弩,就如两只飞蝗,"呼"的一声从孙教授和Shirley杨两人中间掠过,擦着那团影子钉到了水泥墙上。

角落中地上那团黑影如鬼似魅,受惊之后闪身就逃,身法快得难以思量,胖子待要再次用连珠快弩射它,却听孙教授忽然大叫:"不要放箭!"

紧接着又高呼道,"老封……你别跑啊,我们不是来抓你的……'文化大革命'早就结束了……"

　　孙教授的喊声,在空荡宽阔的防空洞里反复回响,可回答他的却并非人声,而是防空洞深处一阵阵呼啸凄厉的空袭警报。

第九章
空袭警报

我和胖子正想起身去追那团黑影,忽听防空洞内传来刺耳的空袭警报,通道内十分拢音,凄厉的长鸣仿佛引得千山万壑同声皆应,惊心动魄。

众人皆是一惊,遗弃多年的青溪防空洞隧道内,怎会有防空警报响起?难道是失踪的封团长所为?胖子骂了句:"那团长属兔子的,怎么跑得这么快?"幺妹儿道:"不是人,谁有那么快的身手?我看像是巴山里的猴儿……"

刚才的一幕发生得实在太快。隧道里有许多天窗般的裂缝,有不少光线漏下,虽然不是到处漆黑一团,但光影朦胧,根本没看清楚那团黑影是人是猴,此时听那防空警报响得古怪,正犹豫是否要过去看看。突然见孙教授跳起身来,直奔着隧道深处跑去,他边跑边喊着封团长的名字,我和Shirley杨想伸手扯住他,但都落了空。

我叫道:"孙九爷,你疯了?"撒开脚步,也从后赶着孙教授追了上去,同时招呼其余几个人都尽快跟上。

众人沿着隧道奔出数十米,到了一处巨大的拱形水泥门洞前,前边的孙九爷冷不丁停下了脚步。一阵阵的防空警报声,都是从刷有"备战、备荒标语的墙根处发出，那里是光线照不到的死角，角落里有什么东西窸窸窣窣地在动个不停，似乎在摇动一部手摇式防空警报器。

我趁孙教授停下脚步的时候将他一把抓住，同时举起狼眼手电筒，打开光束向漆黑的角落里照将过去。角落里的东西感到光线变化，当即抬起头来，竟是毛茸茸一张山鬼般的奇异脸孔，蓝靛般的目光如炬如烛。

那山鬼般的怪物当时就被狼眼的强光晃了眼睛，在一声惊慌的怪啸中，它扔下手中摆弄的手摇式防空警报器，响彻洞宇的防空警报立刻停了下来。只见它抬起手来，挡住眼睛遮蔽刺目的光线，手上满是皱皮黑毛和极长的指甲，绝不是人类的手臂。

此时 Shirley 杨、幺妹儿、胖子等人也先后赶至，胖子见状立刻举起连珠快弩想要将其射杀，孙九爷忙推开他的弩匣，气喘吁吁地道："别……千万别放箭，老封……是……是老封……"

幺妹儿不晓得孙教授所说的老封是谁，往前一看，不禁奇道："啷个会是老封？这是山里常常都有的巴山猿狖，山里人谁没见过？"

那角落中的巴山猿狖和常人身高接近，趁着众人止步之际，捂着被狼眼光线暂时灼伤的眼睛，闪进了水泥门洞后的黑暗之中，哀号声瞬间已在百步开外，此时即便是连珠快弩也追它不上了。

我怕孙教授再发疯般去追那只巴山猿狖，哪儿敢松手，仍然抓着他的胳膊，问道："孙九爷，你是眼花了还是失心了？连人和猿狖都分不清？你没看清楚吗？哪里是什么封团长？"

孙教授顿足道："你当我和老陈一样禁不住打击说疯就疯？那明明是封团长养的猿狖，当初在劳改农场时我就见过它。这厮是个鬼机灵的老贼，它虽不在主人身边，但总是到处偷东西，乘人不备的时候就给老封送来，什么烟酒糖茶鸡蛋水果……没它偷不来的，当时我也跟着沾了不少的光。"

Shirley 杨对孙九爷说："教授您能确定吗？巴山猿狖在深山老林中绝不少见，天底下并非仅有封团长驯养的那一只。"

孙教授说："虽然老眼昏花了，可我绝不会看错，为什么呢？因为那老猿狖脖子上挂了个金牌，我一眼就看到了。以前封团长被下放劳改，不允许带什么私人物品,他有一块祖上传下来的观山太保腰牌,乃是明太祖御赐之物,当时被发现了肯定要没收,封团长舍不得此物,就挂在猿狖颈中,他潜逃回来之时,肯定也将猿狖带回来了。"

我说:"看来封团长也是一位颇具传奇色彩的人物,他如果真能活到今时今日,我真想去会会此人。"

胖子捡起地上的手摇式防空警报器,说这东西现在可是个稀罕物,潘家园有专门收的,也不知道那猿狖是从哪儿偷来耍弄的,扔在这儿可惜了,说罢顺手塞进包里,又说:"既然它能通人性,咱不如赶上去活捉了那巴山猿狖,逼着它给我们带路扫荡地仙村。这家伙肯定喜欢吃糖,我这里美国巧克力大大的有,还发愁找不到古墓入口?"

孙教授道:"巴山猿狖虽然机灵,却毕竟是兽类,指望逼它带路是不可能的,但可以跟着它的踪迹,说不定就能找到老封和地仙村古墓。"

我点头道:"就这么着了。猪头小队长王胖子,你的就给我们在前边开路的干活,赶紧出发。"

众人担心巴山猿狖逃得远了无法追踪,当即不敢耽搁,顺着隧道一路追了过去。这条隧道贯穿青溪镇以西的整座大山,地面铺设有运送土石的轨道,周围大量的矿洞矿道将山都挖空了,防空洞和正规的隧道仅是其中一小部分,里面地形复杂,岔路众多,在漆黑漫长的隧道中走了几公里远,都不见那只巴山猿狖的踪影,不知道它逃到哪里去了。

目前看来,欲访地仙仍是应该先找乌羊,而不能跟着巴山猿狖在迷宫般的隧道中乱转,我们只好继续向防空隧道的尽头走。那里接近一片纵横交错的峡谷,是巫盐矿脉所不及之处,也是我们最初计划要去探察的区域。

抵达隧道的尽头时,只见隧道侧面皆已坍塌,露出很大的一个山洞。洞中都是碎土砖石,看砖色都是古砖,里面尚有被刨出一半的乌羊石兽,在洞窟土层中半隐半露,粗略一看,数量也是不少。

我对其余几人说,这可能就是工程接近尾声时塌方露出来的。这防空洞是特殊时代的特殊产物,其实像这种满是古时无规则矿坑的大山里,崩塌渗漏的情况很严重,根本不能修建什么人防设施,人不被活埋在里面就不错了,哪里还能指望起到"三防"的作用。

　　孙教授抓着手电筒钻进塌方露出的洞窟里看了看:"这是个人俑殉葬坑?可也不像……"随即发现还有凿刻了一半的乌羊石兽和大批石料,便猜测很可能是个古时候雕刻制造石兽的地方。洞窟内部有七八间民房大小,裸露的岩层表面平滑坚硬,岩脉十分特殊。雕刻乌羊石兽所用的石材,都是就地开采,此外并无任何特别的事物,但这个岩洞没有巫盐矿脉,倘若不是工程隧道延伸至此,也绝不会暴露出来。

　　Shirley 杨发觉山壁上有凉风流动,似有微隙通向外界。铲去墙上泥土,露出一面不太严密的砖墙,用手轻轻一推,砖墙便轰然倒落,外边有一大片亮光洒了进来。我探身出去一看,见洞口正是开在山腰处,洞前有一段陡峭的石道,蜿蜒曲折通到山谷底部,在此处却看不到谷底的情形。

　　对面是一大片连天接地的峭壁,壁立千仞,云烟缥缈,数十道雨后形成的瀑布,从山内奔涌而出,自绝壁缝隙间直贯谷底。由于山壁奇高,倾泻出来的水流,如同一道道直上直下的银线,凌空坠在苍郁的险崖古壁之间,蔚为壮观。

　　峡谷两侧的绝壁上,都凿有凹在山体中的鸟道,纵横回转,密如蛛网,不知都通到哪里。乌羊石兽洞口下的一段,仅属其中微不足道的一段。我问幺妹儿这条峡谷是什么地方,幺妹儿说是棺材峡。此地到处是悬棺,很久以前就有"挂棺趋吉、落木为祥"之古风,不过那已经是很多代以前的风俗了,附近许多峡谷里都有悬棺,但棺材峡就是因为悬棺众多,才得此名。

　　我心想地仙村古墓的传说,都不曾提到悬棺挂壁之事,观山太保应该不会选这种风吹雨淋的暴露之地为阴宅,便又问幺妹儿,峡底有些什么,有没有人下去过。

　　幺妹儿摇了摇头,表示不清楚,因为当地人大多知道,棺材峡不是仅指一道峡,而是十几条深峡险谷纵横交错在一处,从高处向下俯瞰,地形就如同个"巫"字,也称"小巫峡"。其中大部分崖壁上,都有古人凿出的悬空栈道,不过因为年代太久远了,这些栈道都已变为迷途,许多地方走到一半就断绝无路了,而且外边没有道路能进来。即便是当地山民,也应该很少有人知晓路径，因为除了道路艰险，棺材峡中更是悬棺密布，都藏着死人枯骨，谁没事做要来这里？以前听老人们说过这样一句话："棺材峡，一线天，十个见了九个愁。"

孙九爷说："这就对了，现在的当地人已不知悬山的古栈道和嵌山鸟道的区别，其实棺材峡古道是嵌入绝壁内部的，隔一段有个浅洞，都如鸟居巢穴一般，那句'鸟道纵横，百步九回'之语，肯定是指这片纵横交错的鸟道。百步鸟道应该是其中的一段，只要想办法找到这段路，就离地仙村古墓的入口不远了。"

Shirley 杨望了一阵说："高耸的悬崖绝壁落差不下千米，壁间鸟道错综复杂，可谓百转千回，而且山势巍峨朦胧，周遭云雾封锁，如何判断哪一段才是百步九回之处？"

我见棺材峡确实形势不凡，一千多米的落差是什么概念？相当于把几座数十层高的摩天大楼码在一起。而且每条峡谷绵延环绕，山中云雾升腾，激流翻滚，气象神秘万千，恢宏壮阔，观之不足，看之有余。

我平生所见森严险峻之地，都比不上此处，即使在这棺材峡里藏上十万大军，也绝对无迹可寻。如果地仙村古墓造在其中，外人不知其中的底细和秘密，怕是连神仙都找它不到。

我对众人说，要想在此地搜山寻龙，分金定穴，恐怕是难于上青天，还是要想办法先找"百步鸟道"。如今看来，封团长留下的几句暗示多有对应之处，我们现在位于棺材峡外围，等进去了看看情形再做计较，随机应变就是。

胖子一听大概是要上这千仞鸟道，往上瞧目为之眩，向下看眼为之晕，太高太险了，当即就打了退堂鼓，找借口说观山太保肯定不在棺材峡，还是退回青溪防空洞抓猴带路，才是上策。

我使出激将之法，拍了拍胖子的草包肚子，问他最近是不是贪图享受变得没胆子了。棺材峡这地方确实是"任凭盖世英雄，也该胆丧心寒"的奇险绝险之处，但若非如此，地仙村古墓也不可能保留到今天都没被人盗了，里面埋的墓主，正是当年观山盗墓的巨寇，其中所藏金珠宝玉之多，几乎可以说是不计其数，你王司令再不尽快前去接收，早晚都会成别人的囊中之物。

胖子被我的话触中了心怀，听到"金珠宝玉"这个词，更是眼中放光、心里动火，咬牙切齿地下了半天决心，发狠话说："今儿个就叫你们瞧瞧，胖爷我还没退休呢，胖爷我他妈就是敢于斗争，敢于胜利，要是没那种任凭风浪急，稳坐钓鱼台的胆识气魄，也不配干这倒斗的事业了。"

众人将周身上下收拾得干净利落，见此处离峡底较近，而且这段绝险的鸟道仅通峡底，只好从近乎垂直的峭壁鸟道中下行。就此沿路走去，发现古壁间尽是很原始的岩画，大概都有几千年的历史了。我们在鸟道里接连看了几处，不禁面面相觑，在那些岩画饱受风雨剥蚀的古老残迹中，都描绘着一幕幕地狱般的场景。

第十章
棺材峡

古崖绝壁处的岩画，似图腾似传说，风格奇异罕见。经千仞鸟道而下，只见漫山皆是，也不知是从什么年代遗留至今的。其中所描绘的情形，几乎全是各种各样的恐怖灾难，有蝗虫蔽日、洪水泛滥，也有山火焚烧、山崩地陷、人类与百兽相残……

我看得奇怪，怎么这许多毁天灭地的大劫难，都往青溪棺材峡招呼？真可谓是"水深火热"。但我看这片纵横交错的峡谷，如同一条条老龙盘旋潜伏，山间云烟空灵缥缈，峭壁瀑布如银河坠天，多是风水形势中的"隐纳、藏仙"之地，难道在远古时代竟会是阿鼻地狱不成？

Shirley杨说："河流涌血、青蛙泛滥、虱子成群、野兽之灾、瘟疫蔓延、皮肤腐烂、冰雹烈火、蝗虫天降、黑暗侵袭、长子惨死，是《圣经》中记载的十种天谴。虽然中西文化有异，但我看这里就如同《圣经》中提到的，曾经是一片被神灵遗忘的失落之地。"

孙教授并不同意我们的看法，他当即指出："不要唯心地相信什么神灵和天谴。以我的经验推测，这些岩画都是比战国时代还要古老的遗迹。在先秦修筑都江堰水利工程以前，巴山蜀水间灾难频繁，每每都有山火洪水暴发,并非子虚乌有的传说。"

我本想和他争论几句,但鸟道愈行愈险,容不得再分心说话,或是去注意峭壁上的岩画,每个人都不得不以背贴墙,逐步挪动,胖子更是脸色煞白,闭着眼睛不敢下望。四周茫茫荡荡,皆是朦胧的轻烟薄雾,身子如在云雾里一般,不辨东西南北。

众人在峭壁鸟道上行了多时,忽听脚下水声翻滚似雷鸣,冰冷的岩壁上全是水珠,想来已离峡底不远了。此时走在最前边的Shirley杨停下脚步,鸟道断绝,再也无路可行,不过这里至地面的高度仅剩三米左右。

Shirley杨说下面可以落脚,就放下飞虎爪,让众人一个接一个抓着精钢锁链下至谷底。峡底是条湍急奔涌的河道,两边有许多天然的青石滩,就在乱石穿空、惊涛急流的险滩之间,有数条曲折的石板栈道可以通行。

胖子脚踏实地,方觉安稳:"老胡,咱们这是到哪儿了?地仙的古墓博物馆就藏在这条峡谷里?"

我向四周看看,头顶全是倏忽聚散的薄雾,峡底则是水花四溅升腾而起的水汽,目之所见,多是满山的渺渺茫茫,实不知是到了何方,正不知如何去回答胖子的问题,却听Shirley杨说:"你们看后边……"我们急忙转头看去,原来身后的山崖底部都是塌落的碎石,乱石中露出几处近似石梁石门的建筑痕迹,看样子以前崖底有很大的一个石门洞窟,但已被落石彻底封堵住了。

Shirley杨说:"幺妹说此地是棺材峡的边缘,这石门的隧道,可能是自峡外进来的路径,咱们现在是到棺材峡的大门了。"

我和孙九爷都觉得十有八九就是如此了,可棺材峡地势险峻,不知有没有矿脉矿井。看来青溪防空洞也并未延伸进来,在镇中找到的地图都已失去了作用,虽然进了山门,但面对这一片神秘莫测的深山峡谷,实不知下一步该当何去何从。

众人就地商量了几句,随即决定根据峡口石门的方位朝向,由此进入峡谷深处一探究竟。我们随身携带的干粮充足,完全可以支应短期所需,只是棺材峡与外界隔绝,内部幽深荒寂,恐怕会遇到意外的危险,装备上

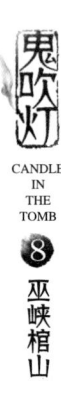

略显单薄了一些。我见幺妹儿虽然胆子很是不小，又对翻山越岭习以为常，可毕竟缺少经验，便嘱咐 Shirley 杨照顾好她，别让她走在前边，也别落在最后。

胖子心中惦记古墓博物馆中的金珠宝玉，当下便拎着快弩在前开路，一边走一边向孙九爷打听："九爷，您先给咱透露些内幕，金珠是不是纯金的？宝玉又宝到什么程度？"

孙教授听他这话头不对，赶紧说："你这胖子，怎么又想变卦，说好了你们只要丹鼎，龙骨卦图归我，其余的算是咱们共同发现的，报上去功劳必然不小，怎么又打起别的主意来了？"

胖子说："你甭废话，现在是人民当家做主了，你的小辫儿抓到我们手里了，还不是胖爷想怎样就怎样，哪儿有你讨价还价的余地？那本工作笔记还想不想要了？"

孙教授说："好好好，我只要龙骨卦图，别的东西……你们爱怎样就怎样了，只是将来切不可向别人说我的龙骨卦图是在古墓里找到的。我并非贪图此物，只是不忍它永远埋藏地下，也好借此博个出人头地的机会……"

胖子说："孙九爷你也别不好意思，不就是几块龟甲吗？还记不记得鲁迅先生是怎么说的？读书人偷书不算偷嘛。九爷您喝了一肚子墨水，现在去盗墓偷天书，还有什么可难为情的呢？索性厚起脸皮来，大大方方地干就是了，回去灭那帮学术权威一道，也好长长咱们摸金校尉的威风。"

胖子所言虽然处处透着戏谑，却无不切着今时今日的病痛，听得孙教授脸上青一阵红一阵，好不尴尬，喃喃地以口问心道："读书人偷书不算偷……鲁迅先生说过？"他似乎觉得心情压抑，不由得仰天叹息，忽然指着半空对我们说，"快看快看，真有悬棺！"

我们抬眼上望，果然见两侧峭壁上悬挂着许多棺椁，分布得高低错落，位置极其分散，最高处小得仅有一个黑点，数量之多，无法详细去数，粗略估摸着能有上万之数，简直是一片罕见的奇观。

而幽深的大峡谷，也自此逐渐收拢，仰头上望，当头云天只剩一线，仿佛相距我们踏足之处无限遥远。如果高处落下一粒小石子，砸到头上也足以取人性命，置身于这种深山陡峡之间，众人均有栗然生惧之意。

虽然知道此地名为棺材峡，料定会见到悬棺挂壁，但此刻见对面崖壁上的悬棺多得出奇，不免心中好奇起来，站定脚步观看了许久。胖子想撺掇我攀着峭壁上去看看悬棺里都有什么东西，我说："悬棺不属土葬，没有入土为安的讲究。你瞧这些棺材在高处久经风吹雨淋，多是朽烂不堪，而且工艺简陋，都是土人砍伐生长于附近原始森林里的木料，直接掏空了树芯，将死者尸骨藏纳其中，覆以树皮棺板，没有什么值钱的明器陪葬。自古盗墓之风盛行，却很少有人愿意去盗悬棺，因为实在没什么油水可捞。"

孙教授说："未必尽然。悬棺按照形式不同，可分为岩洞式、岩隙式、桩岩式三种，和正规的坟墓一样有高低贵贱之分。这一大片悬棺，属于桩岩式，应该全是平民百姓的藏骨之所……"他说到这里，忽道，"不太对劲……你们有没有觉得有些奇怪……怎的悬棺都集中在一侧，另一边却一个都没有……"这话还未说完，Shirley 杨却突然插口说："大伙儿仔细看看那些悬棺排列而成的轮廓……像什么？"

这时我们正行到有悬棺的这片峭壁下方，不知 Shirley 杨此言何意，当下便依她的提示仰首眺望。恰好山中云开雾散，从这个角度去看，只见得高处星罗棋布的一具具悬棺，突然显得密集起来，棺椁集中之处的轮廓，隐约勾勒出一个高大巍峨的巨人身影。

越是凝视得久，那大片悬棺的轮廓就越发清晰，正面端坐的形态极其逼真，两肩平端，双手擦膝，两只巨足踏着峡底奔涌的水流。不过这片酷似人形的轮廓，虽然惟妙惟肖，却并没有头颅，就如一个高大威武的无头天神，一动不动地嵌在千仞峭壁之上，我们这五个人，都小得像是它足底的蚂蚁。

我看得出了神，直到觉得脖子酸疼难忍，方才回过神来，一看周围的孙九爷等人，还在抬着头呆呆地望着满壁悬棺，张大了嘴连声称奇。此时众人脑中除了惊叹之外，更应该是不约而同地想到那句"好个大王，有身无首"的暗示。这无数悬棺组成的无头身影，若不是从巨像脚底仰望，无论从其他哪个角度，都不会显现得如此逼真，仿佛古人就是故意如此布置，使到此之人尽皆仰视膜拜。

孙教授喜出望外："这万棺谜图中隐藏的形状，威武庄严，正如一位古之王者，而且缺了头颅的轮廓，也应了'有身无首'之语，当年的难友封团长果然没有骗我……"

我虽站在这无头天神般的轮廓脚下，也明知这成千上万的神秘悬棺与封团长留下的暗示大有关联，却并无欣喜之感，反而觉得地仙村古墓之谜，绝非轻易就能解开。

据说地仙入葬前，家族中有些人不信他的微妙玄机，不愿进古墓成仙，所以作为观山太保之首的地仙真君，留给自己的后人一段暗示，只要依照这个线索，就可以随时进入地仙村古墓里脱炼形骸、飞升羽化，成为一个与日月同寿的大道。

封团长就是掌握这个秘密的人，但此等玄机如何肯轻易泄露？他想劝孙教授一同潜逃，才说出其中一段，内容极其有限，仅仅是开头几句。我们自从进入青溪以来，接二连三地见到与这段暗示对应的事物，当地不仅有巫盐矿脉，更有乌羊石兽，如今又见到了排列犹如无头之王的大批悬棺。

虽然这些线索都从侧面证明了地仙村古墓就在青溪，可事情却并非如眼前所见这般顺利，最关键的是巫盐矿脉、乌羊石兽、无头之王等线索之间，完全没有任何联系，反而使人茫然不知所措。

我把这些担忧对众人一说，连孙九爷也高兴不起来了："这个老封……跟我打了十几年的哑谜，至今还让人琢磨不透。自打进棺材峡以来，事情似乎顺利得令人难以置信，可现在仔细一想……所找到的线索竟没一个能用。"

我点头道："确实是犯了盲目乐观主义的错误了……以前总觉得观山太保就一土地主，值得什么斤两？现在看来，怕是真有些高明本事在手。"我脑中有些混乱，眼见前边峡谷中山重水复，没了线索可寻，不禁有些焦躁，好在还有Shirley杨这明白人能帮忙出主意，于是就问她的意见。按军事条例，参谋对指挥员的具体决定有三次建议权，别浪费了。

Shirley杨望着峭壁想了一阵才说："所有的假设和推断，都必须先建立在封团长当年所留暗示真实的基础上。我想巫盐矿脉、乌羊石兽、无头之王的身影轮廓，皆是青溪地区实有的古迹，由此来看，完全可以排除这段暗示是字谜和藏头诗一类的隐晦谜语，多半是和当地的某一个古老传说有关，而地仙村古墓的入口就藏在这个传说之中。"

　　孙九爷说："杨小姐说得在理，说到点子上了。可这究竟是个什么样的传说？古壁上悬棺所组成的王者身形，想必就是暗示第一句提到的无头之王，但这无头之王，仅是古人留下镇山镇峡的图腾遗迹，还是古代真的曾经有过这么一位王者呢？"

　　Shirley杨和孙教授刚才的一番话，虽然没有什么明确的结果，却使我受到不少启发。排除掉暗示中提到的内容是谜语，而是从藏有古老传说的角度来想，这些似通非通的话中也许藏着既非传说也非谜语的内容。

　　我以心问心，把那几句暗示在脑中转了几遍："好个大王，有身无首；娘子不来，群山不开；烧柴起锅，煮了肝肺；凿井伐盐，问鬼讨钱；鸟道纵横，百步九回；欲访地仙，先找乌羊……"我又抬起头仔细去看危崖绝壁上的无数悬棺，心中一闪，猛然想到了一个最重要，却始终没能引起注意的环节。这段寻找地仙村古墓入口的暗示，所含玄机定是在此处。

　　我暗骂自己真是越来越糊涂了，如此重要的事情竟然给忽略了，忙问众人："观山太保最拿手的事情是什么？"

　　其余的人都感到有些莫名其妙，幺妹儿说："妖仙坟里的人，自然是会妖法，最拿手的是妖法。"

　　孙九爷说："观山太保最拿手的，当然是盗墓和造墓……还专门收藏传古之物。"

　　胖子说："咱管他是谁呀，他什么最拿手胖爷可不清楚，反正胖爷最拿手，并且也是最想做的，就是到他墓中摸金发财。"

　　这些人中，只有Shirley杨思路清晰，说得比较靠谱，同我心中所想不谋而合："观山太保……观山指迷。"

第十一章
深山屠宰场

孙教授听到Shirley杨说出"观山指迷"四字,顿时用力一拍自己的脑袋,恍然大悟:"我怎么就没想到?大明观山太保,最擅长观山指迷,观山指迷应该就是风水之术,难道寻找地仙村古墓的暗示……是以青乌风水来指点迷路?"

我说:"倒也未必,后面几句此刻还无法判断,但'好个大王,有身无首'这句,却肯定是个藏风纳水、指点玄机的暗示。"先前我只道是摸金校尉的分金定穴之术独步天下,常常忽略了观山太保之辈,也是寻龙有术的盗墓高手。

孙教授忽又担心起来:"观山指迷都是极高深的风水数术,如今世上所存伪多真少,如果地仙村古墓入口的暗示当真暗合青乌古术,我恐怕难当重任……破解不出这些谜团。"

我一边抬头凝视星罗棋布的满壁悬棺,一边对孙教授说:"这事不用担心,摸金校尉的寻龙诀涵盖天下山川河流;观山指迷却是旁门左道,他有什么本事,能翻得出如来佛的手掌心?地仙村古墓如不涉及风水地脉也就罢了,否则绝逃不过摸金校尉的火眼金睛,我不怕他千招万招,只怕他根本没招。"

我心中有了些头绪。只见高耸的峭壁悬棺密布，由于年代久远，大都风化腐朽了，只怕被人一碰，就会碎为齑粉。没人说得清为何棺材峡中会有如此之多的桩岩式悬棺，棺中尸骨是哪朝哪代也无从得知，但以我们摸金倒斗的眼力来看，都是秦汉之前的上古遗存，肯定不是距今几百年历史的明代之物。

早在西周时期，阴阳风水之术就已存在，在《诗经》中曾有一段描述，是说当年公刘为建造周原选址，"度其夕阳，相其阴阳"，说明几千年前的商周王朝，已经开始注重天人相应的地理环境。

在秦汉之前，细致周密的风水理论虽然尚未形成，但后世形势理气、龙砂穴水皆从古风水术中脱化而来。也就是说，西周、春秋等比较古老的时代，与秦汉唐宋时期，选择阴阳二宅的基准是一致的，即"造化之内，天人一体"。但在龙脉的倾向侧重上，可能会因为时代的变迁有所区别。例如春秋战国的古墓多在平原旷野，而到唐宋时期，则多选高山为陵。

甚至就连中原文明周边的地区和少数民族，也深受这一影响，虽然未必有什么具体的风水理念，但坟墓陵寝也多在山势藏纳、流水周旋的幽深之地。

我看那陡峭的古壁上，无数悬棺形成一个无头巨人轮廓，犹如一尊天神镇住峡口，脚踏奔腾翻涌的水流，正如寻龙诀所言"山势如门水如龙，山高水窄龙欲去；长门之内须镇伏，不放一山一水走"。这一片规模巨大的悬棺群，虽不知是何时遗存的古迹，其布置竟暗合古法，并非随便造在此地，几千年来始终镇守把持着棺材峡内的风水龙气。

我脑中翻来覆去地回忆着《十六字阴阳风水秘术》中所有的细节，想要找出悬棺群所镇的"长门龙气"位置。发现无头巨人正襟危坐的身影，有几处略显残缺，在其左手处，似乎少了一片悬棺，使得巨掌分出二指，如同掐了个占星的指诀，直指斜对面的古崖，若不是我们站在峡底观望良久，也绝难发觉这个细节。

我们情知这片悬棺群所指之处必然有异，都回身去看身后的绝壁。峭壁上悬下削，以我们所处的角度，如果不到另一侧去，根本看不到上面有些什么，但峡谷中山洪汹涌，根本无法接近悬棺密布的一侧，两壁间虽有铁索相连，却也只有猿猴可以通行。

如果想看悬棺群对面的崖壁上藏有什么秘密，只有从嵌在峭壁间的鸟道迂回上去。众人眼见前方峡谷深处道路断绝，无法再向里面行进，当即掉头登上险峻的鸟道。这一段路更是艰险万分，直行到日色西沉，峡谷底部都是一团漆黑了，只有高处还有些朦胧的光亮，望望对面悬棺满目，才算是到了那无头巨人手指之处。

这里峭壁天悬，山势几乎直上直下，与挂满悬棺的一侧相反，一具棺木都不得见，只有满山的荆棘藤萝。我看了看脚下黑茫茫的峡谷，心中叫起苦来："虽然还没到夜晚，峡底却已如同深夜，此时想回头也无法摸着黑下去了，难不成要在峭壁上过这一夜？"

正在心忧之际，就见前边鸟道下方的石壁上有个洞口，洞口有几丛枯藤荒草，生得突兀古怪，正对应悬棺群布局指迷之处，在几百米高的峡底用望远镜也不易找到。我们虽然不太擅长搬山卸岭那套"观泥痕、辨草色"的本事，却多曾听过其中名堂，知道陡崖峭壁上荒草丛生，不是寻常的迹象。

我想下去探探究竟，却被Shirley杨拦住。她仗着身子轻灵，用飞虎爪攀住峭壁，冒险下去侦察，发现洞内有人工雕琢的痕迹，往内是一道巨型石门，外边落了许多泥土，使得杂草丛生，把石门遮得严严密密；石门甬道前，有许多石槽断木，可能以前曾有宽阔的栈道相通，如今都已不复存在了，只剩下一些残迹。

我对孙教授说："看来咱们认定的方向没错，对面的悬棺群果然有些名堂。这隐藏在峭壁上的石门里，八成是通往地仙村古墓的必经之路，趁着天还没黑，先进去看看再说。"

我和胖子等人，当即分别从鸟道上攀下去，钻进凿壁而开的门洞里，打亮了手电筒一看，只见巨石的门梁上，雕刻有狰狞万状的乌羊异兽，洞中石门早已倒塌多年，里面廊道曲折幽深，用狼眼手电筒照不见尽头。我便将飞虎爪重新收了，让大伙儿迅速检查了一下随身的照明装备，就要由石门后的甬道进去。

我们正要动身，忽听幺妹儿奇道："咦……是那猿狖，它是不是一直跟着咱们？"我拨开石门前的乱草，循着幺妹儿所指方向望去，就见峡顶余晖中，一个两臂奇长的黑影，正在悬棺峭壁间来回纵跃，一路攀下山来，正是先前在青溪防空洞里遇到的猿狖。棺材峡中峡谷交错，想必并非再次巧遇，而是它远远地一路尾随我们而来。

胖子说它能安着什么好心，肯定是"来者不善，善者不来"，可惜连珠弩难以及远，现在手里要是能有一支步枪，胖爷在此只消一枪，便先点了它去阎王殿里报到。

孙九爷赶紧劝道："这只巴山猿狖颇有些灵性，从不伤人，想不到隔了这么多年，它这家伙还活着，却不知封团长是生是死。它从防空洞跟过来，可能是想带咱们去找它的主人，你们不要对它下毒手。"

此时日影下移，整个棺材峡彻底坠入了黑暗，再也看不到那巴山猿狖的踪影。我对众人说："巴山猿狖肯定不会平白无故地跟咱们进山，但它在防空洞里受了不小的惊吓，绝不肯再轻易接近咱们，此时对其或擒或杀，都不容易做到。但棺材峡不是什么清静太平的所在，凡事都需谨慎对待。"

我嘱咐众人小心提防，暗中注意巴山猿狖的踪迹，倘若发现它居心不善，就对其格杀勿论，反之也不可轻易动手加害。但目下时分，还是先去石门后的山洞里寻找地仙村古墓要紧。天色一黑，峡谷和山腹中已无区别，都是黑沉沉的一片死寂，只有洞穴深处，偶尔会传来一阵阵恶风呜咽的怪异响声。

藏在悬崖绝壁上的甬道又深又阔，能在此地斩山而入，只有神力造化，并非人力能及。但甬道内极是光滑工整，又不像是天然生就的洞窟，两侧穹顶饰有古砖，并有许多石灯石兽，石灯盏内都已干枯，不知在多少年前，就已没有了灯火灯油。在十几米宽的甬道地面上，还能偶尔见到兽骨兽甲，以及朽木椽子，但就此看来，这条深不可测的甬道，宛如古城石巷，又有几分像是地宫前的墓道。

胖子见状顿觉精神百倍，看这情形多半是条墓道，肯定是快到藏满明器的地仙村了。

孙教授却说:"先别急着高兴,我这辈子,没见过有此等墓道,我看如此布置,绝不是普通墓道。"

胖子说:"孙九爷您太没经验了,这类地方胖爷我可是熟门熟路,敢打包票此地就是墓道,再往里面走,八成就是三重墓室,左右两厢还另有耳室,最中间的就是一口巨椁……不信咱走着瞧。"

孙教授对学术问题一向不肯妥协,马上指着地上的一堆兽骨说:"古墓里确实有以人兽殉葬的,那都是在陪葬坑和殉葬沟里,甚至也有在墓室前殿的,从古至今,就没有在墓道中杀殉的例子。你瞧瞧甬道里的这些骨骸,如此狼藉散落,所以我敢肯定不是墓道。"

我走在最前边探路,一路走下去,越发觉得古怪,听胖子和孙九爷两个在后争执不下,也想跟他们探讨几句,却在此时,借着狼眼手电筒的光束,看到前边甬道已到尽头,两侧各有石壁一方,都似粉雕般雪白,壁上像二鬼把门一般——各绘了两颗血肉模糊的黑猪头。

石壁下有长方形的石案,案上杂乱地摆放着数千个头骨,皮肉早已烂干净了,看牙齿和颅骨形状有些像人头,但又不是正常的人头骷髅,而是近似猿犹一类的灵长类头骨。如今站在这条古老的甬道中,似乎还能感受到上千年前屠戮牺牲时的血腥之气。

我心念一动,当即停下脚步,回头对孙九爷他们说道:"别吵了,不是墓道,我看咱们这是进肉联厂了。"

Shirley 杨没听过这个词,问道:"什么是肉联厂?"我答道:"常言说——刀光血影肉联厂,肉联厂就是杀猪的地方,我看这里正是一处深山屠宰场。"

第十二章
无头之王

Shirley 杨带着幺妹儿跟在我身后，听到我说此地是"深山屠宰场"，就说："老胡你又胡言乱语、耸人听闻，棺材峡久无人迹，哪儿有屠宰场？"但等她们走到我跟前，用手电筒照到密密麻麻的猿猱头骨，又见石壁上栩栩如生地绘着两个死不闭眼的猪头，也不禁脸上变色，这洞窟究竟是什么地方？

此时胖子和孙九爷也走到了近前，见此情形，也是一发地诧异。孙教授对我们说："如此更加不像墓道了，又是猿猱又是猪首，难不成是到猴王坟了？"

我和胖子对他说："亏您还常说要客观正确地对待历史，怎么连猴王坟都冒出来了？猴王是谁？孙悟空？早就成佛了，哪儿能有坟墓呢？"

孙教授自知语失，赶紧说："我可不是那个意思，只是觉得此地猿骨堆积如山，才无意中想起猴王坟的事情。孙悟空去西天取经的故事是小说家虚构的，可在浙江确实有猴王坟古迹，倒不是我杜撰出来的。我和你们不同，你们说痛快了拍拍屁股就走，什么责任不用负，但我这当教授的能一样吗？不说话的时候，别人还要千方百计来找我的麻烦呢，所以这些年来，我从不肯说半句没根基的言语。"

Shirley杨说："门前有乌羊头颅的神秘雕刻，我想此地也许会和乌羊有关——'欲访地仙，先找乌羊'。里边是个山洞，好像空间不小，何不进去看看再说？"说完就举起金刚伞护身，将狼眼手电筒架在伞上，当先从猿狖头颅堆积的狭窄通道进去。两堵石壁间有处洞口，其内乱石嶙峋、钟乳倒垂，竟是个石灰积岩的天然洞窟。

我见棺材峡里的这个洞窟妖氛不祥，担心Shirley杨和幺妹儿在前边会有闪失，急忙打了个手势，带着胖子和孙九爷紧紧跟上。洞窟内部的空间，出乎意料地大，狼眼手电筒有限的光束无法即刻探清周围地形，只能看见眼前是一片平整的开阔地，距离头顶钟乳有十几米的高度。

众人不敢掉以轻心，拢作一队向前摸索，不时用手电筒照向四周，而光线却像被黑暗吞噬掉了，根本看不到几步以外的情形，洞窟里也似乎空无一物。胖子拽出一枚冷烟火，"刺"的一声划亮在手，红色的光亮顿时将附近照得一片通明。

只见一块如巨碑般的大青石，就横倒在我们前方数十米之处。石上有一高大壮硕的玉人，玉色殷红似血，身着蟒袍带钩，头大如斗，安坐在中央一片白花花的台子上，只是离得远了看不清面部。又见四周跪有为奴的男女石人数十个，皆是手捧灯烛酒器。

我们见有所发现，便先走过去看那石梁，攀上石台仔细看了看，原来中间的玉人头上，戴了一个铜釜般的铜面罩，却没有五官轮廓，连个出气视物的窟窿都没有，用手指在铜面罩上一敲，锵然作响，正经的青铜古物。

孙教授奇道："莫非是套头葬？"说着话举起手电筒，靠近了照在没有面孔的铜面罩上看个不停。

胖子伸手摸了摸玉人，觉得搬不回去有些可惜，嘴里叨咕着搬个玉人头回去倒也使得，抬手就去揪玉人的青铜面罩，不料一拽却未拽动。

孙教授见他这劲头不对，赶紧制止，一只手抓住胖子的胳膊，另一只手按住青铜面罩的另一边，以防胖子真把这铜面罩扯脱了。

不承想，二人一较劲，竟把青铜面罩扳得原地转了一圈，后脑转到前边来了。孙教授叫得一声命苦，慌忙去看那青铜面罩是否损坏了，谁知不看则已，一看顿时惊出了一身冷汗，差点将握着的狼眼手电筒给扔了。

我和 Shirley 杨、幺妹儿三人，正在后面端详附近手捧灯烛的石人，忽然发觉孙九爷身子向后一缩，险些要瘫坐在地，就伸手将他扶住，口中问着："怎么回事？"同时抬头去看。

这一看同样吃惊不小，你道为何吃惊？原来玉人后脑的铜面罩上却有五官，眉目口鼻俱在，表情也是端详，只不过并非人脸，而是一张乌羊的面孔。此时青铜面罩被胖子和孙教授转了过来，加上那玉人原本就肥胖高大，这一来就如同一个披着蟒袍的乌羊老妖。

众人都觉惊讶："这玉人是不是无头大王？为何说'有身无首'？这不明明有个猪首？洞窟中又不像古墓地宫，古怪的玉像究竟是为何所立？"

幺妹儿虽然胆大机灵，毕竟没什么见识，见那乌羊面具如此诡异，不禁有些心慌，惊问孙教授："咱们青溪从古到今，都没人肯吃乌羊肉，为什么要装个这么骇人的脑壳？"

孙教授闻言一怔，反问幺妹儿："丫头，这话不是瞎说？此时和古时风俗不吃乌羊吗？"不等幺妹儿回答，他就自言自语地说，"'好个大王，有身无首……欲访地仙，先找乌羊'，难道那没头的大王……就是乌羊王？"

胖子刚刚未能得手，而且那一转之下，又发觉面罩中是空的，没有玉人头颅，心中好是不快，此刻见孙教授自言自语，内容莫名其妙，便说道："胖爷活了三十多年，就没听说哪国有个什么乌羊王，老胡你听过没有？"

我摇了摇头，从不曾听说乌羊王之事。Shirley 杨也说："我看过一则新闻，去年中日联合考古，在野外搜寻古巴国文化的遗迹，地点就在巫山，虽然没有考察到任何结果，但多次提到巴人在古代崇拜虎图腾，并没有说任何与乌羊有关的事情。"

我见孙九爷望着那乌羊面罩呆呆出神，心想也许他找到了什么线索，正在冥思苦想，可别干扰了他，又见众人在山间鸟道的险径中走了一天，都有些疲惫了，便让大伙儿暂且休息休息，再定行止。

头戴乌羊铜面罩的玉像半坐在一片白色的台子上，我从来也不把古代

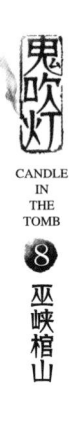

的帝王将相之流放在心上，哪里管他什么乌羊王是人是妖，就对它说了句："你这老儿坐了好几千年，而劳动人民却跪了几千年……不觉得害臊吗？"当下便挨着玉人像坐了。

胖子就近骑坐在这边半跪的石人背上，跟我胡侃了几句，幺妹儿坐在背包上听着，不过我们都是探讨一些比较专业的内容，一般的外行人听不明白，比如玉人是完整的值钱，还是分成碎片值钱？没了原装的玉石脑壳，是不是就缺少了艺术审美和收藏价值？

正说得着三不着两之际，我忽然觉得屁股底下不太对劲，正要起身来看，就听胖子在旁说："胡司令，看你表情不阴不阳，是不是乌羊王的座位不够舒服？你当那种高级领导的座位是那么好坐的吗？肯定是又冷又硬呀，那句话怎么说的来着？高处不胜寒嘛，小心受了凉跑肚子……"

我拍了拍身边的玉人，对胖子说："什么高处不胜寒？还他妈伴君如伴虎呢。不过你别说，真是怪了，坐在这儿不是不舒服，反倒是……太舒服了，有点像沙发，冷是冷了点……却不硬。"

胖子和幺妹儿一听，都觉得奇怪，山洞里除了石头就是石头，即便是个玉台，也许会是暖玉，不会使人觉得冰凉，但哪儿会有什么沙发？

我自己更是奇怪，下意识地用手一摸，表面是一层灰土，但下面光滑柔软，似皮似革，不知是什么，低头去看，都是一块块枕形的长方白砖，边缘则是一片黑色的长穗。我心中纳罕，用手拨开一片，干枯如麻，如同死人的头发一样，不禁奇道："哪儿冒出来的这许多头发？"

正这时，Shirley 杨忽然一把将我拽向后边，我见她脸色不对，知道情况有变，急忙随着她一拽之势起身，同时已把精钢峨眉刺握在了手中。回头顺着她手电筒的光束一看，只见白色石台的侧面，竟然不知在什么时候，悄无声息地露出一张女人脸来，那张脸绝非玉石雕琢，而是口眼滴血的一副僵尸面孔。

我顿时觉得从脊梁骨涌起一股寒意，只觉头发根"噌"的一下全乍了起来，赶紧把孙九爷和幺妹儿挡在身后。胖子也是毫无防备，猛然间看到手电光束下有张毫无人色满面滴血的脸孔，不免有些乱了方寸，顾不得去抄背后的连珠快弩，就忙不迭地一手去掏黑驴蹄子，一手抡起工兵铲要砸。

Shirley 杨忙道："别慌，是不会动的古尸！"我定了定神，仔细去看那白色石台侧面的人头，果然是具货真价实的死尸，嘴眼俱张，在黑暗中显得怪异狰狞，但它脸上淌出的却不是鲜血，而是嘴里被填满了东西。我用峨眉刺小心翼翼地刮下一点，全是血红的沙砾，不知在活着的时候是被灌了什么药物，整个腔子里都填满了。

而且并非只有这一具尸体，铜面玉人身上那整座白色的平台，竟是六具赤裸尸首的脊背。那些女尸分两排跪在地上，有的垂首，有的侧过脸来，恐怖的神态不一而足，但都把后背露在上方。六具女尸身量相近，高低一致，如同一个皮革般柔软的平台，而头罩乌羊铜面罩的玉人，就是端坐在由死尸搭成的软席上。

孙教授戴上眼镜盯着看了半天，脸上一阵变色，对我们说："不必考证了，我以名誉担保，这是人……人凳，名副其实的人凳，史书上有记载，想不到在此会有实物！女尸内灌注的红沙，可能都是致人死命后，用来维持血肉不僵不硬的药物。"

我想到适才坐在古尸背上，还觉得格外舒服，止不住出了一身冷汗，心中一阵狂跳："人凳搞的是什么鬼？竟然把活人杀了当家具……劳苦大众能不造反吗？"

孙教授解释说："人凳这种称呼，是后来的学者们自己加上去的，真正的名称到现在则是考证不出了。此物在夏、商、周奴隶社会时代，确实是有的。据说夏朝的最后一代国君夏桀，就是个著名的暴君，他穷奢极欲，并且自比天日，称自己是天上的太阳，女奴隶要趴在地上给他当人凳，还有男奴隶的人车、人马供他骑乘，诸如此类都是他亲自发明出来的。后来这种酷虐无比的制度还延续了很多朝代，据说直到元代还有。从古有事死如事生的风气，君王活着时所享受使用的物品，死后必然也要准备，这……尸凳，应该就是人凳在阴世的替代品。"

我听得怒从心头起，问孙教授说："那么说……这具尸凳就是为乌羊王殉葬的明器了？可怎么不见乌羊王的棺椁和尸首？"

孙教授摇头道："我早就说过了，可你们谁也不听，这根本不是古墓冥殿，而是一处类似飨殿的祭祀场所。乌羊王的墓穴里也早就没了它的棺椁和尸首，因为……观山太保早已经盗发了乌羊王古冢，并且在那座规模极大的墓穴里造了地仙村，作为藏身之所。'欲访地仙，先找乌羊'，岂不正是与此相应？"

我深觉此事越发扑朔迷离了，难道古时当真曾经有一位乌羊王？那句"好个大王，有身无首"之语，就是指的乌羊王？刚刚还没有任何头绪，在这一时半刻之间，孙九爷又是从何得知？

Shirley 杨告诉我说："你刚才坐在……坐在人凳上的时候，孙教授发现地下的大石梁上，满是虫鱼古迹，还有许多形似日月星辰的古符。孙教授是解读各类古文字的专家，他识得石梁上所刻都是棺材峡以前的传说，虽然不知传说是真是假，却可以肯定在峡中藏了一座规模不凡的古代陵墓。"

孙教授点头道："是啊，乌羊王玉像未被毁去，可能是观山太保故意所为。有身无首之王，正是这玉像的真身，不过并不应该称为乌羊王，它的真正封号应该是'移山巫陵王'。不过你们也别以为移山巫陵王是人，按照这个古老的传说，移山巫陵王实际上……是一头大得惊人的乌羊。"

第十三章
死者身份不明

　　孙教授说这洞窟本是飨祭移山巫陵王之地，而移山巫陵王之墓应该藏在棺材峡的最深处，更令人感到不可思议的是，此王非人，而是一头遍体漆黑、重达千斤的乌羊。

　　我难以理解，正想再问，孙九爷却自顾自地趴在石碑上看个不停，我只好忍住满腹的疑问，带着胖子去四周查看地形。山间的洞窟纵深极广，远处恶风呼啸犹如鬼哭狼嚎，料来山洞是穿山而过，应该有出口通往另一边的峡谷。

　　好不容易等到孙九爷将记载乌羊王事迹的文字全部拓了下来，已经到了中夜时分，我们只好寻个稳妥的角落，生起火头，当晚宿在洞中。

　　孙教授在营火前一面整理今天收集到的资料，一面给我们断断续续说碑文上记载的传说。乌羊王人凳下的石柱，乃是当年治水所留，雕篆文刻极为细密，纹是"轻重雷纹"，篆是"蜗蝉古篆"，等闲之人根本看不懂这些如同天书般的奇形蜗篆，但孙教授浸淫此道数十载，倾注了无穷心血，造诣非凡，不是寻常的学者专家可及，读懂七八成不在话下。

　　我心里暗自庆幸，要不是死说活拽地将孙九爷带到青溪，凭我和

Shirley 杨、胖子三人，即便看见了这些古代谜文，也只能当作看不见，当下不再多说，用心倾听孙教授的讲述。原来寻找地仙村古墓入口的暗示，除了藏有青乌风水的秘密之外，果然也与棺材峡中的古代传说有关。

早年间，由于巫山山脉地形独特，未受阴阳鱼引水之利，这片山区洪水肆虐，水患天灾连年不断，每年都有无数人畜被洪水吞没，成为江中鱼鳖的食物。

正当上下束手无策之时，山中有一隐士出面，体态魁梧，满面虬髯，身着黑袍，自称为"巫陵大王"，有移山之术，可以驱使阴兵疏通河道。

但他也提出两个条件，一是在移山开河的工程进行期间，要地方上供奉酒肉饭食。到吃饭的时间，就把酒肉饭食堆放在山洞的洞口，洞前有大鼎一口，送饭的民众事先鸣鼎三声，然后赶紧出山回避。

第二个条件是请天子加封官爵，以表彰他的功德。

当时苦于工程浩大，即便有钱粮人丁，也做不得移山导河之举，朝中又格外看重得道的高人，当即允诺。

于是巫陵王整日作法，驱役阴兵将疏导河流，自此山中每天都是阴云惨淡，攻山开石之声滚滚如雷。当地百姓感其德，选了一个姓李的女子，嫁与巫陵王为妻，此后为开河阴兵献飨之事，都由夫人亲自督率。

治水工程既艰难又漫长，有一天忽然天降暴雨。巫陵王指挥阴兵开河不利，送去的酒食接连两天原封不动，夫人忧心起来，就带人送入山中。

到开河的现场一看，众人无不大惊，峡谷中一头大黑猪正在水中以头拱山，它后边是无数山鬼山魈之属搬运土石，原来移山巫陵王乃是山中乌羊所化，要现出原形以鬼神之力开河，所以从来不肯让人进山相见。

巫陵王见原形被人识破，从此藏在山中，再也不肯开河，更耻于再与夫人相见。夫人跪在山前苦求无果，只好投崖而死。巫陵王自觉愧对夫人，便率阴兵将最后一段河道疏通，根治了水患。

朝中颁下重赏，要请巫陵真君再去治理另一段水患严重的河道，如能收取全功，当有封王列相之期。可巫陵王自言此后要归隐深峡，除非夫人复活，否则永不开山，辞别之日，有万民相送。

巫陵王大醉，误走西陵山，现出原形酣睡不醒，结果被当地不知情的山民擒获，当即紧紧缚了，烧起大锅来，又是褪毛又是放血的一场忙活，等手下人找到移山巫陵王下落之时，大王的下水都已煮熟多时了。

随后当地先是瘟疫大作，接着又是蝗虫蔽日翻天而至。百姓都说此乃巫陵王阴魂不散，于是在峡中造了一座大墓，收殓他剩余的尸骸安葬，但只剩一身皮肉骨骸，首级大概被人吃了，再也找不回来，又建飨殿年年祭祀不绝，制玉身铜首供奉。

棺材峡纵横交错的峡谷和满壁遍布的鸟道险径，都是当年巫陵王役使阴兵开河的遗迹。历代在开河治水过程中死亡的土人，都被纳入悬棺，随着洪水逐渐降低，一层层地安葬在峭壁上。本来是无心而为，想不到竟构成了一片无头巨像的轮廓，恐怕也是巫陵王丧命的先兆。而巫陵王出山前，曾带着阴兵在山里挖掘巫盐矿脉，棺材峡内的盐井矿洞，即是其陵寝所在，从飨殿到王墓，要经过一段百步鸟道的绝险，才能抵达墓道入口。

孙教授把这段记载原原本本地给我们讲了出来，我恍然大悟："原来当年封团长留下的这段话，实际上只有最后一句有用，也可能这只是第一段，意思是说地仙村古墓的入口，可能藏在乌羊王原本的墓穴里，所以'欲访地仙，先找乌羊'。而乌羊王开山导河的传说，正是找到王墓的重要线索，可这只是寻找地仙村的第一步，接下来肯定还应该有若干暗示，现在就不得而知了。"

Shirley 杨对乌羊王的传说也多有不解，问孙教授道："这传说怎么听也不像史实，按照此说，巫陵王应该是开山治水、于民有功的有德之士，可洞中的尸凳如此暴虐，同碑文上的事迹大相径庭，棺材峡里真会有巫陵王古墓吗？"

孙教授说："钟鼎碑刻上的铭文，大抵都是歌功颂德的言语，不可尽信，但千古遗存在此，不由得人不相信巫陵王墓就藏在棺材峡里。可真实的事迹，却未必如此，乌羊王现出原形开山的传说，多有造神的色彩在内，自然不能当真。另外此事在各种地方志及史料中均无记载，巫邪文化秘密古老，有许多事情都已淹没在历史的长河中了，现在已无法考证。"

胖子插口道:"我看棺材峡如此险峻,不像是古代的原始劳动力能凿通的,可能尽是往自己脸上贴金的说辞。这位没有脑壳的大王,应该是恶贯满盈,唯恐死后被人倒了斗,才找人树碑立传戳在墓前。不过话又说回来,巫陵王就算生前再怎么暴虐,他死后都被人做成猪头肉和卤煮火烧了,也算报应不爽了。"

孙教授道:"此言有一定的道理。据我的经验来看,巫陵王未必真是什么乌羊,中国古代历史上翻案之风太多了,翻手为云,覆手为雨,任何事都不好一言定论。我记得史料上提到过一位与之类似的诸侯王事迹,不过并非巫陵,而是龙川。据说龙川王生性残暴、穷奢极欲,却疏通河流、根治水患,是个有功有过、难以评价的人,死的时候曾遭乱刃分尸。他的后代担心有人为了报复他而盗发王陵,所以下葬时将他改了名号,又用各种手段掩人耳目。至于龙川王是哪个地区的统治者,现在始终说法不一,以棺材峡中的遗迹来看,我觉得龙川王很可能就是移山巫陵王。"

孙九爷平时在工作中向来不敢多说话,但在我们面前自然不用担心出言有误,所以话匣子一开,就有些控制不住了,滔滔不绝地旁征博引,接着谈论龙川王。龙川王会星相异术,在古代治水开山,都离不开方术,如果不懂山川河流的布局脉向,不仅事倍功半,而且后患无穷。孙九爷在研究龙骨谜文的时候,发现了许多关于水灾地震的记载……

我对孙教授说:"管他乌羊王还是龙川王,他的陵寝早就被盗发几百年了。是非成败转头空了,所以咱们也没必要去考证历史上的功过,眼下应该先想办法找到那段百步鸟道。如果摆有人凳玉像的洞窟真是祭墓之处,按照风水葬制的布局,墓道入口,肯定是在玉人背后的方位,不会太难寻找,我所担心的是进了墓道还不算完。"

孙教授和Shirley杨也深为担忧,封团长留下的暗示只有第一段,找到乌羊王古墓的入口之后,我们就完全没有任何参考了,到时候只能走一步看一步,没人知道距离地仙村古墓还有多远。众人计议良久,也只道是吉凶未卜、前途难料。

在洞中歇到凌晨时分,我们就抖擞精神,继续往洞窟尽头进发,到得

第十三章 死者身份不明

尽头一看，果然是穿山过来了。这边是棺材峡的另外一条峡谷，虽比挂满悬棺的区域开阔了许多，但也另有一番险峻形势。

山间群峰云雾缥缈，茫茫苍苍的望之不尽，峡底水势滔天，受到山崖冲击，形成了一个"A"字形转弯。而远处的上游，则是一处咆哮如雷的瀑布口，急流在峡谷间骤落急转，激起漫天的水雾，恰似一条身披银鳞的巨龙，凌空飞下云天，钻入了峡谷深处，撞得两侧峭壁冲天劈开。

我向峡底的急流中看了几眼，我虽不恐高，也觉得眼晕至极，再看看对面的峭壁，果然有许多蜿蜒曲折的凌空鸟道，如同一张巨大的蜘蛛网，镶嵌在千仞绝壁之上，鸟道错综，一时看得人眼都花了。

Shirley 杨举着望远镜看了一阵，不觉踌躇道："对面少说有几百条嵌山险径，除了许多绝路，尽头处另有不少洞窟，怎知百步鸟道究竟是指的哪一段？"

我说别急，昨天晚上孙九爷出力不少，否则怎知无头大王的来历？但功劳不能都让他一个人占了，今天就让同志们看看摸金校尉的手段。我又向孙教授确认了一遍，封团长的原话是不是"鸟道纵横，百步九回"？

孙教授当即又拿名誉担保，这段话在脑中反复念过十几年了，肯定不会错。

我暗中点了点头，心里已然有了办法。"鸟道纵横，百步九回"这句话的关键字应该是"九"，纵观对面悬崖绝壁上的鸟道，恰似群龙缠山之势，不管那峡谷中的古时遗迹是何人所留，绝对不是随意构造，也许别人难以窥此玄机，但这一番推星演卦的格局，却正是撞到了摸金秘术的刀尖子上。

大凡古之墓葬，其局部或整体，都必合"九"数，取的是"久存"之意。《十六字阴阳风水秘术》之寻龙诀有云："群龙缠川做九曲，曲曲尽是九回环；九回之外复九转，九转九重绕龙楼；九九盘旋终归一，三三两两入灵山……"

胖子奇道："胡司令你算术不错，都会念九九八十一了，不过你'九'了半天，我愣是没听出来咱到底是应该往哪边走。"

我解释说："什么时候说九九八十一了？还三九二十七呢，咱这叫寻龙入势诀，九宫八卦的奥妙都在里边了，要是连你这等糙人都能听明白，我不如就把我家传的这本破书撕掉扔河里算了。你们瞧这山上鸟道密如蛛网，其实只有一条路是真的，只要从底下第十条上去，每三个岔路转一个弯，转两次弯后，隔三个岔路再转，走下不走上，走左不走右，如此反复九回，见到的洞口才能进，估计那里就是乌羊王墓道的入口了。"

孙教授更觉奇怪。他出于工作习惯，凡事都喜欢穷究根底，便询问我说："当年诸葛亮差点拿八门阵法困死东吴大将陆逊，好像其中就利用了五行生克的原理，这可都是失传多少年的东西了，怎么你还知道？听老陈说你这套东西都是家里长辈传下来的，你家里长辈到底是做什么的？"

我看了Shirley杨一眼，心想Shirley杨的外祖父是搬山首领，何等高名，她祖父那边也是书香门第的世家，跟谁说都能拿得出手，就连幺妹儿的干爷，都是蜂窝山里的老元良。怎么我老胡家到我爷爷那辈，偏是摆摊算命宣扬封建迷信的？觉悟太低了，说出来都不好意思，于是我低声在孙教授耳边说："我祖父是当年走山过海的鹞子，名满天下，参加革命也比较早，不过参加的是辛亥革命。江湖上管他老人家那行当叫金点，我这些手艺都是家传的，没学到手一二成，让您见笑了。"

孙教授在路上没少向Shirley杨打听山经的切口，闻言若有所悟，称赞道："难怪难怪，若非绿林世家出身，也不可能有如此奇才。"

我担心孙九爷再追问下去，赶紧带头寻觅可以行走的险径下山。两道好似无边无际的峭壁之间，有几座铁索木桥相连，走在上面人随桥摇摆，脚底就是奔流的大江，难免惊心动魄，到此也难回头了，众人硬着头皮到了对面。

峡谷间忽又云雨升腾，在雨雾之中，周遭的景物都变得模糊了起来，幸好先前看准了路径，寻得悬山鸟径的入口，按照"寻龙入势"的口诀一路上去。这段道路被雨水淋湿，走起来险过剃头，百步九回转，走在后边的人，能看见前边人的双脚就在自己头上。

我暗中默念寻龙诀，在绝险的峭壁间一路蜿蜒上行，又担心引错了路，不免时时分神。俗话说"上山容易下山难"，往上走看的都是眼前的路，连胖子都能坚持，但如果是朝下走，眼中所见，就是令人心胆皆战的深峡迷雾，如果一个不注意，失足翻落下去，就连尸体都捞不回来了，但鸟道忽上忽下，百转千回，没个定数。

　　堪堪到了百步九回转的鸟道尽头，山壁上出现了一条奇深难测的隧道，我当先攀了进去，探臂把另外四人一个个接入，这才仔细观看洞窟中的情形。此间雾气浓重，呼吸都觉不畅，岩层中有石母的痕迹，与以前的青溪防空洞隧道截然不同，应该是一条古隧道，不知通往何处。

　　我对这条路是否正确没任何把握，也许刚才在峭壁上转错了路径，心中不免有些恍惚，举着狼眼手电筒往里面走了几步，忽见旁边立着一块墓碑，碑前盘膝坐着一具死尸，面目衣服都已风化，皮肉多已消解，不知死了多久，我连忙招呼后边的孙九爷过来，让他看看这是不是封团长的遗体。

　　孙九爷见到干尸，情绪立刻显得有些激动，颤抖着戴上口罩和手套，把死者的头捧起来仔细端详："不像……不像……我记得封团长在潜逃前，曾在采石场受过伤，被打掉了几颗牙齿，这尸首牙齿较全，应该不是老封，可这个人又是谁呀？不对……你们快来看看这是什么？"

第十四章
看不见的天险

我们以为孙教授是说那具无名死尸，正要去看，却听孙教授说："不是干尸，是这墓碑，果然是地仙村的路标。"

我精神为之一振，赶紧和胖子把无名尸体抬开，只见原本被死尸挡住的墓碑上，并无死者名讳，而是刻着"观山指迷赋"五个笔画苍劲的凹字，两侧另有数行小字。我扫了一眼，正是那段寻找古墓的暗示："好个大王，有身无首；娘子不来，群山不开……"

我见残碑上的几段暗示，远远要比封团长当年吐露给孙九爷的完整，不觉喜动颜色："原来关于地仙村入口秘密的这段暗示，叫作《观山指迷赋》，后面的这几句是'欲访地仙，先找乌羊；吓魂台前，阴河横空；仙桥无影，肉眼难寻；落岩舍身，一步登天；铁壁银屏，乾坤在数；黑山洞府，神阙妙境；铜楼百棺，瓦爷临门；磕头八百，授予长生'。"

我们反复读了几遍，多半不得要领，按照先前的经验，沿路下去，自见分晓，于是把残碑上的《观山指迷赋》抄记下来。

孙教授对众人说："这下可好了，时隔多年，到今天终于见到了地仙村的《观山指迷赋》全貌。这百步鸟道尽头的洞窟里，可能就是乌羊王墓道的旧址了。"他随即又沉吟道，"'吓魂台前，阴河横空'……接下来可能要过一座高台和一条地下河，咱们还要做好心理准备呀。"

胖子说："这段指迷赋里，是不是提到什么金牛什么重宝了？就这俩词听上去还有几分受用。棺材峡这一路尽是天上的路径，太险了，现在还觉得腿肚子转筋呢，墓中要是真有金牛驮宝，胖爷就算没平白担惊受怕一场。"

幺妹儿听过当地妖仙坟的传说，听了胖子的话就问众人道："给地仙磕头，就能长生不死？信不信得？"

孙教授说："这也能信？天底下哪儿有长生不死的人？降神招鬼之类无中生有的荒唐话，多是神道神棍们的信口胡诌，当然是不能相信的。"

我耳中听着孙九爷和胖子等人议论不住，低头看了看那具无名死尸，又瞧了瞧刻有《观山指迷赋》的墓碑，心念动处，想到了一些要命的事情，当下插口道："咱们还没进山门，先别惦记做方丈了，地仙村古墓里的情形，进去了再做计较不迟，你们有没有想过眼前这事有些蹊跷……"

百步鸟道尽头的洞窟里大敞四开，《观山指迷赋》就无遮无拦地明摆在此，好像唯恐旁人找不到地仙村古墓一样。百步九回转的迷径虽然艰险繁复，但精通数术的人历朝历代都有，在清代更是兴盛一时，如果有真正的倒斗高手，进到这里不费吹灰之力。

古人云："墓者，藏也，欲为人之不得见也。"观山太保多是盗墓发丘的老手，怎会如此儿戏，竟然在洞口树碑指路？另外只有封家后代才知道《观山指迷赋》的内容，残碑前的尸体又是什么人？莫非其中有诈不成？

我这一番话顿时说得众人茫然起来，孙教授想了想，便表示不同意此言："地仙应该是个自视极高的人，自从窥得天机之后，整个人性情大变，所以才在山中造墓藏真。《观山指迷赋》隐然有仙人指路之意，从这些布置来看，地仙之墓是存心想度人得道的，不能以寻常埋骨藏宝的坟墓来判断，而且《观山指迷赋》并非一般盗墓贼能够轻易破解的，真正懂得星相数术的人在近代寥若晨星，没有特殊机缘，肯定找不到古墓，当年流寇那么多人，也没能挖出地仙村里的天书，这就是最好的证据。"

孙教授又说:"咱们恰好是利用了地仙生前妄图度人得道的念头,否则棺材峡中地势奇险,恐怕难以找到这地方,这无名尸首……"言下踌躇起来,显然想不出残碑前的尸体该如何解释,这名神秘的死者既然能找到此地,又见到了《观山指迷赋》,为何不进古墓,而是死在碑前?

此时Shirley杨已经仔细检视了一遍干尸,她见孙教授张口结舌,便说出了自己的看法:"这洞窟里的环境阴晦,判断不出尸体死亡多久了,但他怀中有几卷竹简道藏,我想这无名死者也许是个道门中人,他如果知道《观山指迷赋》,在活着的时候却未能入古墓,有一种可能性不应忽视。"

我忙问是什么可能性。Shirley杨说:"也许《观山指迷赋》后半段,是一道不可逾越的天堑,他过不去,或是参悟不透,又不甘就此离去,心力交瘁,最终坐化在此地,但他死在这里也可能出于其他缘故,刚才我说的只是其中之一。"

孙教授又把最后半段《观山指迷赋》念了两遍,连称Shirley杨言之有理。在宗教传说里,得道成仙可分上中下三等,下仙要在死后度化,中仙得道前,要先经历大病、大灾、大险、大劫,"吓魂台前,阴河横空;仙桥无影,肉眼难寻;落岩舍身,一步登天"这几句,肯定是指绝险的考验历练,恐怕胆色和运气稍逊,就进不得地仙村古墓了。

胖子闻听此言,当即夸口道:"敢做倒斗摸金的勾当,就连天王老子也是不怕,我就不信,有什么样的天险是过不去的。在这儿干说有什么用?进去看看才见分晓。"说完举起手电筒就朝隧道深处走去。我心想:"王胖子常说没头脑的话,不过刚刚这句算是说到点子上了,什么断崖阴河,不亲眼看看,又怎知是什么名堂?"当即将心一横,带着众人便走。

峭壁上遍布鸟道险径的这片大山,如天般高耸,直削千仞的陡崖两侧,更是看不到尽头,也不知这座山有多大,在古隧道中只顾向前,眼中所见,并无岔路,是自山间贯穿到底的一条直道,行了不知多久,眼前忽然一亮。

只见隧道的尽头,是一片奇绝的地形,隧道口正开在悬空的半山腰里,前边是倒"T"字形的峡谷,而出口处正位于"T"字峡一横一竖的交会点上。

对面一座插在半空云雾里的高山,如同被天剑所斩,直上直下地从中劈开，纵向的峡谷底部造有一道龙门，两侧是上百尊乌羊石兽对峙而立，看来里面就是乌羊王的地宫了。乌羊石兽的古迹在青溪附近随处可见，也从一个侧面说明了地下陵寝的规模十分庞大。又见龙门下探出一片天然的石瀑布悬在半空，石表溜滑光洁，千奇百怪，犹如龙涎凝固而成，上凿两个蜗行大篆——"吓[①]魂"。这道筑在狭窄陡峭峡谷间的龙门，恰与我们所站的隧道出口平行，而那条横向的峡谷，则直切下去，将龙门前的道路截断，下边云缠雾绕，深不见底。

孙教授自言自语道："看来这里就是猿猱绝路的吓魂台了，真是鬼斧神工的所在。阴河横空是什么意思？空中有河？那无影仙桥又在哪里？"

我见这天险确实是险，从隧道口到龙门之间没有桥梁，虽然隔的距离不到二十米，仅露云天一线，但不借助绳枪一类的特殊工具，很难跨过当中这条深沟。《观山指迷赋》中提到的阴河、仙桥，是否指吓魂台前的深渊？难道真有悬挂在天空中的阴河？

我打算再接近点探探，刚迈出一步，就被Shirley杨拽了回来，Shirley杨说："别过去。你听前边是什么声音？"

我侧耳一听，在"T"字形峡谷的交点上，若有若无的风声，好像隐隐有无数冤魂哭泣，连绵不绝于耳，我问Shirley杨："是风声？"

Shirley杨没有回答，而是捡起一块石头，投向龙门前的深谷，众人抬眼看去，顿时目瞪口呆，只见那块石头飞到半空，忽然停住不动，随即像是落入暴风眼里，浮在当空滴溜溜打起转来，旋即晃了几晃，便不知被神秘的涡流带到了何方。我们见此情形，无不骇异，倒转的"T"字形峡谷之间，看似寂静平常，实则杀机暗藏，事先谁也没想到，竟然有如此难以捉摸的危险气流。可能是特殊的地势，使山风聚在峡谷中间，形成了一片无影无形的涡流，在四周除了能听到微弱异常的空气抖动声，完全察觉不到任何其他危险的迹象，恐怕这就是所谓的"阴河横空"。

孙教授摇头道："过不去，有翅膀的神仙也过不去呀。吓魂台不是天险，

[①] 吓，此处音 hè。

而是一道天然的屏障，如果用绳索绳钩扔过去，瞬间就会被乱流卷住，看来此路不通。不过不要紧，我深信只要功夫深，铁杵都能磨成针，咱们豁出去了，多下功夫，想办法找路绕到后山进去。"

我拦住孙教授道："在棺材峡附近，大多是海拔一千五百米以上的崇山峻岭，您这一绕，没个十天半个月也绕不过去。断头崖前的阴河乱流虽然厉害，但在青乌风水里，这就是藏风聚气之所，不是风水条件上善之地，绝不会有这种奇异的现象。摸金校尉虽然擅长分金定穴，但如果不在一览无余的高处，就看不出这片山脉的龙气形势。巫山山脉云雾迷离，分金定穴之术肯定是没办法施展，所以我说不清这种风眼会有几处，也许后山和峡口处同样存在此类天险，但既然发现了藏风聚气的所在，说明咱们已经进入藏有古墓的陵区了，说到登堂入室还为时尚早，不过可以说是已经用手摸着大门了。"

孙教授一着急就变得思维僵硬，担忧地说："如今假介绍信也开了，还有何法可想？"

我说："九爷，您瞧您一着急就犯糊涂了，想进这地方，哪儿开的介绍信也不管用啊。"

孙教授赶紧解释："口误，口误，一着急把《观山指迷赋》说成介绍信了，如今《观山指迷赋》也看到了……"

我打断他的话头说："其实也没说错，《观山指迷赋》就是地仙开的介绍信，只要他这介绍信不是假的，咱就肯定能从中找到办法越过这道天险。"

Shirley 杨说："'吓魂台前，阴河横空；仙桥无影，肉眼难寻；落岩舍身，一步登天'，这三句话，不知是否皆指吓魂台天险而言，仙桥无影应该指有一座普通人看不到的桥，最后这一句却是想不明白了，怎么落岩舍身便能一步登天？桥在哪里？"

我沉思片刻，提醒众人说："还记得残碑前的无名死者吗？那位爷可能也和咱们一样要找地仙村古墓，但他应该不是倒斗或者业余爱好考古的人士，我估计可能是个修仙求长生的，他是怎么死的不好说，但此人没进地仙村古墓，肯定是被这道无影无形的天险吓住了，甚至犹豫徘徊了许多年都没敢下决心闯过去。"

胖子说："胡司令，经你这么一分析，我觉得我十分能体会这位同志的心情，这条路……真他妈不是给人过的，眼看着宝库就在眼前了，硬是不敢过，鸡蛋不能碰石头，换了谁也没脾气了。"

我说："我不是让你们体会那位探险家当年的感受，我的意思是让你们设想一下，那个人是被天险吓走的，还是……被那座桥吓走的？我为什么这么说呢？因为咱们一路上没见到封团长的尸体，但他驯养的巴山猿狖始终在附近徘徊，这说明他当年一定是已经逃到青溪了，而且很可能进了地仙村古墓，可是……为什么巴山猿狖没跟他一起进去？"

孙教授若有所悟："噢……你是说巴山猿狖和残碑前的无名死者一样，没敢冒死踏过那座仙桥？而封团长胆子大，知道祖宗留下的暗示可信，就闯了过去？可你们看看这深峡绝谷一览无余，吓魂台前哪儿有什么桥啊？"

孙教授随即表示，要说藏风之地中有气流形成的旋涡，这可以相信，因为这是特殊的物理现象，但"仙桥无影"就绝不可信了，世界上怎么可能有看不见的桥梁？光学作用？视觉盲点？不太可能，正确客观地对待事实是原则问题，绝不妥协让步。

他又引用当年某位权威人士批判他的原话——这类民间传说极不可信，是源于缺乏知识、过度迷信、痴心妄想而产生的原始奇思怪论，简直是难以形容的幼稚想象，谁相信谁就是彻头彻尾的神经病。

Shirley 杨和幺妹儿也连连摇头，没办法相信会有一座看不见的桥梁。Shirley 杨说："在能量高度集中的区域，人类的物理常识都会失去作用，只要条件允许，甚至就连时间和空间都会扭曲变形，但山谷交会处形成的特殊气流，还不至于有如此之高的能量场。"

我苦笑着说："孙九爷不愧是老同志，贯彻领导的批示很彻底；Shirley 杨呢，也不愧是美国海军学院的高才生，你们说的都很有道理。我这辈子虽然见过不少稀奇古怪的事情，说实话我也不相信有看不见的隐形桥梁，但我相信咱们面前的深渊就是一座桥——吓魂桥。"

第十五章
吓魂桥

孙教授立刻批驳道:"简直是乱弹琴,你难道想让大伙儿踩着风眼走过去?山间的乱流虽然能吸住石子,但它最后被卷到哪儿去了?你有没有算过,咱们这些人的自重,加上所负装备,总共有多沉?别说一步登天了,迈出半步就会坠入深涧,我们要严谨,要务实!"

我摇了摇头,我可没说要踩着空气过去,既然《观山指迷赋》中提到"吓魂台前,阴河横空;仙桥无影,肉眼难寻;落岩舍身,一步登天"之语,按先前的经验来看,必然有其对应之处。而且龙门前的这条"T"字形峡谷,是华山路一条,所以我相信前边应该会有座所谓的无影仙桥,只不过咱们要想办法把它找出来才行。

Shirley 杨说:"话是不错,但就算发现了无影仙桥,咱们能不能过去也不好说。你们有没有想过,在隧道入口的无名死者身怀道藏,可能是位求真之人,他如果找不到路进入地仙村古墓,原路回去也就是了。可看他死亡的方式,好像是已经找到了无影仙桥,却没胆子通过,又不甘心离去,最终在隧道里徘徊而死。"

我听了 Shirley 杨所言,立刻想起以前在前线,许多战友都是被"诡雷"

第十五章 吓魂桥

炸死炸伤，那情形极是惨烈，有许多战士不怕冲锋陷阵，却唯独怕那些五花八门、明铺暗设的"诡雷"。

正所谓兵不厌诈，隧道中的无名死者，死得莫名其妙，身上除了几卷道藏，就没任何多余的东西可以让人窥其身份。历代布置周详的古墓中，多有疑阵防盗，说不定那死尸和《观山指迷赋》都是"饵"，是观山太保将盗墓者引上绝径的"诡雷"。

这些念头在我脑中挥之不去，常年游走在生死边缘的直觉告诉我：这些迹象太不正常了，千万不能大意！

我想到此处，就对孙教授和Shirley杨说："无影仙桥也许不难找，但我估计即便找到了，也必然要冒天大的风险才能过去。现在的问题是，这风险能不能冒？万一是有去无回的陷阱呢？咱们怎么判断隧道中的《观山指迷赋》是真是假？"

孙九爷胸有成竹地说："此事极易，只要你能想办法让无影仙桥出现，以我参与考古工作多年的丰富经验，自然可以考证出它是真是假，假桥可逃不过我的火眼金睛。不过看后半段《观山指迷赋》，内容多与我调查的结果吻合，所以我相信，只要真有无影仙桥存在，碑上的石刻就有八成是真。"

我微一沉吟，觉得是这么个理，说别的没用，眼下应该先想办法把无影仙桥找到。我和Shirley杨商议了几句，但谁也想不出一座什么样的桥是肉眼看不到的，Shirley杨推测说或许是另有隐意亦未可知。

我心想："'落岩舍身，一步登天'，'落岩舍身'是什么意思？莫非是指抱着石头往半空里跳下去？"我灵机一动，"不对，落岩在前，舍身在后，如果是指不要命地抱着岩石往下跳，应该是舍身落岩，落岩舍身也许是说首先推落岩石，然后才能做出舍身之举。"

我用眼一扫，见隧道里有许多大小不一的碎岩，如此站着胡思乱想，哪里能得要领？管他如何落岩，先捡块大石头推下去探探。于是招呼胖子帮忙，二人来到一块几百斤的山岩边上，先推了两下，巨石微微摇晃，料来可以推动。

其余的人也要过来帮忙，胖子一摆手："各位，都甭过来，就在边儿上候着吧，赶紧给胖爷腾块地方出来，别压坏了你们的脚巴丫。"说罢先把皮带松了两扣——他是担心一使劲把皮带给绷断了。

胖子有心逞能，把我也推在一旁，我担心他用力过猛，跟着岩石一块被乱流卷走，那可就真成了"落岩舍身"了，就拿飞虎爪将他肩上的承重带挂住，和其余三人在后扯着加以保护。

胖子挽起袖子，往手心里吐了两口唾沫，拉开弓箭步，以肩顶住巨岩，深吸了一口气，运在丹田，晃动一身腱子肉，霹雳似的喝了声："开呀！"

就见那块大岩石轰然前倒，由于自重极大，又接近隧道出口，并未被龙门前时乱流吸住，撞击着峭壁翻滚落下满是迷雾的深涧。

由于山涧两侧距离极近，岩石翻翻滚滚地往下坠落，在峭壁间来回碰撞，发出轰隆隆的沉闷回响，我们在隧道洞口里听起来，只觉峡谷深不可测，好半天也没听见巨石落地之声。

众人见胖子推落了山岩，可吓魂台前并无隐形桥梁，也没任何异常迹象出现，不禁有些沮丧，正要一计不成再施一计，却忽然在耳底感觉到一阵阵嘈杂的动静。

此时山岩仍未落地，山壁上除了轰然不绝的回响之外，仿佛还有千百锅热水同时沸腾起来，随即沸水之声又转为爆炒盐豆似的躁动，密密麻麻搅得人耳骨隐隐生疼。我心道不好："落岩落出麻烦了，如何是好？"

孙教授和幺妹儿也多被那嘈杂密集的纷乱响动惊得惶恐不安，忍不住向后退了两步，Shirley 杨把金刚伞挡在他们面前道："别慌，恐怕是无影仙桥出来了。"

耳中繁杂密集的声音骤然而紧，这感觉就好像是站在鬼门关前，面对无数从冥府中逃出来的恶鬼一般，惊得人手足无措。我收回飞虎爪，交还在 Shirley 杨手中，随后暗地里握紧了工兵铲，心中极是不安："难不成吓魂台前的仙桥是阴兵搭建？地仙村古墓的布置，果然是神仙也猜不到……"

胖子也是脸上变色，拉开架势，举着连珠快弩对准半空，管他是什么上来，先射它几十枚透甲锥再说。

正当众人惶惑畏惧之际，蓦地一股黑烟自谷底冲在当空，我大吃一惊之余更是出乎意料，叫道："这是什么？"仔细一看，觉得连眼都快看花了，竟然是无数巴掌大小的金丝雨燕，受惊后从山崖底下飞出，当即就被峡谷间的乱流裹住，成群成群地混作一团，数量多得令人眼花缭乱，怕是不下十万之众。

金丝雨燕善于在绝壁危崖之间营巢，而且它们属于集群生物，多的时候，一个金丝燕子洞内可以有数十万只，其辈用唾液凝结成的金丝燕窝极为珍贵。由于金丝燕子洞大多位于地形绝险之处，所以采金丝燕窝的人都要会攀岩登高，风险和回报收益都很大。

原来在吓魂台底部的峭壁上，藏有许多金丝雨燕筑巢的洞窟，胖子推下去的岩石惊得大群金丝雨燕倾巢而出。雨燕在民间有个俗称，唤作"风里钻"，最是善于随风飞舞，甚至有传说说它们能够在风中睡觉，而且速度惊人，飞掠之际快似闪电。此刻，乌泱泱的数万只飞燕冲天而起，到得峡口，顿时都被"阴河"的无形气流卷住。

金丝雨燕性喜集群，被涡流卷得扎作了一团，一时被吸在风眼里挣脱不得，燕子群中密集得几乎连间隙都没有了。峡底飞上来更多的雨燕群，还在源源不断加入燕阵。

原本从三面深峡高空汇聚过来的气流，当即都被大群金丝雨燕阻塞，无形的横空"阴河"顷刻间就被填满了，而数万只燕子也被从几个方向涌来的乱流所挡，将"T"字形峡谷龙门前的区域填得严密无间，形成了一条匪夷所思的"燕子桥"。

我倒吸了一口冷气："原来无影仙桥……是由大群金丝雨燕搭成的！"眼见面前那翻飞纠缠的数万只金丝燕子，仿佛停留凝固在了风中，猝然所睹，简直难以相信目中所见的奇景。

但我知道，这一奇景仅仅能维持短短的一瞬间，随着峭壁洞窟中涌出的金丝雨燕越聚越多，燕子们很快就能冲破乱流，各自随风飞散，无影仙桥也就会再次变得无影无踪。

再想等到所有的金丝雨燕回巢，重新组成桥梁，其间还不知要有多少时间。要想舍身求仙，此时就要把生死抛在脑后，豁出性命踏上这座"燕子桥",踩着飞燕直闯乌羊王古墓地宫前的龙门。

我不知挤成一团的金丝雨燕能否经得住人,而且要过此桥,实如凌波飞渡,一脚踏空就会落下万丈深渊。桥对面的龙门之内也是吉凶难料,一旦过了"神仙桥",一时半会儿肯定撤不回来,地仙留下的《观山指迷赋》究竟可信不可信?

哲学家说"性格决定命运",因为性格左右着人生道路上的种种选择,也可以理解成"人生就是由无数选择组成的"。我遇事一向豁得出去,但要想让我豁得出去,至少也得让我觉得有三成以上的把握,而现在我连半成的信心都没有,不是不敢过桥,而是担心过了桥之后会落入陷阱。

这些念头在脑中闪了两闪,可眼下这情形也由不得人多想,我向身边的众人扫了一眼,想看看他们做何设想,是否需要不动如山,静观其变,哪怕等上一天半日,有了十足的把握再去不迟。

一旁的胖子正看得肝儿颤,骂道:"好个观山盗墓的老妖,八成跟他爱人两地分居多年,否则怎么会玩出这套七月初七架鹊桥的鬼把戏,这鸟桥哪儿是给人走的呀?"

孙教授却喜出望外,大叫道:"这简直是奇迹一般的仙桥啊。王胖子你和胡八一俩人,不总是吹嘘自己是万事敢做的大丈夫好汉子吗?怎么,现在怕了?这是一步登天的绝险,大着胆子走就是了,龙骨卦图就在前边了,金丝燕子桥随时都会散落,咱们要抓紧过桥!"

胖子一把扯住孙教授:"什么男子汉大丈夫?上了桥全得掉下去摔成臭豆腐!胖爷我……"他话音未落,忽然抢步出去,一个趔趄就踏上了金丝雨燕堆成的仙桥,山涧中的乱流刮得他东倒西歪,他似乎想挣扎着从燕子堆上站起来,但手脚落处立刻陷落下去,就地一个跟头翻向了金丝燕子桥前方。

我知道胖子一向有恐高症,他的恐高症属于心理障碍,其实没什么特殊反应,就是腿软眼晕,有时候在特定的物质条件下能够克服,乘坐飞机的时候他就喝药睡觉,在我看来这也不算什么大事,但万万没想到他竟然一马当先冲上了燕子桥,这太不符合他的作风了,我对此缺乏足够的思想

第十五章 吓魂桥

准备，甚至没有来得及伸手阻拦。

但我立刻发觉，再想把他拽回来已经不可能了，事到如今，只好并肩齐上了，好歹不能让他独自一个折在对面，当下对众人叫道："别怕，这桥经得住人，大伙儿都过桥去！"

在嘈杂的燕啼声中，我拽住孙教授，Shirley 杨扯住幺妹儿，四人纵身冲上桥头，只听得耳边全是呜咽呼啸的风声，在一瞬间就被气流吸住，身体恰似处于失重状态，脚下根本使不上力量，不由自主地向前跌去。

足底那无数的金丝雨燕，就好比一团团黑色的棉絮，似有若无，周围的乱流一阵紧似一阵，好像随时都会将人卷上半空，身上衣服猎猎作响。身临其境才算知道，踏上这座仙桥，实际并非踩着燕子过去，而是利用大群金丝雨燕堵住风眼的时机，凭借燕子桥上空抽动的乱流半凌空地飞过去，脚下的雨燕仅仅只承受十之二三的重量。古人喻险是"关山度若飞"，凭你虎力熊心、包天的胆色，到此上下不着的吓魂台前，也多半一发地废去了。

幸好金丝雨燕太多，把半空的风眼挡得严严密密，我们四人互相拉扯着，凭借自重，还可以在风中勉强向前走几步。但身涉奇险，魂魄皆似随风飘飞，肝胆都被寒透了，在相对论的作用下，这短短的几步距离，竟显得格外漫长。

我牙关打战，总算是亲身领教吓魂台是什么感觉了，并且发誓这辈子不走第二回了，此刻却只好硬着头皮向前，紧紧跟住前边的胖子。眼看快到龙门前的石瀑布了，忽然间，脚下一股巨力直向上冲，数万金丝雨燕终于挣脱了乱流的束缚，燕啼声中，飞燕们好似一股黑烟般涌向空中。

我暗道一声"不好，这桥散了"，赶紧用手遮住脸部，以防被漫天乱飞的"云里钻"将眼睛撞瞎了。一时间，只觉得天旋地转，恍如身坠云端，被底下涌出的燕子群托在半空，但这只不过是连眨眼工夫都不到的一刹那，金丝雨燕们一离风眼，便即翻跹飞舞着倏然四散，那燕阵再承不住人体的重量，使我们从半空里"漏"了下去。

第十六章
金甲茅仙

  金丝雨燕组成的无影仙桥说散就散，维持的时间极短，那群雨燕在半空盘旋一阵，顷刻间便已挣脱了山间乱流，借着风势向四处飞散开来。我们被数以万计的金丝雨燕往上一冲，如同被一团团棉花套子撞击，在空中画了个抛物线，直从燕阵中坠向龙门。

  我忽觉身体下落，自忖此番定要摔成肉饼了，急忙睁眼一看，原来刚才一阵疾行，众人已经十分接近峡口，又被燕阵飞散凌空一托，竟是掠过了漆黑的深涧，在半空里斜斜地坠向刻有"吓魂"两个古篆的石台。

  那迷乱无形的风眼只存在于峡谷之处，到得峡口已自减弱了许多，但山风虽是无形，却似有质，消去了从十几米高处摔落的力道，我只觉得眼前一花，肩膀吃疼，身子已然着地，跌了个瞠目结舌，连东南西北上下左右也都不认得了。

  我还没来得及庆幸过了无影仙桥，就发觉身子下边凉飕飕滑溜溜，正好是落在化石瀑布溜光的表面。这地方滑不唧溜，没有凹凸的缝隙可以着力，石瀑上边又是镜面般的弧形，哪里停得住人，立刻不由自主地向下滑去。

  我心知不好，赶紧就地趴卧，身上再也不敢发力，张开手掌去按石瀑表面。此时手心里全是冷汗，汗津津的手掌心却是增加了摩擦力，立刻将下滑的速度止住。倘若再向下半米，石瀑的形状就是急转直下，除非手心里生有壁虎掌上的吸盘，否则不是跌入深涧，也会被乱流卷入风眼。

我心中怦怦直跳，定下神来看看左右，才发现孙教授正趴在壁上，一点点地好像溜在冰面一般，慢慢从我身边滑落。我赶紧伸手去拽住他的胳膊，谁知被他一带，竟跟着他一并滑向石瀑底部，急忙呼喊求援。

Shirley 杨、幺妹儿和胖子三人，都摔在更为靠里的区域。Shirley 杨听到喊声，已知势危，当即投出飞虎爪来，钩住孙教授的背包，她和幺妹儿在那边厢顾不得身体疼痛，咬着牙关，拖死狗般将我和孙教授从溜滑的石瀑上拽了回来。

我们五人倒在地上，你看看我，我看看你，神情多是恍恍惚惚的，个个胆战心惊，面上都没有半分人色了，耳鼓中好一阵嗡嗡鸣响。

我长出一口大气，看看孙九爷眉头紧蹙，额上冷汗不断，一问他才知道，原来是他的胳膊在刚才被一摔一拽脱了臼。他剧痛之下还不住念道："既然发现了无影仙桥的秘密，看来那座地仙村古墓已近在咫尺了，只要把墓中所藏龙骨卦图拓下来，功成名就，指日可待。想不到我孙学武也终于有个出头的时日，看将来谁敢再给我乱扣帽子……哎哟……"说到一半疼得忍不住了，连忙求我帮他接上脱臼的胳膊。

我也跌得全身奇痛，用不出力气，就说："九爷，您别高兴得太早了，我刚还想劝你们看明白情况再过桥，谁知你和胖子如此心急，咱们在雨燕群回巢之前的这段时间里，已无退路可以周旋了……"然后转头让胖子给孙教授去接脱臼的胳膊。当初插队的时候，屯子里伤了驴和骡子，当时的赤脚医生"半片子"常带着胖子做帮手。因为胖子手狠，不知轻重，而手软的人却做不了医生。

胖子龇牙咧嘴地爬将起来，过去抓住孙九爷右边的胳膊一阵抖落，差点把孙九爷疼得背过气去，急忙叫道："哎哟……哎哟……慢点慢点……不是这条胳膊……是左边啊！"

胖子忽然想起点什么："哎，我说，刚才是谁把我推过桥的？运气差一点可就摔成臭豆腐渣了，这是开玩笑的事吗？老胡是不是你小子又冒坏水了？咱们对待生活对待工作的态度，难道就不能严肃一点点认真一点点吗？"

我吃一惊道："这可不是没风起浪胡说八道的事。你刚才当真是被人推上桥的？怪不得我看你那两步走得跌跌撞撞的。谁推的你？"

我赶紧回想了一下冲过燕子桥之前的情形，当时孙教授由于心中激动，所以是站在众人前边的，不可能把位于他身后的胖子推上桥去，Shirley 杨是肯定不会做没高低的事情，幺妹儿精通蜂窝山里的门道，胆大口快，以我看她绝不会做阴险狡诈的勾当，那会是谁呢？

我脑子里忽然闪过一个影子，急忙抬头去看深涧对面，只见我们在青溪防空洞里遇见的那只巴山猿猱，正在隧道口里冲着我们挤眉弄眼，神情极是不善。我全身一凛，也忘了身上疼痛，当即跳起身来，叫道："麻烦了，残碑上的《观山指迷赋》……十有八九是个陷阱！"

盗墓是活人与死人之间的较量，在这场较量中，墓主永远是被动的。因为陵墓的布置不能改变，可是兵不厌诈，虚墓疑冢，以及各种扰乱迷惑盗墓者的高明手段，也是向来不少，如果盗墓者中了古墓里伏下的圈套，被动与主动之势，立即就会转变。

但陷阱就在于它的隐蔽性和迷惑性，让人捉摸不透，如果不去亲身触发，可能永远判断不出是真是假。观山太保不愧是盗墓的行家，行事一反常规，隧道入口处的无名死尸，安排得极是高明，没人猜得出那个人是谁，可以推测出无数种可能性，但哪一种都没办法确认。

让人望而却步的无影仙桥，也会使人误认为是处奇门，不是被天险吓退，就是被仙桥后的墓道所诱，舍命过来，却误入歧途。这峡谷中肯定不是真正的地仙村古墓，不知藏有什么夺命的布置。

幺妹儿对我说："也许是因为胖子这个瓜娃子，不问青红皂白就射了巴山猿猱一弩，那家伙很是记仇，想把他推翻下桥，桥这边不见得就是陷阱。"

孙教授听到我们的话，也是既惊且疑，奔拉着一条胳膊问道："难道……难道咱们进了绝境了？这里不是移山巫陵王的古墓？"他说完一琢磨，觉得不对头，又道，"胡八一你不要想当然好不好？客观对待问题的态度还要不要了？那道仙桥天险世间罕有，这条峡谷中石兽耸立，山势威严险峻，我看地仙村古墓的入口，有很大的可能就是在这里，咱们调查调查才好下结论。"

我冷哼一声道："我看您老是想出名想得头都昏了，眼中只剩下龙骨卦图，反而是真正失去了客观看待问题的立场。"

Shirley 杨道："你们别争了，地仙村古墓本身就是盗墓高手设计，似有心似无意地留下许多线索，可这些线索没有一条是可以确认真假的。也就是说从一开始，咱们就是被所谓的《观山指迷赋》牵着鼻子走，这正是观山太保手段的高明之处，想摆脱现在的局面，就只有抛开《观山指迷赋》的暗示。"

孙教授说："既然判断不出真假，也就至少还有百分之五十的可能是真的，《观山指迷赋》万一要是真的，咱们不就南辕北辙了吗？"

我抬头看看四周，只见无数雨燕正在峡谷中盘旋飞舞，泣血般的燕啼，使空气中仿佛充满了危险的信号。我对众人说："是真是假，很快就会有答案，如果此地果真是陷阱，在金丝雨燕回到燕子洞之前，咱们随时都可能面临突如其来的巨大危险；可是等到金丝燕子完全回巢之后，如果附近还没动静，咱们的处境可能就变得安全多了。"

胖子也抬头看了看天悬一线的头顶，深沉地说道："胡司令啊，你事先明知道可能有危险还带大伙儿过来？要知道，进退回旋有余地，转战游击才能胜强敌，伟人语重心长地说过多少回了，不能硬碰硬，早听我的就不应该过那鸟儿桥。"

我说："要不是你瓜兮兮的当先滚过仙桥，我自然不肯轻易过来。我最担心人员分散，只要集中兵力，握成拳头，就算大伙儿担些风险，也多少照应在一处，总比一个一个地折了要好。我也有原则有立场，态度客观不客观不敢说，只是绝不会放弃掉队失散的同伴。"

此时我望见天空成群的雨燕越飞越低，不知要发生什么事情，急忙打个手势，让胖子别再多说，只管把孙教授脱臼的胳膊接上。我又看了

Shirley杨一眼，她可能同样预感到将要发生什么，也把目光向我投来，四目相视，各自心照，她缓缓把金刚伞抽出，挡在幺妹儿身前。

就在这当口，只见一线长峡中的大群金丝雨燕，忽然分作数百股，便似一缕缕轻烟般地投向两侧峭壁山根处，我们皆是一怔："金丝燕子行动怪异，竟不归巢，想做什么？"

龙门后的峡谷如刀劈斧削般直上直下，谷中道路开凿得很是平整，但尽头处山势闭合，幽深处薄雾轻锁，被群燕一冲，朦朦胧胧的云雾骤然飘散，把许多朦胧缥缈之所尽数暴露出来。我们站在峡口处，已能望到前边是条绝径，而不是真正通往古墓陵寝前的神道，看到这些，众人心里已经先凉了大半截。

一怔之下，又见峭壁岩根处多是窑洞般的窟窿，洞窟前扎着许多茅草人，茅草人皆穿古装青袍，腰缠黄绳，头上戴着道冠，竟是一副道人打扮。

这条峡谷龙气纵横，无形无质的生气氤氲缠绕，茅草人的道装至少已有数百年之久，虽然腐朽了，颜色和形质却尚且未消，草青色的衣襟轻轻摇摆，草人脸上蒙有布袋，上面用红彩描出的眉目俱在，还画着狗油胡子，偏又用茅草扎得瘦骨嶙峋，活似一群藏在山谷里的草鬼。

那些茅草道人手中插着的物事更为稀奇，看不出它的名堂。我们去过很多地方，在乡下田野间，没少见过五花八门的稻草人，却从未见过似这般打扮奇特、满身邪气的茅草道人，不免皆有讶异不祥之感。

成群结队的金丝雨燕，似乎惧怕那些茅草道人，都在洞窟前嘶鸣飞舞，不像是要离开，却又不肯近前半尺。我见峡谷深处山势闭合，几面都是猿猱绝路的峭壁，而龙门前的深涧悬空，又被凤眼锁住，虽然心知大祸迫在眉睫，但实不知该退向哪里，又不知要发生什么，只得站在原地看这满天燕子绕洞乱舞。

孙教授忽然问幺妹儿："丫头，你知不知道那些茅草道人都是做什么用的？青溪以前有过吗？"

幺妹儿摇头，说从没见过，这回进棺材峡才知道老家藏着这许多离奇古怪的东西，以前便是做梦也想象不到。

Shirley 杨问孙教授："怎么？您觉得那些稻草人有什么问题？"

孙九爷咬了咬后槽牙，唯恐会惊动了什么东西一样，低声说道："以前在河南殷墟附近工作过一段时间，当地有土地庙，里面供的都是稻草道人。我们当时觉得这种风俗很奇怪，后来一调查才知道，明代天下大旱，飞蝗成灾，那时候的人迷信，不去想怎样灭蝗，而是把蝗虫当作神仙，称为蝗仙，民间俗称茅草妖仙，多用五谷茅草扎成人形供奉，祈求蝗灾平息……"

Shirley 杨问道："您是说那些茅草人是飞蝗茅仙？棺材峡里有飞蝗？"

孙教授道："像……我只是说那些茅草人有些像茅草仙人，注意我的用词。"

我奇道："棺材峡里怎么会有飞蝗？这世上有在洞中生存的蝗虫吗？"

Shirley 杨轻轻点了点头："只有响导蝗虫会在山洞里卵化，繁殖能力强大，一旦成群出现，数量极为恐怖，难道那些茅草人全都是观山太保布置的……"

她这是一语点醒梦中人，我心中立刻生起一股非常绝望的情绪。由数万金丝雨燕组成的无影仙桥奇观，也许并不是天然造化，而是高人精心布置而成，山谷间的无数洞窟里都养满了响导蝗虫，它们都是金丝雨燕的食物。

响导蝗虫的事我也听说过一二，据说这种蝗虫不仅啃五谷，饿急了连死人死狗都吃，后脚上有锋利的锯齿，振翅频率极高，飞蝗所过，好比是一块锋利的刀片高速旋转着射出，如果撞到人身上，立刻就能划出一条血肉模糊的口子，所以也称刀甲飞蝗。如果蝗灾中出现响导蝗虫，那后果绝对是灾难性的。据说新中国成立前，响导蝗虫就在中国基本上被灭绝了，而金丝雨燕正是它们的天敌，谁知棺材峡里是不是至今还有大群的响导蝗虫。

洞口排列的茅草人不知是利用的金丝燕子的习性，还是洞内铺设了什么经久不散的秘药，使得金丝燕子们不敢进洞将响导蝗虫一网打尽，每天只是将它们逼迫出来一批吞吃维持自身生存。若真如此，实是利用了星土云物的循环往复之理，只要方术得当，利用几十几百的人力就可以布置出来，远比千万人修筑的帝陵墓墙墓城有效，这是一个活生生的机关！大明观山太保难不成真是通天的神仙？

我自从做了摸金校尉的勾当，屡有奇遇奇闻，其中感受最深之事，莫过于陈教授对我说过的一句话："千万不要小看了古代人的智慧。"

类似利用万物间生克制化之性的异术，来做盗墓或是防盗的手段，我不仅多曾听说过，也亲眼见过不少，所以见此情景，便立刻想到了这些。我赶紧说："别管洞中是不是真有此物，万一出来了就是塌天之灾，咱们得赶紧找个地方躲起来。"但是看看峡谷深处，满是道袍靴帽的茅草大仙，也不知设有多少虫洞，哪里有什么可以躲避之处。

这时半空中的金丝燕子群，仍在呜呜咽咽地不断盘旋，两侧的山洞里，也是一片金风飒然，听之犹如群蜂振翅，忽见空中燕阵一乱，各洞中流火飞萤般涌出大群响导蝗虫。这些响导蝗虫遍体金甲银翅，体形沉重，虫壳坚硬，也飞不到太高处，都在低空钻来钻去。

我们急忙退向山根，不料从后边的洞中钻出两只亮灿灿金闪闪的飞蝗，在天敌相逼之际，没头没脑地朝我们撞了过来，众人看得眼中生花，见那两道火星子一闪，金蝗已然扑在面前了。Shirley杨叫声："小心了！"迅速抬起金刚伞往前挡去，猛听两声锉金般的动静，两只大如拇指的响导蝗虫恰如流星崩溅，都狠狠撞在金刚伞上弹了开去，未等落地，就被从半空包抄来的金丝雨燕吞进口里。

但金光灿烂的响导蝗虫实在太多，涌动之处遮天蔽日，而且就凭Shirley杨刚刚用金刚伞挡住飞蝗的两声闷响，已经可以知道响导蝗虫的厉害之处，疾撞冲击之力不亚于弹弓飞石，血肉之躯根本招架不得。

眼见峡谷中一片片飞火流星，其势甚大，轻灵的金丝燕子们也不敢直撄其锋，飘在空中飞窜往来，专擒那些势单乱撞的飞蝗，而大批成群的金甲飞蝗，有数十万只在峡谷底部聚作一团，没头没脑地来回滚动。众人皆从心底里生出一股寒意，现在可能只有金刚伞能够暂时抵挡，奈何金刚伞只此一柄，纵然能使得水泼不入，又哪里护得住五条性命？

第十七章
暂时停止接触

　　空中数以万计的金丝雨燕，已然结成了一张铺天盖地的燕子网，盘旋飞舞着在外围兜住金甲飞蝗，但是它们也惧怕闯入响导蝗虫密集之处，只瞅准空子不断去吞食边缘的飞蝗。

　　峡谷中本有一线天光，此时却被百万计的飞蝗集群遮蔽，响导蝗虫势如黑云压城。它们本身属于冷血昆虫，并没有什么智慧和感情可言，可是蝼蚁尚且贪生，面临生死存亡之际，飞蝗竟然出于本能挤在一处。响导蝗虫的翅膀上似乎有发光体，黑压压地闪着金光，振动着翼翅在山间来回冲撞，恰似一团团燃烧着的金色烟雾。

　　我们身后就是风眼卷集的深涧，人不是飞燕，掉下去准得玩儿完；前边则是无数利甲刀翅的响导飞蝗，进退无路，眼见四周的响导蝗虫飞火流星般破风乱窜，发出"呜呜呜"的声响，震得人耳膜都是颤的。

　　那些没入群的飞蝗，在低空窜动极快，而且它们头壳坚硬，两扇分合式门牙后的口器更是厉害，撞到人身上就能立刻钻到肉里。Shirley 杨举起金刚伞挡了几下，但四周扑至的飞蝗越来越多，一柄金刚伞独木难支，顾得了前却顾不了后，顾到了左边，便顾不到右边。

101

我和胖子见状，知道形势危急，立刻拽出德军工兵铲来。我腾出一只手把 Shirley 杨背着的工兵铲也给拽了出来，不料还没握稳，就被幺妹儿夺过去一柄。三人抡起短铲，对准四周飞过来的响导蝗虫迎头击去，只要铲子拍上飞蝗，就发出"当"的一声，如同打到了半空中飞来的石子，撞在工兵铲和金刚伞上的响导蝗虫，断足掉头纷纷坠地。

须臾之间，我们周围就积了满满一地支离破碎的蝗尸，但更多的飞蝗从四面八方接踵而至。我手背和脸上都被飞蝗划出了口子，却根本腾不出手来止血，其余几人也都带伤了，虽然伤势不重，毕竟是血肉之躯，支撑久了难免肩酸臂麻，众人只得背靠着背，一步步退到峭壁岩根之下。

我发现不远处成团的"金甲茅仙"正在逼近，身边零零星星飞动的蝗虫已经应付不过来了，那密如金墙的大群飞蝗，几乎和巨型绞肉机一般，倘若我们被裹在其中，必然是有死无生。

我心中稍微一慌，就见眼前数道金光曳动，几只飞蝗同时扑到面前，我赶紧挥起工兵铲抡上去击打，发出"当当"两声敲中破锣般的动静，把冲在最前面的两只巨蝗拍上了半空。可与此同时，忽觉臂上一麻，另一只飞蝗已经一头扎进了肩膀，只露了两条长长的后腿在外边乱蹬。

我咬着牙揪住这只飞蝗后腿，硬将它从肩膀上扯了下来，只见那金甲茅仙的前半端全都被鲜血染红了。我又惊又怒，把飞蝗抓在掌中用力一捏，就觉得手里像是握了几根硬刺，虽将飞蝗捏得肚烂肠流，可它坚硬如针满是倒齿的后肢也同时扎进了我的手掌里面。

这一耽搁，我身前立刻又露出了空隙，Shirley 杨的金刚伞向后收来，挡住了数只向着我飞来的响导蝗虫，我赶紧把金刚伞推开，让她先照顾好自己再说。

这时突然听得前面一阵阵阴风怒号，我情知不妙，顾不上去检视自己肩上的伤口，急忙抬头向前看去，原来一大团难以计数的茅仙已被金丝雨燕逼到了我们所处的峡口，万虫振翅之声密集得无以复加，听得人满身汗毛直竖，心中皆是绝望到了极点。

我转头看看峡口无影无形的天险，心想就算被风眼卷了去，恐怕也好过被飞蝗当高粱秆子啃了。我身后的孙教授更是面如死灰,手足都已无措了,对我们叫道:"我参加工作多少年了,辛辛苦苦忍辱负重的不容易呀,怎的这辈子什么倒霉事都让我赶上了?要是在这儿死了,我是死不瞑目呀!"

我哪儿有心思去理会孙九爷对命运的呐喊,眼里盯着森森如墙的飞蝗,脑子里接连闪过了几个脱身的念头,却又觉得都不可行。摸金倒斗本就是风险极大的勾当,事先虽然想到了峡谷这边可能有陷阱,但重视程度显然不够。

此番入川,始终都觉得那座地仙村古墓,不过就是个地主土豪的草坟,最多藏得隐蔽一些,或是在墓室中有些销器儿埋伏,不免有些轻敌之意,没将观山太保放在眼里。直到一路进来,才发觉地仙村不是寻常的布置,其对万物生克之道,以及风水形势的选择,几乎都与搬山道人和摸金校尉不相上下,《观山指迷赋》的匪夷所思处更胜一筹,天知道观山太保是如何琢磨出这些名堂的。

吓魂台峡谷之中,完全是利用乱流、峭壁,构成了一个让人插翅难飞的陷阱。那些密密麻麻的金甲茅仙,顷刻间就会把闯入此地的盗墓者啃得一干二净,想彻底剿尽如此多的响导飞蝗,只有动用大规模的药物,可我们哪儿有那些装备?

我手中抡着工兵铲拍打身边零散的飞蝗,眼瞅着已经集成一堵虫墙的金甲茅仙即将逼到身前,急得额上青筋蹦跳,却束手无策。

可就在我们无可奈何之际,蓦地一声爆炸,砰然间烟火飞腾,虫墙上如遭雷击,竟被炸出一个大窟窿来,我和胖子等人顿时目瞪口呆:"谁带手榴弹了?"还没等看得清楚,又是接连数声爆炸。虽然炸药的威力不大,但飞蝗惧烟惧火,顿时互相挤住,不敢再向前移,密不透风的飞蝗墙壁硬生生偏向侧面。

我们身边的响导蝗虫也纷纷散开,我惊喜之余,回头一看,原来是幺妹儿从背包里拿出一个木匣,里面装得满满的净是掌心雷。她一个接一个地甩手扔出,一炸就是一团浓烟,面前的金甲茅仙都被逼退了。

那掌心雷又唤作"甩手炮"，用的都是土制火药，杀伤力很有限。原理类似于摔炮，用冲击力的高速挤压来引爆土火药。这东西不像破片手榴弹那样利用弹片杀伤，掌心雷如果炸中活人，很难杀伤致命，属于暗器。

即便如此，掌心雷爆炸后可也不是谁都受得了的，而且硝烟剧烈，炸伤的人再呛上几口浓烟，就只能躺地上等对手过来任意收拾了。这种暗器流传在民间已有近两三百年的历史，保定府"销器儿李"造的甩手炮，在绿林道中堪称一绝。

我在老掌柜店里见过此物，当时觉得这玩意儿炸弹不像炸弹、信号弹不像信号弹，用于暗算别人抢劫还行，倒斗之事中，却没它的用武之地，所以就没理会。没想到幺妹儿跟我们进山虽然匆忙，却带了一匣子甩手炮在身边，此时竟成了众人的救命稻草，暂时驱退了响导蝗虫。

幺妹儿也被如此之多的金甲茅仙骇得心慌意乱，好在她跟随老掌柜多年，常听干爷说起过这些玩命的勾当，刚才急中生智，抓出炮匣就扔出掌心雷，结果立有奇效，烟火升腾，迫得厚厚的虫墙如同潮水劈波般从中间散开。

聚成虫墙的金甲茅仙，其中一股被逼进了龙门下的风眼中，无数的响导蝗虫立刻就被山间乱流搅成了一个巨大的黄金旋涡。它们不比金丝雨燕那般能在风中自在飞舞，当下里被乱流转得互相撞击咬噬，半死不活地飞上了半空。

天上的金丝雨燕趁机疾冲下来，燕子吞虫都是张着口迎风而入，但金甲茅仙虫壳锋利坚硬，直吞不得。只见那些金丝燕子飞在空中，先从侧面一口啄得茅仙一个翻滚，燕子便又闪电般一个转折，回身掠过时，已衔住了柔软的蝗腹。

金丝雨燕在风中的一纵一掠之姿，快得难以形容，两个动作间几乎连贯得没有任何间隙可寻，挥洒自在已极，但燕子和飞蝗实在太多太密，其中就有许多躲闪不开了，撞在一处，打着翻转跌进乱流或是深涧里，瞧得人眼前生花，心神俱摇。

一瞬间已有无数金甲茅仙命丧燕口，但峡谷中飞蝗仍然多得滚滚如潮。

我和胖子见幺妹儿匣子里的掌心雷忒地有效，担心她臂力有限，赶紧伸手去抓起几枚，向周围连连投出，四下里顿时烟雾弥漫。

Shirley杨赶紧阻止说："老胡你们省着点用！"她提醒的时候，我这才想起弹药有限，低头一看幺妹儿手中的炮匣，如被兜头泼了一盆雪水，匣子里空空如也，竟然连一枚甩手炮都没剩下。

金甲茅仙虽被暂时驱退，可想必只等四周的浓烟一散，它们立刻又会被天上的金丝雨燕逼得卷土重来，恐怕要等到群燕吃饱回巢了，届时剩余的飞蝗才会遁入岩洞。我叹道："不到关键时，绝不能轻言牺牲，可眼下再也没招了，咱们正好五个人，我看大伙儿就准备当狼牙山五壮士吧。"

Shirley杨此时还算比较冷静，她抓紧时间对众人说："刚才看那些金甲飞蝗被山间乱流卷在半空里，风中所形成的黄金色旋涡，却比黑背白腹的金丝燕子桥要清晰许多，那乱流只在两道峡口的交汇处才有，龙门峡口比隧道口要宽阔一些，如果从边缘处的峭壁下去，应该可以避开乱流，倘若能爬进金丝燕子洞里……"

Shirley杨的话还未说完，我们已经领悟了她的意思，除了胖子以外，都说此计可行。不待众人仔细考虑，甩手炮炸出的黑烟便已逐渐飘散，峡谷中一团团的金甲茅仙又没头没脑地涌了过来。

汹涌而来的威胁已然迫在眉睫，我心想只好先冒险爬下峭壁，避得一时半刻也好，急忙拿过飞虎爪来看了一眼，精钢链子最长可放到七八米，爬城墙都没问题。

摸金校尉的传统器械飞虎爪，虽然比不了卸岭器械中的蜈蚣挂山梯千般变化，可要论及攀山挂壁，也是一等一的利器，我们五个人的生路，如今都要着落在这条飞虎爪上了。

那飞虎爪前端是个形如人掌的钢爪，依照人手骨骼经络设计，使用起来收放自如，无论树木墙壁，只要有点缝隙凹凸，都能牢牢抓住。我拎着飞虎爪，正要寻个可靠些的地方挂住，却见胖子往前走了两步，踏在石瀑布上，一面探着脑袋想看看底下有多高，一面口中还叨咕着："想胖爷我英雄一世，刚才竟然被只巴山猿狖给暗算了，真他妈是张天师让鬼戏弄……

可恼可恨，哟……"一看太高了，脚底下又软了一截，赶紧退回一步，"我的……我的妈呀，这也太深了这个！刚才过桥的时候没觉得这么深呀？黑咕隆咚的完全看不到底呀……"

我担心胖子滑下石瀑，急忙伸手抓住他的背包，这时就听孙教授在身后大叫道："来不及了，快走，快走！如今有多深多陡的峭壁也得下了！只要能用客观的态度看待深浅高低……你就能克服恐高症了！"

我回头看时，原来金甲茅仙组成的虫墙，已穿过消散的烟雾，如同一团团金云般压了过来，显然是金丝雨燕想将更多的飞蝗迫入风眼，将它们搅散后捕捉吞食，却是把我们这伙人赶上了绝路。Shirley 杨和幺妹儿拿着工兵铲和金刚伞，不断挥动着驱开已经接近过来的小股飞蝗。

孙教授见半刻也不能等了，便手忙脚乱地想帮我放出飞虎爪，这真是好心帮倒忙，不承想胖子正踩在精钢链子上，此刻被孙教授一扯飞虎爪，那石瀑滑如冰镜，胖子随即重心一歪，立刻仰面滑倒，只听他"嗷"的一声大叫，就停也没停地顺着石瀑边缘，擦着风眼乱流而过径直滑下了绝壁。

我本想拉住胖子，但再次回头伸出手的时候，连他的人影都看不见了。我惊得目瞪口呆："难道王司令你英雄一世，最后真在这阴沟里翻船了吗？"脑中白茫茫的一片，分不清天上地下了。

其余的人见胖子跌下深涧生死未卜，虽也担着极度的惊慌，却容不得有什么更多的反应，因为这时大群的飞蝗已经扑至面前，唯有拼命扑打以求自保，就连想把飞虎爪垂入峡谷脱身都已不能做到，手中稍停半拍，就会有数十只金甲茅仙同时钻入体内。

我眼中几乎喷出火来，哪里还管成群的飞蝗已经近在咫尺，当时便想一铲子拍到帮倒忙的孙九爷头上。就在此时，忽然一阵空袭警报的刺耳之声响彻峡谷，也许是这种声音与山间的乱流产生了某种共鸣，当时竟然出现了一种我们意想不到的场面，天上的金丝雨燕似乎极怕这种动静，"呼"的一声转瞬间全部远远散开，已被逼得走投无路的响导蝗虫，也都好似潮水般反涌了回去。

我怔了一怔，难道王胖子没摔死？那具手摇式防空警报器被他捡了，肯定是他落下深涧后挂在了什么地方，刚才飞蝗振翅之声太近，他呼喊什么我们也听不到，所以只得掏出手摇式防空警报通个信号，却起到了意想不到的作用，原来吓魂台附近的生灵，都惧怕这件家伙。

这时就听峭壁下传来胖子的叫喊声："刚才又是谁他妈暗算老子？我说胡司令啊，我挂到城墙上了，谁下的黑手胖爷我可以既往不咎，你们快下来伸把手啊。虽然低级趣味无罪，死亡也不属于无产阶级，但你们再晚来半步，胖爷可就要归位了……"

我对下边大喊一声："王司令，请你再坚持最后五分钟……"随即心中一凛，那王胖子莫非摔昏了头？峭壁下怎会有什么城墙？难道说地仙村古墓藏在深涧中……

我这么一愣神的工夫，光听胖子在下边大呼小叫，他见喊话声能够听到，就不再摇动防空警报器，如此一来，那些刚刚退开几米的响导蝗虫再次蜂拥而来。

我急忙对胖子喊话，让他接着摇动空袭警报，在这一重要的时刻，群众非常需要听到这种声音，可千万别让它停啊。

胖子却在下面大喊道："还摇个蛋呀，警报器的木头把儿太细，刚才摇了没两下……就已经让胖爷摇断了，本来还想带点小纪念品回去的……现在没戏了……报废了。"

第十八章
尸有不朽者

我想让胖子接着摇动防空警报器,不料他胆战心惊地挂在墙上,手脚多是不听使唤了,摇动了没几下,竟把警报器的手柄折了下来,那部手摇式空袭警报器再也动作不得。

龙门峡谷深处成群的茅仙草鬼,刚刚被尖锐凄厉的防空警报驱退开,现在再次卷土重来,被漫天飞舞的金丝雨燕不断迫入风眼之中。

这时我手中的飞虎爪也挂在了一块凸岩之上,无影仙桥的死亡陷阱是百密一疏,龙门石瀑边缘处恰好有一个缺口,可以避开"T"字形峡谷空中的乱流。若非金甲银翅的大群飞蝗落入风眼,我们也根本分辨不出这片无影无形的死亡旋涡。

我见事不宜迟,赶紧让孙教授和幺妹儿当先抓住锁链垂入深谷,我和Shirley杨也紧随其后,在千万飞蝗蜂拥而来之前,一前一后攀下了峭壁。

峡谷深涧头顶的一线天空,都被混乱的金丝燕群和飞蝗覆盖,仰不见天,四周多是黑茫茫的,触碰到的石壁上黑苔密布、坚冷如冰,只觉阴风刺骨,全身战栗,上下牙关不由自主地打起战来。

众人打亮了狼眼手电筒,几道蓝幽幽的光束,在深峡峭壁间来回晃动。

第十八章 尸有不朽者

我循着胖子的喊声看去，却哪儿有什么城墙，只见两峡之间，横亘着一棵漆黑的巨木，看形状是根奇大的屋梁，木梁四棱见方，犹如一座歪斜的独木桥般，横卡在两侧峭壁中间，上面还有些砖瓦榫卯的残骸。

胖子身上的承重带将他挂在巨梁上存留的一条残椽上，身后都是裹在木梁身上的石砖，他难以回头，只能摸到身后有几块墙砖，便以为是挂在了什么城墙上，而那条残椽被他坠得嘎嘎直响，眼看着就要折断。

我对众人一摆手，示意他们留在木梁与绝壁相撑之处，尽量不要踏上巨梁。这条粗大的黑色木梁塌在峡谷中，已不知多少年头了，饱受日晒雨打，谁知它会不会就此朽断了。

当下只有我独自踏上倾斜的木梁，提着气挪到残椽旁边，将工兵铲探下去让胖子接住，扯得他在半空打了个旋，他回身抱在梁上，大呼小叫地爬了回来。

我见他暂时脱险，松了口气，仰头看看天上，心想："这条木梁是从哪儿落下来的？看样子是被人拆除推落至此的，难道峡谷上边曾有宫殿庙宇一类的古迹？地仙村古墓究竟是在山上还是在山下？"

胖子刚刚身悬半空，险些把苦胆吓破了，趴在黑梁上再也不敢动弹，这时就听孙九爷在后边问道："胡八一、王胖子，你们没事吧？"

胖子兀自在嘴上硬撑："偶尔的心跳过速……真他妈有宜于身体健康呀。"

我对孙教授等人说："没事，一时半会儿还死不了。我看这条梁木可能是金丝楠木，足够结实，你们都过来吧。"

Shirley 杨闻言，当即收了飞虎爪，同孙教授和幺妹儿手牵手连成一线，踏在木梁上一步步挪至中间。

我用狼眼向峭壁下一探，那如削的古壁上，都是一排排的岩窟，金丝燕子平时都是栖息在这些洞窟里，深涧下满眼漆黑，远远超出了狼眼的照明范围，但将耳朵贴在黑木梁上，可以隐隐听闻水声轰鸣，峡谷底部应该是条河道。

我对大伙儿说："墓碑上的《观山指迷赋》果然是假的，龙门后的峡

109

谷内全是草鬼的虫洞，我看地仙村古墓不应该藏在里面，但峡口间龙气凝聚，这条峡谷肯定是个藏风聚水的所在。没有古墓也就罢了，如果真有地仙村，肯定不会离开这片区域。"

孙九爷道："事到如今，我没什么主张了，咱们全听你的，你说现在应该如何是好？"

我对众人说道："试看古往今来，陵墓的防盗布置与盗墓者倒斗手艺之间，无异于死人活人在阴阳两界间的斗法，一座古墓如果被动地由盗墓者挖掘，墓主就离形骸破碎不远了；而盗墓者如果落入古墓中的陷阱，恐怕就会落个成为墓主人殉葬品的下场。咱们一度失去了主动的优势，险些将性命断送在虚设的《观山指迷赋》上，但一个成熟完善的倒斗方案，一定会有备用的B计划。别忘了咱们还有件法宝没使，我看现在应当先到金丝燕子洞里去，找一处稳妥安全的区域，然后利用归墟卦镜，占验出地仙村古墓的方位，免得再误入歧途。"

众人全都点头同意，再无半分异议，初时入山不肯使用归虚古镜"问"出墓藏所在，一是因为巫山山脉在风水中是"群龙无首"之地，龙脉纵横交错，找不到真正的藏风纳水之处，青铜古镜很可能占验不出古墓方位；二是由于归墟铜镜中的海气已逐渐消散殆尽，仅能再占验一到两次，而且烛照镜演所生之象，多是古卦机数，我没有太多把握能够读懂推演出的卦象，所以始终不肯轻易使用。如今是山重水复疑无路，只好求助于盗墓古术中失传千年的"问"字诀上了。

定夺了方案，我们正要在峭壁上找个能落脚的地方下去，却发觉天空中突然黑云压顶，面前"嗖嗖嗖"地不断有金丝雨燕掠过，Shirley 杨说："糟了，金丝燕子要回巢了……"

数以万计的金丝雨燕吞够了飞蝗，旋即随风回洞，黑压压地撞入深涧，天上就如同下了一阵暴雨，不断有雨燕撞到我们身上，众人叫声不好，急忙在木梁上躲闪燕群。

金丝雨燕并非有意撞人，只是数量太多，在狭窄的峭壁间互相拥挤起来，几乎没有回旋的余地。我们遮住头脸退向黑色巨梁的边缘，以便躲避密集的金丝燕子集群，谁知忙中有误，五个人同时踏在倾斜的木梁一端，那卡在深谷间的黑梁虽能承重，并未立刻断裂，但峭壁上的岩石却已松动。

猛听"咔啦"一声，壁崩岩塌，巨梁轰隆隆翻滚着落下深涧。这情况要是猿猴也许能跳跃蹿上，但肉身凡胎之辈，则只能听天由命，除了紧抱住木梁之外，周身上下都被巨木坠落的强大惯性带动，哪里能由自己做主？

我们闭着眼睛紧紧抱在梁上，耳畔风声呼呼作响，颠簸得筋骨都快碎了。那数抱粗细的木梁翻动着塌入深谷，遇到两侧峭壁狭窄之处便被挫得停顿下来，可被人的重量一坠，梁端破碎开来，上面残存的瓦砾断橼全被震落。巨梁就像一架黑色的木头滑车，呼啸着穿过乱云白雾，东碰西撞地落进峡谷深处。

我也不知随着黑梁落下去多深，神志似乎都被颠没了，更不知那木梁是在哪里停下来的，只是觉得最后好像又被卡在了狭窄的绝壁当中。全仗着木梁结实，再加上峡谷太窄，呼啸落下的巨梁挤压气流减缓了速度，并没有直接摔到谷底，也没把人从木梁上震落出去。

我这时眼前发黑，只剩下金星乱转，过了许久意识才逐渐清醒，摸了摸胳膊、腿等重要的部件都还在，暗道一声侥幸了，亏得金丝楠木坚硬绵密，普通的木梁早就撞成碎片了。

我使劲晃了晃脑袋，让自己的视线重新对焦，向四周看了看，只见Shirley 杨和幺妹儿由于身子骨轻，倒没什么大碍，她们的手电筒已经不知落到哪儿去了，举着支呼呼冒着红色浓烟的冷烟火照明，正忙着给满脸是血的孙九爷包扎头部。胖子张着大嘴躺在木梁上呼呼气喘，见我清醒过来就说："我说胡司令啊，连续的心跳过速……可就不是有利于身体健康了，这简直是要命啊。"

我冲他勉强咧嘴笑了笑，这才发现口里全是血沫子，刚才掉下来的时候差点把自己的舌头咬下来。我吐净了嘴里的鲜血，问 Shirley 杨："孙九爷还活着吗？"

还没等 Shirley 杨回答，孙教授就睁开眼说："怎能功败垂成地死在这里？我不把地仙村古墓里的龙骨卦图找出来，死不瞑目呀。这些年我挂了个教

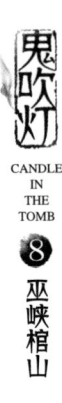

授的虚衔，处处遭人白眼受人排挤，偏又争气不来，只得日复一日地苦熬，如今好不容易盼到这一步登天的机会，便是死……也要等我当了学术权威才肯死。"

我说："九爷您脑袋没摔坏吧？怎么越活越回去——净说些没出息的话？按说您好歹也算在'文化大革命'中经受过艰巨考验的老知识分子了，这几年不就是没被提拔重用吗？何苦对那些煽起来的浮名如此执着？"

孙教授赌气说："胡八一你们做后生的，当然是不理解我的追求呀。只要成了权威人士，你放屁都有人说是香的，胡说八道也会被别人当作真理，否则人微言轻，处处受人怠慢轻贱。同样一世为人，又大多资历相同，我在工作上也不曾有半分的落后，为何我就要一辈子听凭那些水平根本不如我的家伙来对我指手画脚呢？"

胖子听了孙教授的这番话，对他冷嘲热讽道："我看组织上没提拔您还真是够英明，就您现在这觉悟——还没当领导呢，就整天盼着在领导岗位上放屁和胡说八道，真当了领导还不得把大伙儿往阴沟里带呀？"

孙教授辩解说："刚才说的都是气话，我就是不服呀，我怎么就不能当权威当领导呢？他们甚至打算让我退休……我现在还算不上老迈体衰，我还有余热可以发挥嘛！"

Shirley杨劝我们少说两句，孙教授的头被木梁撞破了，好不容易才止了血，一激动伤口又要破裂了。

我这时也觉得肩头伤口疼得入骨，从携行袋里掏出另一支备用狼眼，推亮了往自己肩上一照，原来被飞蝗钻到肉里所咬的地方，还在滴血，我拽了一条纱布咬在嘴里，扯开衣服看了看伤口，估计那只茅仙的脑袋还留在伤口中，只好让Shirley杨用峨眉刺帮我剜出，尽快消毒之后包扎起来。

Shirley杨匆匆处理好孙教授的伤口，就把精钢峨眉刺在打火机上燎了一燎，让幺妹儿举着手电筒照明，她问我说："我可要动手了，你忍得住吗？"

我硬着头皮道："小意思，只要你别手软就行，想当年我……"我本想多交代两句，可话还没说完，Shirley杨早已掐住我肩上的伤口，用峨眉刺细长的刀尖挑出了茅仙脑袋。她出手奇快奇准，还没等我反应过来要喊疼，这场"外科手术"就已经结束了。

Shirley 杨又把烈酒泼到我肩上，我顿时疼得额上冒汗，正想大叫一声，可就在我张开嘴的一刹那，忽然发现木梁尽头多了一个"人"，呼到嘴边的这声"疼"，硬生生地给咽了回去，我忙举起狼眼往孙教授身后照去，Shirley 杨心知有异，也将背在身后的金刚伞摘了下来。

黑梁落下深涧后所悬之处，是两堵布满湿苔古藤的峭壁之间，空间极是狭窄。向上能看到朦胧隐约的一线白光，高不下千仞，向下则是黑茫茫的轻烟薄雾，听那奔流的水声，似乎还在脚下几百米深处，这片区域上不着天、下不着地。在人的眼睛适应之后，感觉周围的光线说黑不黑，说亮不亮，从我所在的位置，刚好能见到峭壁古藤之后，端坐着一个长髯老者，但仅见其形，不到近处看不清晰。

孙教授见我们目不转睛地盯着他这边看，赶紧回头望去，也看见了在峭壁缝隙里似乎有人，吃了一惊，急忙捂着头上伤口缩身退后。

在木梁另一端的胖子，发现了这一情形，拽出连珠快弩想要击发，我赶紧抬手让他停下："别动手，好像只是个死人，不知道是不是封团长，等我过去看看再说。"

这回众人再也不敢在黑梁上聚集一处，相互间分散开来，尽量使得木梁受力均匀。我裹了伤口，摸了摸包里的黑驴蹄子，侧身绕过孙教授，到得壁前，用工兵铲拨开藤萝，只见岩缝中藏有悬棺一具，棺材是古松木质地，松皮犹如一层层的龙鳞波涛。

悬棺的盖子揭开了，棺中尸体坐了起来，眼窝深陷，皮肉干枯蜡黄，但古尸神采英容未散，头发上挽了个髻，以荆棘束为发冠，身穿一袭宽大的灰袍，怀抱一柄古纹斑斓的长柄青铜古剑，眉毛胡须全是白的，长髯微微飘动。那棺中的老者死了也许不下几千年了，但在棺材峡这片藏风纳气的上善之地，依然犹如生人，衣冠容貌至今不腐不朽。

我举着狼眼，把那具从棺中坐立起来的古尸照了几照，以前从没见过这种仙风道骨的粽子，对目中所见正自惊疑不定，只听身后的孙九爷说："这悬棺墓穴不一般哪，恐怕是一位上古隐士的埋骨之所啊！"

第十九章
隐士之棺

我虽见那具古尸仙风道骨,却对孙教授的话有些怀疑,凭我摸金校尉的眼力,也难立即辨认出古尸的身份,而他又怎能一口断言是上古的隐士?简直就是源于缺乏知识、迷信、痴心妄想而产生的主观臆测,于是问他何以见得。

孙九爷绷着脸说:"你们几时见我胡说过?这不明摆着吗?松皮为椁、荆藤为冠,这就是古时隐逸之士的葬制,史书上是有明文记载的呀,肯定不会错。"

巴蜀之地的崖葬悬棺,皆是古人所造,大部分都有几千年的历史。根据历代方志记载,除了古巴人之外,还有许多修仙求道的隐士,对悬棺葬情有独钟,临终后葬于幽峡深谷的峭壁之上,以古松作为棺椁,陪葬品非常简单,只有些竹简、龟甲、铜剑之物,大多是连古代盗墓贼都瞧不上眼的简陋明器。在离巫山不远的峡区,就有兵书峡、宝剑峡一类的地名,就是由在悬棺中发现的明器命名,可那所谓的兵书、宝剑究竟为何物,如今早已无处考证。

我们曾在棺材峡里见到过一大片密密麻麻的悬棺,全部都是岩桩式,也就是在峭壁上凿几个窟窿，再插入木桩，把棺木横架其上。而在金丝燕子窟下方的这处隐士悬棺，则是藏在岩隙里，利用了峭壁上天然的狭窄洞穴，人在其中难以站立，棺中坐起的古尸，头部已经快碰到顶上的岩石了。

孙教授见悬棺墓穴浑然天成，更加确信自己的判断了。这古尸即便不是避世隐居之人，也多半是通晓河图洛书，懂得天地造化玄妙的高士。可惜这处墓穴已经被盗发过了，否则棺中尸体怎可能自行坐立起来？必定是被盗墓贼用绳套从棺材里拽起来的。

胖子却不耐烦听孙教授讲什么隐士，趴在木梁一端不住问我："老胡，棺材里边有明器没有？咱们能不能带点小纪念品回去？"

我拿了手电筒拨开古藤，将半个身子探进岩缝中的墓穴，上下左右看了个遍，墓中除了一尸、一棺、一剑之外，还有些陶瓦碎片，岩壁上刻着几幅北斗七星的简易图案，看得出这位墓主人生前很可能通晓天文、玄学之类的异术。

我又仔细打量了一番松木棺材，棺盖被揭在一旁，破损得比较严重，而坐于棺中的古尸颈上挂着条索子，果然是被盗墓者光顾过，这些事无不被孙九爷一一料中。我看明白之后，也不得不佩服他的眼力，转头对木梁上的众人说："棺木显然早就被盗发过了，而且我看倒斗的手法很专业，应该是行家做的。"说完我试着拔了拔古尸怀中所抱的青铜古剑，剑在鞘中纹丝不动，好像死者依然有知，过了几千年，还不肯松开贴身陪葬的铜剑。

我进棺材峡是有所为而来，对那柄青铜古剑并不感兴趣，只是有些好奇为什么盗此悬棺的贼人，没有将青铜剑取走，难道他们当初盗走了更重要的东西？心中猜疑了一阵，又想试试古尸是否僵硬干枯，以便对棺材峡里的风水龙气有个具体认识，当下就戴上手套，想将这具仙风道骨的尸首轻轻放倒回棺中，不料竟是一碰就倒，尸身半点不僵。

孙九爷不解地问道："胡八一，你动那古尸做什么？看看就可以了，千万不要动，悬棺里不会有你们看得上眼的陪葬品。回头把这个发现报上去，你的功劳不小。"

还没等我回答，幺妹儿就在后面说："死人也是躺着才巴适哟。"我笑道："没错，我就是这意思，坐着不如倒着。先前那伙盗墓贼干活不地道，倒斗之后就任由古尸坐着，我看着都替这位隐士累得慌。"

孙九爷说："还是保持原状比较好，否则碰坏了几千年不朽的尸身，到时候说不清楚。以前我在河南，见到在一片庄稼地里，出土了一具僵尸，那僵尸保存得比现在这个还要好，不过当时技术设备等各方面条件都很落后，匆忙之中对发掘现场的保护工作也没做好，当地老百姓来围观的极多，那看热闹的劲头简直是雨打不散、风吹不乱，观者如墙啊。也不知是谁带的头，大伙儿一起哄，就都挤过来去摸那具古尸，等到来车运走的时候，那僵尸身上都被摸瘪了好几块，衣服都成碎片了，到最后……这件事的责任就追究到我头上来了，我是有口难辩呀。"

我知道以孙九爷的性格，只要一谈起他自身的历史问题，就能随时随地开起"诉苦座谈大会"，不把肚子里的苦水倒痛快了就没个停，其实他那点倒霉事多半都是自找的。现在我们落在金丝燕子窟下的峭壁之间，还不知要困上多久，根本不是扯闲篇的时候，于是赶紧岔开话头："这峡谷里云雾缭绕，悬棺墓穴的位置又十分隐秘，不是普通盗墓贼能轻易找到的所在，十有八九是观山太保所为。"

孙教授听到我的话，从黑梁上站起来看了看悬棺所藏的岩隙，摇头道："自古盗墓之辈多如牛毛，所盗发之丘冢数不胜数，在这里无依无据的，难说……难说啊。"

Shirley 杨却同意我的看法："悬棺中不纳金宝玉器，很少会有盗墓贼打它们的主意。观山太保擅长古之异术，那燕子桥和洞中滋生不绝的金甲茅仙，咱们都已经亲眼见到了，看来这传说绝不是假的。崖葬悬棺里有很多古籍，竹简、龟甲之物都有，也许观山太保的奇门方术都是得自于此。"

孙教授蹙着眉头想了想，对此也不置可否，看样子是默认了，却不肯从嘴里说出来，只是说："倒也巧了，怎么黑木梁不上不下，偏偏就被卡在这悬棺岩隙之处？"

Shirley 杨说："只怕并非单纯的巧合，你们看看四周……"说着话她将狼眼手电筒的光束扫向峭壁深处，我们放眼望过去，只见在薄雾轻烟中，还有许多岩缝，里面半隐半现，都是鳞纹古松木的棺材，原来金丝燕子窟下，竟然是极大一片岩隙悬棺群。

只是峡谷间云雾升腾，隐约可见身周两道绝壁上藏有不少悬棺，可是其分布的范围和数量，在此还都难以判断，料来规模可观。我们随着黑木巨梁滑落到此地，恰好被一处岩缝卡住，那岩缝中正是怀抱青铜剑的古尸，而这里仅仅是悬棺群中的一个墓穴，相比四周几处悬棺，也并无特别之处。

众人满心疑惑，倘若墓中真是隐逸山林的修仙求道之士，必定应该是孤高淡泊的人物，总不该有如此密集的悬棺群，葬在此地的究竟都是些什么人？

我坐在黑梁上思前想后，猛然灵机一动，找到了一些头绪，拍了拍那根木梁，对众人说道："这条梁就是答案……"

《十六字阴阳风水秘术》虽以"形、势、理、气"为主体，但其中涵盖涉及的风水之术，无不脱胎于古法。根据青溪当地流传的民间传说，这片神秘的棺材峡，不仅在峡谷山间有许多被遗弃的古代矿坑隧道，而且曾经是乌羊王疏通洪水的浩大工程遗址。

我们进山以来，首先见到密如繁星的一片悬棺群，几乎有上万之数，按照乌羊王石碑上的记载，那些人都是在开山过程中死亡的奴隶工匠，而乌羊王——也就是移山巫陵王的古墓就藏在棺材峡内的一处古矿坑里。

巫山一带除了上古巫咸和移山巫陵王之墓以外，再也没有其他更加著名庞大的陵墓，巫咸墓几乎完全是一个传说。而移山巫陵王尽管同样比较神秘，但在山中毕竟留有遗迹可见，而且按照封团长所留下的半段《观山指迷赋》来看，观山太保的那座地仙村古墓，百分之九十九是造在了巫陵王的陵寝之中。

巴山之地以群龙为脉，而且是行云暮雨、龙气缥缈，巫陵王既然能疏通洪水，肯定是懂得阴阳脉向之理，所以他的墓穴附近，有许多缠锁龙脉，使生气不散的布置，近万具悬棺组成的无头巨像，有足踏山川之势，千百条凿在壁上的凌空鸟径，也是九转缠龙的高明设计，而无影仙桥那片藏风纳气的所在，应该就是这一片巨大陵区的中枢。

而金丝燕子窟下的悬棺群，所葬之士都不是普通工匠奴隶，似乎是一片贵族或者近臣的陪葬陵区。按照陵制和这附近的陪葬格局来推断，地仙村古墓所在的巫陵王地宫，就应该藏在风眼前后左右的四条峡谷之间，不会超出这个范围。

我估计在观山太保盗发巫陵王古墓之前，这条峡谷的山顶，应该还有一座祭祀悬棺群的殿堂庙宇，说不定里面还有石龟驮负的高大墓碑。

在懂得风水秘术的摸金校尉看来，祭祀墓中死者的飨殿，有明暗之分，暗处的没什么价值，可明处的在倒斗行唤作墓眼。只要古墓有真正的墓眼，能教人找到"眼睛"，又何愁找不到入口？

虽然摸金的手段在棺材峡中受云雾所阻，没有机会施展分金定穴，但只要能找到山顶的殿址墓眼，便可以顺藤摸瓜找到地宫，那样的话，地仙村古墓就算找到一半了。

可是那伙观山太保，也真不愧是盗墓掘冢的行家里手，更是精通风水古术，对这些门道再清楚不过了，竟然事先把设在明处的墓眼毁了。要不是有根残梁横倒在深涧半空，我也不会这么快想到此节。看来这世上终究是没有天衣无缝的勾当，留下些蛛丝马迹，总有一天要被人识破。

孙教授等人听我所言，皆是又惊又喜，这可是目前最重要的一条线索了，那座地仙村古墓的位置，究竟是在何处？

我对众人苦笑了一下："先别着急，话还没说完呢。如今墓眼这个重要标志，只剩下一条残梁，而且破损得几乎面目全非了，更没办法分辨这座建筑原本的朝向和方位，想以此来推测主墓道的位置，可没想象中的那么简单。但现在可以断定地仙村古墓就在吓魂台这两座大山之中，也许是古隧道一侧，也许是龙门峡谷一侧。"

Shirley 杨说："这两座山陡峭险峻，迂回出群峰数里，而且千仞之高，无论地仙村古墓在哪一侧，都并非可以轻易找到，咱们的时间和装备给养都十分有限，大海捞针地找下去也不是办法，何不出奇制胜？"

大伙儿一商量，盗墓秘术历来是"望、闻、问、切"，号称四门八法，眼前这处棺材峡地势地形非比寻常，很多倒斗的高招都用不上，想来想去，也唯有问天之术可行了，只好启动备用计划，用归墟古镜占验出古墓地宫的位置所在。

孙教授虽然一贯声称自己是科学一元论，但对照烛卜镜之举极为相信，这可能也与他研究龙骨卦象多年，对此道过于沉迷有关。其实科学唯物质一元论，只是关注物理变化，却从来都忽视世间生灵的精神领域，这也是近代科学难以触及的一个盲点，但早在几千年前的商周时代，中国人就已经开始利用周天卦数，探索物质元素以外的幽深微妙。

可要真说到幽深微妙的周天卦象，我实在没太大把握窥其真意，但眼下之事，却又不得不临时抱佛脚，一路转来转去，始终都找不到地仙村古墓的入口，再不编出点具有指导性的高词来激励士气，众人的心就要散了。

假如真能用盗墓古法占验出有效结果，那是最好不过了，不过这利用古镜海气与山川龙气相应的"问"字诀，是否真能管用，好像已有近千年没人实践过了。问天演卦的倒斗方法，就如同盗墓行里一个无根无据的缥缈传说，谁敢保证是否真的灵验？万一摸不着头脑，没的解说又该如何是好？

我心想反正嘴长在我身上，到时候囫囵几句"寻龙无奇策"也就是了，没什么不好意思的，于是就伸手从背包里将归墟卦镜与那无眼的铜龙、铜鱼二符取将出来，趴在木梁上一通摆弄："今日神机在身，正好试试这'问'字诀古法是否灵验，你们就等着开眼吧，待会儿……就让你们长脾气……"

孙教授忽然拦住我说："归墟卦镜虽然是你从南海捞回来的，可这东西是件无价的国宝啊，你到底会不会用？不会用千万别乱摆乱放，卦符的位置如果摆错了，镜中的海气可就没了。我看老将出马，一个顶俩，还是先拿过来让我研究吧。"

我说："九爷呀，您不会用这卦镜，也不许别人会用？我看过您的笔记，其实您对铜镜铜符的理解基本上没错，四枚铜符分别是鱼、龙、人、鬼，卦符之中的确是暗藏玄机，只不过您解不开这个谜，就根本没办法使用它们推演卦象。我也是前不久才经高人指点，得以洞悉此中奥妙所在。您说这鱼、龙、人、鬼四符，它们为何都没有眼睛呢？这其中究竟暗示着什么天地间的造化之理？您要是能解释出来，我二话不说，拱手奉上，可要是说不出个子丑寅卯来，那您在一旁站脚助威也就足够了，瞧我给您露上一手。"

孙教授被我问得瞠目结舌："是呀，为什么鱼、龙、人、鬼四符……都没眼睛？难道是古人将周天古卦的玄机藏在其中了？"

第二十章
巴山猿狖

孙教授摇头不解，那四枚无目的青铜古符，除了眼窟窿里可以透过蜡烛的光线，使归墟卦镜背面的卦象呈现，似乎没有眼睛还是一个有关万物造化之理的暗示，只有了解了这个暗示，才能在古镜背后的数百个铜甄中，找到排放卦符的有效位置。

我点头道："让您给说着了，要不是我在南海疍民口中打听到了周天卦数口诀，又请民间易学高人张赢川相助，咱们可能这辈子都猜不出青铜卦符无眼的启示，有了古镜古符也只能干瞪眼没脾气。"

我心中实是没底，又急于一试，觉得这时候再没什么好隐瞒的了，当下就想将无眼铜符之谜说给孙教授知道，要先请他帮忙确认一下，然后就可以在这藏风聚气的金丝燕子洞下，利用归墟卦镜"问"出古墓的具体方位。

正说话间，忽听峡谷上空接连几声炸雷，响彻云霄，震得人耳中"嗡嗡"轰鸣，真是迅雷不及掩耳。我们五个人伏在木梁上，顿时觉得心惊肉跳，手足着力处皆是颤的，抬头向上一看，只见金丝燕子窟中万燕冲天，金丝雨燕群被震雷惊得再次倾巢而出。

峡谷中的薄雾轻烟随即飞散，死兆般惨淡的光影之中，也分不清是金丝燕子群还是铅重的乌云，唯见峭壁的岩缝间涌出无穷黑气，恰似一道道黑烟直上天际，浓密处如同阴云荡漾，薄弱的地方又好比是数条漆黑的游丝上下翻飞，黑云发雷之处隐隐闪动着刺眼的白光。

我见刹那间白昼变成了黑夜，心中怎不骇然，低头看了一眼手中的铜符古镜，只见那枚青铜龙符在黑暗中荧绿逼人。我脑中立刻闪过了十几年前在克伦左旗草原上的一幕，老羊皮的尸体被雷火焚烧的情景我到死也忘不了。虽然至今没人能解释那一切，可是眼前所见不免让我隐约感觉到，青铜龙符是四枚卦符之首，是南海龙火锻造的青铜古物，被古人视为风水秘器，凭空出现的雷电，多半是和此物有关。

当年供奉黄大仙的元教信徒，相信无眼龙符是海龟从海中带上来的，因为龟眠地中常有海市蜃楼奇观出现，而且海龟有洄游的习性，其骨甲又是龙骨灵物，龙脉中的海气藏纳在龟甲里，可以千年不消。

可我们最近考证得知，龙符虽然是南海秘宝，却不应该是在龟甲空壳里被发现的，它是当年给周穆王陪葬的一件明器，从龟眠地出土的传说很可能是元教杜撰出来的。然而此物确实是风水秘器，埋在地里倒是无妨，一旦在见天之处与尸体接近，就很可能会由于阴阳二气相激，引发闪电雷火。黑木梁两端的峭壁间，有许多被从悬棺中拖出的古尸，峡谷中阴气凝重，绝不能在此使用归墟龙符和卦镜。

这个念头刚一闪过，就有几团火球从半空中落下，都是被雷火击中的金丝雨燕，这时候只要有一道雷电劈落在木梁上，大伙儿就谁也别想活命。我哪里还敢怠慢，忙把铜镜铜符塞进密封袋里，对众人一招手："此地不宜久留，快撤。"

孙教授似乎还不知道事态的严重性，连问怎么回事，我顾不上回答，推了他就走。在霹雳闪电的催逼之下，众人行动果是迅速，当即攀住附近悬棺墓穴的缝隙，顺着岩缝沿峭壁挪动身体，顷刻间就已离开了木梁。

忽然漆黑的峡谷中一阵闪亮，我回头一望，原来已有几团火球落在黑木梁上，也不知是被雷火烧死的雨燕，还是从空中劈下来的雷电，当时就把木梁烧成了一根大火柱。噼啪作响声中烈焰熊熊，火光把周围都映亮了。

第二十章 巴山猿犹

由于已将龙符收入密封袋里，黑云中的雷声持续地闷响了一阵，就随即消失了，但木梁燃烧的火头极大，我攀在不远的峭壁上觉得灼热难当，又担心烈火将山岩上的古藤和棺木一并引燃，急忙让众人不要停留，利用峭壁上的墓穴和岩缝，继续向远处躲避。

这片峭壁上的悬棺墓穴分布得十分密集，直耸的山势虽然陡峭，却到处都有落足着手的地方。一路攀岩挂壁而行，到了一条稍宽的横向山隙处，我见距离燃烧的黑木梁已远，就让大伙儿先爬进岩缝墓穴里稍做喘息。

横向裂开的岩隙中，并排摆着四具棺椁，同样都被盗发了，古尸东倒西歪地摆在墓穴中。其中一具鹤发童颜，皮肉白得几欲滴出水来，而且异香扑鼻，显得很妖异。

我们钻进墓穴，不得不低头弯腰，一个接一个地从这具古尸身边蹭过去。孙教授常年在坟坑里工作，平时见死人见得多了，爬进悬棺墓穴里对他来说算不得什么，我和胖子、Shirley 杨三人都是摸金校尉，这些本分中的勾当岂会在乎？但令我奇怪的是幺妹儿这二十出头的姑娘，竟然也是毫无惧色，而且看她的样子，好像有些心事。

我忍不住问她："妹子，你好胆量，要是普通的姑娘，看到棺材古尸，恐怕连魂都飞了，当场就得晕倒，能吓得叫出声来的都已经算是难能可贵了，你却连眼都不眨？"

幺妹儿告诉我，当初她十二三岁的时候，父母尚在，收了开小饭馆的秃脑壳的彩礼，就把她的亲事定下了，将来要嫁给那掌勺秃脑壳。即使到了现在，山里仍然流行包办婚姻。今年她正被秃脑壳老板逼着成婚，每日愁得以泪洗面，好在她干爷老掌柜有见识，托我们把她带出山来，这次是刀山火海也不回头了，看那些僵尸似乎也比秃脑好看得多。

连一向绷着面孔的孙九爷，都被幺妹儿的这番话给逗乐了，苦笑着摇头道："这就是包办婚姻的可怕之处呀。古人说赋敛之毒有甚是蛇者乎，而包办婚姻比古墓僵尸还可怕。唉……我是深有体会的，我当年在老家的时候，就是家里给安排的一门亲事，等把老婆娶过门才知道，整整大了我八岁，这样的婚姻怎么能美满呢？我都纳闷那些年是怎么熬过来的……"

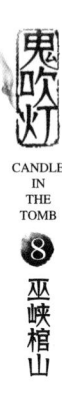

胖子听孙九爷又开始诉苦，觉得耳朵都快起茧子了，挖苦他道："那您怎么不去参加革命呢？当年要真拿出实际行动来反抗万恶的旧社会，也不至于后来连被误认为是革命叛徒的资格都没有。"

　　我担心胖子胡言乱语又戳中孙九爷的痛处，便想出言岔开话头，刚一回头，就见有张毛茸茸的脸在墓穴岩缝中探了出来，容貌丑陋如同山鬼，正是先前把胖子推下无影仙桥的那只巴山猿狖。

　　我不知那鬼鬼祟祟的猿狖意欲何为，但肯定是存心不良，想置我们于死地，立刻拽出工兵铲来就要过去拍它一家伙，但心中一急，忘了身处山隙之中，一抬头就撞到了上方的岩层，当时还没来得及戴上登山头盔，这下撞得不轻，疼得我倒吸凉气，赶紧用手去揉头顶。这一来其余四人也发现了藏在墓穴中的巴山猿狖，胖子对其恨之入骨，立刻骂道："这回非他妈送你上西天不可！"怒喝声中举起连珠快弩就射。

　　孙教授大惊失色，挡住弩头道："别动手，那巴山猿狖是识得我的。"说完推开胖子的弩匣，转身去看那猿狖，他又担心手电筒的光线太强，再次将巴山猿狖惊走，便将狼眼关了，蹲着身子，缓缓走上前去。

　　那巴山猿狖由于相貌狰狞丑陋，在民间也历来有"山鬼"之称，据说山鬼能知一岁之事，就是说它能预言一年之内发生的事情。当然这只是虚妄不实的传说，不过也从一个侧面，证明了巴山猿狖极具灵性。

　　藏在墓穴深处窥探我们的那只巴山猿狖，似乎早就认出了孙九爷，不过先前在防空洞里被胖子用弩箭险些射中，又被我用狼眼手电筒晃了眼睛，接连受了不小的惊吓，再也不敢轻易接近。这时见孙九爷招呼它，才小心翼翼地探出半个身子，探出猿臂一下夺过了孙教授戴在头顶的登山头盔。

　　可能孙教授以前在劳改农场的时候，常被它夺去帽子、眼镜一类的东西，对此习以为常，并不以为忤，又从巴山猿狖手中把登山头盔拿了回来，对猿狖从头看到脚下，就像遇到多年的老友一样，不断对它念叨着："老伙计呀，你还记得我啊？这么多年没见，我老了，你也老了，怎么样，今天吃了吗？好像比以前瘦了呀……"

　　我见孙教授竟然跟猿狖说个没完，不是有特异功能就是精神不正常了，那老猿猱能听懂人言？刚才在吓魂台前，正是这厮险些将咱们置之死地，谁知道它心里打的是什么鬼主意。

胖子也说："对啊，一日纵敌，万世之患，咱们对待敌人，就不能手软。谁也别拦着我啊，我告诉你们，看胖爷怎么剥了它的猿皮！"说罢撸胳膊挽袖子，拔刀就上。

那巴山猿猱也对胖子龇牙咧嘴毫不示弱。孙教授赶紧劝解："王胖子，要不是你不问青红皂白就用弩箭射它，它也不会从背后推你落崖。这猿猱什么都懂，别拿它当畜生看。当年在果园沟采石场，我和封团长连烂菜根子煮的汤都快喝不上了，多亏这家伙时不时地从县城里偷回来罐头、香烟、红糖，一路躲过看守给我们送来。我看它比人都强，这年头好多人忘恩负义过河拆桥，还不如畜生呢。"

经孙九爷一提，我才想起这巴山猿猱是封团长驯养多年的，心头的无明业火便熄了八分，劝胖子就此算了，咱们是何等胸襟，不应该跟只猿猱一般见识。

胖子恨恨地说："要不是看在它主子也是军人的分儿上，我肯定轻饶不了这家伙，不过还是不能便宜它，把咱那些最他妈难吃的美国通心粉都给它吃了，让它慢性自杀。"

这时Shirley杨和幺妹儿看那巴山猿猱极通人性，都觉得有趣，就拿出糖果来喂它。巴山猿猱吃了几块糖，大概它也知道孙九爷是熟人，没危险了，逐渐安定了许多，随后又学着人的模样讨香烟抽。

我摸出香烟来点着了递给它一根，看着猿猱喷云吐雾的古怪模样对众人道："这贼猴子虽通灵性，却是没学会什么好东西，除了偷摸盗窃，竟然还会抽烟。另外你们有没有想过，它怎么会出现在这处悬棺墓穴的岩缝中？从龙门对面的隧道口应该是下不来的，莫非悬棺附近有秘道？如果山中真有暗道相通，它又是从何处得知？"

Shirley杨将手电筒向岩隙深处照了一照："里面的确有条狭窄的暗道，不知通向哪里，也许是猿猱的主人将它引到这里的。如果墓碑上所刻的《观山指迷赋》是假，那通向古墓入口的正确路线，也只有封团长才知道，时隔多年，他是否还在人世？"

我闻听 Shirley 杨所言，心想多半正是如此，于是拿着一整包香烟，在那巴山猿狨面前晃了几晃："你的良心，大大的好，快快地，给我带路的干活……"

孙教授见状，对我说："你不要跟它讲外语啊，它哪里听得明白？躲开躲开，我来说。"说着话把我推在一旁，用手在自己头顶做了个戴军帽的动作，连比画带说地问那巴山猿狨，"老封在哪儿？你知道封团长在哪儿吗？带着我们去找他吧……我们都是可以信任的朋友。"

巴山猿狨好一阵抓耳挠腮，似乎想了半天才打定主意，随即扭头就钻进了暗道。我心中大喜，立刻叫众人紧紧跟上，只要找到封团长，那座地仙村古墓就算有着落了，否则真不知道还要找到什么时候才有结果。

我也暗中期盼那位封团长依然活着，在深山老林里过了十多年与世隔绝的生活，现在也该回去了。他虽是大明观山太保的后人，地仙村古墓相当于他家的祖坟，可我如果跟他通融通融，多半也能问他要来墓中所藏丹鼎。毕竟是在部队上打过仗的人，绝不会见死不救，又都是同行，说不定还能批发一些明器给我们。

我脑中胡思乱想着，跟那巴山猿狨在暗道中越钻越深，发现这条暗道，实际就是人工将山体深处的裂痕相互贯通，不知内情的人，在岩隙悬棺处根本看不出来。这一侧的峭壁，正是有墓碑隧道的一面，可能在古隧道中有条非常隐蔽的秘道，与悬棺群所在的崖壁相连。

我们跟随着巴山猿狨，沿着嵌在峭壁深处的曲折暗道前行，接连穿过几处置有悬棺的墓穴，来到一处有一半暴露在悬崖绝壁外的岩洞之中。这洞穴大如斗室，外边仍是那道深涧，地上横倒着一具古松皮棺木，地面的零乱浮土中，则显露出一口极大的石椁，看那椁盖上面好像雕刻着精细山川图案，并有九只青铜螭虎紧紧锁扣。巴山猿狨纵身跳到石椁上，便蹲住了盯着我们，目光炯炯闪烁，说什么都不肯再往前边走了，用爪子指着椁盖上所绘的一座高山吱吱怪叫。

第二十一章
写在烟盒纸上的留言

我用狼眼照在石椁表面的山川松柏浮雕上看了一看，云烟缭绕之下的山川雄奇壮阔，颇有高山仰止之意，遍布日月星辰和四方灵兽，写意色彩非常浓重，却不像是某地某处的地图。

我抬头看向那巴山猿狖，莫名其妙地问道："这算什么？不是让你带我们找人吗？封团长在哪儿呢？"

巴山猿狖对我龇牙挤眉地怪叫，我实在猜不出来它的意思，这时身后一阵脚步声响起，孙九爷和胖子等人陆续都从暗道里钻了出来。

只听孙九爷忽然"啊"的一声惊呼，我回头看时，众人的目光都落在了岩洞后侧，在一片黑色的枯藤下，有具身材魁梧的男尸倚墙而坐。

那具男子的尸体低垂着头，看不到他的面目五官，但孙教授显然是从衣着上将他认了出来，失声叫道："老封……真是你？你……你怎么死在这里了？"

孙教授神情激动，颤抖着将三步挪成了一步，冲到枯藤前边，趴在地上去看那具男尸的脸，随即一拳捶在地上："老封啊……老伙计你倒是真会躲清静，竟……竟然悄悄死在了这渺无人烟的地方，你可知道我这些年

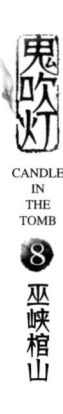

是怎么过来的？你以前的战友都怀疑是我把你害死了，你说我有那么大的本事吗？当初挨了你一镐把不说，还替你背了十年黑锅……"

孙教授说到此处，眼中的泪水早已夺眶而出。他脾气又倔又怪，一辈子没交到什么朋友，除了陈久仁教授之外，仅有这位相处时间不长的封团长是他患难之交。先前以为封团长从农场潜逃出去之后，躲进了地仙村古墓，虽知时隔多年毫无音讯，此人多半死了，但心中还是存了半分侥幸，可突然在悬棺墓穴中见到故人尸骸，实是触动了心怀，鼻涕眼泪齐流，转瞬间便是泣不成声了。

我本以为封团长是位颇有传奇色彩的英雄人物，说不定至今仍然活在地仙村古墓之中，可亲眼所见，才知世事冷如坚冰，虽然与此人素不相识，但也可能是物伤其类。我见到当兵的人死了，心中便觉格外伤感，其余几人也多是神色黯然，连胖子都好半天没出声，岩洞中只听孙九爷一人唠叨着抽泣不止。

我劝孙教授说："逝者已去，难以复生了，当务之急，还是先看看他是怎么死的，是否有些遗言遗物留下。"

孙教授涕泪横流，似乎这些年深藏心中的种种压抑不平之事，也都随着泪水涌了出来，良久良久，方才止住悲声。我们几人相助，将封团长的尸体摆放在地，只见死尸并未腐烂，满脸的络腮胡子还依稀可见，临终的神色似乎也是安详从容。

众人商量着是将尸体焚化了带回去安葬，还是就地安葬，孙教授神魂激荡之下，已做不得主了。我跟大伙儿说："封团长是在籍的失踪人员，这几年有好多人都在找他，关于他的死因……也须向有关部门交代，最好的办法是保持原状，等回去说清楚了情况，再让相关的人来妥善收殓才是。"

孙教授等人当即同意了，准备先在尸体上找几件遗物带回去做个证明。最后在封团长土黄色破烂军装的上兜里，找出几张烟盒纸来，纸张都已变得发黄发脆了，上面密密麻麻写了许多字，字大概是用铅笔头写的，有些模糊不清了，所幸尚可辨认。

我心想封团长没进地仙村古墓，而是躲在了悬棺墓穴中，那口刻有山

第二十一章 写在烟盒纸上的留言

川地理的石椁,似乎就是他刨出来的,可他又怎么会不明不白地死了?这几张皱皱巴巴的烟盒纸,多半就是他临终前留下的遗言了,当即就想看个仔细,但转念一想,又觉得该由封团长生前的难友孙九爷来读,于是将烟盒纸递在他手里:"您看看封团长留下了什么话没有。"

众人当即围拢在岩洞石椁旁,孙教授借着狼眼手电筒的光亮,颤巍巍地把烟盒纸上的内容一字字读了出来,连那头巴山猿狖也蹲在椁盖上,一动不动地静静听着。

封团长用铅笔头写在烟盒上的话虽然不少,但语言比较简练,偶尔还有表达不清或字迹模糊之处,我们仅仅能从中了解一个大概的情形。

封团长在遗书中略微提了一些他的身世。这片棺材峡是给移山巫陵王陪葬的陵区。在宋元时期,封氏祖先就做起了盗墓的勾当,在棺材峡燕子窟下的悬棺中,盗发了许多竹简龟甲古籍。因为此地的悬棺所葬之人,皆是当年治理洪水的异士,通晓星相阴阳,更精奇门变化,随葬古籍大多记载着神秘离奇的古代方术,封氏以此发迹。

因为棺材峡里藏有一座棺材山,那座山就是移山巫陵王的陵墓,封家当年借盗墓所获风水秘术发家,就自称为"棺山太保"。在太祖年间,其后人一度为皇家效力,改称为"观山太保",御赐有十八面观山腰牌,并留有观山盗骨、太保相宅等著名事迹。

直传到明末,封氏观山太保首领似乎察觉到天下大变在即,于是举族退隐故里,发掘巫盐矿脉为生,由于家资巨富,成为地方上的一支豪族。

观山太保当时的首领封师古,满脑子都是盗墓的瘾头,更是痴迷丹道不死之说,违背祖宗留下的古训,带人挖开了棺材山。他从墓中取出周天龙骨卦图,自称参悟出其中玄机,抛掉了自家名姓,并说他自己即将脱炼成长生不死的地仙。他穷尽一世心血,造了一座地仙村,专要度化这世间的凡人,一时间从者如云。许多信服神仙之说的,都随他进了古墓避世而居,从此后销声匿迹,再没人见过地仙村古墓里有活人出来。

当年封家也有一部分人认为封师古疯了,祖宗留下过训示,移山巫陵王的陵墓不能挖开,因为那座古墓中埋着个怪物。封师古却不遵守这个禁

129

忌，盗发此墓后整个人都变了，多半是在盗墓时被巫陵王的阴魂缠住了。他把几十年来从各地盗挖来的明器、棺椁、丹鼎、金玉，一股脑儿地往古墓里装，又妖言惑众，想拉着许多活人进去殉葬。

但这些反对封师古的人，在封家宅里都没什么地位，封师古对他们也不强求，只说外边的世界转眼间就会血流成河，躲进地仙村古墓里，先死后成仙，得了大道长生不老，"与日月同寿，并天地同存"，这乃是下仙死后度尸之法，你们这些不肯去的，多是痴迷不悟，迷途难返了。不过你们的子孙后代要是有劫有难，按照《观山指迷赋》进古墓来寻地仙，念在同宗同族的分儿上，我照样肯度化他们。

后来流寇入川，果然是杀人不计其数，但大军并没有打到川东，只是明末清初土匪乱兵极多，难免殃及青溪地区，也曾进山盗发地仙村古墓里的珍宝，却并未得逞。在战乱中，封家的人没有就此死绝，背井离乡逃到了湖北，随着改朝换代隐居一方，偶尔窘迫时，便盗墓为生，《观山指迷赋》和倒斗的手艺仍然没有失传。但传到封团长这代，人丁不旺，老封家就他一个后人了，连祖宗的本事都没学全，没什么正业可做，只好常年混迹在绿林之中，倒也逍遥自在，恰好赶上抗日战争爆发，国难当头之即，他就带着几个弟兄当了兵。

他戎马半生，经历了大小几百场战斗，从新中国成立前就当团长，抗美援朝战争结束了还是团职，要说这半辈子立过的战功不小，也获得过不少荣誉，单是他率领的那个团，就是纵队里的王牌团，其荣誉称号，在辽沈战役时期有"千炮万炮打不动守如泰山英雄团"，还有抗美援朝时期的"深入敌后出奇兵常山赵子龙团"等。

可封团长虽然打仗不要命，而且屡建奇功，但他这个人，身上毛病太多，喝酒睡女人是家常便饭。他本人也好玩：打猎、骑马、跳舞、票戏、斗狗、养猴没有他不喜欢的，而且不管玩什么都是行家里手，再加上此人绿林中的匪气很重，跟谁都讲义气，被记了许多次大过处分，甚至有几回差点被军法从事了。在战争年代，只要打仗能打出作风，别的什么事都好说，不过到了和平时期，部队里就容不下他了，只好调动到地方上工作。

第二十一章 写在烟盒纸上的留言

封团长离开部队转到地方，身上的毛病就更明显了。他最大的缺点就是比较迷信，在枪林弹雨中出生入死从来都没含糊过，砍头只当是风吹帽，可一提火葬就吓得全身打哆嗦，并且对自家祖宗传下来的《观山指迷赋》深信不疑。所以后来的一系列运动中，他就成了众矢之的，还多亏了部队里以前的老首长保了他，给远远地下放到农场劳动，虽然苦点累点，但山高地远，有什么运动也波及不到深山里的果园沟。

但封团长散漫惯了，只习惯对别人发号施令，眼里不揉半点沙子，觉得自己实在是干不了采石的苦力，开始先想到了自杀，可觉得这么死了有点窝囊，就打定了主意要跑——跑回老家去古墓里找地仙。

封团长在遗书中提到，他这辈子活得问心无愧，唯一觉得对不起的人，就是当时一块在农场干活的孙耀祖——老孙。

封团长本想拉着老孙一块逃的，可一看对方有些犹豫，就一狠心给了他一镐把，其实这也是为了让他脱开干系，不过封团长觉得自己是当兵扛枪的粗人，手底下没轻没重，一镐把下去，不知这知识分子能不能挨住。记得当初跟小鬼子拼刺刀，也就是用了这么大劲头，备不住当场就没命了，可当时形势紧急，来不及再看孙教授是被打昏了还是被打死了，就匆匆逃离了现场。

逃亡的路上他心中仍然忐忑不安，还不得不担心那位老孙是不是被自己失手打死了，但既然逃了出来，就已经不可能再回去看了。这一路翻山越岭，尽是拣那没有人烟的密林险峰而行，遇到县镇之地，就让那只跟随他多年的巴山猿狨去偷吃喝烟酒，他自己则潜伏在深山里躲藏，所以始终没人发现他的踪迹。

封团长最后终于成功穿越了大巴山脉，到达了祖籍青溪镇，经过隧道的时候，被偶然的塌方砸伤了头部，带着伤一路挨到棺材峡，按照祖宗留下的《观山指迷赋》，找到了藏有开启地仙村古墓入口钥匙的悬棺墓穴。

第二十二章
九宫螭虎锁

不料到头来万事成空，封团长虽然把《观山指迷赋》记了个一字不差，可对观山太保传下来的各门奇术，却是没学全三成，凭自己的能力，根本没办法打开九宫螭虎锁紧扣下的石椁。按照地仙传下的《观山指迷赋》所言，开启墓门的秘密钥匙，就藏在这具石椁之中。

封团长在潜逃的过程中，身上染了重病，头上又受了伤，此时渐觉不支，眼看再没活路了，想必是天意弄人，差了最后一步，终究要饮恨于此，一阵急火攻心，双腿竟都瘫了。他心如死灰，自道是活不了多久了，便在烟盒纸上留下一些话来，将来万一有人见到自己的尸体，也不会被人当作无名的荒尸野鬼。如果有可能的话，还希望发现尸体的人，能替他去找一找在农场里劳动改造的孙教授，要是此人已不在人世了，自是无话可说，倘若那个难友孙教授还活着，就替自己跟他说一声抱歉，别的都不用提了。

封团长最后在遗书中留下话来，眼下全身没有一件值钱的东西，只有祖传大明观山太保腰牌一面，是传了几百年的古物，完全是纯金打造，挂在巴山猿狖脖子上。它要是见到有人把我的尸体就地安葬，就会任你摘了此牌，算是些许答谢的心意。

孙教授读完这封遗书已没眼泪可流了，只剩下一声长长的叹息，其中充满了无穷无尽的寂寞，似乎是叹息人鬼殊途，心中虽有千言万语，却再也没有患难与共的朋友可以倾诉了。

孙教授的心情我十分能够体会，不仅是我，我想 Shirley 杨、胖子也应该是感同身受。这些年我们已经失去了太多重要的伙伴，有时候夜深人静，我会突然觉得那些早已离去的人，又好像还都活在自己身边，因为每一个人的音容笑貌还是那么真实，甚至每一个细节都还能够记得，生死相隔的遥远十分模糊，可再仔细回想之时，无比强烈的孤独感就会随之而来。生活中缺少了那些人，使这个世界已经变得越来越寂寞了。

最后孙教授还是决定把封团长先就地掩埋了，虽然龙气缠绕的棺材峡可以维持尸体一时不腐，又不会被虫蚁啃噬，可按照老封的遗愿，理所当然要把他埋在这处风水上善之壤，便就地用工兵铲刨了个土坑，将封团长的尸身装在松皮古棺里埋了。

孙教授取下巴山猿狁脖子上挂的观山腰牌，本想一并装进棺材里，我转了个念头，这东西是观山太保的身份证，进入地仙村古墓怕是会用到此物，暂且借来一用，等将来正式将尸体入殓安葬时再拿来陪葬不迟，就让孙九爷先将观山腰牌保留几天。

这时胖子说：“该埋的也埋了，你们大伙儿别跟泄了气的皮球似的好不好？咱们还要不要将伟大的倒斗事业进行到底了？这石椁里有开启墓门的钥匙，咱就一块儿动手吧，我就纳闷了……这么个石板棺椁，能经得住什么？我看拿石头砸也砸开了，怎么那封团长竟然没能得手？地球天天转，世界天天变，我的同志哥，不动脑筋果然是不行的嘛，老胡咱俩试试能不能拿石头砸破了它……"

我忙说："且慢，要是能拿石头砸肯定早就砸开了。我听陈瞎子讲过，古墓里有种带九宫蠊虎锁机关的棺材，里面都是两层的，内藏硝水毒火，开这九道锁扣必须有固定的顺序，否则一旦开错了或是用外力相加，棺椁中藏着的药料就会立刻喷涌，里面的东西玉石俱焚，是个反倒斗的巧妙机关。封团长生前多半只知道其中有埋伏，却没学会祖传的九宫之理，所以

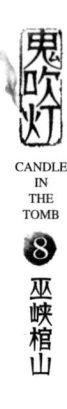

饮恨而死。"

我又问Shirley杨，除了正式的途径，还有没有能开这石樟的办法。Shirley杨说方法倒是能想出几个，但都不敢保证是万无一失的法子，如果稍有差错，不仅前功尽弃，而且地仙村古墓是永远都进不去了。

孙教授此时有些沮丧，对众人道："咱们就别存着痴心妄想的念头了，封团长的遗书里只提到石樟中有钥匙，他祖传的《观山指迷赋》真言，却没留下半句，纵然手中有了钥匙，又到哪里去用？"

我说只要有了钥匙，不怕找不到钥匙孔，别忘了咱们的归墟古镜还没使呢，等找个没尸体的地方占上一卦，说不定就能得到一些启发，就算没启发我也绝不无功而返。我们上次下南洋采珠，捞了许多价值不菲的南海秘宝，可要没采珠的疍民相助，此时多半已到老马那里报到去了。做人不能忘恩负义，疍民多铃的命也许对别人来说值不得什么，我却绝不肯眼睁睁地看她死掉，否则将来我还有什么脸去和古猜说话？就是把偌大个棺材峡挖遍了，我也得找出地仙村古墓中所藏的丹鼎。孙九爷您要是想打退堂鼓我也不拦着，等回北京咱们再见。

胖子说："哎……我说老胡，让孙九爷回去哪儿成？你也太便宜他了，世界上最怕认真二字……这话谁说的来着？先不管是谁说的了，反正你家胖爷就是个凡事都喜欢认真的人，真要掰扯起来，咱们到南海珊瑚螺旋冒这么大风险，还不都是孙老九引起来的？他要不造谣说沉船里的国宝是秦王照骨镜，咱们能去吗？咱们要是不去，疍民老阮能死吗？"

我一拍大腿，对胖子说："对呀，你不提醒我都给忘了，老九不能走，等咱打开了古墓大门，还得让他给咱们在前边蹚地雷呢。"

孙教授听在耳中，顿时动怒道："你们这些亡命之徒简直是土匪……是军阀！而且还千方百计地诬蔑我。"说到这里心里却又虚了，又说，"秦王照骨镜沉在南海之事，确实是我捏造的，这个我早就承认了，可……可我刚才没说要回北京啊，我也是下了好大决心才进山的，如今工作都扔了，怎肯半途而废？我是说咱们不能存有妄想，应该客观冷静地对待事实，分析事实，我的……笔记本你们几时还给我？"

Shirley 杨在旁说："你们别争了，加在一起一百多岁了，专喜欢计较微不足道的小事情。这石樽能开，幺妹儿学过蜂窝山里的本事，九宫螭虎锁难不倒她。"

我和胖子、孙九爷三人立刻止住话头，把目光投向幺妹儿身上，看她年纪轻轻的一个姑娘，难道真学全了蜂匣之术？我担心她托大了，那九宫螭虎锁是个连环扣，开错了顺序里面的古墓钥匙就没了，地仙村古墓布置不凡，要没这枚钥匙，还不知要费多大周折才能进去，不是轻易作耍的事端，便问她可知"九宫跳涧"之理。

"九"在中国传统文化中是个极重要的数字，我看既然有个九宫的名头，多半是利用了河洛之数中的"九宫跳涧"为原理。

幺妹儿摇了摇头，哪儿晓得有啥子"九宫跳涧"，九宫螭虎锁只是件连芯的销器儿，并没有奇门之道在里边，想那些销器儿埋伏之术，在蜂窝山里都是本分的勾当，何难之有？只是九宫螭虎锁根据布置不同，皆有变化，就像是信用社或银行里带密码的保险箱。刚才那头巴山猿猱不断指着樽上浮雕的一座高山，九宫螭虎的排列口诀也许正是以山水为引，它可能正是想提醒众人注意。猿猱极通灵性，封团长生前应该知道樽上雕刻的山川就是密码，却至死也参悟不出。

我见幺妹儿说得通明，而且心细如发，果然是精通拆装蜂匣的行家里手，既然她有这身本事，我就算吃了一颗定心丸，从骨子里信她了，要是真能够借此破了地仙村古墓之谜，头等功劳就是她的，当下便请她指导大伙儿如何动手。

幺妹儿说只要口诀没错，开此石樽易如反掌。山上雕刻九朵祥云，称作"九宫凌山"之数，鲁爷歌诀中说得清楚："说九宫、道九宫，循环往复有无间；九宫本是无根数，鲁爷留书讲分明；又因无人识九宫，才托仙山做度量……"

幺妹儿使出蜂窝山里的手段，按照歌诀中的话，把那九枚螭虎一一挑开，猛听石樽中发出"咔嗒"一声，机括已被绊住，樽盖松开了一条缝隙。

我喝了声彩，咱幺妹儿手艺不错，看来是把老掌柜的东西都学会了。

纵然有家财万贯，也不如有一技在身，别以为这些传统手艺已经被时代淘汰不值得学了，其实越是失传的东西才越金贵，将来早晚有用得着的地方。同时心下又觉侥幸，要不是将她从那小镇上带出来，我们还不知要为这石椁费上多少脑筋。一想到地仙村古墓的钥匙就在其中，便都抖擞精神，上前合力搬开了椁盖。

只见那石椁里是个没盖的棺材，底下铺着一层给棺中尸体盖身的"海被"，却没有尸骸，仅有一只将近两尺长的金匣子眠在棺中，那金匣被狼眼手电筒的光束一照，立时金光闪烁，夺人眼目。

此时我觉得自己的心脏"怦怦怦"地跳得都有些过速了，深深吸了一口气，探工兵铲下去，把那海被挑了起来，连同那具金匣一同拽出椁外。

胖子大喜："地仙老爷不愧是大地主大矿头，豪阔得很呀，装钥匙的匣子都是纯金的，今天要不倒了他的斗，胖爷晚上非得失眠不可，咱先看看这里边的钥匙是金的还是银的……"

我提醒他小心匣子里还有伤人的销器儿，可别着了道儿，胖子便将那金匣子对准没人站立的一面，从后边揭开来观看匣中事物。

黄金匣子镂刻着层层花纹，内外相通，闭合得并不严密，而且一没有上锁，二没有暗器，里面无遮无拦，打开之后，匣中所放物品一览无余，众人看得清楚，都呆在了当场："不是钥匙，这东西到底是什么？"

匣子里的东西人人识得，再是寻常不过，可又绝对不是常识中的钥匙，甚至与钥匙半点关系都扯不上。正是因为这件东西太普通太平凡了，以至我都有些不相信自己的眼睛，脑海里一片茫然。

还是幺妹儿先开口问孙教授："不像钥匙呀，这是个啥子东西？"

孙九爷也是满头雾水："是啊，这……这算……算啥子东西啊？"说着话，他又和胖子一同侧过头来看我，似乎想从我这儿得到答案。其实匣中之物他们也自认得，只是一看之下，都已有些发蒙了。

我一看Shirley杨也在一脸疑惑地望着我，看来他们是想逼着我来说了，我只好咬了咬牙，冒着被他们看成是瓜娃子的危险，硬着头皮子对众人说："这个嘛……世界上好像称这种东西为……毛笔。"

第二十三章
神笔

金匣中虽然没有钥匙,却藏了一支毛笔,不过并非用于普通书写的毛笔,那应该是画泼墨山水画所使用的大号毛笔。我本着眼见为实的原则,让众人不要再发蒙了,应该相信自己的眼睛:"这仅是支毛笔,而不是其他的任何东西。"

孙九爷挠了挠自己谢顶的头,摇首道:"石樟金匣中藏了一支毛笔,这打的到底是什么哑谜?封团长为何在遗书中说它是打开地仙村古墓大门的钥匙?难道他祖上亲传的《观山指迷赋》也是假的?还是他临死前故意误导旁人?现在我脑子已经有点转不过来了,看来真是该到退休的时候了。"

Shirley 杨说:"我想封团长是人之将死,其言也善,不会再使诈欺人。倘若此物仅仅是与地仙村古墓毫无瓜葛的毛笔,他骗咱们又有何意义?《观山指迷赋》中不可思议之处极多,多为常人难测,也许这支毛笔是打开古墓大门的关键……"

说着话,Shirley 杨从金匣中取出那杆毛笔仔细端详,毛笔的笔杆却不是竹制的,也是纯金造就,黄金笔杆上镂刻着两行字,她一字字念道:"'观

137

山神笔，画地为门……'这是什么意思？难道用此笔在地上画门通行？怎么可能……"

胖子突然想到一件事："哎……这事我好像以前听说过，有支神笔画什么什么就能变成真的，画条路就能上山，画一架竹梯就能爬墙，不过我还真有点记不太清楚了……是在哪个古墓里倒斗时看见的？老胡你还有没有印象？"

我说："王司令，你是记糊涂了，不过也许你太热爱咱们的事业了，否则怎能凡事都想到倒斗上面？拿神笔画梯子爬墙的事，我记得再清楚不过，不是小人书就是动画片，叫什么《神笔马良》，这个故事有年头了，比我也小不了几岁。"

胖子忙说："对对，就是这段子，观山神笔是不是就是这意思？让咱们自己看哪儿好就在哪儿画个墓门，然后推门进去就行了？以胖爷这半辈子总结的丰富斗争经验来看……咱八成又让地仙村的民兵给摆了一道，简直是侮辱咱们的智商呀，用笔画出来的门，能他妈进人吗！"

Shirley 杨不知道我们在说什么，就问我道："怎么说？那神笔画门的事情……在古代真的有过吗？"

我苦笑道那根本不是事实，是中国二十世纪五十年代创作的一篇神话故事，说是有个穷人家的孩子叫马良，从小就具备艺术细胞，不老老实实放牛，反而是特别热爱美术创作，虽然一天学也没上过，可画什么像什么，美术学院的老师画得都不如他，而且他还有个习惯，不分场合不分地点，走到哪儿画到哪儿。

他唯一的梦想就是有一支属于自己的笔，结果有天晚上，也不知道从哪儿冒出来一白胡子老头，老头给了他一支画笔，让他想画什么就画什么，从此马良就用这支笔来画画。

想不到此笔竟然是一支神笔，画出来的东西都能变成真的，画只仙鹤立刻就一飞冲天，画头耕牛马上就能拉犁。后来压迫劳动人民的统治阶级知道了这件事，就把马良抓住了，把他关在牢里。到了晚上马良就在牢房中画了一道门，过去一推，门就开了，又画了一架梯子，顺利地翻过墙头越狱了。

最后他又被抓到皇宫里，给皇帝画了一座金山，山前是一片汪洋大海。皇帝和大臣等坏蛋，坐在马良画的宝船里去金山搬运黄金，却被马良暗中画了一阵风暴，把宝船打翻，那些人通通被淹死在了海里。

神笔马良消灭了剥削人民的皇帝，拿着神笔回到民间，专门为穷苦老百姓画画。他的故事在二十世纪五六十年代，是当时的孩子们最喜欢的一种故事，类似的还有《宝葫芦的秘密》等，不过我们小时候为什么喜欢这个故事呢？别人我不清楚，反正我和胖子七八岁的时候觉悟还很低，我们整天想象着自己能有这么一支神笔，就可以自己给自己画奶油冰棍吃，想吃多少吃多少，我们还一致认为马良的神笔，要比宝葫芦好用。因为当年深入地想象了很长时间，所以一直到现在还记得比较清楚。

Shirley 杨笑道："看来你在小时候就已经很有抱负了。可这支观山神笔与你刚才讲的故事一样吗？真的可以画出地仙村古墓之门？"

孙九爷却对此嗤之以鼻："荒唐，太荒唐了，咱们是来寻找古墓的，不能再乱弹琴了，要多提些有建设性的想法。我看这观山神笔会不会有个夹层？说不定在笔杆里面藏着钥匙。"

我拿起金匣子和神笔反复看了几遍，金笔是中空的，没有什么夹层机关，不过我发现在金匣子上却似乎另有玄机。匣面上镂空的图案属于明代风格，有高山流水和人物，整体是一片石屏般的高山，山下河谷间林木茂密，另有一位仙人在两道石屏夹峙间的一座大山上作画，仙人所画的图形似乎正是一道大门。

我看金匣子图案中的山川上有飞燕为桥的异象，酷似吓魂台前的情景。如果墓门就在这道峡谷底部，也应了我先前所言——地仙村古墓必定不会距离棺材峡藏风纳气之处太远。《观山指迷赋》穷尽诡异离奇之思，多不是以常规的思路所能参悟透的，也许峡谷里有一处特殊的所在，用那神笔真就可以画山开路亦未可知。

我心想反正下一步正要寻个没有死尸的地方，以便使用归墟卦镜洞悉古墓之谜，此时再留在悬棺墓穴中胡思乱想无益，何不就到峡谷底部来个一举两得，只要亲临其地一试，便知神笔画门是真是假了。

我拿定了主意，把金匣子和神笔一同收了，让众人准备找路径下山。孙教授指着那巴山猿狖问我："这家伙怎么办？它主人死了独自流落荒山岂不可怜？我把它带回北京怎样？"

我微一沉吟，告诉孙教授这想法不可行，如今比不得以往了，路上怎么带野生动物？带回去也没办法养在家里。而且这巴山猿狖十年来一直在附近徘徊，说明它十分恋主，正所谓是"麋鹿还山便，麒麟绘阁宜"，深山老林里才是它的归宿，就随它去吧。

我劝说了一场，孙教授终于打消了他这个不切实际的念头。众人一直目送那巴山猿狖攀着峭壁隐入云雾，这才动身出发。

岩洞墓穴离谷底已经不远，并且与凿有嵌壁的鸟道相通，自峭壁穿云而下，只见奔腾的急流怒吼着穿山而过，置身此处，犹如身处于大山裂痕深处，头顶一千多米高处的天空断断续续，只是隐约可见，仿佛已经进入了一片完全与世隔绝的区域。

峡谷底部地势相对开阔，与峡谷中部判若两地，上方险峻的峭壁虽窄，但是山根处的河道两侧，却向内深深凹陷，河床边缘全是一片片平滑如镜的卵石，岩石缝隙中杂草野花丛生，并且生着许多叫不出名目的古怪树种。

这里终年不见天日，水雾弥漫，使得附近那些植物极度阴郁，加上天气闷热潮湿，容易使人产生一种莫名的烦躁不安。

我参照金匣子中描绘的情景找了一阵，见峡谷中有条岔口，里面是干涸的青石河道，进去不深就到了尽头，是条嵌在高山中的瀑布。不过瀑布不是改道就是干了，已经没有了水源，迎面只剩下一堵溜滑的峭壁。

在瀑布干涸之前，已不知将这堵山壁冲刷了几千几万年，平滑光洁得就如同一面石镜。壁前有五株浓密的老树，枝杈生得张牙舞爪，竟与金匣子上的图案极为神似，仙人用神笔画门处，理应是无水瀑布处的岩壁了。

可眼前的山势浑然一体，绝无任何人工修整过的痕迹，用毛笔在上面画一道门就可以进去了？怎么想也都是不太可能，除非那观山神笔真是一支可以描绘出奇迹的"神笔"。

众人面面相觑，谁会笨到拿着笔去山上画门开路？回去被人知道了，摸金校尉的英名岂不沦为笑柄？

我想了想，对胖子说："当年在军区保育院的时候，咱们那儿的阿姨就已经看出你有艺术细胞了，别的小孩尿床都是没品位地瞎尿，唯独王司令你今天尿个大火车，明天尿个大轮船，每天都不带重样的，真是让人佩服不已，最近这两年我看你已经有毕加索的潜质了，要不……你过去画道大门让我们欣赏欣赏怎样？"

胖子道："你小子少来这套，这是阿里巴巴干的傻事，要干你自己去干，甭想拿我当枪使，否则回去之后要是让大金牙他们知道了，肯定又要给胖爷编新段子了。本司令这点冷峻孤高的气质和做派，培养得多不容易？怎么能全让你给糟蹋了。"

最后胖子出了个馊主意，如果孙教授可以不要面子过去画门，就先还他半本笔记，孙九爷一听这个条件可以接受，二话不说，当场就表示愿意去当"阿里巴巴"。

我把金匣子中的笔墨取出来，倒点水研开了黑墨，将观山神笔的笔头蘸得饱满了，递给孙九爷，并且郑重其事地嘱咐他说："尽量画得像一点，画完后千万别忘了念——芝麻开门。"

孙教授叹道："大概是我过去太聪明了，现在才犯糊涂，用毛笔在山上画门取路……这……这不是我这辈子最聪明的举动，就是我这辈子最愚蠢的举动，可不管怎么样，我这也都是教你们给逼的……"他一边絮絮叨叨地抱怨着，一边提了笔走到峭壁前，抬笔先画了一个大方框，又在中间加了一竖道，两边各画了两个圆圈，作为门环，这道山门就算是画完了，虽然画得潦草了一些，却也算得上形神兼备之作。

众人立于壁前，个个目不转睛，不眨眼地盯着那画出来的大门，这一刻竟然过得格外漫长，感觉心都揪起来了，我心中反复默念着："芝麻开门吧……"

过了好一阵子，眼睛都瞪酸了，峡谷中的山壁上，画出来的大门却没有任何动静，墨痕渐渐干了，仍然只是一幅画。

第二十四章
地中有山

我们望"山"兴叹，虽知可能是未解观山神笔之奥妙所在，才致使画门无功，却再也想不到还有什么办法能使画出来的大门开启。我只好按照先前的约定，让胖子把孙教授工作笔记的前半部分还给了他，后半本记载着他研究归墟卦镜的部分，仍然要暂时留在我们手中。

胖子对孙教授说："别愁眉苦脸的呀，是不是没把笔记全还给您，觉得我们有点不仗义？可别忘了是九爷您不仁在先。哪座庙里都有屈死的鬼，唯独您孙老九，一向没少做瞒天欺心的勾当，想喊冤恐怕都难理直气壮，所以听胖爷良言相劝，干脆就别想不开了，赶紧把这半本笔记先拿着。"

孙教授铁青着脸接过笔记本藏在怀中，对胖子说道："事到如今，你们以为我还在乎这本笔记？我是发愁咱们下一步怎么办。"说完又转头来问我，"胡八一，你还有鬼主意没有？"

这种时候，我自然不能流露出半分难色，只能拣些拍胸脯子的话来说："观山神笔画地为门之事，咱们恐怕一时参悟不透，不过这峡谷底部没有死尸，正是南海秘宝归墟卦镜的用武之地，如果不到万不得已，原本是不想用这招撒手锏的，但此地已是棺材峡山穷水尽之处，再不使盗墓古术更待何时？"盗墓之术，其实不单是观山形察地势的风水秘术，还可以"观泥痕、观土质、观水流、观草色，更有嗅土、听地、问天打甲之术，若用此法万无失一"。

我当即找了块平整的石头，把青铜卦镜和鱼龙卦符取出，准备施展盗墓四诀中"问"字诀的上法。

孙教授痴迷于这面神秘无比的归墟卦镜已久，只是苦于不会使用照烛镜卜之法，又对我的办法不太信任，当下便凑到近前问个不休。

Shirley 杨也对此很感兴趣，毕竟"问墓"之术的传说，至今已失传了上千年，现在很少有人能说出其中的名堂，包括当年的卸岭盗魁陈瞎子，以及搬山道人鹧鸪哨，也对此毫无了解。

我只好对孙教授和 Shirley 杨做了些简单的解释：在汉唐时期的摸金校尉手段中，就有问天打卦的举动，也就是所谓的"问墓"之术。根据使用巫卜器物的不同，此术自古有两种方式，一个是烛照镜卜，另一个是烛照龟卜。

摸金秘术的核心元素是《易经》，《易经》的核心则是"天人相应、生生不息"。如果换置到现代的概念，可以理解成介于心与物之间。心与物应该是一体的，"心"即是人，"物"即是天，心与物本是一体，既不能纯粹地唯心，也不能彻底地唯物。

连接在精神与物质之间的元素，即是风水一道中所言的"气"，在生气充盈的上善之地，可以利用风水秘器，来窥测这层无形无质的"生气"。

能够作为风水秘器的大多是上古青铜器，或者是用埋在风水宝穴中多年的龟甲龙骨，因为这些器物不能多次反复使用，所以唐宋之后，几乎再也没有盗墓者用问墓占验的古老方法倒斗了，这是此术失传的主要原因。

孙教授声称，他在一些历史资料中看到过不止一次，这"问"字诀应该是确有其事的，不是什么唯心的传说。不过归墟卦镜不比普通的青铜鼎器，古镜中的卦符都是按周天卦数排列，如果不了解古老的卦图卦象，谁又知道怎么使用？

我没有立即回答，将鱼、龙两枚铜符拿在手中，仔细想了想张赢川的指点。奥妙无穷的十六字周天古卦，包含卦象、卦辞、卦数三项，他们的关系是：由卦数推演卦象，再由卦辞解读卦象，这三者相辅相成、缺一不可，难说哪个主要，哪个次要。

对此三项记载最为周全详尽的，应该是周天十六卦全图，但现在世上已经没有出土的遗存古物可见了，也许在地仙村古墓里还藏着一幅周天卦图，所以孙教授才肯舍家撇业，不远万里地跟我们来到这里冒险。

我以前对于真正的周天十六卦全图几乎一无所知，但我在南海时，曾听龙户古猜背诵过全篇的周天卦数，而我又有幸识得张赢川，在他的帮助下，通过对周天卦数和青铜卦镜、青铜卦符的反复推演，找出了使用归墟古镜的方法。

我对孙教授和Shirley杨说："周天卦符有十六枚，在不同的推演中分别有不同的特定符号来表示，鱼、龙、人、鬼代表了一个小周天的循环，专门用来占验古墓墟址的方位和空间。"

孙教授连连摇头："谬论，简直太荒谬了。你如果说这四枚青铜卦符都是生命形态的象征，或者是生灵的象征，还多少有几分可信的程度，但它们怎么能代表方位和空间？差得也太离谱了。你那位张师兄多半是个江湖术士，分明是一派胡言，铜镜铜符都是绝世秘宝，你可千万不能乱用。"

以前在昆仑山的经历，使Shirley杨对我的易学理论比较信服，可她也觉得此事很难理解，说道："我不懂《易经》的变化之道，但老胡你说鱼、龙、人、鬼四枚青铜古符，可以用于占验古墓空间方位，是否有什么依据？"

我对众人说道："别看孙教授研究龙骨天书许多年了，但确实是顽固不化、不开窍的脑子，他只能想象出鱼、龙、人、鬼四符是天地间的生命形式，却想不到更深的层次。天地空间的存在，恰恰就是针对生命而言的，这是天人一体的全息宇宙概念，其实这个秘密就在没有眼睛的青铜卦符上。"

孙教授一本正经地说："我的研究成果虽然没得到重视，可毕竟是研究了不少成果出来，成果始终是客观存在谁也抹杀不了的，至于我是不是不开窍的脑子，也不是你们年轻人说了算的。你且说说这没有眼睛的古符和空间、方位有什么联系？我丑话说在前边，别看归墟古镜是你从海底捞回来的，可我绝不能听你胡诌几句，就让你随便毁坏这稀世珍宝。"

我不屑地哼了一声，对孙教授说："我要真想随便废了这面青铜古镜，您还真就拦不住。不过老胡我向来以理服人，今天就给您补一课，赶紧拿笔认真记录，不要居于庙堂之高就变得目光短浅看不清江湖之远了。"

我指着归墟卦镜背面的周天铜匦让孙教授看，每个铜匦上都有一个符号，青铜卦符就要分嵌入其中相对应的位置，铜符无眼，实则并非无眼，而是代表着生命的空间局限性，确切点说应该是"看不见"。

中国古人对空间的认识，早在几千年以前就已形成，并且和现代的科学概念非常接近，也可以说，现代科学发展了几千年，在宇宙空间的概念上，却从来没有太大的进展。

四枚铜符分别是鱼、龙、人、鬼，在古代的传统概念中，鱼看不见水，人看不见风——风应该就是现在所说的空气，人生活在大气层里，和鱼生活在水中是一样的，都是生活在一种自身看不到的物质里。

而鬼则看不见土地，在古代人的观念里，幽灵向来是生活在地下的，鬼在地中，就如同人在风中或是鱼在水中，当然鬼和龙都只是中国传统文化中的一个概念。

孙教授听到这里，已有顿悟之感，连拍自己的头顶："对呀……人不见风、鬼不见地、鱼不见水，我当初怎么就没想到，那……那龙呢？龙和鬼一样是个虚幻的概念，龙看不见什么？快说快说……"

我看孙教授急得够呛，看来是动了真火，激动之余抽风的可能性也不是没有，便不再同他卖关子了，直言相告："龙在古人的观念中，乃是图腾中的万物之灵，而龙本身，却完全看不见任何物质，龙只能看见生命，也就是那些具有灵魂的存在，其余的不管是风是水还是地，龙一律看不见，这就古人反复提及的——龙不见一切物。"

所以鱼、龙、人、鬼四符，实际是一个周而复始的空间概括，按照"人不见风、鬼不见地、鱼不见水、龙不见一切物"的相应标记，把卦符纳入古镜背面的铜匦中，再点燃一支由南海鲛人油膏提炼的蜡烛，就可以占验古墓方位了。

Shirley 杨说："知道原理就好办了，可咱们手中只有四枚铜符中的两枚，四缺其二，却如何是好？"

我嘬了嘬牙花子，青铜卦符不全，确实是极为难之处。当年搬山、卸岭合伙盗发湘西瓶山古墓，曾掘出铜人、铜鬼二符，但时至今日，两枚古符和瓶山丹宫中的丹炉，都已被纳入湖南博物馆的珍宝库中，我们连见到真品都难，更别说拿来寻龙倒斗了。

幸好我手中的两枚铜符中有一枚青铜龙符，占了总符，再有一枚青铜鱼符相辅，至少可在古镜中推演出一半的卦象，或许不会太过精确，但只要能有一个模糊的暗示，就应该心满意足了。话又说回来，即便真有四枚铜符，能在镜中照出周天卦象，我不知卦辞，多半也是有象无解，还不如半边的后天卦象容易解读。

孙教授听我解说明白了，这才放心让我动手，我将卦符安放在归墟古镜背面，让众人围成一圈，点起了一支鲛油蜡烛，那铜符眼中的窟窿恰好是个卦眼，烛光好似从中漏在镜背卦图上。

这时还要参照天干、地支，以及甲子时辰等，来转动古镜背面可以活动的一圈机数，最后铜龙、铜鱼中照出的烛影，分别投在了两个古老的图形当中。铜镜中所剩不多的海气，也在此时又散去了一些。

孙九爷研究龙骨天书多年，基础的那些河图洛数和卦象，早已看得熟了，见卦象呈现，连声称奇，喜道："这是坤啊，另一个是……艮，都是些什么意思？地仙村古墓在哪儿？"

我凝视着归墟古镜背面的卦象，对众人说道："这卦象是艮在坤内，坤为地，艮为山，地中有山，山也是陵的意思，我看地仙村古墓肯定就在这座大山里面。"

众人听我所言，便都再次抬首仰望面前的高山。棺材峡中的山，实在是太高太陡了，而且云雾缠绕，形势险峻巍峨，难以施展"千尺察形，百尺看势，分金定穴，直透中宫"的手段，仅凭一句"地中有山"，针对地底的古墓而言，范围还是太宽泛了一些。

第二十四章 地中有山

我也颇觉为难，顿觉束手无策，难道只能一米一米地排摸过去？那样做的话，怕是没个一年半载也不会有结果，而我们现在最缺少的就是时间。不过有一弊终有一利，比较让人欣慰的是以前的路没白跑，我们这支探险队，确实是离地仙村古墓越来越近了。

我一看大伙儿一整天没吃东西，五脏六腑十二重楼空了许久，这会儿饿得前胸贴着后背，都已有些扛不住了，又看这山谷里空山寂寂，不会有什么猛兽出没，只好决定暂时原地休息一夜，然后再从长计议。

众人七手八脚在附近山根里铺设睡袋，连营火都懒得点了，胡乱吃了些压缩饼干和罐头。我满腹心事，和 Shirley 杨商议了一番明天的行动方案，并没顾得上吃多少东西，就让其余的四人先行休息，由我先来守夜。

我独自依在山岩上，脑海里只是反复琢磨着"地中有山"之意，觉得此象属于"谦"卦，其中应该还有"以静制动、虚怀若谷"之意，看来要暂时潜伏隐藏，等待时机出现。

到后来，不觉困乏起来，这些年我睡觉时都是睁着一只眼，可不知今天是怎么了，上下眼皮打起架来，稍一闭眼就再也睁不开了，睡梦中忽然闪过一个模糊不清的念头——在棺材峡这片阴森的陵区里怎好全体睡觉？

随即猛地警醒起来，山区昼夜温差很大，只觉夜凉如水，深处这峡谷底部，也不见月光，四下里都是黑茫茫的，原来已是睡了许久。我使劲摇了摇头，让自己清醒一些，眼睛逐渐适应了黑夜的环境，隐约觉得周围有些不大对劲。仔细一看，眼中竟然出现了奇迹般的景象，先前用观山神笔画在峭壁石屏上的那道大门，正自悄然无声地缓缓开启。

147

第二十五章
画门

　　干涸的瀑布石屏，高可百米，即使在漆黑的夜晚，看过去也能见到一大片模糊的白色岩层，我忽然发现画在那石屏上的大门赫然洞开，露出了一个漆黑的山洞口。

　　初时我又惊又奇，还道是在梦中，或是在黑夜里看花眼了，使劲揉了揉眼睛，再次凝神观看，只见那黑乎乎的山洞竟然还在微微蠕动，不仅如此，我还随即察觉到，在空气中有一种奇怪的微微震颤之声。

　　我不敢大意，急忙把Shirley杨等人从睡梦中推醒。众人见到岩壁上的异状，皆是倍觉讶异，一时间不明究竟，谁都没敢轻举妄动，只得继续伏在原地，目不转睛地观察动静。

　　只听得峡谷底部的树丛中，到处都是嗡嗡振翅的声音，那嗡鸣之声慢慢变得密集起来，我心中一动，觉得这声音似曾相识，应该是某种成群结队的飞虫，却不像是峡谷里的茅仙草鬼。

　　这时就听孙教授脱口叫道："蜇蜂！用毛笔画门的岩壁上全是蜇蜂……"他话一出口，又赶紧伸手将自己的嘴紧紧捂住，唯恐声音太大，惊动了山里的野蜂。

我也已经看出了些许端倪，原来四面八方陆续有一群群的野蜂涌了过来。看样子似乎是观山神笔留下的墨迹中，含有某种引蜂的药物，才使得群蜂出巢。山里的野蜂多是胡蜂，蜇到人可不是闹着玩的，但我和胖子以前捅了不知多少马蜂窝，历来熟知野蜂习性，此刻虽觉纳罕，不知观山神笔画门之法有些什么古怪，却并没有对峡谷里出现大群野蜂而感到惊慌失措。

我见孙教授有些慌了，便低声告诉他说："别慌，除非是蜂巢受到威胁，否则野蜂不会轻易攻击不相干的人，只要趴在这里不动，应该不会有太大危险。"

孙教授听后稍觉心安，可他从前下乡收集文物的时候，曾被山区里的野蜂蜇过，见四周有无数野蜂越聚越多，群蜂汹涌，望去犹如云雾飘动，蔚为奇观。他切实领教过蜇蜂的厉害之处，一朝被蛇咬，十年怕井绳，始终认为即使是山里的熊狮虎豹，也没有如此大规模的蜂群来得恐怖。

此刻见了黑压压的蜂群铺天盖地而来，孙九爷自然免不了心胆皆战，脑瓜皮一阵阵地发炸，只好闭上眼睛，又用手堵住耳朵，不去听蜂群"嗡嗡嗡"的飞动声。那声音却仍像一只只粗大有力的胡蜂使劲往人脑袋里钻，他脸上的神色难看至极。

我没想到墨笔画痕竟会有如此效力，驱使着大群野蜂，不顾夜深，源源不断地汹涌而来，万一野蜂突然炸乱起来伤人，我们在峡谷中插翅难逃，不免也有栗栗自危之意，暗骂观山太保封师古这老地主头子，骗人用药笔药墨引来蜂群，究竟是他妈的要唱哪出戏？

Shirley 杨压低声音在我耳边说："老胡，我看这倒像是搬山分甲的方术。咱们切莫贸然行动，静观其变方为上策。"

我点了点头，对正准备往河边跑的胖子打了个手势，让众人先不要急着逃走脱身，壮着胆子看看再说。

没过多久，野蜂们似乎已被观山神笔所留的墨痕气息撩拨得熏熏欲醉，就近在山壁旁的一株横空树杈上分泌蜡质，结起了数座蜂巢。

从各方聚来的野蜂似乎并不属于同一种群，有些毛蜂是利用土石结巢，又有些壁蜂将巢筑在了野胡蜂的巢壁之上，但黑尾黑头的野胡蜂数量最多，远远超过其他蜂群，更是营巢的能手。它们把自己的蜂巢越筑越大，逐渐将几个大蜂巢连为一体，形成了一个硕大的窝巢，周围其余的蜂巢都被它裹了进去。

前后大约一个小时的时间，那蜂巢便已有两三米见方了，密密麻麻的野蜂在其上爬进爬出、鼓噪而动，挂着它的大树杈都被坠得弯了下来，颤巍巍的，几乎压到了地上。

我们越看越奇，忽觉得山壁上有片白光闪烁，画在山岩上的大门，在野蜂来回爬动摩擦之下，逐渐产生某种变化，漆黑的墨迹呈现出一抹飘忽闪烁的荧光，在夜晚里看来，就如同有一团诡异的白色鬼火。

聚集在硕大蜂巢里的野胡蜂们，似乎受到岩壁上鬼火的惊吓，纷纷从巢中飞出，乱哄哄地在空中围绕着巢穴盘旋打转。

我恍然醒悟，岩石上的墨痕随着时间的推移逐渐出现了夜光之状，竟然制造出了一种光焰升腾、烈火燃烧的假象，使得巢中的大群野蜂中计发蒙，误以为林中火起危及巢穴，这才乱了阵脚脱巢而出。

我们勉强压抑住心中的惶恐不安，虽然知道观山太保擅长异术，除了对阴阳风水之道的掌握不输于摸金校尉，并且在生克制化的方术等奇诡之道上，比起搬山道人来，恐怕也是不遑多让，一时看不破其中机关，只好硬撑着继续窥视。

接下来发生的事情，更是令人瞠目结舌。只见群蜂出巢后，很快就从混乱的状况中恢复了秩序，其物虽小，似乎也有其号令法度，并无逃窜离群的迹象，反而为了不让火焰烧毁巢穴，一股股地集结起来，飞到蜂巢上方遗溺淋湿蜂巢。"蜂溺"一词是方术家所言，实则并非"溺"，应该是野蜂的一种分泌物，透明而无臭，一只野胡蜂最多可分泌出一滴眼泪大小的蜂溺，而且只有在蜂巢起火之时，野胡蜂才会有蜂溺产生。

数以万计的蜂群争先恐后，很快就用蜂溺把蜂巢淋得湿漉漉的，不消片刻，蜂溺已经淌满了蜂巢，不断滴落到正下方的青石板上。

蜂溺触石，如酸腐铁，地下的青石表面上，顷刻间就被蜂溺无声无息

第二十五章 画门

地蚀出一个直径约有数尺的大坑，随着更多的蜂溺滴落，蜂巢下方穿石破土，迅速形成了一个很深的大窟窿。

我看到此处，终于看出了头绪，原来是这么个"画地为门"。地仙村古墓的入口不在干枯的瀑布处，而是在对面的老树之下，当此情形，我也不得不佩服观山太保之术果然奇诡无方，又想起好像搬山分甲术中也曾有过类似的记载。

深山里的蜂溺本来无毒，却有穿土破石之效，只是自蜂巢上淌落后，不能保留，所以这洞只能打直上直下的。另外如果用野胡葱汁与之混合，能制巫毒，涂于箭镞，以之刺狸子，狸子走一步而死，以后用此箭射熊，熊中箭后同样也走一步即死，倘若狸子走两步而死，熊也同样走两步而死。其中原理外人难窥奥妙，现在这些土人巫术也已失传日久，在盗墓之术中，仅有蜂溺穿山的办法流传下来。

我想到此处，不禁蓦然生出一阵感慨，自己平生所见所闻的奇绝秘术，如今大多都已失传，各种倒斗秘术也已式微没落，传下来的内容越来越少，估计过不了多少年，同样会彻底失传断绝。就像我们进入过的那些古墓，古代人死了就喜欢把生前的秘密和财富一起带走，宁可在地下腐朽成泥，也不愿留给不相干的世人。

眼看着山石上的窟窿越来越深，仍然见不到底，我们心里都开始有些犯嘀咕了，实不知那座古墓藏在地下多深，地仙村里又会是什么光景。

孙教授这时缓过了神，看到青绿色的泥土下，全是银白色的岩层，立刻显得格外激动，颤声道："肯定是地仙村古墓了……那白花花的岩层都是死银子，这就是铁壁银屏啊。"

据说白银堆积年久，便会腐朽为银泥，也就是民间俗称的"死银子"。朽烂的银泥风化后坚硬如铁，用开山的榔头锤子去砸，也仅仅只能砸出一道白痕，如果用银屏作为墓墙屏障，远比普通夯土墙来得结实稳固。

而且银屏厚重，声音难以传导，即便耳音敏锐者，都无法使用听风听雷之术探测到地下古墓的方位。死银子另有一个妙处，若是附近有聚银蚁之类的昆虫，银层中间出现破损，它还可以通过虫蚁的活动来自行滋生填补。也就是说，这座古墓的入口只是暂时出现，随后银屏铁壁又会再次关闭，仍旧被泥土草木覆盖，不知具体地点的人根本无法找到准确位置。

只不过大量死银子需要陈年积累，并非在短期内可以轻易形成银屏铁壁，在墓藏中并不多见，唯独地仙村古墓中早就有此类传说。所以孙教授当即断定，这银屏岩层之下，必定是地仙村古墓的入口无疑了，只是谁也不曾料到，古墓的入口会以如此方式出现在众人眼前。

干涸瀑布故道处的鬼火药味渐渐淡下来，群蜂兀自不停地滴落蜂溺，忽闻地下砖石崩裂之声暴起，一缕白烟从地穴中直冲上来，将树杈上那巨大的蜂巢掼向了半空，蜂巢裂为数瓣，有的落在林中，有的撞击在峭壁之上，那许多野胡蜂被地穴中的白烟一冲，更是非死即伤，地上留下一大片死蜂，其余的见巢穴没了，便树倒猢狲散，都逃得一干二净了。

我们正躲在附近的岩石下观看动静，突然见到地穴中喷出白烟，半空中卜起了一阵蜂雨，无数死蜂噼里啪啦地掉落下来，落得满头满身都是，浓烈的白雾随即扩散而至。

众人急忙捂住口鼻向后闪躲，但还是晚了半步，觉得脸上像是突然被人狠狠撒了一把石灰，又辣又呛，鼻涕眼泪顿时淌下来，耳鸣眼花之余还不住地咳嗽。好在我们是在地穴侧面，距离也不算近，没有直接被古墓中冒出的白烟喷到，即使是这样也觉恶心干呕，难受了好一阵子。那阵刺人眼目口鼻的白雾，来得急去得快，瞬间就消散无踪了，等我们拨落身上的死蜂之后，再看那株老树之下，只剩下了一个深不见底的地窟。

胖子在地上吐了两口唾沫，探头探脑地向地穴中看了一看，骂道："什么味儿这么冲？真能呛死活人啊。我说咱可别小看地主阶级呀，同志们，这伙观山太保也是庙小妖风大、池浅王八多，看这架势，墓中的明器宝货肯定应有尽有，咱甭犹豫了，直接进去抄就是了。"

我也过去看了眼，银屏铁壁很深，用狼眼手电筒照不到尽头，而孙教授翻出防毒面具套在头上，急不可耐地想要下去看看，我拦住他说："这回可是要动真格了，怎能当真让您去古墓里蹚地雷？还是我先下去，等探明了情况你们再跟下来。"

我不容众人相争，等会儿由我先下去探探，若是一切正常，再全伙一同进去。本不想让幺妹儿跟着去冒险，可又想指望她来破解墓中机括埋伏，考虑到她参加过民兵训练，对当时通用的《民兵简易通信办法》也很清楚，除了胆大心细之外，还具有一定的军事素养，便决定让她同往，只不过嘱咐她寸步不离Shirley杨，并且永远不要走在探险队的最前边或是落在最后。

　　我让大伙儿着手进行最后的准备，派不上用场的事物全扔下，护具能戴的全戴上，又清点了一下装备，把照明工具平均分给各人携带。三人份的防毒面具加上备用的，分给五人后仅余一具，以做应急之用，防毒面具的携行袋都挂在胸前，可以随时随地使用。

　　匆匆准备之下，已过了一个多小时。料来墓道里面过够风了，我就先向地窟中扔了一根冷烟火，看清洞穴中有十几米深，随后罩了防毒面具，用飞虎爪拽地，拎着金刚伞垂下地底，银屏岩层上的蜂溺都已干了，但空气中充满了杂质，能见度极低。

　　我落到地底，脚下踏到实地，这才在冷烟火的光芒中打量四周。厚密的银层下是个天然洞窟，不算空阔，约是四间民房大小，尽头岩壁收拢，地面凿有简易的石阶，曲折地通向黑暗深邃处，整个洞窟地形狭窄，环境潮湿压抑。

　　我先摘掉手套摸了摸墙上的墓砖，只觉岩层缝隙中有丝丝冷风侵骨，可能地下有空气流通，或是风水位里龙气氤氲，也许可以不用防毒面具。但对此不敢过于托大，在墓道中点了支蜡烛，见烛火毫无异常，这才扯下防毒面具，吹响了哨子，给地面上的人发出信号。

　　Shirley杨等人听到哨声传出，便跟着陆续下来，站定了四下打量，孙教授看了看洞中地形环境，疑惑地对我说道："奇怪……这里不像是古墓。"

第二十六章
十八乱葬

孙教授说这洞窟里太潮了，里面有什么也都毁了。观山太保封师古虽然行为古怪，但他生前毕竟是怀有异术的高士，观山指迷何等神妙，怎么会把墓址选在如此阴晦潮湿的所在？咱们八成又找错地方了。

我也觉得事情有异，这时摘了防毒面具，可以听到岩层深处隐隐有水流之声，似乎深处有阴河或者地下湖泊之类的水系，没有真正的《观山指迷赋》作为参照，使人难以断定银屏铁壁下的洞窟，是否就是地仙村古墓的入口。

我稍一思量，便打定主意要继续冒险进入洞窟深处，只有亲眼看个清楚才有计较，于是对众人说道："咱们这队人里有摸金校尉，还有蜂窝山里的高手和解读古文字的专家，世上没有地仙村古墓也就罢了，只要是真有这座古墓，就不愁找不出来。现在胡乱猜测毫无意义，咱们不如顺着山洞到深处看个究竟，大伙儿在路上都把招子放亮点。"

我说罢就半撑了金刚伞罩在身前，举着狼眼手电筒当先步下石阶，其余的人紧紧跟在后面，众人都知前途未卜，不免提着十二分的戒备之意，行进速度很是缓慢。

山洞里湿漉漉的，到处都在滴水，地势忽高忽低，人工开凿的简易石阶也断断续续、时有时无。这里洞中套洞，周围不时有岔路出现，但石阶路径只有唯一的一条。

走到最深处，岩层中的磷化物质逐渐增多，一团团明灭闪烁的鬼火晃得人眼花缭乱，偶尔有一两只生活在地底的蛇、鼠从身边窜过。我见此情景，心里更是七上八下，水浸蚁食皆为葬者所忌，所以在真正藏风纳水的吉壤善地中，绝不会出现虫蚁蛇鼠。

转念一想，封团长临终前所留下的信息里，只提到神笔画门开山之地是地仙村古墓的入口，但这处留给封氏后人的入口，也许并非藏在古墓的墓门之前，而是不合常规地藏在古墓外围。棺材峡山体内部全是天然洞窟和矿井，即便这条山洞真的通向古墓，还不知要走多少里才能抵达。

刚想到此处，忽听前方水声渐增，在山体内部的天然隧道中转过一个弯，石窟豁然变得开阔起来。洞里积满了大量地下水，漆黑的水面泛着磷光，水里露出一簇簇石笋般的岩柱，前方的去路都被这地底的湖泊拦住。

虽然看不见湖面远处的情形，但听声可知，地下湖的远端可能有瀑布或泉涌，在不断将阴河泻入湖区，看近处波平似镜，湖底是个死水潭，从高处灌注进来的地下水，都被水潭四周的洞窟排出。

山洞里的石阶没入水中，周围没有道路可以绕行，再向前只能是涉水而过，胖子扔石头试了试湖水深浅，就撸袖子挽裤腿准备下水。

孙教授在旁对我说："咱们要泅渡过去？我……我不识水性啊。"

我为难地说："九爷您是旱鸭子？怎么不早说？要不……您跟王胖子商量商量，他肉多，浮力比较大，说不定可以带着你游过去。"

胖子怎么肯担这苦差事，不过凡是有机会，照例先要自我标榜一番："胖爷我就是四化建设中的一块砖，哪里需要哪里搬……雷锋还背老大妈过河呢！咱背九爷游泳算什么？"随后话头子一转，"不过话说回来了，实事求是地讲，我这身游泳的本事最近还真是有点退步了。孙九爷您瞧这地下湖水深得摸不着底，咱游到半路上，万一在湖里遇着有水鬼在水里冒出来拽人脚脖子，您可别怪我不仗义，到时咱只能各人顾各人了，所以我得提前问问您是打算吃馄饨还是吃板刀面？"

孙教授怒道："什么是馄饨和板刀面？打算把我从半道上扔河里？你们这叫卸磨杀驴呀。"

胖子说："胖爷我是实心眼的耿直汉子，提前告诉你这叫明人不做暗事。这湖水又冷又深，水底下指不定会有什么险情，到时候您要是愿意让水鬼拖下水当替身，我提前就给您老人家心窝子上扎一刀来个痛快的，然后我再逃，总好过咱俩都死在水里。胖爷这番推己及人的苦心，怎么您就不理解呢？"

正当孙教授在地下湖前怯步为难之时，Shirley 杨在旁对我说："咱们没有携带气囊，负重泅渡不是法子，而且幺妹儿也不会游泳，真想游过这片水域只能把她和孙教授留下，或者……想办法找到可以渡水的载具。"

其实我也十分清楚水下情况不明，并没有打算直接下水泅渡，当下便借着手电筒的光亮在附近搜索。光束一晃，见岩壁上有些模糊斑驳的画迹，仔细一看，似乎是与乌羊王古墓的传说有关。那位被民间传说描述成乌羊王的人物，按孙教授的分析可能正是龙川王，我们姑且按照民间传说称其为巫陵王，在棺材峡这片陵区中，随处可见移山巫陵王古墓的种种遗迹。

只见那脱落大半的岩画中，多半都是行刑的场面，绘有腰斩、分尸的各种酷刑。我心想这可就怪了，难道这地下的积水洞并非通向古墓，而是一处古代的刑场？

凝神细想，却也未必。按照《十六字阴阳风水秘术》中对古葬制的描述，巴蜀巫楚一带，也就是四川湖北地区，在古代有一种墓葬，采用罕见的主从叠压式结构，从葬之事有陪、殉两种，殉葬的大多是社会地位比较低下之人，诸如奴隶、工匠、刑徒，他们会在墓主下葬时，同殉葬的牲畜灵兽一并被处死或活埋。

在主从叠压式墓葬中，这些殉葬者埋骨之所被称为乱葬洞，一般有一十八洞混葬，所以又称十八乱葬。古墓主体结构都要建在一条中轴线上，取地脉最善处营建地椁室冥殿，作为殉葬的十八乱葬洞则埋压在墓道椁室之下。

风水形势千变万化，主从叠压式的墓葬一般都有阴河自下贯穿，《易经》中所言"龙跃于渊"，这座龙楼宝殿的山川灵气，是自下而上升腾缠绕，古墓下方的乱葬洞则是一处凶穴。从眼前所见来看，观山太保是在十八乱葬里留了条道路，想进入上方的古墓，只有从阴河中渡水而过。

　　乱葬洞共有十八处之多，地下湖积水洞中附近，多半是埋压刑徒和俘虏的区域，我请孙教授过来看了看，问他有没有这种可能。

　　孙教授出于个人习惯，从不轻易下结论，此时他却说我言之有理，古代的确有这种制度。虽然从来没有人发掘过此类墓葬，但史料上有很多佐证可以作为依据，如果能找到大量殉葬刑徒的尸骨，就再没有半点差错了。

　　于是我们顺着水旁的乱石继续寻找，发现在洞壁上有许多裂缝，里面尽是散乱的人骨残渣，只有牙齿和头盖骨还能辨认，另外还有连接成串的镣铐锁链，都是用来将刑徒一排排地锁在一处。十八乱葬是盗墓者不发之地，没有任何值钱的明器，可能观山太保也没动过这些刑徒的遗骨，只有虫鼠啃噬。

　　以地形规模来粗略估计，乱葬洞的数十道岩缝岩穴中，至少埋了上千具尸骨，里面还横倒竖卧地摆着数十具简陋的松木棺材，棺上都缚着锁链。那岩隙深处似乎积怨凝结，至今未散，活人往近处一靠，不由得心生寒意。

　　幺妹儿虽然胆色过人，但见这情形可怖，仍然有些惧意，问我世上有没有鬼。

　　我见满洞都是殉葬者的骨骸，估摸着这回真是已经进入古墓的最底层了，正在脑中推测古墓的具体结构之时，却冷不丁被幺妹儿问了这么一句。

　　我心想怎么初做倒斗勾当的人，都会有此一问？记得在南海时，古猜也问过明叔这个问题，不过我却不会像明叔那般回答。我告诉幺妹儿没什么好怕的，不管有没有幽灵存在，我现在都没办法证明给你看。这世上万事无常，变化不一，不经意处往往会有天翻地覆的离奇，不是你亲眼见到，由别人空口说出来也让你难以信服。但为什么天底下常常都有人说鬼论神，我看那都是因为人心不平，如果世界上真没有欺心不公的事情了，就算到处是鬼又有什么好怕的？

我说到此处，心中忽生感慨，自嘲道："咱们是天堂有路不去走，地狱无门自来投，放着好日子不过，却跋山涉水，挖空心思要进地仙村古墓这鬼地方，内心深处竟还觉得这种行动特别提神醒脑，是不是有点倒斗倒上瘾了？"

胖子抱怨说："老胡你又瞎咧咧，我以前跟你说过多少回了，暂时不要搞修正主义的倒斗路线嘛，有鬼就有鬼，怕它个鸟？再说干事业能不全身心地投入吗？怎么能说是上瘾？这么说的话，太对不起咱们对待摸金事业的满腔热情了。"他拿手电筒照着乱葬洞里又说，"你看这不是有棺材吗？棺材盖最是厚实宽大，上水就漂，我看能当冲锋舟使……"说着话他就跳进乱石中，去翻那些古旧残破的松木棺材，想拆几块下来扎个木筏，就地取材，总好过回到峡中去搬悬棺。

刑徒骸骨附近的棺材，其中尸首多是些俘虏中有身份的贵族，可作为殉葬之辈，却得不到什么优待。那些松木古棺极其简陋，又被锁链缠绕的年头久了，一碰之下就散，哪里还有完好的棺板可用。

胖子接连用脚踹散了几具薄皮松棺，他能挤对旁人的时候嘴里绝不闲着，又没事找事般地问孙教授，没合适的棺材做冲锋舟可怎么办。

孙教授似乎并没听出他这话里有话，没有动怒，漫不经心地说："嗯……这个……这个叠压式殉葬洞是处混葬区域，棺木压尸，尸骨又埋棺木，以前我在河南工作的时候，曾在一次发掘过程中见过殉葬洞底层有矩形木桩。"

我在旁看个冷眼，心想孙九爷这是把下半辈子都赌在了入墓寻找天书的勾当上，孤注一掷，竟然对胖子的举动睁一只眼闭一只眼，先前大多数时候，他干脆假装看不见听不见，此时甚至还暗示胖子，让其往乱葬洞残骨深处去找保存完好的木料。我忍不住暗骂这厮果然是假道学，虽然同情他这辈子遭遇坎坷，却不免又将他的为人看轻了几分。

胖子在地上翻了一阵，没见有什么木桩子，却找到六七口朱漆戗金的大红棺材，同样缠着铁索，棺体装饰有蜜色贝壳，并且描绘着一个钢髯戟生的神明，嘴里叼着半具血淋淋的恶鬼，跟吃烧鸡似的大口撕咬，显得十分血腥残忍。看那些漆棺形制，都是元明前后的棺椁，众人都觉此事蹊跷了，乌羊王古墓的刑徒乱葬洞底下，怎会藏有明代漆棺？不知又有什么古怪，难道地仙村封师古埋葬在此？

孙教授跳下去看了看，说乱葬洞底下被改成墓井了，是明代的风俗。这个"井"与金井玉葬的"井"不同，形状也不是"井"，只是指"不下葬直接掩埋"的意思，因为明朝延续了元代的活殉制度，所以墓井里所埋之人肯定都是活殉的。你们看这些朱漆棺上都绘着"钟馗吃鬼"，这就是镇鬼用的。不知给地仙殉葬的都是什么人，但十有八九，都是活活憋死在棺材里的。

我点头说："此墓旧址已被观山太保占了，封师古精于数术，他肯定是遵照风水古法，仍然把活人钉在棺材里埋到此处，不肯使陵区内有丝毫走风露水。朱漆棺材保存完好，咱们正好拿它当作载具渡水。"

棺材浮水本是湘西排教所做的勾当，俗称"抬响轿"，类似的传说我曾听陈瞎子讲过。裹着数层朱漆的棺材，都是密不透水无间无缝，不留缝是为防止鬼魂出来，把活人关在里面生生憋闷窒息而死，棺中自然有股怨气不散，所以浮水不沉。不过这都是民间的说法，实际上所谓"藏鬼之棺，能渡阴河"的现象，多半是与棺中腐气充盈有关。

此时要拆解了棺板极是耗费时间力气，倒不如用那抬响轿的法子，把棺木当作冲锋舟渡水向前。众人别无良策，只得依着古法施为，能不能行尚且没把握。那朱红的漆棺极是沉重，这才叫死沉死沉的，亡而不化的死者诸气闭塞，远比活人沉重，可有道是偏方治大病，有时候民间的土法子不信还真不行，拖到水中，棺材硬是不沉。

说起这土方、偏方，有许多都是从旧社会一些教门道门中流传开来的。当年那些充作神棍的太保、师娘，常用之来愚弄百姓，但这里边真有管用的，而且效验如神。比如刮风眯了眼，眼里进沙子了立刻吐唾沫，马上就可恢复正常；又比如打嗝，一气连喝七口清水即愈，多喝一口少喝一口都不行，只是七口水方可。

这些太保、师娘的偏方，在近代医学上都难以解释，连他们自己可能都不明就里，只推说是仙家传下来广济世人的妙法，新中国成立后赤脚医生的培训手册里都离不开这些偏方。我这辈子没少见各种千奇百怪的土法子，所以我对响轿渡水之事比较有信心，当先跳上去试了试浮力。虽然棺材比独木舟宽不了多少，但地下湖水流平稳，乘在上面划水前进不是什么难事。

一口漆棺不够五人打乘，于是又拖拽了另一口下水，我和Shirley杨乘了其中一口，其余三人伏在另一口棺材上。乘棺渡水的事情没人经历过，经验二字无从谈起，也就是仗着人多胆气壮，否则独自一个，谁有胆子坐在装有古尸厉鬼的棺材上渡涉阴河？饶是我自认算个心狠胆壮的，可在潜意识中不时有种错觉，总觉得身下的棺材里似乎有东西在动。漆棺附近偶尔有鱼翻出水面，发出"哗"的一声轻响，又见水面上鬼火飘荡，真如进了鬼域冥河一般。在这种诡异莫测的气氛中，周围的黑暗处更显得危机四伏，我不由得把心提到了嗓子眼。

众人用工兵铲拨水划行，循着水声向前，两口漆棺一时倒还漂浮得极为平稳。忽见数十米开外一片鬼火闪烁剧烈，惨淡的光影中，能隐约看见有一片黑鱼脊翅般的东西。这地下湖的湖面看起来也是黑的，不过那东西身上也有许多亮点，像是有千百只眼睛，此刻正浮在水面上，与胖子三人那口浮棺响轿离得渐渐近了。

胖子抻着脖子举了手电筒去照，要看看水里究竟是个什么东西，我想提醒他小心点，话还没出口，就见那团东西忽地从水中蹿起，冲上了半空。

第二十七章
尸虫

湖面上突然跃起一物，我们身在浮棺响轿上虽然有所防备，却没想到会遇到这种情况，都握紧了工兵铲，同时将手电筒抬起。

几道光束扫在半空，我随着众人抬头一看，不看万事全消，一看见了，心中真是又惊又奇，张开了嘴半晌合不拢。惊的是从湖中蹿到四五米高的那东西是条"鱼"，鱼跃出水是常见现象，可这条鱼不是活的，而是三米来长的一条死鱼。这条大鱼都已开始腐烂了，腥气冲天，鱼腹处破了几个大洞，鱼头更是缺了半个，露出白花花的头骨。

奇的是死鱼尸体离开水面后，竟然停滞在了半空，众人无不讶异莫名。这时两具漆棺顺水漂动，又离得近了几分，这才看得更加真切。原来腐烂的死鱼身上布满了无数奇大的黑蝇，黑蝇大如指甲盖，全都牢牢附着在死鱼上，受惊后裹着鱼尸蹿离了水面，嘈杂着乱作一团，兀自不散。那些硕大的黑蝇身上腐气积聚，带有许多磷化物，飞动起来犹如暗淡微弱的萤火，又好似千百只鬼眼明灭变幻。

这种黑蝇有个学名称作大食尸蝇，虽然名字里带个"蝇"字，实际上却是一种尸虫，最喜欢啃吃腐尸。有时候在暴尸露骨的荒葬岗上也会出现

161

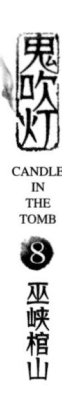

食尸蝇的踪影，但这种生物习性特殊，从不触碰活物，对活人不会构成什么威胁。

以前在潘家园的时候，我曾听过一件关于尸虫的逸事。说是在新中国成立前，有个民间散盗马五子，他常年做挑灯盗墓的勾当，平常只挖些地主富户的小坟，用墓主从葬的首饰银圆换些吃喝，没发过大财，日子过得勉勉强强。

直到有一天，马五子在一片乱葬岭挖坟，无意间寻得一座宋代的墓穴，里面值钱的东西不少，马五子活了三十几岁，从没见过这么多明器，只有他一个贼人根本搬取不完。他知道这事要是让外人知道了，肯定招来祸患，就卷了几件最值钱的金珠宝玉，其余的东西都原封未动，打算等到将来手头紧的时候，再来发掘救急。

临走的时候忽然见棺材缝里钻出一只尸虫，马五子就随手把尸虫捏住，当时鬼使神差，也不知他是怎么想的，随手从怀中摸出一张油纸，这油纸是用来包猪头肉的，就拿它来将尸虫裹了塞进了墓室砖缝里，他可能是想把那尸虫活活憋死。

然后马五子就盖住盗洞，回到镇上拿明器换取钱财，买房子置地过起了富贵日子，也娶了老婆生了孩子。等到马五子的儿子十几岁的时候，爷儿俩都染上了赌瘾，俗话说"久赌神仙输"，何况是他们这两个凡夫俗子？

赌钱输赢就好似以雪填井，再没有满的日子，可那瘾头无休无止，直输得失魂落魄倾家荡产。马五子见家中仅剩四壁了，想起以前盗发的那座古墓里还有许多宝货，便带着儿子再去盗取。二人寻路进了古墓，马五子冷不丁想起他十几年前曾把尸虫裹了藏在墙缝中，也不知这会儿是不是成尘土了。便从原处寻找，一找还真找到了，那油纸包原封未动，拆开来一看，尸虫又枯又瘦，几乎快变成纸片了。

但虫肢虫须似乎仍然像活的，他和儿子好奇心起，拿到面前仔细观看，却忘了盗墓的禁忌，活人不能对着死而不化之物呼吸，阳气相触，那尸虫忽然活了起来，一口咬在马五子的手指上，马五子顿时口吐白沫全身抽搐，等他儿子把他背回家中，来不及延请医生救治，便已一命呜呼了。

据说后来马五子的后人就在北京谋生，给琉璃厂的乔二爷做了伙计，这件事是他亲口所述。在潘家园和琉璃厂这两大文玩集散之地，听说过的人很多，不过大伙儿都说这段子是假的，没几个人肯信，只当茶余饭后听个乐子。

我却觉得这件事比较真实，倘若不是亲身经历过的，绝对说不着"海底眼"。尸虫、尸蜡都是墓中化物，精通风水变化的人才知其中奥秘。当年在百眼窟里，我就曾经险些被尸虫咬死。不过尸虫有许多种，蟹虱、食尸蝇等物皆为此类，所以在地仙村古墓附近见到尸虫并不奇怪，只不知当年马五子所遇是哪种尸虫。各种尸虫习性不同，有的反噬尸体，有的却吃活物。

我们眼前这片乱葬洞里，虽然是虫鼠聚集，事先却没想到漂在湖面的死鱼会引来尸虫啃噬，凭空惹得一场虚惊。这时只见头上那死鱼猛地一抖，大群食尸蝇哄然逃散开来，半截腐鱼就势落在漆棺旁的水里，哗啦一声溅出一大片水花。

胖子骂了几句，挥铲子撩水，把半空里没逃远的食尸蝇远远赶开，他用力不小，带得身下棺材跟着一阵乱晃。

孙教授是旱鸭子，最是怕水，顿时吓得脸上变色，连忙抓住漆棺上的锁环稳住重心，叫道："慢点慢点……棺材都要被你搞翻了！"

胖子一脸鄙夷地回头说："瞧您吓得那副尿样，肯定是不敢吃馄饨。不过九爷您放心，回头要是在水面上撞到鬼拉脚，胖爷就拿板刀面来招呼您。"

我发觉地下湖水流有异，赶紧提醒他们别逗闷子了，注意前边有急流，话刚说完，临时充作冲锋舟的朱漆棺材，便被水流冲击，已经开始失去控制。

胖子往半空里抛出一枚冷烟火，只见地下积水湖尽头斜插着一片峭壁，石壁上都是泉眼，分布得高低错落，其中两道大泉泉口处各雕有一尊虬首老龙，有两条白练似的小型瀑布，从龙头内倾泻下来，恰似双龙出水。两道水龙当中探出一片类似阙台的奇异建筑，镂造着百兽百禽，那些珍禽异兽都不是人间常见之物，充满了巫邪古国风格的神秘色彩，我心中一动："这

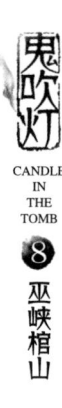

就是乌羊王古墓的墓门？"

巍峨的城阙下有若干石门洞开，洞壁砌有巨砖，极像是墓中甬道，墓门分作三层，最底部的一排门都已被湖水淹没过半。地下水泄流之势甚急，漂浮在水面上的漆棺刚一接近，就被湍急的水流卷了进去。

我深知孙九爷和幺妹儿两人不识水性，万一就此坠入漆黑阴冷的湖水里，未必能救得回来，再加上朱漆棺材并非真正的舟船，稍一倾斜就会翻倒，绝不可能指望搭乘棺木顺水漂入洞内，便立即招呼众人弃船登岸。

可此刻漆棺被湖面急流带动，漂流的速度在一瞬间加快，只觉耳畔风声呼呼掠过，两口漆棺在水面上打了个转，互相碰撞着挤入了阙台下的洞口。众人便想跳水逃脱也为时已晚，只好把自家性命当作白捡来的一般，硬着头皮伏在棺盖上听天由命。

在一片惊呼声中，朱漆棺椁在墓道中顺流而下，向前疾冲了二十余米。在漆黑宽阔的甬道里，我根本看不清周遭的情形，耳听前边水流轰鸣，想来墓道中段常年被水浸泡，以致整体下陷，在中途坍塌出了一片不小的窟窿，水流贯穿了下层墓室，如果被地下湖水连棺带人一并卷落下去，多半难以活命。

这念头一闪，再也不敢迟疑，招呼孙九爷和幺妹儿，让他们做好准备从棺上跳下水来，此时我身后的Shirley杨早将飞虎爪投出，挂在了墓道顶部的石头上，她在身后将我拦腰抱住，二人脚下一松，那口压葬的漆棺，立时被水流卷进了漆黑的墓道深处。

墓道中的地下水深可没腰，我和Shirley杨有飞虎爪固定重心，把一只手抠在墓砖缝隙里，急忙再回身去拽孙教授。

这时另一口漆棺正从身边漂过，不料涌动的水流来势太急，我一把抓了个空，那三人也来不及伸出手来，伏在漆棺上从我面前倏然掠过。我和Shirley杨齐声叫个糟糕，话音未落，他们三人就已随急流落入了墓道中部塌陷的窟窿里。

我眼前一黑，心想这回多半是折了，忙大喊胖子等人的名字，耳中只闻水声轰响，即便有人回答也都被遮盖了，心中慌了一会儿，随即镇定下来，知道此刻着急上火也没任何意义，只有赶紧下去寻找生还者。

我举着手电筒看了看周围的地形，推测地下湖前的墓门，已进了移山巫陵王陵墓的椁殿。主殿椁室都在这片地下建筑内部，整座古墓采取主从叠压的形势构筑，在分为三层的椁殿门前，应该还有一条封闭的嵌石墓道，我们是从那条墓道下的乱葬洞中进入，直接登堂入室了，但这里却没有任何地仙村的踪迹。

眼下搜救同伴是当务之急，暂且顾不上地仙村古墓藏在什么地方了，我和Shirley杨攀着墓墙涉水向前，见墓道两侧设有若干侧室，大小各异的洞室里空空如也，只留下墓墙上的一块块残缺不全的壁画，眼中所睹，尽是一派被大群盗墓贼发掠过后的荒寂景象。古墓内部甬道交错，纵向的墓道多有塌陷之处，这种情况也是主从叠压式陵墓的一个很大缺陷，所以唐代以后不再采用叠压布局。

由于墓道中水流太急，无法立足，我们只好从侧室中绕行过去，好不容易才从另一侧到得墓道中段的塌陷处。地面砖泥混杂，露出一个直径数米的落水洞，怎么看都像是几百年前的一条盗洞倒塌形成的，可能是观山太保从地底打盗洞绕过墓墙倒斗，其后盗洞逐渐坍塌浸水所致。

盗洞下还有另外一层墓室，内部砖倒墙倾，混乱不堪。我向下张望，只见底层墓室中黑水半淹，古墓底层土壤并不密实，灌下去的地下水都渗入了地底。忽见墓室角落的水面上光束晃动，我定睛一看，原来是胖子正在那儿打着手电筒东张西望。

我见他无事，才把悬着的心放下一半，朝他叫道："王司令，你没事吧？孙九爷和幺妹儿在哪儿？"但落水声极为嘈杂，我自己都听不到自己在说些什么。看看下方墓室积水很深，就寻个水流不急的地方，同Shirley杨一前一后攀着飞虎爪垂了下去。

我摸到胖子身边，见他摔得七荤八素，身上磕破了几块，但头上有登山头盔，肩肘膝盖都着有皮制护具，落在水里没什么大碍，便又将先前的话问了一遍。

胖子使劲摇了摇脑袋，说道："怎么眼前全是金星子？刚才墓道里水流太急了，胖爷我本打算从棺材上跳下来，可孙九爷那老东西怕水，几乎吓尿裤子，拽了我死活不撒手，结果让他这么一拽，差点害得胖爷把脑袋撞回腔子里。幺妹儿和九爷这俩旱鸭子……好像掉在水里也没敢松开棺材，要是没在这间墓室里，那就……肯定跟着漆棺漂到附近的墓道里去了。"

我看到胖子没事，估计孙九爷和幺妹儿也不会出太大意外。不过我感觉这座古墓内部似乎不太对劲，空空荡荡的，阴冷中透着难以名状的诡异气氛，眼下必须尽快找到其余的人，以免会有不测发生。

积水的墓室中四面都有门洞，其中有面墓墙上绘着一片古怪的壁画，是个面无表情的肥胖妇人，手捧一个婴儿拳头大小的枯瘦老者。匆忙间也难以琢磨壁画中描绘的是什么传说，只是觉得格外妖异，无意中瞥上一眼就让人浑身都不舒服，不得不尽量把视线避开。

在有壁画的墓墙上，有一道最大的拱形墓门赫然洞开，一米来深的积水向门内缓缓涌动，漆棺落水后，极有可能顺势漂进门后的墓道之中，因为周围的另外几个缺口都比较狭窄。我们在墓室门前喊了几声，见半晌无人应答，便把头盔上的射灯打亮，各自摸出防身器械，蹚着水摸了进去。

墓道里常年浸水，砖墙上有明显的水线，生满了墨绿色的厚苔，空气中湿气阴郁，照明射灯的能见度低得不能再低，离开了落水洞向前走了很远，仍然不见墓道尽头。

叠压式古墓独特的结构和风水地脉，使得古墓里的声音只能随地气自下而上传导，置身漆黑阴冷的墓道中，已完全听不到背后墓室落水洞里的声音了，只闻水流汩汩轻响，周围更是静得吓人。我担心孙九爷的安危，心中不免有些焦躁，正要再次开口呼喊失踪者的名字，忽见距头顶近一米高处的墓道顶上，又有一面斑驳残缺的壁画，与墓室中的风格类似，描绘一个神态如同木雕泥塑般的妇人，张开樱桃小口吐出舌头，她那条鲜红的舌头上盘腿坐着一个老者，那老者神貌似鬼如魅，只不过身形小如胡桃。

在苔痕污水遍布的墓道里，这幅壁画显得格外突兀，我冷眼看个正着，心中着实吃了一惊。走在头里的胖子也说："老胡，我瞧这壁画怎么如此眼熟，本司令要是没记错的话，咱们好像在陕西龙岭见过，你当时还说只有唐朝才有这么肥胖的地主婆子……"

我深有同感,点了点头,脚下不停,边走边问身旁的Shirley杨,是不是觉得壁画很是邪门?怎么看都像是唐代的贵妇。

Shirley杨说:"是很邪,壁画色彩如新,看那妇人衣饰神态应该是唐人,而她舌上的老者简直……简直像是恶魔。"

第二十八章
恶魔

Shirley 杨说，这些壁画都应该是唐代之物，显得与乌羊王古墓的历史背景格格不入，想必是地仙封师古从别的古冢里盗发所获，却不知故意将它们藏在古墓最底层意欲何为，要提防这段墓道里有陷阱。

我听 Shirley 杨提及壁画中所绘如同恶魔，不觉心下惕然。虽然这个西方化的称呼在我脑海中没有具体形象，可竟然觉得这个词用来形容唐代贵妇舌尖上的老头，是再合适不过了。那干瘦精小的老者两耳尖竖，面目可憎，活像是从十八层地狱里爬出来的厉鬼。

观山太保发掘各地古墓，将宝货异器填充在地仙村中，这些残缺不全的壁画，应该是某座唐代古冢里的装饰。可我们三人虽然阅识古物无数，却也难以判断这两幅壁画究竟是出自哪座山陵。

顺着微微倾斜的墓道前行，残缺不全的唐代壁画不断出现，皆是体态丰腴、神情麻木的贵妇与那恶鬼般的小老头。不知使了何种手段，在到处潮湿渗水的环境中，壁画色彩仍然鲜艳如新。我急着找到孙九爷，来不及再去理会墓中邪气逼人的彩绘，只顾着蹚水向前，但暗地里提起了戒备之心，不敢有半丝一毫的懈怠。

第二十八章 恶魇

据我所知，乌羊王陵寝底层的墓道，是一种极其古老的墓穴结构形式，后世陵墓内部的金井正是脱化于此。

在古风水术中，"形势理气"四字尚在其次，古代人最注重土壤直观上的善恶。因为无论是否回填墓土，墓址中的土壤仍然会被挖去很大一部分，在穴眼处的土壤极是宝贵，故此比较大型的墓葬中都会在底部挖出若干竖井，将原土的一部分填埋入井，可以保持古墓内部生气不散，又能够作为排水渠。侵入底层墓道的地下湖水，十有八九都渗入了那些回填原土的竖井之中。由于地下水常年浸泡，脚下的墓砖都已松动散碎，又隔着积水看不到地形，每走一步都要先探三探，格外吃力，向前的速度也很缓慢。

我为了不被水下乱石滑倒，不得不贴着墓墙而行，墓砖上阴冷湿滑，呼吸都觉不畅。没走几步，忽听壁中似有声音，我心觉奇怪，把耳朵贴在墙上听了一听，隐隐听见墓道深处有人呼喊，声音沿着墓墙传导上来，听得虽不真切，却绝对是人声无疑，而且还是个女人的声音。

我们这五个人组成的探险队，只有幺妹儿和Shirley杨是女子，所以我第一反应就是幺妹儿在墓道远端，赶紧对Shirley杨和胖子说："你们听听，好像是幺妹儿……"

胖子趴在墓墙上听了一耳朵，点头道："没错，不过距离可够远的，喊的什么也听不清楚，遇到这种情况肯定是在喊救命之类的。咱赶紧过去捞她吧，再耽误一会儿，在这种黑咕隆咚的地方，吓也能把我妹子活活吓死了。"

我说幺妹儿那丫头胆子挺大，得过蜂窝山里的真传，还参加过民兵训练，估计不会被吓死，还会喊救命就说明她没什么大事，但没听见孙九爷的声音，不知那老头现在是死是活。

说着话我正要再次摸索着向前走，Shirley杨却把我拽住说："不对……你再听听，幺妹儿是川音，墓道深处发出的声音却不像，像是……一个中年女子，她在喊些什么我不好判断，但肯定不是幺妹儿。"

我知道Shirley杨的耳音远远比我和胖子敏锐，但除了她和幺妹儿之外，古墓里怎么可能还有第三个女子？而且还是个"中年女子"？心中不禁狐疑起来，如果不是Shirley杨听差了，会不会是地仙村古墓里的"人"？那样的话……是"人"是"鬼"可就难说了，几百年没人进来的古墓怎么可能还有活人？

我又在墓墙上听了一下，墓道深处那女子的呼声断断续续，似有若无，声音显得缥缈虚空，虽然听不真切，但仔细听起来，真不是幺妹儿的口音。如果让我相信有人在古墓里存活了几百年，还不如让我相信是幽灵为祟，但管她是鬼是魅，终须过去亲眼见个分晓，便把心一横，壮起胆子蹚着水就往里走。

我刚在水中"哗啦啦"蹚开一步，肩膀就被人从背后抓了一把，此时Shirley杨和胖子都在我身前，我的注意力也完全集中在墓道前方，身后冷不丁来这么一下，而我丝毫没有思想准备，着实吃了一惊。

我惊呼一声，手抡工兵铲回头看去，只见幺妹儿满身湿漉漉地站在我身后。她气喘吁吁地对我说："你们做啥子哟？我在后头喊破了喉咙都不等我一等。"

我奇道："妹子你从哪儿冒出来的？怎么跑我们后边去了？墓道前边的喊声不是你发出来的？"

Shirley杨见我和幺妹儿没头没脑地问了对方一句，都是不得要领，就让她别急，把话说清楚了，身上有没有受伤。

幺妹儿定了定神，说起经过来。刚才伏在棺材盖子上顺流而下，到了古墓的墓道里地下水狂灌倒倾，不知会将漆棺带到什么地方，她当时就想跳下水里逃生，但又不知墓中积水深浅，唯恐溺在水里淹死，等到棺材被水冲入底层墓道的时候，她只觉眼前一黑，放松了双手落进了水里，旋即昏昏沉沉地被湖水带入了侧室。醒过来的时候，见墓门外灯光闪烁，就急忙出来寻找灯光的来源。

当时我和胖子三人正穿过有唐代壁画的墓道，忽略了对塌了一半的侧室进行搜索，直奔污水涌动的方向而去，幺妹儿自后追赶。但在这条倾斜的墓道中，声音只能向上传导，落差低处完全听不到上面的动静，她只好一路尾随而来，直到我们停下脚步才得以追上，饶是胆色过人，此刻也不免惊魂难定。

我见幺妹儿无恙，却仍是难以放心，一是孙九爷下落不明，二是墓道深处那女人的呼喊声，果然是另有其"人"。初时我还推测会不会是墓道的结构特殊，从而产生了某种扭曲声音的回响，使人出现错觉，误把幺妹儿的声音听错了，可现实情况马上否定了这种可能。因为墓道里那通声嘶力竭的叫喊声仍在持续传来。

我脑中转了一转，闪过一个念头："墓道深处的女人？莫非就是唐代壁画中的贵妇？"觉得此事匪夷所思，多想也是无用，倘若去得晚了，孙教授可能就真被那墓中的女鬼索了命去。事已至此，容不得我们再多有顾虑，我让Shirley杨带着幺妹儿跟在我和胖子身后，四人屏住了气息，在微弱的射灯光束照明下，涉水走向墓道尽头。似乎是感受到了某种惊动，古墓里那女人的叫喊声突然沉寂下来。

这里是间石砌的墓中斗室，室前的墓砖下有回填原土的竖井，在整座古墓中虽然地势最低，但地下水流至此处，都在墓室门前渗入了地下岩缝，墓室里边完全没有积水，两口描有钟馗吃鬼图的朱漆棺材，一东一西地搁浅在墓室中。

只见靠近墓室门洞的那口漆棺上微光闪烁，孙九爷仍然趴在棺盖上，两手还抓着棺板上的铁链没放，他那登山头盔上的照明射灯已经损坏，像鬼火般忽明忽暗地闪着微光。

我看孙九爷身体一动不动，惊道不妙，九爷可能是归位了。众人急忙上前，正要探他脉搏，看看他还有没有生命迹象，谁知孙教授如同诈尸了一般，"腾"的一下从棺盖上坐了起来，苍白的脸上尽是惊恐，倒把我们吓了一跳。

还不等我开口问他，孙九爷就说："你们……你们刚刚听到没有？这古墓里是不是有什么奇怪的声音？"

我知道孙教授可能也听到了那个奇怪的声音，所以才会有此一问，却不当即道破，反问他："您说的是什么声音？"

孙九爷神情恍惚地说："好像是……鬼音，没错……我敢肯定是鬼音！

我趴在棺材上被湖水一路冲入古墓尽头的这间墓室，头都晕了，也不知是不是昏过去了，但我听得清清楚楚，这墓室有人在唱鬼音……"

Shirley杨插口问道："教授，您常常都说世人不该提及怪力乱神，怎么突然又说刚才听到的声音是……鬼音？"

孙教授说："怎么？你们不知道吗？鬼音是唐代的一种唱腔，模仿亡魂哭泣哀叹之事，在没有伴奏的静夜里，由女子清音而唱，曲调极尽诡异空灵之能事。现在鬼音在中国已经完全失传了，唐代曾经流入日本，日本反倒保留至今。我前年去日本进行学术交流的时候听过鬼音演出，所以一听就听出来了。"

我这才明白孙教授所言"鬼音"之意，不过不管鬼音是不是模仿幽灵哀叹的古老乐曲，至少不应该在这古墓里出现，那岂不是真成了名副其实的鬼音？

一路上所见的唐代恐怖壁画与早已失传千年的鬼音，还有空荡荡的乌羊王古墓，不见踪影的地仙村，只有前一半是真的《观山指迷赋》，无数的疑问纠结在一处，完全没有任何头绪可寻，使人不知该从何处下手。想要盗取墓中所藏的丹鼎天书，却又谈何容易，必须设法找到一个新的突破点，来解开这些谜团。

想到此处，我和胖子等人四下打量起来，想找出鬼音的来源，但墓道尽头的墓室，与整座古墓一样四壁空空，只有些狼藉不堪的砖石瓦器，再不然就是那两口朱漆棺材了。

孙教授身下的棺木仍然封存完好，但另一口漆棺撞上了墓墙，棺木前端裂开一条大口子倒扣在地。从裂开的棺缝中，耷拉出一条干枯僵化的女尸手臂，手上还有玉镯和指环等饰物，被狼眼手电筒的光束一晃，珠光宝气分外夺人眼目。

胖子看得两眼发直，咽了口唾沫对我说："老胡老胡，有道是'千村薜荔人遗矢，万户萧疏鬼唱歌'，难道是棺材里的粽子在唱曲？咱不如当场点蜡烛开棺，把它从棺椁中揪出来看个明白，免得疑心生暗鬼越想越害怕。"

我摇头道："这回进棺材峡倒斗，是奔着丹鼎与周天卦图而来，做正事要紧，最好不要旁生枝节，别管是什么鬼音鸟音，都与咱们是不相干的，要是有什么不放心之处，干脆就放一把火烧了这两口漆棺。"

　　我一不做二不休，料来那缥缈虚无的鬼音是凶非吉，不如设法将这潜藏的危险提前打发了，当下就想过去放火，可等我走到近处，突然见到棺材的底部命板上有些字迹，忙凑到跟前仔细打量。

　　Shirley 杨见我举动有异，也跟了过来，凝神辨识片刻，一字字念出藏在棺底的铭文："物女不祥……"孙教授趴在棺材上听了一个清楚，惊道："是《观山指迷赋》后面的内容？"他正要再问些什么，Shirley 杨却对众人做了个嘘声的手势："嘘……漆棺里有声音！"

第二十九章
鬼音

在Shirley杨说话的同时，我也听得棺中有异，那如泣如诉的鬼音再次出现了，忙拽着她向后退了一步，若有若无的声音仿佛一个幽灵，使人心惊肉跳，可棺材里怎么会有声音？

孙九爷被面前这违背物理常识的现象惊得体如筛糠，多年以来形成的宇宙观，在这一瞬间都颠覆了，连滚带爬地跳下漆棺，躲到我身后说："棺材里……是……什么东西？"

我初时的确有些心慌，随即血气上涌，心想棺材里有"人"说话，也无非就是三种可能：第一是真闹鬼了；第二可能是棺材里的人没死，一直活到现在；第三是棺材里有部"录音机"。胡爷我这辈子什么怪事没见过，唯独就这三样事没见过，今天就见识见识，也教耳目新奇，将来可以多些与同行们盘道的谈资，而且此时不能显出恐慌之情，免得把这种情绪传递给幺妹儿与孙教授，于是告诉他们说："我看那压葬的棺材里很可能有一部老掉牙的录音机，您听它咿咿呀呀的动静……播的多半是《小寡妇哭坟》的戏文。"

孙教授说："现在不是胡说八道穷开心的时候，古墓里怎么可能会有录音机?"胖子趁机说:"这是胡八一同志源于缺乏知识、过度迷信、痴心妄想,而产生的原始奇思怪论,简直是难以形容的幼稚想象,谁相信谁就是彻头彻尾的神经病。"

我说古墓里怎么就不能有"录音机",在工兵部队的时候,听一位地矿专家说,在深山的洞窟里有种特殊岩层,这类岩层中含有什么"四氧化三铁"还是"三氧化四铁",它产生的磁场,可以成为自然界的录音机,青天白日听见山谷里雷声滚滚,就是这种现象作怪。我估计棺材里可能藏有这种特殊物质制成的明器。

胖子不知我说的是真是假,一时语塞,找不到话来反驳,只说:"要真有那种古代录音机,可值老鼻子钱了……"

我见那棺材里的女人哭腔始终不停,着实教人心里发毛,就招呼胖子一并上前,想拔掉命盖看个究竟。我们点了根蜡烛就要动手,但走到近处仔细一听,我才发现那奇怪的声音不是从棺材里发出的,而是来源于棺下的墓砖深处。

刚把朱漆棺材挪开,那缥缈的鬼音随即中止,空虚的鬼腔似乎从风中而来又随风而去,没在空气中留下一丝踪迹。我和胖子趴在地上听了半天,始终找不到来源,墓砖厚重坚固,连撬开几块翻看,地下都只有积水浸泡的淤泥。

Shirley 杨说:"老胡你们别忙活了,那鬼音倏忽来去很不寻常,我想不会是存留在特殊岩层中的声音,眼下还是先找地仙村古墓要紧。"

孙教授也说:"此话在理,多一事不如少一事。这座古墓的地宫被盗发几百年了,如今什么也没留下,想找到地仙村恐怕还不知要费多大力气。对了,压葬的棺材底下刻了什么字?是不是《观山指迷赋》?"

地仙封师古自认是得道的仙家,所以他的陵墓与常人不同。寻常的墓葬都是希望永久性封闭,让外人永远见不到墓中之物,可封师古的地仙墓,却是要度化众生得道的去处。他留下《观山指迷赋》一篇,除了封氏后代,那些一心求仙的信徒也可依照指引进入古墓,不明底细的外人想进墓中盗宝,却难于登天。

根据在棺材峡的种种遭遇来判断，我们所掌握的《观山指迷赋》，只有当年封团长亲口告诉孙九爷的那段是真的，而其余所见半真半假，往往都是将人引入绝路的陷阱。所以我一度认为，既然无法判断《观山指迷赋》的真假，还不如依靠自己的经验，不去被那些故弄玄虚的提示误导。

但在以观山神笔画出墓门之后，我们才知道以往的经验和见识，在地仙村古墓里基本上是不起作用了，难怪当年搬山卸岭的魁首，都称大明观山太保所做的勾当，连神仙也猜他不到，我如今却想说："观山太保所做的勾当，只有疯子才能理解。"

此刻进了空无一物的巫陵王古墓，虽然墓室空空如也，但那些莫名其妙的东西却层出不穷。我们的装备和精力，都不允许我们盲目地搜索整个地宫，归墟卦镜似乎还可以再使用一两回，不过一旦镜中海气散尽，我就彻底无牌可出了。事到如今，只好把注意力重新集中在《观山指迷赋》的玄机之中。

我把这个设想同众人一说，Shirley 杨和孙教授等人全都点头同意，但前提是压葬的朱漆棺材底部，印刻的字迹是真正的《观山指迷赋》。当下众人便合力翻转棺木，将棺底的污泥脏水抹去，仔细辨认那些字迹。

一看之下，两口漆棺完全一样，底部都刻有"物女不详，压葬而藏；南斗墓室，照壁降仙；烛尸灭灯，鬼音指迷"之语。

明代的漆棺，都是以压葬的形式埋在乱葬洞中，仅被我们发现的就有七八口这样的棺木，按葬制应该是俘虏、刑徒、奴婢之人的尸骨，但我好像从来没听说"物女"，就对孙教授说："九爷您是老元良了，在您面前我们不敢乱说，可知道这所谓的'物女'是什么人？棺底这些文字是不是就是《观山指迷赋》？"

孙九爷虽然气量偏窄，对虚名执着得近乎病态，但他研究龙骨天书，不仅把那如山似海的史料经书翻了个遍，又利用收集甲骨的机会，深入山区乡下，在田间地头捡过无数舌漏，要真论起杂学来，还真没见有谁及得上他。

孙教授果然知道"物女"的来历。他说在中原地区，旧时流行各种请神降仙的事情,降下来的仙五花八门,什么乩仙、狐仙乱七八糟的,九成九都是神棍故弄玄虚,专门唬骗愚夫愚妇的,不过信的人还真多。

很多年前,在孙教授年轻的时候,就亲自碰上过一回。当时新中国还没有成立,天下大旱,有个陕西老头自称能请龙王爷上身,只要善男信女们肯出钱,保管三日内普降甘霖。为了让老百姓相信他真有能耐请来东海龙王爷,就吞符念咒,一会儿的工夫就翻白眼吐白沫,口中念念有词,声称自己是东海龙王敖广,有谁问他什么,无不对答如流,一时信者云集,争相跪拜。

当时孙教授看个满眼,开始也不由得不信,可后来一琢磨不对味儿,哪儿不对?龙王爷的口音不对,一嘴的陕西方言,东海龙王怎么可能说陕西话呢?肯定是那神棍不会说官话,虽然装模作样充得像煞有介事,却改不了他从老家带出来的一嘴乡音。

后来也见过许多类似请神的伎俩,可孙教授再也不肯信了。但凡天下的事,最是怕人冷眼相看,所以才说当局者迷,旁观者清。直到新中国成立后从事古文字研究工作,深入民间收集整理文物的机会多了,孙教授才听说这请神降仙的风俗,是打汉武帝那里流传下来的。

据说汉武帝死了个心爱的妃子,使得他茶饭不思。有异士称可以请那妃子从阴间前来相见,便设一白帐,帐后架起灯烛,请汉武帝坐在其中,不多时那妃子的身影便浮现在白帐幕上,音容笑貌一如往日,汉武帝大悦,重赏了那名术士,这就是请神降仙的起源。后来演变为灯影戏,表演者大多擅长口技,能够"一口唱出千古事,两手控得百万兵",可也常有江湖术士以此道愚弄百姓骗取民财的。

所以降仙之事,在中国少说也有两千多年的古老历史了,世上的事,有了真的就有假的,除了神棍之外,也常听人说真有些灵异显现的,容不得人不信。想请真仙,就得有接宣引圣的器物。所谓"物女"就是女尸,不过并非普通的女尸,而是生前是专门降仙附体的师娘,这种女人由于经常被仙、妖、鬼、魅之属上身,所以被视为通灵之体,不是善物,所以不能按正常葬制入土为安,否则其尸会被妖物所凭害人性命。但请真仙动大咒的时候，必先焚化她们的尸体，作为降仙前的灯引。在陕西秦岭和巴山蜀水间确实曾有这种习俗，只不过孙教授没亲眼见过，不敢说是真是假。

孙教授又说《观山指迷赋》的内文，半通非通，不文不白，涵盖着数术五行，以及许多民间传说一类的历史典故，凡夫俗子又怎知晓这些事情，多半连听也未曾听过。那些求真之辈想进地仙村古墓，就必须解开这些暗示之谜，一路上免不了穿危涉险，历经种种生死考验，可是要不硬着头皮去破解《观山指迷赋》，难道就此无功而返不成？这半年的努力可都付诸东流了，干脆就继续冒险做到底。那句"烛尸灭灯"，肯定是让人烧了物女的僵尸，不如依法施为，引得古墓里的鬼音出来，听听那仙人如何指点迷津。但"南斗墓室"又是在哪里，孙教授就猜想不出了。

我说"南斗墓室"远在天边，近在眼前，古墓内的诸间墓室，如果是按星图布置，要取上北下南之理，底层的这间墓室就是南斗之曜，是用来藏纳陪葬刀剑兵刃的所在，而且咱们都听到墓中鬼音就是从此传出，墓室四周的墙上还嵌着石块代表云深星图，这是无须多疑了。

但又心想这事有点玄，不过照前例来看，《观山指迷赋》中的暗示，往往不可以正常思路揣摩，亲眼见到之前，很难预先做出判断，也无法辨别暗示的真假，一旦照此做了，说不定会惹出什么大祸来亦未可知。

我咬了咬牙，暗想那点蜡烛的勾当，历来是摸金校尉本分的勾当，有我们这五个人在此，怕它怎的？而且我也十分好奇，难道下了引子，当真就能降下仙来？墓墙里飘忽不定的鬼音又是怎么回事？

我横下心来，当即将那口被撞破了的漆棺命盖揭去，里面的女尸并不是平躺侧卧，而且果然是穿着明代服色。据孙九爷说衣服是"比甲"，那是明代无袖女装，套在长衣之外，也是马甲的前身，内衬"水田服"，又名"水田衣"，是明代女子流行的杂色拼织服饰，脚踩的是"弓鞋"，因为明代妇女多缠足，弓鞋为缠足女子所穿之鞋，形似弓，有底，不缠足的妇女也有仿制类似款式的木底鞋。

我并没有仔细去听孙九爷滔滔不绝的历史考证，因为棺材里的情形已经吸引了我的大部分注意力。只见那棺中女尸张着口瞪着目，面容都已扭曲了。棺盖内侧都是被指甲划出的痕迹，上面还有乌黑干涸的血迹，想来是生前被活活钉在棺材里，至今一见，仍可想象其状之惨，竟被充作了在古墓中寻道之徒降仙请神用的"油灯"。

Shirley 杨见女尸腰上挂了一面铜牌，牌上有"观山师娘"四字，不禁叹了口气，对我说道，这些物女师娘，皆是明代衣饰，又随身带有腰牌为凭，应该都是地仙封师古的同伙，她们大概死到临头才知道被封师古当成了殉葬品，这么残忍的事情哪里会是仙家所为？实是堕了邪门歪道。在中国的传统文化中，"仙"与"妖"虽是有云泥之别，其实只有一线之差，进一步是仙，退一步就是妖了。

胖子看那女尸身上首饰不少，便想要摸师娘两件东西当作小纪念品，孙九爷拦下他说："大事当前，别想着发邪财了，按古代方术的伎俩，尸体身上的衣服首饰里，可能藏有梵烟香蜡一类的药物，一同点燃才会引得鬼音出现，否则烧普通的尸体就能请仙了，可别因小失大。"

胖子正色说："谁想着发歪财了？胖爷我这不是想给她归拢归拢吗？您说这师娘老嫂子招您惹您了，您为了一点私心，就非要点火烧了人家？还不允许胖爷帮她整理遗容？旧社会军阀土匪横行霸道压迫人民，可他们也没您这么不讲理的……"

孙教授知道跟胖子这路人没理可讲，赶紧抽身而退，连说："算我没说，算我刚才没说还不行吗？你就快点火吧。"

这时我见幺妹儿显得有些心虚，知她从没做过这种勾当，难免心里发慌，就同胖子把女尸摆在墓室当中。我拿着打火机准备点火，动手前先对胖子使了个眼色，让他对那女尸交代几句，其实都是让活人安心的说辞，胖子也不推辞，声情并茂地对着那女尸说道："老师啊老师，我们敬爱的老师，我们知道你的灵魂早就进入了天堂，可是……可是……可是在这个冷酷而又残忍的现实世界中，我们还离不开你，需要你的肉体来照亮黑暗寻找光明，为了追寻光明的春天，我们的鞋底都已磨穿……"

我见胖子说得嘴滑，竟把师娘称为老师，而且说的内容也不太靠谱，当下就不让他再接着抒情了，伸手点了火头。那具尸体的衣服干枯如蜡帛，遇火便燃，立刻"噼噼啪啪"地烧了起来。

我们事先尽量设想了各种应急方案，万一有什么不测发生，先求全身而退，早把另一口漆棺横在墓室门口作为障碍。众人在尸体燃烧起来之后，都躲到棺后的墓室门洞中，并且关闭了一切照明工具，掩了口鼻，屏息凝神地盯着墓室门洞中的火光。明知有事将要发生，难免有些紧张，心口怦怦直跳，只等古墓中的降仙出现。

第三十章
肚仙

　　雄雄烈焰把墓室中照得一片明亮，那具观山师娘的僵尸遭火焚烧，尸筋不断收缩，平躺的尸体在火中"腾"的一下坐了起来，尸体裹着火焰抽搐颤动，一时间光影摇曳。我们伏在墓室门洞里窥视动静，却完全感觉不到火焰的热度，反而周身都生起一层鸡皮疙瘩，恶寒之意直透心肺。

　　奇怪的是那具尸体被火焚烧，却并未产生烟雾，也没有浓重的焦臭气味，反倒是有一缕隐隐约约的冷香气息。正诧异间，忽听墓室四壁间一阵窸窸窣窣的轻微响动，我心中暗道这是正点子来了，悄悄对众人打了个手势，让他们提起精神仔细看着。

　　只见在那忽明忽暗的火光映照下，南斗墓室的墓砖缝隙里，接二连三钻出许多体形瘦小的陵蠹鼠来，这种灰鼠生活在阴暗的地下，因其喜食脱胎虫——脱胎虫也称陵蠹——故而得名。

　　乌羊王古墓如今已成了虫鼠之辈的巢穴，那些灰鼠原本十分惧火，但似乎受不住焚烧尸体所产生的香气，数十只陵蠹鼠绕着尸体围成一圈，伸头探脑地伏在地上，群鼠目光闪烁，又惊又怕地盯着火堆。

　　我不知那些老鼠在搞什么名堂，也想不出古墓里如何有降仙出现，那若有若无的女鬼哭腔，究竟是从什么东西上发出来的？心下疑惑重重，眼前的景象更是离奇诡异，如同置身于迷雾当中，越发地摸不着头脑了。

我感到身旁的幺妹儿瑟瑟发抖，她这种山里人，从来都是相信降仙请神之说，虽然现代此风已然不盛，可在荒僻地区，仍然有人从骨子里信服。而且有道是"请神容易送神难"，所谓的降仙，百分之九十九请不到真仙。一是这世上未必真有仙家，二是请降之术近乎行巫，真有仙家也不一定应念而来。

请上身附体的可能都是些"狐、黄、白、柳、灰"之属，也就是"狐狸、黄皮子、刺猬、长虫、老鼠"一类的生灵，因为此辈狡猾，最具灵性，所以合称"五通"，取通灵之意，也俗称"五大仙家"。有道是物老为怪，那些生灵活的年头久了，就善于蛊惑人心，在民间普遍有五通成精为仙的说法。请降来的要不是这"五通"，也可能是些孤魂野鬼，这些东西很是难缠，不扒你层皮，就别想打发走它们。

这些传说我多曾听说过，连耳朵都快磨出茧子了，却从没遇到有真实可信的请降之事，以前听闻的种种乡间野谈，在我脑中一一浮现。此刻见墓室里的灰鼠从四面八方的砖缝里涌出，转眼间已有上百只了，我冷不丁冒出一个念头："想那老鼠乃是五通里有一号的灰家，在南斗墓室中把女尸当作蜡烛燃烧，引得古墓中钻出许多老鼠，难不成以鬼音指迷的真仙就是灰鼠？它会不会附在我们这五个人的身上？"

我想到这里竟是心惊不已，不觉出了一身白毛汗，但此时墓室中又出现了一些异动，却与我所料截然不同，在棺后借着火光看得清楚，那情形让我心头骤然一紧，暗道不妙，墓室中怎么会出现如此可怕的东西？

原来那墓室中的尸体遭火焰焚烧，火势已烧到最盛之处，那具物女的尸身几乎成了一枚蜡烛芯，躯干头颅都熔作赤红的焦炭，暗红色的火光映在墓墙四壁，只见西墙的墓砖上显出一个漆黑的人影，体态丰满肥胖，看起来是个贵妇的侧身像。

鬼影般的妇人轮廓，十分酷似在墓道里所见的那些唐代壁画。我心下又惊又奇，原来南斗墓室中果然藏着一些唐代的妖物，多半是观山太保从哪个唐朝古墓里挖出来的，可壁画中描绘的情形到底是些什么？

我看棺后的胖子有些按捺不住了，赶紧轻轻摆了摆手，示意他沉住气静观其变，现在还不是行动的最佳时机。这时幺妹儿似乎看到了什么恐怖的景象，显得极是惊讶，多亏孙九爷手快，一把捂住了她的嘴，她的一声惊呼才硬生生咽了回去。

Shirley杨也对我打个手势，让我快看墓室里边，我心知有异，急忙定睛看去，只见尸身上燃烧的火焰逐渐暗淡下来，满室灰鼠都如喝醉了一般，一摇三晃，缓缓爬向墓墙前方。不知是哪只老鼠触发了暗藏的机括，猛听"咔"的一声轻响，墓室那面有"鬼影"浮现的墙壁上，忽然缓缓转动起来，原来是一道插阁子的机关墙。

随着一阵窸窸窣窣的怪异响动，暗墙后是一个端坐的女子，衣饰装束皆如唐时。那女子厚施脂粉，妆容妖艳，满身都是白花花的赘肉，皮肤红润细腻，似乎吹弹可破，但神姿消散，完全没有活人那股生气，一看就是一位唐代僵人。

群鼠显得战战兢兢，纷纷拖着鼠尾，对着那具唐时古僵拜伏在地。我目不转睛地注视着这一幕。记得搬山道人的分甲术，乃是善用世间万物的生克之理，有一物必有一制，老鼠的天敌极多，猫蛇之物都以鼠类为食。据说老鼠遇猫，是闻声便伏，只要听见吃过百鼠的老猫叫声，灰鼠就吓得趴地上动不了了。但这种事只是民间传说，吃过多少硕鼠的老猫也不可能一叫唤就把耗子吓死，而且那从唐代古墓里挖出的僵人，对老鼠来说又有什么好怕？

我心中恍惚，就在这么一走神的工夫，就听那唐装贵妇般的僵人好像突然冷笑了一声，我只觉头发根都"唰"的一下同时竖了起来，但既是打定了主意要窥其究竟，只好横下心壮着胆子伏在棺后一动不动。

这时就听那唐代古尸发出一阵鬼腔，如泣如诉缥缈虚无的鬼音，再次在墓室中出现，我心想僵尸真能唱曲不成？睁大了双眼竭力去看，一看更是吃惊，那体态臃肿的僵人身不动口不张，而且背后就是岩壁，一缕缕鬼音都是从僵尸肚腹中传出。

183

我暗道怪了，原来吟唱鬼音的竟是"肚仙"，那也是请降的一种异术。听说会请肚仙的人，都是会腹语之术，利用腹语说话可以不用张嘴，不知究竟的人当面见着这等奇事，自然是相信那术士肚子里有位神仙。

但眼前所见却是古怪得令人费解，使腹语请降肚仙的怎么可能是一具尸体？死人的肚子里还会发出声音？

断断续续的鬼音在我听来简直就是荒腔走板，我连听京戏都不太懂，哪里听得出失传千年的鬼音是什么内容。听了一会儿，被那古怪的声音搅得心里逐渐焦躁，正想从棺后的阴影里走出来，把那唐代古墓里的僵尸揪出来看看是什么在作怪，却见一旁的孙九爷猫着腰，正用荧光笔在漆棺的棺材板上写了许多字。

我见孙教授支着耳朵的样子，多半是听清了鬼音中的内容，为了防止听漏了，就把听到的内容临时记录在了棺材板上。

孙教授写的字迹虽然潦草，我却仍可辨认，低头一看，他写的是："巫峡棺山，地仙遁隐；群龙吐水，古墓遗图；武侯藏兵，棺楼迷魂；生门相连，一首一尾；两万四千，百单有七……"

Shirley 杨等人也看到了孙九爷的举动。众人心口怦怦狂跳，一来庆幸孙教授能够听懂鬼音古曲；二是《观山指迷赋》后边的内容，深意藏玄，令人难思难测；另外如何确定这段《观山指迷赋》是真的？万一是幽灵作祟，搞出一些假象来迷惑盗墓者，像此前所遇的那座无影仙桥一般，再次把人引入绝路送死怎么办？

我又惊又喜，又是满心的疑惑，听得墓室中鬼音渐渐微弱下来，便立刻把注意力从棺材板上移开，继续去窥探墓室中的动静。就见墓室中的灰鼠们，正鱼贯钻进墓墙后的暗室，它们就如同受到了催眠一样，爬得那唐代古尸满身皆是大小老鼠。只见唐代贵妇尸身的口部突然张开，从中探出一只干枯的爪子，揪住攀到头脸处的一只老鼠，一把拖进女尸嘴里，随着那只灰鼠"吱吱吱"的绝命惨叫声，瞬间就从僵尸口中淌出一缕污黑的老鼠血，只剩了一条鼠尾在它口边不断抽搐。鼠尾的抖动越来越微弱，像是用来计算死亡的钟摆，无力地摇晃着。

第三十章 肚仙

我想起唐代壁画中在那贵妇舌尖打坐的精瘦老头，不由得毛骨悚然，在心里打了个战。此时不知是谁藏得久了腿脚发麻，或是被那僵尸吞吃老鼠的情形震慑，忍不住挪了挪腿，伸腿的时候无意中碰到了漆棺，发出一声动静，墓室里燃烧的尸体跟着熄灭，眼前一片漆黑。等我再打开战术射灯时，南斗墓室中只剩下一具烧成焦炭的物女尸骸，墓室暗墙已经闭拢，刚才混乱的群鼠都没留下一丝踪迹，好像适才什么都没发生过，要不是还有孙教授写在漆棺上的数行字迹，真会使人以为这一切都是一场噩梦，心中的骇异之情久久不能平复。

孙教授长出了一口气，靠着漆棺坐到地上，对我说道："刚才在墓室中的是不是肚仙？我紧张得连神经都快绷断了……"说罢，他自己反复念了几遍肚仙的指迷之语，"巫峡棺山，地仙遁隐；群龙吐水，古墓遗图；武侯藏兵，棺楼迷魂；生门相连，一首一尾；两万四千，百单有七……这些话都是何所指啊？什么是武侯藏兵？古墓遗图又在哪里？"

我见孙九爷正自揣摩《观山指迷赋》，现在不好打断他的思绪，就站起身来向有暗阁的墓墙走去，刚走出一步就被孙教授一把扯住。

孙教授问我道："胡八一，你去哪儿？"他不等我回答，又说，"我想我已猜出些眉目了。结合我以前搜集整理的资料来分析，这段指迷赋应该是说地仙村藏得十分隐蔽，外人绝难寻访，好像还说古墓的群龙吐水处，遗有地仙所绘的一幅地图，在棺材楼里找到生门，就能发现地图了。你想想……乌羊王地宫有三层墓门，高处有雕刻苍鳞老龙的瀑布，咱们应当立刻去那里取出地图，然后……"

我推开孙教授拽着我的手说："先不忙着去，这段《观山指迷赋》真伪难辨，要是瀑布处有陷阱埋伏，咱们轻易过去岂不要吃大亏？胡爷我得先在这间墓室里调查调查。"

孙九爷奇道："调查？你要弄清那墓墙后边的古尸是什么来历？"我点了点头："肚仙之事格外蹊跷，不看个明白，我终究是不能放心。唐代的僵尸腹中即便真有肚仙，它又怎么会知道明代的《观山指迷赋》？反正早已失传的鬼音像是猫哭耗子叫，根本不像是人类的动静，我是连半个字也没听清楚，现在要不冒险查个水落石出，今后的行动就要冒更大的风险。"

我心意已决，任凭旁人说出天来也不会更改，下意识地按了按携行袋里装的种种辟邪之物，对胖子和Shirley杨一招手："上吧。"我们三人做此等勾当都是老手了，彼此间的默契也是外人难及，根本无须临时部署，当即从容地绕过漆棺进了墓室，打开战术射灯走至西侧墓墙近前，在墙壁上筑篱似的搜索机关，想把机关墙重新翻转开来。

我从左到右，又从上到下摸索了一个来回，不见有什么机关，石墙厚重，凹凸不平之处颇多，正在我苦于无从着手之际，Shirley杨低声在我耳边说了一句："你有没有发觉……孙教授的行为太反常了。"

第三十一章
行尸走肉

在我看来，孙九爷的行为从来就没"正常"过。世上之人莫不为"名利"二字所累，可为了一些虚空的浮名抛家舍业，更是不择手段地捏造谎言，下作到连他自己的老朋友陈教授都骗了，而且性格偏执，竟然跟个贼一样，在深更半夜里悄悄翻窗户溜进博物馆，进行所谓的"考古研究"，试问他这种人的行为，能用"正常"来形容吗？

但Shirley杨想说的似乎并不是这些，她不想引起孙教授的注意，只是压低了声音告诉我："刚才大伙儿在棺材后边的时候，我看见孙教授从……从他自己的耳朵里掏出一只苍蝇。"

我闻听此言，险些一头栽到墓墙上，这厮也太不讲卫生了，多少年没掏过耳朵了？要不就是患有中耳炎，耳道里化了脓发臭，都招苍蝇了。

Shirley杨显得有些迟疑，并没有再继续说下去，只是让我留心注意就是。我知道她肯定是发觉了孙九爷有些反常之处，只不过她怕我和胖子对孙教授做出盲目的举动，在有确凿证据之前，她还不愿把事情挑明了。

我想起来孙教授确实患有中耳炎，而且此人常年埋头工作，向来不修边幅，也不能因为他不讲卫生，就把他从这次行动中开除掉。Shirley杨并非那种挑剔细节的人，既然说出这番话来，想必孙教授的举动确实有异状。

我忽然想起一件事来，心中猛然打了个突，转头问Shirley杨："你刚说孙九爷耳朵里的是什么？古墓里的食尸蝇？"Shirley杨对我轻轻摇了摇头，适才墓室门前火光昏暗恍惚，不敢轻言确认。

她如此说，我只有当作孙教授身上出现的就是食尸黑蝇。在这座被观山太保盗发空了的乌羊王陵寝中，凡有尸骸处便有食尸黑蝇的踪迹，包括那些死鼠死蛇，以及水潭里的死鱼，无一例外地都成了黑蝇的食物和产卵地。食尸黑蝇不比普通昆虫，它只接近尸体，孙教授身上为什么会出现食尸黑蝇？难道他已经死了？一具死尸又如何能够跟着我们一路进入古墓深处？

一连串的疑问在我脑海中闪过，按摸金校尉盗墓发冢所遇尸变的观点来说，死而不化谓之"僵"，死而如生谓之"行"，难道孙九爷竟然是具"行尸"？想到此节，我只觉一股寒意从头顶顺着脊梁直贯足心，下意识地回头瞅了孙教授一眼。

一看墓室门洞处的孙教授正自盯着我看，他神色如常，在一副古板表情中，带着几分略显神经质的眼神，显得有些愤世嫉俗，直观上使人觉得不太亲切，和我在陕西古蓝县第一次见到他的时候没什么两样。

我这才把心放下，暗想："墓室里阴晦潮湿，生气龙脉早已经破了，死鼠死虫所在皆有，漆棺里的物女尸首也会招来黑蝇。我们和那些古尸屡有接触，身上难免带有一些尸气，怎能只凭一只食尸黑蝇，就断定孙九爷是行尸走肉？"

我心中颠过来倒过去转了几遍，不怕一万，就怕万一，毕竟万里还有个一，万一孙九爷真是行尸怎么办？黑驴蹄子专克僵尸，听说也能对付行尸。据传"行尸"乃是尸化妖物，说话行为都和活人一样，却是专要吃人心肝的魔头。当年我祖父胡国华就遇上过这种事，凡事就怕先入为主，我脑中有了这个念头，就总觉得孙教授有问题，就想示意Shirley杨和胖子帮我动手放倒他。

Shirley杨说："你千万别轻举妄动，也许古墓里除了尸蝇，还有别的飞虫，我只是想提醒你留意一些。棺材峡中多有古怪，我有一种……不太好的预感，咱们这次的行动可能不会顺利。"

我点了点头，决定在有确凿的证据说明孙教授就是尸妖之前，暂且耐住性子先不发难。有摸金校尉的黑驴蹄子在手，一旦有凶险也可确保众人全身而退，我怕他怎的？

这时孙教授在墓室门前催促我们："怎么样？找到什么了没有？我估计那肚仙可能是种幻术，在南斗墓室中燃烧物女尸体就会现形。在古代确实有利用焚香催眠的方术，恐怕这间墓室里未必真有什么腹藏肚仙的唐朝僵尸。"

我闻言一怔，觉得此事之奇实难思量，对孙教授说："以前的古墓有种防盗手段，是在墓室里的油灯、蜡烛、清水、美酒、丹药之中，藏以毒药或靥雾迷香，一触即发，可使人遭受圆光致幻，封师古竟然能将《观山指迷赋》用障眼法般的幻术藏在墓室里，他是怎么做到的？"

孙教授说："那伙观山盗墓的术士，其所作所为多不是常人所想，我要是知道其中奥秘，直接就奔地仙村里去取周天卦图了，还跟你们在这空空的地宫里乱转什么？"

我和胖子等人，见最下层的南斗墓室里找不到什么线索，就只得按孙九爷的提议，前往古墓最高处的群龙吐水之处。乌羊王古墓主从叠压，墓室众多，廊道曲折，但格局不离风水古法，是以星宿星斗方位排列，我带着众人穿行其中，并不担心迷失路径。

所有的墓道都要穿过墓主的椁殿，走到中层椁殿之时，只见巨石砌成的冥殿内也是一片混乱，石奴石兽倒了满地，墓墙上至今还留有凿取金珠的痕迹。殿中一口硕大的石椁，椁壁上浮雕着巍峨险峻的山川，数重棺椁命盖已被揭开翻在一旁，里面的尸首明器全都不见了。

胖子还不死心，打着手电筒拿工兵铲在里面来回划拉："这伙观山倒斗的孙子，搞起'三光'政策来比日本鬼子还狠，连点渣子都不给咱留下……"

我对孙九爷说，"整座陵墓几乎是空的，按照那些民间传说，当年地仙封师古是带了上万人进入古墓躲避兵灾，人过一万如山如海，那么多人都藏哪儿去了？"

孙教授苦思片刻，才说："棺材峡中有许多巫盐矿洞遗址，山里的洞窟极多，想来地仙村是在乌羊王地宫附近的某处洞窟里，咱们想找到它的位置还是要依靠《观山指迷赋》，除此以外应该没别的办法好想了。"

孙教授认为《观山指迷赋》这条线索非常重要，他在劳改农场的朋友封团长，也未必知道此赋全篇，因为一路走下来，从隧道入口处的无名尸体处，直到无影仙桥以及观山神笔，最后是墓室里的肚仙，每一处都藏有一段观山指迷的暗示，地仙封师古这样做，肯定是出于担心泄露墓中机密的考量，可谓处心积虑、谋划深远。

现在从肚仙处寻得的这段《观山指迷赋》，应当是关键之中的关键，"巫峡棺山，地仙遁隐；群龙吐水，古墓遗图；武侯藏兵，棺楼迷魂；生门相连，一首一尾；两万四千，百单有七"，这段暗示好似玄机深妙，教人无从揣摩。

我们对《观山指迷赋》之言完全难以理解，只好商议着临到近前再做计较，而且我还十分担心，假如是孙九爷听差了其中内容，一字之差，可就是谬以千里了，到了古墓群龙吐水之处，会不会有意想不到的危险等着我们？

这时幺妹儿给我们提供了一些非常宝贵的信息，她说蜂窝山里的手艺人专做机簧、销器儿、转芯螺丝、八宝暗轴，甚至可以设计一些构思绝妙的城防工事，所以这一行里的人，最起码都具备扎楼墨师的本领，还要懂五行八卦的生克变化之理。

蜂窝山中历来都有两位祖师爷，一位是扎楼的老祖宗鲁班爷，另一位是设计"木牛流马"的诸葛武侯。

蜂匪子里有一本压箱子底的秘籍，叫作《武侯藏兵图》，可以按图打造木人木牛，机括原理类似于运输粮草的"木牛流马"，不过都是藏兵图里的机簧销器儿，全部是杀人用的机关，按照古阵法生克之道排列埋设，根据地形地势的变化，可以筑楼藏兵，亦可起墙藏兵，最是神妙无方。

可正因这套机关图谱是蜂窝山里的镇山之宝，所以流传不广，在宋元之际就已失传了，世上再也没有人会打造武侯藏兵楼。幺妹儿听孙九爷反复念叨武侯藏兵，就将此事相告，也许《观山指迷赋》中提及的"武侯藏兵"，就是那种神秘无比的杀人机关，因为《观山指迷赋》后文也提到了生门。

蜂窝山的李掌柜曾给幺妹儿讲起过，《武侯藏兵图》中必有一个机关总枢为"井"，不把它的枢井拆除掉，就会被层出不穷的机关陷阱毙命。此井必在生门当中，但井有明暗之分，如果是暗井，就很难寻到，而且根据不同的构造设计，只有掌握机关图的人，才知道真正的生门所在。

《观山指迷赋》最后这几句"生门相连，一首一尾；两万四千，百单有七"，大概就是指暗井方位，但以幺妹儿所知所学，就完全不知"两万四千，百单有七"之语是何所云了。这并非蜂匪口诀中的内容，即便换了李老掌柜在此，也多半是猜解不出。

我想起卸岭盗魁陈瞎子，曾在民国年间大破瓶山机关城，按他所述那座瓮城应是属于明井销器儿。在倒斗行里，常有在古墓王陵中遇到藏兵楼陷阱送命的盗墓者，但真正见过实物的人应该很少很少。

明代观山太保专盗古冢，保不准就从哪座山陵里，挖出这么一套《武侯藏兵图》的机关，藏在乌羊王地宫里作为地仙村的一道夺命屏障。不解开"生门相连，一首一尾；两万四千，百单有七"的暗示，怕是过不了这道门槛。

众人面面相觑，你看看我，我看看你，都对此束手无策。连蜂窝山里的行家都犯难，更别说我们摸金校尉了。这隔行如隔山，一时半会儿哪儿想得出什么良策。

我给众人提气说，我这辈子从没遇到过像地仙村一般藏匿如此之深的古墓，在我看来，那位观山太保的首领封师古，根本就是一个疯子，倘若用正常人的思维，绝难猜想出他的用意；可还有一说，毛主席说"天若有情天亦老，人间正道是沧桑"，不遇艰难，不显好处，只要地仙村古墓里真有丹鼎一类的稀世珍宝，也不枉咱们经历这许多周折艰险，此刻还不知地仙的藏兵图如何布置，是楼，是城，还是别的什么。但也别太过担忧，法子都是人想出来的，路都是人走出来的，先去实地勘查一番，咱未必就找不出对策。

孙九爷却皱眉道:"说是这么说,眼前这番周折怕是不小,不能想得太乐观了……"说着话,他就踏着墓道里的石阶向椁殿上层走去。

我担心孙教授走得太快脱了队,当即向其余三人一招手,在他后面紧紧跟上。上行的墓道阶梯下临积水,走在上面可以听见水声四溅,四周多处都有暗泉穿过古墓,墓中取的果然是水龙之脉。这时我觉得耳边有嗡嗡声,原来又有几只黑蝇在我们身边打转。

我急忙挥手驱赶,在头顶战术射灯的光束晃动中,正见到孙九爷后颈上趴着一只黑蝇,食尸蝇身上的荧光好似微弱的鬼火闪烁。

这回是看得分明,再不会错了,我一把拽住孙教授说:"且慢,九爷你身上怎么会有食尸黑蝇?你到底是死人还是活人?"

孙教授一愣,随即怒气冲冲地说道:"你胡言乱语什么?先前给我乱扣帽子也就罢了,怎么此时又说我是死人?我现在还没死,要死了也是被你气死的。"

我说:"行,您还真够理直气壮的,您看此乃何物?"说罢张开手掌,把手里拿的黑驴蹄子在他面前晃了一晃。

孙九爷的脸色骤变,如遇蛇蝎般"噌"地退开一步,背靠着身后墓墙,用手指着我说:"胡八一,你小子欺人太甚,现在都什么时代了,你拿黑驴蹄子做什么?我不允许你这样侮辱我的人格!你再过来一步,我就跟你拼了老命!"

我以前只知道孙教授在"文化大革命"时被揪斗多回,戴过高帽,也撅过"喷气式",白天批斗完了,晚上就关到牛棚里,所以对我和胖子这种当过红卫兵的人,他从骨子里始终有一种反感,很容易受到刺激,却没料到他有这么激烈的反应,反倒被他吓了一跳。

此时 Shirley 杨也走上来劝我。我以心问心,自己心中确实有些歉然,但转念一想,始终没见椁殿里有什么尸骸,空椁中纵有尸气,几百年来也都散尽了,在孙教授身边出现食尸蝇绝对是种异常的征兆,不可一时心软留下祸根,孙九爷是不是一具"行尸走肉"一试就知。

想到这儿，我咧嘴一笑，对孙九爷说："误会了，我是看您心事重重，为了让您保持革命乐观主义精神，才特意跟您开个玩笑，怎能当真？这黑驴蹄子您要是看着不顺眼，把它扔了就……接着！"说着我一抬手，把黑驴蹄子向孙教授投了过去。

我心想孙九爷只要接住黑驴蹄子，他就不是"尸魔"，谁知孙教授见黑驴蹄子抛在面前，竟然一闪身躲在一旁，那黑驴蹄子撞到墓墙上就势落下，又被他抬脚踢进了石阶底层的地下水里，然后瞪了我一眼，斥道："你要是能帮我找到周天卦图，我当着你的面吃了这黑驴蹄子都行，可我现在哪儿有心情与你胡闹！"

我怔在当场，暗骂这老东西怎么如此狡猾，不仅不接那黑驴蹄子，而且一脚踢落入水，难不成这位引我们进入古墓的孙九爷，当真是一个死后化作了行尸的妖物？

这些年在生死边缘摸爬滚打的经历，使我不得不成为一个怀疑主义者，我让身后的胖子赶快再给我拿一个黑驴蹄子，胖子却说："哪回出门都带，可也没见顶什么大用，这回你不是说轻装吗？所以我看你带了一只，我就没带，我这不是想……想给包里留点地方，多……多装明器嘛。"

我又看了Shirley杨一眼，她耸一耸肩，表示也没有带着黑驴蹄子在身边，我心中立刻凉了半截，早知刚才就不自作聪明扔给孙九爷了，这一来反倒弄巧成拙，现在却如何辨别他是活人还是行尸？这时忽听孙教授在墓道石阶上一阵冷笑，笑声中隐隐有种狰狞可怖之意，在本就阴森空寂的古墓中听来，分外毛骨悚然。

第三十二章
空亡

孙九爷的一阵狞笑只是瞬间之事，他似乎也意识到自己失态了，急忙绷住脸孔，干咳两声加以掩盖，对我说："你们莫急，人急办不了好事，猫急逮不到老鼠，先听我把话说完。咱们现在身处险恶之地，一切情况都还不明朗，眼下这话要是没用我就不说了，可事到如今我不得不说，别怪我批判你啊，我知道你这个人向来多疑，但你不能异想天开无中生有，拿黑驴蹄子做什么？难道把我当作成了精的千年僵尸？简直乱弹琴！"

现在不管孙九爷说什么，在我看来都是伪装出来的，我虽然不知他到底想要隐藏什么，但他脸色的突然变化，却已足够说明此人肯定心怀鬼胎。他为什么怕黑驴蹄子？他独自一个人落入南斗墓室中的那段时间里，是不是发生了什么？古墓肚仙发出的鬼音只有他一个人听得明白，那段在近乎幻觉状态下感应到的《观山指迷赋》，让人如何敢轻易相信？

我脑中的疑问一个接着一个冒了出来，越发怀疑孙教授是从古墓中爬出来的怪物，否则他身上怎么会屡有尸虫出现？想到这儿，我暗中摸了摸工兵铲的木柄，只要看他的举动稍有异常，就一铲子削过去结果了他。

此刻除了我和 Shirley 杨外，胖子和幺妹子两个人还完全蒙在鼓里，不知为何气氛突然变得如此紧张，一时间谁也没有说话，全都一动不动地站在墓道石阶上。僵持下的这几秒钟时间，过得格外漫长，仿佛连身边的空气都要凝固了。

孙教授盯着我看了片刻，接着说道："好了，你们怀疑我又不是一回两回了，我承认我以前确实利用过你们，但这次大事当前，我也是拼着身败名裂的后果，冒死跟你们来找地仙村古墓。咱们是各有所求，都是绑在一根绳子上的蚂蚱，如今我还有什么不能对你们坦白的？至于为何我身边有尸虫出现，也不奇怪，墓室墓道里尸气沉重，附近又有暗泉，出现尸蝇尸蛆都是很正常的现象，我身上有，你们身上可能也有，做倒斗考古的还能在乎这些吗？反正尸虫也咬不死人。现在我孙学武干脆发个毒誓，对于棺材峡里的事情，只要我对你们有丝毫隐瞒，让我背一辈子黑锅，今生今世，永无出头之期。"

我没有真凭实据，见话已说到这个份上了，不好再对他使用别的手段，可提防之意丝毫不减。这不能怪我不信任他，之前在得知关于秦王照骨镜的真相之时，孙教授此人就被我排除出"可信任的名单"之外了。

可是，也正如孙教授所言，眼下双方都需要互相倚仗，共同克服重重阻碍，以便能够找到地仙村古墓，至于他深藏不露的真实意图，我无法揣测，但我确信他肯定有一些不可告人的秘密。对于孙九爷这种没有正式信仰的人，即便当众起誓赌咒，也显得轻于鸿毛。

孙九爷的一番话骗 Shirley 杨是没问题的，Shirley 杨虽然聪慧机敏，但她不工诡变之道，对人对事都肯定往好处去想，然而我早在阶级斗争中百炼成钢了，要是不能在我面前装得天衣无缝，哪怕露出些许破绽，就绝对躲不过我这双招子，岂能吃他这一套花言巧语？暗中决定暂且隐而不发，等找到地仙村古墓之后再做理会。

我打定了主意，对孙教授说道："凡事就怕带着主观成见，即便是为人圣贤，只要在心里先有了偏见，对人对事就肯定会出错，多把好的认作歹的了。我承认我以前对九爷您有些看法，现在想想肯定是我多心了，只要您身上没有尸变的迹象就好。此事谁也别再提了，这就到古墓暗泉之处

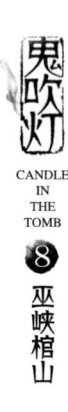

去看看武侯藏兵图的规模如何？"

孙教授道："这还像句人话。"言毕，拔足便行，我只得随后跟上。众人沿着曲折漫长的墓道，来到了位于高处的一间墓室里。此室只比椁殿规模略小，造得天圆地方，墓墙上的壁画保存尚好，看来未遭破坏。壁画中的人物细腰长身，装束奇异，身材远比常人高大。地上铺着数百具松皮棺材，棺板零乱，里面尸骸半露，皆是被盗发后遗留下的随葬棺椁，其中的尸骸全部是女子，估计多半是移山巫陵王的大小老婆。

殿后陷在地底的一道峭壁间，贯穿着数条雕成苍龙的古老石渠，里面通着暗泉，把地下水引向古墓外围，暗泉奔涌，水势很是不小。苍龙吐水的古渠后有个洞穴，是沿着暗河水脉开凿的，走势蜿蜒起伏，两壁间都是哗啦啦的水声。

我们见墓室中没有什么销器儿机括，想来那群龙吐水，应当是在水脉缠结之地，便只好进入后壁的甬道里，去寻找水源穷尽之处。

这条甬道长数十米，尽头有道洞开的石门，出了石门就见是条地底岩层间的裂谷，宽可三十米，地面光滑平整。甬道两侧古壁峭立，时有磷火闪烁，其上都是一个个猿穴般的矿眼矿窟，能见处满目皆是，密集得难以想象，数不清有几千几万。由于没有强光探照灯，在石门前看不到地下山谷纵深处的情况。

我按古墓形势判断，这条地下裂谷可能正是乌羊王古墓的正门，我们由乱葬洞进入反而是走了后门，但没想到地宫前的墓道如此气象森严，虽然大部分是凭借天然造化，但仍然需要大批人力进行修整。这工程量放到今天都难以想象，若与此间相比，那片利用矿窟改建的青溪防空洞，就实在是显得太过简陋了。

我见裂谷深处黑茫茫的一片沉寂，只有贯穿山体的水声隐隐不绝，担心再往前走会遇着什么凶险，便停下脚步，手举狼眼四下里打量，看到高处时不禁倒吸了一口冷气。

原来两壁夹峙之间，悬了一道厚重宽大的断龙巨闸，距地面有十几米高，看起来随时都可能轰然坠落，即便甬道里有辆装甲车也得被它砸扁了，何况我们五个血肉之躯的活人。

我赶紧让大伙儿向后退了两步，幸亏刚才没继续往前走，否则一旦触发了销器儿，巨闸落下来就算不把人砸死，恐怕我们此时也会被它截断退路，如果困在甬道里，鬼知道接下来要面对什么险境。

幺妹儿看那巨闸上有卦眼标记，告诉我说此门为"空亡"。按蜂窝山里古老相传之言，这是武侯八门中的一门，一进此门，可能就会触发阵中的武侯藏兵图机括，各种杀人的机关源源不断。

我问幺妹儿："你能百分之百确定吗？只此一门就能断言峡谷中有武侯藏兵图的布置？对于机括销簧之术我们全是外行，此时只能相信蜂窝山传人的意见，但千万别误导了大家，稍有差错可就要出人命。"

幺妹儿说："你别因为我是山里人，从小没喝过自来水就觉得我瓜兮兮的。蜂窝山里做的暗器，十样有九样是要人性命的凶器哟，我啷个会不晓得厉害？"

我说："我哪儿敢小看你，你先说说这片机括如何布置。"幺妹儿从背包里取出一个构造十分复杂的木头架子，上面挂了许多细小的铜牌，分别标有风角、虚弧、空亡一类的标记，木架的细微处可以转动分解，巧妙无比，近似一副用于推演生克变化的立体模型，按照图谱拼装起来，就能推测出这条藏兵峡的粗略格局，当下就着那具模型，为众人一一指画方位。

武侯藏兵图是古代销器儿之祖，机关井里需有灌溉之力才能发动，秦时有水银，唐时有风木，两宋之际则使用暗河。谷中两侧都有暗河，就可以断言，必是伏设滚刀或是转心螺丝，以水流输动，说白了就是地底的阴河暗泉里有水车。

如果从空亡方位的闸底进去，一定会很快遇到一个不得不触发的销器儿，这个机关一动，断龙闸就会关闭，除非你在峡中找到海底眼[①]，否则就会在一波接一波的暗器下送掉性命，至于谷中潜藏的是什么杀人机关，那就千变万化，难以预料了。

---

① 海底眼，秘密、机密，暗指外人绝不会知道的底细。

Shirley 杨说："即使如此，可以设法在外围截断暗泉，那些机括销簧没了灌输之力，就形同虚设了。"

孙教授说："此计绝不可行，咱们能想到的，观山太保肯定也早已料到，按照《观山指迷赋》来看，这条甬道里肯定有地仙村的地图，机括一停，那图多半就要毁了。如今不做他想，唯有冒死进去找出生门破解机关，幺妹儿这丫头晓得武侯八门之阵，有她带着咱们，想破'藏兵峡'也不算难事，她这说得不是都挺对路吗？那句'生门相连，一首一尾；两万四千，百单有七'，到底是什么意思？"

幺妹儿说："我哪个会晓得？八门五行的生克推演是蜂窝山里本有的手艺，可武侯藏兵图早已失传，好比是一个藏宝匣，如今蜂窝山里只大致晓得这匣子的大小尺寸，里面装些啥子则一概不知。但刚刚孙老爷有句话说得在理，你们要想取谷中所藏宝物，就不能从外围下手，断龙闸和暗泉一破，必定会引出伏火、流沙、黑水一类的机关，不论峡谷中有啥子事物，也都要一发毁了。"

孙教授闻言急得直抖手，九九八十一拜都拜了，偏就差这最后一哆嗦，这辈子阅过万卷书，行过万里路，吃过万般苦，遭过千种罪，按说学识和阅历都不算浅了，连龙骨上刻的古代谜文也给破解了，可"生门相连，一首一尾；两万四千，百单有七"中的隐意，漫说搜肠刮肚，纵然撞破了头也想不出来。

Shirley 杨猜想这会不会是一串密码，可又觉得不合情理，接连做了若干假设，都不得头绪。

最后这段《观山指迷赋》，我不知是真是假，其中的内容居然把孙九爷和 Shirley 杨都难住了。我突然灵机一动，难不成"两万四千，百单有七"是指……那伙大明观山太保的确喜欢故弄玄虚，也许孙九爷和 Shirley 杨想得太复杂了，反而不得其解，可这事除了我之外，别人未必会留意，若真和我所料一致，也真应了那句老话——难者不会，会者不难。

于是我说："这道裂谷深处山腹，里面黑灯瞎火，谁知它如何布置，胆小不得将军做，舍不得孩子套不来狼，咱们不如兵行险招直接进去。如果武侯藏兵图的生门，真应了'两万四千,百单有七'之言，我就有把握找到海底眼，但这龙潭虎穴，看来也不是等闲的去处，万一有些差错，可就有去无回了。所以我看只有我和胖子两人进去就足够应付，你们三人都在外边候着，三个小时之后如果我们还没回来，也甭惦记着给我们收尸，你们从哪儿来回哪儿去，直接回去开场追悼会，赶上清明冬至，给我们哥儿俩烧点纸钱棉衣就行。"

胖子道："胡司令你太缺德了，自己送死还想拉上我给你垫背，让胖爷我去也行，但得有个条件，就是孙老九也得跟咱俩一块儿去，要不胖爷临死前一想到这老头还欠咱一顿满汉全席，我是死也闭不上眼啊。"

我说没错，是得带着他，当下胖子使个眼色就要行动，Shirley 杨见我说走就走，一把拽住我说："你又想乱来，净说些没高没低的言语，古墓中的机括最是歹毒，怎能轻易进去送死？"

孙教授也说："胡八一、王胖子，你们想拉上我一起死不要紧，我这条命值什么？你们的命又值得什么？可事关地仙村里的千古之谜，我不能容忍你们任意胡来，这事不能听你们两个浑小子的，只能听我的。"他又说，"王胖子你也真是的，他胡八一干什么你都得跟着起哄，看你也是条血性汉子,怎么处处都听他的？这次你得听我的，可不能脑筋一热就盲目做事。"

胖子笑道："甭想挑拨离间，谁说我处处都听老胡的？只不过我们伟大的头脑时常不谋而合，所以经常心往一处想，劲往一处使。再说胖爷我像是莽撞粗鲁的人吗？我别的不相信，我只相信真理，想让我听你孙老九的也不是不可以，可九爷您身上有什么过人之处？我看你的水平还不如老胡呢，更别说跟胖爷比了，所以你听我的还差不多，不要妄图篡权，温都尔汗折戟沉沙的教训还不够吗？"

孙教授愤愤地说道："我是没什么本事，可你们这两块料除了有些倒斗的手段之外，也未必再有比我更高明的才能。平时谁听谁的无所谓，我也不稀罕与你们相争，但此次事关重大，务必要听我一言，在有万全的把握之前，绝不能轻易触发武侯藏兵图机关。"

胖子十分不屑："孙九爷你口气不小，除了倒斗手艺之外的本事，我看你也未必比得了，咱爷们儿可是十八般武艺样样精熟，我随便说出一样来，你下辈子都不见得能做出来。"

孙教授自忖一生经历过许多磨难，常有怀才不遇之感，此刻话茬子说岔了，如何肯服，就问胖子除了摸金倒斗的手艺之外，有什么事是他下辈子都做不出来的。

胖子指了指我，对孙教授说："您瞧见没，这位胡爷，杀过人，杀过活人，而且还不是杀过一个两个，人家说什么了，还不就是忍着？您手底下宰过活人吗？就敢在我们胡司令面前口出狂言？"

孙教授的表情一瞬间僵住了，万没想到说出这等勾当，吃一惊道："怎么？你……你……你杀过人？"

幺妹儿也觉吃惊："师哥，你真的杀过人哟？杀的是……是哪一个？"

我被众人的眼光看得身上发毛，只好解释说："绝不是你们想象的那种谋杀，我在前线的时候，枪林弹雨真刀真枪地一仗接一仗打下来，还能不在枪底下撂倒他三五个敌人？如果在战场上我手软不杀人，我和我的战友们可能早就永垂不朽了。"

我知道死亡是怎么回事，既不觉得恐惧也不觉得刺激，血与火的洗礼使人更懂得尊重死亡与生命，所以我从来都不想主动做送死的事情，但如果不取出藏在地仙村的丹鼎，南海疍民多铃就只有死路一条，现在我不得不选择把脑袋别在裤腰带上，全当这条命是白捡来的，打算冒死去找武侯藏兵图的生门。

孙教授道："好，既然你有把握，咱们放开手脚去做就是了，我和你一同进去，让她们两个女娃留在墓门前等着。"

我点了点头，正要告诉他和胖子进入空亡前需做哪些准备，Shirley 杨却突然上前问道："教授，你脸上怎么会有尸斑？"

第三十三章
武侯藏兵图

我本就怀疑孙教授身上有尸气,听Shirley杨如此说,急忙抓住他的肩膀,仔细看他的脸部,只见孙教授面颊上果然有数片淤青,但那绝不是由于碰撞导致的淤血发紫,而是暗带着一层从皮肤里渗出来的黑气,是人死之后才会出现的尸斑。

孙教授也自吃惊不小,连忙推开我的手,问幺妹儿要了随身带的小镜子,往自己脸上照了照,看后神色黯然。

我满腹狐疑地追问孙教授:"九爷,现在怎么说?你身上除了尸虫还有尸斑,照此下去,你都快长尸毛变僵尸了,你身上到底发生了什么?"

孙教授唉声叹气,垂着泪说出一件事来。两年前他在河南洛阳一带工作,曾遇到过一场噩梦般的事情。当地农民打井,打到深处不见水,却有好多青砖,三伏天骄阳似火,那些从地底挖出来的长砖上却冷气森森,好像是从冰窖里抠出来的一般,搁太阳底下都晒不热。

河南古迹极多,有老农知道是挖着什么古墓了,赶紧把此事汇报上去,于是有考古人员过来勘察,一看果不其然,挖开的是一座古冢。

由于天气炎热,加上墓墙夯土和墓砖都破了,只好采取抢救性发掘。

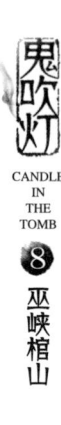

出于保护文物的考虑，没有现场开启棺椁，而是用拖拉机就近运送到一家医院里。孙教授听说棺椁上标有许多古代铭文，那些神秘奇怪的符号，除了他之外没人识得，也恰好赶上他在附近出差，就带着几个学员前往医院，参与了这次开棺的工作。

最外层的套椁已经有些损坏了，大伙儿只担心里面的古尸和陪葬品已经朽烂了，没做过多的准备，但等按部就班地拆到内棺之时，才发现阴沉木树芯打造的内棺，依旧触手生寒、冰凉如水。

在医院解剖室的无影灯下揭开棺材之时，众人都觉眼前一花，在那一瞬间，好像见到一个红袍男尸从棺中飞了出来，冲到众人面前就化为乌有。大伙儿都吓了一跳，再看棺材里的尸体，已朽如枯腊，皮肉都已塌陷，呈现出一种诡异的乌灰色。

做这种职业的大多是无神论者，不相信世上有鬼，但谁也说不清楚刚才眼中所见的恐怖景象究竟是怎么一回事，而且谁也没敢把这件事声张出去，都知道说出去了可能要惹麻烦。可从那以后，参与过开棺剖尸的这几人，便都觉得全身不适，接连不断地做噩梦，到处投医问药均是无果。

孙教授多在民间走动，知道许多匪夷所思的怪事，他暗中推想，很可能是开棺设备条件不太完善，谁想得到棺中古尸在世时的英锐之气聚敛未消，封闭了千年的尸气太浓，竟至冲撞了活人。他心知肚明，这股阴气已然透骨，早晚必要显露祸端，搞不好就此送命，时常为此忧心忡忡。

孙教授说："再后来……百事缠身，早把那件事抛在脑后了。此时想来，肯定是当时埋下的祸根，竟然早不来晚不来，偏赶上这个节骨眼，看来我时日已然无多了，临死前能见到周天卦图，死也瞑目了。另外……我也希望在活着的时候，亲眼看到你们找到地仙村，取了古墓中所藏的丹鼎，去救那南海疍民的性命，这就可以帮我洗刷掉一点罪孽，临死的时候心里会稍微好过一点。"

胖子听了这些话，说道："孙九爷，常言说得好，人逢喜事精神爽，死到临头要抓狂，怎么您知道自己死期将至，不但没抓狂，反而突然间变得心善了？竟说出这么多感人肺腑的遗言来，倒让胖爷我心里边有点不是滋味。您就放心吧，等您老翘辫子之后，我们一定会怀念您的光辉形象，牢记您的模范事迹。"

Shirley 杨对孙教授说："教授您也别将事情看得太绝对了，如果是棺中积郁的千年尸气，说不定可以用金丹拔出尸毒，就像老胡常说的那样，不到最后时刻，绝不要轻言死亡。"

孙教授叹道："什么死到临头要抓狂？人之将死，其言也善。你们不懂，我自己的身体状况自己最清楚，事到如今，再不妄想什么了。人为一口气，佛为一炷香，与其窝窝囊囊地等死，不如趁着还能喘气，做些真实的事情出来，也免得死后仍给你们留下一个自私自利的印象。"

孙教授自觉时日无多，当下就着手准备，要跟我们冒死进入藏兵峡。我在旁冷眼相观，见孙九爷神色黯然，眼神里满是悲愤，看不出他刚刚那番话是在说谎，可我还是满脑子疑问，仍然不肯相信他的言语，即便是暂时信了，十停之中也只信他三停。

我隐隐觉得孙九爷极不简单，他肯定还有些事瞒着我们。不过一个人再能伪装隐藏，眼神中也会流露狡诈之意，孙九爷此刻流露出来的神情极是真挚，我盯着他的眼睛看了半天，十分之七的怀疑已自消了几成，逐渐变成了半信半疑，心想如果带着他一同进藏兵峡寻找"生门"，只需不让他离开我十步以外，纵然他真有图谋也不可能反出天来。

话虽如此，我也盼着这一切都只是我多心了，眼下之事足以使人焦头烂额，破解武侯藏兵图的行动最好别再出什么岔子。

我又让幺妹儿讲了讲关于武侯藏兵图的事情。古老相传，根据这套图谱设计的杀人销器儿，最大的缺点是不能机动，很少用于战阵，以实际用途来看，最有用武之地的便是古墓山陵。作为防盗机关，少则是数十架弩机暗箭，多则是千军万马的木军鬼俑，发作后机相灌输、往复不绝，一环接着一环，里面所使用的暗器有剑奴、夜龙、伏火、滚刀、流沙、毒烟、乱弩……种类繁多，不可尽数。

我告诉胖子和孙九爷："听明白没有？不是闹着玩的，咱得先找点能防身的家什。"于是转到墓室中取了两块宽大的棺材盖子，那两块命盖皆

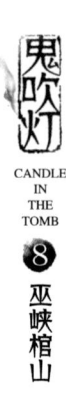

是通体的古松皮，纹理犹如龙鳞，木质紧密，又坚又韧，强弓硬弩也射它不穿。

再把棺材盖子抬在暗泉喷涌处，拿地下水都浸透了，又以绳索捆了几匝，这样就可以任意提拉拖拽，周身上下也都收拾得紧趁利落了，留下Shirley杨和幺妹儿在墓门前等候。

我们三人随即调了调头盔上的战术射灯，防毒面具都挂在胸前备用，纵向里排成一排，两侧抬着棺材盖子，前边撑着金刚伞，跟在最后的胖子背了一个大号携行袋，前后左右都遮得水泼不进。

我知Shirley杨肯定会担心，但做此等勾当，人多了也是没用，就转头告诉她们只管放心，千万别跟着进来，随后与孙九爷和胖子一同踏着沉重的步伐，进了眼前这条漆黑宽阔的墓道。

我在前边举着照明距离较远的狼眼手电筒，视界可达二十余米，一过空亡巨闸，只走得二十步远，就见墓道中有具女尸横倒在地，尸首身着古装素服，这身打扮不像入殓时的装束，反倒像守灵哭丧的寡妇披麻戴孝，她一双小脚穿着尖锥般的精巧绣鞋，唯独那双鞋子鲜红欲滴，裹在一身雪白的衣服里异常扎眼。

我走到近处，拿狼眼手电筒往那具女尸身上照了照，见那尸体早已没了面目，都叫尸虫啃净了，只有一身零散的骨骸，倒是一套衣服鞋子保存尚且完好，透露着一种令人心慌的诡异感觉。

我回头看了孙九爷一眼，见他也是满脸茫然，他劝我说："观山太保行事诡变无方，这条建在裂谷中的甬道，更是处处都有危险，不明底细的东西咱们最好别碰，绕过去就是了。"

我也正有此意，便从尸旁经过，手电筒的光束向壁上一扫，见高处全是密密麻麻的岩窟，心中更是没底，对孙教授和胖子说："那座地仙村还不知是何等规模，单是从《观山指迷赋》的隐藏方式来看，地仙村封师古肯定是穷尽了心智，种种布置令人难以想象，就算地主阶级担心农民起义军来倒他们的斗，可有必要做到这种程度吗？"

孙九爷进了墓道后也显得有些紧张，在我身后低声说："观山太保封师古是个疯子,这事虽是传说,可未必不是真的。我有个医学院的熟人,据她说,以咱们现代的医学观点来看,收藏和创造这两样行为,都可以治疗心理疾病,所以封师古把发墓所获的古物藏入地仙村,又留下这《观山指迷赋》来度人,无一不是疯魔的举动,咱们自不能以常人的心思来看待。"

我应了一声,小心翼翼地带队前行,经过那具尸骸不远,笔直的墓道里有处转折,转过弯去地势更是宽阔,墙壁凹陷处,砌着一排排猩红色砖楼,数之不绝。不过定下神来看过去,发现并不是用石砖搭成,每一块砖都是一个巴掌大小的石头棺材,体成长方,棺盖带有一定弧度,单看其形制,也都不是近代之物,粗略一观,那些小棺材恐怕有万余。

每具小棺材上都印刻着不同的标记,个个都有不同,有星宿、卦符、五行、六壬之类,皆是取古术中的一个符号作为记认,比如有的棺材盖子上就刻着"土",有的就刻着"水",不胜枚举,有些个是虫鱼古迹的文字,有些个则是绘以图形,看得人眼也花了。

传说棺材峡里有座棺材山,莫非这些奇形怪状的小棺材,都是观山太保从棺材山里挖出来的?可它们又是何人所埋?如此小的棺材里面肯定不是装殓死人的,里面又会藏有什么?

我们举着手电筒向四周照了照,围着堆满小棺材的墓道,周围有数道石门,诸条墓道呈蜘蛛脚形分布,除了空亡一门之外,其余各门多已闭得无间无隙,而且还灌注了铜浆铁水,这说明墓门前的这条墓道,已与外界彻底隔绝,地仙村古墓并不在这附近。

《观山指迷赋》中有"棺楼迷魂,古墓遗图"之言,都与眼前所见的情形完全对应。一如先前所料,想找到地仙村古墓,只有找到乌羊王古墓中所藏地图,或是别的什么图,然后按图中指引,才能得知地仙村的真相。

孙教授提醒我和胖子说:"你们可千万别乱碰那些小棺材,一旦引得墓道中机簧发作,咱们就得全报销在这儿。"

胖子也知厉害,举着棺盖说:"九爷您拿我当什么人了?胖爷最拿手的就是乖乖待着一动不动,可问题是咱要不动手,又怎么能找出棺材里的机密文件?就你们说那什么图,到底是不是机密文件?明器藏在哪儿,那

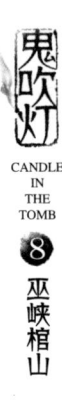

图上全标着？"

我说这还真就像是机密文件，而这些石头棺材就是保险柜，记录地仙村秘密的那份机密文件，理应就藏在其中，一旦开错了咱们就得去见马克思。

胖子吃一惊道："哟！还真是保险柜？早知道提前在潘家园淘换一本《少年飞贼之烦恼》来研究研究了。上次看倒腾旧书的刘黑子收来一本，据刘黑子说此书是民国年间的著名失足青年康小八，被捕后在看守所内的著作，一边啃窝头一边写的。这本书可太厉害了，绝世孤本啊，里面都是走千家、过百户、拧门撬锁、开保险柜的门道。"

我知道此时深入龙潭虎穴，心中也不免有些紧张，看来如果不碰那些小棺材，就暂时不会引发墓道里暗藏的销器儿，便招呼孙九爷和胖子把棺材盖先放下，脑子里飞速旋转，反复想着《观山指迷赋》里的暗示，口中只同胖子说些不相干的闲话，以便减轻心理压力。

我说："那位康八爷可没开过保险柜啊，而且此人也绝对不是民国时期的失足青年，康小八是清末的盗贼，最后失了手，被官府拿住，三堂会审之后，便直接押到菜市口活剐了，剐净了一身皮肉，最后连骨头架子都喂野狗了，他哪儿有什么工夫去写《少年飞贼之烦恼》？至于民国时期比较有名的失足青年嘛，我琢磨着应该是燕子李三。不过李三爷好像属于文盲，也不像是作家，你刚才说的那本破书，书名我还真有点耳熟，多半是个没头鬼写的路边货，其中的内容怎能当真？得空你也完全可以写一本《少年王胖子的烦恼》。可现在话说回来了，咱们没有飞贼的手艺，要开眼前的这个'保险柜'，来硬的肯定没戏，必须得有正确的'密码'。"

孙教授看我好似漫不经心，又赶紧提醒说："你可得慎重着点，开弓就没回头箭了，万一开错了棺材，就算咱们命大能躲过重重机关，地仙所留的图谱也肯定灰飞烟灭了，没有万全的把握，千万不能轻举妄动。"

我说："您别看我假装挺不在乎，其实我心里边也打着鼓呢，肯定不敢在这件事上作耍。但《观山指迷赋》似繁实简，天底下能知道'两万四千，一百单七'是指什么的人，恐怕真没有几个，偏巧我就是其中一个，这是咱摸金校尉本身的手艺,只要'两万四千,百单有七'这几个字没错,这棺材里的东西就肯定能拿出来。"

既然开棺材,不论是大是小,是哪朝哪代,按摸金倒斗的老规矩,都得先在东南角上亮子。我看过那些棺材后,心中有了底数,便摸出一支蜡烛,想在东南角点上。以前点蜡烛,百不失一,但这次却是怪了,接连换了三支蜡烛,都是点燃了即灭。

墓道里没风,蜡烛在买来的时候挨个儿试过,并无任何异状,怎么会一点即灭?我全身骨头缝里都升起一股寒意来,觉得脑瓜皮子跟着麻了几麻,这可绝对不是什么好兆头。我深吸了口气定一定神,又拿打火机点了一遍。

这回蜡烛终于是亮起来了,但那火苗比黄豆粒也大不了多少,绿森森地冒着寒光。灯烛虽是不灭,但烛光微弱,显得欲灭不灭,而且荧绿犹如鬼火,此乃"灯意"不足所致,据说早年间的摸金校尉们,将这种异常现象唤作——鬼吹灯。

第三十四章
妖术

历朝历代的古墓结构，无不是非圆即方，或取天之圆，或取地之方，因此不论是墓道、墓室，其位置必合着四方八门的朝向。盗墓古术有"望、闻、问、切"四法，其中"问"字诀乃为占验之术，在古墓中点燃蜡烛就正是一种最简易最原始的占验秘法。

蜡烛点在东南这个角落，也是暗合着推演八门吉凶之理，蜡烛受到阴邪之气所压，烛火微弱暗淡，虽然没灭掉，但那火苗绿森森的如同鬼火，预示着惊门有变，巨大的危险即将发生。

我看蜡烛火苗燃得奇异，心中明白大事不妙，不管它是鬼吹灯还是鬼压灯，眼下最好是什么都别管了，直接逃出去。

可我心中转了两转，觉得自从进了乌羊王古墓之后，实在是有太多蹊跷离奇的事情，似乎有个极其险恶的阴谋笼罩在附近，我随即放弃了逃跑的念头，干脆一口气吹熄了蜡烛，然后转头望了孙教授一眼。只见他离我有五六米远，正蹲在那些小棺材旁出神，他的大部分身影都隐在黑暗里，这一瞬间，我竟然全身汗毛倒竖，隐隐觉得我好像根本就不认识这位孙九爷，莫非他真是"借尸还魂"的幽灵？

第三十四章 妖术

先前在南斗墓室中，所遇肚仙指迷之事太过离奇诡异，我始终怀疑那些从唐代古墓中抠下来的壁画里，有障目之物在内，而在迷香一类的燃烧物作用下，便会使人产生某种幻听。唐至五代时各种奇人异术极多，据说在那些障眼法和摄魂术一类的勾当里，单就有一门照烛摄魂的法子，多不是现在的人们可以想象，与其点烛开棺，还不如大着胆子不用蜡烛。

这时孙教授看我迟迟不动，便说："胡八一，你怎么了？蜡烛点不着就算了。你现在可别怪我唠叨，这上万口小棺材只有一口是真的，概率是万分之一，其余的里面多半都藏有销器儿埋伏，找错了难免玉石俱焚，你可别脑筋一热就轻易下手。"

孙教授说到这儿顿了一顿，又说："在墓门前你好像就挺有把握，我当时没追问你要如何破解《观山指迷赋》，因为我知道你对我始终都有疑心，不到开棺之时，你绝不肯提前泄露给我。但现在咱们都已到了此间，拿你的话讲咱们全是一根绳上的蚂蚱了，所以你必须得向我做出解释，我要先帮你评估一下可行性。"

我一琢磨，倒也是这么个理，但并没有立即对他解释我是如何设想的，而是先问孙教授："这些古旧的小石头棺材形状奇特怪异，显得极是神秘，我是从没见过，九爷您是考古行里的专家，知道这些东西的来历吗？"

孙教授说："说实话我也从未亲眼见过，但我以前在重庆整理收集资料的时候，在档案馆里看到过一篇文献。

"其中提到，在清朝末年，有一伙洋人，在巴山蜀水间大肆搜刮骗取咱们中国的古董，甚至包括一些上古的玉器和青铜器，结果被官府发现了，可当时提督衙门也不敢开罪洋人，就找个借口把人都放了，只扣下了大批文物。

"时任官员恰是位博古之人，他看那些文物形制古怪，都不似人间的凡物，于是仔细追究下去，一直查到引着洋人挖宝的那些山民，将这伙人都拿到衙门里过了堂，严刑拷打之后，得知是山民们在深山里找出来的。估计那地方是座古墓，从悬崖绝壁上的一个山洞里钻进去，就可见到里面藏有数万口小棺材，可棺中空无一物，打开来唯见一片漆黑的血迹，剩下的那些小石棺就都没动,仅把周围陈设的珍异宝物取了出来。

"后来这位官员又亲临现场勘察了一番,见那些藏在深山中的小棺材多得难以计算,棺盖上印刻日月星辰与卦数谜符,也不知是什么朝代遗留下的古物。他担心棺材里封着什么不祥的妖物,毁了之后会招来祸事,便下令封山埋藏。

"在时隔多年以后,他才打听到,巴蜀之地自古与外界隔绝,其地巫法盛行,遗留下来的神秘文化,受中原地区夏、商、周这三代的影响,格外看重星相、地脉、巫卜之事,始终相信在巫山山脉里埋有一尊天神。

"按照巫地之风,人死后都要取一样脏器,包括心、肝、脾、肺、肾等,甚至还有眼球和舌头,根据死者地位的不同,割取的器官也不尽相同,藏纳在小巧的石棺里,然后在山洞中掩埋供养神明。

"古巴蜀之地有许多以棺材命名的地区,追根溯源,自是出于古代流传神秘的巫风。埋这种小棺材的山洞应该有很多处,虽然从新中国成立后还没出土过实物,但在乌羊王古墓附近出现,却不奇怪,肯定是观山太保盗发所获,又通过精心布置,把地仙村的图谱藏在了棺中,《观山指迷赋》里隐藏的最大一个难关,也就是此节。"

我听罢点了点头,如果这些小棺材的来历真如孙教授所言,就说明我先前所料绝对没错,所谓"生门相连,一首一尾;两万四千,百单有七"之言,必是应在此处,但如果棺材里真的藏有图谱,不会是其中一具,以谜文推断,至少要开两具石棺才能拿到。

阴刻在这万余具小棺材上的符号,都无一相同,但我敢断言,《观山指迷赋》中所提到的线索,百分之百是来自《周易》,因为《周易》从首至尾,字数共计"两万四千一百单七",一字不多,一字不少。

此事连常年翻阅研读《周易》的专家也不知道,孙九爷这样的古文字专家,跟龙骨卦图打了一辈子交道,照样不会留意这种细节,唯独以风水秘术来倒斗的摸金校尉,最擅长的两种古术,一是以河图洛书为骨的"寻龙诀",二是利用《周易》乾元之理的"分金定穴",想明白是怎么回事,必先过《周易》这关。

分金定穴的口诀犹如一篇混合各种信息的密码，到最深一层，全是易理，分金定穴中的每一个方位坐标，都是以《周易》中的文字作为替代。

如果将分金定穴之术通过图谱表现出来，可以分为八卦八方，各爻各卦分处八门，每个字都是图中的一个特殊标志；又可按五行排列，因为自宋代开始，风水形势注重五行之理，故有五姓音利之说，这是将姓氏的读音，按照"宫、商、徵、角、玄"，归列到"金、木、水、火、土"这五行当中。

所以在阴阳风水秘术中，不管是如何推演风水穴位，都不外乎将《周易》颠来倒去，甚至它每一篇的字数，在数术中都分别有特殊的象征，其中玄机神妙无方，这还仅仅是八卦，倘若真有周天十六卦，恐怕就真可穷通天地之变了。

我虽然不敢说把《十六字阴阳风水秘术》和《周易》研习透了，但是要说到按八门排列各是哪一卦哪一爻，按五行推演又都是哪一卦哪一爻，各爻各篇又分别有多少字数，我现在即便是在睡梦里也能随口答出。老卦在天为"连山"，在地为"归藏"，在人为"周易"。《周易》八卦通篇相加刚好是"两万四千一百单七"字，只需找出《周易》中首尾二字，打开相应的两口石棺，肯定能取出图谱，却不会引发武侯藏兵图里的机关。

孙教授听完竟然愣在当场，脸上一片麻木和茫然，许久都没说话。胖子在旁等得焦躁了，问我："老胡你把孙九爷都侃得找不着北了，估计一时半会儿缓不过劲来，咱俩就别犹豫了，先动手吧。"

我点头同意，看那些石棺密密层层，似是杂乱无章，要想找到所寻的两具小棺材，也并非轻易就能做到，但石棺布局暗合五行规律，扫上一眼，就已排除掉了五分之四，我寻到目标后，便同胖子动手。

孙九爷见我们动手了，忙过来观看，还不断唠叨着嘱咐多加小心。我和胖子拔掉棺盖上的石钉，揭开来一看，那两具小棺材里并没有纸卷，却是各有一半精制平整的彩绘瓷片，拼起来恰好凑成一面书本大小的屏风。

瓷屏上面绘着一片世外桃源般的村庄，房舍院落历历可数，藏在山壑幽深欲绝之处，底部的山川上有许多珍禽异兽，还绘有一首《水调歌头》的古词，语含深意，似乎指出了入山的途径，我们身处险境，一时间未及细辨。

我嘿嘿一笑,地仙的手段也不过如此,碰上了咱这伙摸金校尉,也该着他这地主头子倒霉,可刚一抬头,却见胖子和孙教授俩人目不转睛地盯着我,脸上神情格外怪异。

我奇道:"看什么?"胖子"唰"的一下拔出工兵铲来,朝我叫道:"在你后边……"

此时就觉一股阴风袭来,我已知道身后必有什么异状,急忙抱住瓷屏,就地一个前滚翻,同时也将峨眉刺握在手里,这才抬眼看去,可我刚才所站立的墓道里空荡荡的,什么也没有。

但那股恶寒又从身后传来,我这才知道有东西在我背上,扭头一看,就见那做了肚仙的唐代贵妇,紧紧贴在我身后,她那张富态肥胖的大脸厚施重粉浓妆,白得瘆人,诡异的五官就好像都嵌在了一块白花花的肉板子上,眉眼极细极长,一点血红的樱桃小口又与整张巨脸不成比例。

我与身后那肚仙脸对脸看这一眼,险些连魂都吓散了,心中骇异至极。主要是思想准备不足,先前在墓室里,我曾怀疑是孙九爷搞鬼,但在这次寻找地图的行动中,我跟他始终形影不离,也故意没点蜡烛,以便不给他施展摄魂幻术的机会,没想到这鬼魅般的肚仙,还是突然在墓道里现身出来,看来绝不是什么幻术了。

我心知不妙,不管我如何移动,转来转去就死活甩不脱附在身后的肚仙。只听她腹中鬼音凄厉,有如万鬼哀号,一阵阵地钻进人耳朵里来,听得我头发根子都向上竖了起来,亏得我急中生智,干脆躺倒在地,这一来就不用背对着身后的危险了。

谁知那肚仙竟然没入地中,只露一个脑袋在外,一张口吐出一米多长的一条舌头,我急忙竭力侧头闪避,勉强没被那条血红的长舌卷住,暗道:"不好,按早年间的说法——鬼不见地。这哪里是仙啊,不知是观山太保从哪座唐墓里挖出来的厉鬼。"

胖子有心抢着工兵铲来拍,但我挡在上面让他无从下手,急得他直叫:"老胡你脑袋长得太碍事了!"

这时孙九爷也急道:"千万别把瓷屏地图打破了,王胖子快……快拿归墟卦镜照那厉鬼!"

惊慌中我听到了孙教授说话,心中立时打了个突:"归墟卦镜虽不是秦王照骨镜,但毕竟是青铜古镜,镜为法家镇伏求正之器,专能克制邪魔外道,在墓中撞鬼,自然要取归墟古镜脱身,否则眼下如何抵挡?"于是也招呼胖子快取卦镜。

那面归墟卦镜原本在我怀中揣着,三人一时心慌还以为是在胖子的背包里,胖子迅速把自己周身上下摸了个遍:"放哪儿来着?"

与此同时,我也想起来是在我身上,只觉身后肚仙那条凉冰冰滑腻腻的舌头,已经卷住了我的脖子渐渐收紧。我暗暗叫苦,趁着胳膊还能动,赶紧探手入怀,把装着古镜卦符的密封袋拽出来,一把推到了胖子脚下。

胖子手忙脚乱地扯开袋子,拿出青铜卦镜来就要照向我背后的肚仙,归墟古镜的镜面早已磨损了,照什么都只是模模糊糊的一个影子,这一照之下,只见一道寒光从镜中射出,直奔那肚仙而去。

只听那肚仙腹中一声尖啸,我觉得颈上忽然一松,她那条三尺多长的血红舌头已然松开,如同毒蛇吐芯般直奔胖子扑去。

胖子忙拿古镜去挡,却见肚仙的嘴部撕裂开来,从其口中爬出一个瘦如饿鬼的老者,其身量大小不及地鼠,身着上古衣冠,露着满口獠牙,面目实是千般可憎、万分可怖。归墟卦镜一照在那老者脸上,立时将那恶魔般的老头双眼映得精光四射,它伏在那肥胖贵妇的舌尖上对镜嘶声而啸。青铜古镜似乎承受不住这种尖啸,镜体中隐隐有锦帛开裂之声传出。

孙教授惊得脸色惨白,在旁叫道:"王胖子你把古镜拿反了,快掉转过来,否则咱们谁也活不了!"

第三十五章
难以置信

孙九爷说完又嫌胖子反应太慢,探手将归墟卦镜夺了过去。从我把古镜扔给胖子,到胖子举镜照鬼,直至孙九爷出声示意要把古镜翻转,都只不过发生在瞬息之间。

还没等胖子明白过来,孙九爷已将古镜拿在了手中,翻了一个个儿,他把归墟卦镜的镜背朝外,大叫"快闭眼",同时已将镜背对准我身后的肚仙压来。

我被那厉鬼长舌缠得全身酸疼,见那古镜内精光夺目,赶紧依言闭上眼睛,可就在合眼之际,忽然闻到一缕若有若无的异香。我从年轻时烟瘾就比较大,酒也时常要喝,所以嗅觉并不十分敏感,可还是察觉出了墓道中异香扑鼻。

那味道像是焚烟熏香一般,我心中猛然一凛,又觉怀中所抱的瓷屏被人一把夺了过去,赶紧睁开眼睛一看,原来孙九爷已经把归墟古镜和绘有地图的瓷屏都拿在了他自己手里。

我心中恍然大悟:"糟糕,孙九爷这厮果然会妖术,我们都中了他的邪法了,那肚仙厉鬼必是幻术,只不过没见他焚香烧烛,难道他另有别的法子？他究竟想做什么？"

胖子的身体反应速度要比脑子快上许多，见孙教授抢了铜镜和瓷屏转身要逃，哪里肯放他轻易脱身，伸手便向前抓，想抓住孙教授的衣领，一铲子把他的脑袋拍进腔子里。

不料孙九爷应变奇快，六十来岁的人身手不输壮年，而且似乎是早料到胖子会拦他一道，途中忽然一个转，从胖子身边绕了开来，一溜烟似的往墓门处跑去。

我回头一看，身子底下哪儿有什么肚仙，只有个用发黄旧纸扎成的纸人。我骂道："孙老九你个妖人！"腰上使力，从地上弹身而起，同胖子二人各抡工兵铲，火匝匝地从后边追。

孙教授逃得虽快，毕竟年岁大了，脚底下不如胖子利索，眼瞅着越追越近，一伸胳膊就能抓住他了，但在墓道转弯处突然出现了几块木头棺板，孙九爷似乎预先知道，抬高腿迈了过去，然而我和胖子毫无准备，同时被绊了一个跟头。

胖子骂道："谁他妈给老子下绊？"只听墓道里一阵怪笑。这声音听来十分熟悉，我猛然醒悟，是封团长所养的那头巴山猿狖，抬头一看前边鬼火晃动，那具身着素服红鞋的女子尸体烧成了一团，都快燃成灰烬了，巴山猿狖就蹲在尸体旁，原来是它替孙九爷点燃了藏在尸骸内的梵香。

孙九爷听到我们在身后摔倒，跑到燃烧的尸骸处回过头来看了一眼，这时他做出了一个令我更为诧异的举动，他从口袋里掏出那面明晃晃的观山腰牌来，挂在了自己腰上，冷笑了一声，便与那巴山猿狖一并逃向墓门。

我被孙教授的举动骇得趴在地上竟也忘了疼痛，见了他的背影，竟比那"肚仙"更觉惊怖，实在是出乎意料之外，难道孙教授被封团长的幽灵附体了？还是真正的孙教授已经死了，带我们进入古墓之人，却是那失踪多年的封团长冒充的？脑子里的思绪一片混乱，越想越觉后怕，骇异之余竟然不敢再去追了。

胖子摔得不轻，疼得龇牙咧嘴，兀自对孙九爷骂不绝口，并且大声呼喊墓门外的幺妹儿和Shirley杨，让她们拦住孙老九这个叛徒。

岂料又生变故，孙教授并没有逃出悬有千斤闸的墓门，竟是由那巴山猿猱负了他在背上，攀着布满洞窟的绝壁而上，钻到其中一个山洞里消失了踪影。

墓门外等候多时的Shirley杨与幺妹儿，听到胖子的叫喊声，不知发生了什么，情急之下冒险冲进来看个究竟，她们刚一进墓道，就听轰隆隆一声巨响，巨闸轰然坠落，把甬道出口堵了个严丝合缝。

Shirley杨也不顾身后的情形，径直跑到我跟前，把我从地上扶了起来："你受没受伤？究竟怎么回事？孙教授呢？"

胖子嘴快，把刚才之事简略讲了一遍，说着就想追入那处山洞里，但发现洞内滚出一块巨石，早把道路断绝了，恨得胖子咬牙切齿地发狠，却是空自着急。

Shirley杨和幺妹儿听闻此事，都是诧异莫名。Shirley杨问我道："孙教授怎么会做这种事？他……他还是咱们认识的那位孙教授吗？"

胖子也问我："老胡你怎么了？好像受了不小打击，怎么一句话也没有了？我理解你悲痛的心情，咱们是暂时让这老不死的给骗了，可是山不转水转，就不信追不上他了，等追上那老丫挺的，胖爷我非捏死他不可。"

我脑中思绪繁杂，一时有些出了神，被众人一问，这才摇了摇头说："我倒没受什么打击，只是一直在想孙学武究竟想做什么，我早看出他的举动有鬼，但我始终没有找到直接证据，所以刚才使了一个将计就计。好比是咱们身边藏着条毒蛇，谁也不知它藏在哪里，但这毒蛇随时都可能蹿出来咬人，与其一路上提心吊胆，防不胜防，还不如找准机会引蛇出洞，拼着担些风险，也先让它暴露出来，但现在看来……此事绝没我预想的那么简单。"

胖子说："老胡你就别死要面子硬撑了，咱这儿又没外人，你还有什么可难为情的？现在是归墟古镜和绘着地图的瓷屏都被孙老九给抢走了，还说什么将计就计？简直是赔了夫人又折兵……"

我告诉胖子："咱打记事起就知道阶级斗争的重要性了，与天斗、与地斗、与人斗，其乐无穷，孙九爷虽然老谋深算，但他能斗得过从小红本里提炼出来的斗争纲领吗？我要是能那么容易被别人算计了，毛主席那四卷雄文我算是白看一千多遍了。"

Shirley杨说："老胡你别卖关子了，你是从什么时候发现孙教授有鬼的？其实……我先前也有所怀疑，可看他神色绝不是作伪，不知在他身上究竟发生了什么。"

我带着众人退回无数小棺材处，说起我对孙九爷的怀疑，是从他指点胖子在乱葬洞里寻找漆棺之时。那乱葬洞里本不该有棺椁明器，此法不合葬制，但当时我却没有立即道破，反而是假意相信。要说孙学武这个人，高明就高明在他即使扯着弥天大谎，也是神色如常，对一切秘密深藏不露，竟把所有人都给蒙住了，这就不知他是不是会使某种方术了。

我虽然始终不敢确定孙九爷有鬼，但我发现很多细节，都说明他可能曾经进过这座乌羊王古墓，甚至对那些断断续续的《观山指迷赋》也全部了如指掌，只不过他真实的一面隐藏得极深，没有把柄可以让人抓到。

Shirley杨十分不愿意相信人心如此险恶，但铁证如山，事已至此，也不得不信了，叹了口气说："其实从在天津自然博物馆里无意中捡到工作笔记起，我就觉得事有蹊跷，可能他正是利用了咱们急于寻找古墓中丹鼎的焦急心理，如果真是个阴谋，应该从那本笔记起就埋下祸根了。"

我说："孙九爷是什么人，他身上为什么会出现尸虫和尸斑，以及他的真实意图是什么，又为什么会那些早已失传的妖术，甚至说他是人是鬼，咱们根本猜想不到，我只是觉得再不找机会让他暴露出来，可能会面临更大的危险，之所以感到可怕，很大程度上是因为不知他究竟想出什么幺蛾子，一旦知道了他的企图，咱还怕他什么鸟？"

胖子说："所以你就将计就计了？倒把咱的古镜和地图全给将进去了，咱们也都被困在这不见天日的地方了，毛主席他老人家当年可是教导咱们要先保存自己，再寻机消灭敌人……"

我告诉众人："舍不得孩子套不着狼，刚才要不是把归墟卦镜拿出来，还不知此物对他大有用处。既然那面青铜古镜是个饵，咱就早晚得有收线的时候。其实我在进这条墓道之前，还没有想出办法，但我看到这条半甬道半隧道的地方，虽然确实有暗泉阴河贯穿，但从各处墓室中可以发现，此地风水都已经破了，龙气若有若无，即便真有机簧暗弩也发作不得，所以武侯藏兵图的机关很可能是虚的；另外地仙封师古虽然自称是仙，却毕竟只是地方上的一介豪族，他非王非侯，未必有能力建造大型机括陷阱。"

从孙教授的举动来看，乌羊王古墓中肯定藏着一卷地图，里面的内容是与地仙村有关，但以他的本事却猜不出《观山指迷赋》最后一段的玄机。这些小棺材里也没有销器儿，只不过真正的地图被观山太保分散开藏在其中，教人难以区分。

我为了试探孙教授是否有所图谋，故意卖个破绽，打开了藏有假图的棺材，这老王八蛋果然中计，此时那些真图，还都好端端地眠在棺中没动过。

所谓八门，分别是"休、生、伤、杜；景、死、惊、开"，那《周易》中的生门有阴阳两相——始于"震"，终于"艮"。有"震""艮"标记的这两口石棺里，才藏有真正的地仙村图谱，只要有这东西在手，不愁那老鬼不回来自投罗网。

胖子挑起大拇指来赞道："还是咱们胡司令深谋远虑，这叫什么来着？对了，是设下香饵钓金鳌。孙九爷那老王八蛋自以为得计，却傻帽儿似的拿这假地图当真，现在指不定怎么后悔莫及呢。"

Shirley 杨却秀眉微蹙着说："老胡你脑子虽然转得很快，可这里埋设武侯藏兵图中的机括是真是假，你当时并不敢断定对不对？但你还是冒险取了假图，简直是拿自己的命来赌，你这个赌棍！"

我心知确实托大了，事情发展得极是出乎意料，头一步走下去便已无法回头，我们这四个人只是被困在墓道里已属侥幸，但仍硬充好汉，对 Shirley 杨说："时机稍纵即逝，以后还有没有机会不可预期，我看该玩儿命的时候咱绝不能含糊，要不豁出命去赌上这一把，咱们到现在仍然无法知道真相。"

Shirley 杨也没再说什么，只叮嘱道："如果今后再遇到这种事，你要多想想再做，别让我时时刻刻都替你担心。"

我心中好生感动，还是 Shirley 杨最心疼我，正要告诉她："今后除了大背头的话，我就听你一个人的。"却被胖子插口打断，他恨孙教授恨得牙根痒痒，催我赶快在石棺里找出真正的图谱，然后就去地仙村扫荡它一个干干净净，半件明器都不能给那老东西留下。

我只好带众人寻得震、艮两口石棺，撬开命盖，见里面仍是两片瓷片，与先前的那面瓷屏完全一样，凑成一幅，屏上彩绘的图案相差无几，却没有那首古词，取而代之的则是一片精细复杂的图案，内容极是怪异。

这幅瓷屏上描绘的景象，除了藏在深山里的村庄之外，另有两部分，一边是颗人头，另一边是口棺材，棺材上没有扣命盖，呈四十五度俯视角，可以看到棺中有具无头尸体，尸身方位与那颗孤悬的人头一致，应该是同一个死者被身首分离。

瓷屏上所绘的其余图画，多是些山川村庄，都和普通的明清画卷相似，不像是什么地图，而那图中的棺材和人头，究竟代表什么？

眼中所见极是意外，我心中纳罕不已，参悟不出其中名堂，难道《观山指迷赋》中所言"好个大王，有身无首"之语，是指这图中的棺材和头颅？地仙村古墓又藏在何处？真令人绞尽脑汁也难解其意。

正在这时，就听墓道尽头处传来一连串闷雷般的沉重响动。我们快步走过去一看，见那块封死出口的千斤石闸缓缓升起，孙教授阴着个脸，一动不动地站在墓门前，刚才负着他逃脱的巴山猿狖却不见踪影。

我心中冷笑一声，果然不出所料，孙九爷拿了假地图，肯定还得回来找我们，但没料到他竟然这么快自投罗网，于是暗自加倍警觉提防，表面上却装着不慌不忙的样子，带众人走出墓道，同他打了声招呼："孙九爷，想不到这么快又见面了，刚才您怎么走得那么匆忙？我们还以为您家着火了呢。"

孙教授听到我冷嘲热讽，却丝毫不动声色，胖子见状更是恼火，当即就走上前去，不由分说地把他捆了一个结实，恨恨地对他说："我们的政策想必你应该很清楚，估计你肯定是打算顽抗到底自绝于人民了，所以懒得跟你废话，胖爷我今儿个就直接给你来个痛快……挠你脚心挠到你断气为止。"说完就要去扯孙教授的鞋子。

我拦住胖子，让他暂时先不要实行人民民主专政，然后对孙教授说："您既然回来了，想必自己心里也明白是什么后果，要是还打算编那些虚头巴脑的谎话，我劝你趁早免了。"

孙教授并不惊慌，反倒是有一种难以形容的哀凉之情，低声说："你要是认为我存心欺骗你们，就趁早别问我什么，否则倘若我真是直言相告，你们恐怕根本无法接受。"

Shirley 杨听他言语蹊跷，便问孙教授道："您不妨说与我们知道，究竟发生了什么？棺材峡里当真有地仙村古墓吗？"

孙教授轻叹一声，低缓沉重地说道："其实你们早在进入这座乌羊王古墓之时，就已经死亡了，只不过你们自己还没发觉而已。"

第三十六章
烧饼歌

我这次进山寻找地仙村古墓,有太多的意想不到,最意想不到的是孙教授竟然说众人都已经死了,那我们现在是人是鬼?我心想他这老东西,多半和观山太保大有渊源,观山之术实际上与妖术无异,这伙太保、师娘最擅蛊惑人心,其言行奇诡难测,谁信谁是傻子。

所以孙教授这种危言耸听的话语,对我没什么作用。他见我不信,就说:"你也用不着对我的话不屑一顾,你们先好好看看自己身上有没有尸斑……"

我挽起衣袖看了一看,果然有几块尸气郁积的斑痕,但都不太明显,若不细看,难以察觉,远不如孙九爷脸上的尸斑明显。我咬了咬舌尖,知道眼中所见绝非障眼法,心下也暗自吃惊:"我是什么时候死的?怎么我自己完全不知道?为什么身上会有尸变的迹象?"

幺妹儿毕竟没什么经验,听了孙九爷所言,不免有些慌了,眼泪在眼眶里打转:"我要是死了,将来谁照顾老掌柜?"

胖子一把揪住孙九爷的衣领,怒道:"告诉你,打明朝到现在,还没发明出能消灭胖爷的武器呢,死老鬼又想要什么花招?再不说实话胖爷活剥了你的臭皮！"

孙九爷对胖子的威胁神色漠然，冷哼了一声说道："实话告诉你们，这座乌羊王古墓本是古时巫山禁地，古墓所处的山洞里存在某些难以想象的东西，具体是什么我也不敢断言。如果用现代的观点来看，这洞窟是一个神秘的超自然地带，生存着大量尸虫，进来的人都会被尸气所侵，变作行尸走肉，时间越久，身上尸变之状就越明显，最后必会引来尸虫啃噬。最可怕的是在你被啃成一副骨头架子之前，心里还都会一直保持清醒，慢慢感受万蚁钻心的痛楚……"

我如何肯信他的妖妄之言，只是有些后悔进山时忘记带些梅子在身。据说只要在嘴里含住一粒梅子，那梅子味酸，会使人唾液分泌加快，时时提神，这就不会轻易着了妖幻邪法的道了。越是情绪紧张、焦虑不安或者口干舌燥，便越是容易被邪术迷了魂去。

我脑中乱想了一阵，便和胖子使出手段逼问再三，孙教授颠来倒去就这么几句话："你们要是还想寻得一线生机，就赶紧把那瓷屏地图拿出来，咱们一同逃进地仙村古墓，否则就这么耗着，到最后大伙儿落个同归于尽。关于我对你们隐瞒的事情，在进了地仙村之后，我肯定毫无保留地全部告诉你们，如果现在硬要逼问我，那很抱歉……即便是千刀万剐，也无可奉告。"

我心想这里边多有隐情，而且疑问实在太多了，不知道什么是真的什么是假的，既然孙教授铁了心不松口，就算给他动刑，他说出来的恐怕也是让人真假莫辨的话。

另外考虑到众人身上确有"尸变"的异象，虽然不明究竟，但看起来绝对是凶非吉，反正死活要进地仙村，不如就带着这孙九爷一路进去，把他五花大绑结结实实地捆了，我就不信他还能有什么作为。

至于那瓷屏上的地图，想必是个极关键的线索，孙教授要是想借地图搞什么鬼，料也逃不过我的眼睛。想到这儿，我低声跟 Shirley 杨商议了几句，当即做了定夺，就按此图进入地仙村古墓。

我多长了个心眼，没把瓷屏地图直接拿给孙教授看，而是让他直接告诉我如何参照图中坐标。

孙教授说:"瓷屏地图在这上万口小棺材里,藏有数千片,都是观山太保所留,每两件可凑成一副,只有按照《观山指迷赋》的暗示,找出仅有的两片绘有正确地图的瓷屏才行,如果随意拼凑便会被引上歧途送掉性命。"

图中所绘村庄山川全都一致,瓷屏图案有变化之处,大致有两种,一是指迷歌诀,二是棺椁尸首。我讥讽他说您见机倒快,拿了假图没过多久便有所察觉。当下把地图中画的棺材和那具身首异处的尸体,告诉给孙教授,让他告诉我该如何观图。

孙教授说:"巫山里有棺材峡,自古传说棺材峡中藏着棺材山,你用归墟卦镜所卜的地中有巫山之语,也当真神验。那棺材山就是地仙村古墓的位置真实所在,地底有一处天然造化而成的奇观,巨大的地下岩层形如无盖石棺,而里面的丘陵沟壑,又如同一具无头尸体,这座乌羊王地宫就是那颗头颅。要是按照真正的观山指迷为引,瓷屏中所绘的尸体与人头,应该就是一个方向坐标。"

我熟知阴阳风水,只听到此处,就已觉豁然,知道了如何参看这幅瓷屏地图,我又问孙教授:"你把这海底眼泄露给我,就不怕我现在甩下你单干吗?"

孙教授面无表情地说:"在古墓外边的确要担心你来这手,不过现在你是绝不肯丢下我,因为以你的性格,肯定要担心我所言不实,是故意将你们引入陷阱,所以不管你走到哪儿,都得带着我。"

我心中暗骂这观山老鬼竟如此工于心计,想必图谋甚巨,不过眼下之计还是要先找到地仙村的入口才是。当下参照地图,带着众人攀壁进入密布的岩窟之中。这些岩窟半为天然,半为凿盐所留,内部交错纵横,极尽幽深曲折。

岩窟矿洞暗合八门阵法,没有瓷屏地图指出地脉线路和方向,必然要迷失在其中。一路穿山过去,曲曲折折地不知行了多少里数,先在迷魂阵般的矿洞中穿过了两道峡口,直走到众人都觉饥饿困顿了,忽闻洞窟尽头有风声鼓动，到近前一看，见是数片漆黑的"石舌"突兀耸立，高可数米。在风水一道中称这种黑岩为"石舌煞"，虽属煞形，却有藏风纳气之用，按那图中所指，岩后便是地仙村古墓的入口了。

果然在石舌后的山根处藏有一个地道，地道口都被乱石遮了，若非有所提示，绝难发现这洞中有洞、山下藏山的隐秘所在。胖子推着孙九爷在前边蹚地雷，其余的人鱼贯而入，顺着低矮狭窄的地道钻进了数百米，便有一段石阶蜿蜒上行直通出口。

暗道外仍然是在地底，但已无法判断是置身棺材峡哪座山峰的腹中了。远处暗不见物，静得出奇，狼眼手电筒难以及远，只感觉这似乎是条山腹间的大峡谷，但看近处，竟也有树木花草之属，但生长得奇形怪状，大多数都认不出是什么名目。

Shirley 杨说："很奇怪，地底暗无天日，怎会有如此枝叶茂密的丛林？地仙村古墓究竟是个什么样的地方？"

我见众人一路跋涉，到此都已疲惫了，便说："这世上哪儿有什么神仙窟宅？我看此处肯定不是什么善地，大伙儿都精神着点，跟着我别走散了，咱们先找个地方休息一阵。"说完牵着被紧紧捆缚的孙九爷向前趱行。

由于孙九爷不肯吐露那只巴山猿狨的去向，我担心它会突然来袭，于是一边行走的同时，还要一边暗中留意四周的动静，只等那家伙一露头，就立刻结果掉它的性命，却始终没见那厮出现。

在一片漆黑的树丛中走不多远，就见迎面有一幢庙宇。这座砖木结构的庙宇没有院落，半掩在地底的古树林中。门前立着两根铁旗杆，殿堂约有两层楼高，屋顶上覆盖着绿、黄、蓝三色琉璃瓦，四壁红墙到底，气象森严，庙前古匾高悬，上书"武圣庙"，两边是"忠义神武、伏魔协天"八个大字。

我拿出瓷屏地图来看了看，那图中的房舍小如蝼蚁，不拿放大镜都看不清楚，在边缘处似乎绘着一处庙堂，正是这座关帝庙。

先前在空无一人的青溪镇，我们曾经见过这座庙堂的遗址，看来地仙封师古在山中建了村子，是把明代的青溪古镇原样复制到了地底。据图推测，经过关帝庙向前数百米的距离，就是大片的房舍宅院，这里应该已经属于地仙村范围之内了。

可地仙村里的古墓博物馆在哪儿？偌大个村庄都是墓室？地仙和他上万眷族弟子的尸体都在哪儿？眼见四周静得出奇，我一时不想贸然进去，决定先到关帝庙里让大伙儿休整一阵。这座建筑内有墙壁支撑，而且地仙村里纵有什么妖邪之物，包括这不知是人是鬼的孙九爷，谅其也不敢在武圣关帝眼前作祟，另外正好借机逼问他口供，等心中有了底再进古墓不迟。

Shirley杨和幺妹儿两人先到庙中搜索了一番，里面是一无机关，二无活人，连只老鼠尸虫都没见到，是个清静整齐的去处。

我放下心来，这才让众人全伙入内。只见堂内雕梁画栋，上设排列如北斗七星的琉璃盏，两侧置着六根雕龙抱柱，蟠龙姿态各异，个个须眉皆张，显得活灵活现。

正当中塑着武圣真君坐像，手捧《麟经》①，神态威严端庄、勇猛刚毅，关平、周仓分列左右，架着冷气森森的一把青龙偃月刀。离近了一看，那刀竟是把开了刃的真刀，而且刀身长大沉重，不是凡人所用的兵器。

到此堂中，不得不教人肃然起敬，胖子"啪"地打个立正，先给武圣真君敬了个礼，然后把孙教授推到青龙偃月刀前，告诉他："要是再不招出实情，别怪胖爷不客气了，这就当着关二爷的面，立刻给你这老小子放点血。"

我拦住胖子，把孙九爷推到殿中角落里让他坐着，告诉大伙儿先吃点东西填饱了肚子，但注意千万别用火烛，烟也先别抽了，免得又着了观山太保的障眼法。

为了节约照明器材，我们在漆黑的殿堂内，只点了两盏小型荧光灯，就着灯光吃了几口压缩干粮，然后便开始了对孙九爷的"三堂会审"。

孙教授倒也从容，双手被反捆了坐在地上，但他似乎对逼供这套格外熟悉，丝毫不露惊慌之情，这可能是在"文化大革命"时锻炼出来的，一直没回答我提出的任何问题，而是问我们有没有听说过《烧饼歌》。

---

① 《麟经》，《春秋》之别名。

胖子斥道："事到如今你还想吃烧饼？不交代清楚你的问题，就只有死路一条，别再妄想吃什么烧饼了，赶紧坦白村里的明器都埋哪儿了？"

我却知孙九爷所言，是指明代奇人刘基刘伯温所作的一套卦歌。刘伯温最擅奇门术数，又兼精通形势风水之理，在民间传说中都认为此人有半仙之体。他根据占验推演卦象的理数，将所得结果隐藏在民谣般的《烧饼歌》中，是一种极隐晦的预言。其中暗藏深意，与《烧饼歌》字面上的含义相去甚远，常人绝难想象，多是参照歌诀，才得以洞悉其中天机。

但这仅属民间传说，《烧饼歌》未必真为刘伯温所作。我并不知道孙教授跟我们说这件事想做什么，也懒得同他兜圈子，就问他言下之意究竟是什么："有什么话最好直说，别再转弯抹角地打什么鬼主意，真把王胖子惹急了我可拦不住他。"

孙教授道："万事都有个始因，不知其因，怎知其果？我只是想告诉你观山太保的真实来历，说起来那还是一段几百年前的旧事。当年观山太保本是巴山蜀水间的隐士，要不是作此《烧饼歌》的刘伯温泄露天机，恐怕直到今时今日……都不会有人知道观山的字号。"

# 第三十七章
观山盗骨图

　　孙教授说要搞清楚地仙村古墓究竟有什么秘密，必须先知道观山太保的来历，这伙观山盗墓之徒，与传下《烧饼歌》的明代奇人刘伯温渊源极深。

　　元朝末年，天下大乱，为了反抗元朝暴政，各地农民起义蜂起，俗话说"乱世必出奇人"，此言实是不虚。

　　当时，朱元璋龙兴大明，将胡人逐回漠北，一日在金銮殿上以烧饼为象，请刘伯温推算今后天下兴废之事，但天机难言，于是刘伯温当即作《烧饼歌》，据卦撰词，将明代以后的兴亡成败之数，都藏于这首歌诀之中。

　　这是民间比较普遍的一种说法，不入正史。实际上刘伯温确实曾为朱元璋演卦推算，但事情并非如同那些野史传说一般。

　　在朱元璋还未"面南背北"之时，刘伯温就觉得此主是真龙天子，将来必是九五之尊，于是投到他的帐下效力。由于刘基刘伯温谈吐不凡，料事如神，深受朱元璋器重，大事小情悉以问之，刘伯温一向对答如流，屡献良谋奇策。

　　有一天，朱元璋率部与元兵交战，军中粮草接济不上，陷入苦战，恰好刘伯温求见，便以仅有的几个烧饼款待，随后二人说起当前局势。

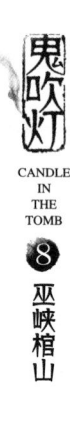

刘伯温对朱元璋说，眼下我军虽然处境艰难，只因天时未到，等时机来临，主公必定能成就一番大业。

朱元璋隐隐听出刘伯温的话里有话，似乎在暗示自己将来能当皇上，再加追问，果然如此，便说："当年周文王请姜子牙出山，亲自在河边连背了姜子牙八百单八步。结果周王朝一脉，得享了八百单八年的天下。倘若真如军师所言，我朱元璋这辈子能有开国定基的福分，不敢奢求江山永葆万年，也不敢比周文王那等圣君明主，能有四百年的国运就很知足了。"说罢，便请刘伯温演卦推算，看看朱家龙兴的气运能有多少年。

刘伯温见帐中正好有几个烧饼，于是当即以此为机数，占验得出卦象，但最后所获的结果，却遮遮掩掩地不肯对朱元璋明说。

朱元璋说世间的得失成败，都是天意，但讲无妨，没什么可忌讳的。刘伯温这才说按此卦象来看，胡人虽将败亡，但北龙气数不衰，将来这锦绣河山，还得有胡人的一段天下，我主国运恐怕到不了四百年，甚至三百年都不到。

朱元璋闻言大惊。他倒不是为国运长短担心，担心什么呢？主要是这些年南征北战，曾经见过许多被盗毁的荒坟野冢，尤其是在南宋诸帝的陵寝附近，如今只剩下几个巨大的土坑，里面杂草丛生，多有狐鬼出没。在元灭南宋之后，这些帝陵都被胡人盗空了，南宋皇帝的尸体也惨遭蹂躏，都与牛马猪狗的骨头混在一处，给埋在了镇南塔下。看宋陵遗址，当真是"田竖鞭骷髅，牧童扫精灵"，如今荒凉虚无地，昔日君王埋魂处，其景象之凄惨，足令见者嗟叹，闻者伤怀。

朱元璋说，要是北方的胡人在几百年后还能占据天下，我即便真当了皇帝也高兴不起来，为什么呢？这世上没有不死之人，我如今要真能将胡虏逐回漠北，光复汉家河山，建立这等功业自是快事，可世上从没有不死仙药，有生就有死，有始就有终，真命天子恐怕也难逃驭龙归天的一日。天子死后自然要下葬到皇陵之中，可瞧瞧南宋北宋的帝陵如今是什么下场？还不都被胡人所平。我当了皇上，在位的时候有文臣武将保驾，死后葬在墓中，就算在陵区布置了大军守陵，却早晚要有一日国破山河碎。改朝换

第三十七章 观山盗骨图

代多是天道循环的定数，计较不得，这最要命的是将来要亡在胡人手中，咱们现在荡平胡虏，其辈子孙一旦得势，必要大肆报复今日之恨，那我和我的子孙入葬在皇陵，还不是都得被奸贼们发掘出来鞭尸焚骸？

想起宋室皇家陵寝的荒废景象，再想想自己将来的下场，不免心生寒意，即便当了皇帝又有什么滋味？朱元璋知道刘伯温精通南龙风水，就问他世上有没有什么办法，使皇陵永远不会被胡人盗毁。

刘伯温说您想得太长远了，现在要琢磨的是怎么夺取天下，皇陵之事等大业已定之时再筹划不迟，此事尽管放心，到时候肯定给主公想个安稳的法子。

由于当时大战在即，这件事说完就完了，谈论几句之后，也就这么过去了，以后南征北战始终都没机会再提过，直到朱元璋以大明天子开国太祖的身份坐了龙庭。按古例，各朝天子登基当了皇帝先不干别的，立刻就要着手筹备自己的皇陵，从选取龙脉到陵墓规模布局，一丝半毫也马虎不得，都是国家一等一的大事。

太祖皇帝就召来刘伯温，说起以前的那件事来。这建造皇陵的责任，必须得由刘伯温来策划主持，大明王朝的皇陵，绝不能让胡人盗发。

刘伯温当年许了个空头愿，事到临头也是觉得心里没底，忽然双眉一皱，计上心来，先请皇上宽容十天，十天之后必有良策。

太祖皇帝就耐着性子等了十天，果然在十天之后，刘伯温上殿来，行了君臣之礼，便取出一幅图画来："修造大明皇陵之事，非从此图中来不可。"

太祖皇帝还以为是货真价实的风水陵谱，当即龙颜大悦，赶紧叫内侍取到驾前御览，谁知展卷翻阅一番，竟大为诧异！皇上根本看不懂这张画什么意思，就开金口动玉言问道："刘爱卿，你这图中所画……却是些什么名堂？"

刘伯温奏道："陛下容禀，修造皇室陵寝非同小可，臣才疏学浅，恐有负圣望，其中若有些许差错，实乃万死莫赎。"

随后，刘伯温为太祖皇帝保举了一位奇人，此人身怀异术，通天晓地，足可担当建造皇陵之重任，但他本是深山中的隐逸之辈，恐其找借口推诿，故献画一卷，等将他招至宫中，先明示其意，然后不论他答应不答应，只要把这轴图画给他一看，他必不敢再行推诿。

太祖皇帝将信将疑，就立刻遣人将刘伯温保举的"高人"请来。此人姓名是封王礼，他本是在巴蜀之地烧炼铅汞的方外之士，也常做些倒斗的勾当，专门喜欢搜寻些丹砂异书之类的古物。

封王礼被招至金殿之上，得知是要让他修造皇陵，自古有道是"伴君如伴虎"，这是极容易掉脑袋的事情，他哪儿肯答应，忙谎称自己不懂葬制和寻龙之道，想推托掉这份皇差。

太祖皇帝一看果不出刘伯温所料，就让人把那卷图画取出来，给封王礼当面观看。封王礼看了图中所绘，当时就惊得魂不附体，跪倒驾前，连称："皇上恕罪，草民实该万死。"

原来刘伯温这幅画中所绘是一派险峻的悬崖绝壁，壁上挂棺而悬，藏了许多悬棺，画中有几个盗墓贼，其中一个贼人抱着松皮粗鳞的棺材盖子正在用力挪动，显然是刚揭开棺盖；另有一贼攀在绝险的陡壁上，拿绳索套在棺中古尸颈上，把棺中老者的尸体拽得坐了起来；还有两个盗墓贼蹲在棺材旁边，从棺中抱出一块块骨甲，那骨甲上满是星图和蝌蚪古篆。

画幅旁边注着一行字"观山盗骨图"，封王礼看此图看得心惊肉跳，原来画中所绘的盗墓场面，正是其先祖所为。

封氏为地方上极有名望的豪族，祖祖辈辈都居住在巫山棺材峡。那峡中地形险恶，藏有无数悬棺，封氏先人就曾经在棺材峡中盗取过许多天书异器，借此发迹，习得了许多失传已久的巫术，进而痴迷炉火之术。

到了元末明初，传到封王礼这辈，自称"棺山太保"，仗着精通棺山指迷术，在各地秘密发掘古冢山陵。实际上封家有的是钱，其辈盗墓的动机，主要是为了那些藏在墓中的古卷古籍。此刻见了观山盗骨图，还以为是自家的秘行败露了，惊动了天子，肯定逃不掉灭门之祸，而且这件事从无外人知道，这说明皇上身边有高人，对棺山盗墓之事必定是一清二楚，此时也只好硬着头皮，按照太祖皇帝的要求设计皇陵。

刘伯温当时在朝中早已萌生退意，但在修建皇陵之事上，被皇帝逼得脱不开身，想起世上还有这么一伙棺山太保，最是精通陵谱和遁甲之术，就把这件皇差推到了他们头上。他还算留些情面，只把画卷称作"观山盗骨"，并未明言实际上是"棺山盗墓"。

封氏专攻奇门异术，行事手段常人难料，而且从骨甲中掌握了许多风水秘术，对陵墓结构和选址都有独到见解，使太祖皇帝十分满意，御赐封王礼和他的几个弟子纯金腰牌，从此以后称为"观山太保"，留在御前听用，专职为皇家建造陵墓。

太祖皇帝出身于社会底层，所以对民间风物多有了解。他又问封王礼："即便皇陵得以不遭胡人盗毁，却未必是万全无忧了，因为咱们汉人也不是吃素的，听说自古以来世上便有发丘摸金之事，这些人要是打起大明皇陵的主意来却又如之奈何？"

封王礼说："臣以为民间倒斗之辈，真有手段能盗发帝陵的并非只有发丘摸金，更有搬山卸岭。搬山道人擅长生克制化之术，行踪隐秘难寻，许多年来都很少与外人相通，但他们所做的只为求取丹珠，只要皇陵中不置金丹珠鼎之物，搬山道人就绝不会打盗发皇陵的主意，倒是不足为虑。而卸岭群盗多为响马贼，其辈忽聚忽散，专一地要挖山陵巨冢，最难防范，又常有谋反之意，只有派大队官兵加以剿灭，斩草除根，使这个山头的香火断绝才是上策。

"另外还有发丘摸金之徒，实为一脉，最为精通风水寻龙之道。摸金之首领为发丘天官，此贼携后汉印符，上铸'天官赐福，百无禁忌'八字，寻龙倒斗无所不为。但他们十分看重祖师爷传下来的行规，没有发丘印和摸金符，便不肯做倒斗的勾当，所以想对付他们，应当先毁掉发丘摸金的符印信物，使摸金之术不复存在于世，便可一劳永逸，永绝后患。"

皇上见有这等妙策，当即龙颜大悦。随后朱元璋就下了旨，历大明一朝，各地严查倒斗穴陵之徒。不过发丘摸金、搬山卸岭的踪迹散布天下，朝廷拿他们也没什么太好的办法，直到永乐年间才找到机会把发丘印和七枚摸金符毁去，但世上仍是剩了三枚古符下落不明。卸岭响马也屡剿不止，不过这些举措还是起到了一些效果。在明代中期，盗墓倒斗的勾当确实一度

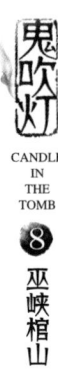

销声匿迹。

观山太保得朝廷重用，跟随皇室从南京到北京，始终都在禁中听差，由于皇陵属于高度机密，故此从不敢对外宣扬。直到万历年间，观山太保的首领就是地仙封师古了，此人实有通天彻地之能，而且对风水星相之事更为着迷。他见祖上修造大明皇陵之时百密一疏，忽略了对朱元璋的祖坟进行迁址，他夜观天象，看此地龙气将绝，就上书朝廷迁动祖陵，但当朝皇帝昏庸，国中百事皆疏，并没有理会封师古的进言。

封师古眼见世道衰微，又看圣上无道，一气之下，便找了个借口称病还乡。经过了两百多年，朝廷对太祖年间的旧事早已不怎么放在心上了，于是就放封师古返回故土。

封家在巫山的基业仍在，收入主要是开凿巫盐矿脉，但封师古对钱财视若粪土，回乡后除了引火炼药，就是推演卦象，也常打着云游四海的幌子，带着手下人去各地盗发古墓，醉心于收集古墓中陪葬的种种奇珍秘器。

有一年，封师古忽然想起祖宗曾经留下一篇遗训，告诫后世子孙，说是封家借着在棺材峡盗墓，从悬棺盗取了遁甲天书，从而发家成为豪门望族，但棺材峡里明挂暗藏的棺材又岂止成千上万？在那深山里还埋着一座规模庞大的陵墓，但这座墓绝对不能碰，否则必有灭族之祸，因为墓里藏着"尸仙"。

封师古有盗墓之瘾，又常有寻仙之意，所以此心一起，纵有十万金刚罗汉也降服不住。他一想到自家门口就有座神秘古老的乌羊王古墓，便把祖宗的话扔到爪哇国去了，当即率众进山盗墓，不料却在乌羊王古墓中，见到了一些令他做梦都想不到的东西。

第三十八章
九死惊陵甲

青溪封氏一族,都知道封师古在乌羊王古墓中见到了一些极为神秘的东西,据说是极古之物,但真正的情况除了封师古自己,几百年来无人知晓,即便是他最亲近之人,也毫不知情。

按照封家世代留下来的传说,封师古自盗发棺材峡古墓之后,回到家中闭门不出,时隔三月,忽称自己已成"大道",并说天下浩劫将至,只有棺材峡里有个去处,可谓神仙窟宅,堪比秦人避乱的桃花源。

封师古自称地仙,专要广度世间的凡人。他穷工尽巧,大举在深山中修建了"地仙阴宅",将祖上盗墓所发之物,悉数藏纳其中,历时十余载,始得功成。随后告知众人,要想得到一个出入有无,冲虚清静的"风身云骨",必先舍掉自己这一身凡间的血肉重浊之躯,愿意进入坟中活殉之人方能成仙,等几百年后得了大道,都可以跟着地仙重回世间,把天下所有人都给度了,成就一件莫大的功德。

当时,观山太保得到皇家钦点,在巫山青溪一带名望极盛。特别是封师古擅巫蛊妖术,十家里有九家半信他的,愚男愚女们都愿随他习观山指迷之术。习他这套妖法幻障之术的,有许多忌讳,一怕黑狗血,二怕黑驴

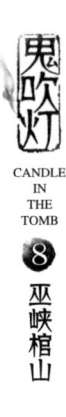

蹄子，三怕朱砂。一见这些事物，施术者其行必现，其胆必裂。

观山指迷看似玄妙，其实都不外乎是那些吞符驱水、纸兵甲马的手段。这套东西大多都是他封家祖上从棺材峡悬棺中的龙骨天书中所得，说得好听点是古时的方术，说白了就是装神弄鬼的妖术邪法。

但在那个年代，越是邪魔外道越能蛊惑人心，所以封师古一说要度众人得道，一时从者如云，一为寻仙，二求避祸，当地的男女老少大多跟着他进了地仙村。

封家另有一小部分人不愿去寻仙，地仙封师古也不勉强，只让他们守好古墓入口，并给后人留下《观山指迷赋》，让他们严格保守秘密，尤其是不能让摸金校尉知道了底细。冒险留此一条奇绝的秘径，是备封家后代将来有难之时，可多召集凡人，来投奔棺材山中的神仙窟宅，要是当年把摸金符都毁了，如今就不必如此大费周折了。

封师古策划周详，虽然棺材峡云雾锁闭了龙脉，难以被"望"字诀窥探，但仍然留下晦涩艰深的《观山指迷赋》。即便如此，他也不放心，又在周围藏设了"九死惊陵甲"，这是封家先祖棺山盗墓时得到的异术，奇诡难料，后人多不知晓，平时想接近地仙村阴宅的人，都被九死惊陵甲困住害去了性命。此甲按照地支循环秘密布置，其"生门"在每一纪，也就是十二年中，仅在地鼠年某月开启三天，每十二年一次的相应的月份日期，又会不断循环变化，外人难以推断，专为对付搜山寻龙的摸金校尉。

在最终没进地仙村古墓的这部分人中，其中就有封师古的亲叔伯兄弟。按家谱所排，他和封师古都是"师"字辈，名叫封师岐，太祖皇帝所赐观山腰牌传到"师"字辈，就有他的一块。

封师岐这一条支脉都留在了山外，因为他认为祖训不可违，擅入棺材山阴宅，早晚必会闯出一场弥天大祸，于是举家迁移离川。

封师岐也是个极有见识的高人，他临终前亲口告诉后人，棺材峡里确实藏有尸仙。那山腹中有两块风水宝地，其中一处较小的形似人头，在古时曾被移山巫陵王筑为地宫埋骨。

按照风水之理，这人头般的龙脉实为凶煞之地，主葬暴君。要想消除地脉中沉积的凶煞之气，从葬活人必要极多，所以古墓中杀殉者的尸骨层层叠压，陵区周围更是悬棺密布，具体数量现在根本难以估量，可以说墓内每一块砖、每一寸土，都被尸气浸透。

自地仙封师古盗发此墓之后，墓中凶煞之气已破，但封师古从这座古墓的陪葬品中，发现了许多青铜祭器，得知棺材峡中还有一块更大的风水宝地。这块地脉深藏山中，形状如同一口巨大的无盖石棺，奇的是棺中广可数里，周围棺板似的石壁上描龙绘凤，但绝不是人工雕琢，而是天然风化剥蚀形成。峡谷般的大石棺内部丘壑起伏，生长着许多奇花异草。更奇的是，在那地势酷似石棺的洞中，平躺着一具"无首尸体"，与远处地下的那颗"头颅"遥相呼应。

这座棺材山，是从天地初分之时便已有了，早已在世间存在了亿万个年头，那时候混沌初分，天底下哪里有人，别说是棺材了，所以那座深埋地下的棺材山和"无头尸体"，肯定非人力所为，而是鬼斧神工——尽得天地造化神奇的自生自成。

想这巫峡巴山之地，自古以来崇盛巫风，藏在山底下的棺材山，很早就被人们发现了，一直保持着在附近埋棺驱凶的习俗，使得山中尸气沉重。到了隋唐年间，当地更盛传那棺材山里埋有尸仙，但尸仙究竟是什么，却从没有人见过。

封师岐到死都认为仙道终属缥缈虚幻。世上即便真有仙家，也绝不可能会有古尸化为"仙"。僵尸为世间死而不化之物，棺材山里的东西非妖即魔，肯定不是什么真仙。但观山太保的首领封师古，却执意在棺材山里修建阴宅，以便寻找尸仙，哪里容他良言相劝？

封师岐不知封师古究竟为何如此坚信，还以为他是在乌羊王古墓中被鬼迷了心志，多半是入了魔障，而且看封师古神态举止也已和活人大异，那脸上的气色，简直就是一具古墓僵人，苦劝无果之下，只好明哲保身，带着剩下的人离开故土，并且在死前留下遗嘱，让后人找机会按照《观山指迷赋》悄悄进入地仙村古墓看个究竟。如果封师古已经成了妖化之物，就务必想法子将其铲除，否则那棺材峡的地势虽然偏僻隐秘，却早晚都得被人从深山里挖出来，到时候墓中万一真有什么尸仙，必要入世害人，后患无穷无尽。

封师岐本就是个有些手段的奇人，修造地仙村时他也有参与，举家从青溪迁出之时，恰逢天下流寇之变，到处都不太平，不久又身染恶疾，所以到死也没再回青溪棺材峡。他只是留下遗言：封师古所作所为，实已使大明观山太保的字号堕入万劫不复之境地，我封家子孙后代，要是不把尸仙铲除，祖宗们的在天之灵永远不得安息。

在封师岐去世后，他的后代家道中落，每逢赶上地鼠年可以进入地仙阴宅之期，不是因为时局动荡就是因为家难，始终不得机缘入内。而且近代中国的历史翻天覆地，经过世事变迁，他这一脉的后人凋零散落，已逐渐把祖宗传下来的技艺丢了个十之七八，虽还记得《观山指迷赋》全篇七十二句，并且留有封师岐遗留的地仙村图谱，可要解《观山指迷赋》，需懂得奇门五行和风水秘术，封家后人对这些秘术就仅知皮毛了。

到民国年间，封师岐的后人封思北平生多读道藏，中年后在四川青城山做了道士，仍念念不忘祖宗的遗训，屡次进入棺材峡，但不得其法而入，最后坐化在隧道中。他曾告诉他的两个儿子，要是封家后人不除了尸仙，就别给他殓骨安葬，他要暴尸于此，亲眼看着有人找到地仙村古墓的入口。百步鸟道尽头处那条隧道里，在墓碑前有具尸体，就是此人。

这封思北有两个儿子，按家谱中"思、学、言、道"所排，都是"学"字辈，一个是封学文，一个是封学武。哥儿俩相差六岁，老父死后再无亲人，就流落在世上相依为命。

由于正值战乱，眼看没活路了，暂时顾不上祖辈所托之事，大哥封学文打算进山当响马，在绿林中谋条生路出来，临走前，就把兄弟过继给了一家姓孙的财主，改名孙学武，也就是孙教授了。

自此以后兄弟二人音讯隔绝，由于战争的原因，老孙家也逃离了故土，兄弟间就失去了联系。孙学武此后的经历大致都如他所说，由于他祖上有棺山盗骨的事迹，所以他自幼便识得一些蜗篆异文，加上后有所学，便从事起考古中的甲骨文和一些古老秘文的破解工作，直到被下放至果园沟劳动改造，才又和同样被下放的兄长封学文相遇。

兄弟二人感叹造化弄人，想不到重逢之地竟是在这种场合。说起别来的情由，原来封团长果然是进了绿林道，因为还懂得家传的观山盗墓之术，便隐名埋姓，在常胜山里插香做了卸岭响马。

可不久后，由于常胜山的盗魁下落不明，在数年之内，从汉代传下来的卸岭群盗彻底土崩瓦解。封团长虽然名为"学文"，却最不好读书，死也不想回家务农，正好在卸岭群盗中结识了两个西北的同伙，也是兄弟两个，哥哥叫老羊皮，弟弟叫羊二蛋。

老羊皮活得窝窝囊囊，胆小如鼠，而他兄弟羊二蛋却野心不小。在常胜山瓦解之后，羊二蛋伙同一批人准备去关外东三省开山立会，还是要做这些盗墓的勾当。

封团长当时年纪还轻，觉得做响马挺好，有吃有喝还能随便睡女人，看哪个大户财主不顺眼，拎着刀枪闯进去抢他娘的，男子汉大丈夫生在世上，就是要如此快活才好，于是一咬牙，就跟着他们一同去了关外。

到了东北才知道，羊二蛋虽然做了胡匪盗墓团伙泥儿会的大柜，却没什么实权，而且这伙人都被日本关东军给收买了，所做的倒斗勾当都是为了给关东军效力，而且好像密谋着要找一处埋葬黄大仙的坟墓。

封家祖上的观山太保盗发过唐代的一座妖陵，那处古墓埋的就有狐僵，据说此乃元教前身的邪教墓穴，其中多有妖幻之术，动这种坟墓很容易惹祸上身。另外封团长虽然一身响马骨头，专好做那些杀官造反之事，却是条极有骨气的汉子。响马盗多是崇盗尚义之人，自古就有梁山本色，在常胜山的卸岭群盗中，代代都有杀富济贫不畏强暴的英雄好汉，怎能去做汉奸祸害老百姓？

当时羊二蛋带着泥儿会的胡匪，把手按到枪上逼他入伙，封团长一琢磨，我要是贪生怕死，现在昧着良心做了汉奸，恐怕死后也没脸去见封氏列祖列宗，于是表示万难从命，反倒是对老羊皮兄弟劝说了一番，咱们都是五尺多高的汉子，当初在常胜山何等义气，陈总把头言犹在耳，这才过了几年就忘了？何苦要奴颜婢膝给日本鬼子当走狗？要我说咱们就抄家伙去干关东军一票狠的，才不愧卸岭群盗的真实作为。

羊二蛋哪里肯听他的话，最后一言不合，双方当即拔枪火拼，封团长的枪一下放倒了七八个胡匪，自己也受了枪伤，落荒逃进山里，辗转投奔了"抗联"。参军这些年来封团长身经百战，屡建奇功，但由于他身上的游击习气太重，直到抗美援朝战争结束之后，还仅是个正团职。

封团长从部队转业到地方不久，就在"文化大革命"中遭到了冲击，有人揭发他曾经当过胡子和汉奸，这罪过可就大了去了，仅次于革命叛徒，加上他脾气不好，谁斗他他就揍谁，即便是在千人大会上，他也敢撸胳膊挽袖子瞪眼同别人对骂，结果吃了不少苦头。

幸亏有以前部队的上级保着，找个借口把他下放到了劳改农场，在果园沟开山凿石头虽然辛苦，但总比让他这火暴脾气惹出杀身之祸来好。谁知却让他遇见了失散多年的亲兄弟孙学武。

封团长告诉孙学武："你哥哥我这辈子活得挺痛快，但现在估计是痛快不下去了，风闻有人在查我的老底，要是被人查出来咱祖上是大地主头子，而且还盗过墓造过皇陵，那事情就更严重了，绝对成了不可调和的敌我关系，所以我不打算留在农场里等死。正好今年是鼠年，地仙村的九死惊陵甲生门显露，所以我想好了，我今天晚上就打算逃跑，跑回老家棺材峡去找地仙村，必定竭尽我之所能，把祖宗留下来的事情做了，最后再把咱老爹的尸骨掩埋了，只要这两件事都能做到，哪怕是死，我也无所牵挂了。可如今我最不放心的就是你，你记住为兄的话，现在的年头和以前不一样了，永远别把自己是观山封家后代之事对任何人说，最好烂在肚子里。你这辈子对外人只有一个名字可用，那就是孙耀祖。"

孙教授在过继给老孙家后，连名带姓都改作了"孙耀祖"，这是孙家希望他光宗耀祖之意，但孙教授从骨子里反感这个名字，也是因为他观山封家的人家族意识很强，自觉是大宗族之后，岂肯给姓孙的光宗耀祖？但寄人篱下，想不低头也难，等老孙地主夫妇死后，他就常自称姓孙名学武，草字耀祖。户籍身份改动不方便，仍作孙耀祖，只有与他相熟的人，才尊重他的习惯，以孙学武相称，在一切私人场合里他就会用这个名字。

孙学武这辈子可没封团长活得那么潇洒，做什么都不顺，饱受挫折。他当时也想跟老哥一起跑路，可封团长说地仙村古墓吉凶难料，你我兄弟如果一同断送在其中，咱观山封家就彻底没了，我要是万一有个闪失，将来还得指望你去给我收尸。

　　于是留下观山腰牌，让孙学武牢牢记住《观山指迷赋》全篇七十二句，并把祖上封师岐留下的几件传家之物，都让巴山猿猱从农场外偷带进来，交给了孙学武。

　　这几件东西，都是观山太保盗墓时所获。几百年前，那时候观山太保尚未得御口亲封，还称为棺山太保，留下来几部龙骨天书，没被地仙带入墓中，其中记载的都是些风水古法，学透了能得几分"形、势、理、气"之奥秘，但内容有限，达到观山寻龙的境界还比较困难。

　　另外还有最重要的一件事情，当年地仙封师古曾盗发一座唐代妖陵，这是处肚仙坟，据说是唐时拜狐仙的教门所留。陵中有本奇书，记载着种种妖法幻术，陪葬的一口描金匣子里，有数不清的施展障眼法的器物，其中有数枚从狐仙身上剥取的妖筋，混合在尸骨中焚烧后有圆光之奇验，但并非轻易能用，必须让人先见到肚仙古墓中的壁画，然后通过焚尸才能见到"肚仙"显身，并且得闻鬼音幻听。封师古在乌羊王地宫中，放置了从唐代妖陵中盗发得来的墓墙壁画。《观山指迷赋》除了七十二句之外，还有最后一段最为隐秘，也是最为重要的一段，就藏在乌羊王古墓墓室之中，焚尸圆光，万勿遗忘。

　　最后封团长想要一棍子把孙学武打晕就逃，忽然想起一件事来，又嘱咐孙学武说："这巴山猿猱是咱爹在世时，于山中驯养之物，年久通灵，能解人意，只是比我小了几岁。它这些年来常常都跟在我身边，我此番去找地仙村古墓，无论是死是活，都会让它回来给你捎个消息。我要是出了意外，你就是咱观山封家唯一的传人了，你在十二年后一定要再次设法进入棺材峡，看看那欺师灭祖的封师古究竟是否找到了尸仙。"

　　孙学武知道生离死别在即，又是伤感又是担忧，垂泪道："大哥你戎马半生，可谓见多识广，祖上所传的本事你也学得远比我多，恨只恨我这辈子让儒冠所误，成了个没用的书呆子，连你都做不到的事情，恐怕我今生也是无望了。"

封团长叹了口气，拍着兄弟肩膀说："此事千难万险，确实为难你了。但你不去做，咱们观山封家又哪里还有其他的人？"他稍一沉吟，又道，"要是你今后觉得势单力薄，可以想办法去找摸金校尉相助。曾听说在清末还有位张三爷专做摸金倒斗的勾当，自大明永乐年间毁掉发丘摸金的印符信物以来，这世上应该还剩下三枚摸金符，想必那套搜山寻龙的摸金秘术至今仍有传人。"

第三十九章
死亡不期而至

封团长嘱咐兄弟，将来万一实在没办法了，就找摸金校尉相助。常言道，七十二行，摸金为王，只有摸金秘术才能破得了地仙村古墓。

孙学武闻言更觉为难，小时候就听他爹说过，这世上真有本事的倒斗高手，自古以来便有发丘摸金、搬山、卸岭三支。常胜山里的卸岭群盗，早在新中国成立前就烟消云散；搬山分甲的那伙人似乎也没传人，全都销声匿迹多年了。

摸金校尉是倒斗行里的状元，想必是极有本领的，但在明朝的时候，被朝廷毁了他们的印符信物。真要是追根溯源起来，这件事还有咱观山封家的责任，虽然隔了几百年，恐怕抵死也脱不开当初那场干系。

封团长说大明观山太保的事迹十分保密，外边的人从不知晓，剩下来的摸金校尉们，应该不知道那些陈年旧事，摸金济世之风古已有之，只要找到他们说明缘由，多半能得到他们出手相助。

孙学武仍觉力不从心，虽然传说清末的时候还有一位摸金校尉，因为他一人挂三符，所以都称他为张三链子。可如今都什么年月了，其间日月穿梭，天地间发生了多少翻天覆地的巨变，谁知摸金符还有没有传人。

退一万步说，即便张三爷当年真把摸金符和寻龙诀传了下来，那也不过是传给两三个人而已，摸金校尉的所作所为又格外隐蔽，这天底下人海茫茫，现在谁知道那些摸金校尉的萍踪浪迹归于何处？剩下我孤零零一人，我上哪里找他们去啊？

封团长眼看自己这兄弟太不争气，做事说话都是前怕狼后怕虎，知道他难以担当重任，但也毫无办法，当年显赫一时的观山封家自地仙封师古率众入山之后，早已没了昔日的气象。虽然时至今日，科学昌明，但他对祖上遗训中提及的所谓尸仙之事仍然深信不疑，认为封师古在山中修炼妖法，鬼知道他得了个什么结果，万一真的按他进墓前说的将来还要入世度人，必定又要害死许多无辜。

所以封团长是铁了心，老封家的事还得老封家的人去解决。另外自己再留在劳改农场里，也无非就是一死，还不如逃回巫山，要死也是死到祖籍棺材峡才好，兴许拼着一死闯进地仙村古墓，能把封家在明末清初时所造的那场业障了结了。

而且封团长知道，棺材山里埋的九死惊陵甲十二年才开一次，掐指算来，所剩时间已经不多了。他只好硬起心肠，拿镐把砸晕了孙学武，就是为了不让孙学武替他吃"挂落儿"[1]，然后趁着夜色逃入深山，一去就再也没有回来。

孙学武在这件事上受了不小的刺激。他遵照兄长的教诲，从此后更加沉默寡言，他唯恐言多语失，也极少和外人接触。因为事情确实如封团长所言，在那个年代里，要是被人得知祖上是地主、矿头和盗墓贼、保皇党，那不死也得扒层皮。

再加上孙学武从事的工作性质极其枯燥单调，逐渐就使他变成了一个孤僻的人，周围的人都很排斥他，只有陈久仁陈教授还算是他的一个朋友。但即便是关系如同陈教授一般的老朋友，对他来说，也绝对不是可以掏心窝子的交情。

---

[1] 挂落儿，天津方言，意为受连累。

"文化大革命"结束后,孙学武的问题虽然比较复杂,组织上尚未做出结论,但工作还是暂时恢复了。他一直没再见过兄长和那只猿狖,心中时常牵挂着此事,终于找了个机会独自进了棺材峡。他一生从没回过祖籍,但这里的路线地形由家中代代所传,他也知道个八九不离十。

当时的青溪古镇已经被废弃,他在空无一人的镇上遇到了那只巴山猿狖,被带进棺材峡,见到了兄长封团长的遗体。

封团长临死前给孙学武留了一篇遗书,其中详细叙述了从果园沟潜逃后的经历。

封团长逃回祖籍青溪古镇的时候,正赶上修筑青溪防空洞的工程接近尾声。当时的施工人员已经把主隧道从古镇地底贯穿到了棺材峡,并且从古矿道里挖掘到一批石人,将其中一部分运到了镇中的施工指挥部。当时施工人员并没有"文物"这两个字的概念,只是觉得山里埋着如此狰狞丑陋的石像有些奇怪,打算把这一情况报给上级,请示如何处置。

封团长窥得这一情况,心知大事不妙,赶紧带着巴山猿狖在镇子里装神弄鬼,扰乱施工人员的注意力。恰好当时由于青溪防空洞的坚固程度不符合标准,上级临时中断了这一带的人防工程,施工的人们全部撤走,只留下一座空荡荡的古镇,再也无人去理会棺材峡附近的古物,这才让他松了一口气。

封团长半辈子都在刀枪丛里闯荡,胆色和见识都远胜常人。他带着唯一的伙伴巴山猿狖进入了棺材峡,但发现自己打不开九宫螭虎锁,祖传的能耐他根本没学全,这才知道地仙的厉害,先前想得太简单了。一阵急火攻心,身上旧伤发作,自知已是命不长久了,估计孙学武将来还有可能进山来寻他,就留下了绝笔嘱托。

封团长临终前忽然想起一件事来,当年在东北的时候,还没和羊二蛋那伙胡匪闹掰,听他们说日本关东军要在山里寻找一件古物,这件东西是个风水秘器,埋在什么眠龙的宝穴。不过具体是什么事物,当时没听清楚,只似乎听到说这件秘器是从一面古镜上拆下来的,别的就不知道了。

古镜能克邪镇尸之事,在中国已有几千年的传统了,所以封团长在遗书中嘱咐孙学武，以你的本事，想进古墓对付尸仙必定有去无回。你不但要想办法解开九宫螭虎锁，还要找到藏在乌羊王地宫中的线路图，这张图与无数假图一起藏在镇山的棺材里，要是不懂九宫八卦的那些门道，到了跟前也无从得知哪幅图才是真的。你从事考古工作，若有机缘得到几面传世的古镜，带着几件这种东西进入古墓去见地仙，便多了几分胜算。

在这封遗书的最后，封团长坦言自己这辈子对不起孙学武这亲生兄弟，再三叮嘱他即便粉身碎骨也要把祖上所托之事办妥，否则别给为兄和老爹收骨掩埋。

孙学武抱尸痛哭一场，把兄长的遗书和遗物都贴身藏了，回去后继续隐姓埋名。那些遗物里有许多观山封家传下来的数术，竟然包括用纸人甲马焚香圆光的障眼法，但不到古墓中看到唐代妖陵的壁画，就无效验，还不知此术是真是假。

另外他祖上封师岐参与建造地仙墓，知道内部的一些情形，留下了一些相关的记载，但传到孙学武这里，都是支离破碎的。但他仍大致知道了乌羊王古墓的一些情形，哪里有唐代妖陵中的壁画，地图又藏在哪条墓道中，然后从哪片迷宫般的矿窟里钻出去，按照地图就能进入地仙墓，这些事终于在他脑中有了个轮廓。

但要说破解《观山指迷赋》，一步步地从那些隐晦艰深的暗示中找出生门，以他自身所学所知是万难做到，但他心思极深，更有毅力和耐心，利用工作之便，夜以继日地研究周天古卦，以求将来进入古墓时能揭开那些谜题，又到处寻找镇尸古镜和挂符的摸金校尉，以求在有生之年了结这桩旧账，也好让父兄祖先在天之灵得以安息。

在这漆黑冰冷的庙堂内，孙九爷的一番话说得我们个个目瞪口呆，就算我脑子里再多长三万六千个转轴，也猜不出真相竟是如此。听他的这些言语，我已经没什么再好怀疑的了，因为里面有些细节都属于海底眼，绝不是凭空可以编造出来的谎言，他这番话倒是完全让我相信。

我问孙九爷："这么说您是早就盯上摸金校尉了，能不能告诉我是从什么时候开始的？"

孙九爷说："从在陕西第一次碰面，你和大金牙让我看脖子后面的印记，当时你扯开衣领，我一眼就看见了你挂着的摸金符。"

我暗道一声"冤枉"，那时候我的摸金符还是大金牙给的假货，之后胖子从龙陵洞窟的干尸堆里摸到枚真符，想不到竟是戴者无心，看者有意，原来从那时候我们就让孙九爷盯上了。他肯定是憋着坏算计我们多时，我却始终蒙在鼓里，亏得我还自以为是时时刻刻掌握着阶级斗争的最新发展趋势，这回算是彻底栽了，被人卖了还替人家数钱呢。

孙九爷说："当时我看你和大金牙不着四六，和潘家园那些倒腾玩意儿的二道贩子没多大区别，也不肯相信凭你们能懂得摸金秘术，但后来听说你带老陈那支探险队进沙漠找到了精绝古城，我才对你另眼相看，但……我还想试试你的本事，于是第二次见面的时候，我给你们提供了一些云南献王墓的线索。"

我听到此话，心中更是不平，想到当年在陕西石碑店棺材铺中，第一次听孙教授说出"献王墓"三字的情形，要不是从他口中得知痋术和献王墓，我和Shirley杨也不会当时就打定主意去云南遮龙山。这孙九爷心机何其深也！真不愧是观山太保之后。

孙九爷又接着说："我这辈子活得太累了，既然进了地仙墓，我就再也没什么好隐瞒的，索性一发说给你们知道。后来我辗转得到了青铜龙符，又知道了归墟古镜的下落，就同老陈扯了个大谎，让你们去南海打捞青头……"

孙九爷告诉我们，他得到青铜古镜之后，就动了要去巫山棺材峡的主意，但是要请摸金校尉同行，只怕还不太容易。他最担心自己隐藏的身份和骗取古镜之事一旦暴露出来，再把《观山指迷赋》全篇相告，如同社会闲散人员般的胡八一、王胖子两个摸金校尉，一看说话做派都是爱好投机倒把的家伙，多半是不会讲什么职业道德的，肯定当场就甩掉自己，直奔地仙村古墓捞明器发财去了。

所以孙九爷绞尽脑汁地想办法，他又从陈教授口中得知，现在那伙摸金校尉要去寻找古尸体内凝结的金丹——要是引经据典说，学名就是死人的丹鼎，于是一不做二不休，使了一出苦肉计，编了一本工作笔记。在笔记中似有意无意地把地仙村古墓藏有丹鼎之事透露出来，并且把自己瞒天过海骗取归墟古镜的经过也记录在其中，但特别强调卦镜可以占卜古墓方位，如此一来去巫山棺材峡，就不得不带着此镜了。

然后孙九爷一路跟踪，假装在天津自然博物馆里丢失笔记本，但转过天来，才突然想起百密一疏，没算计好日子，距离守墓的九死惊陵甲露出生门，还差半年之久，只好又使出瞒天手段，先吐露了一段《观山指迷赋》稳住众人，把时间拖了半年之久。

利用这半年的时间，孙九爷又找个机会，单独潜回棺材峡，秘密布置起来，连他兄长的遗书都换成了假的，并且找到始终在附近徘徊守尸的巴山猿狖，连比带画，交代给它一些事情，那猿狖极为通灵，活的年头也不少了，孙九爷的意思它能明白个七八分。

最后孙九爷才假意从外地匆匆赶回来，带着众人出发进山。他虽然藏了满腹机密，却由于绝少同外人打交道，所以并不擅伪装掩饰，有时候装到三分就足够了，到他这儿却往往要装足了十二分。他引着众人，把《观山指迷赋》断断续续透露出来，自"欲见地仙，先找乌羊"之后的内容，多半是他自己篡改的，只是为了防止别人甩了他单干。

常言说"人有百算千算，老天爷只有一算"，但人算终究不如天算，孙教授做梦也没想到，半路上会多出一位成员，也就是蜂窝山里的幺妹儿，她轻而易举地打开了九宫螭虎锁，这种近乎失传的销器儿手艺，却是连摸金校尉也不具备的。另有几处事先谋划周密，却产生差错，惹了许多惊心之事出来，事后念及，实是侥幸了。

等进了乌羊王古墓，墓门前的甬道里本来没有武侯藏兵的机括，因为当年由于地底暗泉起落不定，最后并未建成，仅具其形而已。在这条墓道中拼凑地图之时，孙九爷有心在拿了真图之后，就把其余的人甩掉，于是暗中给那巴山猿狖发了信号，让它提前躲藏在墓道中接应，等我和胖子不备的时候，焚香招仙，想用"肚仙"的妖相缠住我们，以求脱身。

孙九爷对我叹道："我知道你们已经逐渐开始怀疑我了，所以才想在墓道中拿了地图就走，想不到你胡八一太精明，投机取巧的二道贩子果然是鬼得很，竟然事先识破了，拼了幅假图来骗我。现在可倒好，你们想逃也逃不掉了，这山中的九死惊陵甲即将锁闭，生门再开的时辰……就要等到十二年以后了。"

我毫不在乎地说："您就甭跟我危言耸听了，只要孙九爷您敢进来，我有什么不敢？大不了咱们十二年之后再一起出去。"

孙九爷没直接回答我，而是问Shirley杨现在几点了，Shirley杨看了看手表："刚好还有二十分钟就到午夜零点了。"

孙九爷说："咱们一路进来走了许多时间，从暗道中原路回去的话，两三个小时绝对不够。一过半夜十二点，九死惊陵甲就会出现，你们摸金校尉想必知道此物的厉害，当年汉武帝的茂陵中就设了此甲拱卫，赤眉义军盗发茂陵之时死伤无数，几十万人用了半个月的时间才破了九死惊陵甲……"

我对孙教授说："九死惊陵甲的厉害我自然知道，不过赤眉军当时还没有卸岭的手段，无非是群乌合之众乱挖乱刨，死伤多少人也不奇怪。我只想问问您，既然进了棺材山有死无生，你为什么还敢进来？当真不想活了？"

孙九爷脸上的肌肉突然抽动了两下，低声说："你还记不记得，我曾经告诉过你们……你们四个人早都已经死了？"

我心中一凛，想起身上确有尸斑浮现的迹象，此事大为不妙，就问："可你这老鬼先前也曾告诉过我们，只要进了棺材山地仙村就能活命，难道这也是跟我们信口胡说？您拿出点辩证唯物主义的客观态度来好不好？"

Shirley杨也觉得难以置信，请他将此事说明。孙九爷无奈地摇了摇头："棺材峡里的尸气太重，你们身上的尸斑都没什么大碍，只不过中了尸毒而已，终不会致命身亡，刚才我急着进地仙墓，又没有时间同你们解释清楚，才扯了这个谎，可我那也都是被你们逼的，现在……现在我就直说吧，你们千万别惊慌，我对观山封家列祖列宗发誓，绝无虚言，咱们这五个人里，至少有一个人已经死了，真正早已死掉的人……就是我。"

此时进关圣庙时间已久，胖子和幺妹儿这两个心宽胆大的也都疲乏了，早都倚着殿中墙壁睡着了，只有我和Shirley杨还在听孙九爷说话。他此言一出，我如同浑身泼凉水、怀里抱着冰，看了一眼Shirley杨，她听了孙教授最后这番话也是满脸茫然。

这件事对我来说，既是情理之中，又是意料之外，情理之中是孙九爷身上确实有些诡异的变化，如果仅是像我们一样出现并不明显的尸斑也就罢了，只有死人身上才会有的尸虫竟然会在他身上出现。但若说他已经死去多时了，他究竟是什么时候死的？一具行尸走肉又如何能跟我们彻夜密谈？

孙九爷似乎看出我们难以接受这个事实，便说："其实我和你们一样，根本不知道我自己是怎么死的，甚至就连我自己是什么时候死的都想不起来了。身上不断有尸虫爬进爬出，直到过了棺材山外围埋设的断虫道，我身上才不再有尸虫钻出来，我完全无法理解在我身上究竟发生了什么恐怖的事情，你们能不能相信世界上还有比死亡更可怕的事情存在？"

第四十章
天地无门

孙九爷见我们满脸疑惑，就低下头来，让我解开他胸前的衣扣，这一看之下，我和Shirley杨全都倒吸了一口冷气。

只见孙九爷身上满是被尸虫啃噬的窟窿。在进入棺材山的隧道中，设有断虫道，所以他身上的尸虫都已死尽了，满是尸斑的胸口上只剩下百十个黑洞，伤口没有愈合，更不见有鲜血流出，整个人就如一具被蛆虫啃咬过的腐尸一般。

眼见为实，终是不由人不信了，但我即便是信了他的话，也如身在五里雾中，看来孙教授真是一具"行尸走肉"，可死尸怎么能与人说话？这件事越往深里想，就越让人觉得恐怖，因为我们的一切常识和经验，都无法解释这一现象，难道真有借尸还魂？

孙九爷对我说："在进入乌羊王古墓的时候，我就发觉身子不对劲，但为时已晚，更不知道究竟是怎么发生的。当年观山封家也没遇上过这种可怕的情形，所以我当时就下了决心，只要这次进了地仙村古墓找到尸仙，我是虽死无憾了。但我最后并没有想拖着你们下水，偏偏你胡八一这个投机分子自作聪明，到头来却是害了你们自己。这回咱们都别出去了，这棺

249

材山地仙村号称天地无门，生门一关，谁也别想离开。"

我听得不以为然，对他说："您真不愧是观山封家的嫡传，现在里外都是你的理了，我们被你糊弄了大半年，到最后反而说我们是自己害了自己，就算是死人挤对活人也不带这样的吧。"

Shirley 杨拦下我的话头说："现在先别争这些了，既然大明观山太保能将这个古镇建在棺材山中，那这深藏地底的棺材山形势想必不小，除了九死惊陵甲的生门之外，未必就没有别的出口了。"

那九死惊陵甲是一种守墓防盗的犀利机关，在我那半本《十六字阴阳风水秘术》的残书以及当年鹧鸪哨传下的搬山分甲术里都有记载。但一千多年来，却从没有盗墓者撞到过惊陵甲，据《陵谱》一类的方外古籍中说，在南越王墓和汉武帝刘彻的茂陵里都埋了此甲。

在古方术中，"甲"是一种特殊的道具，可以是青铜器，也可以是纸俑甲马。而九死惊陵甲更为特殊神秘，它是春秋战国年间的产物，其时巫法正盛，盗墓之事也刚刚出现，为了应付盗毁古冢的行为，大贵族的墓葬都要用木椁叠压封闭，并在陵墓周围的土中埋设惊陵甲拱卫。此甲必须是用夏、商、周年间的古老青铜器，用尸血沤浸出一种特殊的铜蚀，其状好似铜性受侵所生的铜花。

这种苍绿色的铜花为积血多年侵蚀而化，埋在有龙脉的地底时间一久，就会借着地气变成一种半金属半植物的东西，呈珊瑚刺或蛛网状生长，它能围着阴气凝结的陵墓不断扩散。那些布满倒刺的铜蚀花近似于食人草，像植物的根须一样扎到泥土岩层里，有知有觉，平时都藏在土里，遇着活人就会受惊暴起，将接近陵墓的一切生物绞杀饮血，最是无法防范。因为其物不仅极为坚韧，能避水火，更含有尸血毒，刺中了活人立刻见血封喉。只要埋了此甲护陵，便可以使古墓外围无隙可乘。

但夏、商、周的青铜古器，在后世已经非常罕见，使得造甲之术逐渐失传，在两晋及南北朝之后，世上的盗墓之徒就没再遇到过九死惊陵甲，所以也从未有人懂得破此妖甲的办法，我和 Shirley 杨也仅闻其名而已。

孙九爷说封师古通过盗墓得到了不少上古青铜器，封家祖上又从棺材峡悬棺中盗得奇书，里面正好记载有布置惊陵甲的方法。这种半是铜蚀半是血肉的妖甲，根据棺材峡地脉中的龙气流转，每逢地鼠年便会在地底蛰伏数日，只要地底的棺材山风水不破，它就会遵循这一规律，唯有这段时间进山才是安全的。

地仙村古墓本来就是迷踪难寻，但封师古还是不能放心，又布了九死惊陵甲为最后一道屏障。如果有不知底细的盗墓贼进来，不论是摸金校尉还是搬山卸岭，都要在隧道中稀里糊涂地送掉性命，恐怕连死都不知究竟是撞上了什么。

按孙九爷推算天干地支的时间来看，惊陵甲很快会封死隧道，现在想离开棺材山地仙村已经不可能了。

我先前在隧道中，确实看到岩土层中有一簇簇的苍绿铜蚀，还以为是存在于地底的某种珊瑚状溶解岩，却万没想到会是早已绝迹的九死惊陵甲。虽然不知道孙教授推算的时间是否准确，但根据《十六字阴阳风水秘术》所载，世间确有此物。如果这十二年的生门一过，在地底看见惊陵甲的一瞬间，就是死亡来临之际。

我认为对待这种事情，应该是宁可信其有，不可信其无，一时想不出怎么才能全身而退，但肯定是得找个生门出去，谁能耐得住性子在这不见天日的棺材山里困上十二年？

Shirley 杨问我："现在形势如此，你有什么计划？"我脑中一转，知道现在应该立刻重新部署计划了。在关圣庙里停留的时间已经不短了，听四周静得出奇，还不知地仙村里会有什么情形，估计那寻仙的封师古早就归位了，于是把胖子和幺妹都招呼起来，让他们赶紧收拾整顿，拿了金丹之后再想办法寻找出口。

这时我忽然想起最重要的一件事来。我马上问孙九爷，虽然这个事件大部分都是你故布疑阵，但对我们来说至关重要的是，这棺材山里到底有没有周天卦图和古尸金丹。

孙九爷拿出一副将生死置之度外的神态说道："实不相瞒，地仙村古墓藏有丹鼎天书之事也是我诳你们的。不过观山太保祖上所盗的骨甲秘器，确实都藏在这山里。另外……另外地仙封师古是方外奇人，精于化形炼丹之法，他要真成了尸仙，倒是有可能会有金丹。"

我听他竟然说连这件事都是做不得准的，真恨得咬牙切齿："你这只由地主阶级安插在我们工农兵内部的黑手！等这事完了我再跟你算总账……"说完，让胖子给孙九爷松绑。现在棺材山里吉凶难料，一切恩怨都要暂且放下，眼下首要之事，是在地仙村里找到封师古，甭管有枣没枣，都得先去拍它一竿子。

胖子虽没搞清楚这件事的来龙去脉，却坚决反对给孙教授松绑，义愤填膺地说道："纵虎容易伏虎难，这孙老九哪儿有什么好心眼子？我看他挂了个教授的虚名，却简直是人面兽心；也不只人面兽心，简直是衣冠禽兽。说他是衣冠禽兽都抬举他了，牛马骡子哪儿有他这么阴险，他根本就是禽兽中的豺狼……"

我告诉胖子你刚才睡着了，根本不知道真相是怎么回事，孙教授已经认识到错误的严重性，他决定洗心革面重新做人，主动要求带咱们进地仙村倒斗，并且他还对他封家的列祖列宗发了毒誓，即便没信仰的坏人，应该也会尊重自家先人，所以应该可以暂时信任他。谁又没犯过错误呢？西方人怎么说的来着："年轻人犯了错误，上帝都会原谅。"虽然孙九爷已经不太"年轻"了，但王司令这回你就大人有大量吧，量大福才大，福大命大才能造化大。

胖子哼了一声，一面拿刀子挑断了绳索将孙九爷放开，一面对他说："孙老九你再敢有二心，就算上帝肯饶你，胖爷我也轻饶不了你。快说，村里的明器都藏哪儿了？"

孙九爷毫无惧色地瞪了胖子一眼，对我们说道："据我观山封家祖辈相传，这棺材山地仙村的格局，基本上都是按照青溪镇而建，地仙封师古应该就躲在封家大宅里。现在的巫山青溪镇虽然荒废了，但它大致保持着明清时代的古老风貌，大的变动几乎没有。"

我们进青溪古镇之时，曾到过被遗弃的封氏老宅，对封宅附近的街道布局还留有一些印象。因为棺材山深处群山之底，到处都是漆黑一片，照明装备能发挥作用的范围非常有限，容易迷路，于是我就让孙教授和幺妹儿在纸上粗略地画了一张建筑布局地图，然后再与瓷屏地图相对照，让众人预先对地仙村的形势有个大致概念，以免走进那黑灯瞎火的地下建筑群里迷失路线。

随后把携带的装备重新分配，手电筒与战术射灯已经损坏了一部分，冷烟火和荧光照明棒所剩无多，电池和食物最多仅够维持三天，如果真被九死惊陵甲困在棺材山里，根本支撑不了多久。

幺妹儿自小听说过封家古墓之事，连他们蜂窝山里也知道惊陵甲的厉害，她对我们说："反正是到妖仙坟里肯定遇上鬼，但能见到藏在山里的封家老宅，也算是开过眼了，死也算死得硬翘，就别多想啥子退路了。"

我和胖子从来都不缺乏乐观主义精神，便对他说："妹子你别说丧气话，咱们谁也死不了。这棺材山又不是铜墙铁壁，它就真是生铁浇铸也得有个缝，等待咱们的必将是胜利的曙光……"

那"曙光"二字刚刚出口，忽然一片暗红色的光芒从庙堂外透进来，好像是天空突然出现了朝霞。但此处距离地面少说也有一两千米，怎么可能天光放亮？而且时间也不对，刚过午夜十二点，即使是在山外，也正是天黑的时候。

孙九爷也不知道是怎么回事，历代祖先可都没提过棺材山是在地面，现在他对这里的了解其实并不比我们多，同样惊诧莫名。

我示意众人先别急着出去，这关老爷庙最为神圣庄严，至少是个辟邪挡煞的地方，不论山里有什么邪祟的东西，都不可能进入这座殿阁。

Shirley杨指着殿上二层说："先到上面的窗阁子里看看。"我们五人不知道庙外发生了什么，都轻手轻脚地沿木梯上到殿堂高处，从窗阁子缝里往外观看。只见原本黑漆漆的高处，出现了一道断断续续的光亮，有些像是熔岩涌动，却没有任何热量和硫黄气息，反倒是使人感到全身阴冷。

这时整个地底都仿佛被笼罩在了一片朦胧昏暗的血色之中，可以看到那片形状酷似无头尸首的丘陵，鳞次栉比的一幢幢房舍楼阁都绵延排布在其上。那些明代的古老建筑红瓦粉墙，高低错落，规模十分庞大，最近的一处院落距离我们所处的庙堂并不算远，借着那猩红的血光，甚至可以看到门前所贴的门神画像。

隐约能看到建筑群当中耸立着几座古牌楼，比周围的房舍院落要高出一等。我暗自猜测，那里应该就是位于地仙村最核心处的封家大宅了。

整个村镇好似一片阴宅鬼府，不见半个人影，家家门户紧闭，哪里有什么神仙窟宅的样子，真想不出封师古躲在这里能寻得什么真仙。

山丘上遍布草木藤萝，植被很是茂密，但都非常低矮，而且颜色极深。四周则是极高极陡的石墙，斧砍刀削般平滑，东西长南北窄，像棺材板子一样整整齐齐地插在四面。峭壁上密密麻麻的，全都是攀龙落凤似的纹路，那些图腾壁画般的繁复花纹，都是由古壁上所生的苔藓和植物天然勾勒而成。

正待再看，那半空中的血光却突然消失了，棺材山里又陷入了一片漆黑，极高极远处隐隐有一阵阵铜铁金属摩擦转动的声音。这种响声虽然不大，却似乎可以蹂躏折磨人脑中的每一根神经，令人心慌不已，过了良久方才停止。

众人如释重负，松了口气回转神来，在一片漆黑中，重新打开了头盔上的战术射灯。我问孙九爷刚才半空里出现的血光是什么。

孙九爷摇头道："难说啊，封师古的手段神仙都难猜到，当年就连同宗同族的至亲之人，也多不知他心腹中所藏的秘密。可能是古墓上方有座万年灯的青铜阳髓忽明忽灭，不过血气如此浓重……也可能是九死惊陵甲的铜蚀穿破了土层。从现在开始，咱们每一步都要格外谨慎小心，否则绝对进不了封家老宅。"

胖子毫不在乎，摩拳擦掌地说："就连皇陵王墓咱爷们儿都曾七进七出了，一个地主头子能有什么大不了？在胖爷眼里，他就是屎壳郎上马路——愣充美国进口小吉普啊！老胡你们把地形搞清楚了没有？那明器都放哪儿了？摆着还是埋着？咱赶紧趁黑摸进去，参观参观这地主老头子藏在阴宅里的古墓博物馆。"

我点头同意，反正现在也没什么时机可言了，早晚都得去见地仙，便决定立刻开始行动,带众人从木梯上下来,径直来到大殿的门前。

这伏魔真君殿的殿门在我们进来后就随手关上了,但此时一推竟然纹丝不动,我又加了把力也没把大门推开,不知在什么时候,殿门已被暗藏的机括锁闭了。

胖子见我推不开门,就过来帮忙,他抄起工兵铲来撬门缝。我心觉有异,怕是这殿中有什么古怪,下意识地回头扫了一眼。头顶那盏战术射灯的光束随着一晃,只见原本端坐在殿内的武圣真君突然变了面目,竟已不是那位卧蚕眉、丹凤眼、面若重枣、长髯飘动的关二爷,而是一尊体形敦实黑矮的怒目恶鬼,怀里抱着一段枯木般乌黑的佛朗机。泥像两眼鲜红似血,目光俯视,盯在门前,正落在我们这几个人的身上。我心中生出一股极为不祥的感觉,虽是平生见过许多庙宇道观,却认不出这殿中所供的究竟是哪路凶神恶煞。

第四十一章
炮神庙

我心中一惊,想不到地仙封师古竟然如此亵渎神灵,连关帝庙都敢虚设,却不知是哪路邪神的庙祠,与先前的庄严气象完全不同。这一正一邪悬殊,真是乌鸦与喜鹊同在,难定吉凶,恐怕不是善处。

我心念一动,急忙拽住正在用力撬门的胖子:"别碰大门,这里供着凶神恶煞,肯定不是伏魔真君,小心门墙上有销器儿埋伏。"

随后众人站定了脚步,拿手电筒在殿内四处一照,发现不仅是神龛里的主像,就连侍立在武圣两侧的周仓、关平,也不知什么时候变作了阴曹中的鬼差,满身披挂红袍,头顶束着冲天辫,面目惶惶可畏。

我们还道是看错了,再次揉了眼睛细看之时,原来先前的泥像身上都蒙着一层布帐漆壳,此时都被藏在神龛后的细索扯了上去,空落落悬在殿梁高处,将庙中的邪神真身显露了出来。

刚才我们的注意力都被棺材山里的异兆所吸引,竟是谁都没有留心庙堂中的动静。其实在进来之前,就已经查看过这幢建筑外围没有销器儿机括,却没料到关帝庙会是个陷阱。虽然事先提着十二万分的小心,可遇到这完全走出了常理之外的诡变庙堂,仍是不免着了道儿。

第四十一章 炮神庙

殿堂中死寂一片，却暂时没再有什么机括作动，只是气氛显得十分不对。我越发感觉不妙，必须尽快脱身，借着战术射灯光束环顾左右，见那口冷森森、沉甸甸的青龙偃月刀，此刻依旧架在云台之上，我不禁灵机一动，脑中冒出一个念头来。

在中国旧社会，拜文武先圣之风自古流传，如果关帝庙规模比较大，就往往会有一座单独的刀殿设在边厢里，专供那口关公刀；规模小的庙堂，或是由周仓扛刀，或是平摆在金云托架上。

我见那柄关公刀沉重非凡，心想殿门里恐有机括相贯，破门出去虽然不费吹灰之力，却有可能会是自掘坟墓的举动，何不用这口几十斤沉的大刀当作破墙锁，撞破墙壁出去？于是立刻招呼胖子上前抬刀。

众人刚刚走近几步，却见那厉鬼般的恶神泥像身后有块木匾，黑底金字，书着"炮神庙"三个大字。幺妹儿似乎识得此物，连称糟糕。这殿中不仅门窗墙壁，就连铺着琉璃瓦的屋顶和梁柱也不能碰，里面肯定藏有落地开花炮，一旦触发了，整座庙宇就会玉石俱焚，人人都得被炸为齑粉。

胖子原本仗着一股冲劲，打算立刻潜入封家老宅里倒斗摸金，此时见出师不利，不禁抱怨倒霉，估计是出门前又忘记给祖师爷烧香了。

我无可奈何地摇了摇头说，不是咱们走背儿了，而是地主阶级实在太狡猾了，但我从没听说过世上有什么炮神庙，难道这座殿堂是个大火药桶？当真是进得来出不去的绝户倒打门？

Shirley 杨也问幺妹儿："什么是炮神庙？又如何断定庙中藏有落地开花炮？"

听幺妹儿一说，我们才明白是怎么回事。原来民间拜炮神的习俗，就是起源于巫山青溪。最初是因为凿伐巫盐矿脉时用到了土制炸药，因为条件极为原始、简陋，时常发生炸死矿奴之事，于是老百姓就暗造炮神庙。这是专在矿山里供奉的神道，初时只和低矮的土地庙相似，平常将那些炸山爆破的硝石火药，全都存放在这种庙里，其作用就和炸药仓库差不多。

久而久之，人们发觉庙里面的炮神常常显出灵异之事来，不管是炸塌了矿道矿坑，活埋了多少矿奴，或是炸药仓库有走水的情况，却未引爆大

257

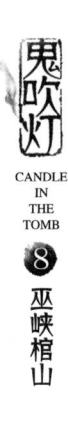

批炸药雷管，诸如此类的事情，都被下矿井干活的工人说是炮神爷爷显灵了，就如同出海跑船要拜妈祖一样，是一种古老的行业崇拜，在中国应该从明代就有了。

后来逐渐形成了风气，除了开矿之辈，连官兵军队里的火器营，包括后来从葡萄牙红毛国引进的红夷大炮，凡是涉及火药之处，都要拜炮神。明代火器开始发达，但观念还比较守旧迷信，军中使用的主要红夷大炮皆会被冠以将军之职，比如"神武、神威、震威"将军等等。巨炮老化或损坏后也不可改铸分解，而是要造坟墓掩埋，这些全都是由拜炮神的风俗延伸而来。

后来又因清太祖努尔哈赤在宁远城外被火炮轰击所伤，最终不治身亡，所以清朝彻底禁绝炮神庙，所有的炮王坟、炮爷庙都被悉数拆除损毁，只有在其发源地还有人秘密供奉炮神，庙址多建造在地下洞窟中，外地的人绝难知道这些事情。青溪地区的百姓以炮药开矿为生，对此是老幼皆知。由于是秘密供奉，所以青溪炮神庙从清代起就常伪装成其他庙宇，以药王庙或土地庙居多，却从未见有人敢拿关帝庙做幌子。

另外在专造销器儿的蜂窝山里，因为常做一些火药器械，诸如神鸦飞火、火龙出水等物，所以也有拜炮神的传统。据传炮神之像形态不一，但真身必怀抱佛朗机，两侧侍立红袍火衣童子。

佛朗机即为古时西洋火炮之代称，自葡萄牙火炮在明正德年间传入中国后，便有此名，始终都是炮神爷的法器。我和Shirley杨等人虽然不知炮神之事，却也识得此物，在北京潘家园见过许多旧兵器图谱，里面就有这种火器。

摆在泥塑炮神像怀中的火器自然都是假的，可这里边有个讲究，民间拜的炮神所持佛朗机皆为红色，有红衣红药之意；另有一种黑色的佛朗机，表示炮神庙里设置有杀人的火销之物，多是五雷开花炮，或为落地开花炮。

因为此类炸药机关在蜂窝山里称为火销，将炮神爷所持的佛朗机漆成黑色，正是蜂窝山匣子匠使用的一种暗号，此中的区别，除了铺设炮引销簧的工匠，外人从来不得而知。幺妹儿虽然学过这些勾当，却从没真正见

第四十一章 炮神庙

识过，缺少必要的经验，直到看见黑色佛朗机，以及泥像后的古匾，这才猛然记起此事。

这座炮神庙中，必是布置了无数火销炮药，万幸刚才没有莽撞破门拆墙，否则触动炮引，众人此刻都已被炸得粉身碎骨了。

庙中的诡雷销器儿多半是藏在门墙梁柱之中，殿门窗阁都是能关不能开，四壁受力重了，就会引发炸药。虽然所埋皆是几百年前的土制炸药，但在棺材山这片藏风聚气之地，可能至今仍能爆炸，火销一旦炸将开来，就绝不是血肉之躯所能抵挡的。

想那火药本是古时四大发明之一，到了明代时，火药火器的应用便已经趋于成熟完善，原始的土制炸药威力虽然不及现代，可杀伤力绝对不容小视。落地开花炮类似于子母弹，顾名思义，炮药炸开之后，里面所藏的铁钉、铁片，会像天女散花般对周围进行覆盖杀伤，而五雷开花炮则会连续爆炸。

众人听了此说，都觉得束手无策，这殿门一开整个庙堂恐怕就要炸上天了，但不想办法出去的话，岂不是要被活活困死在此地？这回众人全成了炮神庙里的笼中鸟，纵然插翅也难逃了。念及周围都是炮销，更是使人心乱如麻，好似热地上的蛐蜓，一刻也立脚不定。

我按捺住焦躁的情绪，冷静下来一想，此次到青溪来寻地仙村古墓，几乎每一步都与预先所料相去甚远，这都得归咎于孙教授始终不肯说出实情，以致最后将众人拖入了绝境，但现在责怪任何人都已经于事无补，唯一有意义的事情是只有竭尽所能应付眼前的危机。

我正要同 Shirley 杨商议冒险拆掉炮引是否可行，却听一旁的孙九爷忽道："险些忘了，地仙村里全是阴阳宅！"

我们未解此意，奇道："什么是阴阳宅？难道地仙村不是座古墓阴宅吗？"孙九爷道："不是不是，今天发生的事情实在太多，我心神大乱，忽略了此节。记得当年听我兄长说过，地仙村里的所有房屋都是阴阳宅。"

所谓阳宅是活人的居所，而阴宅则是埋葬死人的墓穴，地仙村封师古有搜集古墓珍宝的瘾头，而且更有一个怪癖，不仅是墓中陪葬的珍异明器，就连棺椁、古尸、墓砖、壁画等物，也要据为己有，视如身家性命一般。

他在棺材山里建造地仙村之时，曾把观山太保所盗古墓都按照原样造在地底，上为阳宅，下为阴宅，所有的房舍院落下层都是真正的墓室。墓室的种类上至商代，下至元明，无所不包，那些墓室在底下也各有门户和墓道相通，便如阴阳宅街道一般无二，但谁也不知他为什么要如此作为。

这座炮神庙地下，肯定也会有片地窖子般的墓室，从墓道里一样能通往封家老宅，就是不知地底下会不会也藏着落地开花炮。按理说应该不会，因为地仙封师古绝不会轻易毁坏阴宅，但是据说墓室里的机括暗器，悉数依照旧法设置，如果从墓道里走的话，就要想办法对付历代古墓里的种种机关。

所谓用人不疑，疑人不用，在孙教授以自家列祖列宗的在天之灵发过毒誓后，加上前后诸事的印证，我此时已暂时打消了对他的怀疑，否则必然寸步难行，当即便赞同说："这倒是个办法，总强似困在这里苦熬。有道是：独有英雄驱虎豹，更无豪杰怕熊罴。摸金倒斗的手艺人，有什么墓室是不敢进的？"

炮神庙中看似寂静，实则危机四伏，在进退无门的情况下，众人当即决定孤注一掷，准备从地下墓道中脱身，但孙教授家里一代代传下的秘闻，连他自己也不敢保证是真的，庙堂地下有没有古墓尚属难言。

于是五个人一字排开，小心翼翼地用工兵铲和精钢峨眉刺一块块撬开地砖，发现殿内临墙的地面都有炮销，一排排暗藏铺设，密集无间。那五雷开花炮并非地雷，没办法拆除引信，只能设法避过，整个庙堂中只有炮神爷泥像周围一圈，没有埋设火销暗器。

众人唯恐触动火销，谁也不敢用力过度，缓缓挪开最上面的几块青砖，见砖下是层清泥夯土，工兵铲长度过短，挖凿夯土使不上力，那夯土中可能混合了糯米和童子尿，土质坚密细韧，我们用铲子挖了没几下，额头就已冒了汗。

我只好和胖子去抬了关公刀过来，按搬山道人所留"切"字诀里的穴陵古方，先在地面上淋了些随身带的烧酒，将夯土浸得疏松了些，然后倒转了刀头，用那三棱铸铁的刀往地上猛戳。这关公刀就如同一根数十斤沉的铁锹，凿起坚硬的泥层来十分应手。

把这一层夯土戳碎了挖开，果然是一层一尺多厚的膏泥，泥下又有一层枕木。挖到这里，已足能证明庙堂下确实存在墓室，所用的木料大概都是出自真正的古墓，方柱般的木材都已经半朽，晦气扑鼻，用关公刀戳得几下，排列齐整的朽木便从中下陷，露出黑漆漆一个地洞，里面往外"嗖嗖"地冒着阴风。

胖子喜道："看来民兵们已经把村里的地道连成一片了。"他话音未落，就听炮神庙里的那尊泥像轰隆晃了一下。原来地底的枕木早在原址就已受地下水所浸，朽得不堪重负了，一处木桩塌陷，竟然带动附近几根横木一并折断。

断裂塌陷的几根枕木，刚好位于怀抱佛朗机的炮神泥像底部。神位晃动，沉重的泥像一头撞栽向后墙，炮神爷的脑袋当场就被撞掉了，身首轰然砸落在地，只听后墙随即发出"咔咔"一声怪响。

众人心中都是猛地一沉，知道这是落地开花炮的销簧发作了。我赶紧推了一把呆在原地的孙九爷："走啊，还等什么？"

此时庙中墙壁梁柱间都是炮簧作动之声，我招呼他的同时，也顾不上墓里是什么情形了，连推带拽就把孙教授推了下去，随后其余几人也紧跟着跳进墓室。胖子觉得关公刀沉重结实，用着挺顺手，虽然一个人肯定抡不起来，但劈个棺椁可正好用得上它，舍不得弃之不顾，匆忙中也不忘拖了这把大刀。

这座由数百根枕木叠成的墓室空间十分狭窄，人在里面不能站直了，其中还摆有好大一具古老的木椁。我最后一个跳进来，正好落在木椁盖子上，还没等落地的力量消失，就听头顶闷雷般的轰鸣一声接着一声，泥土碎瓦不断落在身上。

上面的炮神庙里，一枚枚落地开花炮在殿中不断爆炸，硝磺土屑横飞，墓室中的古旧朽木受到冲击，纷纷断裂开来，一时间砖木齐塌。我在一片浓重的烟尘中翻倒在地，感觉到墓室随时会完全塌陷，哪儿还来得及起身，在混乱中翻滚着摸向墓门，撞到同伴也分辨不出是哪一个了，只能拼命把他推向外边。

慌乱中不及细辨，只是见那木椁椁室之外，似乎是条遍布青砖的狭长墓道。我冲将出来，满头满面都是砖泥碎土，一看身边的人也都在，只有胖子脑袋上被一根木桩砸中，虽然戴着登山头盔，可还是把脸上划了条口子。他并不在乎，彪乎乎地胡乱抹了一把，也分不清是泥污还是鲜血了。没等我再去检查其他人的情况，后方的椁室便已被断木泥土彻底掩埋了，慢上半步都得给活活闷死在里边。就在众人惊魂未定之际，忽见漆黑的墓道远墙，亮起了一簇簇鬼火般的惨淡光芒，映得人脸色发绿。

第四十二章
紧急出口

青砖墓道的墓砖上都刻有工匠人名、出砖的窑名，以及"四庚辰"——这是旧话，按照现在的说法就是年、月、日、时，应皆是明代之物。整条墓道狭窄幽长，两端皆是不见尽头。我们刚从木桩坍塌的椁室中出来，还没等站稳脚跟，就见墓道尽头亮起一盏盏微弱的鬼火。

那火头比点燃的火柴的火苗大不了多少，可能燃烧物中含有磷粉，亮起来的光芒都是暗绿之色，像一排蜡烛般齐刷刷地亮了起来，但那荧绿色的光芒黯然惨淡。我们离了约有二十米，已经超出了战术射灯的照明视界。

随即是一阵阵木齿咬合的诡异动静，却不知是什么作怪。Shirley 杨随后折亮了一支荧光管，对着墓道远端甩了过去，黑暗中顿时荧绿之色大盛，这回终于看了个一清二楚。

原来墓道尽头由窄变宽，探出一座门楼子来，当中是两扇满布铜钉铜环的石拱墓门，规模形制与人间无异。门前的滴水檐下探出六条木质龙头，龙头双眼闪烁如烛，可能是我们突然闯入此地，混乱之中无意触发了什么机括，使得木龙眼眶里所藏的磷硝燃烧起来。

我们这五个人，除了胖子之外，多半能猜出此物来历，只听到木龙里

263

机括作动，再加上龙头内部有磷火燃烧，就知道十有八九是极其犀利的火箭销器儿——一窝蜂。

那一窝蜂乃是明代军中临阵制敌的利器，外形有神鸦、火龙之状，整体造型是个长长的木头匣子，利用火药或者机簧发射，射时有如群蜂出巢，故名一窝蜂。有时箭头带火或是染毒，那样杀伤范围和威力就变得更大，后来也有人将之用来防备盗墓，最阴险的办法是在棺材内部装上几具一窝蜂的暗弩，开棺者若无提防，立毙当场。藏设在如此狭窄的墓道中，更叫人防不胜防。

从 Shirley 杨抛出荧光管照亮了墓门，到我们看清了檐下的木匣龙头，也只在一瞬之间，那数架一窝蜂内所藏的火箭便已击射而出。这中间根本不容人有思考反应的余地，只见木龙的龙口处火焰忽起，墓道里飞火流萤般的一片闪亮，数百支乱箭恰似群蜂出巢一般迎面而来。

无数火箭在狭长的墓道里激射飞来，声势格外惊人，呜呜呼啸，听得人脑瓜皮子都紧了一紧，多亏 Shirley 杨眼明手快，金刚伞一抖之际便已撑开，遮在众人身前，把飞蝗般的乱箭尽数隔开。

金刚伞能耐水火、腐毒、刀枪，一窝蜂的火箭虽是势道劲疾，且又箭镞燃烧，却奈何不得这柄金刚伞。只是墓道里十分狭窄，若离墓门近了，一柄金刚伞难以尽数护住一字排开的五个人，众人只好不断退向墓道的另一端。

窝匣火箭构造简单，又易隐蔽伪装，是陵墓中用来暗算盗墓贼的常见销器儿，但也是比较笨的一个法子。弩箭虽然厉害，却能遮能挡，而且最关键的是悬匣中飞箭有限，又毕竟是无知无识的死物，有经验的盗墓者在发现暗箭之后，可以通过不断触发，使机括销簧尽绝。

但这条墓道中藏设的木龙箭匣似乎无穷无尽，箭出如雨，始终不见势头减弱，被金刚伞挡落的乱箭，在地面上兀自燃烧不绝。我们不断退向远处，身后留下遍地的箭支，如同在墓道中铺了一层干柴，将半条墓道都点燃了。

我们后队变作前队，退出几十步远，眼看就要离开火箭攒射的范围了，众人不由得暗自庆幸。如果两端墓道里都藏有一窝蜂之类的火箭连弩机括，形成前后夹击之势，我们此刻不免都要被射成刺猬了。

可正在这时，就听退路尽头的黑暗中发出一阵沉闷的咆哮之声，好似金木交鸣，雷声滚动，又像是有什么巨兽在"呼哧呼哧"喘着粗气。我心说：麻烦大了，这可真是人要倒了霉，连喝口凉水都要塞牙。

还没等我扔出照明物看看前边究竟藏着什么东西，就听到墓道里轰隆隆之声响彻不绝，离我们的位置越来越近，转瞬间就冲到了面前。在几盏射灯和手电筒晃动的光线中，只见从黑处冒出一只体形硕大的白牛，头圆体方，壮硕异常，单是那颗牛首，便足有巴斗般大小，头上双角闪着寒芒，尖利锋锐不让剑戟。牛眼双目圆睁，直直地瞪视向前，但既无生气，又无神采，唯闻牛腹中机括"咯咯"作响，竟是一头销器儿作动的木牛。

这条狭长的青砖墓道里机关重重，每一步都是致人死命的陷阱，看到木牛冲撞而来的人皆发出一声惊呼。

现在这条墓道狭窄压抑，宽度仅有不到两米，没有任何可以容人闪躲腾挪的余地，而且那头木牛沉重坚固，听声音是通过绷簧弹射，轰然冲击之势凌厉非凡，金刚罗汉也得叫它撞翻过去，何况牛角上寒芒毕现，恐怕碰上就得被其当场挑个肚破肠流，死于非命。

此时一阵劲风扑面，那头木牛转眼间便已冲至面前。有道是人急拼命，我一把抓住胖子所拖的关公刀，二人齐声发喊，压刀柄，抡刀头，数十斤的青龙偃月刀翻了一个个儿，硬生生砸在木牛的牛首上，猛听"啪嚓"一声，竟将木牛砸碎在了身前。

那牛首上铸有铜盖铁角，震得我和胖子双手虎口破裂，两臂都是麻的。我低头看了看被关公刀劈开的木牛，只见牛腹中藏着几个皮囊，从中冒出一缕缕黄烟，浓得好似化不开来，我叫道不好，招呼其余四人快戴防毒面具。

众人忙屏住呼吸，匆匆将防毒面具罩在了脸上，不消片刻，浓黄色的烟雾已经扩散开来，墓道中那些燃烧的箭镞火焰，被升腾的毒烟一压，顿时暗淡熄灭，火头一灭，门楼处的木龙弩匣也随即停了下来。

我看这条墓道中的事物皆是出自明代。在元明之际，埋葬女子的墓穴中才会有铜牛、木牛出现，而男子的墓穴中则多为犀。刚刚冲撞出来的这架公牛，不仅有铜盖铁角可以伤人，而且牛腹中藏有毒烟，如果盗墓者避开其冲撞之势，木牛便会一头撞在墓门上，使暗藏在体内的毒烟发作，同样可以致人死命，实是连环杀机，叫人无隙可乘。

墓道中浓黄色的毒雾凝聚不散，加上眼前隔着防毒面具，几乎使人的视线降到了最低点，前后左右的情形都已不可辨认。为求尽快脱身，我们五个人只好紧紧挨在一起，摸着墓道里的石壁，在浓雾中一步步向前趑行。

我刚往出现木牛机关的方向走了没几步，突然发觉墓道远处隐隐震动，似乎有滚石或千斤锤一类的重型机关落下。此类机括是利用巨大的石球、石锤等物，对已经被盗墓者掘开盗洞的墓道进行二次封堵，在倒斗行里称其为"碎骨桩"，活人被碾到其中，当场就能变成肉酱。

我暗暗叫苦，赶紧回转身去，连拍其余几个人的肩膀，让他们赶快掉头往回跑，跑到拱形墓门处还能争取一线生机。

众人也都察觉到了墓道前方的异动，当即后队变前队，转身就向来路走反，好在来时的地形较为熟悉，不用再一步步摸索着行动，只是地上多有散落的箭支和木板，有人跑出几步就被绊了一跤。这时候无法分辨前面摔倒的是谁，我和胖子在后面赶到，将那人从地上拽起来就逃。身后墓道中的震动愈加剧烈，死亡的压迫感如大限相催，只恨爹娘少生了两条腿。

在浓烟中直奔墓门前，见两扇石门间挂着铜锁，顾不上去想这里面的墓室会有什么状况，直接用关公刀斩落大锁，众人一齐用力顶开石门，就在墓门开启的同时，墓道中滚来的一尊千斤石碌也已轰然而至。

墓道地面上的乱箭与木板都被压得粉碎，此时的形势间不容发，我见那墓门刚被推开一条缝隙，能进得去人了，就把正在推动石门的同伴一个个推了进去，自己也紧跟着闪身入内，那巨大的石碌随即撞在了墓门之上，震得四壁皆颤，把来路彻底阻断了。

所幸在混乱中无人掉队，都逃进了这间墓室。我全身气血翻涌，伏在墓室中喘了几口粗气。由于墓室中已有部分毒烟涌入，所以没人摘掉防毒面具。抬头看看四周，见这间漆黑的斗室内稀疏的烟雾飘荡，整座明朝的墓室内部也是狭窄低矮，只比普通民房的面积稍大一些。里面并无棺椁，当中有一尊九色金牛，如寻常水牛般大小，通体錾银镏金，显得敦厚奢华，牛背上伏着一具女性干尸，可能由于是从外边盗发后搬运至此的，古尸形骸消散，面目都有些不可辨认了，身穿的殓服也显得肮脏褴褛，干尸怀中抱着一个描金的精制木匣，看样子像是一个首饰盒子。

我先前屡次听孙九爷提到，观山太保秘密盗掘各地古墓，最终由地仙封师古将墓中之物悉数藏于地仙村阴宅之中，所以在地下见到干尸、明器、倭弩、毒烟等物，并不觉得十分惊奇，可能整个地仙村下埋的，皆是历朝的古冢墓穴。只是想不明白封师古为何要如此煞费苦心，在棺材山里造出这样一座古墓博物馆。看其所作所为，真与疯子无异。

就这么稍微一走神的工夫，眼前的九色金牛双目忽然眨动起来，我还道是跌昏了头看花了眼，却见那金牛驮着背上干尸，竟向前方撞来。

我赶紧闪身躲避，九色金牛从我面前一晃而过，墓室四面见方，被石碌子挡住的拱门在其中一侧，牛首原本侧对墓门，一冲就是冲向一面石墙，当即撞个正着。不过金牛并未由于撞在壁上翻倒，背上的干尸连动都未动，而是将墓墙顶得翻转开来，壁后另有一间密室，金牛驮着尸骸，就势没入了墙后的暗室之中。

我心下大奇，难不成九色金牛能够通灵感应？见有外人进入墓室，竟能驮着墓主尸骸逃往另一间隐蔽的墓室？我怔了一怔，猛然想起《十六字阴阳风水秘术》"遁"字卷中的记载，立时醒悟过来。原来这座古墓防盗机括连环发动，一旦有外人侵入墓室触发了销器儿，这金牛便如同一具能够行走的活动棺椁，立刻将墓主的尸骨明器转移到另外的区域，而那墓墙翻转落下之后，我们所在的这间墓室立刻又会出现毒烟、伏火一类的机括。

那面被九色金牛顶开的墓墙，有个名堂唤作翻天盖，此墙一翻，墓室中就会立刻变成一处死亡陷阱，现在石拱墓门已被千钧巨石封堵，如果墓墙后的暗室再行关闭，就再无生路可寻。

我醒过味儿来的时候，金牛已将翻天盖顶了起来，眼看就要冲入暗室之中，只要那驮着尸骸的九色金牛一钻进去，墓墙落地之后，永远也别想让它再次开启。可我毕竟是过后醒悟，就算反应再如何之快，从后面赶过去也是来不及了。

在这眨眼之间，就见离那面墙壁稍近的胖子，猛地把关公刀向前一送，斜戳在地面的石槽里，恰好别住了九色金牛的蹄子。金牛虽是重物，却只可按固定路线移动，无法离开石槽，更不能撞断鹅蛋粗细的铸铁刀柄，硬生生被卡在翻天盖下，再也无法向前挪动分毫。

我松了口气，暗道侥幸，却不知王胖子是哪根筋搭错了，怎么忽然变得如此英明果断？真是探出倒海翻江手，力挽狂澜于既倒。这时却见他从地上爬将起来，掰开匣盖看了一眼，便顺手塞进了自己的携行袋里。

我这才明白过来是怎么回事，原来胖子刚才根本没考虑别的，只是见九色金牛带着墓主尸骸逃遁，又见尸体怀中藏有明器描金匣子，自然不能容其从眼皮子底下轻易溜走，甚至都不用经过大脑去思索，出于条件反射，就迅速递出关公刀把钻入密室的九色金牛挡个正着，随后立刻动手摸金，抄了那粽子怀抱的明器。

这时Shirley杨、幺妹儿已把孙教授扶了起来，我发现在石拱墓门处仍有毒烟不断从缝隙间涌进墓室，就对众人打个手势，让众人从九色金牛肚腹下钻进暗室。

翻天盖后又是一间阴晦狭窄的墓室，上方悬着一堵厚重的夹墙，墙壁间铺着数层兽皮，在暗墙翻转封闭之后，就会落下来顶死翻天墙，坚固的双层墓墙会把盗墓者活活困死在先前的墓室里。即便是王公贵族的墓穴，也少有如此狠辣巧妙的布置，不知那九色金牛所驮的墓主曾经是个什么来头。

我顾不上再多想什么，在翻天盖后的墓室中找了一圈，见侧面有道石阶，想必是通往棺材山上的阳宅。我们先前想从地下墓道里摸入封家老宅，但现在看来古墓中机关重重，而且墓道墓室低矮狭窄，五个人都挤在里面根本施展不开，如果再次遇到意外，难免要有损伤，反倒不如在地仙村里可以周旋。

我对众人指了指墓室中的石阶，示意离开这座所谓的古墓博物馆，改从上面行动，Shirley杨等当即点头同意。由胖子在前打头，揭开一层铜盖，五个人一个接一个地钻了出去。一看四周，正是置身于一间民宅之中，屋里家私摆设一应俱全，件件考究精美，看那规模，虽不是什么豪奢的贵族大宅，也能算是人间的富足之家，普通老百姓家里不会是这样的。

　　暗道的出口是在一架雕花水木牙床之下，四周漆黑寂静，空无一人。我划了根火柴，见火焰毫无异状，便摘掉防毒面具，鼻中所闻尽是阴冷之气，屋内显然是很久没有活人走动了。

　　这次我学了个乖，不等后面的人都从床下暗道钻出来，就先推开房门，让胖子拖过来一把椅子挡在门前，以免又被关在屋里。

　　胖子脸上的伤口已经止了血，却由于担心破了相，情绪显得有些焦躁。他莫名其妙地问我："胡司令你看这张床可真够讲究，拆散了拖到潘家园可值银子了，足能震乔二爷一道。你说这是不是地主婆子睡觉躺的？"我说："家具不错，但院落不大，可能是大户人家的外宅，我看像是老地主头子和他姨太太的床。"胖子愤愤不平地说："这世界上未必真是男的多女的少，可为什么还有那么多打光棍的呢？归根到底就是有钱的地主阶级饱暖思淫欲，家家户户三妻四妾，所以落实到咱无产阶级头上，连一夫一妻都不够分了，凭什么呀！结果光棍们揭竿而起，把全国的地主都给斗了。我看咱有必要将这优良传统发扬光大，跟观山太保这伙孙子没什么好客气的……"

　　我对观山太保也没什么好印象，就告诉胖子说："你也不用拐弯抹角找借口了，大明观山太保是朝廷的鹰犬，以前暗中坑过不少倒斗的手艺人，单凭这一条咱也该把地仙村里的明器倒净盗空。可那些个陈年宿怨，都早已是历史的尘埃了。咱这回还是得紧着正事来做，找到丹鼎天书也就罢了，如果落了空再算总账不迟，临走时放把火烧它一个片瓦不留。"

　　说话间，其余三人也都陆续出了暗道。孙九爷似乎显得格外疲惫，顺势坐在雕花水木牙床上歇息起来，但他坐下之后，便一动也不动了，就连脸上的防毒面具都没取掉。

　　我看他行止有异，便紧紧按住工兵铲走到床前，伸手给他摘掉了防毒面具。众人一见孙九爷藏在防毒面具下的那张脸，无不吃惊，一齐向后退开。

第四十三章
噩兆

孙九爷藏在防毒面具下的那张脸,根本就不是一张人脸,面部肌肉收缩发紫,一根根扭曲了的青筋、血管,全都在皮肤下凸显出来,两只无神的眼睛中血丝密布,活像两盏暗红色的鬼火。

"尸变了!"这个念头在我心中一闪而过,急忙撤步从他身前退开,工兵铲也已放在了手中,同时握住了腰间的携行袋,准备拿出归墟古镜以防不测。

正当我要上前动手之时,却发现孙九爷仍然坐在那张雕花水木牙床上一动不动,好像一具早已失去灵魂的尸壳一般,完全感觉不到一丝活气,而且并没有诈尸起来扑人,只是悄无声息地坐在床头。

众人心中栗然,更是完全摸不着头脑,谁也不知孙九爷究竟是怎么了,先前他曾说自己已经死了,发生在他身上的种种迹象,也都说明他遭遇了某种意外,可我总觉得事有蹊跷,世上又怎么可能真有行尸走肉?肯定是另有隐情。但此时面前的孙教授,分明就是一具行僵,活人的脸孔绝不可能如此狰狞恐怖。

在漆黑寂静的屋子里,我似乎都能听到自己"怦怦怦"的心跳声,心想如此僵持下去，终究不是了局，不管孙九爷是人是鬼，都得瞧个分明才是，当下把归墟古镜递给身旁的Shirley杨，让她和幺妹儿在后面照应。

我和胖子二人各抄工兵铲，缓缓走近木床，正这时，忽听孙九爷猛地咳嗽了一声，随即颤巍巍地站起身来，脸上突出的血管以及充血的双眼，竟自缓缓恢复如常。他见我们拎着家伙面色不善，就开口问道："怎么，真想去了我？"

众人面面相觑，全都作声不得，我再次拿过归墟古镜，往孙九爷面前晃了几晃，也不知是青铜镜面磨损得太严重了，还是卦镜不能镇尸，反正孙九爷在镜前毫无反应，镜中也根本映不出他的身影。

最后还是Shirley杨出言问道："教授，你……你刚才是怎么了？"孙教授道："没什么，只是在墓道里接连受了些惊吓，现在已经不打紧了。"

我忍不住说道："九爷，刚才你坐在床上，脸色可不太好，我看你活像是古墓里粽子诈了尸，难道你自己就没发觉吗？"

孙教授闻言怔了一怔，喃喃自语道："发觉什么？我的脸怎么了？"随即摸了摸自己的脸颊，似乎对刚才的事情浑然不觉。他对我说："刚才我脑子里面一片空白，根本不知道发生了什么，这恐怕不是什么好兆头。如果我真变成了行尸活僵，你们……不用手软。"

我点了点头道："有您这句话就成了。您现在没事了吧？看来咱们之间……还能够暂时维持住人民内部矛盾的状态。"

孙教授苦笑道："如你所言，但盼着不会发展到敌我关系的那一步。"他顿了顿又说，"先前我以为独自一人进到棺材山里，就能把当年祖上的孽业消除了。可如今看来，地仙村古墓中险恶异常，多亏有你们一同前来。恐怕我的时间已经所剩不多了，咱们得尽快去封家老宅找到地仙封师古。"

我估计所有谜团的最终答案都藏在地仙村中的封家老宅里，心中也有速战速决之意，便不再同孙九爷继续纠缠。正想招呼众人动身，却听Shirley杨问孙教授道："您与地仙封师古毕竟同宗同族，当真要去刨自家祖坟吗？"

我心中一动：Shirley杨这句话问得好生贴切，正是我一直想问但始终没问出来的一句话，不知孙九爷如何作答。

只听孙教授长叹一声，说道："想我观山封家，世代受着皇封，当年何等地显赫？要不是封师古一心求仙，违背祖训，也不会把偌大产业都埋在棺材山里，到头来使得封氏人丁凋零，何况他居心不正，蛊惑无数百姓为他殉葬。咱们中国人最看重什么？最看重的就是祖宗，我一生没有子女，眼看到我这代，观山封家就要香火断绝了，所以我即便粉身碎骨也要在棺材山里找到封师古，以告慰列祖列宗在天之灵。"

Shirley 杨说："整座棺材山里死气沉沉，不像有什么活人居住，封师古恐怕早已在几百年前就死了，空余古家荒村在此，如今连那些古人的形骸都未必再能找到了，当初的求仙得道之说又怎能当真？"

孙教授道："我是无神论者，可世事不可以常理计之者，却也是所在皆有。而且当年封师古曾留下话来，说是有朝一日还要入世度人。我虽然从没见过此人，却听父兄长辈屡屡提及，多是一代代传下来的旧话。都道封师古绝非寻常之辈，他做出来的事情，每每出人意料，我不把他的尸骸焚化为灰，就不敢相信他确实死了。"

我插口道："眼见为实，耳听为虚，就算封家祖辈亲口传下来的言语，年头久了也难免走样。至于相信什么羽化飞升、度炼成仙之事，在原始社会和封建社会中是十分普遍的现象，古代人前仆后继地追求了几千年，只为了得一个海市蜃楼般的正果，其间确实做出了很多令现代人根本无法想象的举动，倘若咱们不是亲眼见到，绝难明白其中究竟。我看当年地仙封师古触犯禁忌，暗中发掘了乌羊王古墓，那时他在墓中有什么遭遇，咱们不得而知，但这件事肯定是他修造地仙村的最关键动机。深藏地底的这座棺材山，肯定掩埋着许多古老的秘密。另外我发觉此地处处透着邪气，封家老宅中更不知会有什么玄机。总之既然到了此地，怕也无用，干脆放开手脚，进去搜他个底朝天，才知那几百年前的传说究竟是怎么一回事。"

胖子说："没错，不管封师古是死尸还是'地仙''天仙'，只要他有金丹明器，就算是只蛤蟆，胖爷我也得把它攥出尿来。"

孙教授也同意我的看法，棺材山里迷雾重重，只有先找到封师古藏在什么地方，才能再做计较，但他对胖子的言行不以为然，觉得王胖子整个就是一认钱不认人的投机分子。地仙村里的东西都姓封，除了老封家的人，谁也不准乱动。

我替胖子开脱道："其实这个同志的本质还是好的，虽然以前也曾一度钻钱眼、摸钱边，在改革开放的大潮中迷失了斗争方向，可随着在实践中摸爬滚打了几个来回，现在他已经不怎么把发财当回事了，只不过……只不过仍是比较热衷投身于摸金掏明器的过程。"

胖子说："就是的，还是老胡了解我。钱是王八蛋啊，胖爷我是那种忘本的人吗？咱一穷二白的根儿永远也变不了，我爹当年参加红军之前穷得都露腚了，不照样北上打日本鬼子吗？所以咱不怕穷，穷得光荣啊！倒是孙九爷这厮的人品比较可疑，所作所为哪点像是受过考验的老知识分子？"

我说："孙九爷究竟是量变还是质变，仅凭表面现象还不好说，咱们要继续观察，不要轻易下结论。"说罢看了看表，在地下阴宅里耽搁的时间并不算久，无须再做休整，就让大伙儿立刻动身前往封家老宅。

于是众人各自抖擞精神，当即从房中出来，往四周一看，正是进入古镇的街口处，不远处便是那座炸毁了的炮神庙。地仙村里一幢幢粉壁红墙的建筑，在黑暗中看起来就如同一个个矗立凝固的白色鬼影。

沿着街道向深处走，只见各家各户都像是鬼宅一般寂静得出奇，全无人间烟火气象，如果说地面上那座青溪古镇，是一派被遗弃后的破败荒芜，这深藏在棺材山里的地仙村，则完全给人一种"冥纸"的感觉，似乎全是用冥纸扎裱出来——专门烧给阴世死者用的一片冥宅。从内到外，一处处笼罩在诡异不祥的气氛当中，可能是由于棺材山里实在太黑了，眼中所见一切皆是恍惚不清，让人感到极不真实。

每过一处房舍，我们都会向屋内窥探，却没在阳宅中见到一口棺椁，或是一具尸骸，各室器具完好无损，都落了厚厚一层灰，似乎在建成之后，从来就没有活人进去住过。

众人心头疑惑更深，却不得要领，只好不再去一幢幢地查看民居，直奔位于地仙村中核心处的封家老宅而去。

走了许久，迎面一堵高墙拦住去路，并未见到显赫的朱漆门户和古牌楼，但面前这道院墙极广极高，气象非同小可，地仙村里除了封家老宅，哪里还有这等规模的宅院？

我们站在墙前微微一怔，心下便已恍然：八成是到了封家后宅的外墙了。胖子打算顺着墙找后门进去，我拉住他说："走什么后门？那是不正之风。听我祖父说过，古代大户人家的大宅子里，常在前后二门和角门之中设有夜龙，专防御高头的响马飞贼。"

幺妹儿也说早年间确有此物，夜龙也属蜂窝山里的销器儿，和一窝蜂之类的倭弩火箭相似，多藏伏在门楼房檐之下，撞上了不是儿戏，最好是翻墙进去。

我说："地仙封师古可不是善主儿，这宅子里有没有设置夜龙不好说，咱是宁可信其有，不可信其无，避开门户，从后墙直入内宅。"话虽如此说，我们这五个人却没有翻高头飞檐走壁的本事，便由 Shirley 杨取出飞虎爪来，在手中抖了两抖，抛在墙檐上，她与幺妹儿两人身子轻盈，当先上了墙去。

剩下我和胖子，各搭了半架人梯，把孙九爷托到了墙上，然后我又费了九牛二虎之力，才把胖子托到上边，这才轮到我拽着锁链登上墙头。定睛一看，墙内似乎是处后花园子，墙下都是花树，众人挂在身上的战术射灯光束一扫，竟映得园中花草翠色诱人，冷光夺目，原来封家老宅后院里所种的草木，皆是琉璃宝石与玉片珊瑚镶嵌而成，并非真草实木。

我暗骂一声好个地主头子，比他妈皇帝佬儿还会摆谱儿，若非掘了许多山陵巨冢，哪儿有这些珍异宝物？这个花园里的琼柯玉树，恐怕全都是从古墓中得来的明器。

胖子也趴在墙檐上看得两眼发直："我的爷，这回咱可真是来着了。"此时也顾不得墙高壁陡了，仗着皮糙肉厚，直接滚下墙头。

我急忙打个手势，让大伙儿从墙上下去。我跳到院中，快步赶到胖子身后，伸手将他拽住："不义之财，取之无妨，可凡事都有轻重缓急，现在先找地仙封师古要紧。王司令你可是深明大义的人物，别学这小门小户急功近利的作为。"

胖子耍起二皮脸来说："这年头不论是谁，只要一提'深明大义'四个字，不用说，他肯定是个欺世盗名的主儿，咱就甭跟着他们掺和了……"

这时 Shirley 杨似乎发现了什么，她打断我们的话头，对众人说："那边好像有些东西，我先过去看看。"说罢按着金刚伞穿过花树丛，径直向庭院深处走去。

我担心她有闪失，赶紧招呼其余三人从后面紧紧跟上。只走出几米远的距离，就见花园中有片黑糊糊的巨大阴影，到近处看时，原来是座封树俨然的丘冢，圆弧形的坟墓顶端有座玉石堆砌成的明楼，明楼约有半米来高，只起到装饰作用，无法容人进入。

我本就有些迷惑，现在更是觉得莫名其妙了。这棺材山地仙村，真可称得上是地中有山、山中有宅、宅中有坟，我平生从未见过这种环环相套的阴宅，所知所闻的风水秘术，在此也全都派不上用场了，不由得又想起卸岭盗魁陈瞎子的那句话来——观山太保所作所为，连神仙也猜他不到，封师古这葫芦里究竟卖的是什么药？

孙九爷虽然知道不少与棺材山相关的事情，但对地仙村里的封家老宅，以及封师古的秘密，就完全不清楚了。他看了宅院里的这座坟丘，也觉格外惊诧，绕着丘冢转了一周，也不见有碑文石刻，更没有墓门露在地面上。

但在这座奇特的坟墓后面，有一幢三层两槛的阁楼引起了众人的注意。这幢楼主体都是木结构，从上到下是碧瓦朱扉，雕梁画栋，阁楼正门与宅院形势布局相逆，正对着后院的巨冢，门上横悬"观山藏骨楼"五字。

孙九爷说："这座楼在以前的封家老宅里应该是不存在的，从没听老辈的人提起过，地仙的真身会不会就藏在楼中？"

我准备进楼一探，为了预防万一，先把归墟古镜取出拿在手中，同孙九爷说："倘若封师古真成了尸仙，必不是寻常的僵尸可比，咱这面镜子能不能镇得住他？毕竟是道高一尺，魔高一丈啊。"

孙九爷说："话是这句话，道理却不是这么个道理。所谓邪不胜正，并不在巨细长短，道这一尺，终归是要压在魔那一丈之上。归墟古镜是传世的青铜秘器，有此物傍身，用不着担心有什么意外发生，只是需要提防楼中藏有暗器伤人。"

我本就不相信有什么尸仙，而且归墟铜镜是面卦镜，虽然镜背还可用来照烛占验，可镜面却早已磨损得不成样子了，真遇着死而不化之物，也不能指望用它抵挡。刚才有此一问，只是想再探探孙九爷的虚实，得到答复后便点了点头，思量着要把众人分作两组，一组进楼寻找地仙封师古，另一组留在楼外接应。

我正要进行临时部署，不料一抬眼之间，发现观山楼前的坟墓突然渗出许多黑水，忙走到近处察看，只见坟砖缝隙里全是污血，腥臭触脑，令人作呕。

我用峨眉刺探了一下，看看刀尖上沾染的痕迹确实是血。Shirley 杨奇道："坟里怎么会流出血来？"我捂着鼻子说："这是尸血，不是鲜血。"

第四十四章
棺山相宅图

这一路进山，我们的鼻子都快被尸臭呛废了，可此时仍然感觉到血腥气直冲脑门子。尸血污浊腥臭，与正常的鲜血大不一样，见此情形，不免令人立刻联想到这棺材山中传说的尸仙，眼前的这座坟墓中是不是埋着尸仙？

按照孙九爷的话来说，地仙是封师古，此人在棺材山里穷尽心血建造阴宅，为的就是死后能得道，度炼修化为尸仙。死后度尸为仙的观念是自古已有的，方外修道之士死后的尸体称作遗蜕，如果人死后形魂不散仍然凝聚在遗蜕当中，历劫度炼，就可以超脱轮回，出有入无，同天地之不老。

所以我觉得后宅中的坟墓，很有可能就是地仙封师古的葬身之所，不过说到他是个什么仙家我是绝不信的，当下就想刨开这坟丘看个究竟。

Shirley 杨说："坟中渗血是不祥之兆，而且尸血必定带有尸毒，不能轻易冒险发掘。观山藏骨楼守陵望坟，说不定里面会藏有一些线索，可以让咱们了解这地下究竟埋了些什么，等掌握了详细情况再做计较不迟。"

我一想 Shirley 杨的确言之有理，便让胖子与幺妹儿留在楼前，以免大伙儿进楼都被一网打尽了，只有我和 Shirley 杨加上孙九爷三人进去。

三重木楼的门户紧闭，大门被数道铜锁紧紧扣住了，无隙可入，但我们身边有蜂窝山里的手艺人相助，开锁撬门不费吹灰之力。只见幺妹儿从随身的百宝囊中摸出万能钥匙，对准锁孔捅了几捅，钩了几钩，锁扣便应声而开。

　　她的熟练程度看得我们愣了半天。胖子说："妹子的手艺可真不错，四九城里最牛的佛爷，只怕是也没你这两下子利索。保险箱你会不会开？"

　　"佛爷"是北京地区对小偷、扒手的称呼，但蜂窝山里的匠匠，千百年来专门研究各式各样的销器儿机关，拧门撬锁只是其中的微末之技，幺妹儿得过许多真实传授，做起来自然干净利落。她却不知胖子所说的"佛爷"是什么意思，还以为那是句好话，颇为沾沾自喜，毕竟这些近乎失传的手艺留在偏僻的山区小镇根本无从施展，学了也只当是中看不中用的屠龙之术，没想到还真能有用武之地。

　　这时Shirley杨拎着金刚伞，轻轻推门进到藏骨楼之内，孙九爷跟在她后边，一前一后地进去。

　　我告诉胖子守在外面须放仔细些，别把我们的后路断了。胖子说："老胡你成心的是不是？对我这么有责任感的人，还用得着嘱咐吗？我什么时候让你们不放心过了？我也得嘱咐你一句，你进去之后要是瞧见明器，千万别和那孙老九客气，这老小子欠咱的，有好东西该顺就顺。找金丹虽然是正事，可一只羊是赶，两只羊也是赶，能不耽误咱就都别耽误了。"

　　听胖子提到"金丹"二字，我心里"咯噔"沉了一下，看棺材山里的诡异情形，只怕这次是一只羊都赶不得了。我暗骂孙教授太能伪装了，也许正是因为他性格孤僻，很少与人接触，所以这厮装起孙子来，简直比孙子还孙子。我是终日打雁，反被雁啄了眼，竟然被他给唬住了。现在地仙村古墓里藏有千年尸丹的可能性，已经降到了最低点。这次误入棺材山，我们无异于身陷一场本不该属于我们的灾难之中，而且还被孙九爷这老不死的往泥潭中越拖越深，难以自拔。

　　我虽然自己不承认，但骨子里可能真有些唯恐天下不乱的基因，在潜意识中，很想知道大明观山太保的秘密，又心存侥幸，只盼着能从地仙村里找到古尸丹鼎，所以干脆横下心来不去计较得失结果了。想到这些，我便胡乱同胖子交代了几句，拽出工兵铲来，自半开的两扇木门中穿过，摸进了漆黑一团的观山藏骨楼。

Shirley 杨和孙九爷正在二进等我，见我从外进来，便打开战术射灯推开了内堂的如意门。这楼黑得伸手不见五指，嘎吱嘎吱的木轴转动声中，一楼内堂木门洞开，里面阴沉的空气中带有一股子檀香药气。我知道在古代的建筑中，有一种早就失传的工艺，造出来的楼阁殿堂可以使飞鸟不落、蚊蝇不入，除了建筑材料特殊之外，还要使用墨师的古老方术。这种结构的建筑里会藏有暗香，千年不散，唤作逍遥神仙阁。观山藏骨楼可能正是一座罕见的逍遥神仙阁。看来观山封家在建筑、风水、陵墓等方面都有常人难及之处。

我们站在堂前向四处打量，只见楼中有许多摆放古董的檀木架子，里面陈设的，皆是一片片龟甲龙骨。我对 Shirley 杨和孙九爷说："观山太保在棺材峡悬棺中盗发之物，恐怕全都在这儿了。"

孙九爷点了点头，带我们上前查看，发现骨甲上满是日月星辰的符号，那些古老的符号和图谱，有些类似我曾看过的河图洛书，但更为奥妙繁杂，应该都是记载了一些极其古老的风水迷图，却不见其中有周天十六卦的卦图。原来藏骨楼是用来存放此物的，也许地仙封师古并不在楼中。

Shirley 杨问孙九爷："封氏'棺山指迷'之术都是从此得来的？"孙九爷看着那些骨甲点头道："没错，棺材峡中多有古代隐士、商人埋骨，这些天书般的骨架中包罗万象，奥妙无穷，除了古时的风水星座之道，还有许多匪夷所思的异术。有道是'福兮祸所伏，祸兮福所倚'，当年我祖上借此发迹，到头来还不是毁在了'盗墓'二字之上，要是没盗过这些悬棺骨甲，后代中也不会有人执迷妖妄，惹出灭门之祸。"说罢嗟叹不已。

但孙九爷目前最想找到的还是地仙封师古，他随意看了几片骨甲，心思便没放在上面了，又直着眼继续向后堂搜索。我对 Shirley 杨使了个眼色，二人从后面紧紧跟上，谁知刚刚步入后堂，就见孙九爷"咕咚"跪倒在地。

我心想好端端的跪下做什么，又要诈尸不成？就要伸手将他扶起来，

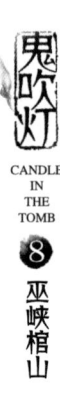

但抬眼间，看到后堂内悬挂着许多人物画像，画中各人衣冠服色皆不相同，形貌气质也有差异，不是同一个时代之人，画像前摆着牌位，原来后堂竟是观山封家的祖先祠。

我和 Shirley 杨好奇心起，忍不住也在后面多看了几眼，但见那些画中的古人，数目加起来也快一个连了，虽然气质出众，却皆是装束诡异，神情冷漠。我们站在密密麻麻的人像前，一种被无数死人凝视的感觉竟油然而生，周身上下都不舒服。

当年受过皇封的名门望族，如今只剩孙九爷这最后一人，而且还过继给了外姓。他那佝偻的背影，在封家诸位祖先的灵前更显得苍凉，我也不得不感叹世事多变，兴衰难料。

好不容易等孙九爷这"不肖子孙"拜完了祖宗，我们三人见藏骨楼一层当中再没什么值得注意的地方了，就从楼梯上去。在战术射灯的照射之下，见到二楼是个藏经存典之处，架上都是古籍道藏，内容无外是那些黄老、炉火之术。

临着窗阁两边，悬着一幅古画，画中描绘的场面，是盗墓贼在悬崖绝壁上盗发悬棺的情形。此画极有来历，正是传说中的《观山盗骨图》，是一件藏有许多历史信息的古物。

我对孙九爷说："这幅画是观山封家的镇宅之宝吧？您还不给它收回去，留在棺材山里烂掉了岂不可惜？"孙九爷道："岂止是镇宅之宝，说是国宝也不为过。但此物一出世，肯定会引起轩然大波，因为关系到明代皇陵的秘史，更有许多历史都可能因为它而被修改。你以为早有定论的历史是那么容易改写的？与其自找麻烦，还不如就让它永远只是一个民间传说。"

我说："您算是看开了，真不想当反动学术权威了？"孙九爷道："你这个投机分子，撺掇我把这幅《观山盗骨图》带回去能是什么好心？其实现在说这些都没意义了，先前并非我危言耸听，我看咱们谁也别想再从棺材山里爬出去重见天日了。"言下颇有绝望之意。

我听他这么说，更是心头冒火："孙九爷在北京的时候口口声声说是上了我们的贼船，结果到头来是我们上了你的贼船，而且现在想下都难了。"不过我可不打算给观山太保陪葬，又想，"我非把《观山盗骨图》给顺回去不可，不把这幅破画糊到我们家窗户上，难解我心头之恨。"我脑中打着歪念头，嘴里却告诉孙九爷说："咱们就走着瞧吧，现在还不到寻思退路的时候，先找到地仙封师古才是当务之急。可也怪了……偌大个棺材山里，怎么连一个当年进入地仙村的人都没见到？真是活不见人，死不见尸啊。"

Shirley 杨说："既然祖先堂和封宅之宝《观山盗骨图》都在楼中，这座楼必定是个极重要的所在，咱们再仔细找找，要留意楼中是否有夹层和暗阁。"

这层楼中器物藏书众多，一时间哪里看得过来，只得走马观花般地一排排搜寻，到了纵深之处，就见后壁之上另挂着四幅古画。Shirley 杨借着灯光看了看，喜道："像是棺材山里的详细地形图。"

孙九爷抢上前详细辨认，指着上面第一张画卷中的字迹念道："《棺山相宅图》……这是封师古的亲笔真迹。"

我也凑过去细看，只见头一张画卷中，描绘的正是深藏地底的棺材山，四周是棺材板一样的绝壁围绕，地形狭长；棺中起伏的丘壑，则酷似一具无头尸体，整座地仙村依着山势而建，村中房舍宅院分布得很有规律，暗合九宫八卦之形。

画中精描细绘，各栋房屋的建筑特征巨细皆备。从这幅《棺山相宅图》来看，我们进山的那条暗道入口，正是位于"无头尸体"的左肩处，经过了炮神庙，又沿街进入封家老宅的后院，至此已是到达了尸形山的心窝所在。

在无首尸形的丘壑尽头，绘有一座紧紧封闭的悬山顶大石门，其风骨近似于规模宏伟的乌羊王地宫，与地仙村整体风格迥然不同，应该是山中先民遗留下来的古迹。孙九爷说："当年封师古可能就是通过那座石门进入棺材山的，咱们走的暗道是后来才开通的。"

我点了点头，又去看第二幅画，一看却是一怔，竟与第一幅画卷极为相似，却不是地仙村，而是位于村庄地下的大片古墓群，几乎囊括了全部的墓室墓道，层叠交错，历历在目，规模格局与上边的宅院相当。

我说："这两幅画是阴阳二宅的图谱，画中所绘与咱们所见相同，并无出人意料之处，咱们仍是不知道封师古究竟躲在了哪里。"Shirley 杨说："你们看尸形山的肚腹上是些什么？"

我和孙九爷忙按着 Shirley 杨所说的位置看去，棺材山里仰卧的巨人尸骸，仅具其形，并非真是死尸，只不过是轮廓起伏极其酷似尸体。在尸形山的腹部，绘着一道伤口般的裂痕，就好像棺中这具尸体生前是被人以利刃所杀，刀痕犹在，天地造化之奇，令人难以思量。

我看不出其中奥妙，只好再看第三幅画卷。这幅画却不是什么阴阳二宅的图形了，描绘的是一处狭窄的深壑，地势陡峭险恶，土层中露出不少古怪的青铜祭器，另有许多人打着灯笼火把，正排着长长的队伍，从壁上蜿蜒的鸟道经过，往地底最深处行走。进山的人流见首不见尾，而且画中人物各个神态怪异，男女老少皆有，上边注着"秉烛夜行图"五字，充满了难以言喻的神秘气息。

Shirley 杨说："这大概是随封师古在山中建造阴阳宅的那些人。《秉烛夜行图》里描绘的深壑，会不会正是尸形山腹部的裂谷？"

我说："八九不离十了，看来封师古这个地主老头子发动起群众来还是有一套的。但那些人走到尸形山的肚子里去做什么？真要去求个长生不死，还是另有所图？"说到这儿，我猛然想起一事，"对了，你们看山中这条深谷，岂不正是通往尸形山的丹田？"又念及这些画卷中的内容都有关联，说不定最后一幅画中会藏有更重要的信息，当下就迫不及待地去看。

但最后一幅画卷中，与前几幅描绘的场面截然不同，我看着却觉得十分眼熟："这个……好像是咱们最初去过的那座古墓，被观山太保盗空了的乌羊王陵寝。"

孙教授点头道："的确是乌羊王古墓，不过当时还没有被盗空，画中所绘，应当是封师古在地宫中盗墓开棺时的情形……画卷上有字写得明白，这是……《棺山遇仙图》。"

第四十四章 棺山相宅图

当年封师古违背祖训，盗掘了棺材山里最大的一座古墓，回来后性情大变，对在墓中的遭遇讳莫如深，只是称自己要成大道，以地仙自居，并用妖言蛊惑众人。包括日后他建造地仙村，要度尸炼药成仙的种种事端，都是从此而起。不仅是我和Shirley杨觉得好奇，孙九爷更是苦苦猜测了一辈子，此时乍见《棺山遇仙图》，激动之情实难自己，说话的声音都颤抖了。

我劝孙九爷控制住自己的情绪，这只是封师古的自画像，并非地仙真身，还不是激动的时候。这时我们三人定睛细看，虽然先前做过种种猜想，可等真正看清楚《棺山遇仙图》中描绘的情形，还是惊得险些将下巴掉在地上。

第四十五章
奇遇

《棺山遇仙图》中所绘的场景，主题是乌羊王古墓的椁殿，画卷下方绘着殿前的墓道，许多身着戏装的盗墓贼，正在墓道内搬运堆积如山的明器；而在椁殿中，则完全是另一幕惊心动魄的场面。

椁殿中的石棺揭得大开，四周躺着六个盗墓贼，各个尸横血溅，死状极惨。其中有两个人身上戴着观山腰牌，应该都是封师古的同宗兄弟或门徒，只有一个身穿黑袍的中年男子依然活着。看此人在画中的身形气质，真乃"一袭乌袍裹云锦，两点冷目射寒星，手提三尺青锋剑，胜似洞宾上八仙"，比起那伙普通的盗墓贼来，实在是有几分鹤立鸡群的卓然风姿，想必此人便是《棺山遇仙图》中的地仙封师古。

那口被人揭去命盖的石椁里，有一具金首僵尸从中探出半个身子，因为画中描绘清晰，在古尸颈上有道截痕，所以并不是戴着黄金面具，而是僵尸无头，接了一颗面目狰狞的金头。又是在乌羊王古墓的椁殿中，所以可以肯定这具从棺椁中出来的无头僵尸，便是那位有身无首的巫陵王。

金头乌羊王的尸身壮硕魁梧，远远超出常人，两只手的指甲长得奇长，上边鲜血淋漓，挂着碎肉，可能那些死在石棺前的盗墓贼，都是在揭开棺椁的时候遭其所害，当场毙命了。

幸存的封师古，并没有招呼墓道中的同伙，而是舍身上前，单手提剑贯穿了古尸的胸膛，另一只手抖开缚尸索，撒开天罗地网，连石椁带死尸一并套个正着。

我看了此图，心中惊异莫名，《棺山遇仙图》中描绘的场面，实在令人难以相信。僵尸扑人多为生物静电的作用。古僵为死而不化之物，在被活物接触的一瞬间，可能会产生剧烈的霉变，出现尸起之类的恐怖现象。可有一点，头颅为四肢百脉之祖，普天下绝对不可能有无头之尸暴起伤人之事，图中的情形可谓是古今罕有。

我祖父是从旧社会走过来的人物，常给我讲些早年间的奇闻逸事，他也算是半个摸金传人，但我从没有在他口中听过有这种事情存在；此外就连卸岭盗魁陈瞎子，以及搬山道人鹧鸪哨留下的笔记中，也都不曾提及此事，这说明从古到今的发丘摸金、搬山卸岭之辈，皆未撞上无头尸起的逸事。

再者说来，更令人费解之处在于，这《棺山遇仙图》名为"遇仙图"，可纵观图中所绘，哪里有什么仙人？倒不如称作《棺山盗墓图》，或是《棺山降尸图》来得贴切。常言道"名之为名，必有其因"，但图中似是玄机暗藏，教人完全无法以常理推测。《棺山遇仙图》与前面的《棺山相宅图》《秉烛夜行图》究竟有什么关联？

Shirley 杨也觉不解，她问我和孙教授如何看待此图。孙九爷凝视着《棺山遇仙图》良久，脸色越来越难看。他告诉我们说："如果图中所绘的内容属实……嗯……再看前三幅图画的模样，想必这张遇仙图不会是凭空捏造的虚妄之事。但从图中看来，并无遇仙之事，除非……除非戴着黄金面具头颅的乌羊王不是僵尸。"

我奇道："不是僵尸是什么？难道是仙家？他要是真仙，怎么还死了装棺椁里？"孙九爷神色凝重，缓缓说道："肯定不是僵尸，观山太保在椁殿中揭开命盖的时候，那乌羊王可能还活着……"

我对此论不以为然，怀疑孙九爷脑袋进水了，就对他说："乌羊王连脑袋都没有，如何还能说他在开棺时依然活着？并且这巫陵王如果还活着，在几千年前也不可能被装在石椁里。看样子他并不像是因为暴虐无道被活活钉死在棺中，因为那颗黄金头颅奢华精美，绝不像是临时打造出来的。"

孙九爷道："你说得不错，可你仔细看看这图，在封师古下剑之处，巫陵王身上分明有鲜血淌出，顺着剑刃往下流淌。千年僵尸死而不化，自然不会流出鲜血，即便有血也必是乌黑的尸血，这个细节足能证明他从石椁中出来的时候还是和生人无异。"

我又看了孙九爷说的那处细节，但仍不肯信："地仙封师古丹青笔墨的造诣不错，懂得艺术夸张，但把僵尸身上画得血如泉涌，可就不是对待史实的正确态度了。"

Shirley 杨问孙九爷道："您的意思是石椁中的乌羊王还活着，《棺山遇仙图》的遇仙，是指封师古开棺时见到了不死之人？"

孙九爷微微点了点头道："应该是这样，但我想其中可能还有隐情，毕竟《棺山遇仙图》描绘的仅仅是一个瞬间，虽然有百分之九十的可能性是封师古亲身经历的一幕险情，但在他杀了千年不死的乌羊王之后又遇到了什么？究竟何事才使他情怀转变，继而进入棺材山里避世求仙？这些事情咱们就很难从图画中获悉了。"

我们实在看不出更多名堂，便取了壁上挂的一阴一阳两幅《棺山相宅图》，随后径直登上顶楼。这层木楼空间窄小了许多，只设有一个神龛般的石柜，摆着不少器物，有十几本书卷，一些五花八门的瓷瓶，还有一把带鞘的宝剑。

看起来都是地仙封师古随身之物，我心想就凭这点，封师古也不是什么能掐会算的真仙，完全没料到他的后人会带着摸金校尉进入地仙村古墓，这些东西竟然如此毫无遮掩地放着。我们被观山太保蒙骗了多时，不抄他几件真东西如何说得过去？

想到这儿，我伸手拎起那柄宝剑，按绷簧拔剑出鞘，只见锋刃寒芒闪动，端的是把利器。我对孙九爷说："观山太保的东西都是倒斗所得，也不知本主是哪座坟里的古人。现在这管制刀具我就先没收了，我虽然不会剑术，但素闻宝剑可以镇宅辟邪，我回家挂着也总好过放在此地生锈。"

孙九爷没好气地说："你小子是贼吃贼，越吃越肥啊！不过，只要你帮我找到地仙藏身之处，他的东西你尽管拿去就是。"

我心想这话亏你说得出口，正要对他说出两句戳人腰眼的话来，却见Shirley 杨已经从那几本书卷中找到一本《观山掘藏录》，是地仙封师古亲笔所书，记载着封师古平生之事，并且把历代观山太保所盗发之古冢一一详述。孙九爷如获至宝道："找的就是它，棺材山里的秘密肯定都写在其中了。"当下便借着灯光，匆匆忙忙地翻阅起来。

我说您别光顾着自己看啊，观山太保的事我和Shirley 杨也挺关心，他这书里怎么写的？孙九爷只好边看边给我们粗略地讲解。

原来观山太保自封王礼开始，便世受皇恩，随驾听用。但世间万物，都有个兴衰起落的定数，到了万历皇帝当朝之时，已是内忧外患，关外有后金起兵攻明，各地贪官污吏们搜刮民财，使得民变不断；朝内又有党争，一时间内忧外患全都来了，自太祖、成祖传下来的基业，至此已出现了大厦将倾的迹象。

偏偏当朝的皇上心昏神庸，还特别喜好服药炼丹，招募了许多方外之士，专门给他调配各种养生秘药，也常以长生不死之事询问封师古。

当时封师古是观山太保的家主，对皇上也是忠心不贰，但那时候封师古并不怎么相信炉火之道。他认为自古从无不死之人，世间也无不发之冢，是人就有生老病死，是陵墓就早晚有被人挖开盗掘的一天。既然没有不发之冢，那么古墓里的东西谁挖不是挖？所以他一面主持修造皇陵，一面在暗地里派人到各地盗墓，主要是为了寻求古墓里的经卷典籍，尤其喜欢收集奇门古术之类的骨甲、竹简，对此物求之不厌，这也是从他祖上继承下来的传统。

对于万历皇帝吞丹服药的爱好，封师古不以为然。炉火之术历来害人不浅，都说古时仙人留下度炼脱化之道是为广济世间的，但试看从古到今，谁人亲眼得见？服食求神仙，多为药所误，不说旁的，单是各个朝代的真龙天子，在此事上送命的也不算少数了，怎奈人心最易痴迷，不明白天道造化之机。

为此他多次奏明万历皇帝，不死仙药之事终究虚幻渺茫，绝难强求，并劝皇上迁动安徽的祖陵。结果惹得龙颜不悦，认为观山封家没什么真本事，从此便将他看得轻了。

此外还有件事，是由于封师古命人在京城附近盗掘了一个刘氏贵族的墓穴，墓主是个女子。这刘氏的来头也不小，乃是术数奇人刘秉忠之后，墓中布置有许多机括销器儿，还有一些术数典籍，所以就被观山太保盯上了，偷着将这处墓葬挖了一空。

但是天子脚下帝王之都，乃是五方杂聚的所在，观山太保行事虽然周密，也难免有走漏风声之时。刘家的后人同样在朝中为官，听闻此事后大为恼火，但是苦于没有找到封师古盗墓的证据，只好暗中对观山太保栽赃陷害。

封师古是个极精明的人，又兼通晓玄学，自然洞悉保身之道，便萌生退意，择个日子，将同宗同族的弟兄们请来商议。他对众人说，自古常道是伴君如伴虎，如今眼看大明朝的气数就要尽了，世乱时危，田园将芜胡不归？我等不如趁着还能全身而退，一同回归故里，经营祖宗留下的盐矿产业，从此闭门清静度日，岂不强似整日陪王伴驾担惊受怕的。

由于封师古怀有异术，封家诸人历来对他仰若神明，无有不依，当即商量定了退路。封师古便告病还乡，举家离开京城回到祖籍青溪镇。

回了老家，封师古在家中闭门不出，专门研究各种奇诡无方的异术。这些本事大都得自于棺材峡中的悬棺，虽然其中有许多内容残缺不全，但是剩下的也足够他琢磨三五世了，越研究越觉得那些古老的方术深不可测，奥妙似乎无穷无尽。

封氏是家大业大，又得过御口亲封，虽然行事诡秘，在世上名声不扬，但在当地则是一呼百应，收罗了无数门人弟子，专做些画符吞水送平安的勾当，俨然是巴山蜀水的一大巫门。

封师古有几个兄弟野心不小，眼见自家势力越来越大，官府也拿他们无可奈何，就劝封师古聚众造反，可以效仿当年黄巾军的做法，自称"大德天师"，登高一呼，必定从者如云，即便不能做大，咱们割据一方，裂土分疆也是好的。

封师古不为所动，观山封家之所以有今天的气象，多是仗着擅使幻化之术——说好听是幻化之术，其实就是妖术，全是歪门邪道的东西。你们仔细琢磨琢磨，史书上的兴衰成败颇多，却有几个是凭着撒豆成兵、剪纸为马的障眼法得了天下？自古凡是以妖法蛊惑民众图谋造反的，从来没有一个能有好收场，绝难成事。只因叛逆之举，向来遭天道所忌，命中没有龙兴的福分，切莫痴心妄想，否则早晚惹下灭门之祸。

世人无非是争名逐利，谁能做到清静无为？封师古虽然没有图谋造反的野心，但他广收门徒，也自有他的动机。

观山太保盗墓与平常不同，这伙人多要提前扮作戏装，像什么钟馗、无常、判官、阎罗、牛头、马面，全是阴司里的装束，其手段有烟术、缩骨法、纸人搬运、驱使尸虫等等，显得格外诡异神秘。

实际上所谓的烟术，就是一种类似湘西赶尸的催尸术。观山太保通过向墓穴里喷吐水烟，便可以给墓中的尸体催眠，烟雾形如人形，罩在陪葬的尸体上，可以控尸打开墓主棺椁。取出明器后，尸体就会自行扑倒在地，墓室棺椁里有什么销器儿机关，也都被死尸触发尽了。最后观山太保才进去将墓中事物搜刮一空。

如果墓室里没有陪葬的古尸，也可折叠纸人，以烟术操控虫蚁将纸人运入墓道，这是属于搬运挪移之术。以现在的观点来看，这类妖术其实就是利用药烟吸引一些冷血生物，例如蛇蚁虫甲等物，使其缠绕附着在尸体或纸人上盗墓。另外烟术不能持久，否则施术者必然失魂而死。诸如此类，皆是久已失传的巫法。巫山棺材峡悬棺中的骨甲上，便记载着许多这种奇门秘术，并有星相巫卜之法，被封氏概总归结为"棺山指迷术"。

在观山太保盗毁了许多古墓之后，封师古觉得收获并不算大，其间虽然也得到了一些丹法异术，却不及祖上传下来的零头。最后他记起祖训中提到，在棺材峡中还有一座规模庞大的古墓，利用了天然洞窟营建，内部城阙重重，庄严宏伟，传说是乌羊王的陵寝。

棺材峡里藏有悬棺不下十万口，是一大片古老的墓葬群，乌羊王古墓就位于深山绝壑的尽头。据当地传说，乌羊王崇信巫风，极度残暴苛酷，但疏导河道凿井取盐，也算是有一定的功绩，可谓毁誉参半，最后被人所杀，没有了脑袋，只好带了颗金头下葬。

封氏祖先在棺材峡的骨甲中，发现了乌羊王古墓的确切位置，但是也同时得知古墓的椁殿里充满了诅咒，一旦打破地宫中永恒的寂静，世人就会付出血流成河、尸积如山的代价。

盗发悬棺的封氏祖先，知道棺材峡中确实埋藏着无穷的秘密，自古就是神秘难测的巫地，此地屡有异象出现。他们当然不敢触犯这条古老的禁忌，所以留下训示，告诫封家后世各代子孙，无论如何，绝不要进入那座古墓，否则必有灭门灭族之祸，谁要是触犯了祖训，谁就是欺师灭祖的大不孝罪过。在古代中国的传统观念里，"万恶淫为首，百善孝当先"，没有人担得起这种罪名，观山封家的后人代代谨遵，再进棺材山盗墓这念头平时连想也不敢去想。

可封师古自恃手段高超，又觉得乌羊王地宫中必定藏着许多奇诡奥妙之物，他素有窥墓之癖，这念头一动，再也压制不住，将弟子徒孙和自家兄弟子侄召至堂前，声称夜观天象，见到凶星犯主，天下将有大浩劫，要保家门平安，便须进棺材峡盗墓，乌羊王古墓中的周天卦图深藏玄机，可以指点迷津，让咱们找个太平清静的去处避世隐居。

其实棺材峡里并没有卦图，封师古只是以此为借口说服了众人进山盗墓。一众观山太保穿山破岭，施展出种种手段，非止一日，方才挖开椁殿。

椁殿中石椁甚巨，群贼猜测里面宝货必多。可不料揭开命盖，一阵阴风从椁内吹出，所有的灯笼火把全都当场灭了。封师古身上带有夜明珠，急忙取出来一照，发现围在巨椁前的几个人都已尸横在地，椁中探出金光灿灿的一颗狰狞头颅。

这封师古见过大风大浪，广有异术神通，并非等闲之辈，抖开缚尸索，抬手一剑就将乌羊王的僵尸戳了个对穿，谁知金首乌羊王的身体竟与活人一样，中剑处鲜血飞溅。

封师古所识极广，晓得早年间有古尸化仙之说，却不敢相信是真有此

第四十五章 奇遇

等异事,当时身在险境,未及从容思量,就把乌羊王大卸八块,又见椁殿中有许多古器,便把古尸藏到一尊兽面双耳青铜釜中,牢牢地封了,并从石椁内取走了全部贵重明器。

然后封师古才招呼墓道中的同伙进来,给横死在地的几名观山太保收尸。这次盗墓,观山群贼不仅将明器古物盗了一空,连墓中的壁画也不放过。

明器被秘密运抵青溪镇的封家大宅,封师古就此闭门不出,不分日夜地参详墓中之物和在椁殿中的奇遇,他终于相信真有尸仙存在。封师古此时再也顾不上触犯什么大忌,穷尽心机,苦苦寻找棺材峡中古老的不死之谜。这个秘密也许就藏在乌羊王古尸的黄金头颅当中。

第四十六章
盘古神脉

封师古发现在乌羊王的黄金头颅上，印刻着一幅古老的风水地图，另外从棺椁中盗发出的龟甲、玉璧、铜器等物，也都有着许多教人难以理解的神秘铭文。这些明器中，隐藏着棺材峡里不为人知的秘密。

原来在巫山棺材峡的地底，自古就有两块地中有山的风水宝穴。一处酷似头颅，另一处则是个无盖石棺的形状，棺中有山丘形如无头尸体，山中有黑泉，漆黑腐臭，近似尸血，人莫敢近。

棺材峡外表的风水形势可以归结为"山高水窄，群龙无首"。山中洞窟交错，使得龙脉混乱缥缈，故此有许多古迹都是镇风守水的奇异格局，各条龙脉的核心就是那尸头、尸棺两穴。古代巫风盛行，最初称尸形山为盘古脉，是祭飨死灵巫神的禁地，四周峭壁的岩隙里藏纳悬棺，地底则埋有各种铜玉古物，以及无数称为尸器的小石棺。

那些小巧的石头棺材里面，全都装纳着殉祭者的器官，大多是从奴隶、俘虏一类社会地位低下的人身上获得，将它们埋在地底吸纳山川的极阴之气，一旦藏得年代久了，那些心肝脾肾一类的器官，就会逐渐萎缩石化。其中有借得阴气者，就会浮现出人面五官，甚至身形手足俱全，可以成为活丹，但概率很小，万中无一。又因为山里埋藏尸器之多难以估量，所以后世也有棺材山之称。

这种神秘的风俗，主要受巫楚文明和古蜀文化的影响，在有贵族下葬时，就会从棺材山里挖出深藏过千年的成形尸器，当作丹珠装入死者口中，可以保持尸首英爽之姿不散。

由于乌羊王下葬的时候，是有身无首，所以陪葬的尸器就藏在了他的腹中，观山太保盗墓开椁时，那枚活丹已同僵尸化为一体。封师古遍阅古籍，知道世上有尸仙之说，他认为石椁中的乌羊王，既不是活人也不是死人，而是尸身脱化而成的真仙，吃它一口肉，足可以胜过服食几株万年何首乌，于是便有了非分之想。

封师古将装在铜釜中的乌羊王尸体烧炼化丹，但似乎不怎么管用。他也是鬼迷了心窍，绝不肯就此罢休，料来山中所藏的其余小棺材里，还会有尸器化成的尸仙，便又带人去找棺材山。他反复相度形势地脉，才知这是混沌初分时便已存在的盘古脉，在风水一道中，名副其实就是一条被群龙围绕的尸脉。

但是在几千年前，古时巫者为了求取活丹，在山里边挖了埋，埋了挖，早就把这地脉挖断了，而另外那处乌羊王埋骨的人头形山洞，也在观山太保盗墓之时被挖破龙气，一前一后两处风水奇绝的地脉此时都已废了。

封师古自恃有鬼神难测之术，打算把棺材山造成让他度炼成仙的阴宅，就使出惑众的手段，自称地仙祖师，扬言在古墓中窥得天机，并告诉众人世间即将有刀兵大劫，山中有个胜似世外桃源的神仙洞府可以避祸，谁要不信谁就是身上还有恶业未消，要继续留在世上遭难偿还。

当时观山封家威望很高，再者世道衰败之兆也是有目共睹的，所以有许多人都信他，举家举族地跟着地仙进山，兴师动众地造了阴阳两层的地仙村。这种格局取自风水古法，乃阴阳混元之意，专用来恢复地脉龙气。

同时封师古也带着亲信，秘密在山里发掘尸器，几乎翻遍了地底全部的小棺材，历时多年终于挖出一具似活人的尸仙，并将挖开的沟壑造为阴宅，以做度炼成仙之后的藏真之所。为了保守尸仙的秘密，封师古在棺材山外埋设九死惊陵甲，让随同他进入地仙村的人谁都甭想出去。

这上古所传的仙法，不可自私，到了地仙入棺之时，所有的人都要秉烛提灯，跟着下到墓中陪葬。地仙村封家大宅中有血坟一处，待到坟丘中渗出尸血，便是棺材山地脉龙气复苏之兆，所有的尸体潜养于地下，届时便可受度为仙。后世有缘之人，凭《观山指迷赋》进山到此，可去往地仙墓中叩拜真仙。

《观山掘藏录》是封师古生前所留，按照书中最后的记载，他是口含活丹，被门徒活活钉入石椁下葬，此后发生了什么，就无法从书中得知了。

孙九爷看罢愤恨不已："想不到我观山封家竟出了个封师古，他简直就是个魔鬼，让这么多人为他殉葬，要是不将其挫骨扬灰，如何告慰成千上万屈死的冤魂？"

我并不理解孙九爷这种封建世家出身——视家门祖宗比天大之人的感受，心想：他就是个地主阶级的遗老遗少，可能自打新中国成立后就没吃过一顿饱饭，难免对旧事念念不忘。但我更觉得不解的是《观山掘藏录》与那几幅图画，里面记载的内容也太离奇了，看起来却又不像是子虚乌有的事情。化作尸仙的活丹，是不是就是我们要找的丹鼎？被活着钉进棺材里的地仙封师古现在究竟怎么样了？那些殉葬者全都死在墓中了吗？

Shirley 杨不解地问道："随封师古进山的人成千上万，有这么多人进墓送死，难道其间就没一个人对地仙的举动产生怀疑吗？"

孙九爷说："从长远来说，人民群众的眼睛是雪亮的。可在乱世当中，人心多是久昧不明。凡是那等聚众的勾当，只要牵扯上真命、天道，往往就能一呼百应，让愚民愚众从骨血里信以为真，这种先例可就太多了……"他顿了一顿，又说，"心中起疑的人并非没有，只不过人数太少，说出来的话在当时也没有分量。我祖上封师岐就明白地仙是妖言惑众，所以才远逃避祸，给观山封家留下一条血脉，如今传到我这辈，终于有机会进到这棺材山中，想来该是封师古的报应到了。天底下最可恨的人，除了忘恩负义之徒，便是这欺师灭祖之辈。"

我对孙九爷和 Shirley 杨说："封师古这本《观山掘藏录》，并没有明确地说尸仙究竟是怎么回事，可能事关机密，只有他一人心知肚明。咱们要进地仙墓，必须提前做好心理准备，也许会发生《棺山遇仙图》里描绘的情形。"

地仙墓里的危险难以预计，我说这话的意思，是希望只有我和孙教授、胖子三人一同进墓开棺。这处封家大宅看起来还算安全，不如让Shirley杨和幺妹儿两人留在这里等候为好，可话刚说到一半，就听楼梯口响起一阵脚步声，胖子和幺妹儿两人都跑了上来。

常言说，见面休问枯荣事，观看脸色便得知。我一看那两人脸色不好，就知道肯定是楼外有事发生。果不其然，胖子开口就说："老胡，我怎么感觉这地方要出大事啊，你快看外边是怎么了？"

我闻言赶忙推开窗阁，众人围到窗前向外一看，心下都是骇异无比。原来这棺材山压在一座千米高的大山底部，上边的山体就如同一处坟丘的封土堆，山根中空，岩层内部陷有极深的空壳，将棺材山罩了个严严实实。从地仙村里往上看，见不到天空，唯有满目的岩层土石。此刻头顶的岩层中有时隐时现的血光浮动，更从岩缝中渗出许多暗红色的浓雾，一股阴冷腥臭的气味在空气中涌动，四周却仍是漆黑沉寂。

胖子说："瞧见没，看这意思山里已经不是解放区的天了，白色恐怖的血雨腥风即将来临，要想摸金找明器可得赶紧动手了，晚了咱就撤不出去了。"

我也知道可能大事不妙，但为了稳定军心，只好说："王司令你别危言耸听，咱们的摸金队伍里有军人，有老九，还有山里的幺妹儿，典型的三结合班子，放在哪儿都好使，有什么局面应付不了？"

说话间就听半空里闷雷交作，污血好似雨点般地落了下来。我吃惊不小："地底竟然下起血雨来了？"孙老九急忙关上窗阁子："这是九死惊陵甲上的尸血，你们身上带伤的人可千万别沾上。封师古的书上详细记载了棺材山之事，我看看还有没有另外的生门。"说着就在墙角继续翻阅书卷，全神贯注地不再言语了。

据说九死惊陵甲是种尸血沤发出来的铜蚀，形状如同珊瑚刺，又像植物根须，埋藏在土中会越长越多，这种"植物"分泌出的液体近乎尸血，奇毒无比。

这阵血雨来得快，去得也快，不多时便已止歇，只有血雾在岩层中依然凝聚不散。Shirley 杨听到声音减弱，向窗外望了望，对我说："看来惊陵甲早已穿透了岩层，正逐渐向棺材山内增生，可能要不了多少年，整个地仙村都会被青铜血蚀吞没了。"

我说这种护陵防盗的古术本来就是条难以控制的祸根，封师古自以为神机妙算，却作茧自缚，即便咱们不来倒斗，地仙村古墓也早晚会被惊陵甲毁了。

胖子说："那这墓里的明器岂不都要糟蹋了？我可提前告诉你们，胖爷我对此事绝不能无动于衷，眼睁睁地袖手旁观那不是咱的做派，我都得给它们搬回去支援咱的伟大事业，争取早点气死安东尼奥尼！"说罢就放开手脚，开始把那些瓷瓶药罐往携行袋里划拉。

我刚才已经翻看过了那些瓷瓶，里面并没有我们要找的尸丹，正想告诉胖子别捡这些不相干的，却见孙九爷颓然坐倒在地上，两只眼直勾勾地一动不动，脸色比死人还难看。

我正要出言询问，就见孙九爷合上了《观山掘藏录》，脸上的神色黯然已极，长叹了一声道："天意啊，咱们肯定是奈何不得封师古了。"我问他这话是什么意思，孙九爷说："观山太保擅观星相，真有几分奇诡无方的神机妙算。他留下的《观山指迷赋》，全篇七十二句，但你们看封师古手书的这部《观山掘藏录》中，还有最后一段'血雾入地，群仙出山'，当年的传说果然是真的，现在地底出现血雾，岂不正应了此兆？看来他不是算得不准，而是料事如神，算得太准了。恐怕尸仙随时都会破棺入世。这是命中注定的事情，咱们来得不是时候，谁也阻拦不住了……"

孙九爷身为观山封家的最后一个传人，他出于利用摸金校尉寻找古墓，又担心被从路上甩掉的缘故，一直不肯把《观山指迷赋》的真篇全文告知众人。现在我们已经全伙进了棺材山，便也不将这套隐晦的暗示谜语放在心上了，谁知最后竟然冒出这么一句，什么是"血雾入地，群仙出山"？

难道封师古这地主头子还想借尸还魂出山夺权不成？我实在是没有办法理解孙九爷的脑袋里是怎么想的，这事连我都不相信，他也是常年和古物打交道的老元良了，为何如此信邪？

Shirley杨将我拽在一旁说："孙教授常年处于巨大的精神压力之下，他虽然没疯，但常会有些神经质的反应，你们别再刺激他了。"我说："冤枉了，我哪儿有本事刺激他？他刺激我还差不多。你看他是不是脑子里的保险丝烧断了？净说些不着四六的话来，棺材峡一带的崇山峻岭是什么形势咱们都亲眼见识了，即便是天崩地裂，地仙村古墓也绝不可能重见天日，碎石落下来将它埋也埋没了，墓中的古尸又怎么会自己爬出山去？"

Shirley杨说："要说地仙真有未卜先知的法子，我同样不肯相信。但我看封师古确实精于推算，他对棺材山里的地形地势了如指掌，也许这山里真会有些意想不到的事情发生。"

我明白了Shirley杨的言外之意，事物的发展变化必然存在一定的客观规律，这些规律大多是可以推算出来的，但冥冥中真正决定成败的关键因素，却从不由人计较，所以才说"人有千算，老天爷只有一算"。而地仙封师古那套所谓的仙算，应该是介于天、人之间，他究竟能推算到什么程度，我们眼下根本就没办法判断，至少他算准了九死惊陵甲会穿山入地，从而使地仙村古墓中出现血雾，事实也确实如他所料，所以很难断言封师古的尸体最后是否会离开墓穴棺椁出山。

我对Shirley杨说："这座棺材山是尸脉凶穴，想必地仙墓里的尸体都有尸毒，要是它真能出山，必定为祸不小。咱们只好先下手为强，不论能不能找到古尸真丹，都得想办法给它来个开棺毁尸，永绝后患。"

这时我们身上的射灯电池即将耗尽，灯光渐渐暗淡下来，虽然还有些备用电池，可还不知要在地底古墓中停留多久，不得不尽量节省使用。孙九爷说："点蜡烛吧，手电筒、射灯最好留在必要之时再用。"

观山太保精于烟幻、雾化之术，多是唐五代时流传的邪术，可以通过焚烧蛇、鼬、猫、狐一类的尸体制造幻象。我看附近没有尸烛迷香，就让胖子取出半截蜡烛头，这都是进山前在幺妹儿的杂货店中购得，拿到桌上点了一支照明。

我借着烛光，仔细看《观山掘藏录》中关于地仙村和棺材山的记载，思量着要找条捷径进入地仙藏尸的墓穴，其余几人也各自翻找楼中的诸般事物。我正看得出神，孙九爷突然叫声"糟糕"，呼地一口气吹熄了蜡烛，藏骨楼中顿时陷入一片漆黑。

第四十七章
忌火

　　古墓乃幽冥之地，蜡烛则是命脉的象征，常言说不是厉鬼不吹灯，摸金校尉是最忌讳吹灯之事，蜡烛一灭，房间里立刻变得伸手不见五指。胖子勃然大怒，一拍登山头盔，他那盏关掉的战术灯顿时亮了起来，随即抬手揪住孙九爷喝道："孙老九你活腻了，敢吹胖爷的灯？出门也不打听打听，上次吹灭胖爷蜡烛的粽子是什么下场！"

　　孙九爷一脸神经质的表情说："王胖子你才活腻了，地仙村里不能点蜡烛！"

　　我拦住胖子，对孙九爷说："先前不是你让点蜡烛吗？怎么又突然变卦吹灭了命灯，你到底心在哪里？意在何方？"孙九爷先是摇了摇头，又马上点了点头，他说："点蜡烛是我的主意，但我今天心里太急，像是被猪油蒙了脑子，始终忽略了一件很重要的事情。自从进了这座棺材山，我就感到周围有些地方不对劲，实在是太不正常了，但我说不出究竟是什么地方不对，直到刚才点了蜡烛，才猛然想了起来。"

　　Shirley 杨问道："孙教授，您指的反常之处是……灯烛？"孙九爷点头道："没错，看来杨小姐你也留意到了，棺材山中地仙村的布置格局，处处都与青溪古镇一致，每处房舍宅院都和青溪古镇无异，但还是有一个很隐秘的区别，这里所有的宅院中都没有蜡烛和灯台、灯油，甚至厨灶中也没有柴火。"

我没能立刻领会孙九爷言下之意，奇道："地仙村有阴阳两层，阳宅里没有火烛灯盏，这说明什么？难不成那伙观山太保都是耗子成精变来的人——地底下越黑看得越清楚？"

孙九爷说："虽然没有灯烛，但在藏骨楼和各处宅院里，都备有一种阳髓灯筒。阳髓是种可以发光的矿石，当年的人们应该是使用矿物光源来照明。听祖上传下来的说法，在青溪古镇是从来没有用阳髓取亮的习俗的，很可能地仙村里有某种禁忌，在棺材山里不能点蜡烛。"

Shirley 杨说："封师古留下的几幅图画中，有一幅称作《秉烛夜行图》，图中所绘的情形是许多人点着灯烛进入古墓，如果棺材山里有禁火忌烛之事，那些人为什么要在墓穴里点蜡烛？"

我听到此处，心中一沉，隐隐觉得当年藏在地仙村里的人们，所点灯炬皆为冥烛，那是一种殉葬者捧烛而死的旧俗，而他们正是全部去墓中殉葬的，进墓之后又是怎么死的？

孙九爷让我们将《秉烛夜行图》取出来，他再次看了看，更是确信无疑："你们看看，图中画得很清楚，进入墓穴的这些殉葬者，凡是走在地下石阶的人，手中才有点燃的蜡烛和火把；而在高处的墓门前的人们，所持灯烛都是熄灭的。"

我问孙九爷："就算是棺材山中确实有不动火烛的风俗，却不知点了蜡烛会出什么事情。我看附近也没有反常之处，咱就别自己吓唬自己了。"

孙九爷说："我跟古物古籍打了一辈子交道，稀奇古怪的事没少见过，搞阶级斗争那会儿也经受过考验，论胆量见识都不比你们逊色，绝不是自己吓唬自己。咱们刚才点了那支蜡烛，怕是要惹大麻烦了。"

我和胖子对此不以为然，对他说："有什么麻烦也都是你惹出来的，再说现在面临的麻烦还小吗？虱子多了不痒，债多了不愁，除死无大事，咱们是专做摸金倒斗事业的，点根蜡烛算什么大事？"

Shirley 杨说："老胡，你别掉以轻心，先让孙教授把话说完。如果点了蜡烛，棺材山里究竟会发生什么？"

孙九爷说："地仙村的格局形如无火灯台，我稍微懂些上古的风水，这应该是个忌火的布局。"

我平生所学皆出自摸金校尉的十六字风水，是一门以古风水为筋骨，融合江西形势宗秘术为血肉的青乌风水；而观山太保的观山之术，其根源则是出自棺材峡悬棺中的骨甲，是古风水术的一支，虽然与青乌风水出自一脉，却也存在不少差别，所以我并不太懂忌火之说，只是看《棺山相宅图》中的地仙村轮廓，确实正如一盏无火铜灯。

只听孙九爷说："风水上的事情只是其一。其二，地仙村与明末青溪古镇格局相似，封氏蒙受皇恩发迹是在明代初期，历大明一朝两百余年，不断扩建祖宅，所以说青溪古镇的形势根基，都是在那一时期所定，后世经历清朝、民国，直到新中国成立后，都没有太大的变化。我以前从没有仔细想过青溪镇为什么要做成忌火灭烛的格局，或者说根本就没想到那一层，要是往深处琢磨，这肯定是与永乐年间观山封家设计毁掉发丘印、摸金符之事有关。"

相传后汉年间，曹操为求取军饷，曾举兵盗发梁孝王之墓，当时还没有发明炸药，而梁孝王的陵寝深藏石山腹中，以当时的器械和手段，即使有数万兵马也难轻易发掘这种巨型山陵，所以曹操就特意从民间网罗了一批精通倒斗秘术的人，将他们收入军中，设摸金校尉、发丘中郎将之职。

古代军事编制的称谓与现代相似，现代军队的军衔有将、校、尉、士，其中每一级又分少、中、上、大，例如少将、中将、上将。在古代，将属于高级军官，校尉则属于中级军官，曹操手下的盗墓部队，为首的是发丘中郎将，又称天官，其下有摸金校尉，并配以符印作为信物，所以才留下了发丘印、摸金符。汉末的乱世结束后，发丘、摸金之辈流入民间，不再做官盗的勾当，专一地倒斗取财，以济世间穷苦之人。

中国人自古就注重名分，所谓名不正、言不顺，于是发丘、摸金这套官家的名号沿用了几千年，那枚刻有"天官赐福，百无禁忌"八个字的发

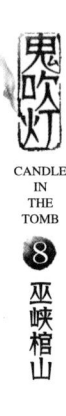

丘印，以及穿山摸金的古符，都是代代相传的信物凭证，共有九符一印。

由于摸金校尉倒斗之术出自《周易》，《周易》又为群经之祖，擅长"望"字诀辨识天星地脉，是倒斗行里最重传统的一支，故此民间历来都有七十二行摸金为王之说。摸金校尉之魁首为发丘天官，但到了明朝永乐年间，皇室为求皇陵稳固，由观山太保设下诡计，毁了发丘印和六枚摸金符。

也许是天道有容，不该摸金倒斗的手艺从此断绝，最后仍是有三枚摸金符下落不明。有道是，一日纵敌，万世之患，观山封家担心此事败露，早晚会有摸金校尉卷土重来大肆报复，特别是封氏祖坟都埋在棺材峡，所以思量起来，时时都是寝食难安，但这件事最终并没有走漏风声，后来也就逐渐放心了。

孙九爷说，现在想来，观山太保最忌惮的始终是摸金校尉，地仙村的建筑布局暗合九宫八门之理，其轮廓又有忌火之像，在观山风水中，忌火之地不能点烛，点了蜡烛，"生门"也要变作"死门"，这不正是专门对付摸金校尉的吗？

我对孙九爷说："我看您是有点过度敏感、草木皆兵了，摸金校尉与观山封家过去有什么恩怨，那都是历史的尘埃了，没必要再去掰扯旧账，仅仅是我们和你之间的这笔账就已经算不清了。现在咱们别想多余的，还是先想法子把地仙封师古从棺材山里挖出来才是正事。"

孙九爷见我不信，只好说："但愿是我多虑了。你们先看看地图找出行动路线，我再翻翻这本《观山掘藏录》，这里面的棺材山一篇中，详细记载着地仙村里的大小事情，说不定还能找到些什么。"

我也正有此意，便接着去看封师古留下的图画典籍。深埋地底的棺材山是条尸脉，这种地脉只在最古老的风水传说中才会存在，而青乌风水对群龙无守的尸脉则是有名无解，很难说地仙借尸身脱炼形化之事是真是假。但我和Shirley杨商议地仙墓中的事情，都觉得封师古谋算深远，他做出的事情鬼神难测，对于群仙出山之言我们是宁可信其有，不可信其无，绝不能让这墓中的古尸重见天日，否则肯定要出大乱子。

正说这话，就听到在窗外的幺妹儿忽道："院子里好像有啥子东西在动……"此时半空中血雾弥漫，但山里仍然是漆黑莫辨，远处有什么动静只能以耳音去听。我走到窗阁子侧耳一听，果然有些异动，声音密集纷杂，只不过并不是在院子里，而是出自地仙村外的棺板峭壁附近，好似滚滚潮水，正向着藏骨楼这边涌动而来。

其余几人也都觉得奇怪，棺材山里没半个活人，怎会突然出现这种动静？听上去数量不少，而且也不是九死惊陵甲那种铜蚀蠕动摩擦的声音。虽然来源不明，却肯定是来者不善，有些很可怕的东西要涌进地仙村了。

孙九爷听得清楚，忽然匆匆把书卷向前翻了两页，猛地从地上站起身来，失声叫道："咱们得赶快找地方躲起来，这声音肯定是《观山掘藏录》中提到的棺材虫！"

这座棺材山尽得造化之奇异，山里这条盘古脉形如尸体，就像那些酷似卧佛的山丘一样，但没有脑袋平躺在棺材里，无论怎么看，都是个断首的凶地，可实际上又是条凶中藏吉的奇脉。

奇就奇在这里的土层中有暗泉流动，泉水腥臭如同尸血。在倒斗这一行里，把棺中流出清水的现象称为棺材涌，坟中有泉更是藏风聚水的宝地，所以说棺材山是个奇绝的所在，它与真正的棺材一模一样，既然有混浊似血的棺材涌，那么在棺壁间有棺材虫出现也是理所当然。

棺材虫又称蚔虫，是棺木椁壁间生长的蛆虫变化而来，色如松皮，身具肉翅，生有七对螯牙，专啃噬腐朽，其小者如米粒，但是最大的可以生长到七八岁孩童的手掌大小，倒斗的人大多见过此物。但在那些寻常的古墓里，即便是一墓多尸，棺椁的数量也比较有限，所以即使出现棺材虫，也从来不会太多。

可在《观山掘藏录》的记载中，棺材山石壁上有天然生就的纹理图案，近似攀龙栖凤的古朴纹饰，这些岩隙里面藏纳了许多木质悬棺，满坑满谷的尽是丝藤、泥苔、朽木、尸骸，其中寄生着许多啃噬泥苔碎木的棺材虫。由于数量极多，当年的观山太保也难以将之尽数剿除，所幸它们不离山壁悬棺，于地仙村古墓无碍。

但今天大概不是黄道吉日，棺材山里出现了种种反常的异象，四周的九死惊陵甲穿破岩层直迫棺壁，将藏在岩缝里的棺材虫尽数逼了出来。此刻听楼外全是虮虫爬动之声，就知是有成千上万的棺材虫从四面八方涌进地仙村来了。

孙九爷催命般地说："棺材虫不像乌羊王地宫里的那些尸虫，被它们啃了连骨头渣子也剩不下，咱们得赶紧找个地方躲避。我知道你们都是胆大心狠不把生死放在眼里的人，可幺妹儿这丫头是不相干的，别连累她跟着一起送命。"

胖子冷哼了一声说："老胡你听听他这话，说得太感人了，看来咱们先前误会了，原来孙九爷他也有一颗红亮的心呀。"

这时我虽知道事态紧急万分，被成千上万的棺材虫堵到屋里就只有死路一条，可是一步不着，步步难着，贸然行动的结果只会是处境更遭，于是我嘴上对胖子说："单凭九爷刚才那番话，我也差点将他当作自己的同志了。"心中却在想：地仙村里各处房舍都与寻常人家一样，并非铁壁无间，哪儿有什么可以让人藏身避祸的所在。

孙九爷没理会我和胖子的挖苦，匆匆把封师古手书的几本册子塞进包里，指着楼下说："地仙村下面有阴宅，这座藏骨楼的下方肯定个墓室，咱们躲进地底，不仅能避开棺材虫，还可以顺着墓道去找地仙墓，否则被困在楼中怎么得了？"

Shirley 杨拦住孙九爷说："墓道里更危险，我先前看到地仙村阴宅的墓道中多有缝隙，棺材虫无孔不入，未必挡得住它们。"

我觉得 Shirley 杨这话很有道理，棺材山中的阴宅纵横相连，一处处不同朝代的古墓叠压在地下，每种墓室的结构和建筑材料各不相同，导致墓道间存有缝隙漏洞，倘若大批棺材虫铺天盖地而至，在狭窄封闭的墓室中实在是难以应付。

耳听远处虫足爬行之声渐渐逼近，越发使人心中发慌。我沉住气想了想，那幅《棺山相宅图》中详细描绘着棺材山各处地形，在地仙墓入口处，绘有几道金属圆环围绕的标记，虽然在图中看不出究竟有什么名堂，但既是位于墓穴入口，古时又有天圆地方的概念，圆为生，方为死，在卦图中圆弧暗含"生"意，按理推想这几道圆环应为墓前断虫、防盗之物，退入其中或许能够躲避棺材虫的袭击，这样做也属于以退为进之计，总好过困守孤楼独宅。

这时顾不上地仙村里是否真有忌火的旧例，我立刻招呼胖子一起动手，抡开铲子拆了几张木案木椅，又扯碎了那些布条裹在上面，要点燃了当作火把驱虫。

孙九爷见状急得嗓子都哑了，扯住我的胳膊声嘶力竭地说："不能点火，地仙村各处宅院里的木料全是老殇树，火头一起，非把地层里的九死惊陵甲引出来不可。"

第四十八章
隐藏在古画中的幽灵

孙九爷翻看《观山掘藏录》，从中得知棺材山里全部的建筑都是以老殇树作为原料，这与地仙村阴阳两宅的风水布局有关。

老殇树是种凶树，冬天冷、夏天热，如做棺椁，装殓的死人在地下都不得安宁。此树多生长在深山穷谷之处，但木中含有阴腐之气，阴阳两相的混元宅里离不开此物。封师古为了使棺材山里的盘古神脉恢复原状，就特意命人大量砍伐殇木，仿照古镇原形建造阳宅。

地仙村虽然看似阳宅，但若是在风水之道中细究起来，却属于影宅。以前死人送葬，常有用白纸扎的牛马车轿和仆从，也有白纸扎的楼房宫殿，都是要烧化了供死人在阴间受用的冥物。造在地底的这处村庄也有此意，专为给殉葬者的亡灵居住，又因鬼不见地，幽灵没有血肉形体，故称影宅。

地仙村里之所以忌火避烛，正是由于棺材山外面埋着九死惊陵甲，这种极其恐怖的惊陵甲有抱阴趋阳之性，如果山中阳气太重，周遭密如虫茧的铜血烛就会穿壁入山。明朝末年的观山太保以老殇树作为建筑材料，就是为了不使那些自行增殖的惊陵甲接近山中地脉。

此刻顾不得细说，但孙九爷所言之意，我很快就听明白了八九分，棺

第四十八章 隐藏在古画中的幽灵

材山里的种种异常征兆,都预示着山里将会发生一场翻天覆地的剧变。究其根由,恐怕还是我们进入地仙村才引起的,要说烛火龙气,刚刚点燃了区区一支蜡烛也许算不上什么,最要命的是没有将归墟古镜妥善收藏起来。铜镜、铜符都是经过南海龙火淬炼锻造,古镜中的龙气虽然快要消失了,可毕竟是龙火之气,终于还是引得惊陵甲钻进山壁,并且先把峭壁岩石里的大批棺材虫驱赶了出来。

Shirley 杨说:"没有火焰必定被棺材虫围住了无法脱身,地仙村虽然忌火,但是地下阴宅的墓道里藏有火弩销器儿,墓穴里应当可以点火防身,咱们赶快拿上火把避入墓中才是。"

众人齐声称是,将观山藏骨楼中能引火的什物都拿了,随后立刻冲到楼下寻找阴宅的入口。阴阳两宅的通道,每处都不一样,在炮神庙中是在神龛附近,民居里有在灶下的,也有在床下的,都按八宅明镜之理藏设。先前见过几处,我既然窥破了其中的奥秘,那八宅明镜自然难不住摸金校尉,很快就率领众人在封氏祖先堂里找到了墓道。

我们撬开地砖,就觉得底下的阴风冷意逼人。这时已有许多棺材虫从门缝窗缝里涌了进来,众人不敢再有迟疑,匆匆下了墓道,又将通道重新封堵住 。就这么一转眼的工夫,已有数只棺材虫跟着钻进了古墓,都被我们当场用工兵铲拍死在地。

Shirley 杨和幺妹点起两支火把来,棺材山虽然深埋地底,却是条群龙相缠的奇脉,墓墙上有许多缝隙,如果有空气流通,虽然会感觉呼吸不畅,火光也随之暗淡,但只要火烛不熄,就还不至于要戴防毒面具。我不敢大意,提醒众人将防毒面具的携行袋挂在胸前,以备随时使用。

地仙村阴阳两宅相叠,上面是房舍,地下是墓室,不过各不相同,规模有大有小,却皆是大贵族和一些高人隐士的墓葬。在这连成一片的古墓博物馆中,各类罕闻罕见的棺椁鼎器、古尸珠玉、历代幽冥之物无所不藏,都成了地仙村盘古风水的一部分。

位于藏骨楼的墓室,是一处春秋战国时代的墓葬,椁室主要为铜木结构,四面墓壁都是漆黑的乌木,墓室里堆了许多竹简,更有不少剑戈盾甲

307

之类的古老兵器，都已经锈了没有办法使用。当中设有一具保存完整的燎炉伏虎青铜棺，也就是把铜椁藏在烧贡的燎炉之中，只有两端的伏虎兽头是露在外面的，黑沉沉的贡炉里装满了水银，如果盗墓者拆破炉壁，墓室中就会有水银涌出伤人，并不稀奇。

我在火把的光芒中四下里一张望，见这座春秋战国的古墓并不坚固，墓室的年代太久了，木料多已残破腐朽，不能在此久留，赶紧招呼胖子一同去撬开墓门，以便让大伙儿夺路出去。谁知墓墙上的乌木虽然腐烂枯朽，却十分厚实，只好竭尽全力用工兵铲一层层刨挖。

正在心急似火、挥汗如雨之际，就听身后的Shirley杨等人叫声"不好"，忙回头去看，只见墓壁缝隙间好似浊流涌动，无数棺材虫源源不断地从墙中爬了出来。这古墓里的棺材虫非同寻常，在乡下也有一种被称为棺材虫的奇怪小虫，身上分泌酸液，爬到哪儿烂到哪儿，而坟地里的棺材虫则更厉害，被其咬到皮肉，就会立即引起高度溃烂，先是麻痒难当，随后流血流脓，能一直烂到骨头。

孙教授抄起一支火把，接在Shirley杨手中的火把上点燃了，再加上幺妹儿的一支，三支火把流星般往来挥舞，将涌到跟前的棺材虫驱退开来。这些火把都绑了几根绷带和布头，再倒上些引火的压缩燃料，能够燃烧的时间并不算短。奈何古墓中阴暗极重，火头不旺，有些棺材虫没头没脑地也不知畏火，都被三人用火把戳在地上烧死，随着被烧死的虫子越来越多，便有一股股浓烈的焦臭味传出。

这战国古墓的椁室乃是以粗大的方木堆砌，巨木被从原址迁动后，已生出腐虫、败蛆，平时都藏在缝隙间潜伏不动，此刻被钻出来的棺材虫惊动了，也纷纷蠕动着笨拙的身躯，从墓墙的窟窿缝隙间逃了出来。

那些木椁中所生的败蛆，有些已借着墓中阴气生出变异，人指粗细的怪蛆竟会"吱吱"尖叫，被棺材虫咬住后发出拼命挣扎的声音，如同婴儿泣血啼哭，在这漆黑阴冷的古墓中听来，足以使人心惊肉跳，几欲发狂，握着工兵铲和火把的手都有些发颤了。

眼见再也支撑不住了，多亏了Shirley杨急中生智，从我背上拔出封师

第四十八章 隐藏在古画中的幽灵

古那把宝剑,抢出两步,抬剑刺入燎炉伏虎樽的兽嘴中,触发了炉中机关,顿时有一股股汞水顺势而出,将棺椁附近成群的棺材虫和败蛆全部吞没。

这口宝剑应该是当年棺山遇仙时,封师古用来刺死乌羊王的利刃,我从观山藏骨楼中带了这柄剑出来,本是有意要用其对付地仙封师古,却被Shirley 杨拿来插进了伏虎樽中,此时已遭水银所侵无法取回来。

我也知事急从权,暂时没有万全之计,只有走一步看一步了。墓室里汞气弥漫,火焰也变得更加微弱,蜂拥而来的棺材虫却是惧怕贡毒,潮水般地退散逃离。众人罩上防毒面具,一齐动手搬开挡住墓门的朽木,又撬开残缺不全的铜门,先后奔入墓道。

各个相对独立的墓穴间,都有相同的墓道相互贯通,纵横交错犹如街巷,砖墙还算比较坚固完整,不似墓室中那般阴气沉重,手中火把上的火焰再次正常燃烧起来,众人辨明了方位,就趁着还未有大量棺材虫钻进来的时机,迅速通过墓道,向地仙墓所在之处而行。

棺材山中的盘古尸脉,形如无头古尸仰卧,地仙村依着山势建在古尸胸前,陷入深壑的地仙墓则位于盘古脉的腹部,墓道曲折交错,周围的墓室墓坑一个挨着一个,似乎永远到不了尽头。

众人火烧火燎地跑了好一阵子,仍然不见地仙墓的踪影,胖子不禁嘀咕起来:"老胡,你是不是领错道了?怎么跑了这么半天都跑不到头呢?咱的原则可一直都是吹牛不吹浅的,走路不走远的……"

幺妹儿也快坚持不住了,问我这条路还有多远,我只好拿以前从Shirley 杨那趸来的一句话支应说:"你们可千万别泄气呀,别问路有多远,而是问问你们自己——有没有信心和勇气走完这条路,无论路有多远。"

胖子说:"歇菜吧,别忘了地球是圆的,不问路只管往前瞎走,那不成瓜娃子了?"

这当口,我心中也是没底,便对众人坦言相告:"这墓道里漆黑曲折,说实话我都有点发蒙了,看指南针的指向,咱们大致的方向肯定没错,但也备不住走过了。"

众人稍一商议,决定先看看《棺山相宅图》,确认一下处在什么位置,否则在古墓里绕来绕去不是道理。于是多点了两支火把，在墓道中清出一小块安全区域来，从背包里取出那几卷古画，一幅幅地展开，想从中找出绘有地仙村阴宅的图画来。

我见第一幅翻开的是《棺山遇仙图》，就随手递给了胖子让他收起来，刚把第二卷古画展开，却是那幅描绘入墓殉葬情形的《秉烛夜行图》。我心中越发焦躁了，地仙亲手所绘的几幅破图，纸张装裱全都一模一样，卷起来后根本无从区分，正待再取出第三幅古画出来，竟发现这张《秉烛夜行图》与我先前在藏骨楼中看过的不同了。

我记得十分清楚，原来的《秉烛夜行图》中，是许多人点着灯笼火把，走进一个地层中埋着玉璧、铜器的山洞，而现在眼前这幅古画，却多了一些东西。在那些祭山的器皿中，出现了许多模糊的黑影，细看起来竟像是一个个狰狞凶恶的幽灵，又似乎是阴曹地府中的厉鬼，在幽冥之中注视着进入古墓里殉葬之人的鲜活生命，教人一看之下，顿生不寒而栗之感。

Shirley 杨和孙九爷等人，也都不记得《秉烛夜行图》中曾有此情形，应该不可能拿错了，难道是进了古墓阴宅里，画中就自行显出异象？

Shirley 杨晃了晃手中所持的火把，《秉烛夜行图》里的鬼影也随着忽隐忽现，众人这才醒悟："古画里曾用墨鱼暗笔描绘过，这些幽灵鬼影只有在火光下才会显形。"

孙九爷倒吸了一口冷气："哪里是什么仙宅？简直是鬼窟地狱，在地仙墓里肯定有些可惊可怖之物，只是……封师古为什么要把这个信息藏在画中？这是否在暗示着什么秘密？地仙村里的人早都死光了，他这么做又是留给谁看的？"

第四十九章
秉烛夜行

众人看到《秉烛夜行图》中有异象浮现，心里无不又惊又疑。孙教授所言果然不错，但往深处一想，棺材山里虽有忌火之例，可明朝末年，仍然是主要依赖灯烛火把在黑暗中取亮照明。地仙亲自描绘的几幅画卷，一直悬挂在漆黑的地下楼阁中，外人不明就里，自然会掌灯观看，想必是故意留给日后有机缘进山之人看的。

历朝历代的盗墓贼里很少使用矿物光源，虽然传说古时也有人曾经用过夜光明珠盗墓，但夜光明珠极其珍贵罕见，等闲也难得一见，而且不能探测地下空气质量和防身，所以仅仅是盗墓者中的特例，从未在官盗、散盗中普遍流传，探地掘墓都离不开火烛。

地仙封师古把《观山指迷赋》留给封氏后人，留了条十二年一现的暗道，让他们以后有机会进入古墓，这也是大违常理之举，多半因为封师古心知肚明，知道普天下从无不发之冢，世间没有任何一座陵墓是永远坚固永守秘密的，即使不是被倒斗之辈盗掘了，随着山川河流沧海桑田的变化，也早晚要遭到破坏。

封师古如此布置，其心机之深实是令人心底生寒，这座地仙村古墓的玄机不是"藏",而是一个"出"字,在有外人进入棺材山之时,就是地仙出山之际。不仅封氏后人孙教授,甚至连我们这伙摸金校尉,也全是被其掌控利用的"棋子",九死一生地进入古墓,只不过是来为地仙封师古接宣引圣。明知进到尸脉肚腹中的冥殿里必定会遭遇不测,可情势所迫,我们不得不同先前那些殉葬者一样,一步步走向深渊,唯一的区别是我们清楚这极有可能是一条有去无回的绝路。

这时只听墓道远处咬噬朽木般的声响渐渐逼近,难以计数的棺材虫在进入地仙村后四处乱钻,追逐着阴腐之气而动,古墓中多有铜棺铁椁,无隙可入,但有些漆木棺椁,就不免被它们连棺带尸一并啃碎。

我们这伙人在乌羊王地宫中沾染了不少阴晦的尸气,孙九爷的状况更为严重,我至今没搞清楚他是死人还是活人,甚至怀疑他随时都会"尸变",所以我们此刻都成了吸引附近棺材虫的活动目标。

其实尸虫和棺材虫等物虽然可怕,也不见得就没办法抵挡,眼下最恐怖最教人头疼的还要数九死惊陵甲,一旦它穿破棺材山的山壁,势必将把地仙村和无头尸脉搅个粉碎,覆巢之下,焉有完卵?届时不论是阴宅中的古尸,还是古墓中的活人,都将玉石俱焚。

我盯着《棺山相宅图》看了一阵,脑中接连转过几个念头,都没有良策可以脱身,如今不能怪阶级斗争的形势太复杂,只能怪自己的思想太麻痹了。

Shirley 杨提醒我说:"咱们的火把快用完了,不能在到处都有缝隙的阴宅里过多耽搁。"

我咬了咬后槽牙,心想这回不豁出去是不行了,大不了拼个同归于尽,有了精神准备,心里反倒踏实了许多,就对众人说:"棺材山中的地仙村与其下方的古墓群无不贯穿相连,只有尸形山腹部的地仙墓相对独立。从图上来看,咱们距离地仙墓已经不远了,还是按照先前的计划,不管里面有什么,咱们都得冒险进入墓室,想办法把封师古的尸体找出来,烧化了以绝后患。"

孙九爷有些精神恍惚,封师古传下来的《观山指迷赋》,仿佛是勾人魂魄的迷咒，把封师岐和他的后人蒙蔽了几百年，如今才隐隐预感到这是一个阴谋，他现在便不主张再进地仙墓，又后悔当初没有计划周全，早就应该从外边直接用炸药崩了此山。

胖子骂道："别他妈再发春秋大梦了，想把棺材峡这么多高山炸平了，得需要多少军用级别的高爆炸药？你个臭知识分子上哪儿搞去？"当即伸手将蹲在地上的孙九爷拽了起来，一边拖着他向墓道前边走，一边对他说，"加强纪律性，无往而不胜，明不明白？孙老九你听胖爷和老胡的最高指示肯定没错，赶紧给我走。"

我也招一招手，叫上Shirley杨和幺妹儿，众人晃动手中火把，沿着墓道径直向前，参照图中方位，转过一座铁绳悬棺的北宋墓穴，就已到了地仙村阴宅的边缘，至此我们手中仅剩下三支还未熄灭的火把。

我的携行袋里尚留有一罐火油燃料，足可以增加火势驱散从四面涌来的棺材虫，但我对归墟古镜能否镇住地仙封师古心存疑虑，还指望留下这火油作为最后的撒手锏，所以绝不肯轻易使用，只好横下心来硬闯过去。

于是我带着众人，一同推开暗道出口的残破石门，以火把开路，合身扑了出去。没想到村后的情形却很是出人意料，成千上万被铜蚀惊动出来的棺材虫，并没有爬至尸形山的腹部，这里仍然保持着幽冥寂静的诡异气氛。

我定了定神，见村外山坡上有座巨碑，碑上锲着"地仙墓棂星殿"六字，并刻有精美的星宫纹饰，碑面有石雕的灵兽相驮。我想看清楚前边的情况，便攀上碑顶，在高处放眼看向四周。

只见尸形山腹部有几条圆弧形浅沟，每隔着十几步，便有一尊魁梧高大的独脚铜人，铜人赤身裸体，形貌七分活像鬼，三分才像人。它们的面貌惶怒可畏，怒目圆睁，口中不断涌出阳燧，流淌在沟中石糟里，犹如一条条暗红色的血河缠绕循环，把从四周爬过来的棺材虫全部阻在了外边。阳燧虽然属于冰冷的矿物质，自身并没有热量，却足以使惧怕光线的棺材虫不敢越雷池半步。

位于数条环形阳燧河流当中的山体上，陷着一条山缝形成的深壑，壁上嵌着栈道，两侧建有几座凌空横跨的牌楼，飞檐斗柱，高低错落，看起来显得气象不凡。《秉烛夜行图》中描绘的地仙墓理应就在这条深壑的底部。

我回到石碑底下，招呼众人纵身跳过阳燧涌动的石槽。大伙儿暂时摆脱了身后穷追不舍的棺材虫，心中稍稍安稳了一些，可走到牌楼前向盘古尸脉的深壑中一张望，见里面漆黑莫辨，寂静诡异，又都有种刚离虎穴、复入狼窝的不祥之感。

幺妹儿虽然胆大过人，但她这几天所见所遇，尽是从死边过的惊奇骇异之事，免不了有些六神无主。而且地仙把活人骗入墓中殉葬的传说，在青溪镇自古流传，她望着壁上青石栈道就像是一条条青蟒蜿蜒着钻向洞窟深处，更是心里发慌。

我只好给她吃点宽心丸，一边熄掉火把，给战术射灯更换最后的备用电池，一边告诉她地仙封师古想出山度人的传说是非常不靠谱的。这人死了多年，尸体非僵即腐，最多是个木乃伊，哪里成得了仙家？我这辈子走南闯北，进过不少古墓，从没见到哪座陵墓里有什么尸仙，退一万步说，封师古这老地主头子就算真诈了尸想出山害人，它也绝不会得逞，我相信历史和人民是肯定不会允许这种事情发生的。

幺妹儿点了点头，表示虽然紧张过度，但还能跟着队伍走。胖子说："你们尽可放心，我看要死也是孙九爷这个观山封家的孝子贤孙先归位，到时候也得拉上墓穴里全伙的观山太保给咱们垫背，不把他们这事给搅和黄了不算完。"

孙九爷无奈地摇了摇头："都到这时候了你们怎么还顾着逞口舌之快？"他又对我说，"你也别拣大的吹了，是不是还留着一些火油准备焚烧墓中古尸？到时候可别看见满室明器就舍不得动手，千万不能犹豫手软，墓中尸仙如果真的逃出棺材山，咱们的麻烦可就大了。"

我正想说："此事完全不用嘱咐，我自然知道轻重缓急的利害关系。"却忽听头顶上空的岩层里发出一阵阵裂帛般的声音，裂帛声连绵不绝，震得人耳底都是疼的。

众人下意识地抬头往上看，但一来地底暗无天日，二来半空猩红色的雾气弥漫,根本看不到岩层中的情形。幺妹儿好奇地问道:"这山要塌了?"Shirley杨说:"不是,棺材山是口没盖的石棺,好像是埋在山壳里的九死惊陵甲快要脱落下来了。"

虽然近千年来从没有盗墓者遇到过九死惊陵甲,但是我对于此物的犀利之处却也曾有耳闻。这种混合着青铜与血肉生长的地下植物,绝不是三五个人就能应付的。铜蚀血甲在岩层中挣扎蠕动的响声,在我们耳中听来,就如同死神的咆哮,每听到半空中有一阵裂帛声发出,就恰似泼在自己身上一盆冷水,不由得心惊肉跳,寒意陡增。

我们担心惊陵甲会随时从浓雾中出现,不敢在尸形山的表面过多停留,匆匆把孙教授和幺妹儿裹在中间,踏着嵌壁的石阶向下走去。

棂星殿上方是两壁相峙的一条深壑,十分狭窄陡峭,两侧古壁刀砍斧削般齐整,在射灯的光束中,可以清晰地看到地层中条条岩脉的脉动起伏,但在近处观看,泥土中也尽是参差凹凸之处。那些地方埋有许多形状奇异的玉璧,玉色古老,有的殷红,有的苍郁,都不是近代之物,大多都已残破不全了,按照《观山掘藏录》里的记载,这些玉器全是巫邪文化时期埋藏在棺材山里的献祭之物。

我想起先前在画卷中看到的场面,那些殉葬者入墓时正是经由这条道路,在埋有玉器的墙壁里,藏着许多幽灵般的鬼影。但身临其境,却并未见到《秉烛夜行图》中描绘的情形。其余的人肯定也有这个念头,人人都觉背后冷飕飕的,好像在后头有恶鬼悄然跟随,不时回头查看,越向深处走,这种不安感便越强烈。

Shirley杨突然想起什么,她对我说:"在那幅《秉烛夜行图》中,所有的人都拿着灯笼火把,而且咱们也是点了火烛才得以见到隐藏在画中的黑影,也许这是在暗示——在棂星殿前要凭借火光才能见到一些平常看不见的东西。"

我的直觉也告诉我,在盘古脉的岩土层中确实埋藏着某种东西,很可能就是画卷中描绘的那些"幽灵"。由于不知道它的真正面目到底是什么,难以辨别吉凶。我们再继续向深处行走的话,随时都可能遭遇不测,经

Shirley 杨这么一说，我便打算点支蜡烛看个究竟。

反正点灯上亮子都是摸金校尉常做的举动，既然置身在山腹之中，更没什么顾虑牵挂，我当下摸出半截蜡烛，就在手里点了起来，用手掌拢住火苗，一边放慢脚步踩着石阶继续往下走，一边捧着蜡烛去照身边的岩壁。

烛光照在壁上，将一块块残缺的玉器映得沁色欲滴，比在战术射灯惨亮的光束下看来，更加瑰丽神秘。胖子看得入眼，顿时贪心大起，忍不住伸手去摸，要抠它几块下来当作纪念品。

孙九爷担心胖子旁生枝节，怎奈先前已经苦劝过多次，结果均是被胖子强词夺理地搪塞过去，这时只得换了种方式，伸手阻拦说："这些作为祭品的玉器邪得很，王胖子你可别一时动了贪念，就毛手毛脚地乱动这些东西，要斗私批修，要斗私批修啊！"

胖子满脸无辜地说："世界上怕就怕'认真'二字，胖爷我凿它几块下来回家认真研究研究，看看这些玉器究竟邪在哪里，难道这些算得上是私心？"

孙九爷碰上胖子这号肉烂嘴不烂的人，即使真是有道理也绝难讲通。我看此时孙九爷有意让我出面强调强调"加强纪律性"的重要原则，便扭头装作没看见，只顾着集中注意力去观察烛光映照下的石壁，但并未发现有什么异常。

我又向下行了几步，却听身后争执不休的胖子和孙九爷突然同时静了下来，我同走在前边的 Shirley 杨、幺妹儿三人赶紧停下脚步，回头去看身后的情况，只见胖子和孙九爷都怔在当场，一动不动地盯着岩层看。

我拔足返回石阶高处，往他们二人注目处看了一眼，原来胖子用工兵铲敲砸嵌在墙内的玉璧，落铲处土石掉落，使里面的东西暴露了出来。浮土内都是整件的古玉，叠压堆砌为墙，玉墙里似乎有一个鬼影般的模糊轮廓。我举着蜡烛凑近看时，那模模糊糊的鬼影骤然变得清晰起来，更令人吃惊的是它仿佛有形无质，竟然能够在墙壁里移动，烛光灯影的恍惚之际，那黑影忽地抬手挪足向前爬动，作势要从墙壁中扑出。只觉一股阴风迎面吹至，我手中所捧的蜡烛火苗晃了两晃，摇曳飘忽中眼看着就要熄灭。

第五十章
棂星门

我察觉到一阵阴风扑面而至,急忙用手拢住将要熄灭的烛火。烛光虽然被遮住,但登山头盔上的战术射灯依然亮着,光束一晃动之际,我和胖子、孙九爷都看得清清楚楚,就这一眼,看得人头发根"唰"的一下都竖了起来,周身十万八千多个汗毛孔,无一不冒冷汗。

就在那片残玉叠压的峭壁上,有个黑漆漆、仿佛鬼影般的东西正要爬出墙外,又觉眼前一花,连让人眨眼的工夫都没有,玉墙中的幽灵便已到了眼前。我见到一张五官扭曲的漆黑面孔挣扎而出,冷森森地显现在三人面前。

我心知不妙,也管不了手中的蜡烛了,赶紧侧头闪避。嵌在绝壁上的栈道非常狭窄陡峭,使人动作幅度不能过大,否则就会一头栽入深壑,或是将挤在身边的同伴撞倒,所以我虽是向旁闪身躲避,也只刚刚避开突然从玉墙中扑出的幽灵。

战术射灯的光束随着我身体的快速移动,在一瞬间已失去了照明作用,只觉一片毛茸茸的东西紧贴着皮肉从脸侧划过,刮得我脸颊上火辣辣的一阵疼痛。

这时胖子发一声喊，抢着工兵铲就砸，铲头卷着疾风，从我头顶掠过，照着玉墙中的黑影砸了个正着，"当"的一声响，震得他虎口发麻。可是胖子出手虽快，工兵铲却没有击中目标，那团似乎有形无质的黑影，快得犹似一缕黑烟，"嗖"的一下钻进了土层和玉片的缝隙之中。

地仙墓棂星殿上方的栈道间，再次恢复了死一般的寂静，只剩下我们粗重的喘息和心脏"怦怦怦"的狂跳声，我脸上被划破的伤口这才流下血来。

经过刚才这电光石火般的一个接触，我已经可以确定绝不会是肚仙指迷的那种幻视幻听，在这片埋满古玉的山壁间，确实藏着很可怕的东西。但是被泥土封了几百年，又能在山壁中移动，我这辈子从没见过这种事情，难道真是《秉烛夜行图》中描绘的"幽灵"不成？

Shirley 杨和幺妹儿站的位置较远，没看清发生了什么，孙九爷却是看得真切，他低声说："肯定不是幽灵。亡魂和幽灵大多数情况下属于电气磁场现象，不可能在你脸上留下这种伤口。那东西说不定就是棺材山里的尸仙，当年封师古要找的就是它！"

我本不信有什么尸仙，但除此之外无法解释玉墙中的幽灵究竟是些什么，至少可以断言，肯定不会是生物。任何有生命的东西，绝不可能被封在泥土层中几百年却依然还能活动，即使是僵尸，也不可能变化形体钻进岩缝。

Shirley 杨对我们说："地仙封师古留下的书卷图画，都对棂星殿中的事情避而不谈，《秉烛夜行图》也只画了这条嵌壁的墓道。咱们至今仍不知道地仙墓中究竟有些什么，我看要想知道真相，就只有进入观山太保的墓穴中进行调查。"

孙教授点头道："反正咱们是出不了棺材山了，嵌道和玉墙附近又有尸仙出没，更不是稳妥的所在。按说一不做二不休，应当进去彻底毁了封师古的棺椁明器，可我还是担心咱们的举动早被地仙料到了，进了棂星殿是等于放它出去。"

我担心藏在玉墙中的尸仙，又会冷不丁从哪儿钻出来伤人，就劝孙九爷别再犹豫不决，虽然咱们的装备有限，但别忘了，世界上还有一种最重要的装备——精神，只要抱着必胜的信念，没什么困难克服不了。说罢拽着他继续向着地底栈道的深处进发，由于冷烟火已经用尽，无法探测盘古脉山腹洞窟的深浅，只得摸索着向下走。

这回众人加了十二万分的小心，再也不敢轻易触动两侧埋着玉壁的泥土。往地底走了一阵，发现身边脚下古玉更多，两壁间尽是深浅不一的玉石窟窿，里面填着无数小棺材，大多破碎被毁，没有一个是完整的，似乎这盘古脉的山腹是个巨大的天然玉矿，所有的玉砖、玉壁都是从中开采所得，又经人为修凿，挖成了一座玉窟。

如果从风水形势中着眼，这条仰卧在棺材山中的盘古神脉，腹中孕有玉髓，就恰如一颗在肚子里用金水凝炼成的玉丹，乃是天地间五行精气所结。天地鬼神造化之奇，不在常理之中，所以这山里有什么也不稀奇。

我心中暗自纳罕，想到地仙封师古就藏在这条栈道的尽头，也不知此人是死是活，他在盘古神脉中当真脱化为仙了吗？只凭我们这几个人，能否对付得了？想到这儿，我摸了摸藏在怀中的归墟古镜，对于青铜古镜镇尸之说，不可尽信，绝不能全指望铜镜，到时候还是用火油焚烧比较稳妥。

就在这时，已经可以感觉到栈道快到尽头了，射灯和狼眼手电筒的照明范围，已探照到了下方的地面。这玉窟从侧面来看，像是一个长颈烧瓶，上面虽然狭窄，但到了底部却发现十分开阔，别有一番洞天。

洞中黑得伸手不见五指，空气中含有杂质，灯头照出的光柱只能达到四五米，根本看不见那座棂星殿是在什么位置，苦于没有了大范围照明的冷烟火，只得像盲人摸象般地乱转。我忽然想起幺妹儿曾说过她带着蜂窝山的"火斑鸠"，就问她能不能在这儿放几支出来，也好让大家看清楚附近地形。

幺妹儿赶紧在背包里翻找，最后掏出一个竹筒说："就带了这一支，再多就没有了。"我说："别舍不得了，好钢用在刀刃上，好酒摆在国宴上，现在两眼一抹黑，正是它派得上用场的时候，上亮子吧。"

那火斑鸠是种利用绷簧击射的火箭，用途很多，不仅可以攻击敌人，也可以作为联络信号，而且亮度极大，可以当成古老的照明弹来使用，是

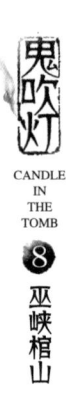

蜂窝山里的前辈们从南宋末年传下来的火硝类暗器。

幺妹儿将火斑鸠捧在手中。这件火硝暗器还是她干爷李老掌柜亲手造的，据说威力极大，她以前从没使用过，也不知道管不管用，但盼着蜂窝山祖师爷爷显灵，别出意外才好，当即就问我要了打火机，要点燃引信。

我见幺妹儿打算将火斑鸠平射出去，连忙让其余的人闪在旁边，众人刚要行动，忽听上空的峭壁间稀里哗啦地一阵乱响，听那动静，好像是发生了山体崩塌，有巨石滑落下来，大片大片的散碎泥土纷纷落下。

幺妹儿被上边落石的声响惊扰，她初次倒斗，心理压力不小，抬头观望之际忘了手中的火斑鸠已经点燃，听得引信"刺刺"作响，方才回过神来，惊呼一声，急忙抬手举起竹筒。那火斑鸠用的是快引，此刻硝簧激射，在凄厉的呼啸破风声中，被压在竹筒内的火斑鸠立即裹在烈焰里一飞冲天。

火斑鸠展开半米多长的火翅膀射向半空，发出"呜呜"长鸣，扇面形的火光，顿时刺破了地底的重重黑暗，斜刺里钻入山壁，钉在一处栈道石阶上烈烈燃烧。

这支火斑鸠虽然是近代所造，但蜂窝山的手艺早已经日渐没落，仍是保持着千百年前那套手工作坊模式，火药配方和原料仍然沿用民间土方子，与现代的照明弹不可相提并论，难以持久发光，那片刺目的火焰瞬间便开始暗淡下来。

但我还是借着这道亮光，隐约看到了高处的可怕景象。棺材山上空的山体遭受到九死惊陵甲的严重侵蚀，一块块崩塌的山岩开始从半空里砸落下来。其中有那么几块坠落进了盘古尸脉的腹部，滑落深壑，由于岩石巨大，沟壑狭窄，都被卡在了玉墙嵌道之间，没有直接砸到下边的洞窟里。但山岩接连不断地滑落，将两侧陡壁上的封土震落了不少，大片的玉壁和石棺都暴露了出来，一片片模糊的鬼影在壁间倏忽隐现，似乎正向着山腹底部的玉髓洞窟移来。古墓中的尸仙果然不止一个，数量多得难以估算，一时间教人看得目瞪口呆。

这时光芒迅速暗淡下来的火斑鸠被滑落的碎石泥土覆盖，立刻被吞没在了黑暗里。山岩激起的烟尘陡起，轰隆一声就落在了众人头顶，我们躲闪不及，被尘土呛得好一阵咳嗽，唯恐被大块岩石砸中，急忙退进洞窟深处。

我用手掸掉落在登山头盔上的一层灰土，见其余几人也是灰头土脸的，好不狼狈。众人刚才都已见到了洞窟上边的情形，心头都似压着千斤巨石，这地仙墓里恐怕没有任何安全的所在，如果到了此地，又该怎么理会？

幺妹儿在刚才放出火斑鸠之际，被火药的后坐力掼得坐倒在地，见到洞窟深处有几尊黑漆漆的怪兽，火石光中也没看得太清，似乎是墓门前镇陵石兽，找到它们就能判断出墓门方位，于是她带着我们摸黑走了几步，果然在不远处的角落里，见到有一尊鳞甲犄角的黑色铁兽。

孙九爷说这大概是史书上记载的铁麒麟啊，是一种皇陵地宫里的照明设施，可不知铁麒麟肚子里是否还有燃料，它又是如何使用的。

我也知道这铁麒麟叫麒麟锁龙灯，古墓里的灯烛大同小异，无非是幽冥中的长生烛、万年灯，开启这种麟灯的勾当，难不住专做倒斗营生的摸金校尉。当下摸到铁麒麟的兽头前，找到鼻环，用力向外拽动，只听麒麟腹中"咔咔"数声，铁麒麟的甲缝中冒出滚滚火焰。

麒麟锁龙灯四足陷在地底，互相间有油渠灌注相通，这处火龙一起，附近便接二连三地又有其余铁麒麟喷吐火焰燃烧起来，在洞窟间星罗棋布，竟有数十尊之多，将四下里照得一片明亮。但是棂星殿前的麒麟锁龙灯非比寻常，燃起的火焰不是油膏，而是暗幽幽、冷森森的磷火，把地下洞穴映得犹如一座鬼窟。

借着灯火望去，在洞窟纵深处有一堵高大的门墙，两扇墓门紧紧闭合，其上镶嵌着许多铜钉，纵九横十，排列成冥殿棂星曜宿之数，只有方外之士才会使用棂星。门前站立着两排泥塑，都是黄巾力士模样，个顶个神头鬼脸，一动不动地守护着地仙村最深处的秘密。

我看身边的孙九爷脸色苍白，正望着棂星门喃喃自语，也不知道他嘴里在说些什么，心想隔层肚皮隔层山，还是不得不提防他有什么异常举动，毕竟这老家伙身上的秘密太多了，鬼才知道他嘴里的话哪句是真哪句是假。

胖子催促我说："老胡，赶紧走，咱可是带着尾巴来的。"我听得此言，心知不妙，急忙抬头往上看了一眼，只见鬼火闪烁中，有无数影影绰绰的尸仙正从墙壁里挣扎着爬出，不断向地底的棂星殿前涌来。磷火映照在它们身上，似乎完全被黑雾般的鬼影吞噬了，火光在地宫前洞窟里再次暗了下来。

我见几乎被赶得走投无路了，连停下来喘口气的工夫都没有，不禁暗自咒骂，藏在地底的尸仙究竟是什么东西？世界上怎么可能有这种东西存在？就连发噩梦都梦不到的恐怖情形，竟然教我们在地仙村古墓里撞上了。

我心想好汉不吃眼前亏，这句话不是真理，而是最起码的常识，便对众人叫道："先进墓中找地仙封师古要紧，别在此跟它们多做纠缠……"说罢招呼其余四人奔向棂星门。

我们五个人深知性命攸关，谁也不敢怠慢，跑到墓门前使出全力撼动石门。棂星门为千年铁树化石雕凿，十分坚硬沉重，但并未灌铜注铅加以巩固，众人个个使出吃奶的力气，总算把半扇石门推开了一条缝隙，里面阴气逼人，虽然漆黑一片，却没见触动什么机括埋伏。

我看那墓门缝隙虽窄，却已可容人进入，便和胖子把幺妹儿等人先行塞了进去，然后才收腹提气向棂星门中挤去，胖子进去之后立刻向回反推墓门，边顶边招呼："我说同志们哪，你们快发扬一下阶级友爱，都来帮把手啊！"

我拦住他说："别费力气了，地仙墓石门根本拦不住外边那些家伙，快往里边撤。"

第五十一章
告祭碑

　　我对众人说："咱们先往地仙墓深处走，途中见机行事。"说着话拿射灯一扫，想要看看地仙墓的规模格局，然后再做理会。

　　只见棂星门后的墓道皆为明砖堆砌，上边是圆弧形的券顶，棺材山里有两类古墓，一类属于巫邪文化时期，另一类属于明末地仙村里的建筑。棂星殿便是建于明末的地宫，规模远不及乌羊王古墓宏伟巨大，人在狭窄的墓道里一抬手就能摸到上方的天顶。

　　在墓道两侧的砖墙上，各嵌着一排油尽灯枯的烛台，墓门后的墙角处散落着几件瓦器。我看眼下的境地已经是华山一条路，墓道里根本没有依托之处，难以容人周旋，不免心中越发焦躁，便打算硬着头皮进去。

　　正要招呼众人往古墓深处进发，却见孙九爷站在墓墙前，用手去拔灯台，举止十分诡异。我心中当即一沉，这孙老九一辈子忍辱负重，心机深不可测，绝非善主儿，他从墓墙上拔出灯盏，自然不是去学雷锋做好事，难道想触动机关将众人一网打尽不成？

　　我念及此处，不禁无名火起，上前一把揪住他的衣领，问道："你又想出什么幺蛾子？"胖子站在后边说："这老小子，肯定是想趁咱们不备，偷着转动机关转移明器。快说村里的明器都藏哪儿了？"

Shirley杨把我抓住孙九爷的手按下来，问他道："教授你想做什么？"孙九爷满脸焦急地说："墓中灯盏里都是阳燧挥发后剩下的膏泥。这东西和黑狗血、天葵等物一样，都是不洁之物，抹到门缝处，说不定可以挡住尸仙。"边说边把灯盏里的黑色油膏抠出来，往地仙椁星门抹去。

幺妹儿奇道："九爷教授，这是动不得的啊，听说男人要是碰了天葵，或是女人碰到黑狗血，都要跳火盆才去得掉晦气。"

孙九爷道："火烧眉毛，顾不上那许多了，你们快动手帮我一把！"

我没有幺妹儿这山里姑娘的迷信思想，对孙九爷的话将信将疑。我虽然也听说过天葵就是女子的月经，和黑狗血一样都是破妖法的东西，却从来不知道阳燧留下的腐油能有辟邪之用。

倒斗摸金历来是敬鬼神而远之，幽冥之事没人说得清楚，在鬼地方撞鬼更不奇怪，但从没听说有人盗墓遇仙。这些朽烂的臭泥真能管用吗？有了先前的几次教训，我不得不对他多留个心眼儿。

此时我忽然生出一股杀机，有心想把孙教授宰了。地仙墓里处处凶险，此人身怀妖术，总把他带在身边太危险了。以我的经验判断，孙九爷先前所交代的事情，应该有几分可信，但至于他说他在进入古墓前就已经死了，此时又说灯盏里的残油能阻挡尸仙进入古墓，这些事实在叫人难以捉摸，我猜不出他葫芦里究竟卖的什么药，如果会威胁到身边同伴的生命，我对他下手绝不会手软。

可我立刻又将这个念头压了下去，毕竟人头不是韭菜，韭菜割了一茬还能再接着长，那人头掉了却再也长不回来。孙九爷这辈子活得不容易，我不能仅凭一己之念就决定别人的生死，这时候最需要的是理智和镇定。又想孙九爷也是世家出身，口传心授学过些祖上的真本事，说不定我是井底之蛙，对此少见多怪了。

孙教授却不知在这一瞬间，我脑中已经过了一番激烈的思想斗争，只是急着催促众人相助。Shirley杨和幺妹儿都拔出峨眉刺，从嵌在墙壁里的灯盏中刮取腐油，涂抹到椁星殿的墓门上。

孙九爷好一通忙活，见墓门封得差不多了，墓砖上又刻着镇符咒文，不用再担心它们穿墙进来，这才松了口气。又多刮了一点枯土般的腐油，装在水壶里准备对付封师古。他见我和胖子始终袖手旁观，便不满地说："你们两个是不是还不信任我？《观山掘藏录》中记载着这类方术，不信你们自己去看。"

我见墓门外果然不再有什么动静，这才略微信服，但嘴上却说："信任就像是笔财富，可孙九爷你在我这里早已经透支了，而且还欠了一屁股债。"

孙九爷冷哼一声："虽说是我拖你们蹚了这趟浑水，可你们摸金校尉就敢说没有半点私心杂念吗？"

他这句话倒真是将我问住了，至少我和胖子除了想寻丹救人，也确实曾打过地仙村里珍异明器的主意。我并不想就此事纠缠下去，找什么借口没有意义，便对他说："现在大伙儿都是绑在一根绳上的蚂蚱，多说无益，咱们之间有什么过节，等收拾了地仙封师古再掰扯不迟。"孙教授点头道："算你识得大体，用人不疑，疑人不用，我的全部秘密早已和盘托出，你们再不相信我就不对了。地仙封师古所作所为神鬼难料，倒他的斗可要加倍提防才是。"

我知道话虽如此说，但我们这伙人势单力薄，又从何提防？棺材山地仙墓实在是棘手无比，层层裹住山体的九死惊陵甲、数以万计的棺材虫，以及玉窟中忽隐忽现的尸仙，随便哪一样都足以令人焦头烂额了。眼下众人连自保都难，至于扬言要收拾地仙封师古，恐怕也仅是我们一厢情愿的想法而已。

可当前所面临的处境是逆水行舟，不进则退，内在外在的种种因素，都迫使我们不得不前往椁星殿最深处，而且途中几乎不容喘息。众人只好强行压制住内心的彷徨，穿过狭长低矮的墓道，尽头处是一道圆拱形的耳门。里面是深陷在盘古脉山腹中的天然玉窟，潮气很浓，隐隐有股血臭扑鼻。有条极宽极长的古杉木化石台阶，白练般耸立在门后，望去犹如一道天梯，虽然在黑暗中看不到上方殿堂，但只看眼前的长阶规模，也知必定非同小可。

我对众人说，看这阵势，石梯最高处多半就是棂星殿了，提前把家伙都准备好，但谁也别轻举妄动，都听我号令行事。说罢从携行袋里掏出归墟古镜来，打了个十字襻，把铜镜当护心镜一般绑在胸前，剩余的一罐火油也开了封塞在包里。

胖子身上有连珠快弩和工兵铲，另外还有条用登山绳临时充当的捆尸索，其余三人也各自抄了器械在手，拔足登梯上行。在射灯的光束中，可以看到古杉石化后质地如玉，晶莹光润，纹理雄奇异常，被光线一照，好似冷月射目，银波翻滚。

胖子看得叹为观止，问我们说："咱这些年也算没少长见识了，进过不少大墓山陵，没想到在这儿才知道什么叫大开眼界。那封师古一个老地主头子能有几斤几两？造得出这么壮阔宏伟的棂星宝殿？单瞧这台阶，随便凿下来一块多半也能换台彩色电视机。"

我也觉惊叹不已，对胖子说："剑杉的化石在昆仑山里也有，可我最大也只见过巴掌大的树皮，可看棂星门规模不大，和座土地庙似的，与明代寻常王公贵胄的坟墓相差不多，怎么内殿却又如此壮丽？"

Shirley 杨说："这些上古化石表面锲刻了许多星鱼古篆，可能都是乌羊王时期的遗迹，并不是观山太保所造。"

这时孙九爷也发现了石阶上的古老符号，停下来看了几行，似乎看出了什么奥妙，连连点头，又爬上一步，去看另一层石阶表面的古篆。

我问他这上面刻的鬼画符是什么意思，莫非就是龙骨天书不成？孙九爷道："你成天就想着周天卦图，却是舍本逐末了。古代文字远远比卦数的秘密更深，咱们的文明历史得以代代相传，还不全是凭着老祖宗造出的这几个字？不论你是传经讲道，还是齐家治国平天下，哪样用不着它？以前总有领导指责我研究古文字的工作没有意义，真是鼠目寸光。"

我听得好不耐烦，也不看现在什么时候，还讲这些旧道学，正要催他赶快进殿盗墓，孙九爷却说："别急，这些古杉化石上的星鱼迹很不一般，确实是乌羊王时期的古老遗存，大概移山巫陵王的真面目就记载在其中了。"

孙九爷说古杉化石砌成的石阶应该在很久以前就有了，看古篆中记载的内容，似乎是埋在棺材山盘古神脉中的告祭碑。所谓的乌羊王，以及移山巫陵王，包括那乌羊王开山引河之事，都是后世流传于民间的古老传说，不可尽信。其实那个无头之王的真实身份，应该是巫楚文化中的一代大巫。巴蜀之地受巫楚文化影响极深，又自成一体，没有君王之称，大巫者也就相当于掌管军政大权的一国之主，周末蜀王开明氏正是其后裔。

盘古尸脉中的玉窟，正是巫邪、占星、丧葬等文化的发源之地，此地山形如尸、暗泉似血，是条独一无二的风水宝脉。可是棺材山里的地脉生气早在巫陵王时期便已枯死，只留下满山满谷的悬棺和玉璧，以及在玉窟中的告祭碑、祭葬殿等千年遗迹。

由于古杉化石堆积的告祭碑规模巨大，其中的星鱼古篆密不可数，孙教授也没办法一一辨认，只看了极小的一部分，加上先前所见所闻稍一揣摩，便得到了这些信息。可能观山太保封师古穷尽心血造了地仙村阴阳二宅，就是为了使这条神脉复苏，盘古脉玉窟中的古迹，也被他改筑成了脱胎换骨的椋星殿。孙九爷断言，如果再搜集更多线索，也许就能找出封师古化仙的秘密，因为他发现碑上祭山的密文中，反复提及了盘古脉中常有"灵物"在幽冥中出现，很可能正是封师古当初发现的尸仙。

但我们的光源有限，已经不能维持太久，古墓里又不是闲庭信步之地，哪里容得慢慢寻找，只好不再理会那令人眼花缭乱的古篆碑文，径直去长阶尽头寻找地仙棺椁。谁知到了高处，往上抬眼一看，出乎意料，众人心中又凉了多半截，谁都没有想到所谓的椋星殿会是这样，神仙也找不出他封师古藏在哪里了。

第五十二章
万分之一

在玉杉堆砌而成的天梯尽头，不是飞檐斗拱的冥殿，而是玉脉天然生就的四面墙壁，形如城阙，宛然一座大宫。壁间有个宫门，里面是一片片由灰褐色灵星岩构成的群葬墓室，规模应该与地仙村阴阳二宅相近。

近似房舍的灵星岩石柱群，是存在于棺材山地底的天然奇观，其形势高低起伏，参差错落，像是倒塌错乱的城中民居，被玉石城墙所拦，与外界隔绝，仅有一道门洞连接告祭碑，也许棂星殿的名称来源于此。

棂星殿地宫正处于尸形山肚腹内的玉髓岩层里，它是裹在盘古脉内部的一处巨大玉窟，恰似被掏空了的人体内藏有一具玉匣。这类灵星岩地貌多见于深山绝谷，有些像海岛上的玄武岩，中国江苏省六合县柱子山就与之十分相似。也许棺材峡在亿万年前经历过沧海桑田的巨变，才会在山腹中出现如此奇异壮观的岩层。

但据我所知，地下灵星岩层可以是海蚀形成，更有可能是经由风水地气剥蚀而生。这天地间本就有阴阳二气，自混沌中化为五行，五行之气在天为象，在地为行，鬼斧神工的造化奥妙之处令常人难以想象。

众人走进玉宫洞门，就近处粗略一看，只见其中俨然有街道房舍，灵星岩柱间的无数缝隙都被当作了一处处的天然墓室，几乎每个岩穴中都有一具尸体盘膝而坐，全是身着明时衣冠，男女老幼皆有，手中各自捧着一盏早已熄灭的油灯。

我们站在告祭碑的最高处，身上射灯和手电筒的照明范围最多见到眼前三十米的区域，仅在目中所及，便已有数十个岩穴墓室。远处星罗般的鬼火闪烁不定，以磷火出现的数量和规模推测，盘古尸脉中还不知会有多少这样的奇岩墓穴。

孙九爷接连看了几处墓室，不禁面露难色，对我们说："这片墓穴虽然在地底星罗棋布，按葬制却属于岩隙形悬葬墓室，而且里面的尸体没有棺椁装殓，根本不合常理。你们看死者怀中皆抱灯盏，应该是替亡灵在阴间引路用的，肯定是活殉坐化在此，还盼着地仙得道后把他们的灵魂从阴曹地府里勾回来，再借着自己藏在棺材山里尚未腐化的形骸成仙。"

Shirley 杨说："地仙封师古蛊惑了成千上万的人进山陪葬，这么一大片灵星岩犹如墓穴的森林，少说也有几万间墓室，排列得毫无规律，看起来都没有太大的区别，要是封师古藏身其中，谁能找得到他？"

孙九爷道："找不到也得找啊。血雾入地之时，封师古就会带着群仙出山，此事听起来虽然不可思议，可封师古是个不世出的奇人，他窥尽阴阳之理，洞穿鬼神之机，既然算定了死后还要入世度人，必定要酿出一场大祸来。"

我问孙九爷："封师古好歹是你封家先人，怎么你左一个祸害，右一个祸害，就认定了他成仙后专要害人？万一他跟耶稣似的那么有爱心，咱这趟岂不是白忙活了？"

孙九爷说："你小子别胡说，欺师灭祖的事谁愿意做？只因在中国古代度炼成仙的传说中，唯有尸仙最为可怕。寻常吞丹服药的愚男痴女多是鬼迷心窍，都是求得死后羽化尸解，那些人死了也只不过害死自己一个人。可尸仙是指人死之后，阴魂不散，尸身不朽，在冥冥之中度过数重劫数，一缕阴魂再次还尸成仙，造的是杀劫，死在他手中的人越多，他的道行就越深。这些度仙炼尸的邪法绝非正道，所以当年封师岐才为此与封师古反

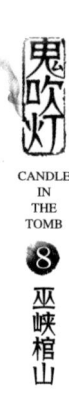

目成仇，留下这场几百年的积怨。"

除了幺妹儿对孙九爷的话格外信服之外，我们其余三人都对此不屑一顾。但话却是两说着，地仙墓椶星殿外的情形都是众人亲眼所见，至于那种能够在墙壁里穿梭游走的生物是什么，我们谁也说不清楚，天晓得封师古是不是真的掌握了什么秘密，可以让他死后凭尸还魂，万一真应了此人先前所言，将他放出山去，必定有无辜生灵遭害。

众人念及封师古奇思妙想的种种厉害，都觉得不论真假，得想办法将地仙找出来以绝后患，但要想在一时半刻之间，从成千上万个相似的墓穴里找出地仙封师古的尸体，却又谈何容易。

孙九爷催促我说："胡八一，你身具摸金秘术，在倒斗行里那可是一等一的绝学，你倒是快点想个法子出来。"可说完他又有隐忧，想那地仙封师古不仅精通奇门异术，更是深谋远虑，其心机之深，在几百年后都教人心底发怵。封师古留下的《观山指迷赋》，无非是想利用后人除掉尸仙的念头，将他们诳进棺材山，以生人的阳气引发血雾降下。封师岐这一脉的后人，几百年来搭上不少心血和人命，其实都是受了地仙的利用，也保不准众人一旦找到封师古的遗蜕尸骸，反倒会助其成事，万一酿成大错，后果必然不堪设想。

我对孙九爷说："这内外两面的理都让您给说了，我是没什么可说的了，反正已经进了地仙墓，现在后悔也来不及了。要我看咱们尽人事听天命，先想办法找出封师古的墓室来再理会，这时候就得拿出一条道走到黑的劲头来，别想太多了。"

其余几人均觉得我言之有理，如今棺材山已被九死惊陵甲困住，即便想逃也是插翅难飞，眼下只能凭着直觉行事。至于地仙村群仙最终的结果，会不会真如封师古所预计的一般重见天日，就只好交给老天爷来考虑了。

我们虽是决心豁出去了找出地仙，将其毁尸灭迹，可无数墓室排列得恰似满天星斗，要在高低错落的灵星岩中找出地仙墓室的所在，实在是难于上青天的勾当，完全无从下手。众人无计可施，只好走入岩穴丛中，逐步摸排，缓缓向着深处搜索。

第五十二章 万分之一

胖子自作聪明，对我说："老胡，我倒有一绝招，咱是一不做二不休，索性点把火，把灵星岩里的墓穴都烧了，封师古这老地主头子就算藏得再深，也躲不过咱的火攻，这可是在折的，叫作火烧连营。"

我摇头道："王司令我看你是以前聪明现在糊涂了。玉窟里的灵星岩层潮气极重，许多缝隙里都有血泉渗出，烧不起大火来，即便使用火油，也只能一次焚毁一处墓室里的尸体，想把眼前这上万间石室墓穴全部烧掉，除非是投掷凝固汽油弹。凝固汽油弹能把石头都烧着了，要烧毁棺材山也不是什么难事，可咱们眼下的装备还不如民兵，你就别他娘的异想天开了。"

这时地底忽然传来一阵颤动，仿佛是地动山摇，众人叫声不好，急忙翻身躲进身边的岩穴，只见连墓室中的尸体都跟着摇晃。这片灵星岩墓地应该是位于地仙村的下方，头顶上的玉层发出破碎的声音，如果随着方才这一阵地颤，玉窟与地仙村阴宅间出现裂缝，立刻就会有成群的棺材虫涌进来。

我抬头向上看去，却是黑茫茫的根本看不到什么，但仅听动静也知道要出大事。那阵颤动并不是地震，而是地底的九死惊陵甲将棺材山越缠越紧，只消再这么一两次地颤，盘古脉怕是要就此坍塌破碎了。眼看着是一波未平，一波又起，身前身后困厄重重，众人不免心中更是焦躁不安，就算找到地仙尸体，恐怕也逃脱不了死神的追逐，不是被活埋在千米高山之下，就是被惊陵甲吸尽血髓而亡。

等到地颤过后，Shirley杨到我身旁来说："这么找下去也不是办法，一来能源所剩有限，失去光源之后就得点蜡烛照明了。二来周围的惊陵甲随时可能穿破岩层钻进山里，留给咱们的时间应该不多了。你看这些灵星岩上都有古老的星宿星斗标记，说不定和天星排列之理有关，你懂得天星风水秘术，何不从此处入手，想个直捣黄龙的法子。"

我说不是我不着急，墓室的星符我也见到了，可咱们的照明范围有限，观天星又不同于寻地脉，看不到全貌就谈不上使用天星风水秘术来分金定穴，明知封师古有可能藏在星图"司斗"之位，却也对他束手无策。

其实还有个苦衷我没对她说明，天星风水秘术乃是分金定穴中最深奥

331

的一部分内容,我不过是一知半解,还远远未到通晓运用的程度。当初去新疆沙漠寻找精绝古城,不过是瞎猫撞上死耗子,并没有得天星风水秘术的精深之术,但这事我始终没好意思告诉Shirley杨。

孙九爷出主意说:"既然是大海捞针之举,还不如分头行事,大伙儿分头来找,说不定还能找得快一点。"

我微一沉吟,心想:孙九爷身上有尸变之兆,绝对不能让他离开我们的视线;给封师古陪葬的这些死者,死状极为诡异,说不定随时还会出现什么意想不到的情况;而且幺妹儿没有倒斗经验,还不能让她独当一面,众人一旦分散开来,在黑暗中难以呼应,就算找到地仙藏尸的墓室,恐怕也没办法应付,但聚拢起来又无法扩大搜索范围,这可如何是好?

这时我也不知是烟瘾发作,还是神经绷得太久了,脑子里就像一团糨糊,便想点根香烟来提提神,一摸口袋,碰到了挂在心口前的归墟古镜,心念一动:怎么就忘了此物?我顾不上掏烟了,赶紧摘下铜镜来,若想万里挑一找出地仙的墓室,非从归墟古镜上着手不可,这是个观盘辨局的古法。

我此刻来不及对众人多做解释,只让他们紧紧跟在我身后,当即就点了支鲛油蜡烛头托在镜上。古墓中阴气沉重,烛光也是阴郁不明,归墟古镜的背面有数百条铜匦,合着周天之数,那惨淡的烛光照在镜背,就见古镜中残存的龙气自青铜里浮动出现,铜质中氤氲的生气似有若无,仿佛是残阳下的一线冰屑,随时都可能消散殆尽。

这照烛问镜之术,是《十六字阴阳风水秘术》中近似传说的一个古法,由于海铜稀有,自古极少有人真正用过,这个办法并非卜卦占象,而是利用了占气之理,在地脉中分金定穴。一条龙脉并非处处皆吉,藏风聚水的金穴可能仅有一枚金币大小,而整条地脉的形势却发于其中,寻找这个金井玉穴,就是分金定穴的精髓。如果说"寻龙诀"所找的地脉是一条线或者一个面,分金定穴则是专为确定线和面之中的具体某一个点。

归墟卦镜中的龙气即将消散,时间极为宝贵,我一边观察镜背铜性变化,一边加快移动脚步。棺材山盘古脉中遍地都有星斗标记,说明此地暗合星理，按照地仙封师古的本事，必定将陵区内司斗掌曜的星主之地据为己有，作为死后的藏真之地。

我把那面归墟古镜当作占气的青铜罗盘，跟随着镜中烛影的变化，在灵星岩乱石堆砌的墓地中转了一阵，最后终于把目标锁定在一片峻峭的危岩之下。这时铜镜中的最后一丝海气终于耗尽，由南海龙火淬炼而成的铜镜，转眼间就成为一件失去灵魂的普通古物。

我心中怦怦乱跳，暗叫一声侥幸。面前这块灵星岩上有四间墓室，其中一个就是盘古脉中无穷尸气发源的所在，倘若地仙封师古真是窥尽鬼神之机的高人，他就一定会藏身于此等候炼尸成仙，于是众人各抄器械，当即就要进去搜索。

孙九爷见铜镜中海气已绝，脸色更为难看了，担忧地说："这回完了，先前还指望古镜镇尸辟邪，现在可倒好，归墟青铜完全失去了铜魂铜魄，也不知还能不能镇伏僵尸。"

我对此却并不在乎，心想：有道是舍不得孩子套不住狼。自打进入棺材峡以来，除了孙九爷这具"行尸走肉"以外，并没见到诈尸现象发生，而且要是真如他本人所言早已死去多时了，却为何在镜前毫无反应？如果孙九爷的话不假，恐怕就是归墟铜镜镇尸之说子虚乌有了，那样的话，将古镜留到最后也没意义，毕竟我身上还藏着一罐火油备用，只要地仙封师古还在墓中留有形骸，就不愁烧不掉他。

胖子也说："这孙老九，简直就是条可怜虫，大概是被几个世纪以来的仇恨和迷信思想逼疯了，等会儿得让你见识见识，前有张铁生交白卷上大学，今有胖爷和胡爷赤手空拳收拾地仙。别以为科学技术和学术头衔就能包办一切，咱爷们儿这一身胆略，可不是书本上学来的。"说完朝众人一招手，"凡是有头脑并带种的同志，就别愣着了，就跟胖爷上吧。"孙九爷拦着胖子对我们说："别急，还有件关键时刻能救命的法宝可用。听说过捆仙绳没有？"

第五十三章
捆仙绳

孙教授说盗发地仙的棺椁尸骸必须要做万全的打算，一旦归墟古镜不起作用，就要指望火油焚烧了，可是封师古的尸首万一真被尸仙附体，咱们这些人恐怕难以应付，所以要做好最坏的准备，如果带着捆仙绳就能多几分把握。

我知道摸金倒斗用的是捆尸索，也就是一根绳子，两头各有一个活套，一端拴在盗墓者的胸前，另一端套住棺中古尸颈上，然后将尸首拽得坐起，用双手摸明器扒殓服，倒它一个干净利落。

而捆仙绳则是绑缚行尸、飞僵的套索，也只是一根绳索，但有十六个活扣，收缩自如，抖将开来犹如天罗地网，即便是大罗金仙也躲不过去。可不懂绳技的人根本打不出捆仙绳的多重套扣，摸金行传到我们这辈，许多绝活都已失传了，所以我是仅闻其名而已。

孙九爷说："本来也没指望你会，我先前看幺妹儿这姑娘腰上系的鹿皮百宝囊，分有九结七扣，绝不是一般人会结的，便拿捆仙绳之事问她，蜂窝山里果然有这一门手艺，不过不叫捆仙绳，而是称为打销器儿绳。"

自古有"七十二行一百单八山"之说，在这些传统行业中，几乎各行的手艺人都有绝活，相互间也融会贯通，例如月亮门里玩古彩戏法移形换物的机关手段，就多半是来自蜂窝山。所以倒斗行里的捆仙绳即是从销器儿绳演化而来，也是一点都不奇怪。

自打入山以来经过了许多艰险磨难，我对幺妹儿的手艺逐渐信服了，当即收拢众人身上剩余的登山绳，交给幺妹儿结套索。孙九爷将水壶中漆黑腥臭的油膏涂在绳上，不论墓室中的封师古是诈尸还是化仙，瞅准机会将其缠住，他就插翅难逃了。

我虽然没有孙九爷那么严重的唯心论，但心里也很清楚，要在棺材山中与地仙相会，着实是凶险万分的举动，多留一手候着，就能多给自己留出一条生路，自是不能怠慢，见众人准备停当了，就潜身去查看那片灵星岩墓室。

只见这片岩壁上皆刻有晦、血、悬、亡等诸般妖星，其实天上本来没有这些妖异星宿，仅仅是存在于古天星风水术中的传说。据说妖星当头，其芒能掩月光，专主尸山血海之兆。这些不祥的古老星象石刻，使得本就格外阴森沉寂的墓穴之城，更加令人心底发毛，隐隐觉得眼下之事万难对付。

通过解读告祭碑和翻阅地仙所留手迹，我们已经可以断定，棺材峡在古时，占星一类的巫风极盛。这棺材山盘古脉本是巫邪祭死之地，玉城中是藏纳祭器之处，而封师古又把此山建为阴宅，利用风水秘术恢复了地脉灵气，妄图令消失了几千年的尸仙再次出现，度炼地仙村里的众死者成仙。盘古脉地底玉宫的椁星殿中，少说也有上万个墓穴，如果地仙推算成真，里面的僵人蜂拥出山，谁又能阻挡得住？我前后思量，如今唯有把生死置之度外，只有先把封师古的形骸毁去，再彻底破了棺材山中盘古尸脉的生气，才有可能挽回大局。

我们五个人在附近几处岩室中找了一阵，发现大部分墓室内都是一室一尸，也没有棺椁明器之物，死者手捧枯灯，脸上各罩有一副面具，面具上勾画着鼻、口、眉目，眼睛都是睁开的，在黑暗中用灯光照视，那些面具看起来格外古怪，但灵星岩墓室狭小低矮，都不像是地仙藏身之处。

Shirley 杨在一处不起眼的岩室中，发现死尸背后有条三角岩缝，用狼眼手电筒向里一照,深处似乎还有空间。我俯下身子钻过岩缝,经过几米长狭窄之处,便是一处灵星岩石室,有二十多平方米的样子,岩壁整齐,墙上绘有壁画,当中是一口嵌着绿松石的黄金棺椁,金光熠熠,形状诡异,倒像是西域异地之物。

我心想这多半就是主墓室了,便回头招呼其余几人钻进岩室。胖子进来用射灯来回一照,眼光落在了黄金椁上,惊叹声中忍不住就要上前动手,孙九爷挡住他说:"别急,吸取点教训吧,先看清楚了,免得再次坠入地仙布置的陷阱。"

众人蹲在墓室角落中,谨慎打量着墓中情形。我这回绕室而行,看得更仔细些了,却越看越是奇怪。只见墓墙上所绘壁画竟是一片片桃林,枝繁叶茂,硕果累累,桃红叶绿间云雾缭绕。壁画用色浓重鲜艳,在近处一看,几乎有身临其境之感,只觉身前身后全是桃林。

而那口黄金铸造的棺椁,置于花团锦簇的桃林壁画环绕之中,除了底部看不见外,其余几面各铸着许多形状奇特的人物、鱼兽,眼目都嵌以绿松石,隐然有片妖异的气息,浮动在寂静阴冷的空气中。

石室后方另有两间较小的墓室,其中之一与入葬的洞口相连,内嵌一道玉坊,雕着凤、麟、龙、龟,辨别上面的字迹,正是"棂星殿地仙墓"六字;另一间却被一道石门挡住,估计里面应该是个陪葬洞,只不过在外边还无法判断地仙陪葬洞中藏纳的明器究竟都是些什么东西。

我见墓室中布局奇异,以前从没见过,与事先设想的地仙墓完全不同,不免怀疑黄金椁中是否装纳着封师古的遗蜕。胖子也大感不解:"怎么觉得像是到了种桃树的农场?难道这老地主祖上是卖桃发的家?也就这口棺椁真材实料,还像点样子。"

Shirley 杨说墓室壁画中画的桃林间祥云缥缈,远处还有亭台楼阁,倒像是天上的景象,也可能是处避世的桃花源。

孙教授对她说:"真让你说到点子上了,壁画中确实描绘的不是凡间。据说封师古生前做梦都想当神仙,墓室中绘满了桃林,是暗讽自己曾是当年会中人。看这里的布置,地仙肯定就在黄金棺材里了。"

幺妹儿问孙九爷道："啥子是当年会中人？地仙开的是啥子会哟？"还不等孙教授回答，胖子就不懂装懂道："反正肯定不是人民代表大会，估计是地主头子代表大会，会上商议的章程都是怎么剥削劳苦大众的。"

我刚才听了孙九爷的话，已然明白了他的意思。古时候那些迷信求仙得道的人，都认为自己前世曾经参与过西王母的蟠桃会，能参与此会的都是神仙，所以许多江湖术士和丹客，都称自己曾是当年蟠桃会中的仙人，封师古的墓室中如此布置，俨然自居真仙之意。

孙九爷没去理睬胖子，问我："既已找到了地仙的墓室棺椁，该怎么动手就看你的安排了。"

我看看他们四人的神色，知道众人一是疲惫压抑，二是绝望紧张，只有我和胖子身上多少还有点唯恐天下不乱的兴奋，但到了最后这节骨眼，务必要抖擞精神撑住，便对大伙儿说："同志们，棺材山现在是个什么状况大伙儿都很清楚，我就不多说了，至于打开地仙黄金棺椁能否平安无事，这种可怜的念头，我看趁早扔进太平洋里去好了。别忘了置之死地才能后生，只要咱们沉住气，充分运用摸金行里的手艺升棺发材，就没有咱倒不了的斗。"

棺材山地底的震动时有时无，却是一阵比一阵剧烈，为了避免夜长梦多，我们立刻着手准备开棺。我先取出一截蜡烛来，让孙九爷到墓室东南角点起来。之所以让孙九爷做这件事，是因为我总觉得他身上有尸变的迹象，最奇怪的是，摸金校尉占测吉凶的烛火命灯，对孙九爷并没有任何反应，这就说明他是人非鬼，但活人身上绝不可能出现尸虫啃噬的痕迹，自打进入乌羊王地宫开始，我似乎也感觉不到他身上有活人的气息存在了。这件事的真相和后果虽然尚未显露，潜在的威胁却远远超过了黄金棺椁中的地仙，不能不防。

孙九爷依言点了蜡烛，烛光映在他的脸上，他的脸色简直就如死尸般灰暗，眼中神采格外混浊，看得我心里直冒凉气。可先前他又是赌咒又是发誓，咬定了自己也不知道自己身上发生了什么，幸好他在进入棺材山炮神庙以来，所作所为都还在情理之中，看起来把能交代的也都交代了，拿他的话来说，我们五个人的命都绑在了一处，离了他未必还能有机会逃出地仙村，众人虽然都发觉这个人变得越来越可怕，但最后还是忍了下来。

地仙墓是棺材山盘古脉生气发源之地，蜡烛燃烧起来不见丝毫异状，我对Shirley杨使了个眼色，让她带幺妹儿向后退开，确保住墓室的出口，最重要的是在我们身后仔细观察孙九爷的一举一动，可别让我和胖子开棺时遭了他的黑手。

随后我和胖子、孙九爷三人凑到黄金棺椁前，仔细寻找下手之处。盗墓过程中，开棺摸金历来都是最凶险的环节，所以就连胖子也格外小心。原拟要找到金椁缝隙，用工兵铲撬开椁盖，不料三人找了一圈，发现地仙的黄金椁四周竟然没有缝隙，而是在椁顶上有两扇镂空的椁门，无锁无钉，一伸手就能打开，不费吹灰之力。

先前虽已考虑到了地仙封师古的墓穴与其他的著名陵墓迥然不同，但见墓主棺椁形同虚设，仍是不免感到意外。我没敢轻举妄动直接揭开椁门，而是先爬上黄金椁，用射灯透过镂空处向里面看了几眼，发现里面有些暗绿色的微弱反光，但隔着厚重的黄金椁盖，根本看不出来里面是另一层套椁还是什么，只闻到一股高度腐烂的尸臭从中传出。

胖子见了偌大一口金椁，满心都是感慨，恨不得把整个棺材直接空运回去，在旁边不住抚摸着黄金棺椁。他迫不及待地问我："老胡，棺材里面是什么样的？"孙九爷也问："地仙在不在棺材里？"

我不屑地说："什么地仙，跟臭奶酪一个味道，估计已经烂得差不多了。看来咱们先前多虑了，封师古这老粽子腐烂到这个地步，大概连诈尸都诈不动了。"

孙九爷说："他的尸体要是高度腐烂了，就肯定无法度炼成尸仙了，但是别大意，赶紧把火油拿出来吧。"

我还指望着里面的僵尸肚子里有金丹，虽然从种种迹象上看来，这个希望已经很渺茫了，可我仍不想直接放火，只拿出火油罐子交给胖子，让他等我发出明确的信号，再动手焚毁地仙尸骸。

胖子大包大揽地说："放火这事你尽管放心，咱们先赶紧揭开椁盖，看看里边有什么稀罕的东西没有……"

这话刚说一半，就听棺椁里忽然发出一阵古怪的声响，似乎有个沉重的躯体在其中挣扎着蠕动，我急忙一翻身滚下黄金椁，孙九爷和胖子也各自退开了两步，我向身后看了看，墓室后部的 Shirley 杨和幺妹儿也都听见了动静，Shirley 杨担心我有闪失，便抬手把金刚伞朝我扔了过来。

我伸手抄住金刚伞，心想莫非椁中腐尸在动？又见墓室墙角的蜡烛仍在燃烧，似乎附近空气中那股浓烈的尸臭对其没有影响。有火苗就说明有氧气，而且墓中暂无危险，于是对孙九爷和胖子打了个手势，三人戴上手套，再次摸到黄金椁前，用工兵铲将椁门微微挑开一条缝隙。

我感觉到椁中确实有某种东西在动，门盖里像是被什么东西揪住了，无法彻底向外打开。在地仙墓室这种鬼地方，我不敢有丝毫大意，立刻告诉胖子准备家伙，先向棺椁里射它几箭再说。没等看清黄金椁中究竟有些什么，他便张开连珠快弩的机匣，对准缝隙里射了一通乱弩。

蜂窝弩匣中剩余的几十枚箭矢，一瞬间就被倾射进了棺椁，胖子顺手扔掉空弩叫道："肯定射成刺猬了，赶紧开棺看看。"

我知道蜂窝山里的弩机非常强劲，不论棺椁里有什么皮糙肉厚之物，也招架不住这阵乱箭，当即就扳住椁顶上门盖缝隙，想一举揭棺见尸。谁知两扇被向外撬开的门盖，只开了不足一拳宽的缝隙，便再也无法开启，里面像被什么东西死死揪住了，而且力量很大。

站在一旁的孙九爷和胖子也帮我去揭黄金椁盖，不想合三人之力仍然搬不动分毫，两扇门盖开启的间隙反倒是越来越小，逐渐重新闭合起来。我急忙把金刚伞戳入其中，以免黄金椁彻底封闭。

我心中大奇，正想从椁盖的缝隙处看看里面究竟有什么，这时却听 Shirley 杨叫道："老胡，你快看蜡烛！"我抬头一看东南角的蜡烛，不知从什么时候开始，烛火苗变作了一团绿幽幽冷森森的鬼火，烛影恍惚虚实不定，将墓墙壁画上的仙境映得犹如冥府一般。孙九爷吓得魂不附体，险些瘫软在地，惊道："不好了，封师古真成尸仙了！"

第五十四章
焚烧

孙九爷惊声叫道："千万不能让尸仙逃出棺材山，快放火！"在那一瞬间，我见孙九爷的脸在烛光中青筋突出，血管迸现，里面却毫无血色，除了没长出僵尸霉变而生的尸毛，那分明就是一副行尸般狰狞的面孔。

但与在地仙村民宅中的情形如出一辙，眨眼的工夫，孙九爷脸上出现的浓重尸气再次突然隐去，随即恢复了他死灰般的容颜。

我见墓室中阴风飒然，鬼火似的烛影虚实不定，一切的征兆都预示着黄金棺椁中不是闹鬼就是要有尸变发生，也无暇再把注意力放到孙九爷身上，一边抓住工兵铲用力撬动椁盖，一边让胖子快往里面泼洒火油焚尸，趁着局面还能控制，赶紧烧掉封师古的形骸。

我闻得尸臭扑鼻，心想高度腐烂的尸体里不会有内丹，开棺睹尸毫无意义，便竭力扳动金刚伞撬开椁盖上方的缝隙，并招呼胖子赶紧动手纵火。

胖子还算临危不乱，立刻掏出装着火油的铁罐，就想将燃料挤入棺椁，因为密封的铁罐形状是扁平长方，前边有个细小的油嘴，需要通过挤压，才会使油嘴中流出燃料，急切间不免使人觉得速度缓慢。

胖子心里着急起来，恨不得将整罐燃料直接泼洒进去，谁承想忙中出错，动作幅度大了些，那铁罐竟从他手中滑落，顺着椁盖的缝隙，直接掉进了黄金椁中。

我和孙九爷齐叫一声"糟糕"，这罐子燃料是最后的撒手锏，就此失落在棺椁中如何得了？我当时就想把手伸进椁盖的缝隙中去掏，但工兵铲撑开的缝隙太窄，胳膊已经伸不进去了。

这时孙九爷在黄金椁旁将我向后拽开，三人退开几步，背后顶在了墓墙上，此刻黄金椁中悄然无声，墓室中除了众人粗重的喘息声以外，就只有绿幽幽的烛光兀自晃动不定。

我不知孙九爷为什么将我从棺椁前拽开，正想问他，却听地底一阵金属锉动震颤之声，震得人手脚微微发麻，孙九爷两眼紧紧瞪着黄金椁说："用不着开棺，你看灵星岩构成的墙壁中血气已现，尸仙马上就要出来了。"

地仙封师古在《观山掘藏录》中，曾写明血雾入地之时，便是群仙出山之际。棺材山盘古脉的生气已消失了千年，观山太保建造地仙村阴阳二宅，正是为了恢复尸脉生气。封师古当年在山里挖出了一具早已腐化的尸仙，他死后带着尸仙葬在墓中，并推算在棺材山地气恢复的时候，他自己就能化为真仙，带着数万门徒从古墓里破棺而出。

所谓血雾是指埋在棺材山周围的九死惊陵甲，这种由铜蚀变异而生的植物，铜甲铜刺中带有极重的血腥气，将地仙村古墓与外界彻底隔绝。如今惊陵甲已失去控制，在地底紧紧迫入棺材山，眼看随时都能将整个盘古脉彻底绞碎，丝丝缕缕的血气已渗入了椁星殿地仙墓，墓室中点燃的蜡烛受其影响，才变得犹如鬼火一般。

但封师古既然是个不世出的奇人，通晓阴阳五行的推算之道，为什么生前会认定九死惊陵甲入山的时候，墓里的无数死尸就定会出山？难道此人就没考虑到惊陵甲一动，整个棺材山都会粉身碎骨，覆巢之下，焉有完卵？棺材山完了，里面的古墓和古尸也要跟着一同报销，而且盘古脉深陷地底，上头压着千仞高山，又怎么可能有群仙出山之说？

地仙村里的群尸真能离开地底逃出山外，那除非这世上真有神仙，反正我是绝不肯信的。见孙九爷心灰意冷，先前那股开棺毁尸的劲头都没了，我不由得心头动火，对他说："地仙村里的事本来与我们毫不相干，九爷你把我们牵扯进来，怎么反倒自己先撂挑子不干了？"

胖子说道："既然看见了棺材，就没有不开棺捞它一票的道理，孙九爷你不想干我们也不拦着你，别碍手碍脚的就行，现在分帮散伙可也不晚。"

只有守在墓墙裂口处的 Shirley 杨，似乎还能体谅孙九爷的苦衷，她对我说："老胡，孙教授不像是畏首畏尾的人，他大概是担心封师古的推算都是真的。"

孙九爷缓缓地点了点头，沮丧地对众人说道："我封家出了家门败类，多少代人舍掉了身家性命，就是想铲除地仙封师古这个祸害。但自打咱们进了棺材山，我越来越觉得咱们的一举一动，无不被封师古料中，惊陵甲的血气已渗入墓室，黄金棺椁中的封师古，肯定已经成了真仙，无论咱们再做什么也都晚了。"

幺妹儿被孙九爷的话吓得不轻，心下也是有些发怵，对我说道："师兄，听我干爷讲，那尸仙在深山老林里是真有的，只要它一出山，附近的老百姓都要死翘翘。"

我说："我就不信邪，没有什么事情是命中注定的，死了几百年的僵尸怎么成仙？现在都什么年代了，还妄想度仙炼丹？退一万步而言，即使这种原始迷信的东西以前真有，如今也绝不可能再出现了，因为历史的车轮是转不回去的，任何企图开倒车的人，都必将被历史的巨轮碾得粉碎。"

胖子一拍屁股说道："尸仙要是真能从棺材山里爬出来，胖爷我或许乐意跟他分享一下山姆大叔那句不朽的伟大格言——无知是迷信之母。"

我不禁惊叹王胖子的水平可比以前高多了，却没想到他是想起来什么顺嘴就溜，鬼知道是从哪里胡乱听来这么一耳朵，倒把巴尔扎克大叔记成山姆大叔了。

我看墓中血雾逐渐多了，也顾不上再问胖子怎么最近学问见长，要开棺毁尸后再逃出棺材山，就得趁现在动手，眼下一切的顾虑都应抛到脑后。正所谓"打得一拳开，免得百拳来"，关键时刻不动真格的是不行了，于是招呼众人一起上前动手，必须揭开椁盖，把掉在里面的火油罐子拿出来，才能焚化尸体。

众人来到椁前，合力将那金龛般的棺椁向外撬动，这回连吃奶的力气都使上了，猛听"咔嚓"一声，椁盖从中分开，与此同时，只见眼前青光一晃，就有具尸体从棺椁中坐了起来。这具尸体身材高大，要站起来估计比胖子还高两头，全身披挂龙纹玉匣，也就是俗称的金缕玉衣，一身玉甲把周身上下裹得严严实实，那金丝玉匣结构精妙，手指关节处用细小玉片相连，屈伸自如。

玉匣古尸似乎是下葬时在椁内双臂拽着盖子，而且椁中没有盖紧，一揭椁盖，腐而不僵的尸身受到牵扯，就跟着从黄金椁里坐了起来。

众人围在椁前，几盏战术射灯的光束，一齐照在身披玉甲的尸身上，光束晃动中，就见那尸身上钉满了乱箭，都是刚才开棺时被连珠弩所射。而肢体中箭的位置则有血水流出，头部中箭处玉片崩落，却露出里面的黄金，似乎是在尸体腔子上嵌了一颗纯金头颅。

众人皆是一怔：棺椁里的不是地仙封师古，而是有身无首的巫邪大祭司，也就是传说中被描述成开河黑猪的乌羊王？据说乌羊王死后就曾化为尸仙，在《棺山遇仙图》中它已被封师古分尸了，为什么会出现在地仙墓中？

我发现那具遍体披挂的乌羊王古尸，在全身玉甲中渗出腥臭浓重的尸气，古尸手指的指甲又长又弯，已穿过了玉衣手甲的接缝突出在外面，死而如生，这是尸变的征兆。我忙问孙九爷："这是封师古还是乌羊王？"

孙九爷目瞪口呆，话也说不出来。我用余光一瞥墓室东南角的蜡烛，鬼火般青绿色的光芒惨淡微弱，灯意将断，随时都可能熄灭，心知乌羊王古尸绝不寻常，说不定就能暴起扑人，赶紧对幺妹儿叫道："快放绳索套住尸体！"

幺妹儿听到招呼，急忙抬手撒开捆仙绳，数层绳套恰似天罗地网，兜头将乌羊王捆个正着，向后一拽索子，早把古尸缠成了一团粽子。

我和胖子一同帮手，三人用力扯动绳索，将乌羊王那沉重异常的尸体从棺椁中拽了出来，用力拖到墓室地面上。这么一拖一撞，古尸所套的玉甲缝隙中，便有一层黑雾冒出，玉匣头部露出的黄金，在黑雾和晃动的光束下，显得好似目光如炬，那情形极是骇人。

我深知纵虎容易缚虎难，这时候绝不能犹豫手软，就对 Shirley 杨一招手，不用多说，她就领会了我的意思，俯身从金椁中拿出火油罐子，赶过来将燃料泼在乌羊王的古尸上，一旁的孙九爷哆哆嗦嗦地划着火柴，伸手点燃了火头。

火焰"呼"的一下升腾起来，烈火顿时将身披玉甲的乌羊王团团裹住，压缩的火油威势不小，烧起来一时半会儿也不会熄灭，至此，我心中一块石头总算落了地，管你什么僵人行尸，也必遇火而焚，烧成灰烬。回头看看墓床上的金椁，里面除了一些散落的玉片和弩箭之外，再没别的东西，再底下就是墓床了。地仙的墓室规模有限，封师古不可能葬在别的地方，但他的尸体为什么变成了乌羊王？此事确实令人费解，棂星殿中的地仙墓室中再没有第二具尸体，所以只有一种可能，这具黄金头颅的尸体就是地仙封师古。

我盼着地仙墓里的事情尽早了结，估计封师古是想按乌羊王化仙之术效法施为，结果把自己弄成了这般模样。生前那套度炼尸仙的非分之想，转眼将要被熊熊燃烧的火焰化为灰烬，那厮也只能追求"在烈火中永生"了。

众人被火势所迫，都退向墓室一角，胖子还惦记着等火焰熄灭了，去取那颗纯金的头颅。那玩意儿总比黄金棺椁容易搬动，这回进山费了不少劲，不带点真东西回家当"纪念品"说不过去。

我却没心思再动地仙墓里的明器，眼见烈火已将尸体吞没了，便开始思量着如何逃出棺材山。想从九死惊陵甲和棺材虫的重重围困中脱身，机会十分渺茫，但也并非没有任何生机，于是就对孙九爷等人说："地仙很快就化成灰了，咱是不是合计一下怎么找个出口离开此地？"

孙九爷似乎不敢相信封师古的形骸就这么轻易毁了，问："这就完了？"

我说："这幸亏是我见机得快，真要尸变了，单凭捆仙绳未必缠得住它。咱这把火虽然比不上火葬场的焚尸炉，也可以算一颗小型凝固汽油弹了，地仙封师古只不过一具腐而未僵的尸体，又不是铜头铁骨的金刚罗汉，估计烧完了最多剩下点骨头渣子。

第五十四章 焚烧

地底的震颤一阵紧似一阵，像是催命符般地逼着众人迅速离开。Shirley 杨说："是非之地不宜久留，趁着惊陵甲还未毁掉整座棺材山，还是赶紧离开棂星殿这座鬼域才好。"

我点头答应，对两眼发直的胖子说："你这回有点出息行不行，留得青山在，不怕没柴烧，就别再惦记那块金疙瘩了，赶紧跟我撤……"话音未落，孙九爷突然一拍我的肩膀："你快看墓室里的那支蜡烛！"

众人闻言，都把目光投向了墓室的东南角落，只见蜡烛灯竟忽然断绝，唯有残存的一缕青烟升到半空，随即缥缥缈缈地消散无踪。古人以八个奇门表示八个方位，东南方是危机出现的方位，命灯熄灭，暗示着真正的塌天大祸已经近在眼前。

我心里寒了一寒，还勉强安慰自己，蜡烛熄灭是因为墓中血气浓重，加上烈火升腾，氧气含量自然有所降低，这会儿觉得连呼吸都不畅快了，所以蜡烛灭掉也没什么大不了的。

但事到临头，哪儿容得我们一厢情愿。看起火之处的情形，好像是火焰使尸体烧焦的筋骨收缩，那具正在烈火中焚烧的尸体，突然坐了起来，但熊熊燃烧的大火竟似对它毫发无损，只有玉匣中穿连的金丝受热熔化，双层玉甲纷纷剥落，随着尸身头部的玉匣脱离散落，有一颗面目狰狞的黄金头颅在火光中浮现出来。

第五十五章
怪物

金缕玉衣是秦汉之时的古物，按贵族身份不同，可有金缕、银缕、铜缕之分。汉代以后的陵寝墓葬中大都不再使用，不知观山太保是从哪座汉墓中掘出此物，竟然耐得住水火。玉匣甲片虽未损毁，但火焰使金丝断裂，整件龙纹玉匣犹如怪蟒蜕皮抖鳞般，从头至脚脱落下来，这才将玉匣包裹下的尸首逐渐显露出来。

众人被火焰中不可思议的情形所慑，心中惊骇之意不可名状，一时怔在了当场。只见在压缩燃料引发的大片烈火中，那具古尸满身披挂的玉甲纷纷剥落，最先脱甲而出的，是一颗纯金打造的黄金头颅。金头脸部怪面獠牙被那火光一映，凹陷的眼眶中，就好似有暗红色的血光闪动。

随着玉衣散落剥离，尸体头颅以下的躯干，也开始暴露在火中。我本还奇怪为什么封师古的尸身如此高大魁梧，与他的后人孙九爷差得太多了，难道真是"黄鼠狼下耗子——一窝不如一窝了"？但看到此时，心下恍然醒悟，这具古尸绝不是地仙，而是几千年前埋葬在盘古脉头部的乌羊王。

原来这具古尸在玉匣中并未穿着殓袍，而是赤身裸体，满身皮肉肿胀，已有腐烂败坏之状，但借着火光，依然可以看到尸体上的条条血痕，似乎惨遭碎尸后又被重新缝合了。我心说："麻烦了，如今火油已经用光了，却不承想只烧了个替死鬼，既然地仙封师古不在椁星般的墓室里，他又能藏在哪里？"

正当我惊异莫名之际，Shirley 杨已看出了一些端倪，低声说："金椁中不应该没有棺材，这玉匣和乌羊王的尸体就是地仙的两层套棺。"

Shirley 杨刚刚一语点破机关，结果便已应验，只见乌羊王的尸体渐渐熔化，那颗金头颅也掉在了火中，果然仅是一具皮囊，里面都已经掏挖空了，但不知为什么皮肉中仍有血水。玉匣和尸囊相继脱落，从乌羊王的皮肉中，露出一张黑发黑须的男子面孔。

藏在乌羊王皮肉棺中的男尸，虽然早已死了几百年，但须眉如生，面容间的英风锐气凝而未散，头上束着玉冠，身着黑袍，手托拂尘，隐然有出尘的神仙姿态，可尸身脸上笼着一层阴沉异常的尸气，说明它绝非仙家，而是一具死而不化的僵尸。

我身旁的孙九爷目眦欲裂："这就是地仙……封师古！"他虽然满腔怒火，但言语中流露的恐惧之意更重，接下来会发生什么几乎不敢想象，显然是观山太保的最后一任首领，死后在封氏族人心中依然余威不减，只怕封师古现身出来，棺材山地仙村里便会有大祸发生。

我见孙九爷胆寒心战，就想告诉他说："乌羊王的皮囊都已烧化，那封师古不消片刻也成灰了，还有什么好担心的？"

谁知接下来发生的事情，让我空张着嘴说不出半个字来。地仙的尸首刚一出现，墓室中的尸气就忽然加重，火势随即转弱，浓烈的腐臭呛得人几乎窒息晕倒。

众人急忙戴上防毒面具，隔着面具上的观察窗向外看，火焰燃烧的势头已经降低到了极限，地仙死而不化的尸身在火中毫发无损。若说封师古身穿的黑袍，和摸金校尉当年使用的风云裹相似，同样能隔水火，那也就罢了，可奇怪的是封师古须眉在火中都未损毁。我心里暗暗吃惊，世界观都有几分动摇了，心说：莫非此人已经成真仙，竟然超越了一切物理规律，修炼得水火不侵了？如此一来，想销毁封师古的形骸可就难于上青天了，说不定我们这队人马，到头来都得被尸仙度化了，留在地底做它的陪葬品。

按照古代人的观点，异于常理则为妖，依这种说法，世上有妖就有仙，其间只不过一层窗户纸的距离，进一步为仙，退一步为妖。我当初在内蒙古草原尽头的百眼窟中，遇到两只会读心术的老黄皮子，险些被害去性命。它们应该就是日久成精的妖物了，但黄皮子异于常理之处，只不过是活得年头久了能通人心而已，却不是水火不侵的不死之身，虽然也是狡猾精灵至极的东西，最后还不是被我和胖子都结果掉了。

这些年来我四处摸金倒斗，也觉得事物存在的年头太久，确实会有些灵异显现出来，但我决不相信真有什么仙家，也许古代丹火之术是确实有的，可几千年来谁真正见过羽化飞升之事？自打秦晋之际，世上开始有人炼制五石散、寒食散等各种丹药，不知多少聪明的人为此送了性命。

我先前见封师古竟然在烈火中不损分毫，本来有些吃惊，但心中暗暗发起狠来，倘若老天爷有眼，就算世上真有什么仙家，也不该让观山太保这伙鬼迷心窍的人做了，既然火油的燃烧焚化不掉这具僵尸，那就给它来个乱刃分尸。这些念头在脑中一闪，便抄起了工兵铲在手，对身后众人把手一招，就趋身上前，打算拿工兵铲的铲刃当作刀锯，把地仙封师古大卸八块。

我绕过黄金棺椁，走近火堆，火势遭尸气压制，比先前弱了许多，地仙的尸体坐在火中一动不动。我到了近处，碍于墓室低矮，就挥起工兵铲横扫过去，铲背迎头拍到地仙脸上，不承想落了一空。

原来就在我挥动铲子的同时，古墓里地动山摇，墓室地面突然开裂塌陷，地仙封师古连同满地的火焰，一同落了下去。若不是 Shirley 杨眼明手快将我一把拽住，我用力过猛，收不住架势，非得跟着一起陷下去不可。

这时地面下陷非常严重，墓室底部像是裂开了一张黑洞洞的怪嘴，我们身后的黄金棺椁受到地陷的牵连，也跌跌撞撞地滑入了地洞中。我闪身躲开黄金椁，知道这是地底的九死惊陵甲快要绞碎山体了，心想难道地仙封师古竟然就此被惊陵甲碎尸万段了不成？

我顾不上九死惊陵甲随时都可能穿破墓室，趁着地洞里火光未灭，急忙俯下身向里面张望,只见地仙墓室下方是深厚的玉髓层和岩石,但地层裂开了一条深不见底的大口子,当中全是一丛丛荆棘须般的青铜血蚀,铜刺之密犹如无数海葵触须,每一根铜蚀都布满了尖锐锋利的倒刺。

燃烧着的火油随着墓砖落到惊陵铜甲上,兀自烧个不休,借着火光可以看到,地仙封师古也落在距离地面不远之处,尸体已被数十条铜甲钉住,其中一根树茎般的铜刺,约有人指粗细,自封师古脑后贯入,又从前额刺穿了出来。

九死惊陵甲是由夏、商、周时期的古老青铜器所化,属于护陵的陪葬器物,由于早已绝迹了千年,所以我对它的了解非常有限。只知道好像是在铜器中杀死奴隶,铜器里混以九死还魂草的根茎,以及碎尸的血肉、泥土,埋藏在陵区附近若干年,便可以生成一种存活在地下的吸血植物,根须茂盛,锋利无比,习性抱阴趋阳,可以环绕着陵区不断繁殖增生,遇活物便绞杀饮血。夏、商、周的古青铜器非常罕见,因此有惊陵甲陪葬的大型墓葬并不多见。

此刻是我这辈子第一次见到地底的九死惊陵甲,但这情形恐怕到死也忘不掉。铜蚀所化的血甲,受其根茎所限,一时之间还难以钻入古墓,可火光里密密层层的铜刺看得人头皮子一阵阵发麻,地仙封师古被几根铜须戳住,全身血流如注,顷刻间,尸体便被吸尽了血髓,只剩一具空壳。

这一幕被我们看了个清清楚楚,凭你心狠手辣,亲眼看到地仙被铜刺吸净鲜血的情形,也不禁凛然生惧。幺妹儿不敢再看,后退了两步倒坐在地上。

我见封师古身体中竟有鲜血,与活人没什么两样,才知《棺山遇仙图》中描绘的场面不假,却想不明白他是如何做到的。只不过此人自称神机妙算,妄想死后成仙出山,但他即便真是神仙,恐怕也料不到会落得如此下场。如今大事已了,接下来我们就得赶紧想法子逃出棺材山了,否则都得和封师古一样被惊陵甲戳成筛子。

眼看灵星岩下出现的裂缝越来越多,像是冰裂般向四周蔓延,容不得再有迟疑,我便揪住趴在地上抻着脖子向下窥望的孙九爷,想尽快逃离地

349

仙墓室，但我的手刚抓住他的胳膊，却发现布满铜蚀的地底深渊里，发生了更加恐怖的事情。

封师古那具被铜甲刺穿并且抽尽了血髓的尸体，头部竟然缓缓抬起，铜甲上的倒刺将死尸的头颅连骨头带肉扯落一块，额前黑糊糊露出一个窟窿，只见地仙双目睁开，两只眼睛却像两个黑洞，忽然脑袋后仰，嘴越张越大，已远远超过了正常的幅度，两排牙齿间几乎分离开了一百八十度。

此时落在九死惊陵甲上的火焰即将烧尽，墓室下的裂缝已逐渐陷入漆黑，最后残存的一抹火光中，正有一团模糊不清，好像满身绒毛的黑影，挣扎着从地仙封师古嘴中向外爬出，随即火光熄灭，再也看不到地底下的事物了。

众人几乎惊得呆住了，但地层开裂处逐渐增多，再留在墓室中的话，顷刻就会随着塌方陷落下去。我已顾不上再去多想，拽住已经魂不附体的孙九爷向后猛拖，Shirley 杨也将幺妹儿从地上扯了起来，众人互相打个手势，由胖子带头，迅速退向地层尚未破裂坍塌的地方。

这时来路早已塌陷了，墓墙处处开裂，入葬的墓道中也陷落了好大一片。胖子情急之下，出死力过去猛撬陪葬洞的石门，所幸那是一道活门，也不算厚重坚固，竭尽全力之下，终于开启了一道缝隙，刚可容人通过。我见四周都是绝路，只好走一步看一步，就拽着孙教授，跟着胖子钻进了地仙墓的耳室。

一阵阵地震般的颤动不断传至体内，我急忙用后背倚住墙壁，把登山头盔上的战术射灯左右一照，见众人全部跟了进来，心中方才稍稍安稳，然后立刻打量四周。这座低矮狭窄的灵星岩石室，果然是放置明器的耳室，地面上堆积着一些书卷和珍宝，眼中所见满是珠光宝气，匆忙中也细辨不出那些明器都是些什么珍异之物，还混有梅花鹿、仙鹤等灵兽的尸骨，石室尘封已久，空气中杂质很多，还不能冒险就此摘掉防毒面具。

我借着昏暗的光束，发现耳室也开始破裂崩塌，尽头墓墙崩塌，露出一条狭窄的石阶，两端都不见尽头，有一侧斜刺里通向上方。棂星殿地仙墓位于盘古尸脉的腹腔中，无数天然形成的墓室分布得高低错落，相互间大多只是一墙一石之隔，此刻根本无法判断出台阶通向什么所在。只是见地底的九死惊陵甲已经撕裂了地层，明知惊陵甲如蚕茧般缠住棺材山，四面八方都是绝径，也不得不尽快向上撤退，尽量争取几乎不存在的生存希望。

我当即抬手一指，让众人别做停留，继续奔命蹿上前边的台阶甬道。这时我们已是强弩之末，腿脚酸麻难支。我和Shirley杨受过部队锻炼，而胖子则天生轴实，在兴安岭山区插队多年磨炼出的体质也不含糊，连我们都有些撑不住了，就别说孙九爷和幺妹儿两个了。众人相互间连拖带拽，黑暗中不知行了多久，好容易挨到了石阶尽头。甬道至此分出两个岔路，前边仍有空间，但石阶上方是个铁盖，像是连着一处密室。

山体四周那阵猛烈的震颤逐渐平息，这才得以停下来暂做喘息，并确认所处方向。对照《棺山相宅图》中的布局，发现这条暗道迂回曲折，竟然从棂星殿中穿出，又借棂星岩高处的地势，透过尸形山里的玉窟，最后连接着地仙村观山藏骨楼下的那座战国古墓。整条暗道中的石砖都刻着经文符咒，并埋有断虫秘药，不见棺材虫的踪影，似乎是仅为地仙村封师古一人随时进入墓室所设。

《棺山相宅图》中详细描绘着地仙村阴阳二宅，却没有画出棂星殿和这条暗道的情况，揭开铁盖见到上边墓室里汞气迷漫，伏虎青铜椁依旧沉睡在旁，这才知道自己位于何处——原来在古墓博物馆下边，还藏有这么一条暗道。

此时地仙村阴阳两层宅子，都爬满了被惊陵甲赶出来的棺材虫。那观山藏骨楼肯定是回不去了，下边的棂星殿又被惊陵甲所破，一时进退两难，只有继续顺着漆黑的暗道往深处走。我估计，这条暗道既然能通往地仙墓室，其重要程度自然是不言而喻，岔路的另外一端一定还连接着另一个非常隐秘的区域，既然鬼使神差地撞了进来，就没办法不去一探究竟。

众人疲于奔命，又都戴着防毒面具无法交谈，只是都好似惊弓之鸟，时时都回头去看身后，唯恐地仙封师古从后追了上来，谁也顾不上去猜测地仙村的暗道里藏有什么秘密，借着射灯和手电筒昏暗的光线，在漆黑阴森的暗道里走出数十步。

胖子像是脚底下绊到了什么东西，突然一个趔趄摔了个趴虎，这下摔得好不结实，险些把王胖子摔冒了泡，半天也没从地上爬起来。战术射灯在如此黑暗的环境中发挥不出太大作用，我也没看清地上有些什么，担心出现意外，急忙打手势让其余三人站住脚步别动。

我随后俯身将趴在地上的胖子扶了起来，二人伸手在地上一通乱摸，想看看暗道里究竟有些什么，是块砖头还是具尸体。最后我摸到圆滚滚的一件东西，约是人头大小，又冷又硬，将灯口对正了，光束晃动中凝神细看，竟是一个沉重硕大的铁坨子，铁球上连着一条极粗的铁链，我心里猛然一动：这分明像是一件禁锁囚的刑具，如此粗重，那一端锁的是人是兽？

第五十六章
在劫难逃

我随手拖拽那条沉重的铁链，想看看它到底连接着什么东西，但锁链又重又长，隔几米又是一个铁砣子，一扯之下，竟是没有拖动分毫。

这时 Shirley 杨在后面点了一支蜡烛，烛光将不见尽头的暗道照亮了一片，众人见蜡烛没有异状，纷纷摘下防毒面具，地底阴冷的空气，顿时让人头脑清醒了许多。

胖子摔得不轻，一屁股坐在墙根里，再也不想走动了，孙九爷和幺妹子也累得够呛，同样是上气不接下气，就地坐下连吁带喘。

我心想：这些人真是乌合之众，没半点倒斗摸金的模样，与那些胡同串子组成的西单纵队差不多，暗道里吉凶未卜，哪儿能说停就停？但看他们确实是体力透支过度了，也只好让大伙儿在此稍做喘息。

我问 Shirley 杨，九死惊陵甲已经撕开了棺材山底部的棂星殿，料来周围也都是这种情况，这座深埋地底的棺材山还能存在多久？

Shirley 杨说："我估计不出。惊陵铜甲随时都可能绞碎山体，到时必然玉石俱焚，这场毁灭性的灾难，也许下一秒钟就会发生，也许还要拖上一两个小时，但留给咱们的时间一定不会太多了。"

孙九爷似乎早将生死置之度外了，根本不关心如何逃出棺材山，忽然开口问我们："你们有没有看清楚，从地仙尸体里钻出来的究竟是什么？"

当时在墓室中发生地裂，封师古被惊陵甲吸尽了血髓脑浆，但在地底火光熄灭之前，众人亲眼看见从封师古口中钻出一个黑影，似乎满身都是霉变的尸毛，具体的样子却没有看清。

不过有一点可以肯定，那东西不惧水火，在吸血刮髓的九死惊陵甲铜刺穿身的情况下，依然可以行动，除了大罗金仙，谁能在刀山火海中毫发无损？难不成是封师古的真元出壳，当真化为仙人了？

幺妹儿和孙九爷对此深信不疑，我和胖子虽然不想信，但连个可以说服自己的理由都找不出来，只有Shirley杨没有表态。

我们这五个人里，就属Shirley杨和孙九爷学问最高，可偏偏这两个人一个是有神论者，另一个满脑子家传的迷信思想，事到如今，我只好由着Shirley杨和孙九爷尽量客观地分析地仙村里的情况，世界上到底有没有神仙。

孙九爷叹了口气说："大千世界，无奇不有，凡事没有绝对。封师古的尸体遇火不焚，被那么多铜刺钉住后依然能动，金木水火土一类的物理生克现象，在他身上已经完全失去作用了，这说明什么？这只能说明他是超出了五行之属的尸仙。"

Shirley杨却有着不同的见解："世界上肯定是有神存在，哪怕只是存在于精神信仰中，至于尸仙是否存在……我想所谓尸仙，可能只是古代人对某些超自然现象的描述。明代虽然距今只有几百年，但当时世间仍然盛行烧丹炼药，以求长生不死，或许观山太保在棺材山发现了一些特殊的东西，可以让人死后不腐不僵，就称其为尸仙。举个例子来说，就好比古代人眼中的天狗吃月亮，被现代人称为月食，然而不分古今，当时的人们都自认为掌握了这一天文现象的奥秘，这就是时代的局限性，其实即使是以当代科学发展日新月异的速度，对宇宙和世界深入的探索也是非常有限的。"

孙九爷听罢点头说："尸仙的存在，也许正如杨小姐所言，是类似于古代人眼中天狗吃月亮的神秘现象，但咱们至今也不了解真相，更有可能永远也揭不开古尸成仙的谜团了。而且由于封师古的所作所为，这些东西如今确实出现在了棺材山里，倘若尸仙逃出这地底世界，会造成多大的危害也不好说。总之咱们还得想办法，赶在山崩地裂之前，把它彻底除掉。"

胖子插口说："既然那老地主头子已经修炼得水火不侵了，咱还能有什么招？总不能一人一口把它嚼碎了吃了吧？依胖爷所见，这活不是咱们不想干，而是实在干不了，不如随便卷点明器，趁着腿脚还能使唤，撒开丫子跑出去才是正路。"

孙九爷冷哼一声说："王胖子你还在做梦！九死惊陵甲的厉害你又不是没瞧见，我先前反复说过了，只要这座棺材山一完，咱们连具囫囵尸首都留不下，竟然还指望逃命？不如听我一句劝——人的一生，活得有没有价值，不在于他生命的长短，而是取决于他这一生做过什么……"

不等孙九爷说完，胖子就恼了起来，骂道："放你封家老祖宗的狗臭屁，那老地主头子封师古烧都烧不化，你有种自己下去跟他拿板砖菜刀单挑，别他妈拽着大伙儿给你垫背。反正胖爷是死活也得逃出去，咱是光荣的无产阶级，死也不能死在棺材山给地主当陪葬品。"

幺妹儿看胖子和孙九爷快要掐起来，赶紧劝阻，但她哪里劝得住这两位，Shirley 杨见状赶紧在身后推了我一把，我刚才正在考虑如何克服眼下面临的种种困境，经她提醒，立即回过神来对众人说："又都歇过劲来了是不是？都别练嘴皮子了，先听我说。我看棺材山里发生的事情，已经远远超出了咱们事先的预想，盘古脉中的地形比迷宫还复杂，到目前为止我想不出有什么办法可以逃出地仙村，至于想除掉古墓中的尸仙，更是有心无力。如今只能走一步看一步，这条暗道里，多半藏着封师古不可告人的秘密，大伙儿先在这儿喘口气，然后再沿着这条暗道走下去，看看能否找到脱身之策。"

我终于将众人说服，这种处境别无他策，谁也想不出什么高招，可以说目前我们没有任何可以选择的余地，也只有这条暗道，是最后一条行动路线，究竟是生路还是死路，要先押上五条人命才能知道结果。

355

原地发愁干着急于事无补，俗话说得好，"要吃辣子栽辣秧，想吃鲤鱼走长江"，要想逃出生天，也许只有挖掘出棺材山所埋藏的真正秘密。可时间一分一秒地不断流逝，九死惊陵甲紧紧箍住山体，塌方和地震不断发生，我们稍微歇了几分钟，就不得不匆匆起身，继续沿着地仙的暗道往最深处探寻。

　　这段暗道的地形并不规则，有的地方开阔，有的地方狭窄，我们顺着地上铺设的铁链，向前摸索着走出了十几步，发现地上又横卧着一具尸体。这具死尸十分奇怪，看起来生前应该是个瘦骨嶙峋的老者，披头散发，身着的衣衫破烂不堪，几近半裸，裸露的胸膛上一条条肋骨都突显出来。

　　因为棺材山是条藏风纳水的灵脉，所以地仙村的死者皆是面容如生，全部死者的皮肉容貌都还保存完好，绝不会形成干尸。而暗道中的这具尸体，不仅被锁在粗重的铁链上，而且干瘪枯瘦，犹如恶鬼一般，手脚皆被镣铐锁住，不出我先前所料，应该是个被关押在密道里的囚徒。

　　我记得以前看过一部关于第二次世界大战的纪录片，片子里有几个镜头是被德国纳粹关押在集中营里的犹太人，都是瘦得皮包骨头，可以说那情形十足的触目惊心，甚至让人难以想象——人类可以因为长期缺乏营养食物而瘦成那副模样，看到眼前这具囚犯的尸体，就让我想起了战争纪录片里的那一幕。

　　不过为什么地仙封师古，竟会用如此沉重的刑具，来锁住这样一个枯瘦的老者？这个关押在地仙村里的囚徒会是什么人？

　　胖子一向是见怪不怪，看了两眼便说道："这种事，连没看过福尔摩斯的人都能分析出来，肯定是反对封师古的人，结果都遭了那老地主头子的黑手，锁在这暗无天日的地底活活饿死了。"

　　Shirley 杨和孙教授都说不像，看那囚犯的尸身上，衣服的样子非常古怪，不像是明代百姓的穿着，也不像地仙村里观山太保的诡异装束，被如此秘密地关押在暗道里，绝不会是普通人，但是关于囚徒尸体的身份，根本无从判断。

　　众人满腹狐疑往前走了几步，赫然是间宽阔的洞室，石室中的铁索镣铐更多，铁链上还拷着上百具狼藉的死尸，老少妇孺都有，全部是骨瘦如柴，而且有不少尸首断肢缺足，死状凄惨难言。室内更有几尊青铜巨兽森严陈列，大部分的尸骸，都被牢牢锁在其中一尊高大古老的铜龟周围。

我如堕五里雾中，棺材山地仙村怎么会有这么个地方？既不像用活人殉葬的墓室，又不像普通关押囚犯的地牢，但这间秘室已经是地仙暗道的尽头，只有来时的一个入口，前面再也无路可行。

其余几个人也都觉茫然失措，眼下只能推测出一点，这些被关押在地仙村古墓的囚徒，不会是普通的奴隶和罪犯。Shirley 杨眼明心细，她很快发现在所有死者的身体上，都有一个酷似乌羊的文身。尸骸中有一位苍髯老者，看那头发、胡须和服色，身份显得与众不同，我上前一翻，果然在尸体的衣襟内发现了一些字迹。

孙九爷奇道："还是与乌羊王的传说有关？这是不是说明，这些囚徒不是地仙村的人，他们也许都是巫楚时代的遗民，为什么会被封师古抓来关在此地？"说着话，他便迫不及待地挤身过来，看那些写在残破衣襟上的字迹。

我点了支蜡烛照亮，众人定睛细辨那片字迹，确实符合孙九爷的猜测。原来这些密室中的尸骸，原本都是棺材峡中一支古老的遗族，世世代代守护着棺材山的秘密。封师古建造地仙村古墓时，在棺材山遇到了这些巫者的后裔，曾杀了他们许多人，后来得知这批人掌握着巫邪时期的占星演卦之术，便将他们秘密关押，夜以继日地施以酷刑折磨，逼着他们为地仙演卦推象。

由于深藏地底的棺材山是巫邪时期的祭死之地，埋了无数装有死者尸器的小棺材，年深日久，阴气沉积之下，竟在腐尸残骨里生出尸丹。凡是死后藏了尸丹一同下葬之人，即便入棺时腐烂僵化，埋在土中百年之后，也会渐渐变得和活人一样，于是巫者就从土中掘出古尸，以显灵异之能。

但是后来发现，那些死而不化的尸体一旦出土，就会引发大规模的瘟疫，因其死亡的人畜不计其数，当地巫风也从此衰落。所以在乌羊王死后，棺材山便被视为禁地，平时在当地人口中，连相关的一个字都不敢轻易提及。

　　封师古在盗发乌羊王古墓之时，发现早已没了脑袋的乌羊王竟然鲜活如生，便动了邪念，知道山里有条盘古神脉，就打算借此度炼成仙。他认为此前发生的事情，那是由于古人不明究竟，不能善用，反遭其害，于是穷尽所能修造地仙村古墓。

　　但是封师古是个疑心很重的人，为求万无一失，便强逼着那些巫者的后裔为其推演象数。封氏祖先是在棺材峡盗掘悬棺发迹，盗出了许多载有星相异术的龙骨，也从中得了一些推算占验的本事，可都是后天所学，许多奥秘之处不得传授，毕竟不如乌羊王遗民掌握得精妙广博。

　　古代占星观象，不一定是直接仰望星辰，更准确的办法是借助铜器龟甲占卜，因为古人认为龟壳纹路就是天星征兆的直接反映。现代科学虽然发达，但对人类精神领域的探索，反而不如古代人的理解来得直观，对于许多古老的语言和启示的精准难以理解，其实那正是占星演卦的玄妙所在。

　　地仙封师古从陕西盗掘了几件西周古铜器，都是推卦占星的铜兽，暗中藏在地仙村古墓的秘室中，并将这些囚徒关在里面。开始时，那些巫者还不肯触犯祖宗留下的禁忌，但后来吃不住严刑拷打，加上封师古不断杀人相逼，只好为其推算。

　　得出的天启是，九死惊陵甲会逐渐吞噬棺材山，而在有盗墓者进入古墓倒斗的时候，地仙的棺椁会遭刀山火海诸劫。自古以来，传说凡是成仙者必须要经历若干劫数，随后成了尸仙的封师古，将在地仙村毁灭之时，带着全部殉葬者，跟随那些盗墓者一同逃出棺材山，然后这世上便将会是尸山血海，在天兆星法中称此为"破山出杀"之象。

　　这些乌羊王的遗民，生前都很清楚在封师古入葬之时，他们都会被杀掉灭口，在临刑前，有许多人都在衣襟中藏留了血书，发出了很多极其恶毒的诅咒，死后变为厉鬼也要前来复仇。

　　我们接连翻看了几具尸骸留下的诅咒和遗书，越看越是心惊肉跳。这些死者死于几百年前地仙下葬之时，他们利用西周古铜器占卜象数，所得结果，恐怕至死都不知道能否应验，但我们五个人却无不清楚，这些幽深微妙的天机肯定是真的，而且实实在在地发生在我们身上。如果尸仙出山是命中注定将要发生的，那我们就是促成此事的一个重要环节，而且无论我们做什么，该发生的都必然会发生，人类在早已注定的命运面前，如同蝼蚁般毫无抗争的余地。

我虽从不信命，可结合进山以来的种种遭遇，再看到这些血迹斑斑、几百年前便已写下的字迹，一切事情无不暗暗吻合，真如被当头泼了一盆雪水，从头顶凉到了脚心，有种在劫难逃的不祥预感。难道人生在世，无论一饮一食，还是一言一行，都是早已注定的？那活着还有什么意义？

孙九爷更是早有这种预感，如今见已是铁板钉钉了，拿脑袋撞墙的心都有了，但他忽然想到了什么，猛地揪住我的胳膊说："不会！绝对不会发生！千万不能让尸仙出山。我有个不是办法的办法，只要你们现在……都死掉，命中注定的事情便能由此改变！"

第五十七章
启示

孙九爷非常严肃地强调说："自从在地仙村藏骨楼看了封师古留下的《观山掘藏录》，我就开始担心咱们进山盗墓之举，是中了此人的圈套，一路舍生忘死的所作所为，最终却促成尸仙出山的可怕后果，现在看来果不其然。事到如今，要想改变这即将发生的灾难，大伙儿也只有放弃自己的生命了。"

孙九爷的祖上封师岐曾与地仙反目成仇，封师岐的后人在几百年间，处心积虑地要找到棺材山，毁掉地仙留下的尸骸。这种积怨旧仇，早已渗入了孙九爷的骨髓里，他的父兄至亲为此暴尸在荒山野岭多年，加上现在得知封师岐这一脉后人，都只不过是地仙掌中的一枚棋子，这种屈辱和愤恨更难忍受。所以孙九爷觉得，就算是让众人全都死在棺材山里，也不能放棺材山里的任何一个死者离开，否则尸瘟蔓延，后果不堪设想。

我和胖子听他说了一半，就听不下去了，我们即便再怎么想不开，也不可能仅凭这种事情自寻短见，而且这种巫者为封师古推演的结果，十分晦涩不明，怎能当真？我们绝不相信命运，没有什么事情是早就命中注定的。

孙九爷问我道："你也是懂些奇门八卦之理的，自古便道是术数神通，你摸着自己的良心说，你真不相信命运？"

我冷笑道："我这些年就是凭这个赚钱吃饭的，当然是相信这些古老的术数。我摸着良心说，我确实相信命运，世间万物都是一个缘字，缘就是命运，咱们认识一场，到现在我们上了你的贼船来找地仙村，这可能都是命运。"我顿了一顿又说，"可是我所相信的命运，也有我的标准，标准就是以我的个人需要来决定，凡是我能接受的，那就是真正的命运；只要是我不能接受的，那就是扯淡。"

孙九爷怒道："你这明摆着是强词夺理，当初要不是你自作聪明，也不会逼我带你们进入棺材山，既然惹出了这场大祸，就应该敢于承担责任。咱们倘若不死，地仙村一旦开始毁灭，可就是尸仙出山度世的时候了，现在咱们还有机会改变这一切。我之所以直言相告，是不想背后再给你们下黑手，否则我大可暗中结果了你们。我知道你是明理之人，你好好想想，现在除了一死，没别的办法好想了。"

我没心思再和这老疯子多说，正要找条绳索将他捆了，免得让他做出些威胁众人生命的举动来，这时却听 Shirley 杨对孙九爷说："教授您是急糊涂了，您仔细想想，如果真是命中注定将要发生的事情，而咱们又置身于这个事件之中，那无论咱们采取什么措施避免，都绝不会改变早已注定的事实，否则就不能算是命中注定了。"

孙九爷听罢愣了愣，随即蹲在地上，抱着头陷入痛苦的思索中。确如 Shirley 杨所言，这世界上已经发生的事情从来不会有第二种可能，如果说没有偶然，一切都是必然，那就绝非仅凭区区几个人的力量可以扭转的。

事实上，我对这些囚徒推演的象数结果也十分担忧，经验和直觉告诉我，尸仙出山的事情十有八九会出现，但不管在什么情况下，我肯定不会做出轻易放弃生命的举动，不到关键时刻绝不轻言"牺牲"二字。

我见孙九爷一时沉默无语，便使个眼色给胖子，让他和幺妹儿两人死死盯住孙老九，然后在石室内继续查找线索。如果那些启示的结果都是真的，那么只要我们不出山，暂时留在地仙密室里，就不会有任何危险，所

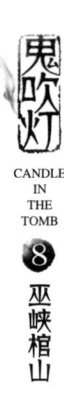

以将心一横，不再去费神考虑棺材山里的重重危机了。

　　当务之急，是要先设法找到证据，确认启示中的巨大灾难是否真会出现。没想到不找不要紧，在满是囚徒尸骸的石室中仔细一搜,越来越多的"真相"便逐一出现在众人眼前。

　　这间宽阔阴暗的密室，是巫邪后裔推演天启的所在，在石牢密室的后边，还藏有一条暗道，门户紧紧闭锁，无法通行，我们只好先去查看那秘室中的天启。现在已无法推测地仙封师古是如何判断这些启示的真假，但地仙的深谋远虑根本是常人难及，既然能让他深信不疑，当年一定是有他的根据。然而我们在几百年后发现这些秘密，却可以对一些已经发生过的事情做出判断，当年推算出的种种启示，其准确程度是不容置疑的。

　　我和 Shirley 杨抹去石壁的灰尘，发现留有一些彩绘的壁画，有星相卦数之类的符号标记，也有人物山川，似乎是当时利用龟甲和青铜兽盘推演象数，随后根据象数绘成的图案。

　　Shirley 杨说，这些符号图案好像是代表着一个个事件，倒与扎格拉玛山的预言先知相似。我对她说这可太不一样了，我虽然不知道扎格拉玛的先知是怎样预言的，但当时的经历可以证明，真可谓是神数。如果说世界上真存在命运，那位先知的预言就是证据，不论你是翻过来倒过去，一切应该发生的事情，都会如预言中描述的一样发生。先知作画的行为可能近似扶乩，是一种古老神秘的通灵术。

　　但是这间囚室里出现的，却是中国玄学中最深奥的推演之术，因为自古观象占星，都是观察征兆，其宗旨不外乎是天人一体，天空与大地出现的不同征兆，即是人世间种种现象的预示。

　　天象、天兆一类的推演之法，都属于古卦中的鬼、神之道。所谓的鬼，指的是事物运行的轨迹，例如星斗的移动；而神则指的是时间，例如二十四节气或一天当中的十二个时辰。

　　举个比较简单的例子，在很久以前，人们就知道"朝霞不出门，晚霞行千里"，又有"钩钩云，雨绵绵；瓦楞云，好种田"之说，这是通过观察天上的云霞变化来判断阴晴，是最古老的天气预测，现在当然说这是气象学，但古人则认为这是通过天空的不同征兆，做出简单准确的预测。现代气象学动不动就研究云层、风速、气压等数据，反而没有古人观看星月云霞判断天气来得准确，所以现在电台、电视台播放的天气预报，虽然看起来显得挺专业，却基本上和小孩子撒尿一样没准。

而观测星象天兆，远比预测天气神秘复杂，我仅有半部《十六字阴阳风水秘术》，这半部还只是风水残书，虽然这些年来不断领悟钻研，但是对真正的占卦观星之术也仅仅刚刚入门。我只知道此道向来是以数生象，石牢中的刑徒们应该都是用此古法推算。比如天星中显示"盗星犯官"，加以天干地支推演，便得出将来在"某年某月某时，必定有盗墓者进入棺材山椟星殿，盗发地仙棺椁的天启"，推算的过程极为复杂，更要花费很多的时间。石牢中上百具刑徒的尸骸如此骨瘦如柴，也许是精力神智消耗太过的缘故，不一定是饥饿造成的。

据说只要掌握这种古老的巫卜之术，加上有足够的青铜器和龟甲龙骨，并且在特定的地区和时间运用得法，就可以从天兆中获得启示，比先知的预言还要准确，所以说有时候人不信命也是不行的，也许冥冥中真有氤氲大使暗中主张，控制着世间万物的兴衰变化。

石牢记录的天启中，有破棺、火焚、乱刃诸劫的描述，地仙封师古经历诸劫之后，尸体脱胎换骨，化为真仙。先不说世上是否真有神仙，至少撬开棺椁，以捆仙索缠尸，再泼以火油焚烧，直到最后封师古被九死惊陵甲乱刃穿身时的种种情形，都是我们亲眼看到的。

而最后的天启，是藏在石牢的天顶上，从象数和壁画上来看，是尸仙端坐在盗星之上，凌云飞上半空，下边是地仙村里殉葬者尸体，尸骨堆积如山，无数死者从尸山中逃脱出来，分别窜向四面八方，尸山下面就是一片血海，那情形充满了恐怖与绝望，犹如到了世界末日。

孙九爷被头顶这片壁画吓得张大了嘴，半天合不拢，连道："完了完了，完了，这回真是完了，封师古习的是杀生道，度的死者越多道行就越深。要是咱们这伙人就是天兆中出现的盗星，尸仙最后肯定会附在咱们大家身上，或者咱们其中一个人的身上逃出棺材山，真的会发生？命中注定发生

363

的事情……难道真的没办法改变吗?"

此时我心念乱杂,也无话可说,没有回答孙九爷的问题,事情是明摆着的,不论我们做什么,天启中的灾难肯定都会出现。

Shirley 杨叹了口气说:"有个比喻也许不太恰当,但我觉得这就是命运的力量。地仙村注定将要引发的可怕灾难,就如同一部早已写好了的小说。咱们作为这个故事中的人物,想要凭借一己之力来改变早已被作者写完且注定要成为最终事实的大结局,成功的可能性……恐怕连亿万分之一都没有。"

幺妹儿一听连 Shirley 杨都这么说了,自道是此番必死,再也见不着她干爷了,不禁鼻子一酸,眼泪开始在眼眶里打转,只是强忍着才没落下来。

Shirley 杨见状安慰她说:"幺妹儿你别害怕,不管是生是死,大家都会在一起面对,而且……而且我始终相信有上帝存在,上帝是不会让这种事情发生的。"

只有胖子压根儿就没搞明白将要发生什么事情,他在刑徒尸骨堆里翻了一遍,没发现什么值钱的明器,又见众人面色沉重,便信口开河道:"上帝哪儿有空啊,听说他现在都把总部挪到贝鲁特看美军打仗去了,哪儿顾得上咱们这伙舅舅不疼姥姥不爱的。要我说,别人咱是指望不上了,但咱自己不能不疼自己呀,只要瞅准了机会,能跑还得跑,千万别想不开。"

我忽然想到一事,对众人说:"用不着太悲观了,你们想想这地仙村,完全被压在大山底下,九死惊陵甲迟早要把山体撕碎,所有的东西都被埋在地底,就凭这一点,天启中最后的场面也不会出现。这些刑徒饱受封师古的酷刑折磨,备不住最后就胡乱编造一通蒙混过关,真要这样,咱们岂不是杞人忧天了。"

我这么说主要是想给大家吃颗宽心丸,虽然我完全想不出古墓里的群仙如何逃出棺材山,但我知道这件事肯定会出现,迟早而已。当前的处境下,满心恐慌根本没有任何意义,就像刚才胖子说的那样,除了我们自己,没有任何人能指望。

孙九爷虽然在把我们诳入乌羊王古墓这件事上,显得老谋深算,实际上他一辈子深居简出，本人并没什么见识，只不过是出其不意，连我都没猜到他的背景如此之深，但到了现在，他心神早已乱了，根本拿不出什么主张，只好答应凭我安排。

我心想如今之计，只能先想办法躲过棺材山毁灭的浩劫。看情形逃是逃不出去，只能固守待变，然后看看事态究竟会如何发展，再做理会。当即便取出《棺山相宅图》来，问众人这棺材山里什么地方最为坚固，要找一个稳妥的所在，最好是可进可退，避过四面八方的九死惊陵甲。

孙九爷说要是天启是真，咱们逃到哪里，哪里就是安全的，在尸仙出山之前，即使是天崩地裂咱们也死不了。

我说这件事不能这么看，天启中最后的灾难会不会发生，而这灾难又是什么情形，不真正到了那个时刻，谁也说不清楚。而且盗星只有一枚，咱们五个人是不是都对应此星？还是会有些人死在棺材山里，有些人会带着尸仙出去？不确定的因素实在太多了，眼下能做的，只有尽人事听天命而已，有道是"命是天注定，事在人作为"，咱们倒斗摸金的原则是"宁走十步远，不走一步险"，凡是自身能做到的事情，还是要竭尽全力去做。

众人都觉得是这个道理，便各自出谋划策。最后参考幺妹儿和孙九爷的意见，一致认为地仙村封家老宅最为坚固，因为在封氏大宅的正堂屋，地下除了墓室，还应该有几条与青溪镇封家旧宅相通的地窖，是个藏纳金银、躲避兵祸的战备区域，其位置在地图中也有标注，那里绝对封闭坚固，附近的棺材虫也爬不进去。

我见石牢中有照烛推算用的灯盏蜡烛和残油，心想此物正有大用场，但还缺点东西，我眉头一皱，计上心来，先在室中对那些尸骸拜了一拜："诸位老少爷们儿，按理说敌人的敌人就是朋友，别看咱们来自五湖四海，可都有一个共同的死对头，所以……我们有困难的话，你们可得多多支援。待会儿若有得罪之处，还请务必包涵。'盐多了咸，话多了烦'，我就不跟诸位同志多说了，姓胡的要是还能活着出去，必定多烧纸马香锞，度荐各位早脱幽冥，下辈子投胎保准都能当上领导干部。"

说完我让众人剥了几件刑徒的衣衫，找几条断肢无主的干枯腿脚，浸

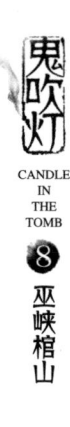

上灯油，绑了几支简易火把，准备返回到地仙村时用其驱赶棺材虫，然后的事就是找到出口，返回地仙村。石牢后边的大门被重锁扣了，但幺妹儿有拆销器儿撬锁的蜂匣子手艺，对付区区几道铁锁不在话下。

推开石牢后门，见又是一段倾斜的石阶通道，总之越往上就离地仙村越近，众人也无心再去多想，鱼贯钻进暗道，一路举步向上而行。尽头处有个被锁住的盖子，再次撬开锁销，就觉得眼前一亮，我定睛一看，原来兜了一圈，又转回到了盘古脉腹部裂开的深壑之前，这里距离地仙村后面的村口不远，四周有阳燧流动的石槽，依然循环流淌不绝。

棺材山里的地震、地颤不断发生，地仙村中的房舍却还坚固，并没有出现大规模坍塌，爬进山里的棺材虫仍在四周流窜，只是畏惧阳燧，不敢接近通往椟星殿的玉窟。

我打个手势，招呼暗道里的人都钻出来，正准备点燃火把前往封家大宅，四周却出现了意想不到的情况。

那些从山壁上爬入地仙村的棺材虫，像是突然被什么恐怖的东西驱赶，如同一片片黑潮般向我们扑了来，它们似乎失去了常性，根本不顾石槽里阳燧的威胁，爬在前边的棺材虫落入石槽当即死亡，但死掉的虫子顷刻间就将沟槽填满，其余的前仆后继狂涌过来。

我心想这要不是棺材虫都疯了，就是它们预感到地仙村里有更恐怖的东西即将出现，走投无路之际，才奋不顾身地要逃进盘古脉玉窟中躲避。这种情况下火把已经没用，我们五人再不逃跑，都得活生生被棺材虫啃碎。

我心下骇然，正要招呼大伙儿赶紧退回暗道里躲避，没想到孙九爷却已在身后把暗门的铁锁重新扣上，而且往钥匙孔里塞满了泥土，再想回去可就不行了。我脑中"嗡"的一声，再也压制不住心头的怒火，揪住他的衣领骂道："孙老九，你他妈的真疯了！信不信我把你大卸八块！"

孙九爷的脸上毫无表情，冷冰冰地说："我只是想看看命中注定的事情究竟能不能改变，要是天启中最后的灾难注定要发生，爬过来再多的棺材虫都咬不死咱们；相反如果咱们都被虫子啃没了，地仙村里的死人就永远不可能重见天日。"

第五十八章
移动的大山

孙九爷满肚子都是仇怨，对于他想做到的事，没有什么是不可以牺牲的，我和Shirley杨、胖子、幺妹儿四个人的性命，在他眼中如同草芥，可以毫不犹豫地放弃，他的所作所为已经不能用常理衡量。

我对孙九爷虽有戒心，也一直暗中盯着他的举动，但刚刚那一瞬间，我的注意力被地仙村里出现的反常现象所吸引，谁承想百密一疏，这么稍稍一分神，就被他钻了个空子，把众人的退路彻底切断了。

我可不想拿众人的生死去检验命运的真实力量，暴怒之下，一把将孙九爷掼倒在地，但这时候棺材虫已从村中铺天盖地地蜂拥而来。我眼下也顾不上再理会他了，四下里一望，见身后有几座石坊牌楼，在深壑两端横空凌跨。

我估计此时再从深壑古壁逃向棂星殿，肯定会被棺材虫在半路兜住，便把手一指，招呼胖子等人赶快爬上石坊。

孙九爷从地上挣扎着想再次阻止众人，胖子早就憋了一肚子的火，见状二话不说，抽出工兵铲来，一铲子狠狠拍到了孙九爷头顶。

孙九爷脑袋上虽然戴着登山头盔，但被胖子的工兵铲狠狠砸中，还是

367

承受不住，双眼一翻就栽倒在地。

我说："就让孙九爷自己改变命运吧，咱们赶紧撤！"Shirley 杨不忍就此抛下孙九爷不管，对我叫了声"必须带上他"，就同幺妹儿两人倒拽着昏迷不醒的孙教授双腿，拼命把他拖向石坊。

我无可奈何，只好咬牙切齿地同胖子帮忙去抬，四个人像抬死狗般，把孙九爷连搬带拖，撂到了石坊的柱子下边。

这时四周环形石槽中的阳燧，都被棺材虫的尸体埋住，附近的光线顿时暗了下来，黑暗中我发觉已经有不少棺材虫爬到了脚底。它们虽然是受惊奔窜，无心啃噬活人，但棺材虫满身腐毒，爬到哪里就烂到哪里，只能远远避开才能幸免于难。

我让胖子背住孙九爷，众人相继蹬着石坊的蟠龙柱爬到高处，前脚刚上去，地下随即就"哗哗哗"地响成一片，我低头往下看去，战术射灯的光束投到地上，只见成群的棺材虫黑潮般从石柱下爬过，这其中还混杂着地鼠、土龟、陵蠡、黑鼬、毒蛇，以及许多叫不上名称的奇怪虫兽，反正都是出没于坟地、墓穴等隐晦环境中的东西。

棺材山里并非如同表面所见是个幽冥之地，虽然被铜甲团团裹住，但由于环境特殊，四周环绕如同棺板的峭壁中，悬棺腐气滋生，也向来生存着许多生物，形成了一个相对完全封闭的生态系统，或者说这些东西都是九死惊陵甲的食物，此刻生存于地仙村附近的生灵们，如遭大难，没命地逃向地底的玉髓洞窟。

不论是昆虫还是动物，其对灾难的敏锐直觉和预感，远非人类可及，棺材山地仙村里会发生这种情形，只能说明一场可怕的大浩劫即将到来，但下边的峭壁间似乎布置着更厉害的药物，所有的棺材虫爬到壁上就纷纷僵住死亡，尸体雨点般地坠下玉窟。

我们困在石坊上，环抱梁柱，目睹着这犹如末日降临般的景象，不禁由心底里产生一股恶寒，但谁也不知道接下来将会发生什么，正没奈何处，我看见被胖子单臂夹在腋下的孙九爷忽然睁眼醒了过来。

孙九爷发现胖子正夹着他往石坊上攀爬，马上伸手去摸随身携带的峨峨嵋刺。我在旁看得清楚，见他竟想行凶，喝道："你他娘的找死！"

胖子也感觉到事态不对，骂道："敢他妈跟胖爷玩阴的，摔死你个老龟儿！"一抬手就把孙九爷松开，将他抛下了石柱。

眼看孙九爷就要从半空里跌落深渊，Shirley 杨却抛下飞虎爪，爪头刚好搭在孙九爷身前的背包带子上，那条精钢索子一紧，竟将孙九爷吊在了半空。

孙九爷被飞虎爪钩住的身子，在石坊下不断打转，Shirley 杨竭尽全力想将他拽上来，但剧烈的摇摆之下，反倒坠得石坊的柱梁接合处"嘎吱吱"作响，一时间险象环生。这古牌楼少说也有几百年历史了，哪里经得住如此折腾，听声音和颤动就知道随时都要倒塌。

石坊并不坚固，而且这两柱一梁之地更是狭窄异常，我攀在上边根本不能动弹，只好对 Shirley 杨叫道："你别管孙老九了，即便现在救了他，咱们早晚都得被他害死。"

Shirley 杨受孙九爷重量所坠，渐觉难以支撑，已没办法开口说话，但我看她的眼神，也知道她的性格，到死都不会松开，眼见她双手皮开肉绽，都已被飞虎爪的链子勒破了，鲜血一滴滴顺着索子流下去，滴落在了孙九爷的脸上，不由得替她暗暗着急。

孙九爷四仰八叉悬在空中,摸了一把脸上的鲜血,沙哑着嗓子叫道："杨小姐……你松手吧，看来命中注定的事情……是绝对不会改变的，在棺材山毁灭之前，咱们注定都能平安无事。"说着话他就拔出峨嵋刺，去割背包的袋子，想从飞虎爪的锁扣中挣脱出来。

胖子巴不得孙九爷赶紧跌进石坊下摔个粉身碎骨，连恐高症的老毛病都忘了，趴在石坊上不断出言提示——告诉孙九爷该用刀子割断背包的哪一部分，才能在最短的时间内，做出自由落体的高难度动作。

幺妹儿不忍看到惨剧发生，一边骂胖子煽风点火从来不起好作用，一边又劝孙九爷别做傻事。她虽是有心去帮 Shirley 杨，但她极怕棺材虫，见身下绝壁上虫涌如潮，被骇得手脚都是软的，空自焦急却又无能为力。

此时的情形是四个人一个挨一个趴在石坊上，最前边的是 Shirley 杨和

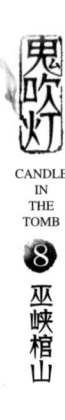

幺妹儿，然后是胖子，我则处于最外侧，我想帮 Shirley 杨却被幺妹儿和胖子挡住，可以说是鞭长莫及，有心无力，但看到 Shirley 杨的双手都快被勒断了，就再也沉不住气了。

我只好冒着随时摔下深壑中的危险，从胖子和幺妹儿身上爬了过去，挪到 Shirley 杨跟前，俯身下去接住了飞虎爪的精钢锁链缠在手中。我想将孙九爷从下边拎上来，但这一来动静不小，我只觉手上一阵奇疼，整座石坊都跟着不停颤动，摇摇欲坠。

孙九爷不等我将他拽上石坊，就已经割断了被爪头所抓的一侧背包带子，他的身子"呼"的一下坠入了漆黑的山体裂缝中。

在这一瞬间，我心里犹如十五个吊桶打水——七上八下，说不清是什么感觉，既没感到解脱，似乎也没觉得失落，隐隐觉得孙教授掉进了深渊，也未必就会死，何况从他身上的种种迹象来看，似乎从进入乌羊王地宫开始，他就如同一具行尸走肉。

另外，如果地仙墓囚徒们推演出的天启真会出现，孙九爷便不可能就此摔得粉身碎骨，也许他从石坊上掉落之事，都是命中注定将要发生的。目前我们所知道的，只有一个并不确定的结果，而且在这个过程中，还充满了变数和未知。

我深吸了一口气，抬头看了看其余三人，个个都是神色怅然若失，可能每个人都想问："天兆启示中最后的灾难会不会发生？"可除了不住流逝的时间，谁也无法给出真实的答案。

这时从地仙村里逃出的棺材虫，大都已经死在了椋星殿入口的深涧里，除了在头顶的浓雾中，不时传来九死惊陵甲颤动的金属摩擦声响，四下里都是寂然无声，但我十分清楚，空气中越是寂静，越是预示着更大的危险将要来临，这是一种暴风骤雨到来之前的沉闷。

就在我一转念之间，便觉一阵连绵不断的不祥之声由远而近地传了过来。棺材山地形狭长，我们处在盘古脉腹部的裂谷，地仙村依山势建在盘古脉胸腹之地，那声音的源头来自棺材山的上首，也就是尸形山颈部的方向。

第五十八章 移动的大山

随着声响而来的是接连不断的震动，我见这石坊就快散架了，急忙招呼其余三人下去。众人相顾失色，棺材山里要发生什么事情？看这动静难道是天崩地裂？是地脉断裂引起的地震，还是九死惊陵甲绞碎了山体？

我心神恍惚，自言自语道："是要地震塌方了吗？如此一来，咱们将和棺材山一起永远埋在地底了……"

胖子说："老胡，我看小车不倒咱就得接着推，别管这山里怎么回事了，咱还得接着跑，跑出去一个是一个啊。"

正在这时忽听身后有人对我们高声呼喊，我连忙回头一看，隔着深壑有个人影，离得远了射灯照不到他，但听那人的声音正是孙九爷。原来他刚一掉下石坊，就被峭壁间的栈道木桩挂住，并没有直接掉进玉窟里摔死，但他只能从对面爬上来了。

这并不出乎意料，我也没有理会他，现在总觉得离此人越远越好，但听孙九爷的呼喊，似乎是在告诉我们："千万别动，就留在原地等着我，我终于知道天启的真相了！现在发生的不是地震……不是地震……"叫喊声中，他不顾山体震动不绝，竟然又要攀上石坊越过裂谷。

我们四人对孙九爷的话是再也不信了，谁知他是不是又想拿众人的生命去验证天启的真假。我对 Shirley 杨说："别再管孙九爷了，他根本不是你我这样的活人，多半是棺材山里跑出去的行尸。这座山快要塌了，咱们走咱们的。"

随后我不由分说，拽着 Shirley 杨带头便走，胖子和幺妹儿在后面跟着问道："咱是往哪儿撤啊？"我一指那如同棺板一样高耸的峭壁。地震会引发大规模的山体崩塌，棺材山形同无盖石棺，从上边落下来的岩石会把盘古脉彻底埋住，整座棺材山里，只有四周的石壁下边相对安全。

在山体强烈的震颤和塌方中，已无法正常行走，我们只好扶着身边的石碑石柱，连蹿带跳地奔向绝壁。刚跑过围绕裂缝的阳燧沟渠，就发现孙九爷从裂谷的另一侧赶了过来。

孙九爷不等我们开口，就抢先说道："不是地震……"话音未落，大地似乎被猛然揭动，地面轰隆隆地倾斜了起来，众人立足不定，都不由自主地摔倒在地，而且地面倾斜的幅度渐渐变大，摔倒了就再也站不起来，只能趴在地上。

这时就恰似山摇地动，棺材山里全是轰隆隆的闷响，我们匍匐在地，拼命爬向峭壁间隙，好不容易挨到山壁下方，众人找了以前藏纳悬棺的岩洞钻了进去。山壁极厚，外部的九死惊陵甲还没能穿透山壁进来，暂时可以躲避山顶上崩塌下来的碎石。

胖子见孙九爷也跟在身后，便骂道："还想蒙谁，这情况连傻子都能看出来，不是地震是什么？看震级最起码也有八九级。"

我说："我经历过地震，应该错不了，肯定是九死惊陵甲破坏了地脉地层引发的震动，但不可能有九级，九级地震差不多都属于毁灭性的陆沉式地震了，连整条山脉都能陷入地底。"

孙九爷似乎急于告诉我们什么，但他上气不接下气，一时之间，竟然作声不得。我担心他再做出什么令人难以想象的举动，就想找东西将他绑了。谁知地面的倾斜程度越来越大，岩壁中格外拢音，震耳欲聋的地颤一波近似一波，震得人耳鼓都快破了，说话的声音完全被吞没，不断有碎石从我们藏身的岩穴前滚过，其中还有许多瓦片。

我心中猛然一惊，山体的倾斜必然使地仙村房倒屋塌，如果我们现在还没离开棂星殿玉窟上的石坊，都会被顺着地势倾泻下来的卵石碎瓦所埋，刚才突然动念想要到峭壁的悬棺岩穴里藏身，多是出于不想听孙九爷的话留在原地，难道真是命该如此？

假如世界上确实存在由上天注定的命运，我似乎已经感受到了冥冥中主宰命运的重力。在整个地仙村发生的巨大浩劫里，无论我们是有意识还是无意识地做出任何行动，都绝不可能阻止最终灾难的发生。在无形之中，有一种凡人无法窥测的神秘力量控制着一切，而我们这几个被困在棺材山里的人，只不过是沙漠风暴中的一粒细沙，又如同汪洋大海中的一滴水珠，即便再怎么拼命挣扎，也永远都是身不由己。

但看此情形，这座棺材山顷刻就要被深埋地下了，棺材山上边都是棺材峡里的崇山峻岭，就好比上头压着一片片摩天接地的高楼，如果地震过于剧烈，就会造成更大规模的山体崩塌，千仞高山即便从中裂开，单是掉下来的碎石泥土都能把棺材山埋没，真要是那样的话，天启中预示的地仙村无数死者会爬出山外之事，又怎么可能发生？

孙九爷突然起身，紧紧抓住我的肩膀，想让我听他说话，但山中轰鸣不觉，震动之中，我光看他的嘴在动，却不会读唇术，无法理解他究竟想告诉我们什么。

孙九爷见说不了话了，就拼命打手势比画。此刻众人犹如置身于一辆剧烈颠簸的车厢中，黑暗中仅有几道微弱的射灯照明，但我还是很快领会了孙九爷想要传递给我们的信息，稍一会意，不禁先是吃了一惊，仿佛连躯壳内的魂魄都在随着地震颤抖。

我判断孙九爷可能是想说："这不是普通的地震，而是棺材山在移动，它不会被埋在地底，这座填满死尸和各朝古墓的大山……很快就要进入长江了。"

第五十九章
超自然现象

棺材山里发生的地震现象并不寻常，不像是九死惊陵甲绞碎地脉岩层的动静，而此时山中不断遭受铜甲攒刺挤压的情况，反倒没有先前来得猛烈了。

我虽然隐隐约约产生了这种感觉，却始终没有想明白究竟是怎么一回事情，莫非是Shirley杨以前提到过的超自然现象？直到孙九爷当面一阵比画，方才恍然大悟——地仙村将要面临的真正灾难，远远要比地震、山崩更为恐怖。

我不知道孙九爷是如何想清楚这件事的，在地动山摇的混乱之际，只能猜想到他是想告诉我们，山里的地震是由一场洪水引发的。

青溪山区的棺材峡古迹中，留有累积了几千载的大型巫盐矿洞旧址，山体内部犹如蜂巢蚁穴。在过往的几百年间，深埋地底的九死惊陵甲不断增生繁殖，棺材山周围的岩层和泥土受其钻掘，许多区域早已被掏挖一空。

加之棺材峡自古就有洪水泛滥，峡谷中水量充沛至极，在今天最大的一次地颤中，也就是地仙村里大量棺材虫蜂拥逃窜的时候，被九死惊陵甲绞得支离破碎的岩层，终于坍塌崩裂。几条潜伏在地底的地下水脉，还有汛期山腹中积存的大量雨水，犹如一条条汹涌奔腾的巨龙突然出现，不断以惊天破石之势，从棺材山上首冲击着整座山体。

环绕在棺材山外部的岩层，都是纵横叠压交错的矿洞，也有天然形成的岩窟，各处洞窟矿井之间的岩层极其脆弱，根本挡不住受巨大暗流冲击的棺材山。

在这势如摧枯拉朽的自然之力中，棺材山就像是一口漂浮在洪水中的浮棺，遭受急流冲击推动，一路随波逐流撞穿挡住去路的薄弱岩层，有可能被大水冲进峡谷，只要这座棺材山足够结实，最后甚至会进入长江。

九死惊陵甲对地脉的不断侵蚀，引得地下水脉改道，使棺材山被洪流冲击而移动，其山体撞破了一层层薄弱的岩壁，好似乌羊伐河般贯穿数座洞窟，直至棺材山最后进入峡谷才会彻底崩塌瓦解，这仿佛是一趟由死神指引的旅程，终点站必然就是最后灾难发生的所在。但棺材山究竟要载着地仙村在河道中移动多远，这段距离却是谁都无法推测判断的，只知每当山体移动一米，我们和死神之间的距离也就拉近了一米。

孙九爷虽然没办法做出直观的描述和解释，但我和 Shirley 杨等人也并非死脑筋。见他提到峡谷中的水流，就像是捅破了一层窗户纸，思路总算是转过了这个弯来，接下来的事情就不用说了。

最初我们对地仙村里的尸仙出山之事做出过种种设想，但每一种的可能性都不太大，几乎都是难以成立，唯独没想到这座棺材山可以移动。据乌羊王时期留下的传说记载，盘古脉里的尸仙可以附着于死人与活人的躯体上，埋在地下后能够使死者不僵不腐，可是一旦离开盘古脉这片神仙窟宅般的风水宝地，被尸仙所凭的死者就会使瘟疫蔓延，害死无数人畜，当年盛绝一时的巫邪文化，就是受其牵连，从而没落消亡。

但是在棺材山被奔腾的暗流冲出山腹之后，是否真会如天兆启示中描绘的那样——地仙村里的全部死人都会逃向四面八方，天地间完全变作一片尸山血海的地狱？难道这种比山体在地底移动更加不可思议的"超自然现象"，真的会出现在巫山棺材峡中？

我知道一切事物的发展变化，必然是通过内因和外因共同发挥作用促成的。观山太保术数通神，地仙村里的布置真称得上是诡秘无比，从破解《观山指迷赋》到现在的天启，似乎已经没有什么不可能发生的事情了。

想到此处，我不由得心头火起，暗暗决定即便拼个粉身碎骨，也绝不能把棺材山里的尸仙放出去。那地仙封师古处心积虑想要死后成仙，在古代社会来讲也算情有可原，但封师古显然觉得为他陪葬的人还不够多，在杀生道里以"杀劫"度人，死多少人也不嫌多。这活人的性命，杀死一个两个是切切实实的触目惊心，而到了死亡人数上升到一百万、两百万，则只是一个令人麻木的统计数字而已。

死后几百年还要让自己的尸体出山以杀劫度人，这种想法只有地仙封师古这种疯子才会有，可正应了天才大多是疯子的说法，也不得不承认，棺材山古墓只有封师古这种不世出的奇人异士才能够控制。

我们五个人都挤在峭壁下的一道岩缝中，这里原本是用来安放悬棺的所在，比普通的墓室要狭窄许多，在山体一波接一波的震颤中，根本没办法做出任何举动，虽然心中焦急万分，可是只得听天由命了。

如此苦撑了一阵，实际上可能没有多久，但即使只有几分钟，也会觉得犹如几个世纪一般漫长。棺材山和从山后涌出的激流，似乎已经撞穿了挡在前方的几道岩层，地震般的颤动逐渐平缓，只有隆隆的水声仍然响彻于耳。

我从岩缝墓穴里探出身子向外张望，只见地仙村里一片漆黑，似乎棺材山移动的山体还没有穿地而出。这时忽觉峭壁中发出一阵极为刺耳的动静，仿佛是用无数金属钎子快速摩擦岩石，完全压过了激流涌动的声响，一瞬间便使人双耳嗡鸣。我们赶紧捂住耳朵张开嘴，尽量减轻这阵触人神经的苦楚，可那声音似有质有形，仍然不住地从四面八方钻进耳中。

我赶紧堵住耳朵就地滚倒，翻出了藏身的岩隙，其余几人也先后爬了出来，人人面色如土，似乎连魂魄都被这阵金属锐动声击碎了。但棺材山如箱似峡，内部到处拢音，所以离开岩隙后情况并未出现好转。

所幸这阵密集攒动的声音来得迅速，去得也极快，不消片刻，那声响便从锐转钝，变作了"咔嘣咔嘣"的动静，而山体的震颤再次出现。

第五十九章 超自然现象

众人都知道那些声音是九死惊陵甲发出的，听起来显得非常可怕，却不知有何征兆。这时耳鸣已经停止，面对面地大声说话勉强可以听辨。Shirley杨指着黑漆漆的上空问我："刚才那阵动静……是不是九死惊陵甲都死掉了？"

我点了点头，有这种可能。九死惊陵甲是种生存在地底的嗜血植物，据说其根须都生在夏、商、周时期的青铜古器之中，不能脱离地脉，否则九死惊陵甲就会立刻枯化死亡。棺材山受暗流冲动离开了原位，紧紧缠裹在山壁上的铜蚀虽然强劲，却无法阻止整座棺材山在地下的移动，听那声响不难想象，九死惊陵甲八成都被从泥土中扯拖而死了。

孙九爷插言说："咱们的恩恩怨怨先放一边吧，眼下这座棺材山算是被连根拔了，接下来肯定会被大水冲入峡谷，要想阻止尸仙离开古墓，咱们应该还有一点时间。此山一旦漂入大峡谷中，可就一切都完了……"

胖子不愿听孙九爷啰唆，抄起工兵铲就想再拍他的脑壳。我拦住胖子，没有容人之量难成大事，何况即使是将孙九爷乱刃分尸了，这场必定要发生的灾难也不可避免，当务之急是要想办法改变早已在天启中注定出现的"命运"。

山体颠簸晃动使人难以立足，我只好让众人倚在壁上，想尽快寻思一个对策出来。我的脑中闪过一个个念头，不论是打算逃脱，还是打算阻止地仙村移动到峡谷中，首先必须清楚自身处于什么形势之中，知己知彼才有胜算，盲目的行动只会适得其反。

此时事态之奇，真是连做梦也梦不到的情形。在摆脱了九死惊陵甲发源的古铜器之后，棺材山遭受激流冲击，"轰隆隆"地在地底洞窟中不断穿行，山体不住地颠簸起伏，四壁的岩层也当真坚固，暂时并未出现破裂崩溃的迹象。

而那些枯死的铜甲，就好比是缠绕在周围的层层铜茧硬壳，也在随着山体迅速移动。棺材山上边虽然没有石盖，却被惊陵甲形成的铜网遮住，地底崩塌的碎石都没落进山中，地仙村里的大部分建筑尚且完好无损。

但在不断地颠簸和撞击中想要行走几步都难于登天，面对这种情况又有什么办法可行？想起 Shirley 杨先前打的比方，棺材山地仙村将会引发的巨大灾难，如同是一部早已完成的小说结局，故事中的人物绝对改变不了注定成为事实的故事结局。我却觉得命运更像是一具无形的枷锁，虽然无影无形，但是挣不开、砸不破、甩不脱，不论我们再怎么样拼命努力，事情的结果都不会有任何改变。

地仙村随着棺材山进入大峡谷的结果并不是最可怕的，可怕的是置身于此事之中，明明知道最终的结局将是灾难性的，却偏偏无能为力。我虽然凡事都能看得开，现在也不由得渐觉自身渺小无力，深深地陷入了绝望之中。

正当众人一筹莫展之际，颠簸晃动中的棺材山忽然猛地震了一震，虽然不知山体外边的情况，但凭感觉像是被卡在了地底洞窟的狭窄区域。

众人头晕眼花，全身骨骼几乎都被颠散了架，心头怦怦怦地迅速跳作一团，天摇地动中的棺材山好不容易停了下来，人人都觉如遇大赦，趴在地上动弹不得。

可就在一眨眼的工夫，耳听头顶上"咔嚓嚓"一片乱响，原来是棺材山半途停住，上方裹缠的九死惊陵甲被地底岩层阻挡，山体后边的潜流冲动不绝，阴风攒动中，一片片枯死的惊陵铜甲顿时被山岩剐断，残甲犹如一阵枪林箭雨般从半空中落了下来。

这时山里一片黑暗，最先落下的几条残甲铜棘中，有一段足有矛头般粗细，刚好擦着我的脸戳进地里，另有一条断裂的铜刺掉下来插进了我身后的背包里，其余几人也险些都被钉在地上。借着战术射灯的光线，我看得格外清楚，戳在眼前的那截惊陵铜甲虽已枯死，但锋利坚硬的倒刺依然存在，自上落下完全可以贯穿人体致命。

不等众人惊魂稍定，几乎就在转瞬之间，上方的铜蚀崩裂、折断的声音突然变得密集起来，已有更多的铜刺折断坠落，破风声中纷纷落下。到了生死关头，往往可以激发人体的潜在力量，众人本已筋疲力尽，但出于求生的本能，竟然蓦地里生出一股力气，从地上挣扎站起身，想拼命向刚才藏身的岩穴移动。

孙九爷叫道："躲什么？既然是命中注定要送尸仙出山，现在想死都难，就算天塌下来也砸不到咱们……"

他话音未落，却忽然从中断绝，我和其余三人本已都躲入了峭壁之下，听到孙九爷声音不对，急忙回头看他，只见竟有一条从上飞落的铜刺将孙九爷掼在地上，钉了一个对穿，他神色茫然地盯着那根将他刺穿的铜刺，似乎不能相信自己的眼睛。

Shirley 杨见孙九爷被铜蚀贯穿在地，闷不吭声地反身冲出岩缝，想舍命救人。

我见状急得额前青筋乱跳，有心伸手去拦 Shirley 杨一道，不料手中抓了一空，急忙在后紧紧跟住，只踏出两三步，便听上方破碎断裂的九死惊陵甲不断滚落，我赶紧把金刚伞撑起当头护住，将砸落下来的大团铜甲挡开。

这时 Shirley 杨已将插在孙九爷肩头的残甲拽出，那铜蚀上全是倒刺，一拽之下，当即连血肉带碎骨都给扯下来一片，鲜血四溅，迸得我们满身满脸都是，但孙九爷硬是忍住疼痛，伤成这样，仍是一声未吭。

我们无暇细看孙九爷的伤势，趁着惊陵残甲断裂坠落的空隙，招呼胖子和幺妹儿在洞口接住，二人半拖半抬着，把孙九爷抢回了藏纳悬棺的岩缝。

胖子愤愤不平地说："老胡你们都活腻了？为了这孙老九险些把命搭上……值吗？"

我随手抹去脸上的鲜血，敷衍胖子道："这趟买卖反正算是彻底赔了，也不妨再多赔一些，只要留得命在，以后早晚还得捞回来，现在就权当是放高利贷了。"

Shirley 杨却道："没有这么简单，我救回孙教授，是因为突然想到了一个盲点，命中注定将会发生的事情……也许并不是咱们想象中的样子，咱们都被关押在地仙墓石牢中的囚徒给误导了。"

第六十章
悬棺

　　缠绕在山体上的九死惊陵甲虽然根须已断，但紧紧附着在山壁上的残甲不断剐蹭着岩层，使棺材山被挡在了地下洞窟的狭窄之处，此刻地动山摇的震颤稍有平息。我听到Shirley杨的话，一时不解其意，使劲晃了晃头，还是觉得眼前金星乱转，恍恍惚惚地问道："莫非地仙墓石牢中的天启不是真的？"

　　Shirley杨说："至少已经发生过的事情都应验了，但接下来的事情却未必如同咱们先前所想。地牢里的壁画是根据卦数星象所绘，我记得你以前曾经说过，世间万物由数生象，在最后的天启里，是尸仙附在盗星之上离山……"

　　我点头道："盗星之兆肯定就是应在咱们这伙人身上了，看情形咱们身不由己，不论做什么，最终都会使古墓中的尸仙逃出山外。"

　　Shirley杨接着说道："孙教授说在尸仙出山之前，即便遇到再大的危险咱们也都不会死亡，可你想过没有，记载着天启的壁画虽然隐晦抽象，但盗星只有一个，并且无法判断离山时是生是死，也许咱们都死在了山里，尸仙也会附在咱们其中一人的尸体上。当然……在地仙村进入峡谷之前，所有的推测都没有根据，我的意思是这件事无法用常理判断，不要先入为主地去猜想。"

我听Shirley杨说到这里，已明白了她言下之意，事情并不会像孙九爷认定的那样，而是我们在离开棺材山之前就随时可能送命，即便是全员死亡，也无法扭转乾坤，地仙村里的尸仙最后一定会逃出山外，但是真实的情形不到最后时刻，还根本无法推断。

这时候我不由得心中起疑，转头看了孙教授一眼，只见幺妹儿正为其处理伤势，把强力止血凝胶喷涂在他肩部的贯通伤口处，而孙九爷神色木然，在如此重伤之下，竟似根本就没有觉得疼痛。

我突然想到：孙九爷的举止和行尸没什么两样，而且他对自己身上为何有尸气笼罩，又有尸虫出现的异状推说无法解释，难道此人还有更深的图谋？有没有可能孙九爷就是尸仙？

一连串的疑问在我脑中走马灯似的旋转着，迅速搅成了一个巨大的旋涡，越往深处想越觉得深陷其中不可自拔，种种可能都显得不合逻辑，单是孙教授这个满身尸变迹象之人的存在，就已经远远超出了我的常识和理解范畴。

孙九爷见我盯着他看，就推了我一把说："此前我锁住地道暗门，并不是存心想害死大家。经杨小姐这么一说，我现在已经想明白了，咱们这五个人是生是死，都没办法改变地仙村早已注定将会引发的灾难，希望你们别往心里去。要知道……我的所作所为都是对事，而不是对人，我跟你们从来没有冤仇，我只是想尽我的一切能力，阻止尸仙逃出棺材山。"

我看孙九爷虽然行事偏激，但他应该是把能说的都已经说了，再与他纠缠下去毫无意义，如今只须暗中提防，找个机会引蛇出洞才是，就说："别跟我说这些谬论，我不懂什么叫对事不对人，事都是人做的，对事就是对人，不过咱们之间的事一时半会儿根本掰扯不清，眼下大祸临头，还是先想法子脱身才是当务之急。"

孙九爷叹了口气说道："你胡八一这是有容人之量，这辈子我欠你们的恐怕没法报答了，要是我封学武还能有下辈子，做牛做马也要报还你们。

但是棺材山被激流冲动移向峡谷，咱们区区几人想阻拦这天崩地摧之势，无异于螳臂当车。我算是彻底看透了，胳膊拧不过大腿，人别和命争，咱们就在这儿闭眼等死算了。"

我和胖子向来是"不怕黑李逵，只怕哭刘备"，孙九爷把话说到这个份儿上，自然也不好再为难他，但我可不想就此等死。既然棺材山暂时被地底岩层挡住，就说明祖师爷保佑，给摸金校尉留下了一线生机，天机微妙，天兆隐晦，最后的灾难会不会发生谁能说得清楚？万一那些乌羊王的守陵人推算错了，我们在此等死岂不是错失良机？

我同胖子稍一商量，决定先听听 Shirley 杨和幺妹儿的意见，究竟是应该冒险逃出山去，还是困在这儿等死。

幺妹儿没什么见识，可遇到生死大事的抉择，自然是想活不想死，而 Shirley 杨也觉得事在人为，地仙墓石牢里的囚徒遭受酷刑折磨，他们为封师古推算出的天象，也许会在其中深埋祸机，虽然可能性不大，可是不入虎穴，焉得虎子？不到最后的时刻谁也无法知道。

我见除了孙九爷之外，意见都已统一了，就决定趁着山体停留在地底的这一时机，翻越峭壁逃出棺材山。这时半空中掉落下来的铜蚀恰好止歇，正是开始行动的绝佳时机，我当即不由分说，和胖子二人揪起不肯行走的孙九爷，先后钻出藏棺的岩穴，顺着石壁上开凿的鸟道盘旋上行。

棺材山形同无盖石棺，四壁上有许多裂缝和岩穴，藏纳着无数悬棺，大多是装殓古尸器官的小棺材。峭壁间鸟径、栈道纵横交错，加之岩缝里生长了许多腐化的苔藓，最深处恶臭触脑，自远一望，如同是古棺上攀龙栖凤的花纹图案，人行其中，实如一只只爬在棺板缝隙里的棺材虫般微不足道。

绝壁中相连的通道，有一部分是凿了木楔铺设石板的古栈道，更多的则是凹入山缝间的鸟径。那些木桩石板结构的栈道，大多都已在先前的地震中坍塌，仅剩下些凌空的朽烂木桩突兀耸立，我们只好在断断续续的鸟道中，绕过一处处岩穴蜿蜒向上。

在黑暗中攀至半途，举起狼眼手电筒来向上照射，已经能看到头顶覆盖着密密的九死惊陵甲。虽有不少残甲在碰撞中碎裂折断，却只是些根须末节，裹缠在棺材山周围的惊陵甲主体尚且完好，铜刺密布无隙可乘。

先前众人本以为惊陵铜甲已有大半脱落，趁着棺材山还没被冲入峡谷，可以脱身出去，不承想竟裹得如此密不透风，看来打算翻山而走的计划不得不搁浅下来。

众人无可奈何，在峭壁绝高处久了，恐有失足跌落之险，只好觅原路下去。谁知棺材山里的盘古脉中，喷涌出无数股漆黑的地下水，原来山底被铜甲撕扯的裂缝最多，四周涌来的地下水与山脉中的血泉混合，化作了滚滚的浊流，棺材山里的水平面不断上升，已经将地仙村吞没了将近一半，一时间山中满是腐腥之气。

地仙村下边埋的座座古墓，以及椠星殿里的无数尸体，都被大水冲出，并且随着持续上涨的黑水浮了起来。我们看不到远处的情形，但射灯光束所及的水面上，几乎漂满了古尸和棺椁明器，都在水面漩涡里打着转。我心中生出一阵寒意，眼中所见正是血海尸山之象，如今的境地是进退两难，通往山外的出口都被惊陵甲堵死，而山中水位上涨迅速，一旦掉在尸气弥漫的水中也绝无生机，落入棺材山这天罗地网里真是插翅难逃。

正当我们一筹莫展之际，蓦地里一片惊天动地的巨响，就如撕铜断铁一般，头顶上"咔嚓嚓"乱响不绝，原来层层缠绕在棺材山周围的九死惊陵甲，终于抵受不住水流轰然冲击之势，但又遇到四周狭窄的岩层阻挡，硬生生被从山体上扯脱开来。

形如金属荆棘的九死惊陵甲盘根错节，倒刺互相咬合，一部分铜甲脱离棺材山的同时，也将其余的铜甲从山体上剥拽下来。

棺材山的体积和重量顿时减小，被汹涌而出的地下河流一冲，立刻撞破了前方薄弱的岩层，继续在颤动颠簸中，倾斜着向前移动。

九死惊陵甲被剥落之时，山体震颤格外猛烈，我们身处石壁岩峰的间隙里，都险些被撞入水中，随即移山倒海般的震动一波接着一波，再也没有给人喘息的余地，地底的巫盐洞窟一路偏滑倾斜，棺材山便顺着地势不停地移动。

我们借着一处狭窄的悬棺墓穴藏身，五脏六腑都跟着山体忽高忽低的颠簸一同起起伏伏，只觉得头晕目眩，就连手脚身体都已失去了控制，脑海中一片空白，全然不知身在何方。

不知道随着棺材山在地底移动了多远，最后猛然停住，耳听水声轰鸣如雷，又见眼前一片白光刺目，还以为是产生了幻觉，但冷风扑面，使人稍稍清醒了一些，定睛看来，方才发现这座空腹石山已经进入山高水长的棺材峡了。

时下正值汛期，棺材峡山势森严壁立，高山深峡里如龙似虎的水势奔腾咆哮，地底改道的洪流，在靠近谷底的河道上空峭壁里，冲出一条瀑布，棺材山顺流而出，前端撞在了对面绝壁上，后端兀自停在瀑布洞口，就这么当不当正不正地悬停在了半空。

藏纳着地仙村盘古脉等遗迹的棺材山体积虽然不小，但到了这段大峡谷里却显得微不足道，只是峡壁陡峭狭窄，才未使得棺材山直接坠入大江。但那山体饱受水流冲击，又被九死惊陵甲侵蚀了数百年，此时四面棺壁已是百孔千疮、遍体裂痕，犹如一具腐朽了千年的悬棺，裸露在狂风暴雨之中，随时都会被激流冲得粉身碎骨。

此时山外正是白昼，我们在峭壁间惊魂稍定，摸了摸腿脚脑袋还都在原位，皆是暗自庆幸，但脑中仍是七荤八素的一团混乱，只剩赶紧脱身离开此地这一个念头，慌慌忙忙爬到倾斜的岩壁顶端向周围一望，只见头顶天悬一线，两道千仞峭壁间乱云缥缈，棺材山犹如悬棺横空，底下的江河汹涌奔流，水势澎湃惊人。

我趴在棺壁顶端，回身向棺材山内一看，被颠摇散了的思绪才重新聚集。此刻建在盘古脉尸形山上的地仙村，早已经是房倒屋塌，盘古脉也已破裂崩溃，积在山体前端的血水尚未被大水冲尽。由于山体倾斜，棺材山前端顶在峡谷对面的绝壁之上，后端却仍悬在地下水脉喷涌而出的瀑布洞口里，乌黑混浊的水流，把地下墓穴里的无数尸体冲上水面推向峭壁。

那些殉葬者的尸体被古墓外的山风一触，立刻在身上生出一层黑斑，我惊呼一声不好，地仙村里的死人要尸变化为"黑凶"了！

孙九爷叫苦不迭："这些不是僵尸，僵尸一不能听鸡鸣，二不能在白天尸变，更不可能没有棺椁，这些都是随封师古炼化的尸仙！"

在民间传说中，古僵化凶为祟，可以扑人吸髓，无论是飞僵、行僵，一到了鸡鸣天亮之时，便即倒如枯木。而且僵尸必然是在棺椁中才会尸变，地仙墓梱星殿里的死者除了封师古以外，都没有棺椁装殓，如此之多的尸体突然在山中生出黑斑，显得极为反常，所以孙九爷认为它们都是炼出形骸的尸仙。

此前众人还道古墓里只有封师古一具尸仙，不料竟有如此之多，目睹天兆之中的大劫已经出现，我们这伙人算是再也没有回天之术了。

孙九爷道："尸仙还未现出全形，咱们应该到近处去看看它们究竟是什么东西，哪怕是豁出性命……也得把它们全部毁掉。"

胖子身在高处，全身胆气便先去了七分，忙说："不是胖爷不仗义，那些死倒儿水火不侵，咱拿它们能有什么办法？还是爹死娘嫁人——各人顾各人算了，老胡咱们赶紧撤。"

我看看四周，立刻打定了主意，对众人说："这座山随时都会崩溃瓦解，棺材山后端陷在瀑布激流里，要想离开只有从棺首攀着峭壁才是一条生路。"说罢就当先沿着石壁向棺首而行，Shirley 杨等人互相招呼一声，也都在我身后跟了上来。

瀑布冲击之下，那棺材山遍体震动，山体中后部的一切土石建筑，正逐渐被水流冲进峡谷，落入激流中的东西，不论是大是小，顷刻间就没了踪影。棺材山的后半截山体仅剩下一个躯壳，接下来的每一分每一秒都可能彻底崩塌散落，走在其中，好似身临倒倾的天河之上，绝险无比。

堪堪行到棺材山抵在峭壁上的棺首处，山体的分崩离析也在不断加剧，那声势真可谓石破天惊、日月变色。我看孙九爷还想攀下去查看那些生满黑斑的尸体，急忙拽住他。棺材山在顷刻间就会彻底崩塌落入大江，地仙村里的东西不管是死是活，都会被江水卷走，看来用不着咱们再费周折，封师古的神机妙算转瞬就要成空，幸亏咱们没有完全相信天启中的预兆，现在还不逃命脱身，更待何时？

孙九爷却不放心，毫不挂念自身安危，执意要亲自去查看个究竟。我本有心不再管他，但有许多事情还要着落在此人身上，便让 Shirley 杨带着幺妹儿当先攀上凿在峭壁间的鸟道，随后我和胖子强行拖住孙九爷便走。

在峭壁上攀出十几米，渐行渐高，料来棺材山也该坠入大江了，但都觉得事有蹊跷，不像是可以如此了结，又觉得峡谷中云雾有异，忍不住回头下望，不望则可，这一望险些惊得魂魄出窍。

只见我们身下的峭壁上，竟然爬满了从地仙村古墓里遇水浮出的死尸，密密麻麻的不计其数，那些给地仙封师古陪葬的死者，一个个全身生满了霉变的尸毛。此时峡谷底部黑雾弥漫，棺材山中残存的废墟在迷雾中若隐若现，如同一片从洪水中浮出的鬼域魔窟，那情形简直就像是"酆都① 城门一时开，放出十万恶鬼来"。

---

① 酆都，鬼城，传说中的地府。

第六十一章
龙视

我心道不妙，地仙村里的死尸全逃出来了，乌羊王古墓守陵人推算出的天兆，到最后果然是一一应验。现在说什么都晚了，冥冥之中注定将要发生的事情，终究是谁也改变不了。

从棺材山里爬出的尸体，几乎遮蔽了暗青色的峭壁，放眼望去黑压压的一片，地仙封师古那具头部裂为两半的尸首，也赫然混在其中，在群尸簇拥下距离我们越来越近，混乱中看不清它们是如何移动的，只是转瞬间便已到了脚下。

事情发展得太快，不容人再做思量，我赶紧从嵌壁鸟道间向上攀爬，只求离那化为尸仙的封师古越远越好，可是两条腿就如同灌满了铅水，虽是心急，在那陡峭的鸟道间拔足挪动，却是格外地艰难缓慢。

孙九爷心如死灰，他肩上伤重，一条胳膊已经完全不能活动，当下扑在狭窄的岩道里再也不想逃了。眼看地仙封师古的尸体如同壁虎般游墙直上，裹着一团腐臭异常的黑雾，自下而上正撞到孙九爷身上。

我来不及出手相救，全身一凉，心想这回孙九爷算是完了，正打算继续逃命，眼中却出现了一幕不可思议的情形：那尸仙竟对孙九爷视而不见，在他身边擦过，径直扑向了距离它更远的胖子。

胖子发了声喊大叫不好，当即掉头跳向斜刺里的一口岩桩悬棺，它是人急拼命，顾不得高低了，那口悬棺像是一枚木钉般突出峭壁，他一扑一跃之下，将悬棺的棺材板砸了个窟窿，底下支撑的木桩当即就被坠断了一根，剩下的几根木桩子架不住重量，也发出"咯吱咯吱"的响声，即将折断。

胖子趴在悬棺上，一时不敢起身，唯恐再有动作，会立时跟着棺材坠入波涛翻滚的大江之中。他这一逃，等于把他自己置身在了一个孤岛之上，四周再无遁处，满指望能够暂避锋芒，谁知道那尸仙在绝壁上如影随形，又紧跟着追了上去。

我在旁看得清楚，心中猛一闪念，为什么尸仙封师古舍近求远，绕开了孙九爷直奔胖子？难道封师古死后还能识得观山封家的后人？别的我不清楚，但做倒斗的勾当，自然离不开古尸、明器、棺椁之事，这些年耳濡目染下来，所知也不可谓不多。据我所知，凡是尸起扑人，必然是受活人阳气吸引，在民间和道门里都称其为"龙视"。

龙目仅能够看见有生命和魂魄的东西，而僵尸的眼睛也没有用处，只能凭生物或灵媒传递的电气感应，所以在民间才有"龙视"之说。尸仙封师古绕开孙九爷，这说明什么？难道孙九爷既不是"行尸"，也不是"活人"，真是连灵魂都没有，他只是我们眼中的一个"影子"？

孙九爷心思极深，似乎完全继承了观山太保行事诡秘异常的传统。他在棺材峡里见到自己父兄的尸骸都能无动于衷，又用了几乎一辈子的时间筹划进入地仙村盗墓毁尸，种种所为都不是普通人能轻易做到的。但这些还可算是在情理之内，孙九爷身上真正的反常现象，都出现在我们进入乌羊王古墓之后。

也正是在曾经埋葬乌羊王的古墓地宫中，孙九爷身上隐藏的秘密逐渐显露，他身为考古学者竟然身怀早已失传的妖邪之术，这才仅仅是"冰山一角"，随后众人还发现，他身上出现尸虫，对黑驴蹄子显得极为恐惧，似乎完全是一具行尸走肉，可是他在归墟古镜面前毫无反应，摸金秘术中占验吉凶的蜡烛，也对孙九爷不起作用，似乎此人什么都不是，既不是鬼，又不是人，更不是行尸。如果排除掉这些可能，那他会是什么？他有形有质，也有血有肉，步行有影，衣衫有缝，难道此人才是棺材山里真正的尸仙？

以前我也曾如此猜测过，可都没有把握确认，还想把他带出山去再仔细调查，可此时再次见到孙九爷身上出现异状，超越常识的存在，往往容易使人感到恐惧。在潜意识中我根本就不打算相信如此诡异之事，但事到临头也不由得你不信，想到这儿，我脑瓜皮子都像过电般麻了一麻。

电光石火之间，也根本容不得我多想，俯身在峭壁鸟道上微微一怔，见胖子陷在孤立无援之地，形势危险无比，立刻把这些纷乱如麻的念头抛掉，也不去理会趴在地上不动的孙九爷，忙对先前上到高处的Shirley杨打了个手势，让她赶快相救。

由于我们的通信手段始终比较落后，在距离较远的情况下，互相间联络基本靠喊，沟通基本靠手，但相处日久，彼此皆有默契，一个简单的手势就能传达意图。Shirley杨在上边探出身子来看得明白，她也知道眼下是千钧一发的紧要关头，抛下飞虎爪已然来不及，好在峡谷中到处都有悬棺，当即就招呼幺妹儿，二人联手将身前的一口悬棺推落峭壁。

胖子见头顶有口悬棺坠下，赶紧随身躲闪。那悬棺呼啸着从他身边砸落，正好掉在封师古的头上，顿时砸个正着，将他那颗自嘴部破裂开来的脑袋，直接从脖颈中拍了下去，仅剩一具无头的尸身依然附在峭壁上。

Shirley杨想趁机放下飞虎爪接应，可这时从棺材山里爬出的尸体源源不断，已在峭壁上对众人形成了合围之势。Shirley杨和幺妹儿只得不断推落悬棺、石板、木桩，但她们附近只有三四口残破悬棺，哪里阻得住地仙村里群尸出山。

我心知此刻已经到了最后关头，就逼问孙九爷说："现在棺材山里的尸仙全都跑出来了，你现在总该告诉我你究竟想干什么了，可别让我们死了也做糊涂鬼。"

孙九爷心神恍惚，面沉似水，他也不看我，只是始终盯着封师古留在峭壁上的无头尸体，愣愣地说："我想干什么？我要……"话音未落，我们立足的鸟道忽然坍塌，孙九爷也知大事不好，"哎哟"一声，身体便在

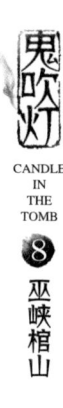

宽不逾尺的鸟道间失去了控制。这一下极是突然，我甚至根本没有来得及做出反应，等我明白过来的时候，他已随着碎石从峭壁上滑了下去，直接坠向棺材山涌出的黑云迷雾之中，再也不见了踪影。

我急忙俯身看去，没见到孙九爷摔在哪里，却见正从封师古那具无头尸体的脖腔中，蠕动着一团黑漆漆的物质，似乎满是又短又细的黑色尸毛。古尸藏在绝对封闭的棺椁中年头多了，在突然接触到外界流动的空气时，尸体皮肤会产生加剧的变化，在瞬间塌陷萎缩，同时生出一层霉变的尸绒。可地仙村里的死尸除了封师古以外，其余大多暴露在地底几百年，并没有棺椁装殓，竟然也会产生这样的尸变，显得很不正常。

峡谷中黑雾渐增，断断续续的一线天光分外暗淡，可我这回距离封师古的尸身极近，看得异常清楚真切。藏在封师古尸身内的黑色物质，先前在棂星殿前的玉窟中，我们曾见到玉髓岩层里藏有酷似人形的"鬼影"，《秉烛夜行图》里也暗中描述着这种幽灵般的黑色物质。

它们似乎可以吸附在峭壁上迅速移动，散发出一股诡异的尸臭，外观形态并不固定，而且不惧水火刀枪。被此物附体的死尸能够不腐不僵，甚至连体内鲜血都不曾瘀化。巫邪时期将其视为镇尸乌丹，而观山太保封师古则将其看作尸骸仙化之兆。

除了在地仙所绘的图画，以及棂星殿和墓中尸骸体内，我应该还在某些地方见过此物，好像就是在棺材山里，甚至乌羊王古墓和峡谷悬棺附近都曾见过，只不过先入为主，总认为是什么炼化来的尸仙，却忽略了眼中所见的无数细节。这种黑色物质应该是一种在阴腐环境中生存的苔藓，或者说就是风水一道中提及的尸藓。

巫邪文化与观山封家掌握的观山指迷之术，都是出自风水古法，其中天星风水占了很大的比重。但这些东西与摸金校尉所传的阴阳风水，实际上都是周天古卦分支，完全是同宗同源，其宗旨皆是造化之内、天人合一，只不过古风水更为深奥晦涩，里面有许多不切实际的理论，大多在汉代之后就不再使用了。观山封家却是在棺材峡盗墓学的异术，研习的内容还是夏、商、周古法，与我始终接触的形势宗风水有很多不同之处，所以我始终在脑子里没转过这个弯来，现在忽然醒悟过来，顿时明白了七八分。

棺材峡里藏有成千上万口各种各样的悬棺，而棺材山盘古脉更是藏风聚气的极阴之地，里面埋了无数小棺材。那些尸体器官在山中年久生变，长出了一层黑绿色的苔藓，可以寄生于活人或死者体内，这种肉苔就是乌羊王时期巫者用于给死尸防腐驻颜的"活丹"。

后来巫邪人发现此物虽可保持古尸万年不化，却不能让其离开棺材山，一旦离开藏风纳水之地，就会借着宿主的形骸滋生蔓延，世上的人畜生灵多受其害，所以告祭碑上才提到了"挖断地脉，封山压藏"之事，棺材山成了古之禁地。

封师古所学异术大半出自棺材山，加上他执迷于参悟天机以证大道，所以对山中所藏的"活丹"心生妄想，意图借此物修炼成仙，建造地仙村古墓修复地脉龙气。其实也不能说封师古的判断有误，至今因果循环，一切都按照他生前的推算和布置出现，那盘古尸仙如果从此流入各地，就不知要有多少活人都得被其度化了。

在我掌握熟知的《十六字阴阳风水秘术》中，"物"字一卷中曾经记载着尸苔、尸藓等项，说是"恶脉之下无所吉，尸苔老而生肉，年久结为人形，追噬活人阳气而动，离坟则主世间大疫"。那都是在陵墓坟茔地里出现产生的凶晦之物，从某种程度上讲，有些像守墓护陵的九死惊陵甲，只不过一刚一柔，而且尸藓几乎没有弱点可寻。

棺材峡中的峭壁悬棺、古墓地宫，到处都生有腐化的苔藓，却只有盘古脉中埋藏的才是尸藓。可我一叶障目，误认为棺材峡风水隐纳，是仙逸之辈埋骨的宝地，竟未想到传说中的尸仙原来是盘古的尸藓。

我虽然在峡谷绝壁间辨明了尸仙的真相，但完全于事无补，寄生在死尸体内的盘古尸藓，与地仙墓里关于尸仙的传说基本一致。此时看来，地仙村里的全部古尸体内都有这种东西，随着棺材山离开地底暴露在峡谷中，这些附在死者体内的黑色尸藓，便纷纷从宿主体内蠕动出来，吸附在峭壁上向四处爬动，让它们逃出峡谷必然会为祸不小。

我眼见此时硬拼也难有什么作为，趁着Shirley杨推下棺板将附近两具盘古尸藓砸落，急忙将身体挪到胖子头顶，随即和 Shirley 杨、幺妹儿一同放下飞虎爪，把胖子从摇摇欲坠的悬棺上扯了回来。胖子在鬼门关前打了个转，抬手抹了把脸上的汗珠子，匆忙问我："孙老九就这么翘辫子了？"

我点了点头："可能掉进江水中被卷走了，也可能跌入棺材山摔了个粉身碎骨，眼下没办法确认，只可惜我还有句挺重要的话没来得及跟他讲，看来是没机会说了……"

Shirley 杨和幺妹儿见孙九爷下落不明，也不免神色黯然，但 Shirley 杨心理素质极好，她此时还能保持镇定，问我说："老胡，地仙村里的尸体好像都被什么生物寄生了，看来咱们挡它们不住，现在如何是好？"

Shirley 杨心机灵敏，反应更快，在看清尸仙的面目之后，果然和我产生了同样的想法。她虽然不懂什么风水之理，却立刻判断出那些尸体中藏有寄生之物，但身陷绝境，脱困逃生都难以做到，哪里还有办法对付棺材山中的盘古尸藓。

横在峡谷中的棺材山逐渐土崩瓦解，但山体中阴晦之气久久不散，似有无穷无尽的黑雾涌动不绝。一阵阵缥缈盘旋的阴云惨雾，使峡谷中的光线越来越暗，我当此情形，也只有空自焦急束手无策。如果继续沿着鸟径栈道向上，不知什么时候才能攀过这堵壁立千仞的峭壁危崖，而且众人心理和身体上都至极限，恐怕上不到一半，就会被迅速滋生的盘古尸藓追上死于非命。

幺妹儿见我踌躇不决，忙求我别动跳水逃命的念头，她不惧翻山越岭，唯独不识水性，对浩大之水有根深蒂固的恐惧。

我告诉她用不着担心，水路根本不会考虑，这峡谷间水流湍急，即便有再好的水性，跳下去也活不了。但我心急如焚，四周的盘古尸藓大概在几分钟之内就会涌至近前，如此困境，除非是肋生双翅飞上青霄，否则怎能脱此大难？

胖子向下张望着说："水路是险，可咱凭两条腿跑八成是没戏了，眼下也只有学孙老九的样子，跳水遁入龙宫逃脱……"

我比谁都了解胖子，他就是个肉烂嘴不烂的主儿，刚刚所说的这句话肯定是给他自己壮胆。可说者无心,听者有意,这些话听在我耳中,尤其"孙老九"和"龙宫"两个词格外突兀,不觉心中一动……

孙九爷身上有着种种令人难以理解的迹象,身处峭壁之上,竟能避过盘古尸蘚,使我当时怀疑尸仙开了龙目,在龙视中捕捉不到他这非人非鬼的存在。我虽然很久以前就听过这种传说,但所谓"人不见风,鬼不见地,鱼不见水,龙不见一切物"之言,还是从张嬴川口中得知,这也正是归墟古镜和两枚青铜卦符的奥秘所在。

每当我一想到青铜卦符,十几年前老羊皮尸变后被雷火焚击的惨状就如近在昨日。那盘古尸蘚是风水穴眼中腐尸所化,既然开了龙视,当然也属于尸变化物,肉蘚尸苔之物最是腐晦阴沉,普通的火焰根本不能将其烧毁,也许我怀中的这枚青铜龙符,才是我们唯一的机会。

这个念头一动,我立刻扯开紧紧随身的密封袋,掏出了包中的青铜龙符,身边的胖子好像突然明白了我的意图,忙叫道:"这可使不得,本来就没倒出来什么真东西,反倒要把青铜卦符搭进去。贪污浪费是极大的犯罪,赔本的买卖千万别做……"

我知道这枚铜符对我们意义非凡,可我们所得的三件归墟青铜器,其余两件被火漆侵蚀拔尽了铜性,只有这枚龙符是四符之首,而且埋在百眼窟中年深日久,铜质中的海气浸润不散。权衡轻重利害,唯有横下心来舍了此物,才有可能彻底毁掉地仙村。如今我们这四人是生是死,也都系于其中了。

想到这我咬紧牙关,看峭壁下那具无首尸体近在咫尺,当即抬手将龙符抛了下去,青铜龙符的铜质中海气氤氲,经历数千年而不散,只见死者形骸内的盘古尸蘚在吞吐黑雾之际,早将那龙符裹在体内。

几乎就在同时,峡谷中已是黑雾遮天,天黑得连面对面都看不到人影轮廓,一阵闷雷在云雾中滚滚鸣动。我知道这是雷火将至的前兆,赶紧将其余几人按倒在地。还没等我俯下身子躲避,就见有道矫若惊龙的闪电从眼前掠过,顿时把两道峭壁间映得一片惨白刺目,雷鸣电闪发于身畔,震耳欲聋的炸雷霹雳声中,引得棺材峡千窟万棺同声皆颤。

第六十二章
天怒

被观山太保因禁的乌羊王古墓守陵人，曾为地仙封师古推算天机，并最终应验。那座棺材山被洪水从地底冲入峡谷，横空凌驾在奔腾咆哮的江水之上，山里无数尸仙趁机逃窜出来，与天兆中描述的"破山出杀"之象完全吻合。

我们被困在峡谷中的峭壁上走投无路，绝望之际抓到一根救命稻草，说不定归墟青铜器能够扭转乾坤。那几件青铜符镜都是上古的风水秘器，除了占验风水、卦象之外，铜质中蕴藏的海气也决然非凡。

当年老羊皮暴死在草原的蒙古包里，临终前偷偷将卦符吞入体内，引得黄皮子穴地盗尸，又阴错阳差地被我们从土中重新挖出，最终被炸雷所击，老羊皮的尸体和前来盗符的黄鼠狼，都被雷火击中，烧成了一堆焦炭。

可昔人已逝，我永远都不可能知道老羊皮的真正用意了。时隔多年之后，我又从陈瞎子和孙九爷口中或多或少有所耳闻，据此推测老羊皮当年确实心怀非分之想。他早年间听说过无眼龙符是风水秘器，想死后据为己有，荫福子孙后代，所以才安排出裸尸倒葬的诡异事端。他却不知如此作为，最易遭天谴，终归是落得个奇谋无用、诡计成空。

第六十二章 天怒

这回在棺材峡中找到封团长遗体之前,我曾见到峭壁悬棺里有不朽不化的隐士之尸。那尸体须眉神采俱在,看起来一派仙风道骨,完全不像什么千年古尸,应当也属古代留存下来的僵尸。当时我正准备在悬棺旁使用铜符铜镜推测地仙墓的方位,结果引得附近落下一场雷暴,使众人受了一场惊吓。

有了这两段遭遇,使我隐约觉得在青铜龙符中还藏有许多秘密,这可能是一枚"雷符"。其实僵人尸变之时,尸身内多有极阴的疠气,在外界遇到阳气,会使得阴阳相激,又被归墟青铜镜中那股氤氲不明的混沌之气所引,就会在低空形成云间放电,在极短的时间内产生雷电霹雳。

我虽然产生过这种念头,却并不能确定实情如何。此刻已到了山穷水尽的境地,再也无计可施,我好不容易想出个办法,满以为天无绝人之路,哪儿还管它行得通行不通,立刻便将青铜龙符对准盘古尸蘚抛了出去,恰好落在封师古断头尸身的腔子里。

谁知那座棺材山里涌动的尸雾太重,在风水一道中称此为"破山透穴,群龙惊蛰",是极凶之兆,顿时引得深峡绝壁间电闪雷鸣,这些霹雳闪电并非发自天空云层,而是从峡底接近水面的黑雾中产生。

常言说"迅雷不及掩耳",那峡谷中的雷电说来便来,先前的阵阵闷雷声中,四周黑得如同锅底,可随着一道极长的枝状闪电横空划过峡谷,恰似惊龙乍现,刺目的闪电立刻把峭壁间照得亮如覆霜。

我们藏身的鸟道岩穴处极其狭窄陡峭,大部分区域宽不逾尺,闪电从身边划过之际,我尚未来得及俯身躲避,借着那电光石火的一片惨亮,可以看到四周峭壁间布满了盘古尸蘚。地仙村无数死者的尸骸,大多都已皮开肉绽,里面露出大片大片漆黑蠕动的尸蘚,形态千奇百怪,血淋淋地吸附在石壁上,拥挤着不断爬向高处。

那道蛟龙惊空般的闪电转瞬即逝,棺材峡旋即又陷入了弥漫的黑雾之中。峡谷里由黑转明,又再次没入黑暗,只不过是在瞬息之间,我双眼被电光一晃,还没来得及眨眼,就听一片霹雳炸响,震雷声尚未落下,漆黑的谷底就突然冒出无数火球,所有的盘古尸蘚都被雷火击中,仿佛连周围那片浓重的尸雾也被引燃了，将空气都一同烧了起来。

棺材山附近的两道峭壁间雷火蔓延，就如同被一股灼热异常却又阴森刺骨的飓风卷住，我做梦也没想到能有这大动静，见那四周大大小小的尸藓肉苔，尽数被一团团火球裹住，不断在绝壁上挣扎翻滚，赶紧就地趴倒躲避。这时也不知是不是我的耳朵被炸雷震坏了，竟然听见峡谷中似乎全是凄厉异常的尖叫哀鸣之声。

在青乌风水的常规理论中，总说世间之火除了神秘的鬼火之外，还有另外三种，分别是人火、龙火、天火。龙火能在水中潜动燃烧；人火是烧薪伐髓的常世之火；而天火即是雷火，称为恨世之火，如果世人德行亏失败坏，或是物老为怪一类的现象，容易引得雷火相击。民间都说那是雷公开眼，专门诛罚妖邪奸恶，其实就是风水"形、势、理、气"四门中的"气"有异变，导致天地失衡，才会使得云雾间雷电交作。

空气中充满了焦灼的臭氧气息，以及焚尸化骨的恶臭气味，呛得人几欲窒息，眼前一阵阵发黑。我们四人赶紧将防毒面具罩在脸上，伏在地上不敢稍动，所幸穿的服装都是耐火防水材料的，加上防毒面具隔绝了有毒气息，才得以幸免于难，否则不消片刻，便都已被雷火烧死在棺材峡中了。

心惊胆战中不知过了多久，我透过防毒面具向外窥视，只见在雷火中焚烧的尸雾已经消失，深峡绝壑中的天光重新落下，无数漆黑的灰烬满天飞舞，其中尚有火星未熄。看来大劫已过，我这才扯脱防毒面具，一阵清冷的山风吹至，虽然浓重的焦糊气息尚未散尽，但胸臆间烦厌闷恶之情顿时为之缓解。

众人在绝壁上举目四顾，眼前所见尽是触目惊心的情景，百死余生之后，更令人唏嘘不已。那座棺材山地仙村被雷火击中，地仙封师古破山出杀的图谋如同冰消云散，顷刻间灰飞烟灭。峡顶一线天光再次显露出来，除了绝壁上全是焦糊的痕迹，再没留下半具尸骨，只有无数雷火焚烧尸骸后形成的漆黑碎灰，随着山风满天飘荡，峡谷中犹如下起了一场铺天盖地的黑色飞雪。

倾斜着横架在两道峭壁间的棺材山中，四周石壁已经开始逐渐碎裂，

第六十二章 天怒

山中的盘古脉和地仙村，都被水火湮噬殆尽，泥水中只剩遍地的残砖败瓦，内部的玉石和灵星岩分崩离析，更无一丝生气，散碎的大小石块瓦片正在不断落进江中。

最让人意想不到的是地仙村果然应了破山出杀之兆，天象中注定发生的事终于还是发生了，这是乌羊王古墓守陵者们为地仙村封师古利用古卦推演出的真实结果，但这个天启卦象中却埋藏着守陵人的恶毒诅咒。

就连地仙封师古这种异术通天的奇人，都没能察觉到此中竟然会深埋玄机，那些饱受观山太保酷刑折磨的守陵者，只将推算出的"破山出杀"作为天象的最终征兆，却隐藏了随后将会出现的结果，使得封师古穷尽心机建造的地仙村古墓毁于雷火。

经历了这一些，我们不得不相信，冥冥之中确实自有天意安排，其实古代先贤高圣们早把道理说得明白了："幽深微妙，天之机也；造化变移，天之理也；论天理以应人，可也；泄天机以惑人，天必罚之。"

可以用天地变化的原理来给人们作为指引，这样才能生生不息，宽厚包容；但是天机微妙幽深，世俗间的肉眼凡夫不应该去窥探其中秘密，否则定会招灾引祸，害人害己。也许炼丹修仙之术是真有的，未尝不是传古的奇术，但必应用心宁静，无欲无求，在金水丹火中习练的时间久了，便可以筋骨强劲，延年益寿。那地仙封师古本是绝世的奇才，却执迷救世度人的求仙法门，心怀非分妄想，逼迫巫邪遗民们推算天机卦象，意图修炼尸仙，结果受其所惑，引火烧身，落了这么个尸骸不存的下场。

棺材峡里云雨无常，天光刚现，高处忽又云雾聚合，片刻间大雨如注，泼天似的倾泻下来，把半空中的飞灰尽数洗去。我们被雨水淋得全身湿透，这才完全从心神恍惚中清醒过来，精神从高度紧张的状态放松下来，顿觉全身筋骨乏力，周身上下三万六千多汗毛孔，没一个不疼，只好仍旧停留在安放峭壁悬棺的岩穴中歇息。

众人虽是精疲力竭，但劫后余生，重见天日，棺材山地仙村里的土特产盘古尸藓也全毁了，不免皆有庆幸之感。

我和胖子说起这回被孙九爷诳来棺材山倒斗，算是栽了大跟头，这回彻底是被人家当枪使了。那盘古尸脉中虽有古丹，却不是我们想找来给多铃救命的内丹，两样东西完全不是一回事，而且最后孙九爷还下落不明，再想找他兴师问罪可就难了。但是能全胳膊全腿的出来，也算是祖师爷显灵，该当咱们摸金的气数不绝。

我和胖子俩人越说越恨，口中毒汁横飞，把能想到的狠话全说了一遍。眼见地仙村已经不复存在了，要是孙九爷此刻就在眼前，我们当场食其肉寝其皮的心都有了。

幺妹儿并不清楚南海采珠的事情，也不明白我们为何如此动火，她觉得从封师古的坟墓里走了一遭还能活着出来，就已经算是意外之喜了，便出言询问原委。

胖子当即掰着手指头数出孙九爷的十大罪状，连当年的作风问题都算上了，当然这事只是道听途说的。据说当年孙九爷刚从农场改造回来，就利用某次参加田野考古的机会，偷着和当地一个房东女人搞到了一处，结果被村里的农民们抓了个现行。这在当时可是大事，当场被乱棒打了一顿，要不是同事们替他说了一车皮的好话，他差点就被村民们扭送到公安部门去了。

事后组织上要求孙九爷写检讨，结果孙九爷狡辩说，自己和那个农村女人根本不是作风问题，这件事情非常特殊。因为当时乡下农家土坯房里的跳蚤虱子特别多，钻得人全身都是，他和房东妇人两个人夜间无事，便在床上脱光了互相捉虱子，除此之外，别的什么都没做。孙九爷对此事的态度极其顽固不化，拒不承认真相，交代事实。

胖子说就孙老九这样的人，钻了改革开放搞活经济的空子，竟然能混上个教授的虚衔，其实在私底下还不知道有多少反动罪行没有暴露出来，就该枪毙他个十回八回的才大快人心。胖子对孙教授一向看不顺眼，此时说溜了嘴，信口捏造，把能想象出来的罪名都给孙九爷加上了。

胖子把话说得离谱了，Shirley 杨和幺妹儿都摇头不信。Shirley 杨说："孙教授绝不可能是美国中央情报局的间谍，但他是观山封家的后人，也不是普通平凡的考古工作者。解读龙骨谜文专家的这重身份，应该被他当作了一层伪装网。他这一生想做的事情，恐怕就只有进入地仙村寻找封师古了，其坚忍冷酷的性格几乎都有些扭曲了，根本不是常人能做到的，这大概是同他的经历有关。事到如今，你们再怎样恨他都没有用了，现在听我一句劝，得饶人处且饶人。"

我回味着Shirley杨的话：得饶人处且饶人，可是孙九爷他……他是人吗？他身上有尸虫咬噬的痕迹，肩上被九死惊陵甲刺穿了也跟没事人一样，盘古尸仙根本感觉不到他的存在，他这个影子一般虚无的东西究竟是什么？

我们一边裹扎伤口，一边低声议论着发生在孙九爷身上的种种不可思议之兆，却始终不得要领，谁也猜不透他这位观山封家最后一代传人的秘密。正说话间，忽见一个硕大的黑影从身边峭壁上蹿过，众人吃了一惊。惊鸿一瞥之间，只见这个东西大得出奇，身裹一袭黑袍，攀登绝壁如履平地，穿云破雾过壁而上的身影迅捷绝伦，快得简直让人难以想象。

第六十三章
沉默的朋友

我见有个东西从峭壁上蹿过,其身形轻捷快速不输猿猱,看得人眼前一花,心想莫非是观山封家驯养的那只巴山猿犼。可是青溪防空洞里巴山猿犼似乎没有这么大的体形,难道棺材山里还有残存的尸仙?

就在这时,那攀壁直上的身影忽然停在我们侧面,我赶紧揉了揉眼睛,定睛再看时,不觉更是讶异。我和胖子等人是置身于一条狭窄陡峭的鸟道中,在相距数十米的地方,有数根钉在绝壁上的木桩,专为用来搁置悬棺,巴山猿犼背负着孙教授,在大雨中一动不动地停在了那里。那一猿一人,就这么面无表情地转头凝视着我们。

我猜测巴山猿犼并未跟随众人进棺材峡,但它极具灵性,徘徊在峡谷中,感觉到地底有山崩地裂的动静,便一路翻山越岭而来,在即将毁掉的棺材山里找到了孙九爷,背负他又从峭壁上来,在此同我们打了个照面。

我看孙九爷耷拉着一条胳膊,满身都是黑泥,脸上被雨水一冲,显得格外苍白。他并没有开口说话,但我感觉他只是想看看我们有没有事,随后便不知要遁向何方,从此再不与众人相见了。

我们在峭壁上同孙九爷和巴山猿犼遥遥相望,几分钟内竟然谁都没出一声，棺材峡里的绝壁陡峭异常，我想再接近他一步都不可能。

我们此番自地仙村中捡了条命回来，所幸几个同伴并无折损，想想这场遭遇都觉得像做了一场噩梦，对以前的事情也自是看得开了，感觉孙九爷所作所为可以说是情上可原、理上难容，虽然和胖子嘴上发狠，但并未真想再向他追究什么。此刻亲眼看到孙九爷被那巴山猿狖从棺材山里救了回来，心里的一块石头算是落了地，但见他像是要远远逃避，还不知下次什么时候再能撞见。我想起还有句场面话要交代给他，就将手拢在口边，在雨雾中对他喊道："孙九爷，咱们之间的账还没清，但盼着老天爷保佑你平安无事，至少在你下次再碰到我之前。"

孙九爷听了此言无动于衷，紧紧盯着我们看了一阵，毫无血色的脸上闪过一抹不易察觉的冷笑，轻轻一拍巴山猿狖的肩膀。那猿狖会过意来，对我们再不看上一眼，舒展猿臂纵身攀爬绝壁。它负着个人却仍能在千仞危崖上往来无碍，三闪两晃之际越上越高，竟在大雨中消失了踪迹。

我和胖子等人从鸟道间探出身子，仰望峭壁上方，唯见雨雾阴霾，哪儿还有人踪猿迹可寻，心中空落落的无所适从，只得收回身子，继续留在岩穴中避雨。此时棺材峡中风雨交作，我们不敢冒险攀越湿滑陡峭的绝壁，只好耐下性子等待大雨停歇。而悬在峡谷中的棺材山已经彻底土崩瓦解，分裂成无数巨大的岩块，被瀑布冲入了大江，现下正值汛期，山中水势极大，地仙墓棂星殿的种种遗迹落入水里，立刻便被吞没。

众人吃了些干粮果腹，随后抱膝而坐，各自想着心事默默不语，积劳之下倦意袭来，不知不觉间相继昏昏睡去。

巫山境内历来以朝云暮雨的幽深著称，等我醒来的时候，山里的雨仍没有停，直到转天上午，方才云开雨住，得以翻山越岭离开棺材峡。一路上都没见到孙九爷的人影，不知他是否仍然藏在峡中，还是逃到了别的什么地方。

众人身上大多挂了彩，当即先到巫山县卫生院里治伤，同时商量起孙九爷的去向。胖子说这孙老九太可恨，该遭千刀万剐，不过也甭着急，跑得了和尚跑不了庙，回北京再抄他的老窝去，上天追到他灵霄殿，入海追到他水晶宫，他就是如来佛边金翅鸟，也要赶到西天揪光了他的鸟毛，不把那顿正阳居的满汉全席吃回来不算完。

我最担心的是孙九爷另有什么图谋。他身上存在着许多令人难以理解的奇怪现象，越琢磨越觉得这老家伙不是常人，倘若我们无意中助纣为虐，那罪过可就大了，无论如何都得想办法找到他。

不过对于胖子提出回北京抄他老窝的办法，我觉得没有意义。那孙九爷比起他祖上的那伙大明观山太保来，行事手段之诡秘绝对是有过之而无不及。如果不出所料，他在跟我们一同从北京出发之前，就已经下决心抛家舍业不打算再回去了。

我和Shirley杨当天就在县城里挂了个长途电话，打到北京的陈教授家里，试探着打听了一下孙九爷的事情。果不其然，孙九爷已经交割了工作，称病提前退休回老家了，连他那间筒子楼的宿舍都交回去了，现在北京那边的人也就只知道这么多情况。

我见此事无果，多想也是没用，只好暂且抛在脑后，静下心来调养身体。那乌羊王古墓和棺材山里的阴气太重，我们四人身上都淤积了不少尸毒，先是咳嗽不断，呼吸不畅，随后更是常常呕出黑血来，在医院里耽搁了近一个星期，始终未能痊愈。

这天晚上刚刚入夜，我躺在病床上输液，不知不觉做了一场噩梦。梦见情景恍恍惚惚，依稀回到了棺材山地仙村，走到那封家老宅正堂里，见堂屋内香烟缭绕，墙壁上挂着一幅冥像，前边还摆着一张供桌，桌上七碟八碗，装着各种果品点心，以及猪牛羊三牲血淋淋的首级，白纸幡子来回晃动，俨然是处开了水陆道场的冥堂。

我走到供桌前边，想看看冥像中画的是谁，借着堂内昏晃的烛光，隐约辨认出是个混血少女的身影。我心道：这不是多铃吗？她怎么死了……又是谁将她的灵位供在地仙村里？正自惊诧莫名之际，忽听供桌上有阵稀里哗啦的响动，那声音就像是猪吃泔水。

我急忙低头去看，见那摆在供桌盘子里的猪头，不知怎么竟然活了过来，正贪婪地瞪眼吞吃着各种供果点心，血水和口水淋漓四溅，显得极其狰狞恐怖。

我见状心中动怒,更有种说不出的厌烦之意,当即抄起供桌边纸幡的杆子,擎在手里去戳那猪首。谁知纸幡杆子太软,全然使不上力气,不禁急得满头冒汗。正焦躁间,就觉得被人在肩上推了几下,一下子从梦中惊醒过来。

我一看是Shirley杨等人在旁将我唤醒,方知是南柯一梦。可这个梦做得好生诡异,而且梦境又极为真实,全身上下都被冷汗浸透了,暗中觉得此梦不祥,心里仍然感到阵阵恐慌。

幺妹儿好奇地问我梦见啥子东西了,竟然能把我惊吓成这个样儿,做了噩梦就应该立刻说破,说破了就不灵了。

胖子也奇怪:"老胡你那胆子可一向不小,也就是天底下没那么长的棍,要是给你根长棍,你都敢把天捅个窟窿出来,怎么做个梦还吓成这德性?"

我说你们别胡说八道,常言说梦是心头想,主不得什么吉凶祸福,可能是我最近太多挂念多铃的事情,才做了这么个没头没脑的噩梦,说着便将梦中所见给众人讲了一遍。

众人听了都有种不祥的预感,恐怕多铃的命是保不住了,虽觉得对不起船老大阮黑临终所托,但我们也已竭尽所能,终归没有找到千年古尸的内丹,多铃最后是死是活全看她自己的造化了。

我们说起多铃竟是中了自己亲生父亲所下的降头邪术,真是造化弄人、天意难料。但南海事件归根结底还是孙九爷的责任。最近这么多天,一直没有得到他的半点音讯,也不知他躲到什么地方去了。

我推测孙九爷不会离开青溪地区,毕竟这是他的祖籍,他父兄的尸体也都留在这儿了。于是我打算等伤势稍稍恢复了,就立刻再次进棺材峡找他。

我们正商议如何寻找孙九爷,突然从窗外扔进一个包裹,里面的东西似乎并不沉重,"啪"的一声轻响就落在了地上,胖子立刻起身去看窗外。这县城里有新老两片城区,卫生院位于古城边缘,人口并不稠密,这时正值仲夏,空气潮湿闷热,夜晚间虽是点了蚊香,可病房里的窗户仍然开着以图凉爽，外边仅有零零星星的几盏街灯亮着，并不见半个人影。胖子只好先把窗子关上，以防会有意外发生。

Shirley 杨捡起包裹，打开来一看，见里面包着几束奇形怪状的野草，并有一沓信纸，那枚无眼的青铜龙符也赫然裹在其中。她拿过来交给我说："应该是孙九爷让巴山猿狨潜入县城给咱们送了封信。你看看这信中都写了些什么。"

我急于一看究竟，连忙展开信纸，边看边读给其余三人。信是孙九爷亲手所写，落款署着他的本名"封学武"，洋洋洒洒的篇幅不短，大抵是说他自觉愧对众人，没面目再来相见，但这次在棺材山地仙村倒斗之事，全仗摸金校尉相助，虽然可能后会无期，但有许多事不得不做个交代。

孙九爷在信中说自己这辈子从来没自在过，心中始终压着一座大山。家门出身以及种种的内因外因，使得他连个能说心腹事的朋友都没有，唯一可以信任的，也仅仅是藏在棺材峡里的那只巴山猿狨，可这位老伙计虽然绝对忠诚可信，又颇通灵性，但终归不能口吐人言，就像是一部以狼狗为主角的罗马尼亚电影，它永远都是个"沉默的朋友"。

久而久之，就养成了孙九爷阴沉冷酷的性格，在他的世界观中，除了观山封家的事情，普天下再没第二件大事可言。由于地仙村古墓外围埋有九死惊陵甲，所以只有在十二年一遇的地鼠年某几天中，趁着惊陵甲蛰伏休眠之际，外边的人才能有机会进入棺材山。封师岐的后人屡屡错失良机，封团长就是因为途中染病错过了日期，一时怒火攻心，竟致双腿瘫痪，才死在了九宫螭虎锁前。

孙九爷眼见家门人丁凋零，如果在今年夏天还不能找到入口，恐怕就终生无望了。经过多年处心积虑的筹划安排，终于赶上了天时、地利、人和。谋划虽然周密，毕竟不能未卜先知，自从进入棺材峡开始，还是发生了许多意料之外的事情。

本来孙九爷掌握了真正的《观山指迷赋》，只是担心摸金校尉甩了他单干，所以始终加以隐瞒，事先做了几个局，让众人在不同地点一段一段接触真真假假的信息，再加上点苦肉计，以便混淆视听，到关键时刻再由他一一点破。其实在那段观山指迷的真正暗语中，已经包含了如何开启九宫螭虎锁的信息，唯一所碍便是拼接瓷屏风水地图的碎片。但蜂窝山的传人半路加入探险队，是他始料不及的，好多已经布置好的计划，不得不临时更改，以至局面逐渐混乱失控。

最令孙九爷意想不到的，是在金丝雨燕组成的吓魂桥下发生的一系列事情。他本意是借着峡谷中埋伏的金甲茅仙，来分散众人的注意力，然后再点出生路，从化石瀑布下到木梁上逃脱。

之所以如此布置，是因为下了这条峡谷不久，就要进入乌羊王地宫了。在此之前，他需要给自己的身体做个"手术"。这个所谓的"手术"，其实是种古代流传下来的"妖术"，观山封家凭盗发古时隐士悬棺发迹，从中发现了许多早已失传千年的巫法邪术。

其中有一门，是以骨针刺脑，据说可以使人体的三昧真火熄灭，因为活人身上都有三盏灯，是活人阳气的象征。这三盏灯火的明暗，预示着本主气运品德的衰旺，肉眼凡胎是看不到的，只有鬼魂和僵尸能够看到。从后脑对准穴位刺入骨针，就可以灭了这三盏命灯，盗墓之时便能避开"遇鬼诈尸"之事。但用了此术，绝不可对旁人说明，只能自己心里知道，一旦说出去，马上魂飞魄散，死后连鬼都做不成。

这种邪术源于古巴蜀之地，实际上是针灸刺穴的前身。巫楚文明遗留下的壁画岩画里，就曾详细描述这类似的情形。巫者施展妖术，被骨针刺倒的人，就会如鬼附体，上刀山过火海，浑然不知疼痛，因为骨针所刺穴位，正是脑中司掌疼痛感知的神经中枢。古代人不明白其中奥秘，便以为是巫邪之术。

可孙九爷在化石瀑布的龙门前，对事态发展失去了控制，落到木梁上的时候被撞了头，刚刺入脑中的骨针就不知跑到哪儿去了，可能全部没入后脑了，也可能在混乱中掉在什么地方了。在进入乌羊王地宫之后，他发现自己的神经逐渐麻木，身上被尸虫啃咬，竟然丝毫没有感觉，但已无可挽回，恐怕在有生之年都要做一具无知无觉的行尸走肉了，而且一旦紧张激动过度，他就会觉得全身血脉偾张，估计随时都可能血管爆裂而亡。

孙九爷心坚如铁，事情已经发生了，就只好认命自安，并没有过多埋怨。他生性冷漠，对别人和自己的生命看得极轻，但他当时也只计划独自一人进入地仙村，仗着灭了三盏命灯，又有归墟青铜镜辟邪，一旦找到地仙墓，应当足能应付。

谁知阴错阳差，他身上尸变的迹象引起了众人的怀疑，所以提前败露了身份。为了赶在九死惊陵甲封锁棺材山之前进入地仙村，他明知进了棺材山便是有去无回，也只好再出诡计，让众人一同前往。

事情发展到这一步，早已超出了孙九爷所能想象预计的范围，更想不到他的所作所为，都被地仙封师古生前推算了出来，不由得心念俱灰。满以为墓中尸仙必然逃出山外，要引出一场大规模的瘟疫，不管在灾难中死掉多少人，最后的孽业都算是由他引发，到了九泉之下也愧对列祖列宗，精神状态几欲崩溃。

谁知道最后山穷水尽处峰回路转，这可能也正是老天爷有眼之处。所谓"螳螂捕蝉，黄雀在后"，不仅是咱们进山倒斗的这伙人，就连地仙封师古都上了乌羊王古墓守陵者的恶当。可以说观山太保和摸金校尉，都没有那些守护着棺材山秘密的巫邪遗民心计深刻狠毒，细想起来令人毛骨悚然。

刑徒们死前推演出来的天兆，使棺材山在离开地底后终于被雷火焚毁，地仙村里的死人被烧得连灰都没剩下，似乎这一切都在冥冥中早已注定了。人世间的一切痴心妄想，都只不过是过眼的云烟。

孙九爷当时从峭壁上摔下，落在了棺材山的死人堆里，黑暗中侥幸没有撞在石头上摔得粉身碎骨，随后峡谷中雷鸣电闪，地仙村陷入了一片大火之中。非人非鬼的孙九爷得以避过霹雳闪电，又被循声前来的巴山猿狖所救，在瓢泼大雨中翻上峭壁远远逃走。

随后他在信中提到，归墟青铜镜是古之重宝，切不可因为铜气消散就此遗失。在北京西城的一处院落中，有口早已废弃的枯水井，那里面藏着一些东西，可以按信中标绘的地图寻到位置挖掘出来，然后把此物与青铜古镜镜背的卦图相辅，说不定可以找到失传已久的周天老卦。

第六十四章
千年长生草

孙九爷世家出身，虽然他祖上大明观山太保的手艺十成里未学够一成，但也算自幼识得各种虫鱼大篆、蜗行古符。被从果园沟劳改农场释放出来之后，他恢复了工作，常年研究夏商周时期的龙骨天书，这几年接触了大量骨甲和青铜器上的铭文。不过孙九爷的心思却没放在工作上，而且由于不能处理好人际关系，导致自己常年被一些权威人士打压，从来没有出头的机会。

所以孙九爷虽然取得了一些成果，却都迟迟没有汇报上去，而是私自藏匿起来研究，日积月累，已然是规模可观。所谓周天老卦，乃是阴阳之枢纽、天地之轨迹，绝不是凭着零零星星的卦图和古篆，就能轻易全面破解。

自从得了归墟青铜镜之后，孙九爷发现古镜背面的铜匦卦图奥妙无穷，要是能假以时日，结合他对周天老卦的研究结果，也许可以使绝迹的周天全卦重现于世。

但比起失传几千年的周天老卦来，孙九爷还有更重要的事情要做。十二年一遇的地鼠年将至，地仙村古墓之事已经刻不容缓，容不得他再耗费上七八年研究十六字天卦。当时他又打算带着古镜进墓镇尸，就只好把研究资料和所收集的卦图、卦象,都一并埋藏在枯井底的隧道里。

一九七一年全国上下备战备荒,广泛开展深挖洞、广积粮运动,当时北京也对地下人防工程进行了扩建,那口藏东西的枯井,就通着一段封闭废弃的地下隧道。孙九爷在信中画了个简图,标明了位置和各个入口,他希望我们可以回北京把东西挖出来,将来若有机缘,或许可以掌握全篇周天老卦,这就算是他的一种补偿和报答了。

随后他又在信中说,同信送来几样东西,一是失落在棺材峡的青铜龙符。地仙村古墓遭雷火焚烧击毁,可能是龙符中海气太盛,也可能是与棺材山盘古脉风水理气变动太大有关。但无论如何,从北京带来的这两符一镜三件归墟青铜古器,终归得以完好无损。

另外,棺材山为古时巫邪祭鬼之禁地,其中阴腐之气格外沉重,尸头脉处的乌羊王古墓也属此类。虽然有防毒面具保护,可难保周全,裸露的肌肤也会沾染阴晦腐化的气息,所以众人身上都会陆续出现黑斑淤痕,随后还会呕血咳黑痰,虽不致命,但时间久了,还是会在体内留下难以拔除的病根。

所以同信送上几株九死还魂草。九死还魂草学名叫卷柏,此物专门生于深山穷谷之地,在水土养分不足的时候,就会枯萎假死,所有细胞的新陈代谢全部停止,但不久之后又能回魂重生,所以才得名九死还魂草,民间也称其为"长生不死草"或"千年草"。外用可当作金疮药,内服能化瘀散毒,消解深入骨髓的阴沉腐朽之气。

到县城中药铺可买到化痰的鳄鱼肉干等几味中药,然后将全株长生不死草焚化为灰,混合后连续服用三天,就能根治。以前棺材峡绝壁上生长着许多这种千年长生草,皆是九须九叶,不同于寻常卷柏,但现在已经不太容易见到了,这几株草药虽少,却足够五六个人服用。

孙九爷在信中最后说道:现在咱们彼此之间的账算是扯平了,我对外界事情再无挂虑,而且骨针刺脑后神魂将散,死后怕是连鬼都做不得了。现下剩余时日无多,在安葬了父兄尸体之后,就打算留在棺材峡里等死了,再也不想与外人相见,你们看到这封信的时候,我可能尸骨已寒,被巴山猿狨埋葬在某个秘密的所在了。这棺材峡内全是崇山峻岭，峭壁纵横，就算藏他个十几万大军，也根本无踪可寻，所以你们就不要再白费心机进山来找我了，也请你们务必不要对任何人泄露我的事情。

我们读过巴山猿狨送来的这封书信，心里边多是半信半疑，自从经历过地仙村古墓事件，众人对孙九爷的看法都有了颠覆性的改观。以前觉得此人不过是一个私心较重、脾气古板倔强、性格偏激、不近人情的古文字专家，可事后看来，这孙老九不仅身世特殊，而且非常善于隐藏自己，是个绝顶聪明的人物。正所谓大象无形、大智若愚，不知是否与他祖上是观山太保有关，其行事作为完全无迹可寻，神仙也猜不透。

我们自负见识广、阅历不凡，却都着了他的道，在进入棺材山以前，竟然谁都没能识破他的伪装，正如《厚黑学》提到的"心黑而无色、脸厚而无形"，肉眼凡胎谁看得透他？这就是孙九爷为常人所不及的高明之处。

如果都像港农明叔似的，虽然看似精明狡猾，可境界太低，还没说话就让人知道不值得信赖，如此谁还信他？但凡懂些世故的，都不可能被明叔这路人蒙住，我看与那位深藏不露的孙九爷相比，小诸葛明叔简直都能算是一个实在人了。

幺妹儿是本地山里人，识得些药草习性，她说生长在棺材峡的九死还魂草几近绝迹，这几株草极是难得，确实可以化解腐毒。我仍不放心，又在县城里找了个老中医，问清了药方中君臣之理没有偏差，这才依法服用。

不出几日，众人的身体皆有所好转。商量起今后行止，觉得还是应该设法找到孙九爷。可棺材峡地势复杂，地形险峻幽深，峡谷内常年云雾缥缈，藏纳着不计其数的各种悬棺，孙九爷身边又有巴山猿狨相助，我们在明他在暗，想找到他谈何容易。

我们再次进山寻他，果然毫无结果。眼见根本不可能再找到藏在棺材峡独自等候死亡的孙九爷，众人无奈之余，就只得准备动身返回北京。

离开之前，在县城里吃罢了晚饭，我和胖子着手打点行囊。此番进山虽然没有找到古尸丹鼎，但也非一无所获。首先是从地仙村里带出来几幅图画，都是观山太保封师古手绘的真迹。此人虽然不以笔墨丹青著称于世，但《棺山相宅图》等几幅画卷,却都属历代罕见的手笔和题材,可以拿到琉璃厂请乔二爷给估个价格。

另外还有胖子从地仙村阴宅古墓里,捡漏倒出来的一个描金匣子。当时是在古墓中见到一具被金牛驮负的女尸,怀中抱了这么个明器匣子,那座墓室是观山太保从外界移至地仙村的。金牛驮尸的机关设计得极是巧妙,一旦有盗墓者闯入主室,便会触动金牛暗藏的销器儿,机括作动之下,就立刻使得金牛猛撞墓墙翻板,带着墓主尸骸遁入后室。

我们只能判断这座金牛墓室建于明代,但无法确认墓主姓甚名谁,是什么出身来历,又为何有如此精巧结构的主墓。

胖子出于贼不走空的成规惯例,抄了一件明器在手。但后来遭遇种种危险,他早把这事忘到东洋大海去了,收拾东西的时候才想起来,赶紧拿出想打开看看里面有些什么。

描金匣子精美绝伦,那墓主又是个女子,所以我们猜想里边多半是陪葬的金银首饰,或者还会有玉镯一类的珍珠宝石,看墓中机关巧妙,墓主身份也必定不凡。随身的明器自然非常贵重,用手一摇沉甸甸的,也没什么声响晃动,我和胖子想先睹为快,一见匣子有锁,不敢硬拆,以免损毁了其中值钱的物件,就请来幺妹儿帮手。

待幺妹儿捅开银锁之后,我们同向匣中一看,瞧清楚了里面的东西,不免半是意外半是失望。那描金匣子里并无半件珠玉金银,而是厚厚的几本旧书,纸页多是深黄色的。我翻开来看了看,不像是经卷典籍,书中全是稀奇古怪的插图,文字注解深僻难解,竟像天书一般。

但常言道"天书无字",因为真正的天书里边都是卦象卦图,看起来全是蝌蚪虫鱼般的神秘符号,从来没有文字,有字的都是后世解卦之书。但我敢断定,这几卷厚厚的书册,绝对不是我经常接触的《周易》之类,仔细再看,发现很像是古时构造机括、销器儿的图谱。

有道是隔行如隔山,我头一次见到这种古籍,并不敢轻易确定,好在幺妹儿学了满身蜂窝山的本领,我就让她好好瞧瞧,能否看懂这书里究竟记载着什么内容。

幺妹儿翻看了几页，也是面露诧异之色，这套古籍似乎正是《武侯藏兵图》。蜂窝山自古以来多有能工巧匠，专造各种暗器机关。《武侯藏兵图》虽是后世托借诸葛武侯之名所著，最早见于唐宋之时，但里面记载的种种销器儿机括极为奥妙精奇，比起传说中后汉三国时期的木牛流马来，也是有过之而无不及。

《武侯藏兵图》更是蜂窝山这一古老行业的镇山之宝，可以说就相当于摸金校尉的《十六字阴阳风水秘术》，历代的蜂爷匣匠，都视这套图谱为压箱底的绝活，可惜失传已久。幺妹儿的干爷销器儿李，虽然手艺精湛，工巧能欺鬼神，却也没能学得《武侯藏兵图》中的三四成本领。

那些手艺绝活历来是各山头安身立命的根本，大多数师父传徒弟，都"猫教老虎"，留下一手救命的上树本领不传，再加上什么"传男不传女，传长不传幼"之类的规矩，导致各门绝艺越传越单薄，时常青黄不接，甚至香火断绝。

近一个世纪以来，世界上各种科学技术日新月异，中国的传统行业就难免显得有点"上吐下泻"。早年间的东西流失太严重，到了现代又不能把仅存下来的继承完善，而且还在持续流失，蜂窝山匣子匠的暗器手艺就是一个例子。所以《武侯藏兵图》对幺妹儿来讲，显得过于艰深了，她根本看不懂多少。

胖子一见描金匣子里装的明器是几本破书，顿时没了兴致，只把匣子留下，打算拿到潘家园出手，就问我剩下的几本图谱如何处置。

我说其实《武侯藏兵图》绝不是寻常之物，不过外行人完全看不懂。所谓物各有主，这东西流落到普通人手里属于暴殄天物，咱们这趟进棺材峡寻找地仙村，幺妹儿给咱们帮了不少忙，不如就把《武侯藏兵图》送给李老掌柜，当是还他一番人情，说不定李老掌柜还能知道藏兵图谱的来历出处，咱们也能顺便跟着长点见识。

胖子欣然表示同意。他说这东西放咱手里闲着也是闲着，拿到李掌柜的杂货店里，可以再换上三五柄金刚伞，就算咱今后不倒斗了，到了加利福尼亚戳到海边的沙滩上还能当遮阳伞，说不定就能引导美国乃至全世界的潮流了。

说话间，Shirley杨又来同我商量，眼下多铃命在旦夕，但众人在地仙村古墓扑了一空，不如绕路去趟湖南找算命的陈瞎子，他是当初卸岭群盗的魁首，阅历见识不凡，也只有请他再帮忙想想办法。

我心想如此也好，那陈瞎子当年统辖南七北六十三省的响马盗贼，实是位"要风得风，要雨得雨"的人物，直到湘西瓶山盗墓开始，不知走了什么背字，又或冲撞了哪路凶神，不但没有东山再起，反而接连受挫、极其不顺，还没过遮龙山就折了许多人手，剩下的人也全伙交待在了山里，只剩他一个侥幸逃脱，坏了一对招子隐姓埋名活到今天。

但陈瞎子当年非常熟悉《陵谱》，手下耳目众多，知道许多各地古墓的情报，连关内人很少得知的东北黄皮子坟，他都有所了解，我们现在只好再让他搜肠刮肚好好回忆回忆——哪座古墓荒冢里还可能埋有丹鼎异器。

他现在所在的湘阴，曾是常胜山卸岭响马的老巢。据陈瞎子说，按惯例群盗发墓取利和各地历代埋葬的线索，都要造册详注，如果运气好的话，说不定能够找出新中国成立前遗留下的相关信息，强似我们毫无目标地乱撞乱找。

虽说此事未必确实可行，但如今谁也没有更好的办法，当下就打定了主意，要直奔湖南。没想到就在这时，竟然传来了不好的讯息，多铃已经死在美国了。

第六十五章
金点

在南海珊瑚螺旋的归墟遗址中,船老大阮黑不幸遇难。在他临终前,我曾亲口答应要好好照顾多铃和古猜,谁知多铃鬼使神差般捡到了玛丽仙奴号船长断腕上的金表,中了下在金表中的降头邪术。而且事后经过我们多方确认,那位在南洋私运古董的法国船长,正是多铃在越南战争时期失散的亲生父亲,这不得不说是天意最巧,却又是天公无情。

我们想尽了一切办法挽救她的性命,但在海上漂流的时间太久,回到珊瑚庙岛之时,尸降之毒已经深入骨髓。要是没有那件翡翠天衣在身,多铃的尸骸早就消腐没了。最后我们终归没有找到可以救命的古尸内丹,无法将她留住。

从大金牙发来的电报中得知这一消息,我心里就像被堵了块石头,一觉自责,二觉愧对船老大阮黑的在天之灵。虽然明知人力有限,有些事能做到,有些事又是无论如何做不到的,起死回生的愿望已经成画饼,想到世事坚冷如冰,实在难以让人接受。

众人嗟叹了一回,都道这是生死在天,人力强求不得,事到如今也没有奈何了,只好改变行程计划,返回美国参加多铃的葬礼。南海疍民大多

413

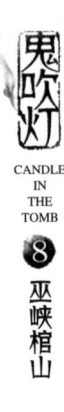

比较恪守传统，按其风俗，人死后，要放船送五圣出海，疍民尸骨则入土为安，并且还要连做三天水陆道场的法会，发上一场冥事，超度她死后早日脱离轮回之苦。

我们先来到那个无名小镇的杂货铺里，向蜂窝山李老掌柜作别。老掌柜连忙关了店门，把众人接在店里问长问短："看你们愁眉不展，想必这次进山做的事情不太顺当，反正来日方长，纵有什么难事，也不必太过挂怀。"说着话就从柜里拎出两瓶酒来，要跟我和胖子喝上几杯。

我们推辞不过，只得敬从了。想不到老掌柜年事虽高，酒量却是不减，三人半瓶老窖下肚，就打开了话匣子。我把进棺材峡寻找内丹未果的事情说了一遍，又将从地仙村古墓里倒得的《武侯藏兵图》拿出来。

我对老掌柜说："有道是物归其主，这套《武侯藏兵图》总共八册，在现代化建设中根本派不上用场，除了精通机括销器儿的匣匠师傅，可能再没别的人能够看懂它，只有落在您的手里可能还多少有些用处。"

老掌柜闻听此言着实吃惊，赶紧拿过老花镜来，如捧至宝般一页页翻看不住，边看边连连念叨："祖师爷显灵，真是祖师爷显灵了！"这本图谱是古时匣子匠的宝典，后世出现的发条和八宝螺丝都不及其中的机关巧妙，大部分内容都已失传很多年了，眼见蜂窝山里的手艺就要没落绝迹了，他这个老蜂爷做梦也想不到，竟又能在古墓中重新找到全套的《武侯藏兵图》，当下千恩万谢，将图谱妥善收藏起来。

我问老掌柜为什么《武侯藏兵图》会出现在地仙村古墓里，难道那位金牛驮尸的女子墓主，也曾是明代蜂窝山里的人物？

李老掌柜也是老江湖了，他据此说起一些往事来，使我有了一些头绪。推测那明代女尸，可能是术数奇人刘秉忠之后，刘家擅长奇门遁甲，并且精于布置各类销簧机括，虽然不是蜂窝山里的匠人，但刘家与历代蜂头交情深厚，家中传有这套机关图谱半点都不奇怪。

术数刘家和观山封家同朝为官，本来就相互不合。地仙封师古盯上了刘家的销器儿图谱，便暗中盗了金牛驮尸墓。封师古虽然神通广大，却是擅长邪门歪道的异术，即使拿到了《武侯藏兵图》也难以尽窥其中的奥妙，

第六十五章 金点

所以乌羊王古墓中的武侯藏兵机关仅是虚设，到最后都没能建成。而这本图谱也随着观山太保盗发来的各种尸骸明器，被原样安置在了地仙村阴宅中。

当然这仅是我的猜想，随着棺材山的土崩瓦解，其真实情况已经无法考证了。三人推杯换盏，眼花耳热后倾心吐胆，说了许多肺腑之言。我对老掌柜说起幺妹儿的事情，倒斗的手艺跟我学不着什么，其实学了也没大用，而且一旦陷进摸金行里，再想脱身可是难上加难。

我本身就是个例子。当初我和胖子去东北野人沟，是想捞笔横财帮那些穷朋友，没有多大追求。但自从我们在金国将军墓里拿到一对螭璧开始，那些没完没了的麻烦就开始找上门来，没少遭罪，没少吃苦，能不缺胳膊少腿地活到今天也不容易，这期间谁身上没添几处疤痕？胖子的鼻子在昆仑山被削掉一块，相都破了，亏得我们腿脚利索，又承蒙祖师爷保佑，才得以三番五次从鬼门关里闯出来。而幺妹儿她一个山里姑娘，学倒斗摸金这桩营生，绝不是她的妥善归宿。

说到这里，我转头看了看屋外，见 Shirley 杨和幺妹儿正在外厢说话，听不到我们交谈的内容，便压低声音对老掌柜说："女人嘛，关键是嫁个好人家。我以前在部队的战友挺多，多半都打光棍呢，所以这事您不用发愁，全包在我身上了。前几天我问过幺妹儿了，她不愿意出国，但是挺想去北京看看。我和胖子在北京潘家园琉璃厂还都有点面子，可以让她到乔二爷的古玩店里工作，学些个鉴别古董的手艺，然后再嫁个可靠的男人，喜乐平安地过上一世，您也能跟着享享清福。"

老掌柜点头说："我看人从不走眼，你的主意准错不了。我旧病缠身，身体一天不如一天，说不定哪天就撒手闭眼了，幺妹儿这孩子能有个好归宿，我就死也瞑目了。"

随后李老掌柜说起他最开始见我们识得金刚伞，就已经猜出我们都是挂符倒斗的摸金校尉了。他是旧社会过来的人，当然知道倒斗行里的摸金秘术，对风水阴阳之事非常信服，想请我在他死后帮着选块坟地作为阴宅。

我劝他说，风水之道我算不上精通，略知一二而已，只不过凭着祖传

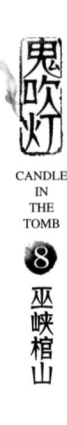

的寻龙诀和分金定穴混口饭吃，平生所见所闻，确实有许多事和风水有关，但我同时也发现，风水并不能左右吉凶祸福，它只是一门地理生态学。

为了让李掌柜相信，我给他讲了一件我祖父亲身经历的事情。新中国成立前我的祖父胡国华以测字、看风水、相地为生。这些通过术数为他人占卜吉凶来糊口的，因为知识含量比较高，所以往往被尊称为"金点"。我祖父的本事得自半本《十六字阴阳风水秘术》，都是真才实学，加上为人精明仔细，所以得了个"金点先生"的名头，置办下的家业在当地来讲也算是比较富裕的大户。

金点胡先生每天坐堂打卦，为南来北往的各色人等讲谈命理地理。一天细雨如绸，街上行人稀少，生意冷清，店铺都提前打烊关了门板。胡先生正在馆中闲坐喝茶，忽然就听街道上马蹄声响，马上乘客行到金点卦铺门前，猛地勒住缰绳，翻身跳下马，急匆匆走进店来。

胡先生赶紧起身相迎，同时放眼打量来者。只见那男子四五十岁，体态魁梧矫健，一派有钱有势的土豪模样，行事如此张扬，应该不是响马盗贼，但他神色极是阴郁，满脸吊客临门的衰相，不知是不是家里死了什么亲眷才致如此。

胡先生不敢怠慢，请那客人落了座，敬茶叙礼，无非是说："贵客临门，不知有何见教？"

那土豪抱拳道："先生金点之名，咱们是多有耳闻。今日冒雨赶来，自然是无事不登三宝殿，想问胡先生可懂相地相宅之道？"

胡先生就指这买卖吃饭养家，见到外行人，他如何能说不懂，当下里便自抬身价道："非是小可自夸，小可早年曾有奇遇，在雁荡山中拜天目真人为师，得了许多传授，那些个《宅经》《葬经》、青囊奥语、灵城精义、催官发微诸论，无一不晓，无一不精，相地取宅是咱家本等的生意，自然不在话下。"

那土豪闻言大喜，这才说起缘由。原来他姓马名六河，祖籍铜陵，后来做生意迁到洞庭湖附近居住。最近这几年来，马家凭着手段豪强，上通官府下通响马，垄断了当地的许多生意，钱多了就想造一片豪宅庄园。请

第六十五章 金点

个风水先生相形度地，选中了一块宝地，于是强取豪夺地侵占了土地，大兴土木建造宅院，费了许多的钱财，造得是高门大户、深宅广院，奢侈非凡。

马六河最信风水，选这块地就是看上了纳财进宝的形势，宅中所有的院落格局，不分巨细，都请高明地师指点布置。等新宅建成后，全家老少高高兴兴地进去居住。谁承想刚入住，马老太爷就在园中滑了一跤，老胳膊老腿受不得摔，没挺过半天，便翘辫子咽气了。

喜事变成了丧事，还没等把马老太爷发送入葬，马六河的大儿子就在外地被仇人劫杀了。总之自打搬进马家新宅之后，家里接二连三地死人，算上仆佣帮工，全家七十余口的大户人家，不出一年，里里外外就横死了十三条人命。

但说来也怪了，死的人越多，马家的生意就越兴旺，赚钱赚得叫人眼晕。马六河贪图钱财富贵，硬挺着不肯搬家，但财运虽旺，家门却是遭了大难，眼看仍然不住有人横死暴亡，实在挺不住了，只好找人来改动风水，附近的地师都请遍了，却始终没有一点作用。

马六河经人介绍，得知城里有位金点胡先生擅能相地，便快马加鞭赶来，要请胡先生去给看看马宅那块风水宝地，究竟哪里出了差错，竟然如此折损人口，若有结果，不吝重金相谢。

胡先生一听之下，也觉得这事非同寻常，想不到死了这么多人，什么样的凶地竟然如此厉害？他生性谨慎，唯恐破解不得，对马家难以交代，正想找借口推辞，却见马六河从怀中摸出四根金条摆在他面前，这四条"大黄鱼"只是定金，事成之后，必定再有比这多上十倍的心意相送。

胡先生被金子晃得眼睛一阵发花，心想：马宅的形势如何，总要看过才知，这是我凭本事赚来的钱，有何所碍？难道将送上门的买卖就此推掉不成？再说那马六河冒雨赶来，我不可辜负了人家的一片心意。当即接了定金，收拾起应用之物，雇了辆驴车乘坐，跟随马六河回去相宅。

到得马宅已是深夜，先在外边用过了酒饭，随后宿在客栈中，等转过天来，马六河陪着胡先生自内而外地相形度地，胡先生师传的《十六字阴阳风水秘术》中，有"八宅明镜"之法，专能分辨宅院格局的吉凶兴衰，这些年来从没失手过。

胡先生进宅之后取出一枚小小的铜镜来，照着日影辨认方向角度。摸金之术出自后汉三国时期，实际上最早发源于西周时期的神符古术，不论是寻龙点穴还是察形观势，历来都不用罗盘，用罗盘的不是古法。

胡先生随马六河一路进去，穿宅过户，看了各房摆设，觉得条理详明，虽然谈不上十分高明，布置得却也算可观。但条理详明只是一个因素，还要以"八宅明镜"之法继续推算，因为古书有云："夫宅者，人之根基也，大小不等，阴阳有殊，若不遍求，用之不足。"

自从宋代以来，阴阳二宅多取五姓音利，从姓氏的读音来分金木水火土，配合五行八门的方位来布置宅子。马六河家的姓氏与此宅并不犯冲，而且利财兴旺，所以这个缘故也很快就被胡先生排除了。

随后又论黄白之道，推测日月、乾坤、寒暑、雌雄、昼夜、阴阳等细节。只见马宅以形势为身体，以井泉为血脉，以砖瓦为皮肉，以草木为毛发，以门户为冠戴，一切形势制度没有任何不恰当的地方。

再把马宅上下人等一一照面，也没发现其中藏有凶神恶煞之辈。胡先生不禁额头冒汗，不知马家是撞了什么邪，吉宅吉地，又有富豪之象，为什么家中屡屡有人暴病夭折？

看罢宅内，一无所获，只好到外边再看。马宅后边有片山坡，胡先生带人上了山，登高俯视下来，只见好一片山明水秀、龙飞凤舞的风水宝地。

马六河见金点胡先生始终没瞧出什么名堂，心中更觉忐忑，就问他此地如何，究竟是吉是凶。胡先生无奈地说："端的是块贵不可言的风水宝地，可为何……"说着话突然停下，倒吸了一口冷气，脸上竟已变了颜色，惊呼一声，"果然凶险！"

第六十六章
鬼帽子

马六河被胡先生吓了一跳,知道多半是找出家中触凶犯煞的根源了,忙问:"先生何出此言?哪里凶险?"

胡先生抹了抹额上的冷汗说:"若非被我瞧破,你马家满门的男女老幼,都要到阴间做鬼去了。"

马六河对风水之说是信入骨髓,闻听此言,心下更是骇异无比:"咱家这风水宝地,怎会有如此凶险的运势?"

胡先生指着山下问:"你且用眼细看,马宅西侧的高山像个什么?"

马六河顺着手指看去,只见自家宅院后面有座秀丽葱郁的山峰,平时也见得惯了,习以为常,并未觉得怎样,但此刻加意端详起来,不觉也是一声惊呼:"分明像是一顶帽子,这是……是戏文里判官的帽子啊。"

胡先生说:"那山峰上窄下丰,高出两峰相对耸立如锥,山形避阳取阴,恰好笼罩马宅,这种形势在风水里有个俗名,唤作'鬼帽子'。也难怪阁下家里生意兴隆财源滚滚,因为这正是条森罗殿前判官收冥钱的财路。你这座宅子哪里都好,造得没有半点问题,只是扣在'鬼帽子'下,岂不是把此宅当作了阴宅冥府?恕我直言,不出三年,马老爷您家里就要死得鸡犬不剩了。"

马六河惊得魂不附体，当场揪住胡先生恳求道："先生务必救救我全家老小，不管要费多少钱财，尽管开口。"

胡先生宽慰他道："马老爷倒是用不着担惊受怕，拼着舍了此宅，你全家搬走就是了，现在走还为时不晚。"

马六河心里可舍不得这块纳财的宝地，眼珠子转了两转，央求胡先生道："建造这座大宅虽然花费不小，但也没什么舍不得的。只是那'鬼帽子'明明是片聚财的好风水，怎好使它寂寞无用，还求先生帮着想个妙法儿，周全我马家守住这条财脉。"

随后马六河又拿出几根金条，软磨硬泡让胡先生再出良策。那胡先生随师学艺之时，就已知道一句古谚："山川尔能语，葬师无食所；药草尔能语，医师无食所。"风水之说不应过分迷信，但古代先贤至圣也曾常谈天人相应之理，有时候山川地理似乎确实能左右吉凶祸福，所以胡先生总认为风水一道并非虚妄无用，也时常考虑给自己找块风水宝地，等到百年之后，荫福家门子孙。

架不住马六河苦苦哀求，胡先生只得同意。其实要想留住"鬼帽子"这条财脉，倒也并非什么难事，只需阴阳颠倒即可，先把阳宅舍了，然后再迁祖坟过来埋葬于此，马家的生意仍会越做越发达。

马六河喜出望外，连赞胡先生不愧是"金点"中的高人。省里的名家都请遍了，谁也没看出马宅哪里犯了凶煞，可胡先生火眼金睛，在山上一眼就能窥破玄机，真是神仙般的本领，遇到如此高人，必是该当咱马家气数不绝。马六河对举家兴衰之事不敢有半分怠慢，当下请胡先生在镇上最好的地方住了，派专人好吃好喝地伺候着，一面让他帮忙指画地脉穴道，一面举家搬迁离了新宅。

正值马老太爷刚刚去世周年，择个黄道吉日，集合人手挖开坟墓，在夜间按规矩请来道士念咒安魂，孙男弟女们烧香磕头罢了，方才吊出棺材，灵幡明灯引路，黄牛白马拉车，把装殓马老太爷尸骸的棺材运到"鬼帽子"风水宝地重新入土为安。

第六十六章 鬼帽子

棺材是冥葬之事的核心。因为旧社会迷信风水，认为地有吉地凶地，星有善星恶星，如果找到一块吉壤作为祖坟，埋葬先人尸骨，后世子孙就可以借着风水龙气发迹。家族兴旺不外乎当官、赚钱，"棺材"与"官财"同音，取的就是这个意思。所以动迁阴宅祖坟，是非同小可之举，而且马家颇有财势，惊动了十里八乡的老百姓们都来看热闹，一时间观者如墙。

原本的宅院已经基本上拆掉了，墓址也已选好，但为了防止走了阴宅里的龙气，在棺材运到之前并没有破土，等马老太爷的棺材运到地方，马六河立刻命人动手挖开坟土，自古都是崇尚深埋厚葬，棺材在地下埋得越深越好，只有穷人的坟才浅，不出半个月都得被野狗刨开。

那马家虽然有的是钱，但毕竟不是贵族，民国时期也不再有人在地底修筑冥室，只是要挖个深坑厚葬。十几个大小伙子轮流开挖，这坑挖得比房屋地基打得还要深，眼看深浅就要合适了，却突然挖到一块石头。

众人皆觉惊奇，这穴位乃是金点胡先生所指，怎么地层里不是吉壤，竟是岩石？那胡先生在旁冷眼相看，也觉得奇怪莫名，心想这回可失策了，怎么不偏不斜点了这么个石穴？怕是要当场出丑卖乖。正寻思着要找机会开溜，却见马六河面沉如水，阴着个脸走到胡先生身边，让他到前边看看，为什么穴眼底下会有岩石。

其实马六河这意思再明显不过了，他宅子也拆了，祖坟也刨了，却在墓穴中挖到岩石，自然怀疑胡先生是江湖骗子。他自恃与官面上相熟，横行霸道惯了，弄死个把老百姓不算回事，当时就想要把胡先生活埋在坑中。

胡先生追悔莫及，早知如此，当初开什么卦铺充什么金点，老老实实给地主家放羊也是好的，现在落个活埋的下场，自作孽不可活，也只好认命了。在众人相逼之下，愁眉苦脸一步三挪地蹭到坟坑前，脑子里不断盘算着如何能捏个大谎出来保全性命。

可临时抱佛脚，哪儿有办法可想？正没奈何的时候，却听挖土刨坑的几名长工大呼小叫，说是挖到的石头上有字迹，似乎是一截石碑，马六河赶紧叫人把石碑掘上来。

人多手快好办事，不消片刻，就将那石碑搬到坟坑外边，众人抚去泥土一看，见碑面上印刻着六个大字，当时许多人围拢过来观看，识文断字之辈多能认得，众口纷纷念道："居此绝……葬此吉。"

马六河拨开众人连看了数遍，惊得半晌合不拢嘴，"咕咚"一声给胡先生跪倒在地，磕头称谢不已："先生真乃神术！我马六河今日算是彻底心服口服了！"

胡先生本以为这回必被当场活埋填坑了，不想竟有如此奇遇。此地从未有人造过阴阳宅，土中所埋必是古之遗存，万没料到如此应验。他也是愣了半天才回过神来，更觉《十六字阴阳风水秘术》言之有物，不是等闲的江湖伎俩可比。

其时围观者人山人海，人人都拿胡先生当半仙看待，真如众星捧月般。胡先生飘飘然起来，心中窃喜，表面上却不敢轻易流露，只拣些场面话来支应，当下主持为那老太爷落棺下葬，回家时得了好些财帛谢礼。

此后胡先生声名远扬，提起金点胡先生，知道的都要挑一挑大拇指，赞他一声"神术金指"。但树大招风，渐渐就有许多贼人盯上了胡家，想绑了他去寻龙脉盗墓。

胡先生自我膨胀了一段时日，见一伙伙响马巨盗不断找上门来，也不得不收敛起来，能敷衍处便敷衍，能躲避时就躲避。但他自知躲得过初一躲不过十五，再留在城里打卦相地，早晚要惹大祸，自己脑袋掉了不要紧，家里妻儿谁来养活？

于是胡先生卷了金银细软，举家出奔。他本就不是湖南人，说走就走，并无任何牵挂。过了两年，赶上时局艰难，手头有点吃紧，想起还有一匣子"袁大头"埋在洞庭湖边的秘密所在。那是当年家境富裕时备着救急用的，先前走得匆忙没来得及带上，现在急需要用，便化了装易容改扮成客商回去拿钱。胡先生小心谨慎，处处躲人耳目，他又熟悉路途，没费吹灰之力，便轻易取回钱匣。准备带着钱回家的时候，忽然想起马六河来了，心想那年给他相取了"鬼帽子"阴财地脉，此时马家必定更加兴旺了，何不前去叙谈一回，说不定能再得些好处。

他打定主意就绕道去找马六河，谁知一到地方就傻了眼，马家满门都已死绝,连马老太爷的坟墓都给散盗刨了。胡先生觉得此事出乎意料,心里不免嘀咕:"莫不是我地脉相得不准,竟把马六河一家给害了?"可是转念一想,"不能够啊,那坟址中挖出古代石碑,分明写着'居此绝,葬此吉',说明古人早已认出这块风水宝地了,又不是有人动了手脚,怎会有错?"

胡先生满心疑虑,此事关系一个大户人家的几十口性命,不打听明白了回家也睡不安稳,当即在附近套取舌漏,终于知道了整件事情的经过,结果更是出乎他的意料。

原来马六河家迁动了阴阳二宅,果然生意更加兴隆,买卖做得如日中天,钱财好似流水般赚进库里。可是天有不测风云,忽有一日,家里的水井被人投了毒,一并药死了几十口子,虽然家里有钱,但死的人太多,仓促间连棺材都置办不齐。

马六河大骂胡先生是个神棍,这顶"鬼帽子"仍然戴在马家活人的头上摘不掉了。他怒气冲冲带着人去城里砸胡先生的铺子,那时候相地的金点胡先生已经不知所终了。

马六河遍寻无果,只得打道回府。他是乘船从湖上走水路回去的,不想途中一阵风浪翻起,打沉了船,一众人等全喂了龙鱼水族,没有半个活命。马六河偌大个家族,竟就此死了个干干净净。

当时战乱频繁,马老太爷的坟墓是座新坟,等于是桩明面上摆放的金银。湘阴的大股响马散伙后,就有不少人就地做了散盗,有百十号人带着武器流窜过来,明目张胆地挖了这座坟墓,把马老太爷陪葬的东西掠取一空。

当时厚葬之风已衰,但还是流行给死人放压口钱,嘴里含着银圆和铜钱,而马家又是财大气粗,棺中着实有些阔绰硬气的物什。死尸的衣服不用说了,单是那烟袋的殷红玉嘴,就能值几百块现大洋,最后连马老太爷嘴里镶嵌的几颗金牙都给拔了,方才砸棺毁尸扬长而去,其状惨不可言。

后来又有数伙规模更小的民间散盗,以及附近的一些山民前来滤坑,坟坑是越挖越大,底下没动过土的地方,又露出一块石碑,那些好事的人都来看过,见那截新出土的碑面上,也有六个大字——"义者吉,不义绝。"

第六十七章
账簿

这件事情哄传一时，当地人对此议论纷纷，有人说金点胡先生浪得虚名，骗了马六河的一注钱财，却为人家指了个凶穴，结果坏了他家几十条人命，可能那位胡先生自己也知道事发了，所以卷着家当逃了个不知去向。

但更多的人却不这么看，"鬼帽子"坟土中先后掘出两块石碑，上边刻的碑文何等警醒！仔细想想"居此绝，葬此吉。义者吉，不义绝"之言，就能明白不是金点胡先生指错了穴眼，而是马六河丧尽天良，这些年明争暗斗，又倒卖假药材，在他手中也不知害死了多少人命，方圆几百里，谁不恨他？可见欺心的事是做不得的，老天爷专要收他这一门，真正是苍天有眼，神目如电，报应不爽。

胡先生再往深里打听，人们果然都对马六河这一家恨之入骨。此人欺诈亲戚，侵害乡里，窝藏盗贼，生意上专做些无风起浪、没屋架梁的虚假勾当，把地方上搅得寸草不生、鸡犬不宁，可以说是惹得天怒人怨。大多数老百姓对其家灭门惨祸鼓掌称庆，都道这是"人恶人怕天不怕，人善人欺天不欺；善恶到头终有报，只争来早与来迟"。

而马六河祖坟中刨出残碑，也是真有出处来历的。据本地庙里的一个老僧讲，很多年前确实有过"鬼帽子山"的地名，山下这片旷地曾是城隍庙的所在，赶上鬼节给死人烧纸钱，就在这山口处。庙底下埋了石碑是为了告诫后人——"阴地不如心地"，风水龙脉再怎么好，也不如自家积德行善最好。

后来城隍庙毁于兵火，几百年岁月消磨，旧址早已不得存在，想不到埋在土中的残碑至今尚存，又因马六河家的事情重见天日，让世人知道天意之深，天道之巧。

从此以后，胡先生再也不敢声称自己精通风水地理了，他算是终于知道当年师父所言之意。为何说"天道无言"？只因老天爷不会说话，但天地之感应往往在于人心。无论造坟建宅，都应当以积德为本。正所谓"心为气之主，气为德之符"，天地未必有心于人，而人的心意德行往往与天地感应。

我将此事说与李老掌柜知道，是为让他明白风水之学，是指"天人相应之理，造化变移之道"，而不是说找块坟地埋骨这么简单，不应该过分迷信，古往今来多少皇帝死后都埋在龙脉上，可照样阻止不了改朝换代的历史潮流。

李掌柜点头道："灯不拨不明，话不说不透，窗户纸不捅一辈子不破，今天听你一说,确实是这番道理……"他忽然想起一事,把幺妹儿叫进屋来，吩咐了几句，好像是让她去拿件什么东西。

幺妹儿在房中翻箱倒柜地找了好一阵子，终于找到一个乌木匣子。匣口没有锁，穿了两道绳子紧紧扎缚着，绳扣都用火漆封了，上面还按了押印，里面沉甸甸的似乎装了许多东西。

我和胖子颇感好奇，还以为李老掌柜又要同我们卖弄什么镇山之宝，就请教他匣子里面装的又是什么奇门暗器。

老掌柜说："这里边装的东西是什么，我也不知道，甚至从来没看过，可你们或许知道一二。"

我更觉奇怪："您的东西您都不知道，我们又不能隔空视物，怎么猜得透？"说到这儿我心念一动，忙问，"莫非是摸金校尉的东西？"

老掌柜道："没错。我先前看你们能识得金刚伞，就知道肯定与当年来我店里定做此伞的客人是同行，因为金刚伞不是寻常的器械，只有摸金倒斗的才用。当年那位客商来我店中要造一柄金刚伞，并且在柜上寄存了这匣物什，说好取伞的时候一同拿走，可这人一去就是数十年不见踪影，如今我黄土埋到脖子了，却再没见过他第二次。"

说起这段往事来，老掌柜难免感叹良久。挡不住日月穿梭、物换星移，如今蜂窝山早已从河北搬到了四川，经历了那么多年月，身边多少东西都没了，这乌木匣子却始终保存完好，因为当初应承人家，就得替人家好好看管。

李老掌柜自觉年事已高，恐怕无法再保存这里的东西了，就将乌木匣子交给我们，毕竟同是摸金校尉，强过落在不相干的外人手里，至于里面究竟装了些什么，他就不得而知了。

在得知多铃的死讯之后，我的情绪比较低落，见木匣样式古老，估计里面肯定装了些贵重东西，加上当时酒意涌上了头，就没有急于打开来现看，喝酒直喝到深夜里尽醉方休。转天一早我们谢过李掌柜，作别了动身回程。这次分作两路，Shirley 杨和幺妹儿取道湖南，接了陈瞎子，然后一同到北京会合。

一路上无话，我和胖子最先回到北京，明叔和大金牙等人早已经等了多时。明叔不住打听我们去什么地方倒斗了，可曾发市，我没有吐露半个字，只是让胖子和大金牙二人，按照孙九爷信中描述的地点，挖出了他研究整理多年的许多资料，却没什么文物古董，只好垂头丧气地把东西裹了回来。

我把这趟所得的几件东西都拿到桌上，和胖子、大金牙三人关起房门，商量如何处置。孙九爷留在了棺材峡，这辈子到死是不肯再露面了，他留下的古卦资料却都是真的，只是想解出周天全卦，还需有张赢川那样的大行家协助，不是一两年就能有结果的事情，而且离不开归墟青铜古镜。

我以前对十六字周天老卦极感兴趣，但经历了许多事情，使我隐隐觉得天机卦象惑人不浅。当年张三爷毁去《十六字阴阳风水秘术》的一半，很可能与此大有关联。另外以前我就发现张赢川这个人甘于淡泊，好像并不怎么看重周天全卦。

张嬴川精通理学，推天道而明人事。他的眼光看得极远，能见识到许多常人看不透的道理。我要是把《十六字阴阳风水秘术》补全了，未必就是一件好事，何况还要费上许多脑筋来做水磨工夫，我这性子哪儿能坐得住枯禅？

我思前想后，最终决定把孙九爷研究古卦机数的资料，都转送给张嬴川，而归墟古镜和青铜龙符，更是意义非凡。归墟青铜器都是传古的重宝秘器，一同出海的船老大阮黑因归墟青铜镜而死，我的战友丁思甜更是与青铜龙符有千丝万缕的联系，这些东西不应该落在任何人手里，仍是交还陈教授处置最为妥当。

胖子捧起李掌柜给的乌木匣子来问我："老胡，这东西咱怎么办？都到北京了总该打开瞧瞧。这匣子分量不轻，摇晃起来里面哗啦哗啦乱响，是不是有袁大头啊？"

我始终认为乌木匣子是他人之物，总不能因为别人不回来取，就当借口据为己有了。但我更好奇同为摸金校尉的前辈手里，究竟能有什么宝贝。这世上只有三枚真正的摸金古符保留下来，我和胖子、Shirley 杨每人一枚，其中两枚是当年无苦寺了尘长老所传，另一枚是胖子在鱼骨庙后的古墓里找到的。

以此看来，当年在蜂窝山订造金刚伞的客人，很可能是死在龙岭蜘蛛洞里的前辈。要真是那样，他肯定永远都不可能来拿回自己寄存的东西了。

当年那位最后的搬山道人鹧鸪哨，为了寻找掩埋在黄沙下的黑水城通天大佛寺遗迹，拜无苦寺了尘长老为师，想学寻龙诀和分金定穴之术，怎料了尘长老死于非命，并没有来得及传授他寻龙诀。了尘长老临终时，曾留下遗言嘱咐鹧鸪哨，让他去黄河两岸寻找另一位摸金校尉。

那位摸金校尉常做客商打扮，手中总拿着一架黄金算盘，虽然了尘长老没说明他与此人的关系，但肯定是当初相识的朋友搭档，有着非比寻常的交情，否则他也不会在最后时刻对鹧鸪哨提到此人。可惜了尘长老却不知道，金算盘早就死在龙岭迷窟中了。而且金算盘行事隐秘，要不是我们从西周幽灵冢里出来，误打误撞钻进了更深处的蜘蛛洞，恐怕谁也不知道金算盘竟会葬身其中。

这件事我先前就想到了，可一直不敢确认，是因为我没在幽灵冢和蜘蛛洞里见到纯金打造的算盘。那东西金灿灿的必定格外显眼，而且又是金算盘的随身紧要之物，当然不会轻易离身。如此推想，难道除了三枚古符的上一代主人之外，世上还有第四位摸金校尉不成？

想到此处，再也按捺不住了，打算先看看再说。将来真要有人找上门来认领，原物不动还给他也就是了，只看上几眼又看不坏他的。当下动手割开尘封多年的牛筋绳扣，刚一打开匣盖，就见里面金光夺目。

原来这乌木匣子极像是旧时买卖商家装钱收账的钱箱，里面赫然有副破碎了的算盘，框架算柱都是黄金铸就，刻着表示天干地支的许多细小符号，式样古朴精致，不知传了多少年代。

我心想这就再也不会错了，果然是了尘长老相识的金算盘之物，看来我们与此人也算有缘了。再看匣中其余的几样东西，无非是些账簿，里面记载着买进卖出的收支明细，但细看之下，却发现账簿中夹记着许多信息。我翻了两页，似乎有描述《十六字阴阳风水秘术》的相关事迹。

虽然我打算这次在美国为多铃料理了冥事之后，从此不再倒斗摸金，结婚后过一过清静日子，但我这些年的种种经历，几乎都与《十六字阴阳风水秘术》有关。可是我认识的所有人，包括张三爷的后人张赢川，都说不清为什么这部风水奇书只有半部残卷，即便讲了些理由，也都教人难以信服。此刻见金算盘的账簿里竟记载了相关事迹，心里也觉十分意外，更急于知道详情，于是把乌木匣子里的东西交给胖子收拾，然后在灯下拿起账簿来一页页翻看。

我一字不漏地看了整晚，总算解开了埋藏在我心头多年的疑问，又想了想我和胖子等人这些年的经历，也不得不佩服著成《十六字阴阳风水秘术》的张三链子远见卓识，在风口浪尖上全身而退可不是谁都能做到的。

借古鉴今，我心有所感，打定了主意急流勇退，也要把曾经对 Shirley 杨许下的承诺兑现。在安葬了多铃之后，我就同 Shirley 杨、胖子三人金盆洗手，从此摘了摸金符，将我们在珊瑚螺旋采回的青头变卖了当作本钱，与陈瞎子、明叔、大金牙、古猜等人在海外合伙做些生意，平生再不问倒斗之事。

赶上闲暇清静的时候，我就会看看当年由摸金前辈传下的东西，一是《十六字阴阳风水秘术》的半卷残本，再有就是我和胖子、Shirley 杨三人曾经戴过的摸金符。我不知道这些古物身上是否也存在命运，但它们这些年来的"兴衰之数"却在很久以前，就完全被金算盘的师父张三链子料到了。

金算盘的账簿中到底记载着什么？《十六字阴阳风水秘术》又为何成了残书？容我最终也交代一下这些老辈的故事。

第六十八章
金盆洗手

张三爷是清末盗墓行里的老夫子。他一人挂三符，世上多称其为张三链子，真名不详。即便他当初在昆仑山里任职，身子处在官面中，也仅用真姓，埋了实名。

可是张三爷的真实名讳，就连他的弟子家人也都不知道，这是为什么呢？只因他平生所为皆是犯禁之举，黑白两道无不相熟，在绿林中也有他的字号。

而在民国以前，中国尚属帝制，倘若犯了弥天大罪，就有可能株连九族，一人犯事，他的亲戚朋友都要跟着受牵连。所以绿林中人向来不用真实姓名，只以字号、绰号相称。即便有些人名满天下，但一直到死也只留绰号于世。

张三爷身上虽然积案累累，但他年轻时曾受过咸丰皇帝的封赏，更兼世情娴熟，用倒斗得来的珍异古物结交了无数王公，官吏捕役根本不敢动他，所以门下党徒极众，家财不计其数，五湖四海的豪杰都愿与他结交。

有一年张三爷萌生退意，他了身知命，厌倦了人世间的营生，打算归隐山林，安度余生，于是广散请柬，邀请各地的朋友们来张宅赴宴。

既是在黑道里混，就离不开控制着南七北六一十三省的卸岭响马。当年是官匪一家，张三爷自然也要入伙，这回明面上的金盆洗手，是拔常胜山的香头。

　　当时卸岭群盗势力衰退，许多人并不知道三爷就是摸金校尉张三链子，再加上当时的那任盗魁虽然身份较高，但声望远远不及张三爷，所以张三爷这一举动，闹得比盗魁撤伙的动静还大，是当时绿林中的一件盛事。

　　那些个江湖后进，谁不想开开眼界？及到阴历六月十五，果然宾客盈门，齐聚一堂，所到之辈，无不是江洋大盗、绿林响马，桌椅从正堂排至大门，边廊两厢里也都挤满了人，好多辈分低的人，都只能在边上站着，没地方坐。

　　排好了座次辈分，先要开设香堂，叩过祖师武圣真君，动起拔香大礼。其实这也就是走个过场，但俗礼总归是不能免了，更不敢怠慢轻视。眼瞅着天上的月亮圆了，星星也差不多都出齐了，便请出卸岭盗魁端坐正堂神位之下。两边司仪抬了一口香炉在堂前，里面插点了十九炷大香，插香的阵法是前三后四，左五右六，当中间插一炷独香。

　　一通锣鼓过后，行礼在即，观礼的各路黑道人物顿时鸦雀无声。这时张三爷走出来，在盗魁面前行半跪之礼。当时的绿林道是入伙易、拔香难，一般人根本不敢拔香。普通的盗伙想洗手不干了，除非是亲爹娘或老婆孩子出了大事，家里的主事者不得不回去，这才敢提金盆洗手的事，舵把子派人一查确实是这么回事，才能让他拔香，否则杀无赦。虽然张三爷身份不同，可还是免不了这套过场，先要在盗魁面前陈述拔香的理由。

　　张三爷先禀明拔香撤伙的缘由。无非是说如今旧病缠身，又有妻儿老小牵连，难以再做杀人越货之举，还望祖师爷和舵把子高抬贵手，容弟子全身而退。

　　盗魁听罢赶紧将张三爷扶起，赔笑道："恭喜三哥金盆洗手，急流勇退难能可贵。世上黑白两道哪一边都是水深火热，能熬到这一天可真太不容易了，有道是——风云常际会，聚散总无期，拔香撤伙，义气留存。"

　　于是张三爷在盗魁的陪同下来至堂前，到香炉边站定了，念动拔香颂子："满天星宿布四方，常胜高山在当中；流落江湖数十载，多蒙众兄来照看；今日小弟要离去，恳请众兄多宽容；小弟回去养老娘，还和众兄命相连；来兵来将弟传报，有火有水弟通风；下有黄土上有天，弟和众兄一线牵；铁锤碎牙口不开，钢刀剜胆心不变；小弟虚言有一句，五雷击顶家难全；遥祝魁星聚金光，常胜香火盖昆仑，替天行道永流传。"

绿林道上无论是谁拔香，都要念这篇颂赞词，说自己家有老母要奉养，是取"百善孝当先"的由头。无论拦着人家做什么，纵是有天大的借口，也不可能拦着人家尽孝道。虽然三爷自幼孤苦无父无母，可仍是要按原文念颂，丝毫不能更改，而且念颂的过程中，更不能有一字口误差失，也不能中途停下来想词儿，否则即被视为心中有愧、意图不轨，周围的群盗将会立刻上前乱刃相加，将念颂赞者剁为肉酱。

全篇颂赞词共有一十九句，每念一句，便拔一炷大香，等张三爷的颂词都念毕了，炉里的香也就拔完了。这时舵把子立刻对他拱手抱拳称喜："三哥好走，什么时候想家了，再回来喝杯水酒。"到这儿就算是成了礼。从此以后，张三爷与绿林道的俗务再无瓜葛。四周众人同时上前道贺，宅院外大放鞭炮，鼓乐鸣动，下人随即开上席来，一时间水陆毕陈，觥筹交错，宾主俱欢。

席间群盗推杯换盏，有人就提议："今天是张三爷拔香撤伙的大日子，各路豪杰云集，席上又全是美酒佳肴，好不痛快。奈何没东西下酒，这叫狂饮寡欢，难以尽兴。咱们绿林道上多是粗鲁汉子、须眉丈夫，也不能效仿文人墨客来行酒令，这又如何是好？小子斗胆，不妨请各位高人在席间当众讲述平生得意经历，说到奇异、勇武，或常人所不能及处，吾辈当各饮一大碗以赞之。"

群盗轰然称妙，张三爷本是随性的人，他心知肚明，这是大伙儿想乘机听听自己当年的事情，正赶上今天高兴，哪里还能有什么推辞，于是就在席间讲了出来。不过张三爷挂符摸金，都是私底下的勾当，不愿在大庭广众之下吐露，只是掐头去尾，给众人说了几段平生涉历的奇险。

张三爷本是名门之后，家败后自幼流落乡野，少年时参与破获了几件奇案，在江南平寇成名，后来又做了军官，同太平军作过战，也剿过捻子，并跟随左大人镇压过新疆叛乱，平生久经沙场，多临战阵，一生奇遇数不胜数。

三爷的事迹，随便哪一段讲出来，那都是"说开来星月无光彩，道破了江河水倒流"，听得众人如痴如醉。他讲过之后，便按照辈分资历，依次请其余几位前辈述说自家踪迹。群盗纵横南北，往来万里，除了杀人放火，更做过不少卸岭倒斗的大事。他们的经历也多有耸人听闻之处，绿林中的人更喜欢卖弄这些豪杰事物，真是说者眉飞色舞，听者神魂颠倒，席间也不知放翻了多少空酒坛子。这顿酒酣畅淋漓，从天黑直喝到转日天光大亮，方才大醉而散。

等把黑白两道上的事情都打点利索了，足足过了一月有余，张三爷这才带着亲眷回了老家。他还要在祖师爷神位面前摘符封金，以后都不打算再做摸金校尉了。

世上仅存在三枚摸金古符，是代代相传之物。按成规古例，不挂符不能倒斗。张三爷有一儿一女，并且有四个弟子，除了女儿不算之外，加起来总共是师兄弟五人。张氏一门都是风水高手，当世有资格挂符之人，不外乎就是张三爷和他的这伙门人弟子，往多了说，也远远不足十人。但真符只有三枚，究竟把摸金符传给谁，还得费上一番脑筋。

张三爷这四个弟子，个个都有过人之处。一是日后在无苦寺出家的了尘长老，当年的了尘长老尚未剃度，在绿林中不留真名，无人知道其俗家名姓。此人自幼做过飞檐走壁的通天大盗，人送绰号"飞天欻狨"。他偷取豪宅大户从不失手，翻高头的轻功极是了得，寻龙诀和分金定穴之术尽得张三爷传授。他心热似火，好管天下不平事，常有济世救人之心。

另一个便是金算盘，商贾世家出身，懂得奇门销器儿，为人精明油滑，难得的是立心正直，只是自视过高，不将常人放在眼内。一架纯金打造的算盘从不离手，算盘珠和框子上刻满了天干地支之数。他这算盘不是用来算账的，而是专以演算五行数术，占测八门方位。他和张三爷早年相识，交情不凡，半是师徒半是朋友。

第三个是阴阳眼孙国辅，本是世家子弟，只因生下来就有阴阳眼，自幼"目能见鬼",所以被撵出家门,流落四方。后来被张三爷遇到,收作了徒弟。此人宅心仁厚,满腹经纶,一派道学心思,换句话说就是比较传统守旧。虽然学了满身本事,却不愿做倒斗取利的勾当,也从不参与绿林中分赃聚义的举动,所以他无论到哪儿都用真名实姓。

最后一个老幺儿,是张三爷收的关门弟子,有个绰号唤作铁磨头。他满身横练儿的硬功夫,曾落草为寇,又入过捻子,以前杀人无数,只是张三爷说他的脾气禀性极像自己早年间的一个兄弟,念他手段高强,为人诚实,才将他收入门下。

这天张三爷把弟子儿孙唤至堂前,把三枚古符放在一个玉盘中,告诉众人择日不如撞日,今天就要传下摸金符。天下没有不散之筵席,不论是拿到符还是没拿到符的,从今天起都要自立门户,各凭本事到外边闯荡去了。可有一条,学了摸金校尉的寻龙诀和分金定穴,却不挂摸金符的人去倒斗的,一次两次也许能侥幸捡条命回来,但坏了古例,早晚躲不过要命的大劫数。你们要是不听师父这番话,等有朝一日死到临头之时,可别怪为师没说清楚。

门人弟子们都知张三爷聪鉴盖世,说出来的话无有不中,自然不敢不遵,一齐上前拜倒,都说:"三枚摸金古符传给谁,全凭师父做主,弟子们再无二言。"

张三爷点了点头,虽然包括儿子在内有五个弟子,其实摸金符给谁,早有定夺,他首先让自己的儿子退出房外。原来摸金秘术,千年传承,内规极多,真符不传自家后人,便是其中之一。

与毫无章法的民间散盗截然不同,这条行规,是出于倒斗取利极损阴福。即便是摸金校尉盗取古墓珍宝大部分是为了济世救民,但那些珍宝多不是人间所见的凡俗之物,在世间显露出来,定会引出明争暗夺,追根究底,那倒斗发墓取宝之人终归造孽不小,因此才有"做一代,歇三代"之说。从三爷儿子这辈开始算,到他重孙子那代,都不能再做挂符盗墓的勾当,否则必遭天谴,断子绝孙,身丧家败。

如此一来,能够挂符之人,就剩下张三爷的四个徒弟。这其中的阴阳眼孙国辅，是个不带冠的秀才，根本不愿倒斗，甘心做些寻常生计，或是开馆授徒教书，或是为人打卦相地，选取阴阳二宅，反正身上技艺甚多，不愁生计无着。

张三爷见阴阳眼心意已决，就取出一本书来，此书名为《十六字阴阳风水秘术》，详细记载着张三爷平生所知所学。

摸金秘术实为《易经》之分支，周天古卦共计十六字，传到后世仅剩八卦，这八卦又分为先天八卦和后天八卦。据说先天八卦为伏羲大帝从龟甲图案中所得，后天八卦为周文王所演，其实都是后人所造，两者相差不大，都属以"龙"为象的天卦之数，所以解卦的周易应属龙卦。在这八卦诸爻中，虽然有兴衰诸象，但细究起来，都是振兴之数，故此《易经》自开篇至终，讲的都是乾元天道。

而自从西周时期便已失传的另外八卦，则属阴卦，大多以"星凤"为象。古人认为古卦卦数太全，把天地间造化之谜全都发泄尽了，如此必遭鬼神所嫉，留之不祥，便将十六卦毁去一半，从此不复存于世。

张三爷曾经盗发过西周古冢，从中找出了失传几千年的周天卦象，于是用十六字古卦为引，将风水阴阳之术写入其中，著了一本《十六字阴阳风水秘术》。其中阴阳、风水各占一半，阴阳篇中是占验术数、造化之理，风水篇中则是青乌寻龙、风水之道——仅这半卷，便涵盖了摸金校尉的寻龙诀和分金定穴之术，并将中国各朝各代葬制葬俗集大成，可谓"穷究天地之理，自成一家之言"。

当着四个弟子的面，张三爷把《十六字阴阳风水秘术》扯去一半，只留下风水秘术半册，而将阴阳秘术的半册在火盆中焚化为灰烬。众人大惑不解，向师父询问究竟，这天书何等奥妙，为何竟要烧毁了？从此世上岂不再没有周天古卦？

张三爷笑道："旱地里种田，水路上跑船，人头顶不长果子，这都是天理天道，世间兴衰造化向来有些定数，可谁能窥破其中之谜？只能说洪荒或有仙了，反正不是咱们世俗中人应该知道的。这天机虽然幽深微妙，但留在世上却必然祸人不浅，只有烧毁了祭天才是正理。"随即把剩余的

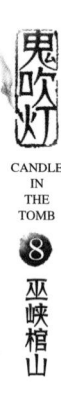

半部残书，传给了阴阳眼孙国辅，嘱咐道，"摸金校尉的风水秘术，神妙无方，探尽了南北中三大龙脉，留此半卷残书在世上，将来或许还能有它的用武之地，你要好生收存，万勿失落。"

阴阳眼孙国辅连忙叩谢师恩，含泪收了残书，便就此离开师门远游去了。最后张三爷对剩下的了尘、金算盘、铁磨头三人说："看来摸金古符就着落在你们三个身上了。今天非吉日，等子时拜过了祖师爷，再行戴符授金。"

第六十九章
物极必反

这天夜里，张三爷将他的三个徒弟带到后堂，让他们在祖师爷曹公像前跪下，叩了头，上了香，便每人传了一枚摸金符。

随后还要传行规、器械、掌故等等，张三爷先问金算盘三人，可知道世上为何自古便有倒斗的行当。

金算盘师兄弟三人也是久涉江湖之辈，见闻广博，对诸行百业、各路乡俗所知甚详，见师父问起，就争着纷纷回答：

天底下有三教九流，三教是"释、道、儒"，九流是指九个阶层，其中又分上九流、中九流、下九流。三教九流中各类营生甚多，纵览共有三百六十余行。

所谓"上九流"，是一流佛主二流仙，三流皇帝四流官，五流员外六流商，七流当铺八流匠，第九流是种庄稼的农夫，这都是正经的营生；中九流里手艺人比较集中；数到下九流，便是戏子伶人和娼妓之类。

在这三教九流中衍生出的几百个行业里，本来没有倒斗这么一行，倒斗属于外八行。外八行里有金点、乞丐、响马、贼偷、倒斗、走山、领火、采水，合称"五行三家"。其实细论起来，这里边有好几行都可以算得上是"盗行",可在外八行里却给分开来算了,比如响马是明盗,所以不能与飞贼一类的暗盗相提并论。

至于倒斗,占了五行里的"土"字,按理说也属盗行,和响马、飞贼无异,做的是盗墓摸金的举动。往高处说,倒斗算是劫富济贫;往低了说,也是发死人财,做损阴德的勾当,一高一低,判若云泥。

摸金校尉自然不是散盗可比,所作所为,从来都是盗取古墓珍宝周济穷苦,当得起"盗亦有道"四字,在世间一向名声不俗。只因自古穷人多,富人少,富者太富,穷者太穷,所以才有了外八行里的几路盗行,专做替天行道的举动。

张三爷听罢摇头道,你们说倒斗这行当是替天行道,却曲解了"天道"之意,摸金倒斗也并非这么来的。世上的人有穷有富,富贵也好,贫贱也罢,这多是命中注定分内得来,哪里用得着响马盗贼来替天行道?这只不过是他们杀富劫财的借口而已。

倒斗却是盗墓挖坟的勾当,为什么有人做此营生?只因历朝历代崇尚厚葬,任何一座山陵古墓,从修筑之日起,就要耗费民间无穷血汗,不只陪葬的宝货不计其数,更要杀殉活埋,连筑陵的工匠也难逃灭口之灾。

须知天道有容,上天有好生之德。任那墓主生前是开国的明君还是治世的能臣,只要在死后的幽冥之事上奢用太过,必然亏了大德;再者墓址大多选在风水宝地,将天地造化的龙脉据为己有,也会遭鬼神之忌,天道历来不佑此辈。

倒斗这行当,就应了天理循环。不论山陵巨冢如何深埋大藏,也早晚要遭倒斗之灾。一报还一报,这正是天理不泯之处。所以摸金倒斗,并非仅仅是盗发古墓、劫富济贫这么简单,也暗合着大道中的兴废之理。

就好比是大清朝,康熙乾隆治世之时国富民丰,何等的盛世,可后来真是内忧外患,百孔千疮,眼看着就要玩完了。所谓物极必反,有过兴旺之时,也就自然要有衰亡之期,说到最后都是个"命"。

金算盘师兄弟三人,都知道师父张三爷学究天人,胸罗万象,无技不精,无事不通,而且擅长占卦推演,对他们说这番话,似有深意,一时未能尽数领悟，只得跪在地上恭听教诲。

张三爷又讲起摸金校尉的起源来历，最后说到各种行规掌故。他说摸金校尉从来没有师徒之分，我传给你们寻龙诀和分金定穴之术，这是师传徒，但戴了摸金符一同去古墓倒斗，那就不能算师徒和师兄弟了，而只能算是把命绑在一起的"伴当"，也就是同伙。你们兄弟三个今后出去倒斗，一不能坏了行规；二不可贪恋名利，辱没了摸金的名头；第三要互相照应，有什么大事小情，都勤商量着。

之所以如此嘱咐，是因为张三爷非常了解他这几个弟子，他们各有所长，也各有所短。了尘自幼洗髓换骨，擅长轻身术，能飞檐走壁，摸金的手段更是高强，但他心性慈悲，手底下不硬，有些优柔寡决，行事不能当机立断，这在盗墓行里是个大忌。

那铁磨头也是一身本事，胆大包天，不惧鬼神，论杀人越货勾当他都是行家里手，可身上匪气太重，脾气点火就着，做事又比较草率，是个祸头。

而金算盘精通易理五行，是个盗墓高手，又识得世间各种奇异方物，他虽然心机灵巧，细密谨慎，只可惜此人身手不行。像了尘和铁磨头身上的功夫，都不是半路出家的人能够练就的。想学翻高头，必须从三岁起就在烧热的药锅子里洗澡，而硬功最晚也要从六岁开始练起。金算盘出身于商贾大家，自幼养尊处优，没下过苦功。

所以张三爷让他们三人结为伴当，相互间取长补短，务必不要单独行事，随后将旋风铲、黑驴蹄子、金刚伞等一应器物传下，让三个徒弟谨记六个字"合则生，分则死"。

把这些事都交代完毕，金算盘等三人便算是名副其实的摸金校尉了，今后三人就要结伙出去倒斗。

转天早上金算盘起了个大早，没带另外两个师兄弟，独自一人来给师父请安。

原来金算盘一直非常好奇，为什么师父把《十六字阴阳风水秘术》毁去一半，只把残书传给了阴阳眼孙国辅，想在出山之前问个清楚，因为这事肯定不是像张三爷当时说的那么简单。

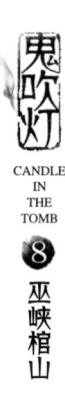

张三爷正在喝茶，听金算盘问及此节，没有立刻回答，反而问金算盘是如何看的。

金算盘半开玩笑地说，师父您这脾气，弟子太了解了，从来喜欢的都是俊爽的名流、草莽的豪杰，最不喜欢的就是那些假文酸醋的道学先生，想必是阴阳眼这假道学不招师父待见，所以只给了他半本残书，让他回家整天守着残书发愁，想破了脑袋他也想不出另外半部书中的奥妙。

张三爷生性豁达，与金算盘的关系又非比寻常，对他没什么可隐瞒的，就直言说："其实为师我也是一派道学心肠，只不过从不肯讲道学。但说实话，你这师弟阴阳眼孙国辅，确实不适合做摸金校尉。《十六字阴阳风水秘术》是我毕生心血所在，当天毁去一半，只留半卷残书给他，那也是不希望咱们摸金的手艺就此绝了。"

原来其中的道理，张三爷先前已经说过了，如今又详加说明，摸金秘术的根源在于《易经》，生生变化之道为《易经》，所以《易经》中只言生，而不言克，那又如何能"生"？

所谓"生"，一是指存活，二是指兴旺。张三爷曾在西周古墓中窥得周天古卦，发现机数奥妙无穷，加上他一生屡逢奇遇，学了许多本事在身，于是写了这部《十六字阴阳风水秘术》，把世上的阴阳分晓、风水形势之理都给阐述尽了。也即是说，发源于后汉的摸金之术，传到张三爷这代，就达到了一个空前的巅峰。

但天地间事物的发展规律，是有起有落，有兴必有衰，张三爷通晓古卦，自然明白这层道理。这就好比是日到中天，光照万物，但过了正午，日光就会越来越暗淡，逐渐落入西山；到了阴历十五，满月当空，但接下来就会由盈转亏。

天道中的造化变移之理，简单点说就是物极必反，事物发展到一定的阶段，就会走向另一个极端，那如何才能控制衰退？唯有抱残守缺而已。这就是张三爷毁去半卷《十六字阴阳风水秘术》的原因。

摸金秘术虽是起于后汉，实则是在周代即有雏形，几千年来又由历代摸金校尉逐步完善，在最早的古风水术中，渐渐融合了天星风水、禅宗风水、八宅明镜、江西形势宗风水……产生了集诸家风水大成于一体的寻龙诀和分金定穴。

等到了《十六字阴阳风水秘术》出世，其中包罗更广，连风水秘术发祥的根源——周天古卦都有了，穷究天地万物，实可称为鬼神难测之术，再也没有任何进化的余地，就有了物极必反之兆，从此之后，摸金秘术只能逐渐式微没落。

所以张三爷毁了其中阴阳术半部，只给后人留下残缺不全的半本《十六字阴阳风水秘术》，以便让今后的摸金校尉还能有振兴前行的余地，以免由生转克，受造化所妒，断绝了摸金的字号。

说个最浅显的例子。摸金校尉是专门盗墓的，如果世上没有了古墓，那摸金校尉也就不存在了，这一代人把古墓都挖绝盗空了，今后岂不是只有就此断绝香火，再无摸金一脉的传承了？

张三链子知道盗墓是件玩命的勾当，把《十六字阴阳风水秘术》的残书传给金算盘等人不妥，于是就特意留给了阴阳眼孙国辅，让他将摸金校尉的风水秘术流传后世，或许将来还能有中兴之期。

第七十章
起源

　　金算盘听罢心服口服，暗赞张三爷看透了世情物理，当天他就同铁磨头、了尘三人，辞别师门出山，做起了摸金倒斗的营生。

　　那时候正处在乱世，到处都是天灾人祸，老百姓多受倒悬之苦。三人先到河南邙山开市，接连盗了几座古墓，把墓中最值钱的明器取出来，经营古物，换钱换粮，周济灾民。他们这几趟买卖都做得顺风顺水，此后的足迹所至，踏遍了山西、陕西、河南、山东诸省，不知盗发了多少山陵巨冢。

　　自古道"凡间事，天上做"，所以在人生世上，不论你水里火里地奔波，最后成事与否，往往都在天意。赶上大运了，撞上什么都是买卖，火焰也似的涨起来，没有盗不成的古墓；若是时运衰退，那真是潮水也似的往下退，凡是碰着的，就全是折本的，身家性命往往都要赔在里边。

　　财运有起有落，不可能总那么顺利。有一年，该着金算盘他们三个人倒霉，三人看准了洛阳附近的一处古墓，于是裹粮进山，不期撞上了一场战乱，大队败兵从战场上溃退下来，败兵势大，赶着无数难民，铺天盖地般拥进山来，把金算盘师兄弟三个冲散在了山里。

　　了尘和铁磨头救了一伙灾民，躲入山间古墓林中。那些难民中有个怀孕待产的妇女,在混乱中牵动胎气即将临产,谁知胎儿横生倒长,眼看临盆难产,就要一尸两命死在荒山野岭。

了尘一向心肠仁善,哪里忍心看着别人当场丧命,他看出这片古墓林里有座坟丘封树俨然,了尘审视地脉,纵观山形,料定坟里边肯定有棺材泉,也就是地宫里有泉眼——在民间有种说法,把棺材泉烧滚了能够顺产。

于是了尘和铁磨头一商量,救人要紧,拽出旋风铲来,飞也似的挖开坟土。区区一处土坟,哪里架得住两个摸金高手挖掘,顷刻间就见到了棺材盖子。谁知坟土棺板里藏有销器儿,二人大风大浪没少经历,阴沟里翻了船,铁磨头被机关打中罩门,当场死于非命。

了尘这才想起来,当初下山时,师父曾千叮咛万嘱咐——"合则生,分则死",如今果然是应了张三爷此言,倘若有金算盘在此,他最精于五行八卦各类术数,肯定能识破棺中机关,但一念之差,铸成大祸,现在后悔也来不及了。

后来金算盘来寻两个搭档,见铁磨头竟已横尸当场,也是眼前一黑险些晕过去,只能说人莫与命争了,跟了尘两个嗟叹了一回,含泪将铁磨头的尸体焚化了,骨灰装到瓦罐里。

了尘和金算盘一商量,按师父所说的"合则生,分则死",咱们两个今后要是再去倒斗,估计也不会有好结果,看来是不能再做摸金的勾当了。

了尘这些年来看尽了民间之苦,自道本事再大,也救济不了亿万天下苍生,苦海无边,回头是岸,他打算挂符封金,带着铁磨头的骨灰坛,去江南寺庙中出家为僧,以后伴着青灯古佛,忏悔前尘往事。

金算盘不想出家,也不想摘符,既然倒斗的事不能做了,还可以做老本行,继续当个贩货牟利的商人,赚了钱一样可以扶危济贫,于是就跟了尘说:"一叶浮萍归大海,人生何处不相逢。咱们今日一别,将来肯定还有再见的时日,你要遇到什么麻烦需要帮衬,只管到黄河船帮里寻我就是。"

在古墓林中一别之后,金算盘果然只在黄河流域买卖货物。他本就是商贾世家出身,行商贩货之事再熟悉不过,但天灾不绝,生意也不怎么好做,加上凡是惯盗,必有瘾头,况且天下又有哪种营生有倒斗来钱快?金算盘仗着自己聪明绝顶，眼见黄河水患泛滥，饿殍遍地，所以仍在暗中做些倒斗的勾当。他清楚这是玩儿命之举，明知不可为而为之，心里也是发虚，所以每次都是谋划周密，没有万全的把握绝不下手。

有一年金算盘贩了一批货物，搭了条船往下游去。当时恰逢黄河水涨，巨流滚滚而下，金算盘正在甲板上同几位客商闲聊，忽然天地变色，天上的太阳就像没了魂，白惨惨的只剩一个影子，旋即连日头都失去了踪影，天地间黑云四合，河面上浊雾弥漫，夹杂着豆粒大的雨点和冰雹往下落。

船老大连叫不好，天地失色，说明水府里有老龙受惊，这是黄河暴涨的征兆，赶紧将船驶向附近的码头。货船冒着暴雨刚刚停住，后边的大水就到了，只见黄河上游浊浪排空，水势几乎与天空相连，分不出哪里是大水，哪里是天地了。狂风中大雨、冰雹，裹着河底的泥沙，一股脑儿地倾泻下来，整个世界都陷入了一片近似黑暗的昏黄之中，真乃是"黄河泛滥乾坤暗，波涛洪流滚滚来"。

金算盘见暴雨如注，四下里越来越黑，知道这是遇上塌天的灾难了，这时候就算有天大的本领，也对抗不了黄河一怒之威。他顾不上满船的货物，随着众人跳下船来，拔足向高地上奔跑，那些逃难的人当中有腿脚慢的，当即就被混浊的水流卷走，死在水里的连尸首都找不回来。

以前张三爷曾说金算盘身手不行，可那是分跟谁比。相比了尘与铁磨头是差了许多，可毕竟是做了多年摸金勾当的老手，比起那些普通人来，他的腿脚也算是格外敏捷，被大水所迫，在暴雨中一路狂奔，最后舍命抢上一处高冈。

金算盘逃至高地，趴在地上往下一看，只见黑云已渐渐消退，远处的天际犹如一片乌黄色的浊泥，其中浮动着暗红色的光芒，泛滥的黄河以不可阻挡之势，吞没了岸边的村庄、船只，被黄河大水卷住的人们，和牛羊牲口一起挣扎着随波逐流，全喂了水府里的虾兵蟹将。侥幸逃到高处的老百姓，一个个面如土色，不住口地哭爹唤儿，但世间的一切声音，都被隆隆水声遮盖，景象惨不可言。

这场大水来极快，混浊的河水足足两个时辰才退净，金算盘捡了条命回来，惊魂稍定，一摸身上带的东西，才发现背后背的金刚伞没了。

当初张三爷留给他们的金刚伞共有两柄。其一乃是摸金校尉传下来的千年古物，这柄在了尘手中，金算盘随身所带的是明代所制，材质工艺与古伞一般无二，也是件极难得的防身器械。肯定是刚才亡命奔逃，把金刚伞失落了，如今多半已被大水卷去，哪里还能找得回来，只好再想法子找个能工巧匠重做一柄。

金算盘打定主意，就顺着山坡走下去，想要跟当地老乡买些东西吃，但大灾过后，饥民遍地，田舍村庄都没了大半，即便有钱也买不到食物。他饥火中烧，正饿得前胸贴后背的时候，就见好多人都往河边走，说是要去看龙王爷，他心觉奇怪，就随着人流走了过去。

到河边一看，即便是金算盘见多识广，也不免暗自吃惊。只见在河湾的坡地上，搁浅了一条大鱼。大鱼尚未断气，鱼头比寻常民房都大，满身巨鳞都和铁叶子相似，没有淤泥的地方泛着乌青的光泽，鱼目圆睁，头尾摆动，黑洞洞的鱼口一开一合，腥不可闻，看它的鱼嘴大小，恐怕连千百斤的大黄牛都不够它一口吞的。

当地老百姓们全都吓坏了，战战兢兢地跪在鱼前，烧香叩头不止，恳请龙王爷息怒，快回水府。有许多人当即就上前去推，想把龙王爷送回黄河，却如蜻蜓撼柱，根本推不动半分一毫，也没地方去找牛马来拖拽，眼瞅着龙王爷进气少，出气多，瞪着鱼眼死在了岸边。

金算盘看了多时，然后向叩拜龙王爷的百姓们打听一番，找到路径进了县城打尖吃饭。听当地人说这是百年不遇的大水，虽然来得急退得快，可造成的损失甚重，而且黄河水府里的龙王爷死在了岸上，绝不是什么好兆头，后边肯定还有大灾难，如今黄河泛滥，淹死了不知多少人畜，这里本就地薄人穷，十年之内元气难复，还不知要饿死多少穷人。

这些话听在金算盘耳中，便动了恻隐之心，眼见天灾无情，苦了两岸的黎民百姓，心想：这等大灾过后，定然饥民遍野，现今世道衰废，官府无能，除了我，谁肯来管？当下就有心置办粮食赈灾。但他的货物失在了河中，消折了本钱，身上虽然还有些钱，可面对成千上万的灾民，无疑是杯水车薪，于是动了倒斗的念头，思量着要做一票大买卖。

金算盘想起几年前的一件事情。当时从一位客商口中得知，在离此不远的龙岭，有处大唐皇陵，藏在崎岖盘陀的蛇盘坡里，要是能从其中盗出一两件皇家珍宝，就不用为筹措钱财发愁了。只是他熟知陵谱，却推算不出唐代有哪座皇陵是建在此地。

他在客栈里捡了几个舌漏，窥到一些端倪，问清了去龙岭的路径，便进山寻找古墓。果然见山中形势不俗，虽然山体支离破碎，但掩盖不住龙飞凤舞的气象，按理是个皇陵的所在，只是附近零零星星有几处村落，常有放羊放牛的在附近徘徊，想打个盗洞挖进古墓地宫容易，但难掩人耳目。

金算盘想了个主意，又回到黄河岸边，眼见大鱼尸体仍然停在河边，便对当地百姓声称愿意出钱建座龙王庙供奉鱼骨，以求河神老爷保佑地方上风调雨顺，并捏造了一些借口，让众人相信，鱼骨庙的位置一定要建在山里，否则还会发生水患。

通过建庙、盖房、种庄稼来伪装盗掘古墓的踪迹，是摸金校尉常用的法子。乡民们不知底细，自然信以为真，当即便由金算盘出钱，百姓们出力，把大鱼的骨骸运进山里，搭建了一座龙王庙。

金算盘趁着建庙的这段时间，着手准备倒斗，依他的经验判断，龙岭古墓规模不小，当地对那座古墓的传说极尽神秘诡异，料来不是太平的去处，没有了金刚伞护身，心里总觉得不太踏实。可另一柄金刚伞留在了尘手中，一别多年，始终没通音讯，也不知当年那位同伴的下落，只好搭船到河北保定，寻找暗器名家销器儿李再重新定做一柄。

那销器儿李是蜂窝山里的蜂头，手艺出众，能造各种器械，但他看了金算盘的图谱、配方，却觉十分为难。因为金刚伞非比常物，有些材料不太容易凑齐，而且要求的工艺和火候格外复杂，少说也得一年才能打造出来。

金算盘急着去盗龙岭古墓，根本等不到一年半载，加上隔得年头久了，他对当年张三爷的嘱咐也已记得淡了，心想自打铁磨头死后，自己独个儿也盗了许多大墓，都不曾有半分闪失，只要倒斗时谨慎些个，凭着一身见识，纵然有些机关暗器，料也足能应付，不会出什么太大的差错，哪儿这么巧就真折在里边了？

但这时候他那副形影不离的纯金算盘，好端端的突然就开裂破碎了，黄金算珠落了一地，这算盘乃是他传家的宝物，无端毁了好不心疼。他心中隐约觉得，这多半不是什么好兆头，就预感到阎王爷要收自己这条命了。

金算盘聪明一世，遇事无不深思熟虑，但这次真可以算是吊客临门，黑星当头，就像鬼迷心窍了一般，即便观音菩萨显灵，也劝不得他回头了。他索性把心一横，琢磨着是福不是祸，是祸躲不过，真要该死，在家中闭门坐着也会无疾而终；要是命不该绝，纵然在刀山火海里走个来回，全身上下也能完好无损。与其胆战心惊地烧香求菩萨，还不如该干什么干什么，又想：倘若从龙岭古墓里盗出珍宝，赈灾救民，积德必定不小，真要能把这件大善举做成了，暗中就必有鬼神相佑，说不定还可再增寿延年。

他觉得那座唐墓规模虽大，却能推算出内部的地形结构，有把握单枪匹马盗取墓中宝货，但也想到可能会在古墓中遭遇不测，万一有些闪失，岂不是死得悄无声息？在传统观念中，名声往往要比性命重要，正所谓"雁过留声，人过留名"，于是将他平生所历都写在贩货的账本上，连同毁坏的纯金算盘，一同封在一个匣子里，暂且寄存在销器儿李的柜上，约定等到拿金刚伞的时候一并取回。

后记

我写的《鬼吹灯》这部书前后两部,共计八册,顺序依次是《精绝古城》《龙岭迷窟》《云南虫谷》《昆仑神宫》《黄皮子坟》《南海归墟》《怒晴湘西》《巫峡棺山》。

从2006年2月份开始,直至2008年2月底,前前后后总共写了整整两年时间,约有两百万字的篇幅。这期间付出了很多,但同样也有很大的收获。通过这部书,认识了很多朋友,这其中有见过的,也有没见过的。可以说如果您喜欢我的这部书,咱们就应该算是朋友了,在此请允许我由衷地感谢你们,能和许多人分享我写的故事,对我而言是最大的快乐。今天在全本结稿之际,我想对《鬼吹灯》全部创作过程做一次简单的回顾,献给喜欢《鬼吹灯》的读者朋友们。

常被人问起自己觉得哪一卷最满意,所以借《鬼吹灯》完结之际也来个"导演自评"。作为作者,自己评价一下自己的作品,也是一件很有趣的事情。

全套八卷故事,每一卷的核心元素与题材都不相同,想表现的内容也有所区别。在连载的过程中,每天只能写几千字,出于时间限制和个人喜好的原因，对于已经写过的部分基本上从未进行修改，而且始终没有故事大纲，到现在还不知道大纲是什么。对我而言，自己也不清楚下一章会出现什么意想不到的情况，许多都是即兴发挥，这是创作过程中很大的乐趣。

很难说这八卷中有哪一卷是我自己最满意的，每一卷都有很满意的章节和桥段；但在我自己看来，每一卷也都同样存在着不足和缺陷，如果重新修改一遍，会好很多，可是那样一来难免会有匠气，也就失去了即兴创作的乐趣。

下面按照创作顺序逐册讲评，包括每一册的特点和创作过程、出场的人物和背景，以及自认为满意和存在缺陷、不足的章节。

《鬼吹灯》是一部探险小说，根源于易学的风水，这是贯穿其中的经脉。虽然书中包含着众多元素，但只有"探险"二字能概括其精髓，绝非单纯的盗墓小说，也绝不是恐怖灵异和老掉牙的推理悬疑小说。古墓只是故事中探险的凭借，本书所讲述的，是一系列利用中国传统手艺和理论来进行的冒险旅程。

《精绝古城》

《鬼吹灯》第一部第一卷《精绝古城》，可以分为前后两个部分。前半部分截止到野人沟黑风口的地下军事要塞，主要是一个框架、平台的搭建，并没有什么与主线关系明确的线索。这半部是想写成民间传说、乡村野谈那种类型。所谓民间故事的类型，我感觉大概就是僵尸和黑驴蹄子那种深山老林里的传说。

从考古队进入沙漠寻找精绝古城开始，触及到了鲜明的地理文化元素，西域沙漠、孔雀河、双圣山、三十六国、楼兰女尸、敦煌壁画，提到这些元素，一股神秘的气息扑面而来，所以在精绝古城这部分，我是将神秘感作为了故事核心，到最后精绝女王也没露面，她算是神秘到底了。这一卷中涉及了一些考古解谜之类的元素。

作为最初的一卷，现在来看最大的缺陷就是有些部分写得过于简单和潦草了，逻辑比较松散，随写随编，完全没有考虑后面的故事如何展开；

满意的地方是描写和叙述比较真实、生动。

看起来很真实很乡野很神秘的风格，是我在写第一卷的时候，最想表现的内容。

说到"真实"，就想起常被问到这样一些问题：《鬼吹灯》写的是不是真事？出现了那么多名词、术语、地理、风水，不懂的人根本写不出来，这些内容究竟是真实的还是虚构的？

首先我想说《鬼吹灯》是故事，是小说，绝不是纪实文学，也不是回忆录，真真假假掺和在了一处，如果要区别真实与虚构，只有具体到某一个名词或某一段情节，才分辨得出。

比如在野人沟这一部分的故事中，地点是虚构的，但作为场景的关东军地下要塞却是真实存在的，至今在东北、内蒙古等地仍有遗址保存下来。据说当年的兴安岭大火，便是由关东军埋藏的弹药库爆炸引发。

关于名词和术语，有必要解释一下。《鬼吹灯》中称盗墓为"倒斗"，和称陪葬品为"明器"一样，这些特殊的行业名词是现实中确实存在的；而称古墓中的尸体为"粽子"，则完全是我个人原创虚构的，以前从没有这种说法。

再举一个例子：书中描写摸金校尉要佩戴摸金符，才可以从事盗墓活动。摸金校尉这个名词是三国时期就有的，但并没有作为传统行业流传下来，仅存在了几十年。一切关于摸金校尉的传统行规，包括在东南角点蜡烛，以及鸡鸣灯灭不摸金的铁律，都是我个人编造虚构的，不属事实，世界上也从来不曾有过摸金符这种东西，原型也没有，希望读者朋友们明鉴，不要被我的故事误导了。

类似的例子在《鬼吹灯》这部书中数不胜数。每座古墓和冒险地点的历史背景、各种神秘动植物的原型和风水玄学、民俗地理等等，都有真有假，更多的是虚实混合，而且内容会根据故事情节的需要调整，如果要全部说明，绝不是三五天能讲清楚的，在此就不多做讲解了。

《龙岭迷窟》

《鬼吹灯》第一部第二卷《龙岭迷窟》，这卷故事实际上分为了三个部分，一是龙岭倒斗发现西周幽灵冢，二是摸金校尉黑水城寻宝，三是石碑店棺材铺献王痋术浮出水面。虽然一卷中有三个故事，但在本卷中，我主要想突出惊悚这一核心元素。也许有人说《鬼吹灯》是惊悚小说，其实我觉得完全不是，整体上和"恐怖"关系不大。如果说到惊悚，我想惊悚只是本书诸多元素之一，并非主要元素。悬念迭出的只有《龙岭迷窟》这一卷，到处是传统话本般令人窒息的扣子，这是耸人听闻的一卷。

写《龙岭迷窟》的时候，我开始考虑整体故事的构架。为了将前两卷与后面的内容连起来，就安排了一些大篇幅的插叙，这就是鹧鸪哨拜师、纳投名状、盗南宋江古墓，然后与了尘长老以及托马斯神父一同前往黑水城探险的事迹。

《鬼吹灯》的副标题是"盗墓者的诡异经历"，这就是说以摸金的事迹为主，但作为暗线，搬山道人和卸岭力士等其余盗墓者的故事也开始逐渐出现，并且确定故事的线索将围绕着无底鬼洞展开，所以《龙岭迷窟》的作用类似于穿针引线。在本卷中大篇幅的插叙是为了调整思路，通过民国时期的传说，来检验一下自己驾驭不同年代背景的文字能力，可以说是在摸索中前进。

在这一卷中，个人比较满意的是灯影、樟异、悬魂梯，以及野猫、鸡鸣灯灭不摸金这几章，存在较大缺陷的则是钻鱼骨庙盗洞、西夏黑水城通天大佛寺这两部分。因为计划要写到一百万字，因此放慢了故事的节奏。另外说明一下，因为每天在起点更新，为了给网络盗贴增加一些阻力，从这一卷开始用了不少生僻字。

《云南虫谷》

《鬼吹灯》第一部第三卷《云南虫谷》，写这卷故事的时候正好是在看世界杯，印象尤其深刻，是对精力、体力、意志品质的一次严峻考验。云南献王墓这一卷中以探险作为核心。我个人很喜欢看电影，曾经非常喜欢

《深渊》和《异形》。所谓的探险，是探索加冒险。后来看到翻拍版《金刚》的预告片，有一段探险队利用转盘式冲锋枪，同山谷里蜈蚣恶战的桥段，超级喜欢这种场面。老式装备的探险队、皮划艇漂流、坠毁的空军飞机残骸、幽灵般的摩尔斯信号、"芝加哥打字机"、千万年不死的巨型昆虫、吞噬万物的尸洞效应、在自然环境恶劣的丛林和化石洞穴中披荆斩棘，于是《云南虫谷》就启动了，完全是藏宝图式的传统探险元素，里面加有灵异和科幻色彩，这是新旧冒险元素相互结合的一卷。

在《云南虫谷》中，故事类型全面转向"探险"。本卷出场人物较少，主要篇幅用于讲述险恶的地形和各种诡异的陷阱。对于陈瞎子贡献的人皮地图，开始的时候在我脑中并没有什么概念，觉得怎么离奇就怎么安排了。随着写作的推进，把这一个个谜团揭开，自己也觉得有些惊讶。最早设计的献王墓，是一个只有在天崩时才会被人进入的古墓。还曾异想天开，有一架大型客机坠毁在摸金小队面前，从而撞开了古墓的大门，但后来一想到还有许多朋友今后要坐飞机出门，这么写可能不太好，加上在幽灵信号一段中，使用了抗战时期美国援华空军的运输机，所以最后就把天崩描述成几十年前坠毁的轰炸机了，这种情节上的重力感和命运感是我自己也无法提前预测的。

这一卷我比较满意的部分，是对于虚构的痋术的创造，终于能自圆其说了，自己还是很佩服自己的，另外葫芦洞、天坑深潭、霍氏不死虫、鬼信号这几段也觉得非常满意。

但此卷篇幅较长，存在缺陷的地方也有很多，主要是节奏控制得不是太好，最不满意的是写到后面忘了前边埋的一些线索，导致脱离的时候没有用到。

《昆仑神宫》

《鬼吹灯》第一部第四卷《昆仑神宫》充满了神话色彩。中国地大物博，不同的地域孕育出不同的文化与传说。凡是中国神话必定离不开昆仑山，它是天地的脊骨、祖龙发源之地、西王母的神宫、北方妖魔的巢穴，昆仑离开了神话传说似乎就不能称之为昆仑了。古籍上记载着昆仑西王母的真实形象是个怪物，我个人想象可能是条大鱼，曾在自然博物馆中看过世界上最大的淡水鱼，感觉真的像龙一样。

这一卷的情节涉及格萨尔王传说。制敌宝珠的英雄大王史诗，本身就是一篇神话色彩很强烈的说唱长诗，所以在昆仑山这一篇中，糅入了许多接近神话的另类元素。风蚀湖的鱼王、无量业火、乃穷神冰、大黑天击雷山、水晶自在山、恶罗海城、灾难之门，这场冒险光怪陆离如同进入了幻界。《昆仑神宫》是如同在神界中冒险的一卷，虽然神话元素众多，但还是保持了一贯的原则，尽量向真实世界靠拢，当然不会有飞天入地、长生不死、神仙符咒那种真正的神话。

出于时间安排与合同的原因，《鬼吹灯》的第一部在《昆仑神宫》后，就算结束了，最后的结局处是在北京的北海公园，属于完美大结局。起点中文网最后一章234章中完整收录了全部内容，实体书更是完璧无缺，当然这个大结局只属于第一部。

在《鬼吹灯》第一部的前四册中，我个人最喜欢的情节，就出现在西藏，但由于篇幅的问题，那部分被收录在了实体书云南卷的最后，是描写胡八一参军不久，在西藏月夜下的荒废寺庙中，同铁棒喇嘛恶战狼群的一部分，其实这几章无论如何都应该算在最后的西藏之卷里。

最不满意的部分是这部分节奏没控制好，导致最后进入凤凰神宫的时候已没篇幅展开。

2007年3月，临时决定写《鬼吹灯》第二部。和第一部几乎一样，在动笔的时候，基本没有整体的构思，只是有个大致的目标，打算在第二部中写两部前传和两部续集，并且相对第一部而言是独立内容。

第一部的构架上存在许多遗漏，我希望在写第二部故事的同时，也能够对第一部做些补充，当时并无把握，但从最后的效果来看，还是比较满意的。

《黄皮子坟》

如果按照我最初的计划，还是要在《鬼吹灯》第二部的四册中，描写四种不同的重点元素。之所以要写前传，主要是想活络一下思路和文字，使自己不会因过于僵化的时间线索失去耐心。

《黄皮子坟》是年代背景非常强烈的一卷。核心元素是关于黄鼠狼的种种诡异传说，和非人生物的墓穴与棺椁，以及东北地区特有的江湖体系，都是我非常感兴趣的元素。但由于年代背景比较特殊，许多词语和内容难免要受限制，不同于思想活跃的二十世纪八十年代，这一时期的主人公尚不成熟，但满腔的热情却是什么困难都挡不住的。

我曾在海拉尔和大连参观过日军侵华战争时期的遗址，包括焚尸炉、监狱、欧洲风格的医院和研究所等建筑，对其印象深刻，所以将故事的背景设置在其中。在这一卷中，我觉得写得比较满意的，是对于黄皮子读心术和焚化间的描写，以及老羊皮死后被雷火击中的诡异事件，很有沉重感。单就实物来讲，觉得怪汤这一段很离奇又很真实。比较大的缺陷在于有些很有意思的东西忘了写进去，人熊那部分也处理得太草率了。

《南海归墟》

作为第一部故事的延续，在前边几卷中，对于摸金倒斗的描写，使我觉得中国传统行业中，有许多风险很大的职业，风险性最高的，当属在海中采珠的疍民。南海采珠的疍民原型出自广西北海地区，秦汉时期就已有龙户和獭家赴水采珠屠蚌，但是似乎很少有人来写他们的故事。

所以在这一卷中，海中采珠和这一行业的传说是重点元素。有观点认为，辉煌一时的玛雅文化，是中国西周时期渡海的先民所建，因为两者相似之处极多，射日神话更是华夏文明中十分重要的内容。

曾想把海底的神箭描写成一种真正的巨型兵器，迷失在归墟这片混沌之海内的摸金校尉和疍民们，最终开动了震惊百世的神箭，射破了头顶的大海，从而逃出生天。可后来写的时候，把这个构思给忘了，但借助过龙兵这一海上的真实奇观逃生，也是十分惊心动魄的冒险。

关于用装填了石灰的西瓜杀死水中恶鱼，并依靠司天鱼在茫茫无际的大海上航行，这些事情并非我虚构的，以前在中国南方确实存在着。本卷中我比较满意的,是对海岛上黑市的描写,有一些关于海难的桥段也觉得不错,例如乾坤一跳等等;感到最不满意的是海柳船底舱中海匪的尸体,这段粗糙了,应该有很大的发挥余地。珠母海里的事情也应该展开来写,但每卷书的篇幅和字数也是一个很难克服的限制,情节和内容既不能多,也不能少,在没有整体大纲的情况下,很难控制,业余和专业的水平差别可能就在于此了。

《怒晴湘西》

在这一卷时,我的工作时间非常宽松,时间多了相对就会写得比较从容,所以单从文字上来讲,我觉得《怒晴湘西》是八卷中最精致的一卷,因为关于现代题材的限制越来越多,所以决定把前传倒回民国时期,放开手脚狠狠开挖。

以前我曾图着顺口,随意编了发丘摸金、搬山、卸岭这三大体系,随着故事情节的不断展开,就逐渐勾勒出了这些行业的来历、掌故、传说、手法。因为以前几本都以望风水盗墓为主,导致许多人,甚至连跟风写所谓盗墓小说的人,都只知道看风水找龙脉,却不知民间有许多稀奇古怪的盗墓方式。

所以在这一卷中,把望字诀以外的盗墓手段作为核心。我觉得民国传说式的故事,一要有说书的语感,二要有侠盗般的人物,再加上各种黑话切口,充满了历史民间故事的色彩,才会有趣。以前写黑水城一段,是试探性的,没敢往大处写,但有了以前的经验,写起来自然驾轻就熟,其中编了一套全新的概念性暗语,也就是"山经",包括常胜山和月亮门等体系,完全是虚构的。

另外本卷也创造了几个纪录。一是出场人物多,以前担心控制能力,没敢同时写双主角和大批配角轮番上阵。但写了这么多也不可能一点进步都没有,这一卷的人物调动和背景描述已经能得心应手了,而且情节上对第一部做了很好的补充,也贯穿了第二部的四卷,超出了最初的计划,这是令我很高兴的。

再说一下地理背景。湘西的故事被写入文学作品中的，可以说是多如牛毛，但巫蛊、赶尸、落洞一类的事情，听得多了，就不会再有新意，我个人也很不喜欢。所以在《怒晴湘西》中，写了瓶山的各种传说，争取与那些老掉牙的故事区别开来。

并且在这一卷里，出现了一些全新的器械，例如蜈蚣挂山梯和穿山穴陵甲；再比如，陈瞎子使用的听风听雷之术，还有以敏锐的嗅觉闻土辨藏，都是民间流传的盗墓手段，可以算是给我自己发明的几大盗墓体系进行了很好的总结，这是最满意的地方。另外个人感觉写得比较好的两个桥段，一是群鸡大战古墓蜈蚣，另一处是之前卸岭群盗误入水银发动的机关城。

比较不满意的地方有三处：一是花灵和老洋人没什么戏份就挂了；二是鹩鸪哨同六翅蜈蚣落入无量殿，这一处描写得比较混乱；三是发现丹房的桥段比较平。

《巫峡棺山》

作为全书的最后一卷，《巫峡棺山》这一卷的任务比较重。最要命的是字数。根据合同约定的字数来算，第二卷的前三册，每一册少了三万字左右，只好都加到最后一卷中，所以本卷是超长篇，足足多了半本书。但即使是这样，最后一卷的篇幅也显得不够用。

在计划中作为全书主线的四枚铜符，象征着通过不同形式存在于天地间的四种生命状态，本想每部引出一符，但那样一来，就需要至少五册，只好简化了一些情节。

另外也打算在这一卷中，把《十六字阴阳风水秘术》成为残书的真实原因，以及摸金符上代主人的故事做出交代。《鬼吹灯》全书起于《十六字阴阳风水秘术》残卷，最后也将终于《十六字阴阳风水秘术》当年被毁的往事，除了地仙村探险的内容，最后一卷中还包括了这些情节。

除此之外，还在本卷中说明了，为什么只剩下三枚古符，以及发丘印在明代被毁的历史。故事的地点在长江三峡附近，地理背景是令人匪夷所思的棺材山，情节发展上的转折很大。

后记

　　长江三峡长七百余里，两岸连着无数山阙，层峦叠嶂，这里自古就是神秘的巴蜀文化与巫楚文化交会的区域，神话故事和民间传说数不胜数，其中多少有一些上古历史的投影：兵书宝剑、千年栈道、峭壁悬棺……给后世留下了无数想象空间。

　　作为通篇贯穿的主要线索《观山指迷赋》，是一段类似于民谣的口诀，包括《观山掘藏录》，本来都是我另一部作品中的原创内容，因为2007年的写作计划改变，临时变为了《鬼吹灯》第二部，所以都被用在了本书中，另外一部书就此取消，以后也不会再以任何方式出现。

　　本卷中我最满意的地方有三处，一是金丝雨燕搭建的无影仙桥；二是观山神笔，画地为门；三是乌羊王古墓鬼音指迷。另外，关于黑猪开河的传说，以及《棺山盗骨图》的来历，算是灵机一动的神来之笔。在虚构的故事情节中，融入许多大家都知道的传说，比如天河鹊桥相会、神笔马良，还有古画《群贼盗墓图》。这些或真或假的传说，都在《巫峡棺山》中以全新的角度进行了解构。

　　缺陷是由于最后一卷中要表现的内容太多太集中，不免有些地方没有深入展开，显得仓促了，结局并不能说是圆满的，毕竟多铃最终死亡了。与我初期一味喜欢不可思议事件的态度不同，对于用了两年时间写就的超长篇作品来讲，平淡朴实才是真。在最后的六章里，我主要想阐述一下《鬼吹灯》全书的理念。"鬼帽子"这三章，是说不能迷信风水，"天人一体"的概念是在心而不在地；最后"物极必反"的三章，则是说明摸金校尉保身求生之道。

　　最后再说一下我的作品《鬼吹灯》两部八册，始自《精绝古城》，终于《巫峡棺山》，按我的想法还可以再写八本，但是，新的计划已经酝酿成熟，我已经有些迫不及待，所以已经没有再往下写《鬼吹灯》的计划了，这部书到此为止。

　　在此特别感谢所有喜欢这本书的读者朋友。

图书在版编目（CIP）数据

鬼吹灯.8,巫峡棺山/天下霸唱著.—长沙:湖南文艺出版社,2019.7（2025.9重印）
ISBN 978-7-5404-9271-7

Ⅰ.①鬼… Ⅱ.①天… Ⅲ.①长篇小说—中国—当代 Ⅳ.① I247.5

中国版本图书馆 CIP 数据核字（2019）第 096091 号

上架建议：神秘·探险小说

GUI CHUI DENG. 8, WUXIA GUANSHAN
鬼吹灯.8,巫峡棺山

作　　者：	天下霸唱
出 版 人：	陈新文
责任编辑：	薛　健　刘诗哲
监　　制：	毛闽峰　李　娜
特约策划：	代　敏　张园园　杨　祎
特约编辑：	周子琦
特约营销：	吴　思　刘　珣　李　帅
装帧设计：	80 零·小贾
出版发行：	湖南文艺出版社
	（长沙市雨花区东二环一段 508 号　邮编：410014）
网　　址：	www.hnwy.net
印　　刷：	天津盛辉印刷有限公司
经　　销：	新华书店
代理发行：	中南博集天卷文化传媒有限公司
开　　本：	710mm × 1000mm　1/16
字　　数：	416 千字
印　　张：	29
版　　次：	2019 年 7 月第 1 版
印　　次：	2025 年 9 月第 13 次印刷
书　　号：	ISBN 978-7-5404-9271-7
定　　价：	49.50 元

若有质量问题，请致电质量监督电话：021-62503032
销售电话：17800291165